I0597551

Georges **DOUTREPONT**

Professeur à l'Université de Louvain

La Littérature Française

A LA COUR DES

Ducs de Bourgogne

Philippe le Hardi — Jean sans Peur — Philippe le Bon

Charles le Téméraire

PARIS

LIBRAIRIE SPÉCIALE POUR L'HISTOIRE DE FRANCE

HONORÉ CHAMPION, ÉDITEUR

5, Quai Malaquais, 5

—

1909

BIBLIOTHÈQUE

DU

XV⁰ SIÈCLE

TOME VIII

LA LITTÉRATURE FRANÇAISE

A LA COUR DES

DUCS DE BOURGOGNE

PARIS

LIBRAIRIE SPÉCIALE POUR L'HISTOIRE DE FRANCE

HONORÉ CHAMPION, ÉDITEUR

5, Quai Malaquais, 5

1909

LA LITTÉRATURE FRANÇAISE

A LA COUR DES

DUCS DE BOURGOGNE

Tiré à 550 exemplaires
Tous numérotés.

352

Georges DOUTREPONT

Professeur à l'Université de Louvain

La Littérature Française

A LA COUR DES

Ducs de Bourgogne

Philippe le Hardi — Jean sans Peur — Philippe le Bon

Charles le Téméraire

PARIS

LIBRAIRIE SPÉCIALE POUR L'HISTOIRE DE FRANCE

HONORÉ CHAMPION, ÉDITEUR

5, Quai Malaquais, 5

—

1909

INTRODUCTION

§ 1. **Objet et division de ce livre.**

L'histoire politique du xve siècle compte certes peu de faits plus marquants que le glorieux essor de la Maison de Bourgogne ou que son érection en puissance rivale de ce royaume de France d'où elle était sortie à la fin du siècle précédent. Tout d'abord, on dirait d'un Etat étranger qui veut se former au sein de l'Etat français. Ensuite, l'on observe que le nouveau duché de Bourgogne prétend vivre pour lui-même et par lui-même. Enfin, lorsque Philippe le Bon a réalisé l'unification des Pays-Bas, il semble qu'on ait affaire à un roi : ce prince, en effet, prend, devant ses peuples, l'autorité et la majesté d'un monarque ; pour en jouer pleinement le rôle, il n'aurait plus, croirait-on, qu'à solliciter de ses provinces la consécration officielle d'un titre qui déjà lui est officieusement reconnu.

Le même phénomène paraît se reproduire dans le domaine des lettres. Là aussi, un Etat se fonde dans l'Etat, une *littérature bourguignonne* s'organise et s'épanouit au sein de la grande littérature de France et même elle affiche, à l'égard de celle-ci, des tendances séparatistes. Pour le dire autrement, on voit alors, dans l'entourage et sous le patronage des quatre ducs Philippe le Hardi, Jean sans Peur, Philippe le Bon et Charles le Téméraire, on voit naître ou renaître des œuvres qui, par leur nombre et leur objet, constituent un groupe remarquablement imposant et, jusqu'à un certain point, indépendant, dans l'ensemble des productions littéraires de l'époque. Des œuvres naissent, disons-nous ; et il faut entendre par là que des œuvres sont expressément composées pour la famille de Bourgogne, que souvent elles sont destinées à en célébrer l'éclat et les fastes, que partant elles sont plus ou moins nettement marquées à son estampille. Des œuvres renaissent, disons-nous aussi ; et il faut entendre par là que d'autres œuvres, datant des âges antérieurs à la dynastie ducale, sont rajeunies, modernisées ou simplement soit achetées, soit recopiées à la demande des maîtres de céans.

C'est à faire connaître ces deux catégories d'œuvres que vise le présent livre. Mais il en est une troisième dont nous aurons également à nous enquérir. C'est la catégorie des livres qui, vieux ou jeunes, sont entrés dans la bibliothèque de nos princes par voie d'héritage, à la suite d'une donation ou de quelque autre façon. Ainsi donc, notre attention devra se porter à la fois sur ce qui s'est élaboré de neuf à la cour ou pour la cour de Bourgogne et sur ce qui, provenant ou surnageant du passé, y a rencontré quelque faveur. Est-il nécessaire d'expliquer pourquoi nous comprenons de la sorte notre tâche ? Chacun sait que la littérature d'une nation, à un instant quelconque de son développement, ne se compose pas uniquement de l'amas d'œuvres qui *vient de paraître*. Cette littérature est aussi, elle embrasse également tout ce qui, de la littérature précédente, a survécu, s'est maintenu à l'ordre du jour, tout ce qui a gardé sa verdeur d'antan, tout ce qui a conservé des admirateurs. L'observation que nous formulons ici s'applique non moins bien à un *milieu*, à une *société* comme la cour des seigneurs de Bourgogne. Leur littérature est l'ensemble des livres nouveaux qui sont issus de la plume de leurs contemporains, et des livres anciens qui, de leur temps, étaient encore en circulation et en lecture.

Il en résulte que les ouvrages, dont il va être question, devront être envisagés surtout comme *expression d'une société*. C'est dire que l'exposé qui suit, nous l'avons écrit en nous laissant guider et en essayant de l'animer par une idée-mère, par une pensée capitale qui est de rechercher ce que la littérature de Bourgogne fournit d'indications à retenir sur le tour d'esprit, les préoccupations politiques, l'être moral, la psychologie des princes dont elle a été la respectueuse vassale et parfois l'inspiratrice ou la directrice. Dès lors, nous avons moins songé à faire l'historique d'une collection très abondante de manuscrits qui ont été recueillis en l'espace de plus d'un siècle qu'à marquer les relations qui existent entre ces manuscrits et les goûts, les soucis, les tendances du milieu où ils ont été confectionnés et rassemblés. Qu'on ne cherche donc pas ici le tableau de toute la littérature française en Belgique ou dans les Etats de Bourgogne pendant le règne de la maison de Valois, mais bien plutôt celui des lettres qui ont été provoquées, aimées, subsidiées ou tolérées par elle.

Par voie de conséquence, l'analyse des œuvres qui devront

figurer dans notre livre, sera proportionnée au degré d'intérêt qu'elles offrent pour les ducs. Mais une autre considération encore nous dirigera dans l'étude que nous allons en faire : c'est le degré de notoriété dont elles jouissent. En vertu de cette considération, nous examinerons d'assez près un roman tel que l'*Histoire du très vaillant prince monseigneur Jehan d'Avesnes*, parce qu'il est peu connu en comparaison d'autres récits de provenance bourguignonne comme les vastes compilations de *Charles Martel* et des *Conquêtes de Charlemagne*. Ce même principe, dont nous nous inspirons, justifiera sans doute aux yeux du lecteur le soin que nous avons pris d'indiquer par le menu l'objet de l'un ou l'autre manuscrit de l'époque : c'est parce qu'il renferme des raretés ou des *unica*. D'autre part, l'on comprendra que, rencontrant dans les librairies ducales, des productions aussi répandues que le *Roman de Renard* et le *Roman de la Rose*, nous ne leur accordions qu'une simple notation. _

Cela étant, nous n'avons pas à connaître toutes les pérégrinations accomplies postérieurement au xvᵉ siècle par chaque volume qui a pu, qui a dû intéresser les ducs à un titre quelconque. Mais nous rechercherons à quelle date et dans quelles circonstances l'acquisition a eu lieu, sous quels numéros ce volume est rangé dans les inventaires de la maison, de quel profit ou de quel charme la lecture en aura été pour un prince nommé Philippe le Hardi, Jean sans Peur, Philippe le Bon ou Charles le Téméraire.

Il s'agit, disons-nous, d'un volume qui a pu, qui a dû les intéresser. Cela signifie que, si, par exemple, l'inventaire dressé à la mort de Philippe le Bon et publié par Barrois dans sa *Bibliothèque prototypographique* contient 875 articles (1), nous ne les avons pas analysés tous en autant de monographies spéciales. Cependant, il est peu de manuscrits à contenu littéraire qui n'aient au moins été mentionnés dans notre livre (2). Mais notre but n'est pas de mesurer, avec une précision rigoureusement géométrique, l'étendue du protectorat assuré aux lettres par les puissants Mécènes qui viennent d'être cités. Il est plutôt d'en faire saisir la nature et la valeur, d'en faire ressortir les traits vraiment significatifs. Présentant ainsi la littérature bourguignonne sous son aspect social, mettant en relief les œuvres qui paraissent exprimer l'esprit du milieu, nous ne

(1) Voir ci-dessous § 4.
(2) Voir p. 193 et 205 au sujet des volumes d'oratoire.

nous sommes pas interdit de parler du monde qui entourait les princes. Nous avons même cru devoir tenir un compte plus ou moins détaillé des marques d'estime qui furent alors données aux choses de l'esprit par les duchesses de Bourgogne, par les familiers des ducs, seigneurs ou bourgeois. Mais de ce côté encore, il a fallu limiter notre champ de vision. Ainsi, sachant quel riche bibliophile avait été leur courtisan Louis de Bruges, seigneur de La Gruthuyse, nous ne pouvions pas omettre de le dire. Mais nous ne pouvions pas non plus entreprendre l'énumération de tous ses livres. Ce que nous avions à faire, et nous l'avons fait, c'est de signaler, le cas échéant, l'un de ses manuscrits précieux, de ses textes rares, qui avait son correspondant dans la librairie bourguignonne. Pour prendre un autre exemple, nous avons rapporté la participation qu'avait eue au mouvement intellectuel éclos autour de l'illustre dynastie ducale un autre courtisan comme Jean v, seigneur de Créquy et de Canaples.

Etudiée de la sorte, en tant qu'*expression d'une société*, la littérature de Bourgogne ne sera pourtant pas détachée du siècle où elle s'encadre. Tout en la racontant et en l'interprétant, nous avons essayé de la situer dans le développement général des lettres à cette époque. Par là, nous espérons apporter une contribution, si faible soit-elle, à l'éclaircissement d'une question que la critique n'a pas complètement débrouillée : les *Origines de la Renaissance*, parce qu'elle ne s'en est pas assez occupée. Evidemment, nous ne lui reprocherons pas d'avoir réservé ses préférences à d'autres questions, à d'autres périodes où l'attendaient des surprises plus agréables, des jouissances d'art plus fortes que celles que procure l'étude du xv\ siècle. Ce siècle n'est pas de ceux dont on peut dire qu'ils ont beaucoup de trésors cachés et de génies méconnus. Mais il a été suivi par le xvi\ siècle, par la Renaissance que trop longtemps on a regardée comme une rupture avec le passé. Or, plus on s'applique à voir clair dans ce passé, plus on constate que précisément la Renaissance s'y trouve en préparation : ce n'est donc pas un labeur inutile que celui qui essaie de la montrer se formant, s'organisant, par une gestation lente, dans la France et la Belgique d'avant 1500.

*
* *

D'autres labeurs, d'autres travaux ont devancé le nôtre, nous ne l'ignorons pas. Sous bien des rapports déjà, l'histoire des ducs de

Bourgogne a donné matière à recherches érudites et à considérations morales. Voilà bientôt trente-cinq ans que M. Paul Fredericq écrivait dans son remarquable *Essai sur le rôle politique et social des ducs de Bourgogne dans les Pays-Bas* (1875) : « C'est une de celles qu'on a le plus traitées : peu de dynasties ont passionné au même point les chroniqueurs, les historiens et les archéologues » (1). Depuis lors, ce genre d'études est loin d'être en défaveur, et l'on sait de combien il faudrait allonger la liste des ouvrages que le savant professeur de Gand a cités au cours de son exposé. Mais avant et après 1875, c'est particulièrement le côté politique de cette histoire qui a séduit et retenu l'attention des chercheurs. La question de littérature n'a pas exercé sur eux la même attraction. Elle n'a pourtant pas été complètement négligée. Rappelons d'abord qu'il existe une dissertation allemande à laquelle on renvoie habituellement dans les manuels et les bibliographies du moyen âge lorsqu'on arrive à la littérature bourguignonne : *Die französische Litteratur am Hofe der Herzöge von Burgund*, 1882, par M. Oskar Richter (2). En 45 pages, l'auteur présente une esquisse du mouvement des lettres à la cour ducale, esquisse en quatre parties qui correspondent aux quatre règnes de Philippe le Hardi, Jean sans Peur, Philippe le Bon et Charles le Téméraire. Si l'on veut savoir ce qui manque à cette étude, laquelle n'est assurément pas sans utilité, il faut également s'adresser à l'Allemagne : de là, nous en est venue une autre consacrée au même objet et signée du nom d'un des maîtres de la philologie romane, M. Gust. Gröber. On la trouve dans le GRUNDRISS DER ROMANISCHEN PHILOLOGIE dont il est le directeur : II Band, I Abtheilung (Strasbourg, 1898-1902), *Französische Litteratur*, 5, p. 1126-1159, *Burgund*. Nous ne croyons pas nécessaire d'en faire l'éloge et nous dirons simplement qu'on n'a rien écrit de plus documenté sur le sujet qui nous occupe. En dehors de ces deux travaux spéciaux de MM. Richter et Gröber, il y aurait à signaler çà et là des pages détachées, des vues générales dans les ouvrages que voici :

La Serna Santander, *Mémoire historique sur la bibliothèque dite de Bourgogne* (1809) (3) : Barrois, *Bibliothèque protypographique* (1830) ; Peignot,

(1) P. 1.

(2) Halle s. Saale.

(3) Pour les ouvrages dont j'abrège ici les titres, voir la *Bibliographie* qui termine la présente INTRODUCTION.

*Catalogue d'une partie des livres composant la bibliothèque des ducs de Bour-
gogne* (1830 et 1841) ; Frocheur, *Notice sur la bibliothèque de Bourgogne,*
(1839) ; Voisin, *Documents pour servir à l'histoire des bibliothèques en Belgique* (1840) ; Namur, *Histoire des bibliothèques publiques de la Belgique*
(1840) ; Marchal, *Catalogue de la Bibliothèque Royale des ducs de Bourgogne* (1842) ; A. Van Hasselt, *Essai sur l'histoire de la poésie française
en Belgique* (dans les MÉMOIRES COURONNÉS DE L'ACADÉMIE ROYALE
DE BELGIQUE, XIII, 1838, et dans les ŒUVRES complètes de l'auteur,
Bruxelles, 1876) ; F.-V. Goethals, *Histoire des lettres, des sciences et des
arts en Belgique* (1840-44) ; Pinchart, *Miniaturistes, enlumineurs et calligraphes employés par Philippe le Bon et Charles le Téméraire* (1865), C.-A.
Serrure, *Geschiedenis der nederlandsche en fransche Letterkunde in het graef-
schap Vlaenderen* (Gand, 1855 ; 1872) ; Fredericq, *Essai,* p. 69-71 ;
Patria Belgica (sous la direction d'E. Van Bemmel, Bruxelles,
1873-75, III, passim et surtout p. 440-45) ; F. Faber, *Histoire du théâtre
français en Belgique* (Bruxelles, 1878-80) ; Ern. Lavisse et Alf. Ram-
baud, *Histoire générale* (Paris, III, 1894, p. 453 et suiv., article de
H. Pirenne, voir aussi son *Histoire de Belgique,* II, p. 446-59); Durrieu,
Manuscrits de luxe exécutés pour des princes et des grands seigneurs français
(1895) ; V. Rossel, *Histoire de la littérature française hors de France*
(Paris, 1897, p. 170-6) ; H. Suchier et A. Birch-Hirschfeld, *Geschichte der französischen Litteratur* (Leipzig et Vienne, 1900, p. 246-55) ;
P. Van den Gheyn, *Conférence sur la miniature à la cour de Bourgogne*
(1904) ; A. Molinier, *Sources de l'histoire de France* ; A. Kleinclausz,
Histoire de Bourgogne (Paris, 1909), etc.

Mais, en dépit des investigations déjà nombreuses qui ont été
dirigées dans ce sens, que de sujets qui ne sont encore qu'amorcés !
Loin de nous certes la prétention d'apporter ici la réponse à toutes
les interrogations qui se posent pour les lettres françaises à la cour
bourguignonne, mais peut-être, ainsi qu'il vient d'être dit, l'effort ne
sera-t-il pas vain de retracer, en un tableau d'ensemble, en une
synthèse, la vie intellectuelle de cette cour brillante et fastueuse
entre toutes. Nous espérons que l'on voudra bien ne pas juger
prématurée et trop osée notre tentative de coordonner les résultats
acquis et de montrer où les choses en sont.

Ayant défini l'objet de notre livre, tâchons d'en justifier la division. Elle résulte du point de vue que nous avons adopté et du but
que nous nous sommes assigné. Notre matière est distribuée en

dix chapitres dont le neuvième récapitule les précédents et dont le dixième forme la conclusion du tout. Quant aux huit premiers, ils relatent l'histoire des différents genres littéraires et modes de vie intellectuelle qui se sont manifestés à la cour et ils la relatent suivant un plan qui est, en règle générale, celui-ci : dans chacun de ces chapitres, nous examinons l'un après l'autre les quatre règnes ou les quatre ducs, avec le contingent d'œuvres qui se rattache à chacun des règnes, qui dépend de chacun des ducs. C'est un système qui présente des inconvénients et nous nous hâtons de les faire connaître. Tout d'abord, il pèche en ce qu'il ramène plusieurs fois sous les yeux un même écrivain ayant travaillé dans plusieurs domaines et qui, par conséquent, doit figurer dans plusieurs chapitres ou subdivisions de chapitres. En outre, notre manière de procéder ne permet pas de prendre une pleine et juste idée de toute l'activité exercée par un écrivain de cette nature. (Nous allons dire à l'instant comment nous avons remédié à cet inconvénient).

Nous aurions pu suivre un autre système, celle des monographies d'auteurs : il aurait consisté à répartir la matière non plus d'après les règnes ni d'après les genres littéraires, mais à étudier successivement tous les auteurs qui ont touché de près ou de loin à la cour. Ce système, l'on en conviendra, n'est pas lui-même exempt de défauts : il nous empêcherait de situer au premier plan de notre exposé la personnalité des princes ; il aboutirait à noyer en quelque sorte cette personnalité dans la masse des littérateurs environnants. Joignez à cela qu'il ne permettrait pas au lecteur de saisir la continuité et la réalisation d'une idée, d'un projet appartenant à plusieurs ducs, dans la série des œuvres inspirées par cette idée ou ce projet. Exemple : la *Croisade turque*. Tous quatre y ont pensé et c'est ainsi que surgissent des poèmes, des récits de voyages, des traités d'histoire et de stratégie, des discours, des épîtres morales qui constituent un ensemble, qui forment chaîne, et où une inspiration unique se développe toujours identique à elle-même.

Mais, dira-t-on, un troisième système s'offrait à nous : au lieu d'une division par courants littéraires, avec subdivision par règnes, il fallait simplement faire, de tout le travail, quatre grandes sections, soit quatre monographies consacrées aux quatre ducs ; il fallait montrer ce qu'on avait acquis ou écrit de livres au temps 1º de Philippe le Hardi, 2º de Jean sans Peur, 3º de Philippe le Bon, 4º de Charles le Téméraire. Mais ce système ne laissait pas non plus apparaître et se dessiner nettement les tendances diverses dont nous venons de parler.

D'ailleurs, nous avons pu parer à l'inconvénient de la méthode pour laquelle nous nous sommes décidé. Elle a le tort assurément de disperser, en des chapitres différents, les multiples activités littéraires qui se sont exprimées chez les ducs de Bourgogne. Mais après l'analyse, nous avons fait la récapitulation; en d'autres termes, nous avons pris soin de rassembler et de fondre les détails marquants dans un exposé général qui est notre chapitre neuvième : Coup d'œil rétrospectif.

L'examen de ces multiples activités littéraires ne peut pas être entamé avant que n'aient été données quelques indications sur les sujets suivants : *Le culte des lettres dans la maison de Valois — La famille, l'éducation, les goûts intellectuels des quatre ducs de Bourgogne — Leurs inventaires de livres -- Leurs comptes et les autres sources de renseignements que l'on possède sur leur littérature.*

§ 2. Le culte des lettres dans la maison de Valois.

Si l'on voulait exactement dire ce qu'a été le culte des lettres dans la maison de Valois d'où sortent les ducs de Bourgogne, l'on serait presque tenu de remonter jusqu'au XIe siècle afin de faire voir comment la littérature de cour s'est organisée en France. Elle a débuté dans le Midi où, dès ce siècle déjà, la société aristocratique s'assemble en des châteaux, en des « cours » où les lettres trouvent accès et succès. Le Nord l'imite au XIIe : il a des centres de vie élégante et littéraire, avec des rois, des reines, de puissants seigneurs, de grandes dames pour encourager les plaisirs de l'esprit et, à l'occasion, pour les provoquer. Le mouvement continue durant le moyen âge, mais non toujours également intense ni dans les mêmes milieux. Au XIVe siècle, nous remarquons, entre autres, la première maison de Bourgogne qui accorde quelque attention aux livres (1). On sait qu'elle s'est éteinte avec Philippe de Rouvre en 1361, et que le duché fait retour alors à la couronne de France, mais pour deux ans seulement. En 1363, Philippe le Hardi (né en 1342) le reçoit de son père, le roi Jean II. Ainsi se fonde la seconde

(1) Petit, *Histoire des ducs de Bourgogne de la race capétienne*, VIII. p. 106-108. Voir ci-dessous p. 474.

maison de Bourgogne, branche des Valois, qui est appelée à de si brillantes destinées. Ces destinées s'annoncent dès le mariage que le jeune prince contracte, le 19 juin 1369, avec la riche héritière qu'était Marguerite, la fille de Louis de Male et la veuve du dernier duc de Bourgogne de la branche capétienne, Philippe de Rouvre que nous venons de citer. Il apporte au foyer, peut-on dire, des goûts littéraires qui lui sont comme un bien de famille. N'est-il pas un enfant de Jean II, lequel descend de Philippe VI de Valois et de Jeanne de Bourgogne, connus par leur sincère amour des lettres ? Sa mère, Bonne de Luxembourg (morte en septembre 1349) a possédé des manuscrits précieux. Quant à son père, « son règne fut marqué par plusieurs grandes entreprises littéraires auxquelles il accorda de généreux encouragements » (1).

Mais Philippe le Hardi n'est pas le seul bibliophile auquel Jean II et Bonne de Luxembourg aient donné le jour. Il est le Benjamin de leur famille, et il a trois frères qui se sont aussi créé une réputation dans l'histoire littéraire de France par leur culte des beaux manuscrits : Charles V, l'héritier du trône, Jean duc de Berry et Louis duc d'Anjou ; avec eux, il entretiendra de plus ou moins fréquentes relations intellectuelles, et c'est ce qui nous engage à placer ici quelques notes biographiques et bibliographiques les concernant. Charles est né en 1337 et il a gouverné le royaume français de 1364 à 1380, date de sa mort (2). Dans sa biographie qui sera composée par Christine de Pisan (1404) à la requête de Philippe le Hardi (3), nous lisons que la « sage administracion du père [Jean II] le fist introduire [Charles V] en lettres moult souffisamment et tant que competemment entendoit son latin, et suffisanment sçavoit les rigles de grammaire ». Toutefois, ainsi que l'observe la femme de lettres, chaque petit prince n'était pas, de la sorte, éduqué « en lettres ». Oh ! non, s'écrie-t-elle, car « laquelle chose pleust à Dieu

(1) Delisle, *Recherches*, I, p. 327. Voir ce qu'il dit de ces entreprises du roi Jean II, p. 326-36. Voir également ci-dessous p. 121, 266 et pour Bonne p. 194.

(2) Voir, pour tout ce qui a trait à ses goûts de bibliophile, l'importante étude de M. L. Delisle, *Recherches sur la librairie de Charles V*. J'y renvoie également pour tout ce qui regarde Jean de Berry. Sur ces deux éminents amateurs de livres, il me semble inutile de fournir d'autres références bibliographiques. Je ne crois pas non plus nécessaire d'énumérer leurs différents inventaires, que publie le savant français.

(3) Voir ci-dessous p. 408.

que ainssy fust acoustumé entre les princes ! et ce seroit chose très convenable et pertinent aux causes des cas divers et particuliers dont la cognoiscence leur est imputée et de droit comise, de quoy ne peut avoir introduccion des loys, ce n'est par estranges exposi- teurs, tout par peresse d'un petit de temps souffrir l'exercitation et labour d'estude » (1) ... En un autre passage de cette même biogra- phie, elle reparle de « la grant amour qu'il [Charles v] avoit à l'estude et à science », et elle ajoute : « Qu'il soit ainssi, bien le démonstra par la belle assemblée de notables livres et belle librairie qu'il avoit de tous les plus notables volumes que par souverains aucteurs ayent esté compillez, soit de la saincte Escripture, de théo- logie, de philozophie, et de toutes sciences, moult bien escrips et richement adornez, et tout temps les meilleurs escripveins que on peust trouver occuppez pour luy en tel ouvrage » ... Mais, écrit-elle aussi, « nonobstant que bien entendist le latin et jà ne fust besoing que on lui exposast, de si grant providence fu pour la grant amour qu'il avoit à ses successeurs, que, ou temps à venir, les volt pour- veoir d'enseignements et sciences introduisibles à toutes vertus ; dont pour celle cause fist par solemnelz maistres, souffisans en toutes les sciences et ars, translater, de latin en françois, tous les plus notables livres (2) ... Et, sur ce, notre zélée biographe dresse une liste des traductions dues à l'initiative du « sage roy ». En résumé, ainsi qu'ailleurs encore elle le dit, Charles v possédait le latin, mais « il ne l'avoit pas pour la force des termes soubtilz, si en usage comme la langue françoise », et, conséquemment, il faisait « translater ». Néanmoins, c'était un lettré, et l'on n'ignore pas qu'il existe aussi des témoignages de Jean Corbechon, de Philippe de Mézières, de Jacques Bauchant, de Raoul de Presles qu'on pour- rait invoquer, s'il le fallait, pour démontrer son « desir de sapience » et le plaisir qu'il éprouvait à fréquenter les gens d'étude. Sa « belle assemblée de notables livres », sa « belle librairie » faisait en même temps l'admiration de ses contemporains. On le conçoit du reste : c'est par ses soins que s'organise la première grande collection de manuscrits des rois de France. A elle, il donne la meilleure partie du temps que ne lui prennent pas les affaires de l'Etat. Elle est magnifiquement installée dans une tour du Louvre et, avec des

(1) *Le livre des fais du sage roy Charles*, v, p. 254.
(2) *Ibid.*, VI, p. 26-7.

volumes « destinés à charmer les loisirs du souverain et des membres de sa famille, elle renferme nombre d'ouvrages rassemblés pour servir aux travaux de théologie, de droit, de science, de littérature et d'histoire » (1). Qu'on veuille bien le remarquer : c'est là un progrès considérable que Charles v réalise. Sans doute, il a des prédécesseurs qui réunissent et même font exécuter de luxueux manuscrits, mais avant lui, « aucun n'avait songé à créer ce que nous appellerions aujourd'hui un établissement d'utilité publique, destiné à survivre au fondateur » (2).

Il lui a survécu. Sa collection a passé à son fils Charles vi qui, né en 1368, a régné (mais quel règne !) de 1380 à 1422 ; elle a fini par atteindre un chiffre qui n'était pas inférieur à 1200 volumes.

Revenons aux frères de Philippe le Hardi. A côté de Charles v doit se ranger, comme collectionneur émérite et mécène délicat, Jean de Berry (1340-1416), le troisième fils du roi Jean (il sera question à l'instant du second, Louis d'Anjou). Christine de Pisan ne l'a pas oublié dans la biographie précitée : Ce prince, écrit-elle, « se délicte et aime genz soubtilz, soyent clercs ou autres, beaulx livres des sciences morales et histoires notables des pollicies rommaines, ou d'autres louables enseignemens ; moult aime et voulentiers en oit tous ouvrages soubtilment fais, et par maistrise beaulx et polis » (3). Mais, tandis que Charles v, en fondant une bibliothèque, pensait aux autres et se souciait de venir en aide aux savants admis à la cour, Jean de Berry était surtout un dilettante, qui recherchait le luxe et les jolis travaux d'art (4). Sa librairie, formée d'environ 300 numéros, passe pour la plus somptueuse du moyen âge. A sa mort elle fut vendue au profit de sa succession (5). Nous la connaissons par plusieurs inventaires soigneusement établis.

Du second fils de Jean ii, de Louis d'Anjou, chef de la deuxième maison de Naples et d'Anjou, il ne nous est point parvenu de catalogue (6). Sa bibliothèque, il l'avait en partie constituée au moyen de livres extraits du Louvre. A l'avènement de Charles vi, il s'en était fait remettre près de quarante et ils étaient choisis dans le

(1) Delisle, *Recherches*, I, p. 1.
(2) Delisle, *Ibid.*, p. 2.
(3) *Roy Charles*, v, p. 351-2.
(4) Delisle, *Recherches*, ii, p. 219.
(5) *Ibid.*, p. 221.
(6) Voir Lecoy de la Marche, *Le Roi René*, ii, ch. v,

fonds le plus remarquable de la librairie royale. On sait que, durant
ce règne, elle fut pillée par d'autres encore, tels les oncles du roi,
les ducs de Berry et de Bourgogne. Et pourtant, malgré ce pillage
et les désordres de ce règne désastreux, le Louvre était riche encore
de plus de 800 volumes au décès de Charles VI. En 1424-1425, le duc
de Bedford, Jean Plantagenet (l'époux d'Anne de Bourgogne, sœur
de Philippe le Bon) les acheta et, selon toute apparence, il en fit
passer la meilleure partie soit en Angleterre, soit, ce qui est plus probable encore, dans le château de Rouen (1). A sa mort (14 septembre
1435), cette superbe bibliothèque, instituée par Charles V, dut être
irrévocablement dispersée (2). La suite de notre étude indiquera
par quelles voies et à quelles dates des livres, sortis de là, sont entrés
dans les collections de Bourgogne. De même en sera-t-il pour la
librairie de Jean de Berry.

Le quatrième fils de Jean II, Philippe le Hardi, aura donc également sa librairie. Nous en déterminerons plus loin le contenu, en
même temps que nous nous occuperons des rapports intellectuels
qui ont uni ce prince à ses trois frères. Nous verrons aussi que,
dans la société aristocratique avec laquelle il fraie, Philippe rencontre d'autres lettrés : par exemple le duc Louis II de Bourbon,
beau-frère de Charles V, lequel avait épousé Jeanne de Bourbon et
qui, suivant Christine de Pisan, prenait son plaisir « en toutes
choses bonnes, soubtilles et belles » (3) ; c'est lui qui commande à
Laurent de Premierfait les traductions du *De Senectute* et du *De
Amicitia* de Cicéron.

Après avoir rapidement décrit le milieu distingué où notre
premier duc de Bourgogne a vécu, et d'où il apporte dans son
duché l'amour des livres comme une sorte de vertu de famille, ce
serait un tort d'oublier que lui et ses descendants Jean sans Peur,
Philippe le Bon et Charles le Téméraire, en répandant sur leurs
provinces du Nord l'éclat de leur mécénat artistique et littéraire,
n'ont pas été seulement les héritiers ou les continuateurs des rois
et princes de France. Dans ces provinces du Nord, la littérature
française était honorée et cultivée avant eux. Là en effet, avant

(1) Voir ci-dessous p. 126.
(2) Delisle, *Recherches*, I, p. 139. Sur le duc de Bedford et ses goûts de
bibliophile, voir *ibid..* p. 396-402.
(3) *Roy Charles*, V, p. 360.

leur arrivée, il existait les cours, intéressantes à divers titres, de Flandre, de Hainaut, de Brabant et de Hollande. Des princes et des princesses y régnaient qui réservaient à cette littérature de spéciales prérogatives. Nos seigneurs de Bourgogne qui leur succèdent ont donc trouvé des traditions établies et ils n'ont eu qu'à les reprendre. Néanmoins ils ont fait autre chose, c'est-à-dire qu'ils ont fait beaucoup plus et beaucoup mieux que leurs devanciers. Souvenons-nous qu'au xive siècle, dans ces régions qui sont devenues leurs Etats, l'influence jusqu'alors si vivace des lettres françaises a baissé, du moins parmi les classes populaires où le flamand se maintient et même reprend vigueur. Mais l'aristocratie (et la haute bourgeoisie, pourrait-on ajouter) estime cependant qu'il est de bon ton de connaître ces lettres. Au siècle des ducs de Bourgogne, elle sera plus que jamais la cliente assidue des écrivains qui écrivent comme à Paris et à Pontoise. L'avènement de ces nouveaux maîtres marque d'ailleurs une sorte de concentration de la noblesse autour de ce qui se nomme le pouvoir. On la voit qui se laisse séduire par eux, qui prétend vivre de leur vie, leur former une cour, adopter leurs goûts en adoptant leur service : « Commencée avant la période bourguignone, dit M. Pirenne, cette transformation se précipite et devient irrésistible du jour où l'unification des Pays-Bas est un fait accompli.... Les descendants des vieilles familles belges, flamandes ou wallonnes, se confondent avec les nobles picards ou bourguignons que les ducs ont amenés dans leur nouvelle patrie, et qui, à côté des Lannoy, des Lalaing, des Croy, des Glymes, des Buren, des Egmont, arrivent, soit par faveur, soit par d'heureuses alliances, aux plus hauts grades de la hiérarchie nobiliaire » (1).

Mais, de même que le goût des lettres, celui du faste est implanté déjà dans nos contrées avant la venue des ducs de Bourgogne. Le xive siècle est, on le sait, celui des beaux règnes de Louis de Male en Flandre, de Jeanne et de Wenceslas en Brabant. Seulement, avec les nouveaux princes, on assiste à un très notable crescendo dans les splendeurs. Oui, certes, quel éblouissant spectacle de luxe que celui qui, de l'apparition de Philippe le Hardi en 1363 à la mort de Charles le Téméraire en 1477, se déroule sous les yeux des courtisans lesquels eux-mêmes y tiennent le rôle d'acteurs ou de com-

(1) *Hist. Belg.*, II, p. 366-367.

parses ! Telles des grandes fêtes bourguignonnes évoquent les magnificences de quelque palais d'Orient. Le train de maison de ces puissants souverains est resté célèbre. Il « embrassait une multitude d'officiers classés en quatre grandes divisions (paneterie, échansonnerie, cuisine et écurie) et constituait une hiérarchie dont les grades montaient depuis les plus vulgaires travaux de la cuisine jusqu'aux plus hautes dignités de l'Etat » (1). Dans une certaine mesure, les hommes de lettres contribuent à former ce train de maison. Il y a là un phénomène social dont peut-être il serait trop long de retracer la genèse, mais dont on doit souligner le caractère en passant : c'est l'importance que prend l'écrivain de cour. Sans doute, on l'a connu de bonne heure en France, ce type d'écrivain. Mais sa glorieuse entrée en scène ne date que du xive siècle. C'est alors vraiment que s'ouvre l'ère, la grande ère des porte-lyre officiels. Admis au service de maîtres plus ou moins généreux, ils ont rang dans leur personnel, ils partagent leurs soucis et leurs allégresses, quelquefois voyageant ou guerroyant à leurs côtés, mais surtout embouchant la trompette pour redire leurs faits d'armes ou bien laissant gémir leur harpe à l'heure des revers et des deuils. Cependant, poètes de cour, ils ne sont pas nécessairement que poètes ; ils ne sont pas uniquement fonctionnaires de lettres, astreints sur terre à l'unique tâche de rêvasser et de rimasser. Au gré des circonstances et des occasions, ils seront tour à tour orateurs, historiographes, versificateurs, organisateurs de fêtes, précepteurs, diplomates.

Chaque milieu a ses astres, mais on ne peut pas ajouter qu'il les conserve indéfiniment : ce sont assez souvent des astres errants qui brillent tantôt en une cour, tantôt en une autre. Pourtant, si les lyres à solde ne sont pas la spécialité ou le monopole de tel ou tel monde, les ducs de Bourgogne semblent bien l'emporter par la quantité et la variété des thuriféraires qu'ils groupent autour d'eux. Et ils l'emportent peut-être aussi par une sorte de continuité, de tradition ininterrompue dans leur protectorat, qui fait de leur littérature une littérature longue de plus d'un siècle. Ils réalisent l' « idéal du genre »,... quel que soit ce genre.

Mais n'ont-ils pas eux-mêmes été hommes de lettres, imitant en cela plusieurs de leurs devanciers, rois, princes, seigneurs, cheva-

(1) Kirk, *Charles le Téméraire*, 1, p. 92.

liers ? N'ont-ils pas cultivé la poésie, à l'instar de Henri I, de Henri III et de Wenceslas de Brabant ? A dire vrai, nous n'avons à mettre en regard de pareils noms que celui de Philippe le Bon et encore ne le faisons-nous qu'avec des réserves (1). Néanmoins, il ne nous paraît point licite de raconter la vie littéraire qui s'est vécue autour des ducs sans examiner la nature de leur éducation et des goûts intellectuels qu'ils ont manifestés dès le jeune âge. Ce qui nous semble également indispensable à la compréhension de cette même vie que nous devons raconter, c'est un aperçu sommaire de leur entourage et de leurs alliances diverses. Nous n'irons cependant pas jusqu'à retracer le tableau complet des événements politiques et sociaux qui se sont produits et ont marqué dans chacun des quatre règnes. Les faits littéraires qui requièrent notre attention donneront lieu à une étude de proportions suffisamment vastes pour que nous ne songions pas à l'allonger par un examen de l'histoire générale du duché. Nous ne toucherons à celle-ci que lorsque des indications seront nécessaires pour l'interprétation d'un ouvrage ou d'un mouvement intellectuel se rattachant à la politique. Exemples : l'assassinat de Louis d'Orléans, les luttes civiles des Bourguignons et des Armagnacs, la création de la Toison d'or, le projet de croisade turque.

§ 3. La famille, l'éducation et les goûts intellectuels des quatre ducs de Bourgogne : Philippe le Hardi, Jean sans Peur, Philippe le Bon et Charles le Téméraire (2).

Philippe le Hardi, né le 15 janvier 1342 à Pontoise, mort le 27 avril 1404 à Hal, avait épousé, comme nous l'avons déjà rappelé, Marguerite, fille de Louis de Male et veuve de Philippe de Rouvre. Unique héritière de son père qui était comte de Flandre, de Nevers et de Réthel, ainsi que de sa grand'mère, Marguerite de France, comtesse d'Artois et de Bourgogne, elle était, dans toute la force du terme, un brillant parti. On sait comment ce « parti » fut recherché par les maisons de France et d'Angleterre et à la suite de quelles démarches habiles la première triompha. La princesse, objet de tant de convoitises, mourut le 16 mars 1405.

____

(1) Voir ci-dessous p. 378.

(2) Pour les données biographiques et généalogiques qui suivent, voir les excellents tableaux placés par M. Pirenne à la fin du tome II de son *Histoire de Belgique*.

De son mariage avec Philippe le Hardi, sont issus cinq fils et quatre filles. Le premier de ces fils, Jean sans Peur, est naturellement celui qui nous intéresse le plus, mais, parmi les autres, nous devrons aussi mentionner (1) Antoine (1384-1415, tué à la bataille d'Azincourt), comte de Réthel, puis duc de Brabant, et Philippe 1389-1415, bataille d'Azincourt) devenu, par renonciation de ses frères Jean et Antoine, comte de Nevers et de Réthel. Des filles, il en est deux dont nous retiendrons les noms : Marguerite (1374-1441) qui fut unie le 12 avril 1385 à Guillaume IV de Bavière, comte de Hainaut, de Hollande et de Zélande ; Marie (1380-1428) qui épousa, en mai 1401, Amédée VIII, comte, puis duc de Savoie.

L'esquisse tracée plus haut de la vie intellectuelle de Charles V et de Jean de Berry permet de se figurer le milieu cultivé où Philippe le Hardi a dù grandir. Sans vouloir tirer la conclusion : *ab uno disce omnes*, on a le droit de lui supposer des années d'enfance et d'adolescence où il fut « introduit en lettres moult souffisamment » (2). La « sage administration » de son père Jean II nous est comme un garant de la chose. Il a d'ailleurs commandé un livre spécialement pour son fils Philippe : le *Déduit des chiens et des oiseaux* par Gace de la Bigne (3). Ce genre de *déduit* entrait alors dans le programme d'études d'un prince, lequel programme comportait différents exercices physiques : outre la chasse, c'étaient l'équitation, le maniement des armes. le jeu de paume. Il y avait aussi les pratiques de dévotion et les arts d'agrément, tels que la musique, la danse, les jeux d'échecs, de dés, de tables, etc... Les traités sur la plupart de ces matières n'ont pas manqué aux seigneurs de Bourgogne. Au sujet de l'éducation et des spécialités sportives du premier d'entre eux, Philippe le Hardi, il n'est pas inutile de savoir qu'il aimait la chasse, qu'il avait la réputation d'être habile dans l'art des déduits de vénerie et de volerie ainsi qu'au jeu de paume. D'autre part, il est bon de se souvenir que, fils d'un roi de France, il a une intellectualité essentiellement française (4). Il vit beaucoup

---

(1) De la famille de Bourgogne je ne cite ici que les membres qu'il importe de connaître pour comprendre le travail qui suit.

(2) Christine de Pisan dit que c'était un « prince de très grand sçavoir », *Roy Charles*, V, p. 354.

(3) Voir ci-dessous p. 266.

(4) Un point digne de remarque est le nombre considérable d'ouvrages, parus en France dans les dernières années du XIVᵉ siècle et les premières du XVᵉ, qui se trouvent chez Philippe le Hardi et son fils Jean sans Peur.

à Paris ou dans les environs, sans toutefois négliger ses terres héréditaires de la Bourgogne. Or, Paris est, à son époque, un grand
centre d'art, et l'on ne s'étonne point de voir des artistes de la
Flandre et des contrées voisines situées au Nord de la France s'y
rendre pour faire leur carrière. Ainsi qu'on l'a dit, les mêmes
hommes, cent ans plus tard, n'auraient eu pour atteindre le même
but qu'à demeurer dans leur pays, à Bruges, Gand et Bruxelles. Seulement, à la fin du xive siècle, « la Flandre, bien qu'ayant sa vie personnelle, relevait de la couronne des Fleurs de lys, de par les droits
de suzeraineté, au même titre, par exemple, que le duché de Bourgogne, si bien qu'un peintre né à Bruges ou à Ypres n'était pas plus
un étranger à Paris qu'un peintre sorti d'Auxerre. Mais l'attraction
de Paris dépassait les limites politiques du royaume de France,
elle avait son action dans le Brabant et le Hainaut » (1). Les relations de la Flandre avec la France se sont naturellement développées par le mariage de Philippe le Hardi avec Marguerite en 1369,
mariage qui devait lui valoir l'annexion à son duché de ce comté de
Flandre que Christine de Pisan définissait : « le plus noble, riche
et grant qui soit en crestienté » (2). Détail typique à joindre aux
précédents, leur fils Antoine de Bourgogne, qui est le maître des
duchés de Brabant et de Limbourg, et leur gendre Guillaume de
Bavière, qui possède les comtés de Hainaut et de Hollande, séjournent à Paris, y ont des hôtels, et se mêlent intimiment à la vie de
la cour de France (3).

On a publié les *Itinéraires* de Philippe le Hardi ainsi que ceux de
Jean sans Peur, et l'éditeur de ces précieux documents, tout en
insistant sur la multiplicité et la rapidité de leurs voyages, a pu
formuler l'observation suivante : « Ces itinéraires intéressent beaucoup plus l'histoire de France en général que l'histoire du duché de
Bourgogne où Philippe le Hardi et Jean sans Peur ont fort peu
résidé... Les épisodes divers, racontés dans ces comptes, se passent
moins en Bourgogne que partout ailleurs, et principalement à
Paris, où Philippe le Hardi et Jean sans Peur firent surtout résidence. Nous nous promenons de Paris dans les châteaux des environs, où nos ducs séjournaient le plus habituellement, dans leurs

(1) Durrieu, *Peinture en France*, p. 104.
(2) Petitot, *Roy Charles*, v, p. 353.
(3) Durrieu, *Ibid.*, p. 140.

hôtels d'Artois, de Conflans, de Villeneuve-Saint-Georges, de Corbeil, de Plaisance, de Beauté-sur-Marne, etc... Ils y trouvaient des distractions et une société plus variée que dans leurs domaines de Bourgogne » (1).

La plupart des littérateurs et des libraires de Philippe — nous le constaterons — seront du reste des Français ou même des Parisiens. Toutefois, pour ses peintures et ses enluminures, il s'adresse de préférence à des artistes des provinces du Nord (2). Devenu l'héritier de Louis de Male, il institue à Lille pour ses pays de Flandre une Chambre des Comptes analogue à celle qui avait été installée à Dijon par les ducs de la première maison. Enfin n'omettons pas de noter que les intérêts artistiques de cette dernière ville lui tenaient à cœur (3).

C'est là, dans la capitale de la Bourgogne, qu'est né le 28 mai 1371 Jean sans Peur, le second duc, qui fut assassiné sur le pont de Montereau-faut-Yonne, le 10 septembre 1419. Il reçut de son père (16 mars 1384) le titre de comte de Nevers (qu'il abandonna en 1404 à son frère Philippe), devint duc de Bourgogne au décès de Philippe le Hardi et, après celui de sa mère, comte de Flandre, d'Artois et de Bourgogne. Le jour où sa sœur Marguerite s'unit à Guillaume de Bavière, c'est-à-dire le 12 avril 1385, il épousa Marguerite, fille d'Albert de Bavière, comte de Hainaut, de Hollande et de Zélande, laquelle mourut en janvier 1424. Il avait eu pour « maistre en doctryne d'escolle » Baudouin de la Nieppe, un personnage de bel avenir, car il remplit également les fonctions de doyen de la collégiale de Laon, devint prévôt du chapitre de Saint-Donat à Bruges (29 octobre 1397) et fut ensuite élu chancelier perpétuel de Flandre, à Paris, par Philippe le Hardi (4). On sait qu'il exerçait son emploi de précepteur en 1378 : son élève avait alors sept ans. On a dit que « ce pédagogue peu connu mérite peut-être de l'être davantage, précisément à cause du succès douteux qu'il obtint dans l'éducation de celui qui fut Jean sans Peur » (5). Peut-être en effet,

(1) Petit, *Itinéraires*, p. XI-XIV.
(2) Durrieu, *Peinture en France*, p. 140.
(3) Fierens, *Renaissance*, p. 57-58.
(4) Gilliodts Van Severen, *Inventaire des Archives de Bruges*, III, p. 93, 400, n. 1. Il dit, en outre, que Baudouin fit prendre possession de sa dignité de chancelier le 19 décembre 1397 et qu'il mourut en 1410.
(5) Canat de Chizy, *Marguerite de Flandre, duchesse de Bourgogne, sa vie*

bien que d'habitude on n'ait pas droit à la renommée pour n'avoir
pas réussi dans ses entreprises. C'est de lui que le petit prince aurait
appris le flamand (1). Lui doit-il d'autres connaissances encore ?
Nous l'ignorons. Tout ce qu'il nous est permis d'ajouter, c'est que,
suivant le libellé d'un compte, « maistre Baudouin de la Niepe, retenu
et ordonné par monseigneur [Philippe le Hardi] à instruire et apprendre Jehan Monsieur, [est] à la pension de six vingt frans d'or,
foin et avoine pour deux chevaux, et robe touttes fois que les autres
clercs de monseigneur le duc les auront, et veult mon dit seigneur
... que le dit messire Baudouin vint devers le dit Jehan Monsieur
pour lui instruire, tout comme il plaira à mon dit seigneur ». Au
fait, l'éducation de « Jehan Monsieur » fut surtout militaire et il
devint plus habile à manier l'arc, l'épée et la lance que la plume (2).

Etant jeune, il a vécu à Paris, en Bourgogne et surtout en Flandre
« où son père lui fit faire des séjours longs et nombreux pour l'initier
aux mœurs de ce pays qui formait dès lors la base de la puissance
bourguignonne » (3). Devenu duc, on le trouve rarement en Bourgogne, mais presque toujours en France, à Paris ou aux environs,
dans les provinces du Nord et de la Flandre (4). Si Paris et la
France l'attirent et le retiennent souvent, c'est qu'il veut y gouverner et qu'il doit y combattre. N'en arrive-t-il pas d'ailleurs à confier
les affaires de la Flandre et de l'Artois à son fils, le futur Philippe
le Bon, et celles de la Bourgogne à sa femme ? Mais ce n'est pas
un Français : il n'en a pas le tour d'esprit ou la mentalité, et l'on

intime et l'état de sa maison, Mém. de l'Acad. des sciences, arts et belles-
lettres de Dijon, 1858-59, p. 187.

(1) Pirenne, *Hist. Belg.*, ii, p. 236. Dans la *Biographie Nationale*, xvii, col.
220, il dit que Jean sans Peur « apprit le flamand et l'allemand, et s'exerça
à parler le latin, langue diplomatique de l'époque, mais d'ailleurs, sans
grand succès ».

(2) E. Petit, *Itinéraires*, p. 508. Vernier, *Philippe le Hardi*, p. 36-37 écrit :
« Jusqu'à l'âge de neuf ans, son intelligence ne fut pas cultivée, et encore
n'eut-il jamais qu'un seul maître, Baudoin de la Nièpe ... Mais, à peine
âgé de dix ans, il écrit à Jean de Vergy, au prieur de Saint-Léger, à
Soyer de Gand, aux enfants de Marrigny, de venir en armes à Marmagne,
près de Montbard, pour aller de là soumettre Paris révolté contre le roi.
Ainsi se révélait la nature belliqueuse de celui qui fut Jean sans Peur ».

(3) Pirenne, *Biogr. Nationale*, xvii, col. 220.

(4) Lamerre, *Grand Conseil*, p. 26, dit pourtant que dans les villes de
Dijon, Lille et Gand il se rend encore moins souvent que son prédécesseur.

raconte qu'il arborait une devise flamande : *ik houd* (je tiens). Sa politique est bourguignonne, et sa littérature l'est en bonne partie aussi.

Combien, sous le règne de Philippe le Bon, la politique et la littérature accentueront-elles ces tendances séparatistes, c'est-à-dire bourguignonnes et antifrançaises ! Le troisième duc, le grand duc Philippe le Bon est né à Dijon le 3o juin 1396 et mort à Bruges le 15 juin 1467. C'est le seul fils de Jean sans Peur lequel eut sept filles dont quatre ont droit à une mention : Marguerite (morte en 1441) mariée 1º en 1409 au duc Louis de Guyenne (né en 1397, mort en décembre 1415), troisième fils de Charles VI, roi de France et d'Isabeau de Bavière, 2º en octobre 1423 à Arthur, comte de Richemont, puis duc de Bretagne, connétable de France ; — Marie (morte en octobre 1463) unie en juillet 1406 à Adolphe IV de La Marck, duc de Clèves ; — Anne (morte en novembre 1432) qui épouse en avril 1423 Jean Plantagenet, duc de Bedford ; — Agnès (morte en décembre 1476), qui prend pour mari en août 1425 Charles I, comte de Clermont, puis duc de Bourbon. Cette dernière eut des goûts littéraires et nous signalerons des manuscrits intéressants qui lui ont appartenu (1). Le mariage des deux sœurs de Philippe, Marguerite et Anne, a fait entrer dans la famille deux lettrés, le duc de Bedford que nous avons déjà cité comme tel (2), ainsi que Louis de Guyenne, un collectionneur de joyaux et un amateur de livres : dauphin de France après la mort prématurée de ses deux frères aînés, il a disparu lui-même avant d'avoir accompli sa dix-neuvième année, mais il avait eu le temps de mener une vie de haut luxe et de fortes débauches.

Jean sans Peur s'est imposé, en vue de ses filles et de son fils, des achats de livres classiques. Ils seront spécifiés en leur lieu. Pour l'instant, il nous suffira de faire connaître les soins apportés à l'éducation de Philippe. Un compte nous indique le nom de son « maistre en escole », Jehan de Resinghem, avec le montant de sa pension en 1412 : cent francs d'or (3), et d'autre part Chastellain nous relate ainsi ses premières années : « Sy avoit en son enfantin âge esté nourry avec le roy [de France] en sa court, et avec messei-

(1) Voir ci-dessous p. 53 et 94.
(2) Ci-dessus p. XVI ; voir également ci-dessous p. 126.
(3) Laborde, I, nº 133.

gneurs les enfans du roy trèstous, dont Charles, conte de Ponthieu, le dernier et le plus jeusne encores, estoit petit pour lors qu'il y residoit. Sy n'eurent gaires d'accointance ensemble pour la différence de leurs âges » ... Le chroniqueur continue en remémorant les sympathies qu'avait Philippe pour la nation française, lui que devait si profondément décevoir, sous ce rapport, l'attentat du pont de Montereau (1). Mais, s'il fut « nourry en son enfantin âge avec le roy » de France, « sa jeunesse s'écoula beaucoup plus au *Prinsenhof* de Gand qu'à l'hôtel d'Artois à Paris » (2). C'est en la ville flamande, à la date de 1422, que mourut sa première femme, Michelle, fille de Charles vi (il l'avait épousée en juin 1409). C'est là que de bonne heure il fut envoyé pour tenir résidence et sans doute il a dû s'y familiariser avec le parler local (3). En même temps, il prend contact avec le pays par des visites ou des voyages en divers sens.

Quelqu'un a dit que, si Jean sans Peur ne s'est pas acquis une réputation de prince éclairé et lettré, au moins il se recommande par l'éducation littéraire qu'il fit donner à son fils : « Ce dernier (ajoute l'historien dont nous rapportons l'opinion) apostillait et signait souvent des diplômes dont plusieurs sont des chefs-d'œuvre de style légal, de précision et de pureté grammaticale. Dans un de ces actes, qui est aux archives de l'Etat à Bruxelles, nous avons trouvé l'application orthographique d'un grand nombre de règles des participes, aussi exactement qu'on le ferait aujourd'hui « (4). Oui, mais n'était-ce pas plutôt l'un de ses secrétaires qui, en l'occurrence, tenait la plume et savait si bien la grammaire ? C'est ce qu'il est permis de se demander également pour les autres ducs. Est-ce que leur correspondance est, à ce point, l'expression de leur moi intellectuel et moral ? On peut se demander aussi, en considérant les documents rédigés en latin pour les ducs, s'ils connaissaient à fond cette langue et si, dans les cas embarrassants, ce n'étaient pas les scribes qui devaient la posséder pour eux. Nous voyons bien à leur cour des panégyristes qui les célèbrent en un style plus ou moins cicéronien. Mais les maîtres étaient-ils à même de saisir pleinement

---

(1) Kervyn, *Chastellain*, i, p. 41.

(2) Pirenne, *Hist. Belg.*, ii, p. 236. Voir aussi p. 356.

(3) Voir dans Pirenne, *ibid.*, p. 236, la preuve que Philippe le Bon a su le flamand.

(4) C'est Marchal qui parle ainsi dans son édition des *Ducs de Bourgogne* de Barante, vi, p. 37.

toutes les belles choses qui leur étaient ainsi dites ? Plus ou moins
sans doute, et c'est ce que prouverait certain incident diplomatique
que rapporte Chastellain au sujet de Philippe le Bon. Un jour
(c'était en 1461) à Valenciennes, en présence des ambassadeurs
d'Angleterre, Jean Jouffroy qui fut aussi un homme de lettres et un
homme d'affaires au service de Bourgogne avait harangué en latin
le glorieux duc sur le « propos » de la croisade turque. Il parlait à
titre de légat du pape Pie II. Philippe chargea l'évêque de Tournai,
Guillaume Fillastre, de répondre au discours qui venait d'être prononcé. Le prélat le fit et dit : « Très révérend père en Dieu et très
honoré seigneur, mon très redoubté monseigneur le duc icy présent m'a commandé et fait dire comment il, jà-soit-ce que peu il
entende latin, sy a-il bien livré ascout et soigneuse entente à vostre
proposition, dont il m'a commandé à résumer ici les parties au plus
près de mon povre et rude entendement » (1). Ne négligeons cependant pas de faire observer que le même orateur, Guillaume Fillastre, prétend que ce parler, qui n'était pas sans difficultés pour
Philippe le Bon, n'en présentait point pour Charles le Téméraire (2).

Revenons un instant encore aux premières années de Philippe
le Bon pour adjoindre aux renseignements précités l'indication d'un
compte de 1410 suivant lequel, à cette date, « Monseigneur de Charrolois [c'était son titre] apprenoit à jouer de la harpe » (3). Sur sa formation artistique et les divertissements qu'il affectionnait, on possède également un témoignage intéressant, mais qui ne vient qu'un
siècle après : il émane d'un chroniqueur, Philippe Wielant, qui
avait connu sa cour : « Le ducq Philippe prenoit en sa jeunesse
son passetemps à danser, bancquetter, jouster, voler [chasser au
faucon], jouer à barres, jouer à la palme, tirer de l'arcq et en telz
aultres esbatemens que tous luy afféroient bien, et en avoit bonne

(1) Kervyn, *Chastellain*, IV, p. 160-3. Voir aussi le même éditeur, *Chron.
ducs de Bourg.*, III, p. X et Fierville, *Le cardinal Jean Jouffroy et son temps*,
Paris, 1874, p. 93-4.

(2) Voir ci-dessous p. XXXII. Il est à remarquer qu'au XIVe siècle, « dans
presque toutes les villes [belges]. le flamand se substitue au latin pour les
actes d'administration courante, pour la teneur des registres fonciers,
pour le dressement des comptes », Pirenne, *Hist. Belg.*, II, p. 446.

Encore que mon travail ait uniquement pour objet la littérature française, j'ai dû parfois mentionner des compositions latines adressées aux
ducs.

(3) Petit, *Itinéraires*, p. 594.

grâce, parce qu'il avoit à ce esprit et corps de mesmes ; et par le
contraire le ducq Charles en sa jeunesse estoit fort pesant et morne
et ne prennoit nul plaisir en telz jeux ny esbatemens, et s'il dansoit
ou jouoit, c'estoit à demy contraincte, et ne luy afféroit point
bien » (1). En somme, nos informations sur le premier développement intellectuel du « ducq Philippe » sont assez restreintes, mais
au moins sait-on que de bonne heure s'est annoncé en lui le grand
prince qu'il devait être. Dès le règne de son père, il a fait son apprentissage politique : il est son suppléant dans le Nord et, par là, il
s'entraîne au métier de diplomate qu'il exercera bientôt avec une
incomparable maîtrise. Ayant reçu en 1419, après l'assassinat de
Jean sans Peur, par voie de succession directe, le duché de Bourgogne, les comtés de Flandre et de l'Artois, il y ajoute en 1421 le comté
de Namur qu'il achète à Jean III. En 1428, au concordat de Delft,
Jacqueline de Bavière lui assure son héritage, soit les comtés de
Hainaut, de Hollande, de Zélande et la seigneurie de Frise, et, le
12 avril 1433, elle lui cède ces différents pays. Dans l'intervalle de ces
deux dates, en 1430, il est devenu, par le décès de Philippe de Saint-
Pol son cousin, duc de Brabant, de Limbourg et marquis d'Anvers.
Enfin, en 1442, Elisabeth de Gorlitz le nomme mambour du duché
de Luxembourg et en 1444, moyennant une pension annuelle de
8000 florins, elle lui abandonne tous ses droits : il ne pouvait en
jouir qu'après la mort de la princesse (1451).

Marié une première fois avec une Française, Michelle, qui meurt
en 1422, il en épouse une seconde le 30 novembre 1424, Bonne
d'Artois, veuve du comte Philippe de Nevers (laquelle meurt à son
tour, le 17 septembre 1425) et il contracte une troisième union, le
7 janvier 1430, avec Isabelle, fille du roi Jean I de Portugal et de
Philippine de Lancastre. qui vit jusqu'au 17 décembre 1471. Son
fils Josse ou Judocus, né le 14 avril 1432 et décédé en bas âge, nous
occupera très peu (2). En revanche, une grosse part de notre étude
nous sera prise par son autre fils, Charles le Téméraire, né le 10
novembre 1433 à Dijon, et tué devant Nancy le 5 janvier 1477. Du
vivant de son père, il a, comme lui, porté le titre de comte de
Charolais. Comme lui, il a fait trois mariages : 1º en mai 1439, avec

(1) *Antiquités de Flandre*, p. 126-7.
(2) Voir ci-dessous p. 223 et 352. Nous n'aurons rien à dire de l'aîné
Antoine, né le 30 septembre 1430 et mort le 5 février 1431.

Catherine, fille de Charles VII, roi de France, morte le 28 août 1446 ;
2° le 30 octobre 1454, avec Isabelle, fille de Charles I, duc de Bourbon, morte le 25 septembre 1465 ; 3° le 3 juillet 1468, avec Marguerite d'York, sœur d'Edouard IV, roi d'Angleterre, morte en 1503.

Dans un curieux parallèle qu'il établit entre Philippe le Bon et
Charles le Téméraire, un chroniqueur dont nous avons invoqué
déjà le témoignage (c'est Philippe Wielant) définit ainsi leurs sentiments à l'égard du royaume de France qui a donné plusieurs duchesses à la famille de Bourgogne : « Le duc Philippe aymoit la
maison de France et se tenoit fort heureux et bien honnoré d'en
estre venu et sorty », mais « le ducq Charles ne hayssoit rien tant
que la maison de France. Depuis la paix d'Arras, le duc Philippe
portoit tousjours grand honneur à la personne du roy de France,
ostant tousjours son chaperon, quant on parloit de luy, et le ducq
Charles se tenoit esgal au roy de France, et en tous traittez et actes
vouloit user d'égalité » (1). A plus d'une reprise, nous aurons à
commenter ce parallèle ou, pour mieux dire, plus d'un fait littéraire que nous nous bornerons à exposer en formera le commentaire.
Dès à présent, il sied de noter que Philippe le Bon est le duc, le
grand duc de Bourgogne, qu'il est très loin d'être, comme Philippe
le Hardi, un Parisien, que sa résidence, ce n'est plus Paris et les
environs, ce n'est plus même la Bourgogne ; c'est la Flandre, c'est
la Belgique, c'est Bruxelles, c'est Gand, c'est Bruges.

A plus forte raison, en sera-t-il ainsi pour son fils. Le petit
Charles n'avait pas deux ans lorsque sa mère partit avec lui pour
les Pays-Bas : c'est là que son enfance s'est écoulée. Il approchait de
la trentaine (c'était après l'avènement de Louis XI, 1461) quand il se
rendit en Bourgogne où il n'était plus allé depuis sa naissance (2).
De même que Philippe le Bon l'avait été auprès de Jean sans Peur,
le comte Charles fut associé au trône : en 1451 et en 1454, il remplace son père appelé, la première fois, dans le Luxembourg, la

<hr>

(1) *Antiq. Flandre*, p. 52-3.

(2) Vinchant, *Annales du Hainaut*, IV, p. 267-8, dit qu'en 1461, « il alla par
le congé du duc son père, en Bourgogne, où il n'avoit esté depuis sa
naissance, car tout petit qu'il fust, il fut apporté de là en Flandre et
nourry à Gand ». Cf. Petit, *Itinéraires* ; Gachard, *Itinéraires de Philippe le
Bon et de Maximilien* (COLLECTION DES VOYAGES DES SOUVERAINS DES PAYS-
BAS, CHRON. BELGES INÉD., I, 1876) ; Van Praet, *Essai sur l'histoire politique
des derniers siècles*, Bruxelles, 1867, p. 39 ; Quantin, p. 25.

seconde, à la diète de Ratisbonne ; dix ans plus tard (1465), le père vivait encore, mais le véritable duc de Bourgogne était son fils.

Charles n'avait pas les goûts de Philippe, et déjà l'on a entendu leur chroniqueur Wielant énumérer les « esbatements » auxquels le premier restait indifférent et qui séduisaient le second. Pourtant le contraste qu'il établit entre eux est peut-être trop accentué, si l'on en croit un autre chroniqueur mieux informé et qui nous a laissé des renseignements assez variés sur le Téméraire : c'est Olivier de la Marche. Ecoutez-le d'abord qui représente le petit Charles « aux estudes : Il apprenoit [dit-il] à l'escolle moult bien, et retenoit, et s'applicquoit à lire et faire lire devant luy, du commencement, en joyeulx comptes et ès faictz de Lancelot et de Gauvain, et retenoit ce qu'il avoit ouy mieulx qu'aultre de son eage » (1). L'on verra plus loin qu'au culte des héros de la Table Ronde, il a joint, étant plus âgé, celui des héros de l'Antiquité. Si nous consultons de nouveau Olivier, il nous apprendra qu'en janvier 1444, Philippe le Bon étant à Bruxelles, [il] « luy vint au devant monseigneur Charles de Bourgoingne, son filz, conte de Charrolois, honnorablement accompaigné et principallement de josnes enffans de grant maison, de son eaige ou moindre ; et povoit avoir onze ou douze ans d'eaige. Et estoient avec luy Jehan de la Trimoille, Philippe de Cry [Croy], Guyot de Brimeu, Charles de Ternant, Philippe de Crevecueur, Philippe de Wavrin et moult d'aultres ; et estoient montez sur petitz chevaulx, harnachez comme celluy de leur maistre ... Et conduisoit ledit conte de Charrolois un moult honneste et saige chevalier, nommé messire Jehan, seigneur et ber d'Auxy. Celluy chevalier estoit bel homme, bien renommé, de bon eage, beau parlier, et voulentiers recitoit choses et matieres d'honneur et de hault affaire. Il estoit chasseur et volleur [chasseur au *vol* du faucon], duit à tous exercices et à tous jeux ; et n'ay pas congneu ung chevalier plus ydoine pour avoir le gouvernement d'ung josne prince que luy ; et moult bien luy seoit la conduicte de son maitre » (2). « Messire Jehan », dont on nous parle ici, est Jean IV, seigneur et ber d'Auxy, chevalier, conseiller et chambellan du duc de Bourgogne, qu'un troisième chroniqueur de la maison, Jean de Wavrin,

(1) *Mémoires*, II, p. 217. Voir aussi p. 216 sur son caractère à l'époque de l'enfance.
(2) *Ibid.*, II, p. 51.

dépeint en ces termes : « Il eut en gouvernement le duc Charles de Bourgogne, en son enfance, dez qu'il fut osté de ses nourrices, et son premier chambellan tant qu'il vesquist : il obtint de belles offices du duc Philippes de Bourgongne, en son vivant, et aprez le trespas dudit duc Philippes, le duc Charles les luy conferma » (1). Lors de la première joute à laquelle Charles participe, en 1452 à Bruxelles, son précepteur est là : « Et tenoit fort de près [raconte à cette occasion Olivier de La Marche] le seigneur d'Auxi et Jehan de Rosimboz, seigneur de Formelles, ces deux qui l'avaient norry et gouverné dois son enffance » (2). Ce Jean de Rosimboz est un autre chambellan du comte de Charolais ; de plus, il a été l'écuyer tranchant de la duchesse de Bourgogne, le conseiller du duc et le gouverneur de Lille. On se demande s'il faut reconnaître en lui le « gouverneur de Lille » que mentionnent, sans autre désignation, des inventaires et des manuscrits bourguignons et qu'ils mentionnent comme ayant vendu des livres à Philippe le Bon (3).

Olivier de La Marche consacre d'autres lignes au caractère et au tempérament de son maître Charles et ce sont des lignes d'où il résulte que les divertissements *sportifs* (nous ne parlons pas des *mondains*) agréaient à celui-ci plus que ne le dit Wielant : « De sa nature desiroit la mer et bateaulx sur toutes riens. Son passe temps estoit de voller à esmerillons [chasser au vol des oiseaux], et chassoit moult volentiers, quant il en povoit avoir le congié. Il jouoit aux eschetz mieulz qu'aultre de son temps. Il tiroit de l'arc et plus fort que nul de ceulx qui estoyent nourriz avecques luy. Il jouoit aux barres à la façon de Picardie, et escouoit [jetait] les aultres par terre et loing de luy ; et depuis, en fournissement de jours et de force, il fut tenu et nommé moult bon et puissant archier, et moult rude, fort et adroit joueur de barres. Et ainsi croissoit le conte et estoit norri, duict et appris, et de soy queroit et s'adonnoit à tous bons et honnestes exercites » (4). Enfin Olivier dit ailleurs encore : « Il estoit puissant jousteur, puissant archier et puissant joueur de

____

(1) *Anchiennes cronicques*, III, p. 305. Voir aussi *ibid.*, p. 306, ainsi que d'Escouchy, II (Table des matières, s. v. *Auxy*) ; Monstrelet, IV, p. 159, V, p. 308 ; La Marche, II, p. 416.

(2) *Mémoires*, II, p. 215-16. Voir aussi le t. IV, Table, s. v. *Rosimbos* et d'Escouchy, II, Table.

(3) Voir ci-dessous p. 136, 208-09, 293 et 424.

(4) II, p. 217.

barres... Il aimoit la chasse sur toutes choses et voulentiers combatoit le sengler et en tua plusieurs. Il aimoit le vol du herron » (1). Mais les « exercites » du monde, les plaisirs de société le séduisaient peu. Toutefois, il s'intéressait aux arts et il était amateur de musique. Agé de sept ans, il reçoit une harpe (2). On dit même qu'il composait : un feuillet de garde d'un manuscrit porte qu' « en l'an 1460, le 23e jour d'octobre, qui est le jour de saint Séverin, [il] fist ung mottet et tout le chant, lequel fust chanté en se présence après messe dicte en le vénerable église de Cambrai par le maistre et les enfans ». En outre, Olivier de La Marche rapporte qu'il « fist le chant de plusieurs chanssons bien faictes et bien notées » (3).

A coup sûr, Philippe le Bon eut soin de l'instruction de son fils. S'il a rassemblé tant de livres, ce n'est pas uniquement pour luimême ; il a dû songer également à Charles. De Charles, la mère s'occupe aussi. Elle lui procure des manuels de dévotion et d'éducation. On se rappelle que le jeune prince est né en 1433 ; six ans après, il est uni à Catherine de France (1439) et, détail piquant, il obtient l'année de son mariage « pour son esbatement », entre autres jouets, un « jeu d'eschez de bois, tailliez à façon de personnaiges et ung chariot de cuivre » (4). L'équitation, autre « esbatement », a dû commencer de bonne heure pour lui, car en 1435, alors qu'il avoit à peine deux ans, un sellier de Bruxelles, Jean Rampart, lui fournit un cheval de bois garni d'une selle, bride et collier (5). En 1443 (il compte alors quatre ans de mariage) sa maison ou son personnel comprend encore Mme Marguerite de Villiers-la-Faye, qu'un document de cette date définit : « naguères gouverneresse de Mgr le comte de Charolois » (6). A ce moment, Antoine Hanneron est au service de la cour en qualité de précepteur. Ancien étudiant de l'Université de Louvain, il porte, dès 1438, le titre de « maistre des

(1) I, p. 122.

(2) Laborde, I, no 1344, a. 1440-41.

(3) Ch. A. Lefebvre, *Matériaux pour l'histoire des arts : Mémoires de la Société d'Émulation de Cambrai*, XXXI, 1e part. Voir aussi sur Charles harpiste et compositeur, le *Bulletin scientifique et littéraire du Nord*, II, 1870, p. 303 ; Pinchart, *Archives*, III, p. 154 ; La Marche, I, p. 122 ; Kervyn, *Chastellain*, VII, p. 229 ; Buchon, *Chroniques de Jean Molinet*, Paris, 1827, I, p. 73.

(4) De La Fons-Mélicocq, *Dons et Courtoisies*, p. 225.

(5) La Marche, II, p. 217.

(6) Quantin, p. 17.

bastars de Monseigneur » Philippe le Bon (1), et en 1447, il peut y ajouter ceux de conseiller du duc, prévôt de Sainte-Waudru à Mons, archidiacre de Cambrai, maître d'école de Monseigneur de Charolais et gouverneur de Francisque, fils du marquis de Ferrare. C'était un savant de marque : il fonda le collège de Saint-Donat à Louvain. Philippe en a fait plus d'une fois son agent diplomatique (2).

Un autre personnage de la cour, Guillaume Fillastre, en offrant au duc Charles son traité de la *Toison d'or* (1472), lui écrivait : Je l'ai rédigé en français pour être compris de votre entourage, car si vous eussiez été seul en jeu, j'aurais eu recours au parler des clercs, étant donné qu'à vous, « mon très redoubté seigneur », la langue latine est « familière come la françoise » (3). D'autres témoignages confirment celui de cet écrivain. Le Téméraire admirait tout spécialement l'Antiquité, mais pourtant en dépit de sa science en la matière, il trouvait plus simple — chose qui d'ailleurs s'expliquerait même chez un latiniste de profession — de lire et d'apprécier ses chers anciens en prose française : d'où ses commandes de traductions (4). Outre le latin, il a connu la langue de ses sujets thiois ainsi que celle de sa troisième femme, Marguerite d'York, soit donc l'anglais.

Charles a eu, de sa seconde femme, une fille du nom de Marie. Née à Bruxelles le 13 février 1457, morte à Bruges le 27 mars 1482, elle fut unie le 19 août 1477 à Maximilien d'Autriche, fils de l'empereur Frédéric III. C'est Maximilien I, empereur d'Allemagne, qui a régné de 1493 à 1519. Notre étude ne va pas au delà de l'année 1477, et par conséquent, si elle s'occupe du gendre et de la fille du Téméraire, ce n'est qu'incidemment. Toutefois, nous aurons à citer très souvent trois inventaires qui ont paru à l'époque de Maximilien (1485, 1487 et 1504) et qui sont examinés dans l'exposé suivant. Plus que l'enfant unique de Charles de Bourgogne, son frère adultérin retiendra notre attention : c'est Antoine, dit le grand bâtard de Bourgogne (1421-1504), le fils naturel de Philippe

---

(1) Voir les dépenses qu'il fait pour « entretenir aux études » à Paris ou à Louvain, Jean, bâtard de Brabant, Louis de Bourbon, Jean et Jérôme de Bourgogne, fils de Corneille, bâtard de Bourgogne : De La Fons-Mélicocq, *Dons et Courtoisies*, p. 226-7, et Quantin, p. 48-49.

(2) Voir ci-dessous p. 262.

(3) Voir ci-dessous p. 161.

(4) Voir *Hadriani Barlandi Hollandiae comitum historia et icones cum selectis scholiis ad Lectoris lucem. Ejusdem Barlandi Burgundiae Ducis vita*, 1585, p. 298.

le Bon et de Jeanne de Prelle (la fille de Louis ou Raoul, seigneur
de Lisy). Enfin, nous aurons encore d'autres parents du même
Philippe le Bon à faire connaître, tels que Jean de Calabre qui
avait épousé, en 1438, sa nièce Marie de Bourbon.

§ 4. Les Inventaires des librairies des ducs de Bourgogne.

C'est naturellement une source capitale pour l'histoire de leur
littérature. Il s'agit de neuf inventaires datés respectivement des
années 1404, 1405, 1420, 1423 (1), 1467, 1477, 1485, 1487 et 1504,
inventaires dont les six premiers ont été dressés après la mort des
ducs et duchesses Philippe le Hardi (1404), sa femme Marguerite
de Flandre (1405), Jean sans Peur (1420), sa femme Marguerite de
Bavière (1423), Philippe le Bon (1467) et Charles le Téméraire (1477).
Les trois derniers ont été rédigés après la période qui fait l'objet de
notre étude (ceux de l'époque de Maximilien d'Autriche), mais on
ne peut omettre de les utiliser pour les renseignements qu'ils contiennent sur les manuscrits de Bourgogne (2). En ce qui regarde
ceux-ci, il convient d'observer que, dans les inventaires en question,
ils ne forment qu'une partie d'un tout, c'est-à-dire qu'ils y apparaissent mêlés aux autres biens laissés par les ducs et duchesses
(joyaux, ornements de chapelle, pièces d'ameublement et d'habillement, etc.). A peine est-il besoin d'ajouter que, dans notre travail,
nous n'avons en vue par le mot *inventaires* que cette partie d'un tout,
ces listes de livres. Voyons dans quelles circonstances et en quelles
années elles ont été éditées.

La publication à citer d'abord est la *Bibliothèque protypographique, ou
Librairies des fils du roi Jean, Charles v, Jean de Berri, Philippe de Bourgogne et les siens* par Barrois. Elle a paru en 1830 (Paris), et l'on y
trouve huit inventaires de la maison de Bourgogne (1404, 1405,
1423, 1467, 1477, 1485, 1487 et 1504), plus trois autres de la maison
de France, soit du roi Charles v (Tour du Louvre 1373, 1409) et du
duc Jean de Berry. De ces trois inventaires qui sont placés en tête,
nous n'avons pas à nous soucier ici. Nous dirons seulement que
l'éditeur a cru pouvoir laisser de côté plus de la moitié des manus-

(1) Ou plutôt 1424, comme on va le voir.
(2) Je reproduis ici un certain nombre des indications qui ont paru dans
l'introduction de mon *Inventaire de la « librairie » de Philippe le Bon* : voir
ci-dessous.

crits ayant appartenu à Charles v (1) et que, si l'on désire avoir des informations complètes sur la librairie de ce roi et sur celle de son frère Jean de Berry, l'on doit recourir au savant ouvrage de M. Léopold Delisle : *Recherches sur la librairie de Charles* v. Quant aux huit inventaires bourguignons, ils appellent différentes remarques. D'après Barrois, ils ont été rédigés à Paris (1404), Arras (1405), Dijon (1423), Bruges (1467), Dijon (1477), Gand (1485), Bruxelles (1487) et Bruges (1504). On verra bientôt que l'inventaire de 1467 (ou plutôt de circa 1467, comme s'exprime l'éditeur) n'est peut-être pas à dater de Bruges. En outre, au sujet de celui qu'on dit de 1423, on a fait observer que Marguerite de Bavière avait décédé en janvier 1424 et qu'il fallait lire ce millésime dans l'intitulé du dit inventaire qui porte, suivant l'ancien style : « le mardi xxve jour de janvier, l'an mil cccc vingt et trois » (2). A la fin de son livre, Barrois a mis un *Appendice* énumérant les manuscrits qui, quoique n'étant pas signa-lés dans les inventaires conservés, ont dû cependant, d'après lui, faire partie des librairies de Bourgogne. Je ne tarderai pas à montrer qu'ici sur bien des points, ou pour bien des manuscrits, il s'est trompé et je vais dire aussi comment il a compris sa tâche d'éditeur et pourquoi il a supprimé certains articles dans les listes d'ouvrages qu'il avait devant lui. Mais d'abord il est requis d'examiner d'autres publications étroitement apparentées à la sienne.

En l'année où la *Bibliothèque protypographique* a paru, en 1830, les inventaires de 1404, 1405, 1423 (1424) et 1477 ont été donnés également ment par G. Peignot sous le titre de *Catalogue d'une partie des livres composant l'ancienne bibliothèque des ducs de Bourgogne de la dernière race, d'après les inventaires de leurs meubles au xve siècle, précédés d'une lettre à M. C.-N. Amanton, sur le goût que ces princes ont toujours manifesté pour les lettres* (3). L'ouvrage a été réédité en 1841 avec la désignation nouvelle de *Catalogue d'une partie des livres composant la bibliothèque des ducs de Bourgogne, au xve siècle, seconde édition revue et augmentée du catalogue de la bibliothèque des Dominicains de Dijon, rédigé en 1307, avec détails*

(1) Sur les motifs qui l'ont poussé à réduire ainsi la collection du Louvre, voir ce qu'il dit p. xxix et 49, n. 1.

(2) L'observation est de Gachard, *Archiv. Dijon*, p. 101. MM. Delisle, *Mélanges*, p. 298-99 et Durrieu, *Le manuscrit*, p. 102, ont pris la date de 1424. Généralement, je désigne cet inventaire dans mon travail : *inv. de 1423 (1424)*. Voir ce que je dis du même inventaire au ch. ix, § 2.

(3) Paris, J. Renouard.

historiques, philologiques et bibliographiques (1). C'est naturellement la seconde édition qu'on doit suivre, et c'est à elle que j'ai emprunté mes citations. Discordance surprenante, Peignot arrive dans sa publication, pour les quatre inventaires de 1404, 1405, 1423 (1424) et 1477, à un total qui est triple de celui de Barrois. C'est que, pour ces inventaires (de même que pour ceux de la maison de France), l'auteur de la *Bibliothèque protypographique* s'est permis des réductions et des omissions. En ce qui regarde ces répertoires de 1404, 1405, 1423 (1424) et 1477, il avertit ainsi ses lecteurs de la chose : « Nous avons passé sous silence les articles à titres généraux et vagues ainsi que ceux reproduits dans les grands inventaires [il entend par là les inventaires de 1467, 1485, 1487 et 1504], en conservant toutefois les volumes signalés par une condition insolite ou des détails particuliers ; et les 299 numéros que comportaient les inventaires [1404, 1405, 1423-1424, 1477] se sont trouvés réduits à 100 » (2).

Mais Barrois a réduit d'une autre manière encore les listes de manuscrits de 1404, 1405, 1423 (1424) et 1477, en ce sens qu'il a parfois réuni plusieurs articles distincts en un seul. C'est ainsi qu'il groupe en une sorte de *lot varia* « ung livre de *Chançons et choses faictes*, et plusieurs *Livres en flament* » (inv. 1477, n° 700), tandis que Peignot décompose ou détaille comme suit : « Ung livre de *Chançons et choses faictes*. — Ung autre livret en flament. — Deux petits meschans cayers de papier escriptz. — Ung livre de parchemin, escript en flament » (3).

<hr>

(1) Dijon, Lagier. — Ces inventaires de 1404, 1405, 1423 (1424) et 1477 sont extraits des Archives départementales de la Côte d'Or (Dijon, Cour des Comptes). Voir à leur sujet, Peignot, p. 103-115 ; Gachard, *Arch. Dijon*, p. 98-104, ainsi que le travail de Dehaisnes (p. ix) signalé ci-dessous, p. xxxvii. Quant aux inventaires de 1467, 1485, 1487 et 1504, ils appartiennent aux Archives du Nord (Chambre des Comptes de Lille) : voir Barrois, p. vi, xx, xxii, 121, 325 et suiv. ; Laborde, ii, p. iii-iv ; J. Finot. *Inv. Arch. Nord*, viii, p. 196, ainsi que ci-dessous p. xxxviii et suiv.

(2) P. ix. En appliquant ce système, il a réduit les librairies de Philippe le Hardi, Marguerite de Flandre, Marguerite de Bavière et Charles le Téméraire qui, d'après lui, seraient respectivement de 60, 125, 30 et 84 articles, à 33, 26, 12 et 29. Nous montrerons plus loin que les chiffres mêmes de 60, 125, 30 et 84 qu'il donne comme représentant les librairies dans leur état complet ne sont pas exacts.

(3) P. 97. Sur les divergences qui existent entre son texte et celui de Barrois, voir Frocheur, *Notice*, p. 325-6 et Marchal, i, p. xxv-vii, xcvii. Autres exemples de *varia* dans Barrois, n°s 645 (= Peignot, p. 60-61), 688 (Peignot, p. 88-89) et 696 (Peignot, p. 95-96).

L'inventaire de 1405 a été republié, en 1846, par Matter dans ses *Lettres ou pièces rares et inédites* (1), mais cet éditeur n'en indique pas la date ou du moins il ne la donne pas en termes exprès et exacts. Il rappelle simplement que « devenue veuve, Marguerite mourut l'an 1405 » ; il dit ensuite que « cet inventaire fut dressé sans doute peu de temps après la mort de la princesse » et il ajoute : « Mais il ne fut reçu à la Chambre des Comptes à Dijon que l'an 1412. Nous ignorons les raisons qui en firent retarder la remise, mais le document lui-même nous apprend qu'on observa à son égard les formalités voulues, qu'il fut revêtu du seing de l'évêque de Bayeux. Le manuscrit d'après lequel nous le publions, appartient aujourd'hui à la bibliothèque de la ville de Troyes, où il porte le n° 202. Il appartenait autrefois à la collection de Bouhier, président du parlement de Dijon. [En note] : Il était coté A, 53 dans l'ancien fonds Bouhier. Nous devons notre copie à la main habile de M. Harmand, bibliothéccaire de la ville de Troyes » (2). Après avoir insisté sur la valeur de ce document, il le reproduit avec le titre : « Extraict de l'Inventaire des Joyaux et autres Biens meubles de feue Madame la Duchesse de Bourgoingne, envoyez en la Chambre des Comptes à Dijon par l'ordonnance de Monseigneur, par révérend Pere en Dieu l'Evesque de Bayeulx, et encloz soubz son signet. — Receu en ladicte Chambre le quinziesme jour de décembre mil quatre cens et douze » (3). Or, cet inventaire n'est autre que celui de 1405, déjà édité par Peignot (4), mais Matter n'a pas connu cette édition. Il n'a pas su non plus (ou du moins ne le dit-il pas) que le texte de Troyes n'est qu'une copie prise sur l'original au XVIIIe siècle, et que, dans cette copie, l'inventaire était daté de 1405 (« commencie à Arras, le VIIe jour de may M. CCCC et cinq »), mais avec la note finale : « Receu en la dicte chambre, le quinziesme jour de décembre M. CCCC XII ». C'est ce que l'on peut voir en consultant le *Catalogue général des Départements*, 1855, t. II, p. 95-6 : n° 203, grand in-folio sur papier (Bibl. Bouhier, A. 53) (5).

(1) Paris, Amyot, p. 19-39 : *Une collection de livres d'une femme du monde à la fin du XIVe et au commencement du XVe siècle. — Bibliothèque de Marguerite de Flandre.*

(2) *Ibid.*, p. 20.

(3) *Ibid.*, p. 21.

(4) Ainsi que par Barrois, mais partiellement comme je l'ai dit p. xxxv et réédité en 1886 par Mgr Dehaisnes comme je vais le dire p. xxxvii.

(5) Comme on l'a lu plus haut, Matter dit que le manuscrit de Troyes

Ce même inventaire de 1405 a eu sa quatrième édition, en 1886, par les soins de Mgr Dehaisnes qui l'a inséré dans ses *Documents et extraits divers concernant l'histoire de l'Art dans la Flandre, l'Artois et le Hainaut avant le* xve *siècle* (1) : il y figure avec l'inventaire de 1404 qui, de la sorte, trouve donc ici sa troisième édition. Dans ces *Documents*, notons-le, nous avons les inventaires complets de Philippe le Hardi et de Marguerite de Flandre, ou, en d'autres termes, l'énumération de tous les joyaux et objets divers qu'ils ont laissés, joyaux et objets parmi lesquels les manuscrits n'apparaissent, suivant une observation déjà faite, que comme une partie d'un ensemble (2). Dehaisnes nous fournit, en ce qui regarde ces manuscrits, le même texte ou libellé que Peignot (3) ; remarquons toutefois qu'il donne en plus, dans ses listes, trois articles que son prédécesseur n'a pas et qu'il aura passés par inadvertance (4). Outre ces trois articles, l'édi-

porte le n° 202, mais il paraît bien s'être trompé : c'est « n° 203 » qu'il aurait dû écrire, lequel n° 203 avait, dans l'ancien fonds Bouhier, la cote A 53 qui est d'ailleurs donnée par Matter lui-même. Au surplus, le n° 202 (d'après le *Catalogue général*, II, p. 95) était jadis coté : Bouhier A 57, et il a pour titre : *Extraict sommaire des registres memoriaux de la chambre des comptes de Dijon, contenant ce qui est de plus remarquable depuis le 1er registre, commençant en 1386, jusques et compris le* xve *registre, commençant en 1588 et finissant en 1596*. Fin du xviie siècle. — M. G. Raynaud, *Rom.*, X, p. 525, renvoie à cette copie.

(1) Lille, Quarré, seconde partie. La première partie est l'*Histoire de l'Art dans la Flandre, l'Artois et le Hainaut avant le* xve *siècle*, ibid. Chaque partie forme un volume ayant une pagination spéciale. Inutile de dire que l'éditeur publie les inventaires également d'après le texte de la Côte d'Or.

(2) L'inventaire complet de Philippe le Hardi occupe les p. 825-54 ; quant aux livres, ils sont p. 839-40, 851-52. — Celui de Marguerite va de la p. 855 à la p. 920, et les manuscrits sont consignés p. 879-81.

(3) L'orthographe diffère parfois légèrement.

(4) Voir ma *Librairie de 1420*. Dehaisnes ne parle pas des éditions Peignot, Barrois et Matter. Il ne les aura sans doute pas connues. Observons que, dans sa publication, les mss. de chapelle de l'année 1404 viennent en tête (p. 839-40), tandis que, chez Peignot (p. 52-57) et Barrois (n°s 623-637), ils suivent la catégorie d'ouvrages que l'on pourrait désigner *librairie profane* pour la distinguer de l'autre. En réalité, c'est Dehaisnes qui seul procède comme il convient, car il respecte l'ordre des matières (voir sur ce point Peignot, p. 105-6 et Gachard, *Arch. Dijon*, p. 99). — D'autre part, Matter, dans son inventaire de 1405, n'a pas la liste mentionnée sous le titre *Oultre l'inventoire* par Peignot, p. 74-76, et Dehaisnes, p. 881. Il faut également noter que, pour ce qu'il possède en commun avec eux, il a d'abord les œuvres profanes (p. 22-31) et qu'ensuite il donne les livres de dévotion (p. 31-36). L'ordre est inverse dans Peignot, Barrois et Dehaisnes.

tion de 1886 en mentionne trois autres qui ne sont pas non plus chez Peignot, évidemment parce qu'ils ne se trouvaient point signa-lés par l'inventaire dans la section des livres et qu'ils étaient relégués parmi les « biens moeubles ». Ce sont *Le romant viel de Guillaume de Palerme, I livre des Dis, que en le tire a filz rouges et verts, et I grant livre de Godefroy de Buillon de la conqueste de Jherusalem* (1). Les deux premiers sont également chez Matter (2).

Passons à l'examen de l'autre groupe d'inventaires, celui que Barrois appelle les *grands inventaires* (1467, 1485, 1487, 1504) et pour lequel nous n'avons que son édition. Soit dit en passant, c'est peut-être beaucoup dire que désigner *grands inventaires* ceux de 1485 et 1504, si on les compare aux précédents de 1404 et 1405. Néanmoins, nous conservons la dénomination parce qu'elle est commode et utile pour la clarté de notre exposé. De ces grands inventaires, le plus étendu est celui que Barrois date de Bruges *circa 1467*, année de la mort de Philippe le Bon : nᵒˢ 705-1612 de sa *Bibliothèque protypogra-phique* (3). D'après son édition, cet inventaire aurait débuté par une liste d'ouvrages de nature diverse et sans rubrique spéciale, et le reste aurait été réparti en catégories respectivement intitulées : *Bonnes meurs, Etiques et Politiques — Chapelle — Librarie meslée — Livres de gestes — Livres de Ballades et d'Amours — Croniques de France — Oultre-mer, Médecine et Astrologie — Livres non parfaits* (au moment de la rédaction de l'inventaire). En réalité, Barrois a trouvé dans le

(1) Dehaisnes p. 902 et 912. Voir ci-dessous p. 10.

(2) P. 36, sous la rubrique *Parmi d'autres choses trouvées en la chambre de feue Madame.*

. (3) Aux indications qui précèdent, p. xxxv, n. 1, sur les documents des Archives du Nord utilisés par Barrois, j'ajoute celles-ci qui concernent exclusivement le texte de l'inventaire de 1467. Il existe à Lille deux registres cotés B. 3500 et 3501 (ce sont des minutes) où sont énumérés les biens provenant de la succession de Philippe le Bon. Les listes de livres sont consignées dans le second. Barrois les a éditées dans sa *Bibliothèque protypographique*, mais, en même temps, il a donné la Table des matières du premier dossier (B. 3500) et quelques extraits de la partie *mobilier* (voir p. XX-XXII, 325 et suiv.). Cette partie *mobilier* a été reproduite au complet par Laborde, II, p. 1-202.

M. Bayot, chargé d'une mission scientifique en France au cours de 1907, a pu examiner les documents de Lille et il se propose de faire con-naître les résultats de ses recherches dans un travail d'ensemble sur les inventaires de Bourgogne. Certains renseignements qu'il m'a commu-niqués m'ont permis de rectifier l'une ou l'autre observation que j'avais présentée au sujet de l'inventaire de 1467 dans ma *Librairie de 1420*.

dossier lillois (B. 3501 des Archives du Nord) des listes de livres dressées lors du décès de Philippe le Bon en vue d'un inventaire général de sa bibliothèque. Mélangeant les indications qu'elles fournissent, il a établi lui-même le catalogue qui occupe les nos 705-1612 de sa publication. Ce catalogue, il le date avec raison de *circa 1467*, mais c'est abusivement qu'il en place la rédaction à Bruges ; il est assez probable, en effet, que les pièces utilisées par lui ont des provenances différentes et que les livres inventoriés étaient distribués entre plusieurs des résidences ducales (1). Cependant on voit, à n'en point douter, par ces pièces qui sont des minutes, que les rédacteurs chargés de l'inventaire avaient l'intention d'y mettre un classement.

Dans la *Bibliothèque protypographique*, on remarque aussi que certains manuscrits de 1467 sont cités deux fois : les nos 705-712 (répétés dans le même ordre par les nos 1151-1158) et les nos 713-734 (classés de la même façon sous les nos 1498-1519). La manière dont a été constitué l'inventaire explique qu'il présente des répétitions : il s'agit de livres insérés dans deux listes différentes ; ils ont été biffés dans l'une, mais on ignore à quelle époque. Ce qu'il est bon de noter également au sujet du travail de Barrois, c'est que, pour les incipit et explicit des seconds et derniers feuillets, il a souvent allongé le texte donné par son inventaire en s'aidant des autres inventaires.

Quant à la date qu'il adopte, *circa 1467*, un érudit belge, Alexandre Pinchart, en a contesté l'exactitude, et il l'a fait en produisant un document qui, d'après lui, prouverait que l'inventaire a été rédigé à Lille en février 1469. Voici ce document : « A ung marchant de Lille, pour bois à luy prins et achetté depuis le darrain parlement de Monseigneur [Charles le Téméraire] de ladicte ville, pour en faire feu en la chambre des joyaulx ou chasteau, en la chambre des finances et en la chambre Jacques de Bregilles [le garde des joyaux], en l'hostel d'icellui seigneur à Lille, èsquelz lieux messeigneurs des finances ont besoingnié par certaine espace de temps du mois de février LXVIII [ancien style], ainsi que icellui seigneur leur avoit ordonné, pour faire inventoire de ses joyaulx de la chappelle, vaisselle, draps, linges, tappisserie et autres parties, comme de sa librarye

_____

(1) Bayot, *Légende de Troie.* p. 34-35.

estans soubz et en la garde du dit Jacques de Bregilles, etc. A David Aubert et ses compagnons clercs, demourans audit Lille, pour leur painne et sallaire d'avoir escript, grossé et mis au nct les-dits inventoires et le double de la librarie qui a esté bailliée en garde audit Jacques de Bregilles : xix livres iiii solz (1).

Selon nous, la question n'est pas tranchée par la mise au jour de ce document. Il est possible qu'à Lille, en février 1469, l'on n'ait effectué que le récolement des biens qui étaient dans cette ville. En tout cas, la manière dont les listes éditées par Barrois sont consti-tuées indique qu'après le décès de Philippe le Bon une enquête a été opérée qui a porté sur les livres déposés dans ses diverses rési-dences (2). D'autre part, ces listes donnent incontestablement (sauf des exceptions dont nous n'avons pas à tenir compte ici) l'énuméra-tion des manuscrits, terminés ou non, qu'il a laissés en mourant. Eh bien, cette raison nous paraît suffisante pour que l'on continue (et c'est ce que nous ferons dans notre travail) à désigner par l'année même de sa mort, 1467, le catalogue reproduit par Barrois. D'ail-leurs, une seconde raison nous engage à procéder ainsi : c'est que la date de 1467 est consacrée par l'usage et qu'elle figure dans la plupart des travaux qui ont utilisé la *Bibliothèque protypographique*. Enfin — autre motif encore — puisque nous-même nous citons cette publication, nous devons presque nécessairement reprendre l'indi-cation millénaire qu'elle adopte.

Sur les inventaires de 1485, 1487 et 1504. il n'y a rien à remar-quer (3). En revanche, une observation est à faire au sujet de l'*Ap-pendice* qui termine la *Bibliothèque protypographique*. Il doit comprendre *les ouvrages qui, d'après les Extraits d'Achille Godefroi et les notices rédigées en 1748 et 1796 ensuite des deux réceptions à Paris, ou suivant leurs textes, faisaient partie des Libraires de Bourgogne, sans néanmoins se retrouver dans*

(1) *Miniaturistes*, p. 491-2. D'après le Registre nᵒ 1924 de la Chambre des Comptes, aux Archives du royaume, Bruxelles.

(2) Voir encore Barrois, p. vii-viii, au sujet des indices qui établissent que le récolement doit avoir suivi de près la mort du duc.

(3) Ils sont à Lille dans un registre petit in-fᵒ, du même format que le dossier de circa 1467, sans couverture. Il a été retrouvé le 25 avril 1907 par M. Delattre dans un carton de pièces découvertes après l'impression de l'*Inventaire sommaire des Archives départementales*. Il a été entendu qu'il serait déposé dans la liasse de B. 3501. Dans ces inventaires de 1485, 1487 et 1504, on aperçoit de fréquentes retouches de mains postérieures (Communication de M. Bayot).

les Inventaires. Il s'agit « de cinquante-trois extraits des ouvrages historiques les plus intéressants » qu'Achille Godefroi, garde des archives de la Chambre des Comptes à Lille, chargé par Louis xv après la bataille de Fontenoy, « de se rendre à Bruxelles pour s'assurer du mérite et de l'importance littéraire » des manuscrits conservés en cette ville, fit parvenir à Paris en 1746, ainsi que des enlèvements opérés par la France en 1748 et en 1796 (1). Mais est-il bien vrai que les 100 manuscrits composant cet *Appendice* soient tous absents des Inventaires qui précèdent ? Loin de là, et, dans ces inventaires, nous retrouverons un grand nombre de ces manuscrits. (2)

Jusqu'ici, nous avons examiné huit inventaires : 1404, 1405, 1424, 1467, 1477, 1485, 1487 et 1504. Le neuvième dont il nous faut encore parler est celui de 1420, soit donc le relevé des livres légués par Jean sans Peur à Philippe le Bon, relevé fait à Dijon, et que j'ai édité, en 1906, sous le titre d'*Inventaire de la « librairie » de Philippe le Bon (1420)* dans les PUBLICATIONS IN-8⁰ DE LA COMMISSION ROYALE D'HISTOIRE DE BELGIQUE (3). J'y renvoie pour tous les détails relatifs au manuscrit d'où j'ai extrait cet inventaire : c'est le nᵒ 127 du fonds dit les *Cinq Cents de Colbert*, à la Bibliothèque Nationale de Paris (4). Je me borne à dire que, dans l'énumération des biens hérités par Philippe le Bon, la *chapelle* apparaît en tête avec ses ornements et joyaux divers et que, sous cette même rubrique, sont classés les livres de dévotion ou d'oratoire ; ensuite viennent la *vaisselle* d'or et d'argent (avec d'autres biens), l'*armurerie*, la *librairie*

(1) *Ibid.*, p. xxvii et xxix. Barrois dit qu'il a consulté pour ces extraits et ces notices les pièces inédites qui sont à la Bibliothèque du Roi (aujourd'hui Nationale) et qu'il y a joint « plusieurs numéros signalés dans le catalogue La Vallière et quelques autres ». — A remarquer que les minutes de Godefroy sont aujourd'hui conservées à Lille, deux volumes, nᵒˢ 26-27. Je les ai citées, *Reliquiae burgundicae*, ci-dessous p. 58, d'après des renseignements de M. Bayot. Quant à la copie que Barrois en a prise pour sa publication et que détiennent ses héritiers, voir H. Martin, *Arsenal*, viii, p. 124.

(2) Voir ci-dessous p. 10, 19, 38, 47, 57, 82, 112, 129, 141, 177, etc., etc.

(3) Bruxelles, Kiessling, xlviii-191 p.

(4) Le ms. 127 n'est pas l'original de l'inventaire de 1420 avec les signatures, mais c'en est la mise au net, de l'époque même, et l'expédition authentique qui servait d'exemplaire original. La chose est prouvée par les menues additions et annotations qu'on y rencontre.

Le Catalogue des manuscrits de la Collection des Cinq Cents de Colbert a été publié par M. Charles de La Roncière en 1908, Paris, CATALOGUE DE LA BIBLIOTHÈQUE NATIONALE.

(qu'on pourrait appeler profane pour la distinguer de la *chapelle* ou librairie sacrée), l'*eschançonnerie* et la *sausserie*. En dehors de ces deux catégories ou groupes de livres (*chapelle* et *librairie*), nous découvrons, mais à trois endroits différents, parmi des objets d'habillement et d'ameublement, un *Evangelier*, un *livre d'Heures* et le *Psautier de saint Louis* (1).

Dans mon édition, j'ai pris soin de rappeler que le marquis de Laborde avait tiré, de cet inventaire de 1420, la partie *joyaulx, reliques et aournemens* et qu'il l'avait insérée dans ses *Ducs de Bourgogne* (2) en annonçant qu'il réservait la partie *livres* pour une publication spéciale, qui n'a jamais paru. En conséquence, j'ai comblé la lacune, puisque c'est la partie *livres* que j'ai mise au jour.

Connaissant maintenant les neuf inventaires de la bibliothèque bourguignonne, nous ferons bien de les comparer entre eux au point de vue de leur importance et de la manière dont ils sont établis, de marquer les rapports qui les unissent et, par conséquent, de déterminer comment, d'un duc à l'autre, s'opère la transmission des livres de la famille. Tout d'abord, nous avons à nous demander ce qu'ont de commun la collection de 1404 (Paris) et celle de 1405 (Arras). La première (mort de Philippe le Hardi) accuse un avoir d'environ 70 volumes et la seconde (mort de Marguerite) comprend à peu près 135 articles. Evidemment, ce n'est pas la duchesse qui aura agrandi dans de pareilles proportions la bibliothèque laissée par son mari, ce qui revient à dire que nous n'avons pas là deux collections indépendantes. Il est possible toutefois qu'elle ait, pour son compte personnel, réalisé quelques acquisitions. D'un autre côté, il est probable et plus que probable qu'un seul et même manuscrit a figuré dans les deux dépôts. Ainsi l'on a de ces volumes de dévotion désignés *Bréviaires*, *Missels*, qui peuvent très bien être catalogués à la fois dans la liste de 1404 et dans celle de 1405 sans qu'on le

(1) Dans mon édition, je les ai placés à la fin des deux grandes listes, sous les nos 246-48.

(2) II, p. 235-78. Voir aussi l'*Argenterie* reproduite par Le Roux de Lincy et Tisserand, *Paris et ses historiens*, p. 477-78. Il est à noter que les richesses laissées par Jean sans Peur n'ont pas été toutes inventoriées en 1420. Le travail des commissaires a commencé alors, mais il a été continué ou repris en 1424. Voir là-dessus mon édition, p. xx-xxi. Mais, la « librairie » ayant été répertoriée en 1420, j'ai naturellement adopté cette date dans le titre de mon livre.

remarque, à cause du titre vague qu'ils portent. Peut-être même
la chose est-elle arrivée pour des œuvres profanes et peut-être
avons-nous des doubles emplois dans les deux articles rubriqués
Propriétés des choses et dans ces deux autres désignés *Echelle du Ciel*
en 1404 et 1405 (1). Quoi qu'il en soit, les deux inventaires de Paris
et d'Arras ne doivent pas représenter deux librairies différentes :
nous sommes en présence d'une seule librairie appartenant au duc
et à la duchesse, librairie dont une partie a été rassemblée à Paris
en 1404 et dont l'autre a eu pour siège Arras en 1405. Ainsi l'on
s'explique que le second répertoire énumère des manuscrits qui,
incontestablement, ont été acquis par Philippe le Hardi et qui
pourtant sont inconnus au premier (2).

Tout cela dit, on ne saurait négliger de faire observer que l'inventaire de 1404, qui, d'après l'intitulation complète que les rédacteurs
lui confèrent, détaille les « biens meublez advenuz à monseigneur
le duc de Bourgoingne, conte de Nevers et baron de Donzy, par le
trespas de feu monseigneur le duc de Bourgoingne, son père », se
termine par ces mots : « senz autre partie de joyaux et biens meubles
que mondit seigneur a fait prendre et porter avec lui en Bourgoingne, et autres déclairez plus à plain ou papier du grant inventoire » (3). Qu'y avait-il dans cette autre partie ? Nous ne connaissons
aucun document qui le révèle. A la mort de Marguerite, trois de ses

(1) Peignot, p. 43 et p. 71 ; Dehaisnes, p. 851 et 880. — Peignot, p. 48
et 76 ; Dehaisnes, p. 852 et 881. Voir ci-dessous p. 270.

(2) Remarquez au surplus les volumes aux initiales P. M. dans l'inventaire de 1405.

(3) Barrois, p. 105 ; Gachard, *Arch. Dijon*, p. 99 ; Durrieu, *Le manuscrit*,
p. 130-1, qui attire l'attention sur cette note additionnelle en se demandant
s'il y avait eu des livres transportés en Bourgogne : « Nous l'ignorons,
dit-il, mais ce qui est certain, c'est qu'une série importante de manuscrits
était entre les mains de la veuve de Philippe le Hardi » : sur quoi, il cite
l'inventaire de 1405.

On pourrait encore mentionner l'*acte de non communauté* de Marguerite,
acte du 9 mai 1404 donné à Arras par lequel, vu les dettes et obligations
de son mari, et de crainte d'être « poursuivie et molestée », elle se
déporte et désiste « de prendre part ou portion des meubles et hostels »
qui, au jour de la mort de Philippe, étaient communs entre elle et lui, et
elle dit que, à ces meubles, châteaux et dettes, sauf ses droits de veuve,
elle a renoncé. Elle ajoute : « Et à Jean, notre dit fils, comme à hoir de
notre dit seigneur et mary, iceux biens, meubles et chastels, avons
délaissés et délaissons par ces présentes pour en faire son plaisir et
volonté » (*Bull. Soc. Hist. France*, 1848, p. 228-29).

fils étaient en vie : Jean, Antoine et Philippe. L'inventaire, qui fut alors dressé (1405), nous fait connaître, en des termes très précis, les commissions qui ont été remises par les trois héritiers à leurs représentants ou chargés d'affaires (1). Chacun, en désignant ses « gens » pour l'opération du partage, dit qu'il a droit à la « tierche partye » de tous les biens et, suivant l'expression du duc de Limbourg, par portion égale. On voudrait savoir si les livres furent divisés en trois lots ou s'ils ont passé en un seul lot dans la « tierche partie » réservée à Jean sans Peur. Mais rien ne l'indique. Peut-être faut-il rappeler que ses deux frères Antoine et Philippe ont péri à Azincourt et supposer que, s'ils ont eu des livres, ces livres ont ensuite fait retour à la maison de Bourgogne. En tout cas, l'inventaire de 1420, qui est celui de Jean sans Peur, le montre en possession d'une collection qui paraît contenir presque tous les volumes de 1404 et 1405 (2). Cette collection atteint le chiffre de 248. Aussi notre opinion est-elle que Jean sans Peur a reçu la bibliothèque complète, ou à peu de choses près, sans avoir eu à la partager avec ses frères (3).

A l'exception de quelques articles, la collection de 1420 se retrouve dans celle de 1467, (4), laquelle comprend, d'après les indications de Barrois, 908 manuscrits (du n° 705 à 1612). Mais ces indications ne peuvent pas être acceptées sans contrôle. Il y a là des doubles emplois qui doivent être défalqués : ils sont au nombre de 30. En outre, parmi les livres de 1467, sont rangés « une dent d'olifant » (n° 1612) et une « mappemonde » (1521) (5). Par conséquent, les 908 volumes de Barrois se réduisent à 876 (6). Etant donné que

(1) Le titre de cet inventaire occupe deux pages et demie des *Documents* de Dehaisnes, ouvrage in-4°, p. 855-57.

(2) Il est difficile de se prononcer pour les ouvrages de dévotion parce qu'ils portent des titres qui ne permettent pas de les identifier. Mais en ce qui regarde les livres profanes, nous pouvons affirmer que presque tous ceux de 1404 et 1405 reviennent en 1420.

(3) Cependant de 1405 à 1420 quelques manuscrits se perdent.

(4) Nous pouvons ne pas nous occuper ici de 32 volumes énumérés dans le modeste inventaire de 1423 (1424) : voir, à leur sujet, p. 477.

(5) Voir aussi le n° 1150 : « Ung *Grant Kalendriel* à ung roleau de bois qui tourne ».

(6) L'on pense bien que, lorsque nous employons les expressions de *manuscrits*, *volumes* et *articles*, nous ne voulons pas nécessairement dire autant d'œuvres distinctes. En effet, une seule œuvre (par exemple *Charles Martel* ou *Perceforest*, voir ci-dessous p. 30 et 19) peut occuper plusieurs *manuscrits* ou *volumes*. Il arrive naturellement aussi qu'un manuscrit renferme diverses œuvres : ci-dessous p. 193.

l'inventaire qui les dénombre, est le plus fort de la série, nous ferons peut-être bien d'examiner ici même une autre question plus générale : celle de savoir à combien s'élève le total des livres qui ont passé par les mains de nos quatre ducs. Il importe de dire immédiatement qu'elle ne peut être résolue en chiffres précis, surtout à cause des manuscrits de dévotion dont l'identification est trop souvent incertaine : on n'ignore pas, en ce qui les concerne, que, d'un inventaire à un autre, ils sont difficilement reconnaissables ou même ne le sont pas du tout. Par conséquent, nous ne pouvons aboutir, dans notre évaluation, qu'à un résultat approximatif. Un érudit, dont nous avons plus d'une fois invoqué le témoignage, Frocheur additionne les inventaires de 1467 (Bruges), 1485 (Gand) et de 1487 (Bruxelles) et il en conclut que Philippe le Bon possédait 1804 volumes (1). Il est à peine nécessaire de relever l'erreur qu'il commet : ce ne sont pas là, nous l'avons montré à suffisance, trois collections absolument distinctes ; les manuscrits qu'on signale à Gand et à Bruxelles, en 1485 et 1487, sont presque tous les correspondants de ceux qui nous sont indiqués dès 1467. Mais si Frocheur se trompe, les deux autres érudits Voisin et Namur (2) sont encore bien plus éloignés de la vérité lorsqu'ils évaluent à 3211 le nombre des volumes de la librairie ducale : ils ont sans doute mal transcrit le chiffre 2311 de Barrois qui numérote, l'un à la suite de l'autre, les inventaires français de Charles v et de Jean de Berry, nos inventaires bourguignons (1404, 1405, 1423-24, 1467, 1477, 1485, 1487 et 1504), ainsi que l'*Appendice*, et qui, de la sorte, arrive à ce total, évidemment fautif, de 2311. En somme, pour obtenir un résultat assez précis, l'on devrait dresser un tableau synoptique comme celui que Laborde avait en vue et qui aurait indiqué « le signalement des manuscrits dans tous les catalogues rédigés à différentes époques » (3). De plus, en faisant ce travail, il faudrait tenir compte des volumes non compris dans ces catalogues et que les ducs ont assurément possédés (4). Mais combien pareil tableau

---

(1) *Notice*, p. 320.

(2) Voisin, *Documents*, p. 144 ; Namur, *Hist. des bibliothèques*, p. 32. Remarquons au surplus que Namur paraît ici se contenter de reproduire une indication qu'il a prise dans Voisin, dont l'ouvrage est antérieur au sien.

(3) I, p. XLVI.

(4) Cf. Barrois, p. XVIII.

serait difficile à dresser, particulièrement à cause des livres de dévotion dont nous avons parlé plusieurs fois ! Après les recherches les plus patientes, il resterait fatalement une grosse part d'inconnu et l'on n'arriverait encore qu'à une solution approximative. L'opération la plus sûre serait peut-être la suivante. On partirait de l'inventaire central, celui de Philippe le Bon en 1467. Nous l'avons réduit à 876. On y ajouterait les numéros nécessaires pour représenter les lacunes ou volumes manquants. D'autre part, il faudrait également y adjoindre certains livres que le père et le grand-père, Philippe le Hardi et Jean sans Peur, ont eus et qui ne sont pas arrivés jusqu'à Philippe le Bon. Enfin, l'on devrait faire rentrer dans l'addition les manuscrits que Charles le Téméraire s'est procurés ou a bien reçus durant son règne.

Après cette assez longue digression que nous avons faite à propos de l'inventaire de 1467, nous avons encore un mot à dire de celui de 1477 : il n'atteint pas 100 numéros. Ce n'est évidemment pas d'après lui qu'il faut se représenter la bibliothèque qu'a laissée Charles le Téméraire. La vérité est ailleurs : elle est dans les inventaires suivants (1485, 1487 et 1504) et encore elle est loin d'y être complète : ce sont des inventaires partiels. En réalité, on ne sait pas exactement (et c'est un point d'histoire qu'il n'est pas possible de résoudre) à combien s'élevait le total des manuscrits possédés par le dernier duc de Bourgogne au moment de sa mort.

Les divers inventaires qui viennent d'être passés en revue ne sont pas des catalogues d'une très rigoureuse précision quant aux titres des œuvres qu'ils énumèrent et encore moins quant aux noms des auteurs de ces œuvres. Sous ce rapport, les moins soignés sont ceux de 1404, 1405, 1424 et 1477 (à noter que dans l'ensemble celui de 1404 est plus clair que celui de 1405). On lit, par exemple, dans le récolement de 1405 des rubriques annonçant I *roumant en papier*, III *autres roumans en papier*, I *roumant à 1 y et* I *livre pour les dames*. Là encore, et d'ailleurs aussi dans tous les autres répertoires (même de de 1420, 1467, 1485, 1487 et 1504), les articles ne manquent pas qui signalent, dans un manuscrit, la présence d'un ouvrage déterminé et de « plusieurs autres choses ». Mais, tandis que les rédacteurs commettent des inexactitudes de l'espèce, ils ont le souci, principalement dans les inventaires de 1420, 1467, 1485, 1487 et 1504, de décrire les conditions matérielles, l'extérieur ou la toilette des livres.

On y apprend donc fréquemment si ces livres ont des fermoirs, combien et de quelle nature, s'ils sont « armoiés » et à quelles armes, dans quel état se trouvent les ais, les couvertures, à l'heure du récolement. Mais il n'y a pas que la valeur matérielle des manuscrits qui ait retenu l'attention des commissaires-priseurs et des scribes. On leur doit encore l'un ou l'autre élément d'information sur la teneur et l'objet des livres, élément dont il importe de souligner l'intérêt. Ainsi, l'on rencontre de nombreux articles avertissant que l'œuvre est transcrite sur parchemin ou sur papier (1) et qu'elle est plus ou moins luxueusement transcrite. Ce qu'on indique également pour certains textes, c'est qu'ils sont à deux, trois ou quatre colonnes, en rime ou en prose. Il est à remarquer en outre, au sujet de la librairie de chapelle, que plus d'une fois l'on spécifie la résidence à laquelle sont destinés les manuscrits qui la constituent. Observons au surplus que ces manuscrits obtiennent d'ordinaire une description assez précise : ainsi dans les inventaires de 1404, 1405, 1420, 1423 (1424), 1477 et 1485. La chose s'explique par la qualité supérieure de cette catégorie de volumes.

Mais un élément d'information qui surpasse, en valeur bibliographique, tous les précédents est la mention des mots placés en tête ou à la fin des livres inventoriés (soit donc, comme on dit communément, des *incipit*, des *explicit* ou *desinit*), ainsi que des mots par lesquels débutent les seconds et derniers feuillets. Ces mots, je les ai souvent appelés *mots de repère* au cours de mon travail. Malheureusement, ils ne se rencontrent pas dans tous les inventaires ; c'est ainsi qu'on ne les a pas dans les inventaires de 1404, 1405, 1423 (1424) et 1477. Quant aux inventaires qui les possèdent (ceux de 1420, 1467, 1485, 1487 et 1504), il importe aussi d'observer que tous n'emploient pas, de la même manière, ce procédé d'identification ou de signalement. Pour les uns (de 1420 et 1467), il consiste habituellement à donner les mots qui commencent les seconds et derniers feuillets (2). Pour les autres (de 1485, 1487 et 1504), il consiste

(1) Renseignement donné par les inventaires de 1420, 1467, 1485, mais généralement absent de ceux de 1404, 1405, 1424, 1477 et 1487. Celui de 1485 énumère presque uniquement de riches mss. et les décrit très bien.

(2) Il sied de remarquer que, de temps en temps, le second feuillet auquel les inventaires renvoient est le second après la table ou le prologue ou encore (pour les livres de chapelle) après le calendrier. Voir même le troisième feuillet qui est indiqué : nᵒˢ 754, 1639, 1750, 1806, 1863, 1979. Une fois, nous avons le cinquième : nᵒ 1642.

(et c'est un mode de signalement moins usité que le précédent) à indiquer également le début du second feuillet, ainsi que l'explicit du manuscrit, mais non plus l'en-tête du dernier feuillet. Enfin il arrive aussi — mais c'est le moyen d'identification dont on se sert le moins — que, pour tel ou tel volume de ces cinq inventaires (1420, 1467, 1485, 1487 et 1504), l'on signale son incipit et son explicit, ses premiers et derniers mots.

Nous croyons inutile de montrer tout le prix de pareils renseignements : ils sont des moyens de contrôle, de vérification qui permettent de distinguer et d'identifier chacune des copies, parfois nombreuses, d'un ouvrage ; de plus, grâce à eux, l'on arrive à suivre, d'un inventaire à l'autre, un manuscrit qui a passé par différentes librairies. Ils n'appartiennent pas en propre aux catalogues de Bourgogne. On les trouve usités déjà dans les inventaires de France (1) et ils sont appliqués ailleurs encore, durant le xve siècle.

Chez les ducs, la première application du procédé est de 1420 ou, pour mieux dire, c'est alors que nous le voyons appliqué pour la première fois, mais il doit avoir été employé dès avant cette date. L'on remarque que, dans le catalogue dressé en cette année, des volumes sont inscrits avec la mention marginale : « prêté ou donné à Madame la duchesse ». On en observe même un en regard duquel il est mis : « Deffaut et dit-on que Monseigneur le donna piéça à Jacleville » (2). Comment les rédacteurs de l'inventaire pouvaient-ils reproduire les mots de repère de pareils manuscrits, puisque ceux-ci étaient absents ? Il faut bien supposer qu'antérieurement à la mort de Jean sans Peur un registre était tenu où les livres figuraient déjà avec une description détaillée laquelle comprenait l'élément d'identification dont nous parlons. Sans doute, y inscrivait-on les acquisitions nouvelles à mesure qu'elles étaient faites. En tout cas, c'est ce qui s'est évidemment passé sous le règne de Philippe le Bon. Nous rencontrerons des documents qui disent que tel ou tel volume acheté ou reçu par le duc doit être « mis en l'inventaire » du garde-joyaux qui n'est autre que le bibliothécaire (3). De plus nous trouverons une pièce particulièrement intéressante,

(1) Voir Delisle, *Recherches*.
(2) Voir ci-dessous p. 202 : c'est le nº 121. Voir de même les nºs 70 et 144 qui ont : « deffaut » (ci-dessous p. 124 et 268).
(3) Ci-dessous p. 22, n. 2 et 125, n. 3.

d'après laquelle cinq livres ont été extraits de la trésorerie des
chartes du Hainaut en 1435 et confiés également au garde-joyaux.
Or cette pièce indique en même temps les mots de repère des
ouvrages en question, ouvrages que nous découvrons, avec les
mêmes incipit du deuxième et du dernier feuillet, dans l'inventaire de 1467 (1).

*   *
*

Mais il n'y a pas que les inventaires précités qui nous soient des
sources d'information sur les librairies ducales. L'on a également
ceux qui ont été dressés depuis 1504 jusqu'à nos jours et qui nous
montrent le fonds du xvᵉ siècle tour à tour subissant des pertes et
les réparant (2). Parfois, j'ai utilisé les données de ces répertoires,
mais en règle générale je n'ai pas poursuivi l'examen et les destinées
de mes manuscrits au delà de 1504. Arrivé à cette date, je m'arrête,
mais en ayant soin pourtant d'indiquer, chaque fois que je l'ai pu,
les bibliothèques qui sont aujourd'hui en possession de ces manuscrits. C'est à Bruxelles, comme on le suppose bien, que l'on possède
le plus grand nombre des volumes qui ont survécu de l'époque
bourguignonne. Naturellement, dans mes recherches, j'ai surtout
porté mon attention de ce côté et, quand même je n'aurais pas eu
cette raison de le faire, j'en avais une autre qui est que le fonds
demeuré en cette ville m'était le plus facilement accessible. De ce
fonds, on connaît toute la richesse et l'on apprendra de mieux en
mieux à la connaître grâce au monumental et très scientifique
catalogue qui s'élabore sous la direction du conservateur des manuscrits à Bruxelles, le R. P. Van den Gheyn, et qui est arrivé à
son huitième volume (3). Les autres livres survivants de l'époque
bourguignonne sont allés enrichir différents dépôts d'Europe : Gand,
Paris (Nationale, Arsenal, Sainte-Geneviève, Institut), Lille, Valen-

(1) Ci-dessous p. 18.

(2) Voir les détails que j'ai rassemblés sur cette question dans ma
Librairie de 1420, p. xxx et suiv. On y aura, en même temps, quelques
explications sur la manière dont est établi, dans le *Catalogue* de Marchal,
l'excellent tableau de concordance des inventaires de 1467, 1485, 1487,
1504, 1577 (Viglius), 1643 (Sanderus), 1731 (Franquen), 1797 (Gérard) et de
1834-1839 (Marchal). Ce tableau a pour auteur Florent Frocheur.

(3) Il m'a naturellement servi, de même que le tableau de Frocheur,
pour mes identifications.

ciennes, Londres (British Museum), Oxford (Bodléienne), La Haye, Leyde, Dresde, Gotha, Leipzig, Iéna, Vienne, Munich, Saint-Pétersbourg (Bibl. Impériale, Ermitage), Madrid, Florence (1), ainsi que des collections particulières (2).

L'ouvrage que nous livrons au public provoquera sans doute d'autres enquêtes sur le sort qui est advenu aux collections bourguignonnes du xve siécle, et principalement sur les manuscrits qui, depuis un temps plus ou moins long, ont franchi les frontières de la Belgique. Ce sont là des enquêtes — est-il nécessaire de le dire ? — qui ne vont pas sans difficultés. Nécessairement, elles constituent, lorsqu'il s'agit d'identifier les volumes en question, une science conjecturale. Encore que les inventaires de la famille ducale soient un guide précieux, ils risquent parfois d'égarer les chercheurs, ainsi que nous en avons la preuve par la note qui termine celui de 1504 : « Combien que tant en ce quayeret que ou grant Inventoire cy-devant, soit escript que pluiseurs livres sont de grant volume, toutefuoys en finissant ce nouveau Inventoire ou mois d'avril xv cent quatre, après Pàques, l'on a trouvé qu'il y en a pluiseurs où est dit grant volume qu'ilz sont les aucuns de moyen et d'autres de petit volume, ainsi qu'il se trouvera en visitant les comencemens et deffinemens des feuillets, de chascun d'iceulx volumes » (3).

D'autres difficultés se présentent encore pour empêcher les recherches dont nous parlons d'aboutir à des résultats certains et notamment la difficulté résultant de ce que tous les manuscrits, qui sont issus des mains de scribes à la solde des ducs de Bourgogne, ne portent pas cette indication de provenance, ne se révèlent point par un signe spécial comme ayant été confectionnés pour eux. Heureusement, dans beaucoup de cas, nous avons des renseignements assez détaillés pour nous diriger dans nos enquêtes : c'est-à-dire que de nombreux volumes bourguignons se signalent à l'attention et dénoncent leur origine par la dédicace à tel ou tel duc, par sa devise, sa signature, ses armoiries et quelque autre trait distinctif. Ce sont des sources d'information à joindre à celles que nous avons énumérées déjà.

(1) Pour retrouver ces mss. indiqués dans notre travail, voir, à l'*Index alphabétique,* les noms de ces villes suivis du signe abréviatif *Ms., Mss.*
(2) Voir ci-dessous p. 122 et 410.
(3) Barrois, p. 313.

Nous en avons également dans

§ 5. Les comptes de la maison et les renseignements des écrivains.

Ce sont des comptes relatifs à l'achat et à l'entretien des manuscrits, ainsi qu'aux rémunérations accordées aux auteurs qui travaillent pour la maison (1). D'autre part, ces auteurs, généralement
dans leurs prologues, annoncent qu'ils ont pris la plume en vertu
d'un ordre parti d'en haut. Parfois les conditions dans lesquelles un
labeur nouveau est entrepris à la cour sont exposées par un mémorialiste aux gages de la famille.

A propos de comptes et d'écrivains, une observation est à faire
pour l'important ouvrage du marquis de Laborde. Lorsque l'on
examine les deux « tables méthodiques par séries de métiers ou
d'occupations » qui complètent ses premier et troisième volumes,
lorsque l'on fait de même pour la table des matières du second, on
constate que sont appelés *écrivains-copistes* et *hommes de lettres* tels
employés au service de la famille ducale qui n'appartiennent pas en
réalité à la littérature bourguignonne. La liste du premier volume
en énumère 65. Or, il importe de bien remarquer qu'on n'a pas
affaire uniquement à des copistes ou transcripteurs de manuscrits, à
de véritables gens de lettres. Sans doute, parmi ceux que les tables
appellent *hommes de lettres*, nous rencontrons les noms de Ghillebert
de Lannoy, Christine de Pisan, Jean Miélot, Chastellain, Olivier
de La Marche, mais la plupart des autres sont de simples boursiers.
Les *écrivains-copistes* de ces tables sont, dans les comptes mêmes,
généralement qualifiés de clercs. Ce sont des employés ou secrétaires
qui ont été chargés, suivant l'expression des comptes, de transcrire
des « lettres closes » pour les ducs. Exemple : « A Jorquin de Vuc,
clerc, pour avoir semblablement escript le vi[e] jour de janvier
mccccxxv et fait escripre très hastivement jour et nuit lxx lettres
closes adrechans à pluseurs nobles du pais de Flandres afin qu'ilz
fussent prests pour aler devers MS en Holande. dez ce que notiffié
et mandé leur seroit, xxxv s. » (2). Telle est la besogne qu'exécutent

---

(1) Voir, à la bibliographie, les ouvrages de Dehaisnes, Finot, Gachard,
Laborde, Peignot, Petit, Pinchart, Prost, Vernier, etc... Remarquez que
Peignot ne cite pas exactement ses sources et que ses dates sont souvent
erronées : pour les rectifications. voir Prost, *Archives* et *Inventaires*,
Dehaisnes, *Documents*.

(2) Laborde, I, n° 812.

aussi Jacques Girard, Hennequin de Heinekerke, Collard Filliot, Thomas Voisin, Josset, Mongin Pourchassot, Jehan Baudru, Morlet le Prévost qui reçoivent l'appellation d'*écrivains-copistes* dans les tableaux de Laborde. Ainsi sont également titrés Oddot le Pediet et Hannotin de Sillebecque qui ont exécuté divers travaux d'écriture, Henriet des Guez qui a copié des comptes et Guillaume Fiot qui a fourni du parchemin, de l'encre et de la cire. Sous la dénomination d'*hommes de lettres* figurent, dans les mêmes tableaux, Jehan de Resinghem, le maître d'école de Philippe le Bon, Rogier Marchant, le maître d'école d'Adolphe de Clèves, Philippe Bamly, Girard Goron, Regnault Veron, Simon Germain, Jehan Louvrier, Jehan de Martigny, Jehan de Saurans, Jehan de Rosiers, Guy de Douzy lesquels étudient aux frais de la maison de Bourgogne, Jorys van Hocberque qui vend des manuscrits à Philippe le Bon, Liénart du Cret, clerc de la Chambre des comptes de Dijon qui dresse l'inventaire des chartes de Bourgogne en 1448. Ce n'est pas non plus un travail littéraire que celui de Pierre Leestmaker, conseiller, maître d'hotel, qui reçoit une somme non mentionnée « pour escripture, façon et estoffes d'un livre en parchemin, où sont escriptes les ordonnances de l'ordre de la Thoison d'or » (1). De même en est-il, ce semble, pour l' « escripture » d'Estienne le Gout à l'occasion des fêtes du *Vœu du Faisan* (2). En d'autres circonstances, l'on ne peut pas se prononcer, parce qu'on est en présence de pièces d'archives parlant de « livres » et n'ajoutant aucune autre indication.

BIBLIOGRAPHIE

Il me reste à dire comment je cite les inventaires où se retrouvent les manuscrits bourguignons qui forment l'objet de mon travail, à déterminer la nature des références bibliographiques que je joins aux œuvres étudiées, et à dresser la liste des ouvrages et recueils mentionnés plusieurs fois et en abrégé.

Lorsque étudiant le règne de Philippe le Hardi, j'ai à faire connaître un manuscrit qui a passé par tous ou presque tous les inventaires du xve siècle, j'énumère ceux-ci l'un après l'autre en les séparant par des tirets et avec renvoi aux publications de Peignot, Bar-

(1) Laborde, t. n° 1397, a. 1448-49.
(2) Voir ci-dessous p. 106.

rois et Dehaisnes (exemple : voir ci-dessous p. 9, n. 8). Je procède
de même pour un texte qui a son point de départ dans l'inventaire de
1420 (ci-dessous p. 15, n. 2 et p. 124, n. 1). Mais lorsqu'il s'agit d'un
ouvrage entré dans la bibliothèque sous Philippe le Bon, et qui est
consigné dans les seuls inventaires de Barrois (1467, 1485, 1487 et
1504), je me borne à donner les numéros de Barrois sans la désignation des inventaires (ci-dessous p. 29, n. 3).

Les inventaires de 1404 et 1405 ont eu plusieurs éditions comme
on l'a vu (Barrois, Peignot, Dehaisnes, Matter) : je les ai mentionnées, sauf celle de Matter qui n'a pas d'importance (1). J'aurais pu
sans doute n'indiquer que la plus récente, celle de Dehaisnes.
Mais, dans mes notes, je fais la plupart du temps un examen comparatif, non seulement des inventaires de 1404 et 1405, mais aussi
de ceux de 1424, 1467, 1477, 1485, 1487 et 1504. En conséquence, je
n'ai pas cru devoir, pour les deux premiers de 1404 et 1405, laisser
de côté les éditions de Barrois et de Peignot, alors que je les signa-
lais pour les inventaires postérieurs.

Chaque fois que se rencontre, dans les librairies bourguignonnes,
un manuscrit qui existe encore, j'ajoute le nom de la bibliothèque
actuelle qui le conserve ainsi que la cote qu'il y a reçue. Mais je
n'expose pas les preuves de l'identification, ce qui allongerait déme-
surément mes notes. Pour un manuscrit de l'espèce qui est déjà
décrit et bien décrit dans un catalogue ou dans quelque autre publication, je me contente de renvoyer à ce catalogue ou à cette publication, sauf toutefois à en reproduire certains détails offrant, pour
mon étude, un intérêt particulier. On remarquera que, très souvent, je cite les deux grands répertoires généraux de M. G. Gröber
(GRUNDRISS DER ROMANISCHEN PHILOLOGIE : *Französische Litteratur*)
et d'Aug. Molinier (*Sources de l'histoire de France*) pour les œuvres
que je n'ai qu'à signaler. De la sorte, j'informe le lecteur, aussi
brièvement que possible, de l'objet de ces œuvres, et je me dispense
de donner toutes les références bibliographiques (éditions, travaux
critiques, etc.) qui figurent déjà dans ces deux répertoires. Il va
sans dire que, le cas échéant, je les ai complétés en mentionnant
des publications récentes qui ne s'y trouvent pas. Mais, pour
les œuvres spécialement bourguignonnes, c'est-à-dire exécutées ou
recopiées à la demande expresse d'un duc, j'énumère les meilleurs
travaux qui, à ma connaissance, leur ont été consacrés et les édi-

(1) Voir pourtant ci-dessous p. 10, n. 4.

tions les plus soignées (généralement les dernières) qui en ont été faites. Obligé de m'en tenir au strict nécessaire en ce qui concerne la bibliographie (et ce strict nécessaire est déjà considérable ainsi qu'on le verra), je renvoie, pour les éditions plus anciennes, aux répertoires bien connus de Brunet, *Manuel du libraire*, et Potthast. *Bibliotheca historica medii aevi*. Quant aux personnages qui sont mêlés à la vie littéraire de Bourgogne (seigneurs et dames de la cour), on pourra compléter les renseignements que je fournis à leur sujet, en consultant l'Index des *Itinéraires* de Petit et les Tables de matières des éditions des mémorialistes Monstrelet, d'Escouchy, La Marche, Wavrin, Commynes, etc. (Voir la liste qui suit).

Liste des ouvrages et recueils cités plusieurs fois et en abrégé

Inventaires.

Nous les groupons en un tableau chronologique avec des indications sur leur date de rédaction, leur provenance, les éditions qui en ont été données et leur étendue. Comme on le sait, nous devons faire, dans notre travail, de très nombreux renvois à ces inventaires. Le présent tableau permettra donc au lecteur de résoudre sans trop de peine les abréviations dont nous nous servons dans les notes.

1404. *Philippe le Hardi*. Paris. Edit. par Peignot (p. 41-57). Barrois (incomplète, nᵒˢ 605-637) et Dehaisnes (p. 839-40, 851-52).

1405. *Marguerite de Flandre, veuve de Philippe le Hardi*. Arras. Edit. par Peignot (p. 57-76), Barrois (incomplète, nᵒˢ 638-663), Matter (p. 19-39) et Dehaisnes (p. 879-81).

1420. *Philippe le Bon*. Dijon. Edit. par G. Doutrepont (248 numéros).

1423 (1424). *Marguerite de Bavière, veuve de Jean sans Peur*. Dijon et Auxonne. Edit. par Peignot (p. 76-85) et Barrois (incomplète, nᵒˢ 664-675).

1467. *Philippe le Bon*. Bruges ou Lille. Edit. par Barrois (nᵒˢ 705-1612).

1477. *Charles le Téméraire*. Dijon. Edit. par Peignot (p. 85-98) et Barrois (incomplète, nᵒˢ 676-704).

1485. *Maximilien d'Autriche*. Gand. Edit. par Barrois (nᵒˢ 1613-1634).

1487. *Idem*. Bruxelles. Edit. par Barrois (nᵒˢ 1635-2180).

1504. *Idem*. Bruges. Edit. par Barrois (nᵒˢ 2181-2211).

L'*Appendice* de Barrois comprend les nᵒˢ 2212-2311.

Recueils, Périodiques et Collections.

Académie royale des Sciences, des Lettres et des Beaux-Arts, Bruxelles (Publications de textes, Bulletins, Mémoires).

Annales de la Société d'émulation pour l'étude de l'histoire et des antiquités de la Flandre, Bruges.

Annuaire-Bulletin de la Société de l'Histoire de France, Paris.

Annuaire de l'Université de Louvain, Louvain.

Ausgaben und Abhandlungen aus dem Gebiet der romanischen Philologie, veröffentlicht von E. Stengel, Marbourg.

Bibliothèque de l'Ecole des Chartes, Paris.

Bibliothèque de l'Ecole des Hautes Etudes, Paris.

Bibliothèque des Ecoles Françaises d'Athènes et de Rome, Paris.

Bibliothèque Elzévirienne, Paris.

Biographie Nationale, publiée par l'Académie royale des Sciences, des Lettres et des Beaux-Arts de Belgique, Bruxelles.

Bull. Bruges : voir Doutrepont et Bethune.

Bulletin de la Société des Anciens Textes Français, Paris.

Bulletin de la Société d'histoire et d'archéologie de Gand, Gand.

Bulletin historique et philologique du Comité des travaux historiques, Paris.

Catalogue général des manuscrits des Bibliothèques publiques de France, Départements (cités : Douai, VI, Valenciennes, XXV, Lyon, XXX, Ire part., Besançon, XXXIII), Paris.

Collection des Chroniques belges inédites, publiée par ordre du Gouvernement, Bruxelles.

Compte rendu des séances de la Commission royale d'histoire ou recueil de ses Bulletins, Bruxelles. (Abrégé : *Bull. Comm. Roy. Hist. Belg.*).

Documents inédits sur l'histoire de France, Paris.

Histoire littéraire de la France, par des religieux bénédictins de la Congrégation de Saint-Maur, continuée par des membres de l'Institut, Paris. Dans le t. XXIV cité plusieurs fois, se trouve le *Discours sur l'état des lettres* (V. Le Clerc, p. 1-602) *et des beaux-arts* (E. Renan, p. 603-757) *au* XIVe *siècle*.

MÉLANGES GODEFROID KURTH, Liége et Paris, 1908, 2 vol. (J'ai cité C. Liégeois, *La légende de Saint Badilon*, t. I, et A. Bayot, *Sur l'exemplaire des Grandes Chroniques offert par Guillaume Fillastre à Philippe le Bon*, t. II).

Mélanges tirés d'une grande bibliothèque, Paris, 1779-1788, 69 vol.

Messager des sciences historiques de Gand, Gand. (Abrégé : *Messager*).

Notices et extraits des manuscrits de la Bibliothèque du Roi et autres bibliothèques, p.p. l'Académie des Inscriptions, Paris.

Nouveaux Mémoires de l'Académie impériale et royale de Bruxelles.

Recueil des historiens des croisades, publié par les soins de l'Académie des Inscriptions et Belles-Lettres. Documents arméniens, t. II, *Documents latins et français relatifs à l'Arménie*, Paris, 1906.

Recueil de travaux publiés par les membres des conférences d'histoire et de philologie de l'Université de Louvain, Louvain.

Revue de l'Art ancien et moderne, Paris.

Revue des Bibliothèques et Archives de Belgique, Bruxelles.

Revue des langues romanes, Montpellier et Paris.

Revue des Sociétés Savantes, Paris.

Romania, Paris.

Romanische Forschungen, Erlangen.

Société de l'Histoire de France, Paris.

Société des Anciens Textes Français (Publications de la), Paris.

Société des Bibliophiles belges séant à Mons, Mons.

Souvenirs de la Flandre Wallonne.

Zeitschrift für romanische Philologie, Halle sur Saale.

Ouvrages spéciaux.

ABRAHAMS, N.-C.-L., *Description des manuscrits français du moyen âge de la Bibliothèque royale de Copenhague*, Copenhague, 1844.

ARNAULDET, P., *Inventaire de la Librairie du château de Blois en 1518*, LE BIBLIOGRAPHE MODERNE, VI (1902), VII (1903), VIII (1904).

BARROIS, J., *Bibliothèque protypographique, ou Librairies des fils du roi Jean, Charles V, Jean de Berri, Philippe le Bon et les siens*, Paris, Crapelet, 1830. (Abrégé : Barrois).

BAYOT, A., *Fragments de manuscrits trouvés aux Archives générales du royaume*, REV. BIBL. ET ARCH. BELG., 1906, p. 281-298, 411-449. (Abrégé : *Fragm.*, I et II).

— *La Légende de Troie à la Cour de Bourgogne*, SOCIÉTÉ D'ÉMULATION DE BRUGES, Mélanges, I, 1908.

— *La première partie de la chronique dite de Baudouin d'Avesnes*, REV. BIBL. ET ARCH. BELG., 1904, p. 419-32.

— *Le roman de Gillion de Trazegnies*, RECUEIL ... DES CONFÉRENCES ... DE LOUVAIN, 1903, 12e fasc.

— *Observations sur les manuscrits de l'Histoire de la Toison d'or de Guillaume Fillastre*, REV. BIBL. ET ARCH. BELG., 1907, p. 425-38.

Bayot, A. et Cauchie, A., *Les chroniques brabançonnes*, Bull. Comm. Roy. Hist. Belg., 5ᵉ s., X, 1900.

Beaune et d'Arbaumont, *Mémoires d'Olivier de La Marche*, Soc. Hist. Fr., 1883-88, 4 vol.

Becker, Ph.-Aug., *Grundriss der altfranzösischen Literatur*, 1 Teil, *Älteste Denkmäler, Nationale Heldendichtung*, Sammlung romanischer Elementar- und Handbücher, Heidelberg, 1907.

Berger, S., *La Bible française du moyen âge*, Paris, 1884.

Boinet, A., *Un bibliophile du xvᵉ siècle, le grand bâtard de Bourgogne*, Bibl. Ec. Ch., 1906, LXVII, p. 255-69.

Bradley. *A Dictionary of miniaturists, illuminators, calligraphers and copyists*, Londres, 1887-1889.

Bridrey, E., *La théorie de la monnaie au xivᵉ siècle, Nicole Oresme*. Thèse doctor. de Caen. Paris, Giard et Brière, 1906.

Brouwers, D.-D., *Mémoires de Jean, sire de Haynin et de Louvignies, 1465-1477*, Société des Bibliophiles liégeois, Liége, 1905-6, 2 vol.

Brunet, J.-C., *Manuel du Libraire et de l'amateur de livres*, Paris, 1860-1880.

Bugniot, *Jehan Germain, évêque de Chalon-sur-Saône*, Mémoires de la Société d'Histoire et d'Archéologie de Chalon-sur-Saône, IV, 3ᵉ part., 1863.

Christine de Pisan, *Le livre des fais et bonnes meurs du sage roy Charles V*, dans Petitot, Collection complète des Mémoires relatifs a l'histoire de France, Paris, V-VI, 1824.

Constans, L., *Le roman de Thèbes*, 1890, 2 vol. (Soc. Anc. Textes Franç.).

De Baecker, L., *Chants historiques de la Flandre*, Lille, 1855.

De Barante, P. (Baron), *Histoire des Ducs de Bourgogne de la maison de Valois*. Editions citées : Gachard, 1838-40, 2 vol. ; Marchal, 1839, 10 vol. ; Reiffenberg, 1835 et suiv., 10 vol.

De Champeaux, A. et Gauchery, P., *Les travaux d'art exécutés pour Jean de France duc de Berry*, Paris, 1894.

Dehaisnes : Le nom seul renvoie aux *Documents et extraits divers concernant l'Histoire de l'Art dans la Flandre, l'Artois et le Hainaut avant le xvᵉ siècle*, Lille, 1886. C'est la seconde partie d'un ouvrage dont la première est : *Histoire de l'Art dans la Flandre, l'Artois et le Hainaut avant le xvᵉ siècle*.

— *Documents inédits concernant Jean le Tavernier et Louis Liédet, miniaturistes des ducs de Bourgogne*, Bulletin des Comm. royales d'Art et d'Archéologie, Bruxelles, 1882, XXI, p. 20-38.

DEHAISNES, *Inventaire sommaire des Archives départementales antérieures à 1790, Nord, Archives civiles, série B*, t. IV, Lille, 1881.

DE LA FONS-MELICOCQ, *Les Rois de la Fève, les Fous en titre d'office et de la chapelle, les joueurs de farces et les mommeurs de l'hôtel de Philippe le Bon, duc de Bourgogne*, MESSAGER, 1857, p. 393-400.

— *Dons et courtoisies de Philippe le Bon et de Charles le Téméraire aux savants, aux artistes et aux gouverneurs des princes de la maison de Bourgogne*, MESSAGER, 1858, p. 221-30.

DELAVILLE LE ROULX, J., *La France en Orient au XIVe siècle*, BIBL. EC. FR. D'ATHÈNES ET DE ROME, fasc. 44 et 45, 1885, 2 vol.

DELISLE, L., *Catalogue des manuscrits des fonds Libri et Barrois*, Paris, 1888.

— *Inventaire général et méthodique des manuscrits français de la Bibliothèque Nationale*, Paris, 1876-1878, 2 vol.

— *Inventaire des manuscrits latins conservés à la Biblióthèque Nationale sous les n°s 8823-18613, faisant suite à la série dont le catalogue a été publié en 1744*, Paris, 1863-1874.

— *Le Cabinet des Manuscrits de la Bibliothèque impériale, nationale*, Paris, I (1868), II (1874), III (1881). (Abrégé : *Cab.*).

— *Mélanges de Paléographie et de Bibliographie*, Paris, 1880.

— *Recherches sur la librairie de Charles V*, partie I ; partie II avec le sous-titre : *Inventaire des livres ayant appartenu aux rois Charles V et Charles VI et à Jean, duc de Berry*, Paris, 1907, 2 vol., plus un album.

DEMAISON, L., *Aimeri de Narbonne*, SOC. ANC. TEXTES FRANÇ., 1887, 2 vol.

DE MANDROT, B., *Mémoires de Philippe de Commynes*, Paris, 1901-1903, 2 vol. COLLECTION DE TEXTES POUR SERVIR A L'ÉTUDE ET A L'ENSEIGNEMENT DE L'HISTOIRE.

DE QUEUX DE SAINT-HILAIRE ET G. RAYNAUD, *Œuvres complètes d'Eustache Deschamps*, SOC. ANC. TEXTES FRANÇ., 1878-1903, 11 vol.

DE RAM, P.-F.-X., *Chronique des ducs de Brabant par Edmond de Dynter*, CHRONIQUES BELGES INÉDITES, 1854-57, 3 vol. (avec la trad. de Jean Wauquelin).

— *Documents relatifs aux troubles du pays de Liége*, IBID., 1844.

DERODE, V., *Histoire de Lille et de la Flandre wallonne*, 1848, t. I.

DE SMET, *Recueil des antiquités de Flandre de Philippe Wielant*, CORPUS CHRONICORUM FLANDRIAE, 1865, IV.

DEVILLERS, L., *Les Séjours des ducs de Bourgogne en Hainaut : 1427-1482*, BULL. COMM. ROY. HIST. BELG., 4e s., VI, 1879, p. 323-468.

DINAUX, A., *Trouvères, ménestrels et jongleurs du Nord de la France du Midi de la Belgique*, Bruxelles, 1837-63, 4 vol. (*T. de la Flandre du Tournaisis*, II, 1839, *artésiens*, III, 1843, *brabançons, haimuyers, liégeois et namurois*, IV, 1863).

DOUËT-D'ARCQ, L., *Inventaire de la bibliothèque du roi Charles VI, fait au Louvre en 1423*, Paris, 1867. (MÉLANGES DE LITTÉRATURE ET D'HISTOIRE RECUEILLIS PAR LA SOCIÉTÉ DES BIBLIOPHILES FRANÇAIS).

— *Chronique d'Enguerran de Monstrelet*, Soc. HIST. FR., 1857-62, 6 vol.

DOUTREPONT, G., *A la cour de Philippe le Bon ; Le Banquet du Faisan et la littérature de Bourgogne*, REVUE GÉNÉRALE [Belgique], 1899, p. 787-806, 1900, p. 99-118.

— *Epitre à la Maison de Bourgogne sur la croisade turque projetée par Philippe le Bon (1464)*, ANALECTES POUR SERVIR A L'HISTOIRE ECCLÉSIASTIQUE DE LA BELGIQUE, 3e s., II, 1906, p. 144-95.

— *Inventaire de la « Librairie » de Philippe le Bon (1420)*, PUBLICATIONS IN-8o DE LA COMMISSION ROYALE D'HISTOIRE DE BELGIQUE. Bruxelles, 1906.

DOUTREPONT, G. ET Bon F. BÉTHUNE, *Bulletin d'histoire linguistique et littéraire française des Pays-Bas*. Années 1901, 1902-03. Bruges, 1903 et 1906. (Abrégé : *Bull. Bruges*).

DOUTREPONT, *La Sale*, voir *Bull. Bruges*.

DU FRESNE DE BEAUCOURT, G., *Chronique de Mathieu d'Escouchy*, Soc. HIST. FR., 1863-64, 3 vol.

DUPONT, Mlle, *Anchiennes cronicques d'Engleterre par Jehan de Wavrin*. Soc. HIST. FR., 1858-63, 3 vol.

DURRIEU, P. (Comte), *Jacques Coene, peintre de Bruges, établi à Paris sous le règne de Charles VI (1398-1404)*, ARTS ANCIENS DE LA FLANDRE, 1906-7, t. II, fasc. I, p. 5-22.

— *Les manuscrits à peintures de la bibliothèque de sir Thomas Phillipps à Cheltenham*, BIBL. EC. CH., L, 1889, p. 381-432.

— *L'histoire du bon roi Alexandre, manuscrit à miniatures de la Collection Dutuit* : REV. ART ANC. ET MOD., XIII, 1903, p. 49-64, 102-121.

— *Manuscrits de luxe exécutés pour des princes et des grands seigneurs (IV, Les bibles françaises des ducs de Bourgogne, V, Sur quelques manuscrits parisiens des ducs ... Philippe le Hardi et Jean sans Peur)* : étude parue dans la revue LE MANUSCRIT (p.p. A. Labitte), II, 1895. (Abrégé : *Le manuscrit*).

— *La peinture en France*, t. III de l'HISTOIRE DE L'ART, p. sous la direction d'A. Michel, p. 101-171.

FIERENS-GEVAERT, *La Renaissance septentrionale et les premiers maîtres des Flandres*, Bruxelles, 1905.

FINOT, J., *Inventaire sommaire des Archives départementales antérieures à 1790, Nord, Archives civiles, série B*, t. VIII, Lille, 1895.

— *Projet d'expédition contre les Turcs préparé par les Conseillers du duc de Bourgogne Philippe le Bon (janvier 1457)*, Lille, 1890.

FREDERICQ, P., *Essai sur le rôle politique et social des ducs de Bourgogne dans les Pays-Bas*, Gand, 1875.

FRIS, V., *Analyse de chroniques bourguignonnes*, BULLETIN DE LA SOCIÉTÉ D'HISTOIRE ET D'ARCHÉOLOGIE DE GAND, 1905, p. 190-212.

— *Bibliographie de l'histoire de Gand depuis les origines jusqu'à la fin du XVe siècle*. — SOCIÉTÉ D'HISTOIRE ET D'ARCHÉOLOGIE DE GAND. PUBLICATION EXTRAORDINAIRE, nº 2, Gand, 1907.

FROCHEUR, F., *Notice sur la Bibliothèque de Bourgogne*, MESSAGER, 1839, p. 313-48.

GACHARD, *Les Bibliothèques de Madrid et de l'Escurial, Notices et extraits des manuscrits qui concernent l'histoire de Belgique*, CHRONIQUES BELGES INÉDITES, Bruxelles, 1875.

— *Rapport à Monsieur le Ministre de l'Intérieur sur les Archives de la Chambre des comptes à Lille*, Bruxelles, 1836. (Abrégé : *Arch. Lille*).

— *Rapport à Monsieur le Ministre de l'Intérieur sur les documents concernant l'histoire de la Belgique, qui existent dans les dépôts littéraires de Dijon et de Paris. Ire partie. Archives de Dijon.* Bruxelles, 1843. (Abrégé : *Arch. Dijon*).

GAUTIER, L., *Les épopées françaises*, Paris, 1878-94, 4 vol.

GÉRARD, *Catalogue des manuscrits de Bruxelles, dressé en 1799*. Ouvrage manuscrit en 4 volumes déposés à Bruxelles et cotés 14993-96.

GRAESSE, *Lehrbuch einer allgemeinen Literärgeschichte aller bekannten Völker der Welt*, Dresde et Leipzig, 1837-59, 13 vol.

GRÖBER, G., *Grundriss der romanischen Philologie*, II Band, I Abteilung, Strasbourg, 1898, 1901, 1902 : voir ci-dessus, p. IX.

GROJEAN, O., *Antoine de La Sale*, REVUE DE L'INSTRUCTION PUBLIQUE EN BELGIQUE, XLVII, 1904, p. 153-187.

GUIFFREY, J., *Tapisseries françaises*, au t. VIII, 18e livraison (Paris, 1881) de l'*Histoire générale de la Tapisserie*, texte par J. Guiffrey, E. Müntz et A. Pinchart.

HAUVETTE, H., *De Laurentio de Primofato* (Laurent de Premierfait) *qui primus Joannis Boccacii opera quaedam gallice transtulit ineunte seculo XV*, Paris, 1903. (Thèse doctorale, Paris).

HAYNIN (Jean, sire de), voir Brouwers.

HELLÉNY, G., *L'hystoire et plaisante cronicque du Petit Jehan de Saintré et de la Jeune Dame des Belles Cousines par Antoine de La Sale*, Paris, 1890.

HÉNAULT, M., *Les Marmion, Jehan, Simon, Mille et Colinet, peintres amiénois du xve siècle*, REVUE ARCHÉOLOGIQUE, 4e s., IX, 1907.

HENNIN, *Les monuments de l'histoire de France*, Paris.

HOEPFFNER, E., *Eustache Deschamps Leben und Werke*, Strasbourg, 1904.

HUCHER, E., *Le Saint-Graal ou le Joseph d'Arimathie, première branche des Romans de la Table Ronde*, Le Mans et Paris, 1875-78, 3 vol.

JACOBS ET UCKERT, *Beiträge zur älteren Litteratur oder Merkwürdigkeiten der Herzoglich öffentlichen Bibliothek zu Gotha*, Leipzig, 1835-1838, 3 vol.

JEAN OU JEHAN DE SAINTRÉ, voir Hellény et Raynaud.

JORGA, N., *Philippe de Mézières (1327-1405) et la croisade au xive siècle*, BIBLIOTHÈQUE DE L'ECOLE DES HAUTES ETUDES, fasc. 110, 1896.

JUBINAL, A., *Lettres à M. le comte de Salvandy sur quelques-uns des manuscrits de la Bibliothèque royale de La Haye*, Paris, 1846.

— *Recherches sur l'usage et l'origine des tapisseries à personnages dites historiées*, Paris, 1840.

KERVYN DE LETTENHOVE (Baron), *Chroniques relatives à l'histoire de la Belgique sous la domination des ducs de Bourgogne*, II, *Le livre des trahisons de France — La Geste des ducs de Bourgogne — Le Pastoralet*, CHRONIQUES BELGES INÉDITES, Bruxelles, 1873.

— *Œuvres de Froissart*, Chroniques, 25 vol., Bruxelles, 1870-77.

— *Œuvres de Georges Chastellain*, Bruxelles, 1863-1866, 8 vol., ACAD. ROY. BELG.

KERVYN DE LETTENHOVE, H. (Baron), *La Toison d'or*, Bruxelles, 1907.

KIRK, J.-F., *History of Charles the Bold, duke of Burgundy*, Londres, 1863-66, 3 vol. Trad. franç. par Ch. Flor O'Squarr, Paris, 1886, 3 vol.

KOHLER : voir *Recueil des historiens des croisades*.

LABARTE, J., *Histoire des arts industriels au moyen âge et à l'époque de la Renaissance*, Paris, 1864-66, 4 vol. texte in-8º, et 2 vol. atlas in-4º.

LABORDE (Comte, puis Marquis de —), *Les Ducs de Bourgogne, Etudes sur les lettres, les arts et l'industrie pendant le xve siècle*, Paris, 1849-52, 3 vol. (Abrégé : Laborde).

LAMEERE, E., *Le Grand Conseil des Ducs de Bourgogne de la maison de Valois*, Bruxelles, 1900.

LANGLOIS, E., *Notices des manuscrits français et provençaux de Rome antérieurs au* XVI *siècle*, NOT. ET EXTR., XXXIII, 2e part. (Abrégé : *Mss. Rome*).

LA SERNA SANTANDER, *Mémoire historique sur la bibliothèque dite de Bourgogne présentement bibliothèque publique de Bruxelles*, Bruxelles, 1809.

LECOY DE LA MARCHE, A., *Le Roi René, sa vie, son administration, ses travaux artistiques et littéraires*, Paris, 1875, 2 vol.

LEFEBVRE, L., *Histoire du théâtre de Lille de ses origines à nos jours*, Lille, 1907, t. I.

LEFÈVRE DE LA BARRE, *Mémoires pour servir à l'histoire de France et de Bourgogne, contenant un journal de Paris, sous les règnes de Charles* VI *et Charles* VII ; *l'histoire du meurtre de Jean sans Peur, duc de Bourgogne, avec les preuves ; les états des maisons et officiers des ducs de Bourgogne de la dernière race, enrichis de notes très intéressantes pour un grand nombre de familles illustres ; des lettres de Charles le Hardy, duc de Bourgogne, au sieur de Neufchastel du Fay, gouverneur du Luxembourg ; et plusieurs autres monuments très utiles pour l'éclaircissement de l'histoire du* XIVe *et* XVe *siècle*, Paris, 1729, 2 tomes.

LE FÈVRE DE SAINT-REMY, voir Morand.

LE GLAY, *Catalogue descriptif des manuscrits de la Bibliothèque de Lille*, Paris et Lille, 1848.

— *Notice sur les principales bibliothèques du département du Nord*, Lille, 1844.

LENIENT, CH., *La poésie patriotique en France au moyen âge*, Paris, 1891.

LE ROUX DE LINCY, *Chants historiques et populaires du temps de Charles* VII *et de Louis* XI, Paris, 1857.

— *Recueil de chants historiques français depuis le* XIIe *jusqu'au* XVIIIe *siècle*, Paris, 1841-42, 2 vol.

LE ROUX DE LINCY ET L. M. TISSERAND, *Paris et ses historiens aux* XIVe *et* XVe *siècles*, HISTOIRE GÉNÉRALE DE PARIS, Paris, 1867.

LIÉGEOIS, C., *Gilles de Chin, l'histoire et la légende*, RECUEIL ... DES CONFÉRENCES ... DE LOUVAIN, 1903, 11e fasc.

LOUANDRE, CH., *Chefs-d'œuvre des conteurs français avant La Fontaine*, Paris, 1875.

MANGEART, J., *Catalogue descriptif et raisonné des manuscrits de la bibliothèque de Valenciennes*, Paris, 1860.

[MARCHAL, J.], *Catalogue des manuscrits de la Bibliothèque Royale des Ducs de Bourgogne*, Bruxelles et Leipzig, 1842, 3 vol. (Abrégé : Marchal).

MARTIN, H., *Catalogue général des manuscrits des bibliothèques de France, Paris : Bibliothèque de l'Arsenal* (1885-1899), Paris, 8 vol.

Martin, H., *Les miniaturistes français*, Paris, 1906.

— *Une œuvre de l'enlumineur Loyet Liédet*, Musées et Monuments de France — Rev. art anc. et mod., 1907, n° 5, p. 65-67.

Mas-Latrie (de), *Chronique d'Ernoul et de Bernard le Trésorier*, Soc. Hist. Fr., 1871.

Mathieu d'Escouchy, voir Du Fresne de Beaucourt.

Matter, *Une collection de livres d'une femme du monde à la fin du XIVe et du commencement du XVe siècle — Bibliothèque de Marguerite de Flandre*, Lettres et pièces rares ou inédites, Paris, 1846.

Meyer, P., *Alexandre le Grand dans la littérature française du moyen âge*, Paris, 1886, 2 vol.

— *Girart de Roussillon, chanson de geste traduite pour la première fois*, Paris, 1884.

Michelant, H., *Inventaire des joyaux, ornements d'église, vaisselles, tapisseries, livres, tableaux, etc., de Charles-Quint, dressé à Bruxelles au mois de mai 1536*, Bull. Comm. Roy. Hist. Belg., 3e s., XIII, p. 199-368.

Molinier, A., *Les sources de l'histoire de France*, Paris, 1901-1906.

Molinier, A. et E., *Chronique normande du XIVe siècle*, Soc. Hist. Fr., 1882.

Monod : *Etudes d'histoire du moyen âge dédiées à Gabriel —*, Paris, 1896.

Monstrelet, voir Douët-d'Arcq.

Morand, F., *Chronique de Jean Le Fèvre, seigneur de Saint-Remy*, Soc. Hist. Fr., 1876-81, 2 vol.

Namur, P., *Histoire des bibliothèques publiques de la Belgique*, I, *Bibliothèques de Bruxelles*, 1840.

Nationale : *Bibliothèque Impériale. Département des Manuscrits. Catalogue des manuscrits français*, I (1868), *Bibliothèque Nationale*, II (1874), III (1881), IV (1895), V (1902, avec préface de L. Delisle) : *Ancien fonds fr.*, in-4°. Paris, Firmin-Didot. Il comprend les n°s 1-6170.

Bibliothèque Nationale : *Catalogue général des manuscrits français*, par H. Omont, avec la collaboration de C. Couderc, L. Auvray et Ch. de La Roncière, Paris, E. Leroux, 12 vol. in-8°. Il comprend : *Anc. suppl. fr.*, (n°s 6171-15369) en 3 tomes, *Anc. St-Germain fr.*, (n°s 15370-20064) en 3 t., *Anc. pet. fonds fr.* (n°s 20065-33264) en 3 t., *Nouv. Acq. fr.* (1-10000) en 3 t., etc.

Nève, J., *Antoine de La Salle. Sa Vie et ses Ouvrages d'après des documents inédits. Suivi du Réconfort de Madame du Fresne d'après le manuscrit unique de la Bibliothèque Royale de Belgique, du Paradis de la reine Sibylle, etc., par Antoine de La Salle, et de fragments et documents inédits tirés des bibliothèques et des archives de France et de Belgique*. Paris et Bruxelles, 1903. Nouvelle édition, revue et augmentée, de l'étude parue en 1881 dans la *Société des Bibliophiles de Belgique*.

Ned. Gesch., voir [Van Vloten].

OLIVIER DE LA MARCHE, voir Beaune et d'Arbaumont.

PANNIER, L., *Les Joyaux du duc de Guyenne. Recherches sur les goûts artistiques et la vie privée du dauphin Louis, fils de Charles* VI, REVUE ARCHÉOLOGIQUE, 1873-74.

PARIS, G., *Esquisse historique de la littérature française au moyen âge (depuis les origines jusqu'à la fin du* XVe *siècle)*, Paris, 1907.

— *Histoire poétique de Charlemagne*, Paris, 1905.

— *La légende de Saladin*, JOURNAL DES SAVANTS, 1903.

— *La littérature française au moyen âge (*XIe*-*XIVe *siècle)*, Paris, 1905, 3e éd. (Abrégé : *Manuel*).

— *La poésie du moyen âge, leçons et lectures*, 2e série, Paris, 1895.

PARIS, P., *Les manuscrits françois de la Bibliothèque du Roi*, Paris, 1836-48, 7 vol.

— *Les Grandes Chroniques de France, selon que elles sont conservées en l'Eglise de Saint-Denis en France*, Paris, I, 1836.

PEIGNOT, G., *Catalogue*, etc.. (Abrégé : Peignot), voir ci-dessus, p. XXXIV.

PERDRIZET, P., *Jean Miélot, l'un des traducteurs de Philippe le Bon*, REVUE D'HISTOIRE LITTÉRAIRE DE LA FRANCE, XIV, 1907, p. 472-82. (Abrégé : Perdrizet).

PETIT, ERNEST, *Histoire des ducs de Bourgogne de la race capétienne*, SOC. BOURGUIGNONNE DE GÉOGRAPHIE ET D'HISTOIRE, Paris, 1903, VIII.

— *Itinéraires de Philippe le Hardi et de Jean sans Peur, ducs de Bourgogne (1363-1419)*, DOCUMENTS INÉDITS, Paris, 1888.

PETIT JULES, *Le Pas de la Mort, poëme inédit de Pierre Michault suivi d'une traduction flamande de Colyn Coellin*, SOCIÉTÉ DES BIBLIOPHILES DE BELGIQUE, 1869.

PETIT DE JULLEVILLE, L., *Histoire de la langue et de la littérature française des origines à 1900*, publiée sous la direction de —. Paris, 8 vol. (Abrégé : *Hist. sous la dir. de P.*).

— *La comédie et les mœurs en France au moyen âge*, 4e éd., Paris.

— *Les Mystères*, Paris, 1880, 2 vo'.

— *Répertoire du théâtre comique en France au moyen âge*, Paris, 1886.

PIAGET, A., *Martin Le Franc, prévôt de Lausanne*, Lausanne, 1888.

— *Pierre Michault et Michault Taillevent*, ROMANIA, XVIII, p. 439-452.

PINCHART, A., *Archives des arts, sciences et lettres*, Gand, 1860, 1863, 1881, 3 vol.

— *Miniaturistes, enlumineurs et calligraphes employés par Philippe le Bon et Charles le Téméraire et leurs œuvres*, BULLETIN DES COMMISSIONS ROYALES D'ART ET D'ARCHÉOLOGIE, 1865. IV, p. 473-510.

— *Tapisseries flamandes,* 3e livr., 1878, de l'*Histoire générale de la Tapisserie* : voir Guiffrey.

PIRENNE. H., *Histoire de Belgique,* II (Du commencement du XIVe siècle à la mort de Charles le Téméraire), 2e éd., Bruxelles, 1908.

— *Les sources de la Chronique de Flandre jusqu'en 1342* : voir Monod.

POTVIN, C., *Œuvres de Ghillebert de Lannoy, voyageur, diplomate et moraliste,* ACAD. ROY. BELG., 1878.

PROST. BERNARD, *Quelques acquisitions de manuscrits par les ducs de Bourgogne Philippe le Hardi et Jean sans Peur (1396-1415),* ARCHIVES HISTORIQUES, ARTISTIQUES ET LITTÉRAIRES du Ier juin 1891, p. 337-353, Paris, Charavay. (Abrégé : Prost, *Archives*).

— *Traités du duel judiciaire, Relations de pas d'armes et tournois par Olivier de La Marche, Jean de Villers de l'Isle-Adam. Hardouin de la Jaille, Antoine de la Sale, etc.,* Paris, 1872.

— *Inventaires mobiliers et extraits des comptes des ducs de Bourgogne de la maison de Valois (1363-1477),* T. I, *Philippe le Hardi (1363-1377),* Paris, 1902-04, 3 fascicules. (Abrégé : Prost, *Inventaires mobiliers*).

M. B. Prost est mort en 1905. La publication sera continuée par le neveu du regretté savant, M. Henri Prost, qui vient de donner le Ier fascicule du t. second : *Philippe le Hardi (1378-1384),* Paris, 1908.

QUANTIN, M., *Les ducs de Bourgogne comtes de Flandre, Mœurs et usages (1384-1477),* Paris, 1882 (Extr. de la REVUE CATHOLIQUE DE LOUVAIN). (Abrégé : Quantin).

RAYNAUD, G., *Les Cent Ballades,* SOC. ANC. TEXTES FRANÇ., 1905.

— *Un nouveau manuscrit du Petit Jehan de Saintré,* ROMANIA, XXXI, p. 527-56.

— *Œuvres d'E. Deschamps,* voir De Queux de Saint-Hilaire.

REIFFENBERG (Baron de). *Annuaire de la Bibliothèque royale de Belgique,* Bruxelles et Leipzig.

— *Archives philologiques,* I-II, Louvain, Buelens; 1825-27 ; *Archives pour servir à l'histoire civile et littéraire des Pays-Bas,* III-IV, Louvain, Michel, 1827 ; *Nouv. Arch. hist. des Pays-Bas,* V-VI, Bruxelles, De Mat, 1830-32 ; *Nouv. Arch.,* Gand, 1837-38.

— *Chronique rimée de Philippe Mouskes*, CHRON. BELGES INÉD., 1836-38, 2 vol.

— *Histoire de l'ordre de la Toison d'or*, Bruxelles. 1830.

— *Mémoires de Jacques Du Clercq*, 2 éd., Bruxelles, 1835-36. 4 vol.

— *Monuments pour servir à l'histoire des provinces de Namur, de Hainaut et de Luxembourg*, recueillis et publiés par —, 8 vol. (IV, 1846. *Chevalier au Cygne et Godefroid de Bouillon* ; V, 1848. *idem* ; VI. 1854, A. Borgnet, *idem* ; VII, 1847, Reiffenberg. *Gilles de Chin*, vers ; VIII. 1848, *Chronique de l'abbaye de Floreffe)*.

REINACH, S., *Le manuscrit des chroniques de Froissart à Breslau :* GAZETTE DES BEAUX-ARTS, XXXIII, 1905, p. 371-89. (Abrégé : *Froissart de Breslau*).

— *Un manuscrit de Philippe le Bon :* voir ci-dessous p. 421.

RICHTER, O., *Die französische Litteratur am Hofe der Herzöge von Burgund*, Halle sur Saale, 1882.

ROY, M., *Œuvres poétiques de Christine de Pisan*, SOC. ANC. TEXTES FRANÇ., 1886-96. 3 vol.

RUTHS, *Die französischen Fassungen des Roman de la belle Helaine*, Greifswald, 1897. (Abrégé : *Belle Helaine)*.

SAINT-GENOIS (Baron de), *Catalogue méthodique et raisonné des manuscrits de la bibliothèque de la ville et de l'Université de Gand*, Gand. 1849-52.

SANDER PIERRON, *Histoire de la forêt de Soigne*, Bruxelles. 1905.

SCHEFER, CH., *Le Voyage d'Outremer de Bertrandon de la Broquière, publié et annoté*. RECUEIL DE VOYAGES ET DE DOCUMENTS POUR SERVIR A L'HISTOIRE DE LA GÉOGRAPHIE DEPUIS LE XIIIᵉ SIÈCLE JUSQU'A LA FIN DU XVIᵉ SIÈCLE, Paris. 1892. (Abrégé : *Bertrandon)*.

SCHELER, A., *Les Enfances Ogier* (1874). *Li roumans de Berte aus grans piés* (1874) *par Adenés li Rois, Li Bastars de Buillon*, (1877), ACAD. ROY. BELG.

— *Œuvres de Froissart, Poésies*, ACAD. ROY BELG.. 3 vol., 1870-72.

SCHESTAG, *Die Chronik von Jerusalem*, JAHRBUCH DER KUNSTHISTORISCHEN SAMMLUNGEN DER ALLERHÖCHSTEN KAISERHAUSES, XX, 1899.

SÖDERHJELM, W., *Notes sur Antoine de La Sale et ses œuvres*, ACTA SOCIETATIS SCIENTIARUM FENNICAE, t. XXXII. nᵒ 1. Helsingfors, 1904.

SOIL, E., *Recherches et documents sur l'histoire, la fabrication et les produits des ateliers de Tournai :* MÉMOIRES DE LA SOCIÉTÉ HISTORIQUE ET LITTÉRAIRE DE TOURNAI, XXII. 1891. (Abrégé : *Ateliers de Tournai)*.

SUMMER, H. OSKAR, *The Recuyell of the Historyes of Troye written in French by Raoul Lefevre, translated and printed by William Caxton (about A. D. 1474). The first English printed Book, now faithfully reproduced with a critical Introduction, Index and Glossary, and eight pages in photographic Facsimile,* Londres, 1894, 2 vol.

STEIN, H., *Etude sur Olivier de la Marche*, MÉMOIRES COURONNÉS DE L'ACADÉMIE ROYALE DE BELGIQUE, XLIX. 1888.

VAN DEN GHEYN. J., *Catalogue des Manuscrits de la Bibliothèque royale de Belgique*, Bruxelles, 1901-1908, 8 vol. (Abrégé : Van den Gheyn.

— *Conférence sur la miniature à la cour de Bourgogne*, BULL. SOC. HIST. ET ARCH. DE GAND, 1904, p. 39-45. (Abrégé : Van den Gheyn. Conférence).

VAN DER ESSEN, E., *Etude critique et littéraire sur les Vitae des Saints mérovingiens de l'ancienne Belgique*. RECUEIL ... DES CONFÉRENCES ... DE LOUVAIN, 1907.

VAN HASSELT, A., *Essai sur l'histoire de la poésie française en Belgique*, MÉM. COUR. ACAD. ROY. BELG., XIII, 1838.

— *Li roumans de Cléomadès par Adenès li Rois*, 1865-1866, 2 vol., ACAD. ROY. BELG.

VAN PRAET, *Notice sur Colart Mansion*, Paris, 1829.

[VAN PRAET], *Recherches sur Louis de Bruges, seigneur de la Gruthuyse*, Paris, 1831. (Abrégé : *Louis de Bruges*).

[VAN VLOTEN. J.], *Nederlandsche Geschiedzangen naar tijsorde gerangschikt en toegelicht door* —, Amsterdam, 1864, 2 vol.

VERNIER. J.-J., *Philippe le Hardi duc de Bourgogne ; sa vie intime pendant sa jeunesse, ses qualités et ses défauts, ses goûts et ses habitudes*, Troyes, 1900 (Extr. des MÉMOIRES DE LA SOCIÉTÉ ACADÉMIQUE DE L'AUBE. LXIII, 1899).

VIGLIUS : voir ci-dessus p. XLIX.

VOISIN, A., *Documents pour servir à l'histoire des bibliothèques en Belgique et de leurs principales curiosités littéraires*, Gand, 1840.

WARD. H.-L.-D.. *Catalogue of romances in the Department of Manuscripts in the British Museum*, Londres, 1883-1893. 2 vol.

WAVRIN. voir Dupont.

WERTH. *Altfranzösische Jagdlehrbücher nebst Handschriftenbibliographie der abendländischen Jagdlitteratur überhaupt*, ZEITSCHRIFT FUR ROMANISCHE PHILOLOGIE. XII (1888). p. 146-191. 381-415, XIII (1889), p. 1-34.

WIELANT, voir De Smet.

WRIGHT, TH., *Les Cent Nouvelles nouvelles*, BIBL. ELZÉV., Paris, 1857-58, 2 vol.

Je termine cette longue *Introduction* par un mot à l'adresse de M. Alphonse Bayot qui, de 1903 à 1908, a été attaché à la Section des manuscrits de la Bibliothèque royale de Belgique et qui, récemment, a dû renoncer à ces fonctions pour se consacrer à l'enseignement dont il a été chargé à l'Institut supérieur de commerce d'Anvers en même temps qu'à l'Université de Louvain. C'est un mot de vive reconnaissance pour les nombreux et précieux renseignements qu'il m'a fournis sur la riche collection de Bruxelles que, pendant six ans, il a eu mission d'étudier et de faire connaître au public. Je n'ai pas à louer ici les travaux remarquables qu'on lui doit ni son active et savante collaboration au catalogue des manuscrits publié par le R. P. Van den Gheyn. Il me suffira de dire qu'il joint à ses qualités d'érudit une inépuisable complaisance, qu'il m'en a donné maintes preuves et que je l'en remercie très sincèrement.

Je n'oublie pas non plus les services que m'a rendus mon collègue, le baron François Bethune, en me permettant de recourir, pour la préparation de mon livre, à son importante « librairie » ainsi qu'à ses bons conseils.

CHAPITRE I

ÉPOPÉES ET ROMANS D'INSPIRATION MÉDIÉVALE

> Ne sont que III materes à nul home antandant :
> De France et de Bretagne et de Rome la grant ;
> Et de ces III materes n'i a nule samblant.... (1)

Tout homme « entendant » en lettres françaises reconnaît ici le
célèbre début de la *Chanson des Saisnes* ou *des Saxons* (1). Pas n'est
besoin de lui apprendre quelle a été la vogue de ces « trois materes »
durant le moyen âge et en quoi elles se distinguent l'une de l'autre.
Cependant, elles sont moins diverses que ne l'affirme le vieux
poète : il n'y a « nule semblant », dit-il, mais c'est à condition de ne
pas y regarder de trop près. En tout cas, nous pensons ne pas
devoir tenir compte de la distinction entre les deux premières, et
pouvoir les faire marcher de front. Mais la troisième, la « matere
de Rome la grant », nous la mettrons à part, nous la renverrons au
chapitre suivant, et cela pour des raisons de méthode que nous
allons exposer, en même temps que nous formulerons quelques
observations générales sur le développement des matières de
France et de Bretagne avant l'éclosion de la littérature bourguignonne.

Un mot d'abord de l'épopée dite nationale. L'on sait qu'elle a
beaucoup changé d'aspect au cours de sa longue existence. Après
sa glorieuse ascension des xe, xie et xiie siècles, elle entre, avec
le xiiie, dans un âge de déclin, voire de décadence, parce qu'alors
déjà a disparu l'inspiration franche et spontanée qui l'avait provoquée et soutenue à ses débuts. D'autres causes encore, que nous
nous dispenserons de rappeler, ont déterminé sa perte, ont fait
qu'on a cessé de croire à ses héros et à leurs exploits. Ainsi fléchit et
se perd également l'admiration naïve qu'elle suscitait pendant ses
années de bonne efflorescence.

(1) Francisque Michel, 1839, p. 1 (*Romans des douze pairs de France*, Paris
n° V).

L'on sait aussi qu'en ces mêmes années elle était, comme on l'a dit, « la forme primitive de l'histoire » (1). Par la suite, elle s'est, en quelque sorte, allégée, évidée de cette substance historique ; elle s'est ouverte, elle a livré accès à la fantaisie, à la pure fiction, et le jour est venu où elle a dégénéré en une espèce de roman de cape et d'épée.

Toutefois — il importe de le noter —, la décadence n'a rien d'absolument précipité, et, en réalité, elle s'étend du XIIIᵉ siècle à la Renaissance. Elle a donc eu ses phases et ses manières. En nous la racontant, cette décadence, et en la déplorant avec les amères paroles que l'on connaît, Léon Gautier éprouve quelque consolation à observer que « malgré cette réaction contre le fond de nos vieux poèmes, contre leurs antiques légendes et leur esprit primitif, on a cependant continué à aimer leur forme, leur caractère narratif, leurs coups d'épée et les aventures qui y foisonnaient et le merveilleux, hélas ! qui tendait depuis longtemps à y remplacer le surnaturel » (2). Souvenons-nous au surplus que la déchéance du genre est moins rapide en certaines régions qu'en d'autres. Ainsi, ne semble-t-il pas, au XIVᵉ, que le Nord prenne à tâche de rendre à l'épopée, comme d'ailleurs à la littérature romanesque en général, un regain de vogue ? (3). Un siècle plus tard, n'aurons-nous pas encore la cour de Bourgogne qui tentera un suprême effort dans ce sens ?

Mais si, à cette cour, l'épopée rencontre un succès d'arrière-saison, elle n'y apparaîtra guère, en tant que genre productif, que sous la forme du récit en prose. Tel a été, on se rappelle, le dernier avatar de nos chansons de geste. On se rappelle aussi comment il a été amené. Bornons-nous par conséquent à l'indication sommaire des altérations qu'a subies l'épopée pour en arriver là. Nous venons de dire qu'elle présente encore une certaine vie au XIVᵉ siècle, mais ce n'est plus qu'une vie factice et artificielle, même en ces provinces du Nord, où les tentatives de résurrection sont le plus

(1) God. Kurth, *Histoire poétique des Mérovingiens*, Paris, 1893, p. 1.

(2) *Épopées*, II, p. 409. Voir, pour tout ce qui se rapporte à la période de décadence, les pages 407-600. Je m'en suis inspiré pour ces remarques préliminaires, ainsi que de G. Paris, *Esquisse*, p. 211-14, 245-250.

(3) P. Meyer, *Alexandre le Grand*, I, p. 300 et *Girart de Roussillon*, p. CLXIII-IV ; G. Paris, *Histoire poétique de Charlemagne*, p. 95-96 et *François Villon*, 1901, p. 85.

vigoureusement poussées. En effet, les romans en vers de cette époque ne sont que des compilations, des remaniements de poèmes antérieurs, et lorsque parfois tels d'entre eux sont imaginés, s'offrent à titre de *nouveautés*, ce n'est que du vieux neuf. L'on doit bien en convenir : tout ce que nous découvrons de talent dans les premiers récits de geste, fait défaut à ces retouches, à ces suites du xive siècle. Si elles sont dignes encore de l'attention des érudits, ce n'est d'ordinaire que pour les thèmes et les survivances littéraires du passé qu'elles contiennent. Evidemment, la condamnation à prononcer ici ne doit pas être radicale, en ce sens qu'il faut, comme dans toute décadence, réserver une place pour les exceptions : ce sera, par exemple, *Baudouin de Sebourg*, une œuvre qui est à citer avec éloge, et nous la citons d'autant plus volontiers qu'elle a des attaches avec notre littérature bourguignonne.

Mais dès avant qu'on élabore des poèmes nouveaux qui d'habitude le sont si peu, qui manquent si visiblement d'art et d'originalité, un autre travail est pratiqué sur les poèmes antérieurs. Ceux-ci, on les refait, on les rajeunit par la substitution de la rime à l'assonance, de l'alexandrin au décasyllabe. Triste réfection, triste rajeunissement (est-il nécessaire de l'ajouter ?), et qui n'a pour effet que de les délayer et de les énerver. Mais on ne s'en tient pas là. Le vers luimême finit par ennuyer : on le remplace par la prose ; on dérime telles des vieilles chansons de geste, des vieilles chansons de France. C'est d'ailleurs ce qui s'est produit aussi pour la matière de Bretagne et pour celle de Rome. Nous reviendrons sur ce point, mais maintenant déjà nous remarquerons que la prose a pénétré dans les romans de la Table Ronde, avant qu'elle ne s'introduisît dans l'épopée nationale. En ce qui regarde celle-ci, il est à observer au surplus que le « dérimage » n'y triomphe réellement qu'à l'époque même que nous avons à étudier, à l'époque des ducs de Bourgogne, Philippe le Bon et Charles le Téméraire (1).

Dans notre exposé, nous ne manquerons pas d'indiquer d'après quelles sources nos dérimeurs ont « labouré », et comment ils ont exécuté leur tâche. Pour le moment, il est un fait plus utile à relever : c'est qu'en dépit de la faveur réservée à la prose au déclin du moyen

____

(1) *Epopées*, II, p. 557-58. Voir aussi P.-A. Becker, *Nationale Heldendichtung*, p. 136.

âge, le genre narratif n'a pas complètement renoncé au vers. La période bourguignonne, que nous allons parcourir et qui comprend les dernières années du xive siècle et le xve, verra, en effet, certains événements contemporains recevoir les honneurs de la rime et même être haussés au ton de l'épopée. C'est ainsi qu'apparaissent (et plusieurs de ces poèmes prendront la forme traditionnelle des chansons de geste, la laisse monorime), le *Combat des Trente*, qui n'est pas signé, la *Prise d'Alexandrie* de Guillaume de Machaut, le *Bertrand du Guesclin* de Cuvelier, la *Geste de Liège* de Jean des Prés ou d'Outremeuse, la *Mort de Richard II* de Creton, le *Livre du bon Jehan, duc de Bretagne* de Guillaume de Saint-André, la *Geste des ducs Philippe et Jean de Bourgogne* et le *Pastoralet*, tous deux anonymes. Nous n'énumérons là que des œuvres relativement connues ou du moins qui sont estimées dignes d'une citation dans les traités de littérature. Il en est d'autres qui ne jouissent pas même de ce dernier et modeste crédit, qui se rencontrent chez nos princes et que nous devrons examiner : ainsi la *Chronique rimée des troubles de la Flandre* qui date du règne de Philippe le Hardi et la *Chronique de l'Abbaye de Floreffe* qui éclôt sous celui de Philippe le Bon.

⁎⁎⁎

Plusieurs des remarques précédentes s'appliquent au reste de la littérature narrative et romanesque du moyen âge : roman breton, courtois, grec ou byzantin, récit d'aventure ou de fiction. Ces diverses classes d'œuvres n'ont pas eu de fin plus brillante que l'épopée nationale proprement dite. Ce sont elles surtout qui deviennent de vrais romans de cape et d'épée, qui sont envahies par le fabuleux, le fantastique, le romanesque, l'ultra-romanesque. Le poème breton en vers achève son existence dans le xiiie siècle, et l'on a pu qualifier de « véritable anachronisme » le *Méliador* de Froissart qui paraît au siècle suivant et qui d'ailleurs n'obtient que peu d'expansion (1). De bonne heure, la prose appartient au cycle de la Table Ronde : elle y est implantée dès le commencement du xiiie siècle. Le mouvement s'accentue, c'est-à-dire que le nombre des récits conçus dans cet esprit et rédigés dans cette forme ne cesse de s'accroître pendant la période postérieure, et au xive

______

(1) G. Paris, *Esquisse*, p. 212.

siècle ils disputent victorieusement la vogue aux romans rimés d'inspiration analogue, et même ils les évincent. Dans ce domaine, aussi bien que dans celui de l'épopée française, les productions originales, les inventions nouvelles sont rares, et encore une fois, le plus souvent quand on prétend inventer, c'est du vieux qu'on remanie ou qu'on répare, c'est du vieux qu'on donne pour du neuf. Néanmoins, des réserves s'imposent également ici, des titres sont à retenir comme ceux d'*Isaïe le Triste* et du long *Perceforest*, et nous les retiendrons surtout pour le motif qu'ils figurent sur les inventaires de la librairie bourguignonne.

En l'espèce, le xve siècle est moins remarquable encore que le xive. Il n'a pas fait de bien grands frais d'imagination pour enfanter des fictions inédites. Il s'est habituellement contenté de transcrire les anciennes, de les moderniser et de les dérimer.

Une destinée semblable échoit alors et précédemment déjà aux romans qu'on dénomme *grecs et byzantins* ou à ceux qui ne sont susceptibles d'aucune désignation spéciale et qu'on intitule ordinairement *romans d'aventure*. Dans cette dernière catégorie pourraient se ranger *Jehan de Saintré* et *Jehan de Paris*, qui sont les deux seules compositions dont le xve siècle ait à se glorifier : la première rentre jusqu'à un certain point dans la littérature bourguignonne.

**

Les distinctions, les séparations qui viennent d'être établies entre les matières de France et de Bretagne ne doivent pas, on le sait, être prises au pied de la lettre, et elles n'ont qu'une importance ou une valeur relative. Qui donc prétendrait tracer entre elles une véritable ligne de démarcation, ou bien aussi entre les récits de Table Ronde, les narrations grecques et byzantines et les romans d'aventure ? Jusqu'ici, nous avons parlé d'une *matière de France*, sans entrer dans les détails, mais si nous y regardons d'un peu plus près, nous constaterons que des rajeunisseurs du xive siècle, tout en ayant l'air de la traiter, « l'abandonnent et cherchent à piquer la curiosité en mettant sous des noms historiques ou en rattachant aux familles épiques les plus célèbres de longues et fastidieuses compilations où ils entassent des récits de toutes provenances » (1). Ainsi

(1) G. Paris, *Poésie du moyen âge*, II, p. 191.

sera-t-elle traitée encore au siècle des ducs de Bourgogne : elle ne recevra pas moins d'éléments étrangers, et nous trouverons chez eux plus d'une de ces compilations où l'inspiration nationale sera mélangée à des inventions d'origine exotique, bretonne, orientale et, disons également, antique.

A ce propos, remarquons bien d'ailleurs que les romans antiques, qui sont relégués au chapitre suivant, s'associent en une étroite parenté aux romans épiques et chevaleresques de France et de Bretagne qui constituent l'objet du présent chapitre. On pourrait même affirmer qu'à la longue, dans la littérature du moyen âge, les uns et les autres sont devenus souvent une seule et même chose, tant leurs limites respectives sont indécises, tant ils confondent volontiers leurs aspirations et leurs destinées. La distance qui les sépare est de moins en moins perceptible à mesure que cette littérature se développe et qu'elle se crée un plus large domaine d'action. Au cours des âges, ces *matières de France, de Bretagne et de Rome la Grant* arrivent donc presque à se fusionner en un grand Tout indistinct, et il faut les puissants réactifs de la philologie moderne pour désagréger des substances aussi fortement combinées : « Le xɪvᵉ siècle, ainsi qu'on l'a dit, entasse dans des compilations indigestes les traditions les plus opposées ; il y mêle les pairs de Charlemagne aux chevaliers du roi Arthur ; il y donne l'histoire du Saint Graal pour complément aux apologues des Sept Sages de Rome » (1). Que d'œuvres qui ne sont ni françaises, ni bretonnes, ni antiques en ce sens qu'elles sont en même temps un peu françaises, bretonnes et antiques !

On nous demandera dès lors : Pourquoi un chapitre spécial sur l'Antiquité ? Pourquoi diviser ce qui tend de la sorte à s'unifier ? C'est qu'aborder le roman antique, c'est aborder l'examen des écrivains de la Grèce et de Rome, c'est aborder la question des traducteurs et des compilateurs d'œuvres antiques, c'est entrer dans un ordre de considérations qui demandent nécessairement à être séparées de l'histoire poétique des Charles Martel, des Charlemagne, des Girard de Roussillon, des Jehan de Saintré et des Jacques de Lalaing. Ainsi donc, pour ces raisons de méthode, il nous a paru

______

(1) Moland et d'Héricault, *Nouvelles françaises en prose du* xɪvᵉ *siècle*, Paris (Bibliothèque elzévirienne), 1858, p. vɪɪ. Voir aussi Gautier, *Épopées*, II, p. 502.

préférable de reporter les romans antiques au chapitre second où ils trouveront place, avec les traductions et les compilations, sous la désignation élastique et large d'*Antiquité*. ·

Mais que faire lorsque se présente une œuvre où, comme la chose vient d'être notée, l'inspiration médiévale (française et bretonne) voisine avec l'inspiration antique ? En pareil cas, nous considérons l'élément principal, et selon que cette œuvre est plus médiévale ou plus antique, nous nous décidons pour la première ou la seconde catégorie. Il va sans dire que nous ne pourrons pas toujours suivre rigoureusement ce plan, et qu'ici, comme dans tout exposé de l'espèce, la logique et ses lois seront parfois violées ou sacrifiées.

Etant donnée l'acception que nous prêtons au titre de notre premier chapitre : *Épopées et romans d'inspiration médiévale*, on ne sera pas surpris de rencontrer, dans les pages qui suivent, des écrits de nature quelque peu disparate, des écrits qui seront tantôt une épopée du XIIe siècle modernisée en un remaniement en prose des environs de 1450, tantôt un roman d'aventure du XIIIe ou du XIVe recopié en quelque somptueux manuscrit commandé par un duc, ou bien encore soit une vaste compilation de nombreux récits antérieurs, soit une chronique rimée, contemporaine des seigneurs de Bourgogne mais pastichée des anciennes gestes, soit enfin une narration biographique qui s'intitule le *Livre des faits de Jacques de Lalaing* ou l'*Histoire du petit Jehan de Saintré*.

Ce premier chapitre est lui-même divisé en trois parties : I. ŒUVRES DONT L'INSPIRATION EST ANTÉRIEURE A L'ÈRE BOURGUIGNONNE, autrement dit les œuvres qui, composées avant la dynastie des ducs de Bourgogne, ont été en leur possession et aussi les œuvres qu'eux-mêmes ou des courtisans ont fait rédiger ou remanier d'après des livres plus ou moins anciens ; II. ŒUVRES DONT L'INSPIRATION EST CONTEMPORAINE DE L'ÈRE BOURGUIGNONNE, soit les récits qui datent, comme fond et forme, de leur époque ; III. MŒURS ET TRADITIONS CHEVALERESQUES, c'est-à-dire un aperçu sur la manière dont les romans chevaleresques se reflètent dans les habitudes, les goûts, les fêtes et les divertissements de la maison bourguignonne et aussi sur la façon dont, à leur tour, ces habitudes, ces goûts, ces fêtes et ces divertissements agissent sur les conceptions et les fictions littéraires de céans. Nous devrons, dans cette troisième partie, jeter un coup d'œil sur certains livres de provenance antique : elle nous servira, par conséquent, de transition entre les chapitres premier et deuxième.

I. Œuvres dont l'inspiration est antérieure a l'ère bourguignonne.

§ 1. Philippe le Hardi.

Parmi les récits épiques et chevaleresques compris dans sa librairie ou celle de sa femme, nous n'en discernons aucun qui soit une copie ou une refonte exécutée à sa demande. Seules des « réparations » et une « acquisition » sont à porter à son actif. Encore hésite-t-on à consigner ici le fait qu'il paie, en 1387, des frais de reliure à Martin Lhuillier, libraire à Paris, pour huit livres « tant romans et bibles comme autres livres » (1). Le terme de *romans* peut aussi bien désigner un traité didactique qu'une narration du *Saint Graal*. Mais il est permis toutefois de supposer que le lot d'ouvrages envoyés en réparation contenait quelque histoire chevaleresque. En revanche, nous savons de manière positive que la même année, le prince a confié au même libraire, et pour les mêmes soins, son roman de *Merlin* (2). Cinq ans plus tard, c'est *Lancelot* qu'il fait « recloer et rappareillier » (3).

Quant à l'acquisition, elle date de 1400 et elle consiste dans le *roman du roy Mellyadus et de Gyron Courtois* que lui offre son conseiller et chambellan, Charles de Poitiers, seigneur de Saint-Vallier et de Vadans (4). Il s'agit de *Palamède,* dont *Meliadus* est la première

(1) « A Martin Luillier, libraire, pour couvrir viii livres tant romans et bibles comme autres livres dont les vi sont couvers de cuir en graine et les autres deux d'autre cuir, et pour l'estoffe d'une bourre a mettre pignes d'yvoire... xxii frans demi », Dehaisnes, p. 637 (comptes du 22 juin 1386 au dernier juin 1387). Voir aussi Peignot, p. 25.

(2) « A Martin Lullier, libryaire demourant à Paris, pour avoir relyé, nettoié et couvert le *grand roman de Marques* de mon dit seigneur, vi fr. Item, pour avoir relyé, nettoié, doré et couvert en empraintes son romans nommé *Sinodich*, iiii frans. Et pour avoir relié, nettoié et couvert d'une peau velue le romans de mon dit seigneur de *Merlin*, 1 franc », Dehaisnes, p. 651 ; Peignot, p. 25-6.

L'inventaire de 1405 mentionne un *livre Merlin* : Peignot, p. 73 ; Dehaisnes, p. 881. Reste à savoir ce que représente ce titre : voir ci-dessous p. 15.

Quant au roman de *Marques* et au *Sinodich*, voir chap. ii, part. ii. § 1 et chap. iii, part. i, § 2.

(3) Peignot, p. 26 ; Dehaisnes, p. 711.

(4) Prost, *Archives*, p. 340 ; Petit, *Itinéraires.*

partie et *Guiron le Courtois* la seconde. Ce *Giron* ou *Guiron le Courtois* est désigné au nombre des volumes récolés à la mort de Philippe le Hardi (1). Avec un *Oger de Danemark* (2), il constitue, dans cet inventaire de 1404, la littérature épique médiévale.

L'inventaire de 1405 est mieux fourni à ce point de vue. Voici d'abord plusieurs romans de Table Ronde : le *Merlin* et le *Méliadus* prémentionnés (3), le *Livre des Histoires du Saint Graal* (4), le *Roman du roi Artus et Lancelot du Lac* (5), le *Livre de Lancelot du Lac* (6), et celui du *Saint Graal, de Tristan et Galaad* (7).

Ensuite, une série de récits et de manuscrits divers : un volume contenant à la fois *Beuves de Hanstone*, *Elie de Saint-Gille*, *Aiol* et *Robert le Diable* (8) ; un texte isolé le *Châtelain du Coucy et la Dame du Fayel* par Jakemon Sakesep ou Jacques Saquet (9) ; le *Cléomadès*,

(1) Peignot, p. 44 ; Barrois, n° 607 ; Dehaisnes, p. 851. Il se retrouve en 1420 : Doutrepont, n° 69, mais il ne se revoit plus dans les inventaires ultérieurs. Cf. toutefois l'inv. de 1477 : Peignot, p. 96.

(2) Peignot, p. 45 ; Barrois, n° 611 ; Dehaisnes, p. 851.

(3) *Méliadus* = Peignot, p. 71 ; Dehaisnes, p. 880. — Inv. 1420 : Doutrepont, n° 201. — Inv. 1467 et 1504 : Barrois, n°ˢ 1242-2190. Il est à trois colonnes, de même que *Guiron*. Sur leurs rapports et *Palamède*, voir Gröber, p. 1008-9, Löseth, *Le roman en prose de Tristan*, p. 432, et G. Paris, *Manuel*, p. 110.

(4) Peignot, p. 63 ; Dehaisnes, p. 880.

(5) Peignot, p. 65 ; Dehaisnes, p. 880.

(6) Peignot, p. 67 ; Dehaisnes, p. 880.

(7) Peignot, p. 71 ; Dehaisnes, p. 880. — Inv. 1420 : Doutrepont, n° 204. Pour ces romans, voir ci-dessous p. 11, 12 et 14.

(8) Peignot, p. 63 ; Barrois, n° 649 ; Dehaisnes, p. 880. — Inv. 1420 : Doutrepont, n° 122. — Inv. 1467 et 1487 : Barrois n°ˢ 1285-1954. — Paris, Nat., n° 25516, XIIIᵉ s. Détails sur ce ms., dans le *Catalogue* de la Nationale, dans les éditions de la *Société des anciens textes français* (*Aiol*, p.p. J. Normand et G. Raynaud, 1877, p. II-IV ; *Elie*, p. p. G. Raynaud, 1879, p. II-III ; *Robert*, p. p. E. Löseth, 1903, p. I-V), dans l'édition d'*Aiol* de Foerster, Heilbronn, 1876-82 et dans A. Stimming, *Das gegenseitige Verhältniss der französischen gereimten Versionen der Sage von Beuve de Hanstone* (ABHANDLUNGEN HERRN PROF. DR. ADOLF TOBLER ZUR FEIER DARGEBRACHT) Halle a. S., 1895, p. 1-44. Gröber, p. 569, 573. 811 et 912.

(9) Peignot p. 61 ; Barrois, n° 648 ; Dehaisnes, p. 880. — Inv. 1420 : Doutrepont, n° 186. — Inv. 1467 et 1487 : Barrois, n°ˢ 1401-2113. — Paris, Nat., n° 15098, ms. utilisé par G.-A. Crapelet, pour son édition de 1829, Paris. Sur ce ms., le nom de l'auteur et l'œuvre, voir G. Paris, *Rom.*, XVII, p. 458 et XXXI, p. 166 ; Gröber, p. 772 ; Delisle, *Journ. Sav.*, 1899, p. 508 ; Ch.-V. Langlois, *La société française au XIIIᵉ siècle d'après dix romans d'aventure*, Paris, 1904, 2ᵉ éd., p. 187 et 221.

avec peut-être dans le même volume *Berte aux grands pieds*, d'Adenet le Roi (1) ; un manuscrit renfermant à la fois *Cléomadès*, *Robert le Diable et autres choses* (2) ; un recueil composé d'*Aimeri de Narbonne*, *Guillaume d'Orange* et *Rainouart au Tinel* (3) ; un autre où le roman de l'*Escoufle* est suivi de *Guillaume de Palerne* (4) ; un autre encore où la *Dame à la licorne* accompagne *Flore et Blanchefleur* (5) ; plus, en un seul codex, trois poèmes de Chrétien de Troyes (*Chevalier au lion*, *Chevalier à la Charrette* et *Cligès*), précédés d'un *Pénitenciel* (6) ; et enfin, dans un gros volume, le petit roman en prose du XIIIe siècle connu sous le titre de *Voyage outre-mer de la Comtesse de Ponthieu* (7).

(1) Peignot, p. 65 ; Dehaisnes, p. 880, qui n'ont que le titre de *Cléomadès*, mais j'ajoute : avec peut-être *Berthe*, parce qu'en 1420 nous voyons apparaître *le Rommant de Cléomadès et de Berthe* (Doutrepont, n° 196) qui pourrait bien lui correspondre. Ce n° 196 (= inv. 1467 et 1487 : Barrois, nos 1330-1865) semble être un ms. mutilé, comme je crois l'avoir démontré dans mon édition, p. 133. — Gröber, p. 780-3.

(2) Peignot p. 72 ; Dehaisnes p. 880. On ne le retrouve pas dans les inventaires postérieurs.

(3) Peignot p. 68 ; Dehaisnes p. 880. — Inv. 1420 : Doutrepont, n° 190. — Inv. 1467 et 1487 : Barrois, nos 1348-1948. Ms. probablement perdu : Demaison, *Aimeri de Narbonne*, I, p. XXXVIII-IX.

Gröber p. 552 et 558.

(4) Dehaisnes, p. 902 ; Matter, p. ?6. — Inv. 1420 : Doutrepont, n° 162. — Inv. 1467 et 1487 : Barrois, nos 1362-2139 (cité à tort dans l'*Appendice*, n° 2295). — Paris, Ars., n° 6565, fin XIIIe s. Ms. utilisé pour l'édition des deux romans, Soc. ANC. TEXTES FRANÇ., *Guillaume de Palerne*, p. p. H. Michelant, 1876, p. XIV-XVI, *Escoufle*, p.p. P. Meyer, 1894, p. LIII-LIX. Voir aussi P. Meyer, *Bull. anc. textes franç.*, XXIV, p. 84-93 ; Gröber, p.529-31 ; A. Thomas, *Rom.*, XXXVI, p. 448.

(5) Peignot, p. 71 ; Dehaisnes, p. 880. — Inv. 1420 : Doutrepont, n° 209. — Inv. 1467 et 1487 : Barrois, nos 1349-1866. — Paris, Nat., n° 12562, XIVe et XVe s.

Gröber, p. 859 et 1089.

(6) Sur ce ms., voir la fin du § 3, part. I, du présent chapitre.

(7) Peignot, p. 65 ; Barrois, n° 650 ; Dehaisnes, p. 880 (*I livre de Salhadin et de la prise de Constantinoble*). — Inv. 1420 : Doutrepont, n° 180. — Inv. 1467 et 1487 : Barrois, nos 1532-1733. — Paris, Nat., n° 12203, XIIIe s. Voir ch. III, part. II, § 1, de plus amples renseignements sur le contenu de ce ms. Notons toutefois dès maintenant qu'il commence par *Li estore d'outre mer et dou roi Salehadin*, compilation dont le fond est formé par la *Chronique d'Ernoul* et où est interpolé notre *Voyage de la comtesse de Ponthieu*. G. Paris, à qui j'emprunte ces détails (*Légende de Saladin*, p. 356), les complète en disant que « ce roman a sans doute existé à part, et que nous en avons au moins une copie isolée (Paris, Nat., n° 25462, f. 205) », mais il fait observer que de bonne heure il est entré dans la compilation précitée.

Gröber, p. 992.

Nous disons : *enfin*, mais peut-être faudrait-il allonger encore d'un numéro la liste qu'on vient de lire. Le catalogue de 1405 renferme, en effet, un livre dénommé le *Roman de Basin*, et ce paraît bien être un roman dans le sens moderne (1).

Ne négligeons pas d'ajouter que tous les précédents récits de geste sont des parchemins ornés d'« histoires ». Du moins sont-ils décrits comme tels dans l'inventaire de 1420. Le détail est à relever dans une étude qui, comme la nôtre, doit, tout en s'occupant spécialement du contenu des œuvres, prêter quelque attention à leur toilette et à leur valeur artistique. Pareillement nous avons, pour apprécier la librairie ducale, à nous enquérir de la plus ou moins grande rareté des volumes qui la constituent. Ainsi nous faut-il dire qu'on n'est pas surpris de rencontrer, dans cette collection, des romans répandus comme ceux de la Table Ronde ni les compositions du trouvère brabançon Adenet le Roi. Mais d'autre part, nous ferons remarquer aussi qu'il paraît moins naturel d'y trouver les textes d'*Elie*, *Aiol* et de la *Dame à la licorne*.

Parmi les récits de Table Ronde, il en est un qui est rubriqué : le *livre du Saint Graal, de Tristan et Galaad*, et que nous avons découvert dans l'inventaire de 1405. Il doit provenir de la bibliothèque du Louvre, laquelle renfermait un volume « *Du Saint Greal, de Lancelot, et de Tristan, de Palamades et Galaad*, en trois coulombez, bien escript et enluminé », volume qui fut donné le 14 octobre 1381 à Marguerite de Flandre, notre première duchesse de Bourgogne (2).

§ 2. Jean sans Peur.

Un mandement du 21 février 1407 prescrit de payer 400 fr. d'or à Jacques Raponde, « pour avoir fait ung grant livre pour ycellui

---

(1) Peignot, p. 67 : Dehaisnes, p. 880 : *Le roumant de Basin et d'un boucher d'Abbeville* (vraisemblablement, le rédacteur de l'inventaire a, par erreur, réuni deux volumes distincts en une seule rubrique ; voir chap. IV, § 1), — Inv. 1420 : Doutrepont, n° 210 (remarquez l'intitulé : « Ung livre nommé le *Rommant de Basin*, et en la fin est escript *Explixit de Aubin de Dijon* »). — Inv. 1467 et 1487 : Barrois, n°s 1343-1794.

Indications bibliographiques pouvant servir à identifier ce ms : Gröber, p. 546. 548 et 581 ; *Hist. litt.*, XXIV, p. 307 et 323 ; Gautier, *Epopées*, III, p. 258 ; *Rom.*, XXIX, p. 425-26 ; *Rev. lang. rom.*, XLIV, p. 90 ; G. Raynaud, *Deschamps*, XI, p. 205 ; G. Paris, *Hist. poét.*, p. 322 et 541.

(2) Delisle, *Recherches*, II, p. 183, n° 1118.

sgr [c'est-à-dire Jean sans Peur], tant du *rommans de Lancelot du Lac
et du Sanc* [sic] *Gréal, comme du roy Arthus,* ystorié de plusieurs belles
ystoires, couvert de drap de soye, garni de deux gros fermans d'argent dorez esmailliez, duquel livre ycelli Jaques, si comme il
afferme, a paié pour parchemin, eluminer, ystorier, relier, couvrir
et fermer, la somme de IIIᶜ escus d'or ; et aussi pour la paine et
ocuppacion qu'il a eue à faire ledit livre ». En la même année (le
19 novembre), et au profit du même fournisseur, autre mandement
de dix écus d'or, et ce « pour avoir fait relloyer, nectoyer et mectre
à point ung livre d'icelui sʳ, nommé le livre de *Giron le Courtois* ; de
laquelle somme led. Jacques a autreffois obtenu lectres qui, par
petite garde, ont esté deschirées et mangies de chiens, si comme
led. Jaques a affermé » (1). S'agit-il vraiment de travaux exécutés
pour Jean sans Peur lui-même ? On ne saurait se prononcer sur ce
point, mais une remarque à formuler concernant les mandats de
paiement (et la remarque doit se retenir pour d'autres mandats
délivrés par la chambre des comptes de Bourgogne) est que le duc
dont nous parlons peut très bien ici avoir soldé tout simplement
des dettes de son père, et même les avoir soldées à une époque plus
ancienne que février et novembre 1407, c'est-à-dire plus rapprochée
de la mort de Philippe le Hardi : « Dans la comptabilité royale et
princière d'alors, ainsi que l'observe un érudit compétent, la date
des mandements indique souvent d'une manière un peu approximative l'époque réelle de la dépense, et la date des quittances même
n'est pas toujours strictement celle du paiement fait à l'intéressé» (2).
D'ailleurs, le compte relatif à *Guiron* ne renferme-t-il pas un « autreffois » qui pourrait nous reporter au règne du premier duc de Bourgogne ? Par conséquent, on serait en droit de supposer que l'autre
« romman », le *Lancelot,* est un des volumes apparus dès 1405. Mais
évidemment une hypothèse n'est qu'une hypothèse, et cela dit,

(1) Prost, *Archives,* p. 349-50, qui imprime *Guion* et dit qu'il faut reconnaître là la *Vraie histoire de Guion* de 1420 (Doutrepont, n° 122, voir ci-
dessous p. 9, n. 8) ou le *Guiron le Courtois* déjà signalé (voir ci-dessus
p. 9). Pour moi, ce ne peut être que *Guiron le Courtois* : voir mes arguments, Inv. 1420, nᵒˢ 69 et 122.

(2) Prost, *Inventaires mobiliers,* I, p. VIII, n. 2. Peignot, p. 33, a publié le
le premier compte en partie et sous la date de 1405. On notera qu'en
même temps il reproduit deux ordonnances de paiement qui se rapportent à des dettes de librairie contractées par Philippe le Hardi.

nous nous empressons d'ajouter que le manuscrit payé à Jacques
Raponde, en vertu de l'ordonnance du 21 février 1407, est peut-être
réellement une nouveauté et qu'il n'a peut-être été catalogué pour
la première fois qu'en 1420 (1).

Le fournisseur ainsi dénommé, Jacques Raponde, reparaîtra plus
d'une fois dans notre histoire de la littérature de Bourgogne et nous
aurons à connaître aussi son parent, peut-être son frère aîné, Dine
ou Digne Raponde. Ce sont des négociants d'origine italienne. Dine
possédait des comptoirs à Paris, à Montpellier et à Bruges, où il
est mort vers 1414 ou 1415 (2). Dans la première de ces villes, il
avait une grande situation d'affaires. On a pu l'appeler « le fournisseur du roi, de la cour et des princes ». Il a été le banquier de Louis
de Male, et c'est à lui que Philippe le Hardi emprunta l'argent
nécessaire au rachat de son fils, Jean de Nevers, prisonnier des
Turcs à Nicopolis. Nous savons également que ce duc lui a conféré
les titres de « conseiller et maistre de son hostel ». Quant à Jean de
Nevers, il ne lui montra pas moins d'attachement. Devenu Jean
sans Peur, il fit de Dine Raponde son conseiller intime. L'occasion
se présentera ailleurs de montrer que le marchand italien a procuré
à son prince autre chose que de l'argent et qu'il lui a livré des
manuscrits. Nous venons de constater que Jacques lui en a pareillement transmis. C'est donc un parent et, selon toute vraisemblance, le frère cadet de Dine. Mais lui ne se borne pas à vendre
de beaux volumes. Il en confectionne ou plutôt il a un atelier de
transcription et d'enluminure qui les lui confectionne. En d'autres
termes, comme on l'a dit, c'est « plus qu'un courtier de livres ; il
nous apparaît comme un entrepreneur dirigeant lui-même l'exécution des manuscrits, se mettant en rapport avec les calligraphes,
les peintres et les relieurs » (3).

(1) Voir ci-dessous p. 14 le numéro de 1420 qui pourrait le désigner.
(2) A consulter sur ces deux personnages et d'autres membres de leur
famille qui ont été au service des ducs : Peignot, p. 29 ; Gachard, *Arch.
Dijon*, p. 28 ; *Nouv. Biogr. Didot*, XLI, p. 656-57 ; Laborde, I, nos 15, 16, 175,
275, 602 ; III, n° 5416 ; *Hist. litt.*, XXIV, p. 679 ; Leroux de Lincy et Tisserand, *Paris et ses historiens* p. 335-40 ; Petit, *Itinéraires*; J. Finot, *Inv. Arch.
Nord*, VII, p. 217 ; de Champeaux et Gauchery, *Travaux d'art*, p. 121, 137 et
151 ; Durrieu, *Le Manuscrit*, p. 103 et 164 ; G. Hulin, *Bull. Soc. arch. hist.
Gand*, 1903, p. 200 ; Prost, *Archives*, p. 349 et *Inventaires*, I, p. 382-83 et 465
(3) Durrieu, *Le Manuscrit*, p. 103.

Les fournisseurs du genre, dans le monde des grands, étaient parfois des donateurs ou du moins ils avaient l'air de l'être. Ils offraient, d'ordinaire au jour de l'an, quelque ouvrage de luxe à leur prince, et le prince acceptait..., mais il payait quand même, il leur rendait l'équivalent du cadeau sous forme d'un bijou, à moins que tout simplement il ne s'acquittât de sa dette de reconnaissance en espèces sonnantes, par l'octroi d'une somme d'argent (1).

Nous voilà un peu loin de notre manuscrit de *Lancelot* : revenons-y pour faire observer qu'il est le seul récit de geste que Jean sans Peur ait acquis, et encore n'est-ce peut-être qu'une acquisition réalisée, comme on l'a vu, à son corps défendant. L'a-t-il lu ? Impossible de le dire, mais par contre nous avons de bonnes raisons de croire que sa femme l'a connu. En effet, l'inventaire de 1420 porte en regard d'un *Lancelot du Lac* qui paraît être celui du mandement de 1407, la mention : « presté à Madame », et Madame, c'est Marguerite de Bavière (2). La même note marginale est consignée devant le manuscrit du *Saint Graal, Tristan et Galaad* (3), ainsi que devant *Guiron le Courtois* (4). Mais après les mots : « presté à Madame » qui sont transcrits en face de *Lancelot du Lac*, il en vient d'autres : « comm[e] il appert par la mémoire du Chousat ». C'est une indication qui mérite, elle aussi, un instant d'attention, d'abord parce qu'elle nous met en présence d'un personnage qui a tenu son rôle dans les affaires de la librairie ducale, ensuite parce qu'elle nous montre de quelles précautions l'on entourait le prêt et la sortie des livres.

Jean Chousat doit avoir connu l'ascension lente des carrières

---

(1) Pour cet échange de bons procédés, voir Durrieu, p. 164.

(2) C'est le n° 68 (voir ci-dessus p. 12) = Inv. 1467 : Barrois n° 1235. — Paris, Ars., n°s 3479-3480, ms. ayant passé dans la bibliothèque de Charles de Croy, comte de Chimay, et dont le contenu est ainsi indiqué par le *Catalogue :* « C'est le livre de messire Lancelot du Lac, ouquel livre sont contenus tous les fais et les chevaleries dudit messire Lancelot, et la Queste du saint Graal faite par ledit messire Lancelot, le roy Artus. Galaad, le bon chevalier Tristan, Perceval, Palamedes et les autres compaignons de la Table ronde ». Voir H. Martin, III, p. 381-2, VIII, p. 125. C'est un ms. qui doit dater du commencement du XVe siècle. Pour la bibliographie des romans de Table Ronde, voir ci-dessous.

(3) Voir ci-dessus p. 11.

(4) Voir ci-dessus p. 9.

administratives. En 1395, il est trésorier du comté de Bourgogne. Vers 1400 ou 1401, il a le titre de receveur général de toutes les finances du duc Philippe le Hardi. Ce sont des fonctions qu'il a gardées sous Jean sans Peur dont il est ensuite devenu le conseiller. En 1420, suivant la constatation qui vient d'être faite, il est encore à la cour. Il devait y rester jusqu'en 1433, c'est-à-dire jusqu'à sa mort. Ainsi donc, après Jean sans Peur, il a pour maître Philippe le Bon qui lui laisse son poste de confiance, un poste dont il n'est peut-être pas bien digne. Le point essentiel pour nous est qu'il se soit occupé de l'achat de manuscrits : il a traité, à cette fin, avec des artistes et des libraires de Paris (1).

En dehors du *Lancelot* prêté en 1420, du *Saint Graal* et de *Guiron le Courtois*, par quoi était représentée la matière épique et romanesque dans l'inventaire dressé à cette date à Dijon ? Par les textes précités de 1404 et 1405, plus six ou sept acquisitions nouvelles qui sont : la *Mort du roi Artus* (2) ; un *Merlin* (3) ; un *Oger le Danois* (4) ; *Athis et Porphilias* (ou *Porphirias, Prophilias*), autrement dit le *Siège d'Athènes*, d'Alexandre, et le *Roman de la Violette* de Gerbert de Montreuil (ces deux derniers textes sont enfermés dans un seul manuscrit, un ma-

---

(1) Peignot, p. 30 ; Reiffenberg, *Du Clercq*, I, p. 143 et 151; Gachard, *Arch. Dijon*, p. 104-7 ; *Bull. soc. hist. France*, 1848, p. 226-28 ; Laborde, I, p. 16, nᵒˢ 83, 193 et p. 517 ; Petit, *Itinéraires*; ÉTUDES D'HISTOIRE... DÉDIÉES A MONOD : A Coville, *Les finances des ducs de Bourgogne au commencement du* XVᵉ *siècle*, p. 405-6; Prost, *Archives*, p. 352 ; Lameere, *Grand conseil*, p. XVII, 24 et 28 ; Durrieu, *Le Manuscrit*, p. 86 et 164; J. Marc, *L'avènement du chancelier Rolin*, Dijon, Nourry, 1906, p. 30-31 (Extr. des MÉMOIRES DE LA SOC. BOURG. DE GÉOGR. ET D'HIST., 1905, XXI).

(2) Doutrepont : nᵒ 227. — Inv. 1467 et 1487 : Barrois, nᵒˢ 1264-1795.

(3) On trouve un *Merlin* en 1405 : voir ci-dessus p. 9. Nous en avons deux en 1420 : Doutrepont nᵒ 102 (— Inv. 1467 et 1487 : Barrois nᵒˢ 1315 et 1767) et nᵒ 184 (= Inv. 1467 et 1487 : nᵒˢ 1316 et 1768). Gröber, p. 997 et suiv.

(4) Nous en avions déjà un en 1404 (voir ci-dessus, p. 9) ; cela nous en fait, par conséquent, deux en 1420, soit le nᵒ 101 (Inv. 1467 et 1487 : Barrois nᵒ 1318-1868) et le nᵒ 197 (— Inv. 1467 et 1487 : nᵒˢ 1312-2141). Le second, le nᵒ 197, paraît être la *Chevalerie Ogier de Danemarche* de Raimbert de Paris (édit, Barrois, Paris, 1842). Quant au premier, je me demande s'il ne serait pas le remaniement en alexandrins du XIVᵉ siècle, voir Gautier, *Épopées*, I, p. 236, II, p. 450; Barrois, *Chevalerie*, I, p. XXXII, LXI-XVII. Gröber, p. 546.

nuscrit de luxe, avec la *Panthère d'amours* de Nicole de Margival)(1);
ainsi que (mais est-ce un roman ?) le *Livre de Ysambert* (2).

Nous avons terminé le paragraphe relatif à Philippe le Hardi par
une information sur la qualité de ses manuscrits. Faisons de même
pour les acquisitions qui datent du règne de Jean sans Peur : elles
aussi sont des parchemins historiés, sauf l'énigmatique *Ysambert* qui
est sur papier. De l'une de ces acquisitions, le *Roman de la Violette*
qui est un récit versifié du xiiie siècle, il sera reparlé plus loin lorsque nous devrons mentionner la mise en prose dont il a été l'objet au
xve siècle. *Athis et Porphirias*, qui l'accompagne dans le volume de
1420, est une œuvre d'inspiration antique, et conséquemment sa
place serait plutôt au chapitre suivant. Quant à la *Panthère d'amours*,
que contient aussi le même volume, elle serait à mettre dans notre
étude de la Littérature religieuse et didactique.

§ 3. Philippe le Bon.

L'inventaire de 1420 nous montre Philippe le Bon, dès son avènement au trône, en possession d'une série déjà considérable de
romans. Pour lui comme pour son père, la question vient immédiatement à l'esprit : Les a-t-il lus ? S'en est-il occupé, étant jeune, ou
a-t-il attendu l'âge mûr pour les connaître ? On pourrait répondre
par les témoignages de ses écrivains qui le proclament grand amateur de récits de gestes. Il y a surtout ce témoignage qui émane de
David Aubert, et que l'on a si souvent rapporté : « Très renommé
et très vertueux prince Philippe duc de Bourgongne a dès longtemps

(1) Doutrepont, n° 107. C'est peut-être le n° 53 de l'Ermitage, à Saint-
Pétersbourg : H.-A. Todd, *Le Dit de la panthère d'amours*, Soc. anc. textes
franç., 1883, p. vii-xi ; Rev. Soc. Sav., 5e s., vi (1873), G. Bertrand, *Catalogue des mss. français de la Bibliothèque de Saint-Pétersbourg*, p. 547 ; Douglas
Labaree Buffum, *Le roman de la Violette, a study of the manuscrifts and the
original dialect*, J. H. Furst company, 1904 ; P. Meyer. *Rom.*, xxiv, p. 90-91
et 168 ; Delisle, *Recherches*, ii, p. 267 et 316.

Gröber, p. 532, 588 et 854.

(2) Doutrepont, n° 234. — Inv. 1467 : Barrois, n° 1387, *Livre de Yzembart*.
Sans vouloir risquer de rapprochement avec le célèbre fragment de
Gormond et Isembart, je crois toutefois devoir renvoyer à l'édition de M.
Bayot, *Gormond et Isembart*, 1906, où l'on trouvera des références biblio-
graphiques qui pourraient guider pour l'identification de notre manuscrit.

Sur un *Godefroid de Bouillon* (Doutrepont, n° 177) qu'il faudrait peut-être
donner présentement, voir ci-dessous.

accoustumé de journellement faire devant lui lire les anciennes histoires ; et pour estre garni d'une librairie non pareille à toutes autres il a dès son jeune eaige eu à ses geiges plusieurs translateurs, grans clers, experts orateurs, historiens et escripvains, et en diverses contrées en gros nombre diligemment labourans ; tant que aujourd'hui c'est le prince de la chrestienté, sans réservation aulcune, qui est le mieux garni de autentique et riche librairie, comme tout se peut pleinement apparoir : et combien que au regard de sa très excellente magnificence, ce soit petite chose, toutes fois en doit il estre perpétuelle mémoire, à celle fin que tous se mirent en ses hautes vertus » (1). Ainsi s'exprimait, en 1462, l'un de ses auteurs favoris. Mais, dans l'occurence, une réponse meilleure encore que pareille attestation, c'est l'énumération des *livres de gestes* qui sont entrés, de 1420 à 1467, dans sa librairie, c'est le relevé des *transcriptions, restaurations* et *remaniements* qu'il a fait exécuter durant son long règne, car il est un prince dont le goût pour la littérature romanesque se manifeste sous ces formes diverses : par les manuscrits plus ou moins anciens qu'il reçoit ou qu'il se procure, par les copies qui en sont calligraphiées à sa demande, par les reliures nouvelles dont il les enrichit, et aussi par les *hystoires* et les *gestes* du temps passé qui sont rajeunies et retouchées à son intention. Observons donc qu'à cet égard il marque un progrès notable sur ses devanciers. En effet, avec lui, nous avons affaire non seulement à de simples *acquisitions* et *restaurations* comme au temps de Philippe le Hardi et Jean sans Peur, mais aussi à des *compositions*, à des *refontes*, voire à des *créations*. Il aura dans son entourage, il aura à son service des « acteurs » qui, laborieusement, vont édifier des compilations épico-chevaleresques, refaire une toilette moderne à des récits d'un âge antérieur.

Les vieux poèmes.

Dans une revue telle que la nôtre, il est naturel de commencer par là, il est naturel de tourner d'abord les regards vers la section ou le compartiment des vieux livres. Nous avons constaté plus haut que, dès 1420, le cycle de la Table Ronde occupait une

(1) Prologue des *Croniques abregies commençans au temps de Herode Antipas, perszcuteur de la chrestienté, et finissant l'an de grace mil* II^c *et* LXXVI ou *Livre traittant en brief des empereurs.* Voir détails au ch. VII, § 3

place honorable dans la bibliothèque bourguignonne. Si, du catalogue de cette année nous passons à celui de 1467, nous voyons que
Philippe le Bon n'a certes pas négligé ce groupe d'œuvres. En
fait d'entrées nouvelles, l'on remarque : un *Chevalier au lion* de
Chrétien de Troyes (1), un *Grand Saint Graal* ou *Joseph d'Arimathie*
(extrait par ses ordres, en 1435, de sa trésorerie des chartes du
Hainaut) (2), deux *Lancelot du Lac* ou *Quête du Saint Graal*, deux
Mort du Roi Artus (3), trois *Tristan* en prose (4), un *Guiron le Cour-*

(1) Barrois, nᵒˢ 1484-1756, un ms. qui contient un *Alexandre le Grand*
(voir ch. II, part. II, § 2, a), le *Doctrinal Sauvage*, la *Vie de Saint Charlemagne*
(ch. III, part. I et III, § 3), *Orson de Beauvais* et, comme dit l'intitulé de
Barrois, *plusieurs autres livres*. C'est parmi ces autres livres qu'est compté
le *Chevalier au lion*, ainsi que l'a prouvé G. Paris, *Orson de Beauvais*, Soc.
ANC. TEXTES FRANÇ., 1899, p. V,

(2) Il existe une pièce originale, certifiant qu'en cette année il a fait
extraire de là et remettre à son garde-joyaux Jean de la Chesnel, dit
Boulogne, un *livre de chapelle*, un *Valère-Maxime*, un *Sept Sages de Rome*, un
Saint Graal (celui que nous mentionnons) et un Boccace (traduction du
traité *Des nobles et cleres femmes*). Ce document est reproduit dans les
PUBLICATIONS de la SOCIÉTÉ DES BIBLIOPHILES BELGES SÉANT A MONS, nᵒ 12,
année 1842 : *Livres de la trésorerie des chartes du Hainaut, 1435, Inventaire des
meubles de l'hôtel de Guillaume IV, duc de Bavière, à Paris, 1409.* L'éditeur
imprime la liste de ces cinq livres qui ont passé dans la collection de
Philippe, mais il ne les identifie pas. Je les ai retrouvés tous dans Barrois ; je le montrerai plus loin pour les trois premiers et le dernier.
Quant au quatrième, le *Saint Graal*, il est libellé comme suit : Volume
« couvert de cuir blanc, à deux petits fermoirs de tissus et de cuivre,
faisant mention du gréal, ou second feuillet duquel a : *Li maistres à cui*,
et ou dernier : *Ceulx de la table ronde* ». C'est Barrois nᵒˢ 1294-1671, parchemin. Le nᵒ 1671 a pour explicit *come ly contes le vous devisera en avaut.* Les
mots de repère sont dans Hucher, *Le Saint Graal*, II, p. 8 et III, p. 307.

(3) Le premier *Lancelot* est dans Barrois, nᵒˢ 1234-1711 (texte que nous
avons déjà dans le nᵒ 68 de l'inventaire de 1420 : voir ci-dessus p. 14). —
Le second est dans Barrois, 1263, qui se trouve aujourd'hui à Bruxelles,
nᵒ 9627-28, et qui renferme deux textes : la *Quête du Saint Graal* et la *Mort
du Roi Artus.* Pour l'autre *Roi Artus*, voir la note suivante : Barrois, nᵒ
1237.

(4) Les *Tristan* sont I) Barrois, nᵒ 1239, *Le Romant de Tristam le Léonois,
nepveu du roy de Cornouaille, et d'Yseult la Blonde, fille ou roy Aguys d'Irlande;*
II) Barrois, nᵒ 1245, *Le premier volume de Tristam filz du roy Melyadus* et nᵒ
1237, *Le second volume de Tristam fils du roy Melyadus et la derniere partie de
l'Histoire de Lancelot, où est comprise la mort du roy Artus;* III) Barrois, nᵒ 1243
Explicit le livre de Tristam et nᵒ 1244 *Second livre de Tristam* (qui revient au
nᵒ 1739).

Gröber, p. 997, 1006 et 1008 ; E. Löseth, *Le Tristan et le Palamède des
mss. français du British Museum*, Christiania, 1905 ; H. O. Sommer, *The
Queste of the Holy Grail* (ROM., XXXVI, p. 369-402, 543-590) ; A. Pauphilet, *La
Queste du Saint Graal du ms. Bibl. Nat. 343* (ROM., XXXVI, p. 591-609).

tois (1), un *Ysaïe le Triste* (2) et un *Méraugis de Portlesguez* de Raoul de Houden (3).

Ne quittons pas ce groupe de récits de la Table Ronde sans ajouter deux notes. L'une pour dire que les manuscrits qui les contiennent sont tous « historiés », tous en parchemin (sauf l'*Ysaïe* qui est en papier) et que l'un d'eux (le *Méraugis*) est signalé comme un volume de luxe. L'autre note sera pour indiquer la réparation dont un *Lancelot* a été l'objet en 1431 : l'on possède un compte établissant qu'à cette date Messire Regnault Gossuin, prêtre de Bruxelles, a touché 7 livres 16 sols pour avoir relié un ouvrage de ce titre, ainsi que les *Cent Nouvelles*, c'est-à-dire la traduction du *Décaméron* de Boccace (4).

Revenons au catalogue de 1467, et nous constaterons que sont également présents, à la mort de Philippe le Bon, ces autres *hystoires* ou *livres de gestes* : la *Chronique du Pseudo-Turpin* traduite par Pierre (5),

---

(1) Barrois, n° 1241, qui apparaît, en 1504, divisé en deux : Barrois, n⁰ˢ 2184 et 2185, et se retrouve aujourd'hui à l'Arsenal, n° 3477-78, ms. du commencement du xvᵉ siècle. (Communication de M. Henry Martin). A noter, au sujet de ce ms. qui, d'abord en un volume, a été relié en deux volumes de 1467 à 1504, que nous connaissons un compte de janvier 1495 ainsi conçu : « A Antoine van Gavere, lieur de livres, à Bruges, le 3 octobre, pour avoir nettoyé, enluminé et relié deux grands livres appartenant au Roi et à l'archiduc, nommés le premier, second et tiers volume de Giron le Courtois, et pour avoir fait redorer les clouants et boutons, 11 livres », Gachard, *Arch. Lille*, p. 290 et Pinchart, *Archives*, I, p. 60-2 et 197.

(2) Barrois, n⁰ˢ 1282-1834. G. Paris, *Rom.*, XXIII, p. 85-86, remarque que dans ces deux numéros de Barrois, les mots de repère « suffisent à nous attester l'ancienneté relative de la langue ». Mais il a tort, je crois, de voir là deux manuscrits distincts. Selon moi, les deux Barrois ne représentent qu'un seul et même volume lequel me paraît être le n° 688 de la Bibliothèque ducale de Gotha : voir Jacobs und Uckert, *Bibliothek zu Gotha*, III, p. 69-85 ; J. Zeidler, *Der Prosaroman Ysaïje le Triste*, ZEITSCH. F. ROM. PHIL., XXV, p. 174-214. 473-89, 641-68 ; Gröber, p. 1010

(3) Barrois, n⁰ˢ 1355-1957. — Vienne, n° 2599, Hohendorf, fin xiiiᵉ ou commenc. xivᵉ siècle. Voir M. Friedwagner, *Méraugis von Portlesguez, altfranz. Abenteuerroman, von Raoul de Houdenc*, Halle, 1897, p. xx ; Gröber, p. 511.

(4) Gachard, *Arch. Lille*, p. 268. Pour le *Décaméron*, voir ch. IV, § 3.

(5) Barrois, n⁰ˢ 1467-1842 (mentionné à tort dans l'*Appendice*, n° 2251). — Bruxelles, n° 10437-40, papier, manuscrit-recueil du xvᵉ siècle, renfermant la dite *Chronique*, la *Mort du roi Richard II* (voir ch. VII, § 1), le *Voyage d'Outre-mer* de Jean de Mandeville, ou plutôt de Jean de Bourgogne dit

un *Orson de Beauvais* (1), différents poèmes du cycle de *Guillaume d'Orange* et de *Garin de Montglane* (2), deux *Chevalier au cygne* (sur lesquels des indications détaillées vont suivre), diverses narrations sur *Girard de Roussillon*, *Auberi le Bourgoing*, la *Belle Hélène de Constantinople*, les *Lorrains*, *Mélusine*, *Bueves d'Hanstone*, le *Vœu du Héron*, ainsi que plusieurs œuvres d'Adenet le Roi. Ces narrations et ces œuvres, nous ne les énumérons pas maintenant, parce qu'elles trouveront mieux leur place au cours de l'exposé qu'on va bientôt lire et et qui sera consacré aux refontes de poèmes antérieurs, aux rédactions littéraires plus ou moins originales qui ont vu le jour auprès des ducs ou à quelque distance de leur cour.

Mais avant d'arriver à cet exposé, nous donnerons les indications annoncées sur le *Chevalier au cygne*. C'est l'œuvre connue et publiée sous le titre de *Le Chevalier au cygne et Godefroid de Bouillon*, remaniement de récits épiques relatifs aux croisades, composé au xive siècle (3). Deux manuscrits de Bourgogne le contiennent, ou à tout le moins en contiennent quelque chose (4).

à la Barbe (ch. III, part. II, §2) et le *Corps de politie* de Ch. de Pisan (ch. III, part. III, § 3).

Pour le *Pseudo-Turpin*, voir P. Meyer, *Not. et extr.*, XXXIII, 1re part., p. 21-33 ; Molinier, n° 679.

(1) Voir ci-dessus p. 18, n. 1.

(2) Barrois, n°s 1303-1947 : *Des Bestes, de Guille d'Orenge, de Gadiffer, etc.;* Barrois, n°s 1306-1917 : *Ce livre traicte de plusieurs gestes rimées en franchois, c'est assavoir de Garin de Mangleuve, et des quatre filz Emon, etc.* Tous deux sont en parchemin. Gröber, p. 552, 805 et suiv. ; Molinier, n° 676.

(3) Voir la version éditée par Reiffenberg et Borgnet, *Monuments*, IV, p. 1-142, V, p. 3-536, VI, p. 3-516. Consulter Gröber, p. 814 et Molinier, n° 2154.

(4) Barrois, n°s 1347-1797 et n° 1386. A en juger par les mots de repère, M. P. Meyer *(Rom.,*XXVIII, p. 488) pense que nos manuscrits ne renfermaient pas la version publiée par Reiffenberg. Toutefois, contrairement à cette opinion, M. Bayot *(Fragments,* II, p. 432) voudrait voir dans Barrois 1347-1797 la partie initiale du poème, malgré la différence du début ; les mots cités comme incipit du second feuillet *Es cavernes del mont là ot habitement* lui paraissent devoir s'identifier avec le vers 217 de Reiffenberg, ce qui laisse aux quatre colonnes du premier feuillet un contenu normal. — De mon côté, je constate, en ce qui regarde l'autre manuscrit de Barrois, n° 1386, que l'incipit de son second feuillet est au vers 89 de Reiffenberg. Cependant il faut reconnaître avec M. Bayot que ce n° 1386 est un livre dont l'objet n'est pas clair.

Il n'est pas impossible que, dès 1420, la première partie du même récit existât déjà dans la bibliothèque : c'est le n° 177 mentionné plus haut (p. 16, n. 2) et qui a pour correspondants les Barrois 706-1152 (intitulé par

Notons, à propos de ces manuscrits, que dans un compte de 1455 il est question d'un *livre de Goddefroy de Buillon* où Jean le Tavernier, enlumineur et historieur d'Audenarde, aurait mis « cinquante lettres d'or et autres choses de son mestier y nécessaires ». Dont coût : xvi gros de la monnaie de Flandre (1). On a prétendu retrouver, dans ce *livre de Goddefroy de Buillon*, la chanson rimée *du Chevalier au cygne*. C'est l'avis que M. A. Krüger a émis dans la *Romania* (2). De plus, il a fait observer qu'au milieu du xve siècle, apparaissent à la fois une transcription nouvelle du dit poème, transcription façonnée à Lyon, le manuscrit de Bruxelles (no 10391) utilisé par Reiffenberg (qui déclarait y reconnaître la grosse bâtarde employée principalement pour les livres copiés à l'époque de Philippe le Bon) et enfin le travail de Jean le Tavernier. Or, d'après M. Krüger, il s'agirait, dans ce travail, « certainement d'un manuscrit correspondant aux manuscrits de Lyon et de Bruxelles, exécutés à peu près au même temps » (3). Et sur ce, il ajoute : « Le fait qu'il y a trois manuscrits datés du milieu du xve siècle nous fait supposer que le dernier remaniement de la chanson du *Chevalier au cygne* appartient lui-même à la première moitié du xve siècle ».

Nous ne pouvons souscrire à pareille conclusion, parce qu'elle s'appuie sur de trop fragiles conjectures. Tout d'abord, la remarque de Reiffenberg sur le codex de Bruxelles, c'est-à-dire sur sa grosse bâtarde bourguignonne, est assez discutable (4). Ensuite la teneur du compte de 1455 ne donne pas à penser que Jean le Tavernier aurait eu entre les mains le récit versifié du *Chevalier au cygne*. Pour nous, l'ouvrage confié à l'enlumineur audenardois et intitulé, comme on l'a vu, *Godefroid de Bouillon*, n'était pas un livre rimé, mais bien la chronique en prose qu'on dénomme : *Godefroid de Bouillon, Livre d'Eracles* ou *Livre du conquest*, soit, en d'autres termes,

---

erreur *Lancelot du Lac*) et 2088. M. Bayot fait observer (*op. cit.*) que le premier vers du deuxième feuillet dans Barrois, *que feme ne povoit a nul engenrement*, pourrait fort bien n'être qu'une variante du v. 216 de l'édition Reiffenberg.

(1) Le compte, qui est très long, énumère d'autres travaux qui sont également payés à l'artiste flamand : il est publié dans Laborde ii, p. 217-8, Pinchart, *Messager*, 1864, p. 420-1, Dehaisnes, *Bull. Comm. Art e Arch.*, 1882, p. 32, Voir aussi Quantin, p. 42.

(2) xxviii, p. 425 : *Les manuscrits de la Chanson du Chevalier au cygne et de Godefroi de Bouillon.*

(3) Cf. Reiffenberg, i, p. cxl-cxlii.

(4) Communication de M. Bayot.

la traduction de Guillaume de Tyr avec ou sans continuation. La
preuve en est que la bibliothèque ducale, cataloguée en 1467, possédait seulement deux exemplaires de cette chanson rimée du
Chevalier au cygne, savoir les deux exemplaires que nous avons mentionnés plus haut. Ils sont intitulés par les inventaires : *Chevalier au
cygne*. Quant aux volumes que ces mêmes inventaires rubriquent :
Godefroid de Bouillon, ce sont tous des *Eracles* (1).

Le lieu n'est pas de nous attarder et de parler davantage de ces
Eracles. Nous n'en avons d'ailleurs dit un mot ici que parce qu'il
le fallait bien. C'est aussi en passant que nous indiquerons qu'en
1432, un valet de chambre de Philippe le Bon, Pierre Longue Joe,
reçoit du prince « la somme de cinquante francs de xxxii gros, en
regard et faveur d'un don que ledit Pierre luy a fait d'un livre des
faits de Godeffroy de Buillon » (2). Jusqu'à preuve du contraire,
nous y verrons également un *Eracles*.

Les nouveautés.

Passons maintenant à ce que l'on pourrait appeler les « produits
du cru », autrement dit aux compositions élaborées, aux refontes
exécutées à la cour bourguignonne et dans ses environs immédiats.

A tout seigneur, tout honneur. La première place revient (et du
reste son heure d'apparition la lui confère) au *Girard de Roussillon* de
Jean Wauquelin qui l'acheva le 16 juin 1447. Quelle est cette
œuvre ? Et tout d'abord quel est son auteur ? « Natif du pays de
Picardie» (suivant une information biographique qui émane de lui),
nous le trouvons installé à Mons en 1439 : c'est là qu'il est mort le
7 septembre 1452. Dans le registre des décès de la paroisse de
Sainte-Waudru qui nous a conservé cette date, on lit qu'il fut « en
son tempz translateur et varlet de chambre de Mgr le duc de Bourgoigne » (3). Il n'a pourtant pas consacré toute sa vie intellectuelle à

(1) Voir ch. iii, part. ii, § 1 et 2.

(2) Laborde, i, nº 909, qui ajoute qu'en marge du compte, on lit : « Soit
ledit livre mis en l'inventoire, Bouloingne garde des joyaulx de MS. le
duc ». — Ce compte est aussi dans Dehaisnes, *Inv. Arch. Nord*, iv, p. 121
et Quantin, p. 41-42, lequel donne au serviteur le nom de *Longuépée*.

(3) Voir l'article de Brassart, souvenirs de la flandre wallonne :
Jean Wauquelin, traducteur de Jacques de Guyse (1446-1452), xix, 1879, p. 139-
155 et celui de E. Matthieu, *Un artiste picard à l'étranger, Jehan Wauquelin*,
mémoires de la société des antiquaires de picardie, 3e s., x, 1889, p. 333-56,
ainsi que L. Devillers, *Bull. Comm. roy. hist.*, 5e s., ix, 1899, p. liii.

« labourer pour son très bénigne seigneur » Philippe dont il se dit quelque part le « clercq et serviteur »(1), mais de 1445 (si pas plus tôt) à 1452, il est à ses gages, tour à tour romancier, traducteur et calligraphe. A ces divers titres, il perçoit des émoluments qui, par leur régularité, le classent réellement au rang des véritables fonctionnaires de la maison. Ces émoluments sont détaillés dans des comptes (2) qui, les uns, parlent des « escriptures » de Wauquelin sans préciser et, les autres désignent nominalement tel ou tel de ses livres. Jetons dès maintenant un coup d'œil sur les premiers. Quant aux seconds, nous les réserverons pour le moment où seront examinés les travaux de librairie auxquels ils se rapportent.

Parmi les premiers, se présente d'abord un document du grand bailliage de 1447 : « A maistre Waucquelin, demourant à Mons, auquel mon très redoubté seigneur mons^r le duc, de se grace, a donné pour retenue, jusques à son bon plaisir, à prendre, chacun an, sour les exploix doudit office dou bailliaige de Haynnau, le somme de l escus dor, xlviii gros, monnaie de ce compte, pour lescut, sont vi^{xx} livres tournois, esqueans à troix termes et payements en lan, si comme au premier jour de jenvier, au premier jour de de may et au premier jour de septembre, a esté payet pour le premier jour de may et premier jour de septembre de ce compte, premier et second terme doudit don, apparant par vidimus dicelui mandement et par quittance doudit Waucquelin chy rendue, la somme de iiii^{xx} livres tournois ».

Mais il paraît que cet article « fut royé par faulte denseignement », lors de l'audition à la chambre des comptes de Lille. Le suivant eut sans doute un meilleur sort, en ce qui concerne notre écrivain. Il est de la même année, et « maistre Jehan Waucquelin » y reçoit l'épithète de *clercq*, en même temps qu'on déclare à son propos qu'il lui a été délivré « par ledit bailli [de Hainaut], en deniers comptampt, pour ses paines et traveil de estre, par diverses foix, allet deviers sondit seigneur le duc, et à son mandement, tant à Bruges, comme ailleurs, pour le fait de le translation de certains livres et histores

---

(1) Prologue de sa traduction du *Gouvernement des princes* de Gilles de Rome : voir ch. iii, part. iii, § 3.

(2) Comptes du grand bailliage et de la recette générale de Hainaut, reposant aux Archives du Nord. Voir *Souv. Fl. Wall.*, p. 143-477 et Matthieu, p. 355.

que sondit seigneur lui avait fait faire », la somme de lxi livres, de xl gros la livre, soit 122 livres tournois.

Non moins curieux est cet autre compte, de la recette générale de 1448, qui dit : « A Jehan Waucquelin, le somme de c livres, de xl gros la livre, pour v termes de la pention de lx livres ditte mon-noie, que mondit seigneur, — pour consideration de la paine quil a souffert et soustenut et encorres soeffre et soustient à faire la trans-lation de latin en franchois daucunes ystoires et cronicques, dont il lui a baillié charge et des services que il lui a fais et espoirre quil fera en ce et aultrement, — lui ottroye et ordonne, de grace espe-cial, prendre et avoir de lui, p^r ch^{un} an, à commenchier le premiere année le premier de janvier mil iiiie et xlvi et as iii termes en lan... Appert par ses i^{res} patentes scellées de son seel, données en sa ville de Bruges le xxviiie jours de mars mil iiii^cxlvi avant Pasques, par lesquelles mande à son receveur general dudit pays [de Hainaut], present et advenir, que leditte pention de lx livres ditte monnaie il paye dan en en an... Les c livres dudit pris de xl gros la livre valant ii^c livres tournois ».

Deux ans après, en 1450, il figure dans les dépenses du grand bailliage pour la somme de 3o écus d'or (du prix de 48 gros, mon-naie de Flandre, la pièce, soit 72 livres tournois) et ce en raison des « paines, travaulx et services qu'il avoit fait et faisoit à sondit seigneur continuellement en lescripture et translation de plusieurs cronicques ». Après sa mort, la veuve interviendra pour toucher les arriérés qui sont encore à payer.

Ces comptes ont une double éloquence : celle des chiffres et celle des observations qui accompagnent les chiffres. Ils ne déterminent pas sans doute le volume spécial pour lequel on a récompensé Wauquelin, mais ils apprécient et commentent le mal qu'il s'est donné à produire de la littérature. Ils semblent bien indiquer que le duc de Bourgogne tenait en assez haute estime son « translateur et escripvaing de livres ». Celui-ci méritait-il l'hommage que lui rendent les registres du grand bailliage et de la recette du Hainaut ? Si nous voulons l'en croire lui-même, il ne dispose que de moyens médiocres : « Moy, dira-t-il, dans le prologue de son *Girard de Rous-sillon*, moy povre de sens, mendre d'entendement ». Ou bien, c'est dans l'avant-propos de sa *Belle Hélène de Constantinople* qu'il se définit « foible de sens et de très petite capacité ; » puis il ajoute : « Je supplie à tous lisans et oyans ceste présente hystoire, que de leur débonnaire benignité, leur plaise mon ignorance en gré recevoir ». Ecoutez-le aussi déclarer en tête de son *Gouvernement des princes* : " Je Jehan Wauquelin non digne me suis déterminé pour son bon et haultain volloir et gracieux plaisir accomplir, que faire je desire sur toute rien.., de mettre et translater en franchoix le contenu de ce livre ». Mais ne prenons pas trop au sérieux ces déclarations préliminaires. Elles sont dans les habitudes de la gent de lettres de l'époque. Nous rencontrerons, au cours de nos recherches, d'autres *Avis au lecteur* rédigés dans ce ton. Par conséquent, il ne nous est pas permis de tabler sur ceux de Wauquelin pour nous faire une idée de ses aptitudes et de son caractère.

Un trait qui lui appartient davantage, sans lui être particulier, c'est le goût de la moralisation et du discours. Dans *Girard de Roussillon*, il fait volontiers son savant, son pédant. A Berte qui raconte à son mari Girard le songe qu'elle a eu, celui-ci répond ; « Par ma foi, dame, vous avés mal estudié le poëte qui dit : Somp· nia ne cures, nam mens humana quod optat dùm vigilat, sperat, etc... » (1). Plus tard, c'est Berte qui lui dit : « Mauvaisement avés estudié et retenu l'enseignement de Cathon lequel en ensaignant son fils lui disoit... » ... Et elle cite les exemples de Judith et d'Esther (2). Dans la *Belle Hélène*, vous entendez Wauquelin qui recommande la lecture des bons livres, des livres qui instruisent, car le psalmiste dit : « Vir lingosus (linguosus) non dirigetur (dilige· tur) in terra », ce que notre romancier traduit : « L'omme gengleur ne sera point ame en la terre » (3).

Il possède donc des connaissances. Ce « n'est pas un auteur sans mérite », ainsi que l'observe M. P. Meyer à propos de son *Girard de Roussillon* : « Nous avons de lui, ajoute l'éminent critique, d'autres ouvrages qui tous attestent, comme son *Girart de Roussillon*, une érudition assez variée pour l'époque et un certain talent de mise en œuvre » (4). Toutefois, dans ce roman et dans la *Belle Hélène* qui vont présentement nous occuper, il a naturellement les manières

(1) Edit. Montille, p. 103-4.
(2) *Ibid.*, p. 115. Cf. encore p. 97 et Gautier, *Epopées*, II, p. 584-5, 592-3.
(3) Ruths, *Belle Helaine*, p. 98-99.
(4) *Rom.*, IX, p. 318. Voir aussi Gautier, *Epopées*, II, p. 583 ; De Ram, *De Dynter-Wauquelin*, I, p. CIV ; Ruths, p. 126 et 133 ; Mangeart, *Catal. Valenciennes*, p. 642-54.

propres aux remanieurs du temps : comme eux, il délaie, il édulcore ses sources et ses modèles.

C'est l'un de ses plus vigoureux efforts intellectuels que son *Girard de Roussillon*. A plusieurs reprises déjà et sous des formes variées, l'histoire poétique du héros bourguignon avait été contée depuis le XIe siècle : en un poème perdu de ce siècle, une *Vita* latine du XIIe, un poème du même siècle (dit la *chanson renouvelée* (1) et écrit dans un dialecte intermédiaire entre le français et le provençal), une mise en prose de la *Vita* au XIIIe et (c'est la plus récente de ces formes (2) avant la rédaction de Wauquelin) le poème en alexandrins composé de 1330 à 1334 pour Eudes IV, duc de Bourgogne, son frère Robert, comte de Tonnerre, et leur sœur Jeanne, la femme de Philippe de Valois. C'est — relevons ce détail — pour plaire à une famille de haut parage et du même nom, à la première dynastie bourguignonne que sont ici retracées les luttes de Girard contre son suzerain, le roi de France, Charles le Chauve (3). Tel est également l'objectif ou l'esprit du roman que met au jour, un siècle plus tard, la plume adulatrice de Wauquelin. Il s'agit de plaire à la deuxième dynastie. Or, pour ce faire, le remanieur de Picardie a dû tenir à sa disposition une grosse partie de ce que nous dénommerions actuellement « la littérature du sujet » (4). Il a pris, pour base de son œuvre, le poème du XIVe siècle, et il l'a complété au moyen de la *Vita*, de deux autres textes latins (qui sont les *Annales* de Jacques de Guyse et un document qu'il a pu trouver dans ce chroniqueur), d'une chanson de geste perdue et peut-être aussi de la *chanson renouvelée*. Paraphrasant en pleine liberté ses sources, il est arrivé à produire une narration qui ne compte pas moins de 586 pages grand in-8° dans l'édition qu'on en a donnée en 1880(5).

(1) Désignation que lui applique M. P. Meyer, *Girart de Roussillon*.

(2) Si l'on ne tient pas compte d'un remaniement français des premières années du XVe siècle, contenu dans un seul ms. (Paris, Nationale).

(3) Pour toutes ces œuvres et pour toute l'histoire poétique du héros bourguignon, consulter l'ouvrage essentiel de M. P. Meyer, *Girart de Roussillon*, et les articles de M. J. Bédier, *La légende de Girard de Roussillon*, REVUE DES DEUX MONDES, 1907, p. 348-81, 591-617.

(4) Voir ci-dessous p. 29.

(5) Par L. De Montille, Paris (Public. de la *Société d'archéologie, d'histoire et de littérature de Beaune*). Edition d'après le ms. de l'Hôtel-Dieu de Beaune (sur papier), ms. que Martin Besançon, châtelain (receveur pour le duc) de Beaune a fait écrire en 1469 et qu'il a donné à l'Hôtel-Dieu. Sur la valeur de cette édition, voir P. Meyer, *Rom.*, IX, p. 314-9.

Il l'a divisée en de nombreux et courts chapitres, précédés de rubriques qui annoncent et résument le récit à mesure qu'il le développe. Le procédé est familier aux auteurs, aux retoucheurs d'alors, et par conséquent, nous le reverrons chez d'autres écrivains de Bourgogne. Ce que nous reverrons également chez eux, c'est ce prologue que nous sert Wauquelin et où il insiste sur la nécessité qui s'impose à tous d'entendre célébrer les prouesses des ancêtres, comme celles que lui-même relate.

Les prouesses de Girard sont connues. Il nous suffira de deux mots pour rappeler le sujet du roman : en dépit de leurs liens de parenté, le héros bourguignon et le roi de France son suzerain se font une longue et terrible guerre au cours de laquelle ils sont alternativement vainqueur et vaincu. La réconciliation s'opère enfin, grâce aux bons et sages offices de la reine. Sans doute Philippe le Bon a-t-il pris plaisir à se mirer dans ce portrait qu'on lui peignait là d'un seigneur de sa race ; sans doute a-t-il voulu se reconnaître dans ce Girard, sans doute a-t-il voulu retrouver en celui-ci ses propres instincts de révolte et d'autonomie vis-à-vis du roi de France, Charles VII, dont il était le vassal. Mais, quand bien même la conjecture paraîtrait trop hardie, il faudrait, en tout cas, admettre que le narrateur a eu le souci de suggérer au lecteur un parallèle entre son duc et Girard : « A son vivant, dit-il, [ce Girard] fut seigneur de toute la seignorie de Bourgoingne, et non mie seulement de toute Bourgoingne, mais de Auvergne, de Gascoigne, d'Avignon, de Lymosin, d'Ausserre, de Tournerre, de Nevers et de la plus grand partie de toute la province d'Espaigne et d'Almaigne ; car sa seignorie duroit depuis la riviere du Rhin jusques à la cité de Bayonne qui siet en Espaigne, sans les autres duchiés et contés comme Flandres et autres dont nous parlerons cy après, desquelles duchiés et seignories est à présent d'aucune partie seigneur, par la grace de Dieu et par droit de paternité », Philippe le Bon (1).

On le voit, Girard est une gloire bourguignonne, une célébrité locale. A sa suite, le lecteur (et ce lecteur, au XVe siècle, a dû être Philippe le Bon) parcourt un pays qui lui est présent à l'esprit : il est transporté tantôt à Dijon, tantôt à Vézelay. Devant lui, des souvenirs historiques s'évoquent, des aspects, des tableaux de la

____

(1) Montille, p. 25 : voir aussi p. XI.

région se lèvent qui lui sont familiers. En tel endroit du roman, on
lui remémore, par exemple, ce qu'a fait Girard lorsqu'il a su que
l'armée de Charlemagne, allant en Espagne, avait tout détruit sur
son passage et, entre autres, Aix en Provence, où reposaient les
restes de sainte Marie-Madeleine. L'illustre Bourguignon qui était
alors à l'abbaye du Mont de Vézelay, résolut, d'accord avec l'abbé
Odin, d'envoyer Damp Badilon pour reprendre le corps. C'est ainsi
que la sainte fut translatée à Vézelay où depuis, dit Wauquelin,
« elle a fait de moult beaux et nobles miracles, et fait encoir de jour
en jour » (1).

Intéressant aussi pour des contemporains du narrateur est le souvenir de la fondation, par Girard et sa femme Berte, de douze
églises, parmi lesquelles deux « très nobles et authentiques » qui
sont celles de Vézelay et de Pothières. De même que Vézelay,
Pothières avait, au témoignage de Wauquelin, acquis de la
renommée par ses miracles. Là, déclare-t-il, est enterré Girard,
et voici l'épitaphe qu'on a « mise autour de sa sépulture ». En la
reproduisant, il nous apprend qu'elle lui « a esté donnée et présentée de par son dit très redoubté seigneur en ung livret rimé parlant de la vye et des faiz » de Girard (2). Ce « livret rimé » est évidemment le poème du xive siècle, lequel renferme l'épitaphe et
que Philippe le Bon possédait, en deux exemplaires, dans sa biblo-
thèque.

L'on ne s'étonne pas de voir que le duc avait mis l'un de ses
exemplaires à la disposition du compilateur. Il y a plus : une
chose avérée est qu'il a surveillé son travail. La preuve en est qu'au
mois de mai 1447, étant à Bruges, il se fait apporter par un certain
Josse Hanottiau « plusieurs quayers du livre *Gerart de Rossillon*…
car il volloit veir lesdits quayers pour le langaige, avant quil
fuissent en parcemin » (3). Donc coût : 48 sols pour les six jours
qu'a duré le voyage de l'homme de peine. La comptabilité du grand
bailliage de Hainaut nous fournit encore d'autres indications sur
les dépenses occasionnées par le roman en question. En effet, nous

(1) Montille, p. 349-64. Voir à ce sujet, C. Liégeois, *La Légende de Saint
Badilon*, MÉLANGES GODEFROID KURTH, p. 41-52.

(2) Montille, p. 32. Pour un séjour de Philippe le Bon à l'abbaye de
Pothières en 1433, voir Jean Le Fèvre, *Chronique*, II, p. 274.

(3) *Souv. Fl. wall.*, p. 144-45 ; Matthieu, p. 345-46.

apprenons par elle qu'en 1448 Jean Wauquelin et son « clercq »
Jacques du Bois, également de Mons, ont touché 217 livres 10 sols
tournois « pour avoir escript et coppyet en velin plusieurs livres si
comme : le premiere partie des *Cronicques de Belges*, item le livre de
Gerart de Roissillon et l'*Istoire d'Alixandre*,... et pour parcemin casset
et essilliet » (1). Cette *Histoire d'Alexandre* et les *Chroniques de Belges*
(ou traduction des *Annales du Hainaut* de Jacques de Guyse), nous
les retrouverons ailleurs, de même qu'ailleurs aussi nous reverrons
ce sous-ordre, ce calligraphe Jacques du Bois qui collabore avec
Wauquelin.

L'attention qu'il accordait au rajeunissement de *Girard de Roussillon* n'est évidemment pas sans rapport avec le fait que d'autres
récits antérieurs sur le héros épique de Bourgogne figuraient
dans sa librairie : la chanson renouvelée du XIIᵉ siècle sur papier (2),
le poème du XIVᵉ siècle en deux exemplaires, comme nous l'avons
dit, également sur papier (3). Cette librairie contenait en outre deux
exemplaires de la mise en prose de Wauquelin, mais sur parchemin. L'un d'eux se retrouve à Vienne, et c'est un chef-d'œuvre de
calligraphie dont les miniatures ont été vraisemblablement peintes
par des artistes flamands (4). A ces renseignements, joignons encore
le compte (1454-1455) d'après lequel cent sous dix deniers ont été
remis « à Jacotin le Wautier, clerc des offices de l'hostel, à un
escripvain nommé Jehan de Lozières, pour achat de parchemin et
l'escripture d'un livre appelé l'istoire de *Girard de Roussillon*, appartenant à monseigneur et aussi pour l'escripture d'un livre appelé
Modus et Ratio » (5).

On voit qu'une place d'honneur a été réservée au héros bourgui-

<hr>

(1) *Souv.*, p. 145-46.

(2) Barrois, nᵒˢ 1450-1741.

(3) I) Barrois, nᵒˢ 1446-2167. — Bruxelles, nᵒ 11181, XVᵉˢ ; II) Barrois,
nᵒˢ 1449-2168. — Paris, Nat., nᵒ 15103, copie exécutée à Châtillon-sur-
Seine, Côte d'Or, par Eude Savestrot, prêtre, datée du 9 janvier 1417.

(4) Les deux textes sont dans Barrois : d'une part nᵒ 1447 et de l'autre
nᵒˢ 1448-1695 qui est celui de Vienne, Bibl. impér.,nᵒ 2549, au sujet duquel
on peut lire Montille p. 528-30 ; Labarte, *Hist. des arts industriels*, III, p. 185 ;
Schestag dans le *Jahrbuch der Kunsthistorischen Sammlungen der allerhöchsten
Kaiserhauses*, XX, 1899, p. 206 ; R. Beer dans la Revue viennoise *Kunst
und-handwerk*, 1902, p. 352 ; Durrieu, *Revue de l'art anc. et mod.*, XIII, p. 168.
Voir ci-dessus p. 26, pour le ms. de Beaune.

(5) Montille, p. XXIII-IV, XXXVI. Pour *Modus et Ratio*, voir ch. III, part. III,
§ 3.

gnon dans la bibliothèque de céans. Mais tout n'est pas dit sur la question. Girard apparaîtra encore dans d'autre ouvrages qu'il nous reste à citer et qui ont appartenu au duc. Il est assez surprenant que ce dernier n'a point eu la *Vie latine* du XIIᵉ siècle. Le jour viendra pourtant où la collection fondée par sa famille la renfermera, mais ce ne sera qu'au XVIᵉ siècle (1).

Aussitôt après son achèvement, le *Girard* de Wauquelin fut abrégé en un récit de vingt-sept chapitres : sous cette forme, il a été conservé, d'abord dans une grosse compilation en prose de chansons de geste dont nous allons parler, ensuite dans la *Fleur des Histoires* de Jean Mansel dont il sera question au chapitre des Historiens et Chroniqueurs et enfin dans deux imprimés du XVIᵉ siècle dont nous n'avons pas à nous occuper (2).

La compilation porte la date de 1448 et le titre d'*Histoire de Charles Martel et de ses successeurs :* elle nous est arrivée en quatre très forts et très beaux volumes in-folio de la Bibliothèque de Bruxelles. On ignore de quelle plume elle est sortie. Elle a probablement été dédiée à Philippe le Bon, et c'est assurément pour lui que David Aubert l'a transcrite ou grossée de 1463 à 1465 dans les volumes susdits, lesquels il a passés ensuite aux enlumineurs et aux relieurs : le travail complet n'a été terminé qu'après la mort du duc (3).

Le grossoyeur David Aubert est, plus encore que Wauquelin, un type représentatif de la gent de lettres en service chez nos princes. Originaire de Hesdin en Artois, une ville d'écrivains et de miniaturistes (et ajoutons : une ville où ces princes ont séjourné volontiers et où ils ont disposé d'un château fastueux, merveilleux, machiné comme une demeure de fée), il ne se trouve, semble-t-il,

(1) Inventaire de 1568. Voir là-dessus P. Meyer, *Girart*, p. clxxix. Cf. aussi *Rom.*, VII, p. 463, ce qu'il dit du n° 13946 de Paris, Nat., recueil de Vies de Saints, où se lit la *Vita*, mise en prose au XIIIᵉ siècle.

(2) L'une des éditions a été republiée en 1856 par de Terrebasse. Voir P. Meyer, *Girart*, p. cliv-viii et Langlois, *Mss. Rome*, p. 93.

(3) Bruxelles, nᵒˢ 6-9 : Marchal, II, p. 289-90 et Pinchart, *Miniaturistes*, p. 5o5-10. Le prologue de David Aubert, au premier volume, déclare qu'ils ont été grossés sur vélin par lui en 1463. A la fin du second (n° 7, f. 435), on lit qu'ils ont été « réduits de ryme en prose au moy de may » 1448 et que ce second volume a été transcrit par Aubert en 1465. Le quatrième porte aussi cette année de 1465. D'autres détails sur l'enluminure et la reliure viendront plus loin.

aux gages de la cour qu'après le décès du remanieur de *Girard de Roussillon*. La carrière qu'il y a faite s'étend de 1456 à 1479 et elle comprend tant d'œuvres, tant de copies et de retouches qu'on a peine à ne pas lui contester la paternité de quelques-unes, surtout qu'il faut y joindre les travaux assez considérables qu'il a effectués, en même temps, pour d'autres clients que les ducs de Bourgogne. Peut-être devrait-on avancer l'époque de son entrée chez ceux-ci (1). Toutefois, nous ne lui connaissons pas d'ouvrage élaboré à la demande de Philippe le Bon plus ancien que sa transcription de l'*Arbre des Batailles* d'Honoré Bonet qui se place en 1456 (2). Ce ne sont pas, malheureusement, les archives de la maison ducale (du moins les archives jusqu'ici révélées au public par l'imprimerie) qui sont de nature à nous éclairer en la circonstance, car elles sont, à l'endroit d'Aubert, d'une discrétion qui ferait douter de son existence si l'on ne tenait de lui des manuscrits dûment signés. Nous avons le renseignement de 1469 et qui est relatif à la confection de l'inventaire de Philippe le Bon et rien de plus (3).

En constatant son étonnante activité, en voyant la tâche fournie durant telle année particulièrement féconde, on s'est dit qu'à supposer même qu'Aubert aurait « labouré » jour et nuit, il ne pouvait guère venir à bout de pareille besogne (4). Mais le problème ne se pose pas pour lui seul. Il ne s'agit pas uniquement de se demander si le scribe de Hesdin est bien l'auteur de toute la bibliothèque (le terme n'est pas trop fort) qu'on lui attribue, s'il a vraiment produit tous les volumes munis de sa signature ou, en d'autres mots, si cette signature n'est pas plus d'une fois une espèce de marque de fabrique. C'est pour plusieurs de ses confrères également que la même question se présente. Déjà, devant nous, a paru Wauquelin, lequel avait un sous-ordre. D'autres viendront plus loin qui ont de même travaillé en collaboration. Il importe donc de savoir que « la confection d'un livre de luxe exigeait la coopération de plusieurs artistes ou artisans qui devaient obéir à une direction commune ».

(1) Voir ce qui est dit ci-dessous de ses *Conquêtes de Charlemagne*.
(2) Ch. III, part. III, § 3.
(3) Voir notre Introduction : *Inventaires des librairies*.
(4) C'est M. S. Reinach, *Froissart de Breslau*, p. 372-74, qui attire l'attention sur ce point. Nous lui empruntons quelques détails pour ce qui suit. Voir, en outre, P. Durrieu, *Roi Alexandre*, p. 56, III, *Peinture en France*, p. 120 et H. Martin, *Miniaturistes*, p. 100-15.

Cette direction commune ou, si l'on veut, « le chef d'équipe, l'entrepreneur pouvait être en même temps le traducteur ou l'auteur du
livre. Il pouvait aussi en être l'illustrateur, l'enlumineur », mais ce
n'était pas le cas d'ordinaire (1). Au directeur, à l'entrepreneur de
l'œuvre, lequel devait, « comme l'éditeur moderne, obtenir les concours et les rétribuer », l'on donnait le nom d'*écrivain*. Dès lors, cette
appellation d'écrivain pouvait être appliquée à un artiste célébre, du
moment qu'il assumait l'entreprise, l'exécution d'un manuscrit de
grand prix. Recevant la commande, il en confiait une partie à des
élèves (2).

Charles Martel est une de ces œuvres qui ont passé par plusieurs
ateliers. David Aubert s'en déclare le transcripteur; d'autres artistes,
qui seront mentionnés plus loin, sont ensuite intervenus. La longue
narration anonyme qu'il a calligraphiée, seul ou bien en se faisant
aider, peut se résumer brièvement de la manière que voici. Le
premier volume s'occupe « des fais du duc Gloriant de Berry, de la
naissance et règne de son fils Charles Martel et d'autres besongnes,
comme de haultes vaillances de luy, du prince Gerard de Roncillon et de leurs guerres et adventures ». Le second traite « des fais
de Pepin, roy de France, de Gerard de Roncillon, de Charles le
Chaulve et du commencement de la guerre du loherain Guérin et
de conte Froment de Lens ». Le troisième nous entretient « des
merveilleuses guerres quy furent en moult de pays que l'on dist
aujourd'huy les guerres du loherain Guérin ». Enfin le quatrième
expose « les fais et guerres de Loheraine et d'autres contrées,
comme de Flandres, d'Artois, de France et d'Angleterre, où il eut
de merveilleuses batailles » (3).

Le héros de Jean Wauquelin se représente donc dans cette série
de récits : il joue un rôle dans le premier volume et de plus dans le

---

(1) Reinach, p. 372.

(2) Voir l'intéressant aperçu de M. H. Martin sur les illustrateurs et
les instructions, les *notes pour l'enlumineur*, qu'ils donnent à des confrères
et qu'ils placent, avec des modèles et des esquisses, en marge des
manuscrits.

(3) Résumé d'après des rubriques du ms.

Sur l'objet et les sources de ce roman, voir P. Meyer, *Girart*, p, CLIX-
CLXIX, et les appendices où il donne les rubriques du premier volume
avec quelques extraits (p. CXCII-CCXXXIV). Cf. aussi G. Paris, *Orson de
Beauvais*, p. LXIII-VII.

second lequel toutefois est, pour une partie, consacré à la geste des Lorrains ; celle-ci devient dès lors le sujet du reste de l'ouvrage. On a des raisons de penser que le compilateur ou rédacteur a travaillé pour Philippe le Bon, mais il ne nous révèle rien à ce propos, et il ne nous enseigne rien sur sa propre personne. On lit seulement dans son prologue que David Aubert a bien voulu nous transmettre : « En racomptant des merveilles de ce monde, non mie trop anciennes, treuve l'en es croniques de France, ou nombre des roys, Charles Martel, duquel on parle en moult de manieres de ses fais et de sa chevallerie, de sa crudelité, des conquestes que il fist en son temps tant que le volume seroit moult grant ou tous seroient bien comprins. Toutefois, l'en scet assez que Pepin descendy de luy, lequel après luy fut empereur de Romme et roy de France ; et depuis Pepin engendra Charlemaine quy fut en son temps aussi emperere de Romme et roy de France. Mais chascun ne scet pas quy engendra celluy Charles Martel, de quelle lignie il fut ne comment il parvint à estre couronné roy de France. Pourquoy, selon mon petit entendement, je le vous voeul declairer en cler françois, au mieulx qu'il me sera possible sans y oster ne adjouster rien du mien ne de l'autruy, mais m'efforcheray d'ensieuvir la matiere, laquelle j'ay prinse et translatée d'anchiennes histoires rymées jadiz et réduitte en ceste prose, pour ce que au jour d'huy les grands princes et autres seigneurs appetent plus la prose que la ryme, pour le langaige quy est plus entier et n'est mie constraint. Et pour ce que moy, quy ay prins le loisir de ce faire en passant le temps, ne me puis mie retrouver en la presence de tous ceulx qui ceste hystoire lirront ou orront lire ou racompter, leur requiers que se ils y treuvent aucunes choses fortes à croire, ilz ne s'i voeullent arrester ne y empeschier leur imagination ou entendement, car à la verité le mien n'est pas à ce pour y rien gloser, retrancher ou adjouster, sinon de moy y conduire tellement que ma conscience n'en soit charge, et tout ainsi que ou dit volume rymé l'ay trouvé, sur lequel j'ay ceste besogne encommencée, priant à tous ceulx quy la lirront ou orront lire voeullent suppleer à mon très petit entendement et corrigier les les faultes, s'aucunes en y a » (1).

(1) Cité d'après P. Meyer, *ibid.*, p. ccii-iii. Voir aussi p. ccxxxiv, où il donne la fin de l'abrégé de Wauquelin (t. ii du *Charles Martel*) : l'auteur y réclame également l'indulgence du lecteur et sollicite ses corrections.

Mais si l'œuvre a vraiment été rédigée pour Philippe le Bon, et cela dès 1448, il est étrange qu'elle ait dû attendre quinze ans (1463) pour être jugée digne par ce prince de recevoir les honneurs du parchemin. L'obscurité qui règne en la matière tient peut-être à ce que David Aubert, bien que reproduisant le prologue même de l'auteur, aurait omis de citer la préface de présentation, la dédicace du livre (1). Mais il a, lui aussi, fabriqué un prologue pour *Charles Martel*, un de ces prologues comme on en compose tant durant son siècle et où l'on affirme la nécessité qu'il y a de confier à l'écriture les histoires d'antan : « Les haulz, nobles et vertueux fais des anciens doit l'en volentiers oyr lyre et très dilligamment retenir pour le bien et prouffit que l'en y poeult acquérir, tant en proesse et chevallerie comme autrement. Et pour ce que paroles sont tost passées et escriptures demeurent permanentes, par lesquelles l'on poeult scavoir les merveilleux fais jadis advenuz, ce que pas ne feust se par cy devant les clercs et orateurs ne se feussent très dilligamment employés à les descripre et mettre par ordre, par le commandement et ordonnance de très hault, très excellent et très puissant prince et mon très redoubté et souverain seigneur, tryumphant en gloire et en paix, Phelippe, par la grace de Dieu duc de Bourgoingne, de Lothrijk, de Brabant et de Lembourg, comte de Flandres, d'Artois et de Bourgoingne, palatin de Haynnau, de Hollande, de Zeelande et de Namur, marquis du Saint Empire, seigneur de Frise, de Salins et de Malines, cestuy volume et trois autres ensieuvans et servans à ceste matière, en la fourme qu'yl appert, ont esté grossez par D. Aubert » (2).

Les « haulz, nobles et vertueux fais » du *Charles Martel* qui ont occupé spécialement l'attention d'un lecteur comme le duc Philippe de Bourgogne, doivent être, entre autres, ceux de Girard de Roussillon. L'auteur les conte, au premier volume, d'après deux ou peut-être trois chansons de geste, et au second, en reproduisant

(1) C'est une hypothèse de M. P. Meyer qui dit : David Aubert « selon sa coutume, a joint à sa copie un prologue et divers épilogues de sa façon, et il est fort possible qu'en même temps qu'il se mettait en évidence, il ait supprimé la préface de présentation ou si l'on veut la dédicace de l'ouvrage qu'il transcrit », *Girart*, p. CLX.

(2) F. 1r-v, d'après P. Meyer, *ibid.*, p. CCI-II et Pinchart, *Miniaturistes*, p. 505-6.

l'abrégé de Wauquelin, abrégé qui paraît ne pas être de sa composition et qui semble bien avoir été exécuté en Flandre ou en Brabant. Comment a-t-il été amené à puiser à cette dernière source ? Il répond en ces termes à la question : Ayant achevé un volume sur Charles Martel et Girard, « j'ay sceu qu'il en a esté fait et compilé ung autre quy racompte comment le noble et puissant prince monseigneur Gerard regna au temps de Charles le Chaulf, et que les deux damoiselles qu'ilz eurent espousées feurent filles du conte de Sens, et aussi que depuis l'exil et bannissement de monseigneur Gerard et qu'ils feurent pacifiés ensemble, ilz eurent plusieurs batailles l'un contre l'autre » ; dès lors, je me suis décidé à mettre en tête de mon second volume le résumé de ce livre (1).

Faisons observer également que d'autres « merveilleux fais » étaient de nature, dans *Charles Martel*, à distraire Philippe le Bon. La geste des Lorrains, par exemple, ne manquait pas non plus d'attrait pour lui qui, précisément, régnait sur plusieurs contrées où elle se déroulait (2).

Il est mort sans avoir vu les quatre volumes de *Charles Martel* reliés et historiés. C'est ce qu'on apprend par l'inventaire qui a suivi son décès, mais ils y sont pourtant donnés comme « parfaits et collacionnés » (3). On les retrouve, cette fois avec couvertures et enluminures, dans le catalogue de 1487 (4). Dans l'intervalle, soit en juillet 1468, Pol Fruit, artiste brugeois, est payé « pour avoir enluminé de grosses lettres petites et moyennes du tiers volume ». Il reçoit, de ce chef, 7 livres 2 sols (5). Ce n'était pas un miniaturiste au sens précis du mot, ou du moins l'on ne connaît de lui que des lettrines. Quant aux 97 miniatures qui décorent *Charles Martel*, elles sont dues à Loyset Lyédet (ou Louis Liédet), artiste fécond, mais point supérieur. Il demeurait à Hesdin, la ville des « escripvains » (6).

(1) C'est M. P. Meyer (*Girart*, p. CLXII) qui donne les sources de l'histoire de Girard dans *Charles Martel*. A ce propos, il remarque qu'au tome premier, l'action est placée sous Charles Martel et, au second, sous Charles le Chauve. Voir *ibid.*, p. CXIII, CLIII, CLXVIII, CLXXI et CCXXXI.

(2) Voir aussi plus loin p. 36, n. 1.

(3) Barrois, nᵒˢ 1596-9.

(4) Barrois, nᵒˢ 1749-52.

(5) Pinchart, *Miniaturistes*, p. 476-7 ; Laborde, I, nᵒ 1965.

(6) Sur Loyset Liédet, ses travaux en général et les miniatures du *Charles Martel*, voir Laborde, I, p. LXXXIII ; Pinchart, *Miniaturistes* ; Hennin,

A ce *Charles Martel* anonyme et au *Girard de Roussillon* de Wauquelin, il nous paraît rationnel d'associer les récits de la *Geste des Lorrains*, de *Garin le Lorrain* et d'*Auberi le Bourgoing* ou *le Bourguignon* que la librairie bourguignonne recèle également. Il y a là tout un ensemble d'ouvrages qu'on peut considérer comme formant cycle (1).

Wauquelin devait à peine avoir terminé son *Girard de Roussillon* qu'une nouvelle commande lui était adressée, celle de rajeunir, celle de mettre en prose du xve siècle un roman en alexandrins du xiiie : la *Belle Hélène de Constantinople*. Son rajeunissement, sa mise en prose porte la date de 1448 (2). Le vieux récit qu'il a modernisé est, comme on sait, apparenté à la *Manekine*, poème écrit au xiiie siècle par Philippe de Beaumanoir : dès lors, il n'est pas sans intérêt de rappeler que le scribe picard a pareillement dérimé ce poème, vers la même époque, pour Jean de Croy, le protégé de Philippe le Bon, qui a été chevalier de la Toison d'or, conseiller et chambellan

Monuments, vi, p. 117 ; Dehaisnes, *Jean le Tavernier et Louis Liédet*, p. 31 ; Reiset, *Rom.*, xiii, p. 463 ; Schestag, *Chronik von Jerusalem*, p. 211 ; Van den Gheyn, *Confér. Gand*, p. 42-43 ; Reinach *Froissart de Breslau*, p. 386 ; H. Martin, *Loyset Lyédet*, p. 65-67.

(1) Inv. 1467 : Barrois, nº 1281 *Vieille chanson* qui revient en 1487, au nº 1661, sous le titre de *Gestes des Lorrains.*

Inv. 1487 : Barrois, nº 1863, *Lorrain Garin*. N'existe-t-il pas déjà en 1467 ? Voyez le nº 1298, et rapprochez-en le *Laurent Garin* de l'inventaire de 1536, Michelant, p. 288.

Sur ces deux manuscrits (en parchemin) qui semblent être perdus, à consulter Edelestand du Méril, *Li Romans de Garin le Loherain*. iii. *La Mort de Garin le Loherain, poème du xiie siècle*. Paris et Leipzig, 1862, p. lxvii-viii ; F. Bonnardot, *Essai de classement des manuscrits des Loherains, suivi d'un nouveau fragment de Girbert de Metz*, Rom., iii, p. 200. Sur les œuvres qu'ils devaient contenir, voir Gautier, *Epopées*, ii, p. 551 ; Gröber, p. 808 et 1194.

Auberi = Barrois, nos 1364-2126, parch. Voir Tarbé, *Le Roman d'Aubery le Bourgoing*, Reims, 1849, p. vi-vii, 149 et 151 ; Gröber, p. 562 ; Thomas Mc Cabe, *The Geste of Auberi le Bourgoing*, Public. of the Mod. Lang. Assoc., iv, 1889, p. 62-82. — Je suis porté à croire que nous avons ici un ms. mutilé.

(2) Frocheur, *Notice sur le roman de la Belle Hélène de Constantinople* (Bull. Acad. roy. Belg., xii, 1e part., 1845) et *La Belle Helène de Constantinople ou examen et analyse d'une épopée romane du xiie siècle* (Messager, 1846, p. 169-209) ; Suchier, *Œuvres poétiques de Philippe Remi, sire de Beaumanoir* (Soc. anc. textes franç., 1884-85), t. i, *La Manekine* (pour la mise en prose, voir p. xc-xcvi et 267) ; Söderhjelm, Mémoires de la société néo-philologique de Helsingfors, i, 1893 . *Saint Martin et le roman de la Belle Hélène de Constantinople* ; Ruths, *Belle Helaine* ; Gröber, p. 1144 ; *Bibl. Ec. Ch.*, lxvi, p. 65.

du duc, grand bailli de Hainaut et qui fut créé comte de Chimay en 1473 par Charles le Téméraire. C'est un seigneur lettré, appartenant à une famille lettrée dont nous aurons l'occasion, plus d'une fois, d'exposer la participation à la vie intellectuelle du siècle (1).

Rares, étranges, extraordinaires sont les aventures de l'héroïne du roman remanié par Wauquelin pour Philippe le Bon, de la belle Hélène. Elle est la fille de l'empereur de Constantinople, et celui-ci, resté veuf, s'éprend d'elle, intrigue en cour de Rome pour obtenir l'autorisation de l'épouser et il y réussit, après avoir délivré cette ville qu'assiégeaient les Sarrasins. Mais Hélène, effrayée, s'enfuit et son père ne la retrouve qu'au bout de trente ans, mariée au roi Henri d'Angleterre. En résumant l'œuvre par ces quelques mots, nous ne montrons pas ce par quoi peut-être elle a le plus séduit notre duc de Bourgogne. Elle est pour lui une sorte d'œuvre nationale, puisqu'elle le promène dans ses Etats ou les régions limitrophes, dans des pays connus, à Tournai, Douai, Courtrai, l'Ecluse, Bruges, Bruxelles, etc. (2). Mais, en même temps, le Midi et l'Orient, Rome et Jérusalem surgissent devant lui, et ce côté du récit n'était peut-être pas fait non plus pour lui déplaire, à lui le grand duc d'Occident, ainsi que l'appelaient les chrétiens d'Outremer. Nous examinerons ailleurs s'il avait mérité ce titre, mais il ne sera pas déplacé, à propos des incidents de la *Belle Hélène*, de dire un mot déjà sur la croisade qu'il a voulu tenter contre les Turcs et sur la part qui revient, en l'occurrence, à la littérature. Nous ne révélerons certes à personne que l'un de ses importants projets politiques a été, d'après l'expression du xve siècle, le « saint voyage de Turquie », ou, pour parler en style moderne, la guerre à l'Infidèle, la lutte contre l'Islam qui menaçait la chrétienté. Mais il nous semble qu'on n'a pas suffisamment recherché à quel point ce projet l'avait préoccupé. A notre avis, pour établir qu'il y a pensé de façon sérieuse, l'on n'a pas assez invoqué les témoignages de la littérature qui s'est écrite à sa cour. Ces témoignages, joints à ceux que constituent diverses œuvres élaborées pour les trois autres ducs (car l'idée d'une croisade leur appartient aussi dans une certaine

(1) Suchier, *ibid.* ; les chroniqueurs d'Escouchy, La Marche, Chastellain, etc., *passim* ; Gal Guillaume. *Biogr. Nat.*, IV, col. 559-62.

Il est le frère d'Antoine, dit le Grand Croy.

(2) Ruths, p. 5, 15, 118, 120, 127-8.

mesure), nous les grouperons dans une partie spéciale de notre travail (1). Mais, en attendant que nous y arrivions, nous n'omettrons pas de signaler telles traces, telles manifestations littéraires de ce généreux dessein qui se présenteront, qui se rencontreront sur notre passage. Voilà pourquoi une mention nous paraît due, en cet instant même, aux combats livrés à la gent païenne dans la *Belle Hélène* de Wauquelin. Nombreuses sont les villes et les âmes qui sont enlevées aux ennemis de la Foi. Rome est attaquée par les Sarrasins et défendue par les chrétiens. La Terre Sainte et Jérusalem redeviennent libres, et le roman trouve son dénouement au siège même de la Papauté. C'est ainsi que, par « la destruction et conversion de pluiseurs payens et Sarrasins », comme s'exprime Wauquelin, son récit tourne à la plus grande gloire du christianisme. On a même dit à cet égard : « L'auteur semble n'avoir réservé toutes les couleurs de son imagination poétique que pour peindre les combats et les grands coups de lance que les chrétiens savaient si bien porter aux Sarrasins... Ce sujet devait exciter l'intérêt des nations pour ce boulevard de la chrétienté contre les infidèles (Constantinople) ; alors on ne rêvait qu'à des projets de bataille et de destruction. Oui ! s'écrie Wauquelin avec enthousiasme, cette histoire devra esmouvoir tant nobles comme non nobles, en proesse et valeur de bonne renommée » (2).

De la *Belle Hélène* dérimée, une copie nous est parvenue, copie que le dérimeur a peut-être confectionnée lui-même. Elle avait d'abord été reliée en cuir jaune ; elle a reçu ensuite une couverture en cuir blanc par les soins ou l'entremise de Loyset Liédet (3). A

---

(1) Ce sont principalement des témoignages ayant une nature et une portée didactique : nous les réunissons dans la seconde partie de notre chapitre III, sous la désignation de *Projet de croisade turque*. Voir aussi la partie III, § 2, du présent chapitre.

(2) Frocheur, *Notice*, p. 282-83. Il fait observer aussi que les miniatures du manuscrit de Bruxelles, n° 9967, représentent les sièges de Rome, de Boulogne, de Bordeaux, de Jérusalem, de l'Écluse, de Bruxelles, de Courtrai, de Saint-Quentin et les cérémonies de baptême de plusieurs rois, de princes sarrasins convertis au christianisme, etc... A consulter aussi Ruths, *passim* : pourtant il remarque (p. 97) que Wauquelin écourte plutôt le siège de Jérusalem.

(3) Inv. 1467 : Barrois, n° 1273, cuir jaune. — Inv. 1487 : n° 1686, cuir blanc (par erreur, dans l'*Appendice*, n° 2310). — Bruxelles, n° 9967.

En novembre 1470, Liédet touche xxvii s. « pour avoir fait couvrir de

côté d'elle figure, dans les collections bourguignonnes, le poème rimé, l'original du XIIIᵉ siècle. De ce même poème, un exemplaire s'est trouvé en possession d'une dame de la cour, exemplaire que détient actuellement la ville de Lyon. Cette dame est Loyse de la Tour, épouse de Jean V, seigneur de Créquy et de Canaples, Fressin et Sains, conseiller et chambellan (élu le 12 janvier 1438) de Philippe le Bon. Son manuscrit lui a été transcrit par Alexandre ou Alexandry, écrivain artésien et peut-être chapelain de sa maison (1). Nous avons là, dans sa personne et dans la personne de son mari, un ménage curieux à considérer pour le rôle qu'il a joué dans le mouvement des lettres bourguignonnes. Fille de Bertrand, comte de Boulogne, c'est en secondes noces (le 13 juin 1446) qu'elle avait épousé Jean de Créquy. Elle est morte en 1469, laissant, entre autres enfants, une fille du nom de Jacqueline, aux mains de laquelle s'est trouvé le volume de Lyon. On a raconté qu'elle s'amusait de « littérature pendant que son mari, chambellan de Philippe le Bon, était envoyé par lui en ambassade en Espagne et en France » (2). Il serait piquant certes que le culte de la littérature eût pénétré dans ce foyer par la « femme ». Mais pourtant, dès avant 1446, dès avant leur union, l'époux devait passer à la cour de Bourgogne pour une autorité en matière de livres. C'était un conseiller très écouté dans l'entourage du duc, ainsi que le prouve le brevet de capacité que Martin Le Franc lui a conféré dans les circonstances suivantes. Cet écrivain avait offert à Philippe, en 1442, son immense poème du *Champion des dames*. L'œuvre ne recueillit pas auprès des courtisans toute la faveur qu'il en attendait.

cuir blanc les deux premiers volumes de *Regnault de Montauban* et le *Livre de Hélainne mère de saint Martin de Tours* », Pinchart, *Miniaturistes*, p. 481. Pour *Montauban*, voir ci-dessous.

(1) Le ms. de Philippe le Bon est : Barrois, nᵒˢ 1271-1882, papier. Quant à celui de Lyon, il porte, dans ce dépôt, le nᵒ 767 (685), papier, XVᵉ s.; sur un feuillet de garde, se lit la signature de « *Jaquelignes de Crequy* » (*Cat. Dép.*, XXX, 1ʳᵉ p., 1878).

Sur Jean de Créquy, Louise de la Tour, leurs goûts littéraires et leurs mss., voir P. Paris, *Mss. franç.*, I, p. 49-51; Dinaux, *Trouvères artésiens*, p. 59-60; Pinchart, *Miniaturistes*, p. 496 et suiv.; Delisle, *Cab.*, II, p. 358; Ruths, *Belle Helaine*, p. 13: G. Paris , *Rom.*, XVI, p. 422 et 437. — Sur J. de Créquy, homme politique, voir O. de La Marche; D'Escouchy; Lameere, *Grand Conseil*, p. 47-48.

(2) Dinaux, p. 59.

Déçu dans ses espérances, le poète composa, et vraisemblablement sans beaucoup tarder, la *Complainte du Livre du Champion des dames* (1). C'est une ingénieuse défense où il en appelle du duc mal informé au duc mieux informé et où, dans le cours de son argumentation, il invoque le généreux appui qu'on est sûr de rencontrer auprès de Jean de Créquy. S'adressant à son *Livre*, à son *Champion*, il lui dit :

> Item aussy (car moult prouffite
> Avoir en la court avantage
> De congnoissance et de conduicte
> Principaument d'ung homme sage),
> Va t'ent acomplir mon message
> Et ma recommendation
> A ung seigneur de hault courage
> Et de tresnoble intension.
>
> Ton fait et ton nom maintendra
> Tant que honneur se pourra estendre ;
> En ton bon droit te soustendra,
> A tort ne te laira offendre.
> Son nom je ne te deusse aprendre,
> Et trop me sambles natre (2), qui
> Ne scez incontinent entendre
> Que c'est le seigneur de Crequy.

Pareil hommage lui est rendu par David Aubert dans ses *Conquestes de Charlemaine* qui ont paru en 1458. C'est ici l'une des productions les plus marquantes de notre littérature bourguignonne. Un seul manuscrit nous l'a conservée, un manuscrit de Bruxelles en deux volumes (le second relié en deux parties), avec la date de rédaction ou de transcription qui vient d'être donnée : 1458 (3). Elle a deux prologues, c'est-à-dire un prologue en tête de chaque

(1) Voir notre chap. III, part. III, § 3.
(2) Fou, sot, vilain, bizarre d'humeur.
(3) Nᵒˢ 9066-8. Le premier volume = Barrois, nᵒˢ 733-1518-1701 ; le second = nᵒˢ 734-1519-1702. Etudes sur cette œuvre, reproduction de rubriques ou de miniatures, extraits, analyses : Reiffenberg, *Mouskès*, I, p. CCLXIV-V, CCCLXXXIII, 474 et suiv. ; P. Paris, *Mss. franç.*, I, p. 106 ; Marchal, I, p. 182, II, p. 290-1 ; G. Paris, *Hist. poét.*, p. 96-97, 522 ; Dehaisnes, *Jean le Tavernier et Louis Liédet* ; Demaison, *Aimeri*, t. I, p. CCLI-CCLXXVIII, t. II, p.

volume. Dans le premier, Aubert déclare être au service de « Monseigneur de Crequy... Jamais, ajoute-il, mon rude entendement n'eust ozé penser [à semblable entreprise] ne feust l'estroit commandement de mon très redoubté seigneur, monseigneur de Crequy... Recongnoissant que aprèz Dieu je tieng de luy ma vie,... sachant de vray que de sa nature il est affecté à veoir, estudier et avoir livres et croniques sur toutes riens, et comme il en ait desja veü moult de nouveaux mis en avant en pluseurs lieux et que larguement en ait fait escripre et que l'eslite de la fleur des histoires et batailles fust mise en delay et au derriere, c'estassavoir le livre du noble et triumphant prince Charlemaine le grant, qui fu l'un des nœuf preux..., pourquoy mon très redoubté seigneur, desirez de joindre le chief avecques les membres, m'a chargié de curieusement enquerir et visiter pluseurs volumes tant en latin comme en françois » (1).

Mais, chose étrange, dans le second prologue, David parle d'un commandement qui lui a été donné par le duc. Faut-il supposer que l'ouvrage, en cours de composition, a passé du patronage de Jean de Créquy sous celui de Philippe le Bon ? Ou bien le patronage de ce dernier n'a-t-il consisté qu'à décerner les honneurs d'une calligraphie à un livre que le chambellan avait fait rédiger pour lui-même ? Une autre hypothèse encore serait celle qui verrait dans ce chambellan un intermédiaire entre l'écrivain et le duc : dans ce cas, la commande, venant de la cour, aurait été transmise à David Aubert par le seigneur de Créquy. Mais en l'occurrence était-il requis que ce seigneur intervînt ? Pourquoi la mission de raconter les exploits de Charlemagne n'aurait-elle pas

---

CCLXXVII et suiv. ; Gautier, *Épopées*, II, p. 548, 550, 552-6, 582-83, III, p. 283, 295-7, IV, p. 173-5, 178-80 ; G. Lichtenstein, *Vergleichende Untersuchung über die jüngeren Bearbeitungen der Chanson de Girart de Vienne*, p. 60-72 (AUSG. U. ABHANDL., 1899, XCVII) ; Reusens, *Eléments de paléographie*, Louvain, 1899, p. 321 ; C. Valentin, *Untersuchung über die Quellen der Conquestes de Charlemaine* (Dresdener Hs. O.81), ROM. FORSCH., XIII, p. 1-99 ; G. Paris, *Rom.*, XXXI, p. 634 ; *New Paleographical Society*, fasc. 2 ; Jarnik, *Studie über die Komposition der Fierabrasdichtungen*, Halle s. S., 1903, p. 4-10, 99-113 ; Bayot, *Fragments*, I, p. 11-12 ; Van den Gheyn, *Notes sur quelques manuscrits de l'Exposition de la Toison d'or, Bruges, 1907*, ARTS ANC. DE FLANDRE, III, 1908 (reproduct. de miniatures d'autres mss. de la librairie de Bourgogne). — Cf. Barrois, n° 2222.

(1) Brux. n° 9066, f. 10.

été confiée directement à notre auteur, lequel, dès avant 1458 c'est-à-dire en 1456, avait recopié pour la librairie ducale l'*Arbre des Batailles* d'Honoré Bonet ? Aussi, de ces conjectures, c'est la première qui nous paraît la plus plausible. A notre sens, Aubert a commencé l'œuvre par ordre du seigneur de Créquy. Peut-être l'avait-il sur le métier avant 1456, avant l'année de sa première transcription exécutée pour le duc, car les *Conquêtes* ont dû exiger de longues recherches et de longues veilles. Enfin disons aussi que c'est peut-être le seigneur qui a présenté cet écrivain au duc, qui l'a introduit à la cour.

On a défini les *Conquêtes de Charlemagne* « un essai avorté d'une histoire poétique du grand Empereur » (1). C'est dire qu'elles sont plus qu'un roman ; au vrai, c'est une collection de romans. Le manuscrit où ils sont « couchés » est, on le pense bien, un des plus étendus de la collection ducale. En même temps, il en est un des joyaux. Les 105 miniatures en grisaille ou en camaïeu qui le dé-corent, sont dues à Jean le Tavernier, l'« historieur et enlumineur » d'Audenarde. Par un acquit du 29 mars 1460 (2), nous apprenons qu'alors le premier volume était historié et qu'il avait été soumis au visa du prince. Quant au second, peut-être ou même sans doute était-il déjà dans l'atelier de l'enlumineur, mais il ne devait pas encore en être sorti.

Philippe le Bon ne se contentait pas de livrer au pinceau de mi-niaturistes de talent les manuscrits destinés à charmer ses loisirs. Il voulait aussi pour eux des couvertures de prix. C'est ce qui fait que le premier volume des *Conquêtes* porte la signature d'un relieur distingué des Flandres, Stuvaert Liévin (3).

La composition de David Aubert était-elle digne des soins dont on l'entourait ? Gaston Paris l'apprécie assez favorablement : « Il a essayé, dit-il, de donner à la vie de son héros une unité qu'elle n'avait pas reçue jusque-là dans les récits fabuleux dont il était l'objet, et on doit reconnaître qu'il est infiniment supérieur, sous ce

(1) Gautier, *Épopées,* IV, p. 173.

(2) Dehaisnes, *Jean le Tavernier et Louis Liédet.* Dont coût : 50 écus d'or. Il s'agit des « histoires » du premier volume qui, à ce moment, est chez le duc et de celles que Jean doit encore peindre dans le second.

(3) Pinchart, *Archives,* II, p. 118 ; Van der Haeghen, *Les relieurs gantois du* XIVe *au* XVIIe *siècle,* BULL. SOC. HIST. ARCH. GAND, 1904, p. 318.

rapport, à Philippe Mousket et à Girard [d'Amiens] » (1). Mais en revanche, il lui trouve les défauts d'avoir assez enjolivé, *troubadourisé* le sentiment chevaleresque des primitives épopées, et « de ne pas savoir finir ». On n'ignore pas qu'au XVe siècle la prose coule avec une abondance qui n'a souvent d'égale que son insignifiance ou son manque de ton et de coloris. A cet égard, David Aubert est de son siècle, et il l'est bien aussi lorsqu'il compile avec plus de bonne volonté que d'entendement. Mais parfois il fait preuve d'une d'une assez heureuse indépendance (2).

Son récit ne paraît pas être arrivé à une seconde édition ou transcription, complète du moins. Il ne se retrouve pas, en entier, ailleurs qu'à Bruxelles. Mais l'on en connaît un remaniement abrégé, avec quelques additions d'après Turpin et des chroniques, remaniement fait entre 1485 et 1488 pour un seigneur qui avait occupé un beau rang à la cour de Bourgogne, Philippe de Hornes (3).

Plus notable encore est le rang que prit dans le même milieu Antoine, grand bâtard de Bourgogne. Il s'est fait un nom dans l'histoire politique du siècle, grâce à ses hautes vertus militaires, et il jouit même de quelque réputation dans l'histoire littéraire à cause du goût qu'il manifestait pour les livres et spécialement à cause de ceux qu'il avait rassemblés dans sa bibliothèque de la Roche. Ici, se remarquaient des manuscrits contenant des œuvres dont les ducs ont semblablement possédé l'un ou l'autre exemplaire. David Aubert affirme que le vaillant seigneur était « moult enclin es belles histoires », et il l'affirme dans le prologue d'un somptueux volume qu'il a exécuté pour lui (1458). Il s'agit d'une copie du roman de *Gilles de Trazegnies*, laquelle est présentement déposée au château de Dülmen en Westphalie, chez Monseigneur le duc de Croy (4).

Quand nous mettons « copie » pour désigner la transcription

---

(1) *Hist. poét.*, p. 96.

(2) Sur la manière dont il compile, voir Gautier, II, p. 552, 558-560, 562, 566, 582-83.

(3) Ms. de Dresde O.81 que Demaison, *Aimeri*, I, p. CCLI, regarde à tort comme un second exemplaire de David Aubert.

Génard, *Inventaire des manuscrits de Philippe de Hornes (1488)* : 14 mss., BIBLIOPHILE BELGE, 1875, p. 21-30.

(4) Sur ce *Gilles de Trazegnies* et les autres mss. d'Antoine, voir Boinet, *Le grand bâtard de Bourgogne* ; Bayot, *Gillion de Trazegnies*, ainsi que ses notes dans la *Revue des Bibl. et Arch. de Belg.*, V, 1907, p. 38-40.

appartenant aujourd'hui à Mgr de Croy, nous n'employons pas l'expression qu'il faudrait. C'est qu'en effet, avant le travail d'Aubert, un texte de *Gilles de Trazegnies* a existé qui était plus court que celui de Dülmen : nous voulons dire que le roman du héros hennuyer a d'abord été rédigé, aux environs de 1450, par un auteur qui n'a pas signé sa composition. Ce roman a été publié en 1839, d'après un manuscrit qui fut en possession de Philippe de Clèves, seigneur de Ravestein (1459-1527), de la famille de Bourgogne (1). Notre écrivain anonyme doit avoir repris son œuvre quelques années après pour lui donner une conclusion beaucoup plus étendue que dans la première rédaction. Or, c'est cette version nouvelle que David Aubert a calligraphiée pour le grand bâtard, et il l'a calligraphiée, l'ayant revue et corrigée d'un bout à l'autre au point de vue du style : du moins, selon toute apparence, cette retouche de la forme qui s'y constate, est de lui. De plus, il a joint un prologue (dans sa manière et dans la manière de nombre de ses confrères) sur l'intérêt qui s'attache aux exploits des ancêtres et sur la nécessité ou l'urgence qui s'impose de les confier à l'écriture. On voit, en conséquence, que le terme de « copie », dont nous nous sommes servi, n'était pas tout à fait exact ou demandait une explication (2).

Un autre bâtard de ce temps, qui, lui aussi, fut vaillant, aima les livres et même en fit, Jean de Wavrin, seigneur du Forestel, détenait également une reproduction de *Gilles de Trazegnies* (3). Elle existe encore à Bruxelles, ornée de sa signature, mais elle ne renferme que la première moitié environ de la rédaction d'Iéna. Elle a dû pourtant être complète autrefois, et le texte qu'on y lit est meilleur que celui qui a passé par les mains de Philippe de Clèves.

De ces trois manuscrits (Iéna, Dülmen, Bruxelles), aucun n'est porté sur les inventaires de Philippe le Bon et de Charles le Téméraire (4). Et pourtant l'œuvre (entendez l'œuvre dans sa forme pri-

---

(1) Ms. actuellement à Iéna, Bibl. Université, n° 94, parch., édité par Wolff : *Histoire de Gilion de Trazignies et de dame Marie sa femme*, Paris et Leipzig. Sur les mss. de Philippe de Clèves, voir Bayot, *Gillion*, p. 16, et *Baudouin d'Avesnes*, p. 427 (et la bibliographie antérieure qu'il donne).

(2) Je résume ici le travail de M. Bayot.

(3) Pour ses *Chroniques*, voir ch. VII, § 4.

(4) Le ms. de Bruxelles est le n° 9629, sur papier. Il n'est signalé dans cette ville qu'en 1731 par l'inventaire de Franquen, n° 325. Barrois, dans l'*Appendice*, n° 2294, indique un *Trazegnies* qui aurait appartenu aux ducs.

mitive ou allongée), fut confectionnée, si pas sur un ordre exprès, du moins pour l'agrément et en l'honneur du premier de ces princes. Le romancier l'indique dans son prologue et voici comment. Il raconte que passant par le comté de Hainaut, ce pays jadis et actuellement encore (soit donc au xve siècle) célèbre par « sa très noble et vaillant chevalerie », il a vu, à l'abbaye de l'Olive, les trois tombes de l'illustre Gilles de Trazegnies et de ses deux femmes. Il était en train de les examiner lorsque l'abbé du monastère lui a fait apporter un manuscrit italien relatant les actes mémorables du héros. Or, ajoute l'écrivain en s'adressant au duc, « je scay acertes que ceste histoire est moult plaisant à oïr à vous, très hault, très excellent et très puissant prince et mon très redoubté seigneur ». C'est pourquoi j'ai cru pouvoir, à votre intention, « transmuer le contenu du dit livret en langue franchoise ».

Cette découverte d'un manuscrit dans une abbaye, comme on le pense bien, n'est qu'une réédition du vieux *truc* littéraire usité au moyen âge pour allécher le lecteur. N'en soyons pas dupes et gardons-nous pareillement de nous laisser prendre à cette invention d'un récit qui serait venu d'au delà des Alpes échouer à l'abbaye de l'Olive. Rien, dans l'histoire, ne rappelle ou ne décèle une telle provenance. Le romancier doit avoir trouvé ses sources dans le Nord, dans des poèmes et des récits parus en France, ainsi que l'établissent des recherches érudites dans l'examen détaillé desquelles nous pouvons nous dispenser d'entrer. De même nous n'avons pas à énumérer les thèmes généraux, les thèmes courants de la littérature médiévale dont il s'est également inspiré (1). Toutefois un point nous paraît digne d'être relevé : c'est que la légende du héros hennuyer était déjà représentée en 1373, à Audenarde, dans un jeu dramatique flamand, *Spel van Stragengijs*, et qu'un même jeu se donnait à Termonde en 1447 sous le titre de *Spel van Tresingis* (2).

Au dire de notre romancier, Gilles de Trazegnies avait épousé

(1) G. Paris, Poésie, ii, *La légende du mari aux deux femmes* ; Bayot, *Gillion*, p. 65-79 ; J. E. Matzke, *The lay of Eliduc and the legend of the husband with two wowes*, Modern Philology, v, p. 211-39.

(2) A. de Vlaminck, *Les anciennes chambres de rhétorique de Termonde*, Annales du Cercle archéologique de Termonde, 2e s., viii, 1900, p. 76-78. Cette légende, dit l'érudit que nous citons, « fut sans doute représentée encore dans d'autres localités ».

Marie d'Ostrevant, la « gente » cousine du comte de Hainaut dont il était le vassal. Le ciel ne leur donnant pas d'héritier, Gilles fit le vœu d'accomplir le pèlerinage de Terre Sainte... Sa prière fut entendue, et sans attendre la fin, il partit. Il se rend donc au Saint-Sépulcre et voilà que, se trouvant sur le chemin du retour, il est pris par les gens du soudan d'Egypte et emmené au Caire. C'en serait naturellement fait de lui si, comme il advient si souvent dans nos romans de chevalerie, ce soudan n'avait une fille, la princesse Gracienne, qui s'énamoure de lui et lui sauve la vie. Bientôt (autre cliché de ces mêmes romans) s'opère la banale conversion : la jeune fille se fait chrétienne. Gilles défend le pays de son nouveau maître, envahi par Isore de Damas, un amoureux éconduit de Gracienne. Il entasse exploits sur exploits, tandis que son épouse met au monde, là-bas en Hainaut, des jumeaux, Jean et Gérard. On devine qu'ils seront plus tard les dignes fils de leur père. Lorsqu'arrive pour eux l'âge des prouesses et des faits d'armes, ils s'en vont à sa recherche. C'est dire que les aventures les plus extraordinaires et les plus romanesques leur sont réservées en Orient. De longs jours se passent avant qu'ils ne retrouvent leur père... et leur père est marié. Trompé par les dires d'un seigneur belge qui brûlait d'amour pour sa femme, il s'est cru veuf, il a épousé Gracienne. Il revient avec elle au pays, mais la sarrasine ne veut être que l'humble servante de Marie d'Ostrevant. Les deux femmes, faisant alors assaut de générosité et d'abnégation, renoncent au « siècle » et se voilent au monastère de l'Olive. Gilles, lui, se retire à l'abbaye de Cambron. Après la mort de ses deux épouses, il fait ériger trois tombes dans l'église de l'Olive : la dernière, élevée au milieu, sera pour lui. Mais Dieu lui laisse le temps encore d'aller guerroyer en Egypte pour le compte de son beau-père : il ne devait point revoir la terre natale ! Frappé à mort dans un combat, il obtient du soudan la promesse que son cœur sera rapporté en Hainaut et déposé dans la tombe qu'il s'était destinée à l'Olive entre ses deux femmes (1).

En parcourant ce roman, on se plaît à s'imaginer l'agrément que Philippe le Bon devait éprouver à le lire. Ne voyait-il pas évoluer

(1) Dans le manuscrit d'Antoine de Bourgogne les choses vont moins rondement, c'est-à-dire plus longuement, à la fin.

un héros qui était grandement réputé en cette contrée du Hainaut
dont il était lui-même le souverain seigneur ? Au surplus, ce héros
était quelque peu son parent, et cela par les d'Ostrevant. Si l'on
voulait risquer d'autres conjectures, on dirait encore que le duc
de Bourgogne a dû prendre goût aux pages qui évoquent l'Orient
et font songer à une croisade contre l'Infidèle (1). Mais faut-il les
risquer ? Indiquons-les seulement, glissons et n'appuyons pas.
Soyons d'autant plus circonspect qu'un autre récit, étroitement lié à
Gilles de Trazegnies et qui l'a suivi de près, semble plutôt négliger
l'Orient. C'est la *Chronique du bon chevalier messire Gilles de Chin* en prose
que nous voulons désigner. Ici l'auteur (qui dérime le poème du
XIIIᵉ siècle consacré par Gautier de Tournai à Gilles de Chin,
personnage historique et renommé en Hainaut) écourte la partie
orientale au profit de la partie occidentale, en ce sens qu'il décrit
con amore les fêtes mondaines (tournois, cortèges, repas, danses)
auxquelles assiste son héros dans le pays même du Hainaut, tandis
qu'il abrège l'exposé de ses pérégrinations au delà des mers.

Philippe le Bon possédait ce *Gilles de Chin* en prose, et il le possédait dans un joli volume sur papier que le bâtard de Wavrin avait
fait exécuter. Mais ce volume contenait autre chose encore : il nous
est parvenu et l'on peut y lire en tête une version dérimée du poème
bien connu, le *Châtelain de Couci et la Dame de Fayel*, poème dont le
lecteur se rappellera avoir vu figurer un exemplaire dans la collection léguée par Jean sans Peur à son fils (2). Très probablement,

(1) Voir les intéressantes observations de M. Bayot, p. 59-60.

(2) Le *Gilles de Chin* en prose a été publié en 1837 par Chalon d'après le
nᵒ 10237 de Bruxelles, pour la *Société des Bibliophiles de Mons*. Pour tout ce
qui regarde cette œuvre et le poème rimé d'où il dérive, voir G. Paris,
Rom., XVII, p. 458, n. 1 ; Liégeois, *Gilles de Chin* ; E. Langlois, *Bibl. Ec. Ch.*,
LXV, p. 203.

Le ms. de Wavrin = Barrois, nᵒˢ 1293-1855 (cité par erreur dans l'*Appendice*, nᵒ 2298). — Lille, fonds Godefroy, nᵒ 134, *Cat. Dép.*, XXVI, p. 589-590. Ce
ms. porte les armes de Wavrin au commencement de l'un et l'autre texte,
dans la lettre initiale après les prologues. Elles ne sont pas exactement
blasonnées dans le *Catalogue* précité. Mais M. Liégeois s'est trompé (p. 63)
lorsqu'il a cru y reconnaître les armoiries des familles de Berlaymont et
de Coucy. D'autre part, il a tort (p. 61) de parler de l'indication de la
fin : *Qui vouldra, Philippe et Barradet ;* c'est un exercice de plume sans
importance. Je tiens ces renseignements de M. Liégeois lui-même et de
M. Bayot qui ont vu le ms., depuis qu'ils ont publié leur étude sur *Gilles
de Chin* et *Gilles de Trazegnies.*

l'une et l'autre prose ont non seulement été copiées, mais confection-
nées, rédigées à la demande du seigneur du Forestel. Mais quel a
été le rédacteur ? Pour le *Châtelain de Couci*, la question n'est encore
que posée, et personne, à notre connaissance du moins, n'a tenté
jusqu'ici de lui donner une solution. Pour *Gilles de Chin*, une
réponse a été fournie, et cette réponse est qu'il doit sortir de la
plume qui a produit *Gilles de Trazegnies*, plume qui aurait également
mis au jour le roman biographique intitulé : *Livre des faits du bon
chevalier Jacques de Lalaing*. Entre ces trois œuvres, des ressemblances
évidentes ont été constatées : mêmes procédés d'exposition, mêmes
moyens d'amplification, mêmes façons de parler. A la suite
de ces constatations, une chronologie a été proposée qui situerait
la première rédaction de *Gilles de Trazegnies* aux environs de 1450
et la seconde aux alentours de 1458, qui placerait *Gilles de Chin* entre
1458 et 1470 et qui reporterait *Jacques de Lalaing* vers 1470 (1). Quoi
que l'on pense de leur parenté ou plutôt de leur fraternité, il est
incontestable que ces trois écrits ont vu le jour dans le même milieu,
la cour de Bourgogne.

Le moment n'est pas d'entreprendre un examen détaillé du dernier (2), mais nous pouvons jeter un regard sur le second et marquer l'un ou l'autre rapport qui l'unit au premier. Gilles de Chin
était, comme Gilles de Trazegnies, un Hennuyer de large renom.
Aussi la *Chronique*, que le xvᵉ siècle lui a réservée, débute-t-elle par
la classique observation qu'il est sage de mettre par écrit les « haulx
et courageux fais » de jadis que la mémoire des hommes risque de
ne pas retenir. Elle continue en racontant que Gilles de Chin est
originaire de ce pays de Hainaut où s'épanouissait « la fleur de
chevalerye » et qu'il tient son prénom de ce haut personnage qui fut
son parrain et qui s'appelait Gilles de Trazegnies. On devine le reste,
c'est-à-dire qu'on devine les aventures qui lui adviennent. En les relatant, notre metteur en prose amène sur la scène un grand nombre de
notabilités qui ne figurent pas dans le poème rimé : Gilles de

---

(1) Voir la démonstration de cette thèse par MM. Liégeois, p. 61-98, et
Bayot, p. 7-12, 129-194. On avait déjà signalé, avant eux, la ressemblance
frappante de *Gilles de Chin* et du *Livre des faits*. Il est à remarquer que
Gilles de Chin, qui est dans l'inventaire de Philippe le Bon, a dû paraître
antérieurement à la mort de ce prince.

(2) Voir la fin de la partie ii du présent chapitre.

Trazegnies, les seigneurs de Lalaing, de la Hamaide, de Condé, etc. L'on remarque aussi qu'il se complaît dans la description des assemblées chevaleresques. Déjà, nous avons noté chez lui cette tendance et fait observer que l'attrait qu'il ressent pour elles le pousse à leur sacrifier les épisodes d'Orient. En effet, lorsque l'instant est arrivé de promener Gilles de Chin au delà des mers, le dérimeur, qui ne paraît pas être là « dans son élément, se hâte d'abandonner ce sujet pour en revenir à son thème favori » (1).

L'examen des deux textes composés vraisemblablement pour le bâtard de Wavrin, *Gilles de Chin* et le *Châtelain de Couci*, nous a éloignés, pendant quelques instants, de la catégorie des œuvres élaborées en vertu d'un rescrit ducal. Jusqu'ici, nous avons eu à énumérer, comme étant telles, *Girard de Roussillon* (1447) *Charles Martel* (1448), la *Belle Hélène* (1448), les *Conquêtes de Charlemagne* (1458), *Gilles de Trazegnies* (1450-1458). Si nous poursuivons notre revue, avec, toujours, la préoccupation de respecter, autant qu'il est possible, l'ordre chronologique, nous arriverons à *Perceforest* qui est de 1459-1460. Encore un roman, ou plutôt une transcription d'un roman antérieur (XIVe siècle), qui est signée David Aubert. Longue fut la tâche, car nous avons là une des plus vastes œuvres du moyen âge, une œuvre encyclopédique où, comme on l'a dit, « le monde chevaleresque, avant de disparaître, a enfermé non pas sa réalité, mais l'idéal assez factice et conventionnel de sa dernière période » (2).

Aubert en a d'abord fait une minute sur papier, en 1459 et 1460, « pour cy apréz la grosser en vellin ». La minute se retrouve dans les inventaires du XVe siècle, accompagnée d'une autre copie sur papier et d'un vieil exemplaire sur parchemin que l'on suppose avoir servi de modèle au laborieux calligraphe (3). Quant à la grosse, elle n'y est pas mentionnée. Probablement, elle n'a pas été achevée

(1) Liégeois, p. 64. Voir ce qui a trait à l'Orient, p. 82-136 de l'édition de Mons.

(2) G. Paris, *Rom.*, XXIII, p. 78 et *Poésie du moyen âge*, II, p. 194.

(3) Sur ce roman et les mss., voir G. Paris, *Le conte de la Rose dans le roman de Perceforest*, ROM., XXIII, p. 78-140 et Gröber, p. 1009-10. La minute d'Aubert qui est la seule copie complète que connaisse G. Paris, est celle qui occupe les nos 3483-94 de l'Arsenal formant six volumes en douze tomes. Elle n'apparaît dans la bibliothèque de Bourgogne qu'après le décès de Philippe le Bon, dans les inventaires de 1485 et 1487. Les volumes n'étaient pas alors divisés en deux, mais ils remplissaient chacun un tome. Il y a en quatre en 1485 : Barrois, nos 1629-1632 ; les deux autres,

avant la mort de Philippe le Bon. Le Musée Britannique en possède les trois premiers volumes (1). ·

Parlant de la minute, Gaston Paris constate qu' « elle donne une bien pauvre idée de l'attention et de l'intelligence du célèbre transcripteur ; il est vrai, ajoute-t-il, que nous ne savons pas quelles fautes étaient déjà dans son modèle, mais en tout cas, il a écrit un grand nombre de vers dénués de mesure, de rime ou de sens » (*Conte de la Rose*). Il n'a pas compris beaucoup de formes grammaticales de l'original et il les a « très souvent altérées ou remplacées » (2). En dehors de cette minute, que garde l'Arsenal, et du texte incomplet de Londres, l'on connaît aussi les quatre premiers volumes d'un magnifique exemplaire sur vélin, provenant des comtes de La Marche, ainsi que les volumes i, iii et v d'une copie sur papier, laquelle jadis appartint à Louis de Bruges, seigneur de la Gruthuyse, le distingué bibliophile du xve siècle, qui fut aussi l'un des brillants dignitaires de la maison de Bourgogne (3).

On vient d'entendre apprécier les aptitudes littéraires de David Aubert, autrement dit son insuffisance dans la simple mise au net de l'œuvre d'un devancier. Mais n'est-ce que manque d'intelligence ou d'attention, et manque d'un bon guide ? N'est-ce pas un peu aussi manque de temps, sans compter qu'il a pu avoir, en la circonstance, des aides manquant de capacité ? On le penserait volontiers à voir la somme de livres et de gros livres qui portent son nom. En voici encore un et qui a suivi d'assez près son *Perceforest*. C'est le roman en prose qui relate les interminables aventures de *Renaud de Montauban* ainsi que de *Maugis d'Aigremont* et de *Mabrian* (1462). Il ne

qui sont le 3e et le 5e, se présentent sous les n°s 2187 et 2188 de l'année 1487.

L'autre copie en papier est formée par les n°s 1253-1258 de 1467. Quant à l'exemplaire en parchemin, il est porté sur le même inventaire, mais il y manque un volume : n°s 1248-52.

Que signifie le n° 1000 de Barrois, papier : *Les Enseignemens que le bon roy Perceforest bailla à son filz ?*

(1) Royal 15. E. v, 19. E. iii, 19. E. ii. Voir Ward, *Catalogue of romances*, I, p., 377-8 ; Van Praet, *Louis de Bruges*, p. 186-87 ; P. Meyer, *Bibl. Ec. Ch.*, 6e s., iii, p, 305, *Alexandre*, ii, p. 364.

(2) *Ibid.*, p. 88-89.

(3) Les deux mss. sont à Paris, Nat. ; La Marche = n°s 106-109, La Gruthuyse = n°s 345-48. Voir P. Paris, *Mss. franç.*, i, p. 141, ii, p. 366 et vi, p. 21. Pour Louis de la Gruthuyse, consulter l'ouvrage bien connu de Van Praet, que nous avons cité, ainsi qu'Arnauldet, *Librairie de Blois*, passim.

s'agit pas naturellement d'une composition originale qu'il aurait rédigée ; ce n'est qu'une copie, mais elle est étendue. De nouveau, le
superbe manuscrit en cinq volumes, qui nous l'a conservée, n'était
pas au point lorsque Philippe le Bon a disparu. Il n'est sorti des
ateliers d'enluminure et de reliure qu'au début du règne de Charles
le Téméraire. Des quittances minutieusement détaillées nous informent de ce que Loyset Liédet a touché pour avoir illustré et fait
recouvrir l'ouvrage. Ils nous apprennent également ce qu'ont coûté
le transport de l'imposante copie (d'une ville dans une autre) et
même la toile cirée servant à l'envelopper (1). Etant donné que, de
ce texte, aucune autre transcription n'a été signalée jusqu'à présent,
il serait loisible de supposer que sa rédaction même a vu le jour
dans l'entourage de Philippe le Bon.

Le bagage littéraire de David Aubert comprend, en outre, la copie
(datée de Hesdin, 1463) d'un ouvrage du temps : *l'Histoire des trois
nobles fils de rois*, qu'on dit aussi *Histoire royale* et *Chronique de Naples*.
D'après l'intitulé ancien, c'est un « livre traittant comment par la
vaillance de trois jeunes princes le royaulme de Naples [Sicile] fut
jadis délivré du povoir des Sarrazins ». Ces princes sont Philippe de
France, Hector d'Angleterre et Athis d'Ecosse. Le récit de leurs
exploits est du pur roman et constitue « une production insipide s'il
en fut, mais qui eut autrefois du succès » (2).

(1) Inv. 1467 : Barrois, nᵒˢ 1246-47, premier et deuxième volume, historiés, avec couverture, l'un, de cuir noir, l'autre, de cuir jaune ; ils reparaissent en 1487 : nᵒˢ 1705-6, reliés en blanc. Quant aux troisième et
quatrième, ils figurent, en 1467, parmi les *livres non parfaits* (nᵒ 1601), avec
l'indication « non lyés ne hystoriés » ; on les revoit en 1487 : nᵒˢ 1707-8,
suivis du cinquième, nᵒ 1709, et les trois sont reliés de cuir blanc. — Les
quatre premiers sont à l'Arsenal, nᵒˢ 5072-75, le cinquième à la Bibliothèque de Munich, 120, Gall. 7.
Pour l'enluminure, la reliure et la couverture, on a payé : premier vol.,
juillet 1468, 48 liv., 3 sols — troisième, juin 1469, 44 l., 4 s. — quatrième,
août 1469, 40 l., 6 s. — cinquième, janvier 1470, 49 l., 2 s. (Pinchart,
Miniaturistes, p. 475-81, 490). Voir aussi ci-dessus p. 39, pour la couverture des deux premiers. — De plus, il existe un compte disant que
pour l'enluminure, la reliure, le transport (de Bruges à Bruxelles) du
second volume et la toile cirée servant d'enveloppe, il a été payé 48 l.
17 s. (Dehaisnes, *Jean le Tavernier et Liédet*, p. 37-38).
Sur ces mss. et l'histoire qu'ils contiennent : P. Paris, *Hist. litt.*,
xxii, p. 700-6 ; Gautier, *Epopées*, I, p. 241, II, p. 450, 552 et 554, *Bibliographie*,
p. 552, 161 ; P. Durrieu, *Bibl. Ec. Ch.*, liii. p. 130 ; Gröber, p. 1145 et 1194.
(2) G. Paris, *Hist. poét.*, p. 96. — Le ms. d'Aubert est le nᵒ 92 de la Nat.

On a voulu en attribuer la conception à David Aubert, mais sans raisons suffisantes (1). D'ailleurs il n'a lui-même prétendu qu'au titre de grossoyeur. Ajoutons cependant que de son cru ou de son « engien » il a tiré la table des rubriques et le prologue. Plus d'une fois au reste, la part d'originalité ou d'invention de scribes tels que lui s'est bornée à l'élaboration de l'*Index des matières* et de l'*Avant-propos*. Mais il est juste de faire remarquer que le présent Avant-propos de la *Chronique de Naples* est plus que l'habituel couplet sur la valeur éducative des gestes des ancêtres. Il contient quelques lignes, souvent reproduites et dignes de l'être, sur le magnifique seigneur de lettres qu'était son très redouté maître : « A cestuy present volume esté grossé et ordonné pour le mettre en sa librairie ou autrement, et non obstant que ce soit le prince sur tous autres garny de la plus riche et noble librairie du monde, si est il moult enclin et desirant de chascun jour l'accroistre comme il fait. Pourquoy il a journellement et en diverses contrées grans clers, orateurs, translatteurs et escripvains à ses propres gaiges occupez à ce. » (2)

On a dit aussi que ce roman ne reposait pas sur un fond ancien (3). L'auteur semble pourtant déclarer le contraire dans son explicit : « Cy fine mon livre lequel à grant labeur a esté translatté pour le long temps qu'il avoit que le cas estoit advenu. Et trouvay escript au dessoubz *c'est le livre et histoire royal* » (4). A notre sens, ce livre est formé surtout de réminiscences littéraires et banales du xve siècle et des temps antérieurs, mais la pensée fondamentale pourrait bien en avoir été prise dans un événement contemporain : le projet de croisade turque. Gaston Paris émet cet avis, au sujet des fêtes du *Voeu du Faisan* où le projet fut si pompeusement lancé :

de Paris. Voir P. Paris, *Mss. franç.*, I, p. 107-8; Jubinal, *Lettres à Salvandy*, p. 52, 234-240 ; Delisle, *Cab.*, I, p. 70-71; Arnauldet, *Libr. de Blois*, p. 425-6.

(1) Cette opinion, exprimée par G. Paris, *Hist. poét.*, p. 96 (voir aussi p. 522) et partagée par M. Sepet, *Un plagiat au quinzième siècle*, p 542, a été combattue (avec justesse selon nous) par M. P. Meyer, *Bibl. Ec. Ch.*, 6e s., III, p. 305.

(2) Nation., n° 92, f. 1 v. Voir un témoignage analogue ci-dessus, p. 17.

(3) Gröber, p. 1145.

(4) Nat., n° 92, f. 235 r. Et le scribe ajoute : « Le present livre fut grossé comme dessus ou prologue est au long contenu en la ville de Hesdin) par David Aubert (1463). Cela prouverait encore qu'il n'est pas l'auteur, autrement dit qu'il diffère de celui qui parle plus haut et écrit : « Cy fine mon livre... »

« L'œuvre littéraire qui sortit de ce mouvement factice est d'une faiblesse insigne : c'est le roman des *Trois Fils de Rois*, composé soit par David Aubert, soit par un autre des écrivains aux gages du duc de Bourgogne. On y voit, tout comme dans les anciens romans, de longs combats contre les Turcs, de grands coups d'épée et de lance, des royaumes conquis ou délivrés, des princesses épousées par des *aventuriers* qui se trouvent être de grands princes. » (1)

La question sollicite un examen particulier. Pour ne pas interrompre par une trop longue digression l'exposé général que nous faisons présentement, nous ne la traiterons que plus loin, lorsque nous parlerons des mœurs et traditions chevaleresques de la cour. Là d'ailleurs, elle sera mieux à sa place. Mais c'est ici qu'il convient de passer la revue des manuscrits de la *Chronique de Naples*. L'inventaire de Philippe le Bon n'en désigne qu'un, et même sur simple papier (2). Faut-il en conclure que le duc n'a pas eu le vélin transcrit par David Aubert et actuellement conservé à la Nationale de Paris ? Pas précisément, ou plutôt il faut supposer que la mort ne lui aura point permis de voir ce manuscrit achevé. On s'expliquerait ainsi qu'il ne soit pas notifié dans le catalogue de 1467 ni dans les autres répertoires bourguignons de la fin du xve siècle (3). Une autre conjecture est possible : c'est que le volume, étant terminé du vivant de Philippe le Bon, a passé dans les mains de sa sœur Agnès de Bourgogne, sans avoir reçu son inscription dans l'inventaire ducal. Nous savons en effet qu'il a été la propriété de cette princesse laquelle était fille de Jean sans Peur et femme de Charles I, comte de Clermont, puis duc de Bourbon. C'était une lettrée : outre la *Chronique de Naples*, sept autres manuscrits, qui furent siens, sont aujourd'hui détenus par la Nationale de Paris (4).

Le même dépôt renferme une copie (sur papier) de la même *Chronique* exécutée « par le commandement et requeste de… Loyse de Latour, dame de Crequin [Créquy], Canaples et de plusieurs autres terres et seigneuries » (5). C'était aussi, l'on s'en souvient, une lettrée.

(1) *Poésie*, II, p. 221.
(2) Barrois, n° 1292.
(3) Cf. Barrois, n° 2220, *Appendice*.
(4) Delisle, *Cab.*, I, p. 167. Voir aussi P. Paris, *Mss. franç.*, VII, p. 373, et Le Roux de Lincy, *Catal. de la bibl. des ducs de Borrbon*, p. 19, ainsi que la part. II, § 2 (Antoine de La Sale) de ce chapitre.
(5) N° 1498. Voir à la Nationale deux autres copies du même texte, n°s 1500 et 5603. Il serait intéressant, je crois, de rechercher les rapports qui

A la *Chronique de Naples*, à *Renaud de Montauban*, à *Perceforest*, aux *Conquêtes de Charlemagne*, à *Charles Martel*, s'ajoute encore, comme production romanesque due à David Aubert, la « grosse » du *Vœu du Héron*. C'est un poème (assez court en laisses monorimes, du second quart du XIVe siècle) qui se rencontre également dans deux autres volumes de la librairie ducale (1).

Ici s'arrête la série des livres de gestes qui ont été refaits ou simplement recopiés pour Philippe le Bon lui-même. Mais sa bibliothèque épique et romanesque ne se compose pas que des refontes ou des transcriptions qu'il a désirées. Elle s'est formée aussi d'ouvrages qui ont été commandés par ses courtisans. Déjà, nous l'avons observé à propos de Jean de Wavrin et des mises en prose du *Châtelain de Couci* et de *Gilles de Chin*. Il nous reste à énumérer d'autres récits qui sont nés ou ont été calligraphiés dans son entourage. Mais nous le ferons sans nous astreindre (parce que pareille dispotion n'est plus guère possible) à l'ordre chronologique.

Un roman, qui a surgi dans ces conditions et dont on attribue encore à David Aubert la rédaction, est l'*Istoire de Olivier de Castille et de Artus d'Algarbe, son très chier amy et loial compagnon.* Selon toute probabilité, ce n'est pas « rédaction », mais « transcription » qu'il

existent entre les nos 1498, 5603 et 92 de ce dépôt, et en même temps d'examiner si Barrois no 1292 n'a rien à voir avec ces nos 1498 et 5603.

(1) Aubert = Barrois, nos 783-1763. — Paris, Nat., 9222, parch., qui comprend le *Grand Codicille* de Jean Chapuis, une *Chronique abrégée*, en franç., commençant en 1095, au concile de Clermont, et finissant, en 1328, au règne de Philippe de Valois, le *Vœu du Héron*, et la *Chronique normande abrégée,* commençant au règne de Philippe le Bel, et finissant à l'année 1370.

Barrois, nos 832-1924. — Bruxelles, no 10432-5, papier, où l'on lit une *Chronique de France et de Flandre* (1095-1305), le *Vœu du Héron*, une *Chronique de France et de Flandre* (1296-1370) et le *Grand Codicille*.

Barrois, nos 1470-1923. — Bruxelles, no 11138-9, parch., contenant le *Vœu du Héron*, la *Généalogie de plusieurs rois de France,* et une *Chronique de Flandre et de France* (1296-1408).

Pour le *Grand Codicille*, voir chap. III, part. 1, § 2. — Pour les *Chroniques*, chap. VII, § 3. — Pour le *Vœu du Héron*, voir Gröber, p. 891, ainsi que Molinier, no 3201, lequel signale les éditions, d'après le ms. unique, par La Curne de Sainte-Palaye, *Mémoires sur l'ancienne chevalerie*, III, 1781, p. 119-137 et par Wright, *Political poems and songs*, I, p. 1-25 (avec trad. anglaise) ; mais il oublie celle de la *Société des Bibliophiles de Mons*, en 1839, par R. Chalon et Ch. Delecourt et il a tort, comme on a pu le constater, de parler d'un ms. unique. Voir Dinaux, *Trouv. artés.*, p. 77-90.

faudrait dire, et, pour ce qui concerne la paternité de l'œuvre, elle semble bien plutôt revenir à Philippe Camus. Avant d'exposer les raisons qui nous déterminent à parler ainsi, nous pensons que mention doit être faite de deux exemplaires de Philippe le Bon, l'un sur papier, aux armes du bâtard de Wavrin (1), l'autre sur parchemin, mais non encore « lyé ne historié » lors du recensement qui a suivi le trépas du duc. Sans doute le premier était-il un cadeau offert par le courtisan. Quant au second, il reparaît en 1487, mais alors il est « parfait » : c'est évidemment le codex élaboré par David Aubert et, à l'heure présente, conservé à la Nationale de Paris. Chose notable, le scribe n'y souffle mot de Philippe Camus, et il se borne à dire : D'après les ordres de Philippe le Bon, j'ai « couchié en cler françois au sens littéral [ce texte] non regardant d'y vouloir adjouster autre chose que l'istoire ne porte, car je y eusse peü faillir de legier » (2).

Mais le volume en papier de la librairie bourguignonne et les autres transcriptions, aujourd'hui connues, d'*Olivier de Castille* (3) ont un prologue qui met le roman sous le nom de Camus. En outre, ils déclarent que ce dernier, en composant son récit ou plutôt en le translatant du latin en français, travaillait conformément à une « requeste » qu'il avait reçue de son maître Jean de Croy.

(1) Barrois, nº 1301. — Gand, nº 470. Voir *Mél. tirés*, v, 1780, p. 78-102 ; P. Bergmans, *Un manuscrit illustré du roman d'Olivier de Castille*, MESSAGER, 1895, p. 64-72, avec l'indication « à suivre » qui se rapporte aux *Analectes belgiques*, vol. paru en 1896, où l'article du MESSAGER est réédité (p. 171-85) et est complété par une analyse détaillée du roman. Du même : *Olivier de Castille, roman de chevalerie, d'après un manuscrit du XVe siècle*, Gand, N. Heins, 1896.

(2) Barrois, nᵒˢ 1607-1790. — Nat., nº 12574. Voir M. Sepet, *Un plagiat au quinzième siècle, David Aubert et Philippe Camus*, POLYBIBLION, 2ᵉ s., v, 1877, p. 540-3. S'appuyant sur ce prologue, il voudrait faire d'Aubert l'auteur et il accuse Philippe Camus de s'être attribué le bien d'autrui. A l'entendre, le ms. de Paris a été grossé par un des élèves du célèbre scribe de Hesdin d'après sa minute. Cela expliquerait les fautes de copie qu'on y relève. Mais, à notre avis, il n'est pas nécessaire de recourir à cette dernière hypothèse et nous estimons qu'Aubert était homme à commettre lui-même ces fautes.

En faveur de la paternité de Camus : Brunet, iv, 183; G. Paris, *Hist. litt.*, xxx, p. 217 ; Gröber, p. 1145.

(3) Gand, nº 470 ; Paris, Nat., nº 24385 (provenant de Charles de Croy, comte de Chimay, petit-fils de Jean de Croy), nº 1474 (copie du précédent); Bruxelles, II, 2763 ; Rouen, nº 1053 ; édition princeps de Genève. Voir aussi les incunables.

Nous ne tarderons pas à rencontrer une œuvre que le même Philippe Camus a dérimée pour le compte du même Jean de Croy : le *Cléomadès* d'Adenet le Roi. Est-ce que cette seconde « requeste » adressée à cet écrivain ne pourrait pas être invoquée à titre d'argument en faveur de l'opinion qui lui confère la paternité d'*Olivier de Castille* ? Pour le dire autrement, on est tenté d'admettre qu'il a produit ce dernier roman pour le seigneur de Chimay, puisqu'on sait de bonne source que, pour lui, il a remanié *Cléomadès*.

En tout cas, quel que soit l'auteur d'*Olivier*, les frais d'invention qu'il s'est imposés ne semblent guère considérables. Il prétend traduire du latin, mais qu'en est-il réellement ? Au fait, l'aventure essentielle et les épisodes subsidiaires paraissent sortir de diverses narrations antérieures : on dirait un composé, une olla-podrida de ces réminiscences, de ces fictions, de ces imaginations courantes qui se présentent d'elles-mêmes à l'esprit de tout écrivain du xv\ :^e^ siècle, ayant de la lecture et familiarisé avec la production romanesque de son temps et des âges passés (1).

Moins fécond et moins réputé que David Aubert est l'*escripvain de livres* qui signe Guyot d'Angerans. On lui doit, entre autres, une copie sur parchemin et splendidement enluminée de l'*Histoire de Gérard de Nevers et la belle Euryant sa mie*. Le texte même, dont l'auteur reste encore à découvrir, n'est que le remaniement en prose du poème intitulé le *Roman de la Violette* par Gerbert de Montreuil et figurant dans le catalogue de 1420. Ce remaniement a été dédié à Charles I, comte de Nevers et de Réthel, qui était à la fois le petit-fils de Philippe de Hardi, le neveu de Jean sans Peur et le beau-fils de Philippe le Bon (2). C'est donc pour ce dernier que Guyot d'Angerans élabora son remarquable manuscrit. Mais le glorieux duc mourut avant son achèvement : ce manuscrit est, en effet, consigné dans les livres *non parfaits* de son inventaire. Toutefois il a eu dans les mains, il a possédé une calligraphie *parfaite* de *Gérard de Nevers* dérimé, mais elle était sur papier et elle semble avoir été effectuée par un artiste qui s'est occupé de divers travaux pour le

(1) L'auteur a dû imiter, entre autres, *Ami et Amile*, et il cite quelque part les *Chroniques d'Angleterre* comme source.

(2) Son père Philippe de Nevers, tué en 1415 à Azincourt (c'était le frère de Jean sans Peur) avait épousé Bonne d'Artois qui prit pour second mari, en 1424, Philippe le Bon.

bâtard de Wavrin : nous la retrouvons aujourd'hui à Bruxelles (1).

Les armes du bâtard de Wavrin ornent précisément un manuscrit de Philippe le Bon où se voit l'*Histoire des sires de Gavre*, roman achevé en 1456 (2). Le héros de l'œuvre (qui se passe au XIIIe siècle) s'appelle Louis de Gavre, lequel est né de la fille d'un seigneur de Wavrin. C'est un point qui a son intérêt pour nous, mais c'est peut-être le seul. Car le reste consiste en aventures (les aventures de Louis) qui sont édifiées sur des thèmes souvent exploités dans les fictions de l'époque. Si nous voulons en croire l'auteur, l'histoire serait traduite de l'italien. Du moins, c'est ce qu'il raconte en commençant. Mais, en terminant, il nous assure qu'elle a « esté translatée du grec en latin et du latin en flamenc, et depuis a esté transmuée en langaige franchois ». Mieux vaut ne pas le croire, jusqu'à plus ample informé, ni dans son affirmation du début, ni dans celle de la fin. Nous savons à quoi nous en tenir pour ces indications de sources chez les romanciers d'antan. Au surplus, le nôtre éveille-t-il surtout nos soupçons, parce qu'il se contredit. Mais il n'y a pas que sur ce point qu'il omet d'être conséquent avec lui-même. C'est aussi dans la narration des événements qu'il manque de logique et de suite. Il n'en faut pas plus pour nous amener à penser qu'elle est faite de clichés. D'ailleurs, nous y retrouvons les « inventions », les descriptions, la manière de tracer le portrait et la manière de tourner la

(1) Papier : Barrois, n°s 1267-1850. — Bruxelles, n° 9631.
Parchemin : Barrois, n°s 1609-2200 (cité par erreur dans l'*Appendice*, n° 2305). — Paris, Nat., n° 24378. Sur ce dernier ms., voir le *Catalogue* de ce dépôt, F. Michel. *Roman de la Violette ou Gérard de Nevers*, Paris, 1834, p. xxv et suiv., 313, et Aug. de Bastard, *Costumes de la Cour de Bourgogne sous le règne de Philippe* III *dit le Bon (1455-60)*, Paris, 1881, album in-f°. A consulter aussi Delisle, *Cab.*, I, p. 70 ; A. Rochs, *Über den Veilchen-Roman und die Wanderung der Euriaut-Sage*, Halle s. S., 1882, p. 14-18 ; Gröber p. 1195, où l'on aura des renseignements sur notre mise en prose, ses éditions, les retouches que lui ont imposées, en l'analysant, le comte de Tressan, *Bibl. romans*, 1780, et le marquis de Paulmy, *Mél. tirés*, v, 1780, p. 156-77.
(2) Barrois, n°s 1280-1851. — Bruxelles, n° 10238, papier. Reproduit, texte et vignettes, en fac-similé par [E. Gachet], *Histoire des seigneurs de Gavres, roman du* xve *siècle*, chez Van Dale, Bruxelles, s. d. [1845] avec dessins lithographiés de Kreins. Sur ce roman et deux autres mss. (dont l'un est à Gand), voir *Bibliophile belge*, III, 1846, p. 155 ; Dinaux, *Trouv. brabanç.*, p. 610-19 ; Bergmans, *Un ms. illustré d'O. de Castille*, p. 71-2 ; V. Desclez, *Rapport sur les travaux de la Conférence de philogogie romane*, ANN. UNIV. LOUVAIN, 1904, p. 308-311.

phrase qu'on relève dans des œuvres telles que *Gilles de Trazegnies* et *Gilles de Chin* en prose.

C'est encore du fonds Wavrin qu'a dû sortir le *Livre du très chevalereux comte d'Artois et de sa femme, fille au comte de Boulogne* (1). Que ce *Livre* ait agréé au duc, on le conçoit. Voyez donc : c'était pour lui, pour Philippe le Bon, une histoire de famille, car le personnage qui en fait les frais n'est autre que Philippe, le fils d'Eudes IV, duc de Bourgogne, (il s'agit de la première race) et de Jeanne de France, comtesse d'Artois. Marié en 1338 à Jeanne de Boulogne, il est mort en 1346 (2), un an avant sa mère. Par conséquent le titre de *comte d'Artois*, dont notre roman le gratifie, ne lui revenait pas de plein droit et il n'a pu le recevoir que comme titre d'honneur anticipé, fondé sur sa qualité d'héritier présomptif de la comtesse d'Artois. Les aventures qui lui sont prêtées ici mériteraient peut-être qu'on s'y arrête un moment, quand ce ne serait que pour la raison qu'elles sont les aventures d'un *éponyme* de la maison ducale. Et puis elles ne sont pas absolument quelconques. Sans doute, le héros pris en lui-même est banal, en ce sens qu'il est le banalement beau chevalier qui a toutes les qualités de l'emploi, et qui ne cherche que les occasions d'en faire parade ; il les trouve d'ailleurs car, joutes, tournois, délivrance d'une jeune fille, lutte contre les Sarrasins, rien ne lui manque au cours de ses pérégrinations. Seulement, il a mieux que cela. Une « histoire » lui arrive qui le distingue quelque peu des braves de son espèce et qui aurait pu entrer dans le recueil des *Cent Nouvelles nouvelles*. Il n'a pas d'enfants ! C'est le

(1) Barrois, n° 1284-1930. Ce ms. doit être celui que Godefroy analyse dans ses *Reliquiae burgundicae* et qui, dans une lettrine, portait les armes de Wavrin. On ignore ce qu'il est devenu. L'auteur de la *Bibliothèque protypographique* a édité le *Comte d'Artois* (Paris, 1837), d'après un beau ms. qui lui a appartenu et qui a été fait pour Rodolphe de Hochberg dont nous parlons ci-après p. 59. Il signale une copie dérivée de ce ms., copie expurgée et qu'on retrouve à Paris, Nat., n° 25293 (cinq textes), XVe s. (Gaignières, 58).

Voir en outre Mercier de Saint-Léger, *Bibl. romans*, 1783, I, p. 107-48 ; Grässe, *Lehrbuch*, II, 3e part., p. 378 ; Dinaux, *Trouv. artés.*, p. 97-100 ; Louandre, *Cont. franç.*, I, p. 111-121 ; Petit, *Histoire des ducs de Bourgogne*, VIII, p. 42 ; Gröber, p. 1196 qui renvoie à sa p. 774, où il est question d'un *Comte d'Artois* rimé, mais perdu sous cette forme et remanié en prose au XVe siècle.

(2) C'est avec son fils, Philippe de Rouvre, que s'est éteinte la première race de Bourgogne.

motif qui l'a poussé hors de son pays et qui l'a lancé dans l'inconnu. Pourquoi ? Passons sur les détails qui sont assez longs à exposer, et contentons-nous d'ajouter qu'un beau jour, sa femme est enceinte et qu'elle l'est par le plus bizarre concours de circonstances. Hâtons-nous d'ajouter encore que c'est en tout bien tout honneur, et que le romancier arrange les choses de manière à réserver à son légitime époux, à Philippe, le rôle du père.

On le voit ou on le devine : ce ne sont pas là des aventures absolument quelconques. Le récit n'est pourtant pas de ceux qui ont remporté un gros succès de « librairie ». Mais il est tel menu fait qui, dans une enquête sur un milieu littéraire comme le nôtre, présente plus de signification et d'intérêt qu'un accueil retentissant de la part du public, et ce menu fait auquel nous pensons, c'est l'existence d'une belle copie du *Comte d'Artois* demandée par un courtisan de Philippe le Bon, par Rodolphe de Hochberg, marquis de Rothelin, comte de Neuchâtel et gouverneur de Luxembourg pour le duc de Bourgogne : il a résidé à Dijon où il est mort en 1487 (1).

Ainsi que Jean de Wavrin, le seigneur Jean de Créquy s'est imposé déjà deux fois à notre attention par ses goûts intellectuels et, en parlant de lui, nous avons parlé de sa femme qui, elle aussi, a manifesté un réel amour des lettres. Le même seigneur (n'est-ce pas le même ménage, qu'il faudrait dire ?) a chargé un auteur (dont le nom ne nous est point parvenu) de lui tourner de rime en prose deux poèmes antérieurs à son siècle : *Florent et Octavien* et *Florence de Rome*. La prose a paru en un seul ouvrage sous le titre de *Livre des haux fais et vaillances de l'empereur Othovyen et de ses deux filz et de ceulx qui d'eux descendirent* (1454), et ce *Livre* est entré dans la bibliothèque de Philippe de Bourgogne (2).

Sur son inventaire, est également notifiée la *Mélusine* en prose de Jean d'Arras, en un manuscrit « esmaillé des armes de monseigneur de Créqui » (3). Encore un cadeau, sans doute. Nous aurions peut-

(1) C'est la copie précitée p. 58. Sur ce personnage, voir La Marche.

(2) Barrois, nᵒˢ 905-1839. — Bruxelles, nᵒ 10387, papier. Voir Gröber, p. 797, 1194; Dinaux, *Trouv. artés.*, p. 60; G. Paris, *Rom.*, XVI, p. 422; Gautier, *Épopées*, II, p. 548.

(3) Barrois, nᵒˢ 1269-1627. — Bruxelles, nᵒ 10390, parch. Il a passé aux Croy. Voir Gröber, p. 1082-3, E. Van Arenbergh, *Jehan d'Arras*, BIOGR. NAT., X, p. 354-56, et aussi la part. II du présent chapitre.

être tort de ne pas ajouter que le prosateur, dont le travail date de la fin du XIVe siècle, avait écrit pour plaire au duc Jean de Berry. Ce dernier, qui était comte de Poitou et qui remontait aux Lusignan, ne pouvait manquer de s'intéresser à la vieille et populaire légende celtique de Mélusine qu'on avait rattachée à la généalogie de ses ancêtres.

Une non moins significative indication de provenance se lit au premier feuillet de garde d'une traduction en prose de *Bovon de Hanstone* : « Ce livre est à Monseigneur de Crequy ». Notons de plus que « ce livre » n'est aujourd'hui connu que par l'exemplaire de Philippe le Bon auquel nous faisons allusion et un deuxième que l'on sait avoir appartenu à la femme de Jean de Créquy, à Louise de la Tour (1).

Il n'est pas impossible que le fonds Créquy ait encore accru la librairie ducale de certain modeste volume sur papier, catalogué en 1467, et où sont consignés deux autres remaniements en prose, les remaniements des deux poèmes intitulés : *Ciperis de Vignevaux* et *Blancandin et l'Orgueilleuse d'amour* (2). Ce volume débute toutefois par un prologue où l'on pourrait reconnaître une commande faite par Philippe le Bon lui-même ou une dédicace qui lui était adressée : « Les nobles fais des haultes entreprinses des nobles et vertueux courages de noz anchiens predecesseurs, escrips pour exemple et memore à la loenge d'iceulz, remainent à la congnoissance de mon debilité et obscurci entendement une matere laquelle sera discutée en rude et commun stille ou procez de ce present-traittié, par commandement auquel n'oseroie ne volroie desobéir, transmuée de rime en la prose qui s'ensieut ». Seulement, une autre copie de

______

(1) Philippe le Bon = Barrois, n°s 1275-1909. — Paris, Nat., n° 12554, papier, signé Isidore du Ny.

Louise de la Tour = Nat., n° 20042.

Voir Delisle, *Cab.*, II, p. 358 ; Gautier, *Epopées*, II, p. 545 ; Gröber, p. 1194-95.

(2) Barrois, n° 1302. — Bruxelles, n° 3576-77, XVe s. Les premiers feuillets en ont été arrachés ; s'ils n'avaient point disparu, peut-être saurions-nous à quoi nous en tenir sur la provenance du ms. et sur le rédacteur. Les deux textes sont d'une écriture différente. Voir H. Michelant, *Blancandin et l'Orgueilleuse d'Amour*, Paris, 1857 : c'est l'édition du poème en octosyllabes, mais il reproduit, p. XIII-XVIII, la table des chapitres de notre prose et il analyse, p. 212-3, le ms. bruxellois. Voir aussi P. Paris, *Hist. litt.*, XXVI, p. 19-41 ; Gautier, *Epopées*, II, p. 604 ; Gröber, p. 779 et 796.

Blancandin existe (1) avec un prologue conçu de même, mais finissant par une désignation précise, savoir que le dérimeur aurait transmué le poème « à la requeste et prière de son très honnoré seigneur Jehan seigneur de Crequy et de Canaples ». Cela étant, il n'est pas permis d'attribuer le patronage de l'œuvre à Philippe le Bon, mais néanmoins il est licite d'admettre qu'il tenait son exemplaire du courtisan en question.   .

N'est-ce pas encore un produit du même milieu, un produit de l'entourage du prince, que nous avons dans *Huon de Bordeaux* transmué en prose « à la requeste et prière de monseigneur Charles, seigneur de Rochefort, et de messire Hues de Longueval, seigneur de Vaulx et de Pierre Ruotte » (1455) ? (2). On le penserait volontiers, tout d'abord parce que Philippe le Bon a possédé ce roman et ensuite parce que les deux premiers patrons du travail ont joué un rôle à sa cour. Charles de Rochefort était le chambellan de Jean II de Bourgogne, comte d'Étampes (un grand personnage que nous retrouverons) ; il est mort en 1458 et il a eu pour successeur Hue de Longueval, seigneur de Vaulx en Artois (3). Quant à Pierre Ruotte, nous avouons ne le connaître que par le prologue de cette narration dérimée, laquelle raconte longuement les « faits et gestes de Huon de Bordeaux et de ceulx qui de luy descendirent ».

Une autre refonte dont nous avons déjà mentionné l'existence est celle du *Cléomadès* d'Adenet le Roi. Elle a été faite, avons-nous dit, pour Jean de Croy et par Philippe Camus lequel a modernisé le récit du trouvère brabançon sous le titre : *L'ystoire du noble et adven-*

---

(1) Paris, Nat., n° 24371, XVe s., papier. Voir Michelant, *ibid.*, p. 213-14, qui croit voir dans l'allégation relative à Créquy « une flatterie ou une ruse du copiste pour rehausser la valeur de son travail ».

(2) Barrois, n°ˢ 1278-1691, papier : ces deux articles représentent, selon nous, non pas deux mss., comme on l'a pensé, mais un seul. On ne le possède plus, et l'œuvre n'est connue que par les incunables. Voir Guessard et Grandmaison, *Huon de Bordeaux* (ANCIENS POÈTES DE LA FRANCE) 1860, p. XXVI-VII. LIII ; Gautier, *Épopées*, II, p. 603, III, p. 734 ; Gröber, p. 1194 ; C. Voretzsch, EPISCHE STUDIEN, I, *Die Composition des Huon de Bordeaux nebst kritischen Bemerkungen über Begriff und Bedeutung der Sage*, Halle s. S., 1900, p. 94, 98, 375-402, qui donne la liste des éditions anciennes, le début, la fin et les rubriques de notre roman en prose. Je crois que Guessard et Grandmaison se trompent lorsqu'ils font, de nos deux numéros de Barrois, deux mss. distincts.

(3) D'Escouchy et La Marche.

tureux roy d'Espaigne Cléomadès et de Clarmondine, la constante fille de Carmant, roy de Toscane (1).

Chacun se rappelle la fable ici contée du merveilleux cheval de bois qui traverse les airs. C'est sur cette invention que repose le roman. Elle reparaît dans l'*Istoire du vaillant chevalier Pierre, filz du comte de Provence et de la belle Maguelonne, fille du roy de Naples* (1457) qui, elle aussi, appartient à Philippe le Bon (2).

Son *Cléomadès* en prose voisine, dans sa bibliothèque, avec, peut-être, un « rifacimento » d'un autre poème d'Adenet le Roi, le « livre en papier couvert de parchemin, escript en prose, contenant *Le Fait d'Ogier le Danois* ». Mais il a acquis aussi l'original de ce dernier roman, le poème versifié des *Enfances Ogier*, et il l'a même acquis en deux exemplaires sur parchemin. L'un de ces exemplaires renferme, de plus, le texte original de *Berte aux grands pieds* (3). En somme, le trouvère brabançon du XIIIe siècle semble avoir été honoré, chez lui, d'une particulière faveur ; car, notons-le bien, le duc, outre les œuvres que nous venons de citer, possédait encore (et cela dès 1420) les récits en vers de *Cléomadès* et de *Berte* (4).

Nous avons observé déjà que l'entrée d'Adenet le Roi dans la

(1) Barrois, n° 1329. — Paris, Nat., n° 12561, papier. Voir de Tressan, *Bibl. romans*, 1777, I, p. 168-225 (analyse avec coupures); Grässe, *Lehrbuch*, IV, p. 219 ; Dinaux, *Trouv. brabanç.*, p. 137 ; Gröber, p. 1195.

(2) Barrois, n° 1266. — Voir Grässe, *Lehrbuch*, IV, p. 386 ; Van Hasselt, *Cléomadès*, I, p. XXI-XXII ; Gröber, p. 1196 ; Paris, *Esquisse*, p. 249.

(3) *Ogier* en prose : Barrois, n° 1314.

Ogier en vers : Le premier est Barrois, n°s 1313-2140 (à moins qu'il ne faille en faire deux mss. différents, ce que je ne crois pas). Pour les mots de repère, voir édit. Scheler, vers 1, 39, 8213 et 8229. Quant au second, c'est Barrois n°s 1317-1869 : le début du second feuillet est le vers 161 des *Enfances Ogier*, mais les mots du dernier feuillet *(car par vous eschappasy encore s'en doubtent cil de celle lignée)* sont de *Berte,* voir éd. Scheler, vers 3372 et 3482. Par conséquent, le second ms. devait contenir *Ogier* et *Berte* ; il se pourrait aussi qu'entre les deux se soient trouvées d'autres œuvres. Gröber, p. 1194.

(4) Voir ci-dessus p. 9-10.

Nous pourrions citer peut-être encore le n° 1300 de Barrois : « Ung livre en papier ...escript à deux coulombes [colonnes], et au-dessus : *Du conte de Ponticu, du roy Pepin et de Berthe sa feme ;* quemenchant, *Au temps passé,* et le dernier feuillet, *et la serve ;* et en ce livre est un quayer de papier non atachier, *des armes que monseigneur Jacques de Lalaing fist emprez Chalon en Bourgogne* ». Quid ? Pour *et la serve,* cf. *Berte,* vers 3292 ou 3463. Pour *Lalaing,* voir la fin de la partie II du présent chapitre.

librairie bourguignonne s'expliquait facilement. On n'a certes pas
plus de peine à y justifier la présence de l'*Histoire des très vaillants
princes monseigneur Jehan d'Avesnes, du comte de Ponthieu son fils, de
Thibaut, seigneur de Dommart son beau-fils et du soudan Saladin* (1). Ce
long titre est suivi d'un prologue où l'auteur prétend avoir translaté
son récit du latin et où il se déclare incapable et indigne d'opérer
pareille translation. Il l'opère quand même en sollicitant l'indulgence du lecteur. Pour terminer, il revient à son thème du début et
il confesse alors que « seloncq son povoir il a mis la substance en
rude et mal aourné langaige, sans y adjouster, diminuer ne chan-
gier nulle chose quy ne luy semblast servant à la matière ; et se
faulte y a, luy soit imputé l'avoir fait par ygnorance ». Ce couplet
final n'est pas plus neuf que le couplet initial. Mais il n'y a pas dans
ce roman que la première et la dernière page. Il y a, entre elles, tout
un gros récit qui vaut beaucoup mieux qu'elles, récit auquel, de
l'avis de Gaston Paris, l'on n'a pas donné, dans l'histoire littéraire,
la place qui lui revient. On peut y reconnaître trois parties bien
distinctes. La première est une narration qui doit dater du xv⁰ siècle
et dont le héros est un personnage réel qui appartient au xiii⁰,
Jean d'Avesnes, né à Valenciennes, où il est mort en 1257. C'était
le fils de Bouchard d'Avesnes et de Marguerite de Hainaut et de
Flandre. Il avait laissé des souvenirs dans l'imagination populaire.
Notre prosateur en a fait l'enfant de Gautier, seigneur d'Avesnes et
de la demoiselle de Landrecies. De cet enfant, le père (nous parlons du roman) occupe un emploi auprès de la belle comtesse
d'Artois dont le mari se bat en Palestine. Elle appelle Jehan à sa
cour, avec le dessein de l'éduquer. Avant cela, il n'a été qu'un
garçon très libre d'allures : la description de ses *enfances* nous

---

(1) Barrois, nᵒˢ 1279-1877. — Paris, Nat., nᵒ 12572, papier, miniat. médiocres, xv⁰ s. Nous connaissons un autre ms. sur vélin, avec miniatures,
de l'Arsenal, nᵒ 5208, qui provient de Charles de Croy et est signé par
Jean Duquesne, le copiste (voir ch. iii, part. ii, § 4).

Cf. ci-dessus p. 62, Barrois nᵒ 1300.

Voir *Mélanges tirés*, v, 1780, p. 193-217 (analyse par Paulmy qui a possédé
le ms. de l'Arsenal) ; Dinaux, *Trouv. brabanç.*, p. 412-27 ; P. Chabaille,
Histoire de Jean d'Avesnes. MÉMOIRES DE LA SOCIÉTÉ ROYALE D'ÉMULATION
D'ABBEVILLE, 1838-40, p. 407-489 ; Louandre, *Conteurs franç.*, i, p. 45-49 ; G.
Paris, *Légende de Saladin* ; F. Hachez, *L'histoire héroïque de Jehan d'Aves-
nes*, ANN. DU CERCLE ARCHÉOLOG. DE MONS, XXXII, 1903, p., 161-76 ; Bayot,
Fragments, ii, p. 429-38 ; Gröber, p. 992.

vaut de savoureux détails de mœurs sur la région où elles s'écoulent. Ce sont, remarquait un critique en 1840, des « usages conservés jusqu'aujourd'hui dans la plupart des villages de la Picardie, de la Flandre et de l'Artois » (1). De notre côté, nous pourrions attirer l'attention sur l'analogie qu'à d'autres points de vue ces enfances présentent avec celles de Gilles de Chin et de Jehan de Saintré. Elève de la comtesse d'Artois, Jehan d'Avesnes s'éprend d'elle et pour lui plaire, il accomplit les classiques exploits des soupirants du moyen âge (luttes en champ clos et sur champ de bataille, délivrance d'une jeune fille injustement accusée, etc.). Mais tout cela ne lui procure, de la part de sa préceptrice, que de l'estime et de beaux compliments. Il ne peut obtenir qu'elle trahisse son époux qui peut-être vit encore là-bas en Palestine. Désespéré, il se retire dans la forêt de Mormal où il mène une existence d'ermite, d' « homme sauvage ». Au bout d'un assez long temps, la comtesse apprend la mort de son mari. On pressent qu'elle ne tardera pas à revoir Jehan. En effet, au retour d'un pèlerinage à Saint-Hubert, elle s'égare dans la forêt où il s'est réfugié, et elle le retrouve. Après la scène de reconnaissance, nous avons celle des accordailles, que suit une autre encore, celle du mariage.

Ils furent heureux, mais il n'eurent pas beaucoup d'enfants. Un seul fils naquit de leur union (2), fils qui épousa la fille du comte de Boulogne. De ce nouveau mariage sortit une fille qui devint la femme de Thibaut, seigneur de Dommart, neveu du comte de Saint-Pol. « Les aventures les plus surprenantes arrivent à ce jeune ménage » (3). Elles se retrouvent également dans un récit en prose du XIIIe siècle, le *Voyage outre-mer du comte de Ponthieu*, que Philippe le Bon avait dès 1420 (4). Ce *Voyage outre-mer*, l'auteur de *Jehan d'Avesnes* nous l'offre rajeuni. Nous pouvons le considérer comme la seconde partie de son roman, seconde partie qui a pour objet de prêter, comme on va le voir, une origine française à Saladin. Nous y lisons que l'épouse de Thibaut, seigneur de Dommart, ayant été séparée de son mari par des événements d'une étrangeté rare, devient, au pays des Sarrasins, la femme d'un soudan. Elle met

<hr>

(1) Chabaille, p. 412.
(2) *Le comte de Ponthieu*, d'après le titre du roman.
(3) Dinaux, p. 426.
(4) Ou bien aussi *Voyage de la comtesse de P.* : voir ci-dessus p. 10. Il **exist**ait dans la **bibliothèque en 1405.**

au monde une fille, et cette fille elle-même donne le jour à la mère
« du courtois Turc Salehadin qui tant fu preus et sages et conquerans ». Mais lorsque cette seconde naissance se produit, la femme
du soudan est rentrée dans son pays : elle a renouvelé, grâce à
l'autorisation de Rome, son mariage avec Thibaut ; deux fils lui
arrivent qui héritent, l'un du comté de Ponthieu, l'autre du comté
de Saint-Pol.

La troisième partie de *Jehan d'Avesnes* renferme la vie romanesque
du soudan Saladin. « C'est, dit Gaston Paris, tout simplement la
mise en prose d'une partie, perdue dans sa forme originale, d'un
immense poème [du XIVᵉ siècle] dont il ne s'est conservé en vers
que deux fragments, si l'on peut ainsi qualifier des morceaux dont
le premier compte plus de 35000 vers et le second plus de 34000
vers. Ce poème composé dans le nord-est de la France, sans doute
peu après 1350, devait comprendre une histoire entière des croisades (en majeure partie, bien entendu, toute romanesque), à laquelle paraît s'être rattaché tant bien que mal un récit des guerres
de Philippe Auguste (1) contre les Flamands. La première partie
de ce poème a été publiée par Reiffenberg et Borgnet, sous le titre
de *Le Chevalier au cygne et Godefroid de Bouillon* ; elle s'arrête au
moment où Baudouin de Jérusalem, frère et successeur de Godefroid, part pour une fabuleuse expédition contre la Mecque. Après
une lacune dont nous ne connaissons pas l'étendue, commence
la seconde partie conservée, publiée par Boca et Scheler sous
le titre de *Baudouin de Sebourc* et du *Bastart de Bouillon* (2). Une
autre « branche » forme le troisième livre de *Jean d'Avesnes* ; une
autre encore constitue le fond du roman de *Baudouin de Flandres* ;
elles n'existent qu'en prose, sauf quelques vers de la dernière qui
nous ont été conservés par hasard » (3).

(1) G. Paris écrit par erreur : Philippe le Bel.

(2) Boca, *Baudouin de Sebourc*, Valenciennes, 1841, 2 vol. ; Scheler, *Li
Bastars de Buillon*, 1877, ACAD. ROY. BELG.

Dans l'*Appendice* de Barrois, nº 2297, nous trouvons : « *Le Roman de Bauduin de Sébourc* au cœur de lion, en rimes. In-folio sur vélin, du quator-
zième siècle ». Le *Catalogue* de la Nationale le cite en regard de son nº
12552.

(3) P. 288. G. Paris dit aussi, *ibid.*, que le récit des premiers succès de
Saladin dans *Jehan d'Avesnes* a été complètement omis par Chabaille
et qu'il se lit aux ff. 164 et suiv. du ms. 12572, soit donc du ms. de Bour-

Soit noté en passant, depuis que ces lignes ont été écrites par le grand romaniste, un fragment du prototype versifié de *Baudouin de Flandres* a été découvert à Bruxelles : ce fragment est en même temps un débris de la colossale composition dont il vient d'être parlé (1).

L'auteur de *Jehan d'Avesnes*, comme on l'a fait remarquer, « s'inquiète peu des exigences de la chronologie ». En cela, il est de son siècle. Mais, comme on l'a dit aussi, « les anachronismes une fois admis, l'ensemble du roman n'est pas dépourvu d'intérêt surtout pour des lecteurs picards » (2). Effectivement, et c'est la raison principale pour laquelle nous l'avons examiné quelque peu dans le détail.

D'un intérêt différent pour Philippe le Bon devait être la mise en prose des deux romans de Chrétien de Troyes, *Cligès* et *Erec*, mise en prose qui se rencontre dans sa bibliothèque (3). Le premier récit y a pris le titre de *Livre d'Alexandre de Constantinople et de Cligès son fils*, et il porte, à l'explicit, la date du « xxvie jour de mars iiii^c et

gogne. Il avait compté donner plus tard les preuves de ce qu'il indiquait seulement dans son article sur la *Légende de Saladin*, mais il n'a pu tenir sa promesse.

Sur les vers de *Baudouin* auxquels il faisait allusion et sur la forme en prose de ce roman, voir Bayot, *Fragments* II, p. 422-33.

(1) C'est M. Bayot qui l'a découvert, et il l'a publié dans ses *Fragments*, II, p, 433-438.

(2) Chabaille, p. 414.

(3) *Cligès* = Barrois, n° 1477. — Bibl. de la ville de Leipzig Rep. N. 108, papier, ms. modeste. — *Erec* = Barrois, n°s 1277-2175. — Bruxelles, n° 7235, papier, ms. très simple.

Les deux refontes ont été publiées, d'après ces deux mss., par M. Foerster : *Christian von Troyes sämmtliche Werke*, Halle s. Saale, la première dans son volume de *Cliges* (1884), p. 281-338, 352-53, et la seconde dans son *Erec et Enide* (1890), 251-94, 334-6. Voir, sur ces mss. et les mots de repère, *Cliges*, p. XXVII, 283 et 338, *Erec*, p. XVI-XVII, p. 253, 293-94.

On se rappelle qu'en 1405 un ms. (aujourd'hui Paris, Nat. n° 12560) apparaît qui contient les récits en vers de Chrétien lui-même : *Chevalier au lion*, *Chevalier à la charrette* et *Cligès*, voir ci-dessus, p. 10. Selon nous, M. Foerster se trompe (*Erec*, p. XVI), lorsqu'il croit trouver, dans ce *Chevalier au lion*, une mise en prose du xve siècle analogue à celle qu'ont subie *Cligès* et *Erec*. C'est bien le poème rimé du xiie siècle. Le ms. de Paris, qui se rencontre en 1405 (Peignot, p. 73, Dehaisnes, p. 880), est aussi catalogué en 1420 (Doutrepont, n° 179), en 1467 et en 1487 (Barrois, n°s 1356-1867) ; il est en parchemin. Pour d'autres détails, voir ma *Librairie de 1420*.

lиии ». Quant au second, qui est dénommé *Histoire du noble et vaillant chevalier Erec*, il n'a point de date, mais il doit être de la même époque (1). Vraisemblablement appartient-il au même auteur que le premier, et cet auteur paraît bien être un tenant de la cour de Bourgogne, puisque les deux seuls manuscrits connus qui nous ont conservé les deux textes viennent de là. Il ne nous fournit pas la moindre indication biographique sur sa personne. Il dit seulement, dans ses avant-propos à formules stéréotypées, en s'excusant de l'insuffisance de ses moyens de traducteur, qu'il a transmué *Cligès* pour se rendre « obéissant à son très hault et redoubté prince » et que, comme on lui a présenté *Erec*, il va, « au plaisir de Dieu occuper son estude ung petit de temps à le transmetre de rime en prose ».

Quel qu'il soit, il n'a produit qu'un travail sans originalité réelle : il modifie à peine ses originaux, et quand il s'avise d'y joindre un épisode, ce n'est rien moins qu'un enjolivement (2).

A la suite de ces refontes, nous rangerons le *Roman du roi Cleriadus et de la reine Meliadice* qui se rattache aux légendes d'Arthur (3). Cela noté, il ne nous restera plus qu'à mentionner le *Gui de Warwick* qui a paru après *Cligès* (1456). De nouveau, c'est d'un remaniement en prose qu'il s'agit, remaniement du long poème anglo-normand écrit deux siècles auparavant (4).

Ainsi prend fin notre énumération des œuvres épiques et chevaleresques dont l'inspiration est antérieure à l'ère bourguignonne. Nous n'avons pas la prétention d'avoir tout dit sur le sujet, c'est-à-dire que nous n'affirmons pas que notre récolement des livres de gestes soit exempt de lacunes. Tel numéro des inventaires pourrait bien cacher, sous un titre vague ou défiguré, un manuscrit dont l'examen s'imposait dans le relevé précédent. Mais ce ne sont pas seulement des problèmes de cette nature que laissent à résoudre

(1) Ainsi le pense M. Foerster qui fait observer, au sujet de la paternité des deux œuvres, qu'elles sont transcrites sur un papier identique, par un seul écrivain et dans la même langue picarde : *Cligès*, p. 352, *Erec*, p. XVI.

(2) Foerster, *Cligès*, p. 352-3, *Erec*, p. XVI.

(3) Barrois, n° 1305, papier. — Gröber, p. 1195 ; F. Michel, *Rapports au ministre de l'instruction publique*, p. 148 dans les DOCUMENTS INÉDITS, 1839.

(4) Barrois, n°ˢ 1283-1881. Voir Gröber, p. 776 et 1195 ; E. Littré, *Hist. litt.*, XXII, p. 844 ; P. Meyer, *Bull. Soc. anc. textes*, 1882, p. 45-50, 63-5 ; J. A. Herbert, *Rom.*, XXXV, p. 68-81.

nos catalogues qui sont parfois si imprécis. Il y a, de plus, les ouvrages qu'ils ont pu omettre. Par exemple, l'on supposerait volontiers que Philippe de Bourgogne avait également le manuscrit de *Paris et Vienne* et d'*Apollonius de Tyr*, manuscrit qui est, selon toute vraisemblance, du milieu du xve siècle et qui provient de Jean de Wavrin. Ce sont deux récits distincts, l'un, *Paris et Vienne*, dérivé d'une œuvre provençale, traduite elle-même du catalan (1432) et ayant pour auteur Pierre de la Cypède ou Cépède (récit dont le succès fut extraordinaire en France et à l'étranger), l'autre, *Apollonius de Tyr*, issu d'un roman latin très répandu au moyen âge (1).

Si l'hypothèse se vérifiait, ce serait le quatrième volume de littérature narrative qui aurait passé des mains du bâtard dans celles de son prince : les trois autres contenaient, on le sait, *Olivier de Castille*, *Louis de Gavre*, les proses de *Gilles de Chin* et du *Châtelain de Couci*. Tous semblent être sortis du même atelier, car ils présentent même écriture, même filigrane, mêmes dessins et mêmes armoiries. C'est à l'artiste qui les a confectionnés que paraît également due la fine copie sur papier de *Gérard de Nevers* que nous avons aperçue dans la librairie de Philippe le Bon. Il avait le faire habile et ses travaux ne sont assurément pas les moins remarquables du siècle (2).

Ces Wavrin (trois ou quatre ?), nous sommes tenté de les regarder comme des cadeaux offerts au duc. La chose n'est pourtant pas avérée. Rien n'empêcherait d'y voir des livres achetés ou prêtés. C'est là un des nombreux points d'interrogation qui se posent forcément au cours de recherches dans le genre des nôtres. Mais, en

---

(1) Barrois n° 2291, *Appendice* et cf. le n° 9632-3 de Bruxelles, papier. signature et armes de Wavrin. Voir Gröber, p. 1196-7 ; G. Raynaud, *Rom.*, XXXI, p. 530 ; R. Kaltenbacher, *Der altfranzösische Roman Paris et Vienne* (ROMAN. FORSCH., XV, 2, 1904) ; Jeanroy, *Revue critique*, 1905, p. 385-7 ; P. Meyer, *Rom.*, XXXIV, p. 316. L'origine et la composition de *Paris* sont assez discutées.

Que penser aussi de Barrois, n° 2296 : *Ami et Amiles*, qui, de même que le n° 2291, figure dans l'*Appendice* ?

(2) Communication de M. Bayot qui espère traiter le sujet dans une étude spéciale sur le bâtard de Wavrin. Voir, pour les miniatures de *Louis de Gavre* de Bruxelles (n° 10238), d'un *Othovien* (cf. ci-dessus p. 59) et aussi pour leur similitude avec celles de l'*Olivier de Castille* de Gand (n° 470), Dinaux, *Trouv. brabanç.*, p. 616-17, P. Bergmans, *Un ms. ill. d'O. de Castillo*, p. 71-72.

dépit des questions qui restent à élucider, certains résultats généraux sont définitivement acquis, et l'un d'eux est que Philippe le
Bon a eu le souci de se former une belle collection de chansons de
geste et de romans de chevalerie. Un autre est qu'il a disposé, en
la circonstance, du concours de ses familiers ou des dignitaires de
Bourgogne. En même temps que Jean de Wavrin, ce sont les époux
Créquy que l'on voit intervenir, ce sont Jean de Croy, Rodolphe de
Hochberg, Charles de Rochefort, Hues de Longueval, etc. Il est à
observer que les manuscrits qui sortent ou paraissent sortir de
chez eux sont généralement sur papier. Quelques-uns cependant
ont une valeur artistique. Mais le parchemin et les grandes enlumi
nures de prix ne sont guère que pour Philippe le Bon, pour les
ouvrages qu'il commande.

§ 4. Charles le Téméraire.

Il n'y a rien à dire de lui, sinon qu'il assiste et coopère à l'achèvement de travaux de librairie entamés avant la mort de son père.
Sous lui, ces travaux sont « parfaits » et payés. On ne cite aucun
récit épique d'inspiration médiévale qu'il aurait ordonné de remanier ou de transcrire. En revanche, il encourage, de son admiration
et aussi de ses libéralités, un genre apparenté à celui qui vient
d'être examiné, le roman ou la compilation antique.

II. ŒUVRES DONT L'INSPIRATION EST CONTEMPORAINE DE L'ÈRE BOURGUIGNONNE

Le sujet que nous abordons maintenant a été défini plus haut.
Une nouvelle catégorie de livres s'offre donc à notre attention,
livres d'inspiration contemporaine et d'esprit plus ou moins chevaleresque, livres de poésie ou de prose : telle la *Geste des ducs de Bourgogne*, ou la *Vie de Jacques de Lalaing*.

La *Geste* est une chronique en vers ; c'est une de ces laborieuses
rapsodies où l'épopée décadente produit ses derniers efforts. Elle a
surgi d'on ne sait quelle plume, pour glorifier Philippe le Hardi et
Jean sans Peur. D'autres compositions, d'un ton plus ou moins
analogue, l'ont précédée, et ce sont la *Chronique rimée des troubles de
Flandre à la fin du XIVe siècle* et la *Bataille du Liége*. A elles par conséquent de passer en premier lieu.

§ 1. **Philippe le Hardi et Jean sans Peur.**

Vraisemblablement entre le mois de juin 1384 et la fin de 1385, un poète, dont la bonne volonté était supérieure à ses moyens littéraires, a rédigé, en l'honneur de Philippe le Hardi, une chronique dont il ne nous est parvenu qu'un fragment de 1280 vers octosyllabiques : c'est la chronique dont on vient de lire le titre (1). Telle qu'elle a été conçue, elle devait s'étendre jusqu'à la mort de Louis de Male et même aller au delà de cet événement. Mais telle qu'elle nous est arrivée, elle ne relate que les troubles qui ont désolé la Flandre depuis mars 1379 jusqu'en juin 1380.

Peu remarquée avant l'édition de M. Pirenne, celui-ci nous l'a montrée comme étant une des meilleures sources relatives à la guerre civile en question. La rédaction date de l'époque même des événements et il s'ensuit que cette œuvre, tout en nous procurant de l'inédit, constitue une page de psychologie sociale qui éclaire précieusement « l'état d'esprit des partisans du comte pendant la grande lutte de Louis de Male contre les communes. L'auteur se révèle à nous, en effet, comme un fougueux ennemi des franchises municipales et du parti des tisserands qui combattit pour elles avec une constance si héroïque... Il nous apparaît comme un adhérent très sincère du nouveau système politique qui, au moment même où il écrivait, s'introduisait dans les Pays-Bas avec la maison de Bourgogne » (2).

Quel est cet auteur ? M. Pirenne répond : « Très probablement quelque clerc employé dans la chancellerie de Louis de Male ou

---

(1) Dinaux, *Trouv. Flandre et Tournaisis*, p. 85-99 ; C. A. Serrure, *Geschiedenis der nederlandsche en fransche Letterkunde in het graetschap Vlanderen*, 1855. Elle a été publiée une première fois par E. Le Glay (Lille, 1842), sous le titre de *Chronique rimée des troubles de Flandre à la fin du* XIVᵉ *siècle suivie de documents inédits relatifs à ces troubles,* d'après le seul manuscrit qu'on en possède, celui qui, ayant appartenu au collectionneur C.-L.-P. Ducas, de Lille, est venu aux mains de C. Serrure, lequel l'a vendu en 1878 à la Bibliothèque de l'Université de Gand (nº 920).

M. Pirenne, jugeant l'édition insuffisante, l'a republiée : *Chronique rimée des troubles de Flandre en 1379-1380,* PUBLICAT. EXTRAORD. DE LA SOC. D'HIST. ET D'ARCH. DE GAND, I, 1902. Voir M. Wilmotte, *Rom.,* XXXII, p. 621-4 ; Bayot, *Bull. Pays-Bas,* 1906, p. 119-21.

(2) Pirenne, p. VI-VII. Voir le profit que le savant professeur de Gand en a tiré pour son *Histoire de Belgique,* II, passim.

attaché à son conseil » et qui sera resté en fonctions après la mort du comte, auprès du beau-fils Philippe le Hardi. En tout cas, c'est un chroniqueur bien documenté et à qui sa situation officielle a dû permettre de puiser dans ce que nous appellerions volontiers les Archives de l'État. Mais poète, il l'est aussi peu que possible, c'est-à-dire qu'on peut l'être. Notons à sa décharge qu'il était flamand de langue et ajoutons, aux mêmes fins, qu'il a la modestie de se reconnaître inexpérimenté et malhabile dans l'art des vers. S'il use du français, c'est en réclamant l'indulgence ou plutôt en s'excusant et parce qu'il fait de l'histoire en vue d'être agréable à son prince, à son seigneur terrien, comme il le désigne (1).

Son seigneur terrien n'effectue que deux rapides apparitions dans sa *Chronique*. Cela se conçoit d'ailleurs : Philippe le Hardi ne pouvait y tenir que le rôle et la place qu'il avait eus dans l'histoire. Une première fois, l'auteur l'amène sur la scène, en traçant au début une sorte de canevas de son œuvre : Vous y verrez, dit-il, comment après la mort de Louis de Male,

> Comment ses fils, sans vergoigne,
> Li nobles ducz de Bourgoigne,
> A cause sa femme est venu
> A Bruges, à Yppre et a recheu
> Ses gens en sa protection
> Comme hauts sires de boin renom,
> Coment Audenarde fut gaignet
> Et chil de Gand sont hors cachiet
> Lez traitietz qu'entre ce estoient
> Coment sur quoy il se tenoient... (vers 85-94).

La ville d'Audenarde a été prise le 25 mai 1384. C'est un épisode qui ne reparaît pas plus loin, lorsque l'auteur donne sa chronique détaillée, laquelle s'arrête à l'année 1380. Toutefois il accorde une seconde mention au duc de Bourgogne dans le récit du siège de cette même ville en 1379. Il relate, à ce propos, que Louis de Male ne veut pas qu'Audenarde se rende et qu'il envoie son gendre parlementer avec les assiégeants :

> Là fu, vous di sans vergoigne
> Li nobles ducz de Bourgoigne
> Pour le pays avanchier... (vers 680-3)

(1) Vers 14-31.

Donc, Philippe le Hardi ne fait guère que traverser, à deux reprises, le poème. Mais, par contre, son beau-père recueille d'abondants éloges et l'on pourrait presque dire qu'en lui sont salués ou chantés les débuts de la puissance bourguignonne dans nos provinces.

Cette puissance était déjà bien redoutable lorsque se produisent les incidents qui ont donné lieu à la *Bataille du Liége*. Nous n'avons ici qu'un semblant d'épopée, ou une épopée en miniature. Elle a été suggérée à un rimeur de dixième ordre par la vaillance de Jean sans Peur secourant son beau-frère, l'évêque Jean de Bavière assiégé dans Maestricht (1408). (1) « Le mérite de ce poème, a-t-on dit, consiste au grand nombre de personnes qualifiées, soit des Pays-Bas ou de Bourgogne, qui y sont nommées ». En effet, après avoir présenté au public

> Le très puissant Duc de Bourgoingne,
> Lequel est de si noble arroy,
> Comme fiix à un filx de Roy,
> De la très digne fleur de Lis,

et avoir rappelé l'essentiel de l'événement, l'écrivain se met tout simplement à dénombrer les différents seigneurs qui ont participé à la lutte. Il passe ensuite au récit de la bataille, prend soin de souligner les brillants faits d'armes des Bourguignons et de rendre hommage aux *valeureux Liégeois*.

Cet écrivain peu notable emploie 5oo vers de huit syllabes pour nous conter l'aventure. L'auteur de la *Geste* est arrivé (dans la version imprimée que nous en possédons) au chiffre de 10540 alexandrins, distribués en laisses monorimes d'inégale longueur, et même il a dû aller plus loin encore, comme nous le montrerons. Il semble donc bien vouloir échafauder une véritable épopée. Il vise d'ailleurs au grand, ainsi qu'on le verra ; il essaie de prendre le ton et l'allure des chansons de geste. L'éditeur de son vaste poème l'intitule : *Geste des ducs Phelippe et Jehan de Bourgongne* (2). Il eût mieux

---

(1) Editions : *Mém. pour servir à l'hist. de Fr. et de Bourg.*, 1re part., p. 373-77 (lire au v. 9 : 1408) ; Buchon, xliii, p. 245-71 ; De Ram, *Docum. de Liége*, p. 304-19. — Voir, en outre, Langlois, *Mss. Rome*, p. 241 ; Molinier, n° 5o5o.

(2) Editée par Kervyn de Lettenhove dans le t. ii des *Chroniques relatives à l'histoire de la Belgique sous la domination des ducs de Bourgogne*, 1873,

fait de dire : *Geste de Jehan*, tant la place réservée au second duc est prépondérante. Néanmoins, notre rimeur n'oublie pas Philippe. Sa narration part, non point de 1393, comme l'indique aussi l'édition, mais de 1389. Elle relate même, incidemment, l'assassinat de Pierre I de Lusignan, roi de Chypre (17 janvier 1369) et celui de Bernabo, duc de Milan (19 décembre 1385). Mais le fait important qu'il raconte au début, le fait vraiment initial est le mariage de Valentine de Milan, fille de Jean Galéas de Visconti, duc de Milan, avec Louis d'Orléans, frère du roi Charles VI (17 août 1389), mariage qui est l'origine de tous les maux que la France a soufferts. Il mène son récit jusqu'en février 1412, et il consacre plus de la moitié de ses 10540 vers à la seconde partie de l'année 1411.

Il mène son récit jusqu'en 1412, disons-nous ; tel est du moins le point d'arrêt du texte imprimé. Mais nous connaissons un manuscrit que n'a pas connu l'éditeur et qui permet d'affirmer que l'auteur a poussé sa narration jusqu'en 1420, jusqu'après la mort de son héros principal, Jean sans Peur. Réservons l'examen de ce manuscrit et parcourons d'abord la version imprimée pour nous figurer l'esprit qui anime le poète.

Ce fut, dit-il, en 1406, sous le règne de Charles VI qu'éclatèrent les dissensions qui devaient être si funestes à la France. Heureusement pour elle que veillaient le lion de Bourgogne et le léopard d'Angleterre. Nous ne tarderons pas à savoir comment ils inter-

p. 259-572. On trouve dans le même volume le *Livre des trahisons de France*, p. 1-258, et le *Pastoralet*, p. 573-852, une chronique en prose et un poème qui sont apparentés à la *Geste*. Celle-ci est publiée d'après le ms. de l'Institut de Paris, n° 303, papier (voir le *Catalogue des manuscrits de la Bibliothèque de l'Institut*, Paris, 1890, par Fernand Bournon) : outre la *Geste*, on y lit un poème en octosyllabes offrant un tableau des rois de France avec la date de leur avancement au trône. Il a existé un autre ms. de la *Geste* (voir ci-dessous p. 80). C'est ce que n'a pas su Kervyn, de même qu'il a ignoré le projet de publication qu'avait formé, à l'égard de la *Geste*, le *Comité de la langue, de l'histoire et des arts de la France* en 1840 et en 1857 : voir *Bulletin de ce Comité*, IV, 1857, Paris, 1859, p. 93, 361, 367, 381-6, les travaux et rapports élaborés à ce propos. — Citons aussi Ameilhon, *Notice d'un ms. sur les factions qui troublèrent le règne de Charles VI*, NOT. ET EXTR., V, p. 607-22, VI, p. 459-82 ; Gröber, p. 1126.

Mon ancien élève, M. A. Jadin, qui, sur mes conseils, avait pris la *Geste* pour sujet de sa dissertation doctorale m'a fourni plus d'une indication sur la date et les sources de ce poème. Le résultat de ses recherches paraîtra dans le *Recueil des Conférences d'histoire et de philologie de Louvain*.

vinrent. Mais, avant cela, il est bon de se rappeler plusieurs choses, et d'abord que le duc de Lombardie, « parvers et convoiteux et de malle créance », Galéas de Milan avait donné sa fille Valentine en mariage à Louis d'Orléans, espérant bien qu'elle deviendrait un jour reine de France. Pour se débarrasser du « bon roi de Laon » (Charles vi), il eut recours aux services du perfide Philippe de Mézières (1), homme très entendu dans l'art d'empoisonner ; il en fit le conseiller de son gendre, le duc d'Orléans. Celui-ci voulait régner seul, obtenir sans partage le gouvernement du royaume, et il haïssait, de toute son âme, l'excellent prince Philippe de Bourgogne, le père de ce Jean sans Peur qui sera le héros du présent poème.

A Jean sans Peur, la fortune n'avait guère souri lorsqu'il n'était encore qu'héritier de la couronne ducale. Qui ne se remémore, en effet, sa malheureuse expédition en Hongrie ? Mais dans les affaires de France, il fut plus heureux. On sait que Philippe de Mézières, le « traïtres Antecris », s'était *rendu moine* à l'abbaye des Célestins (1380) que fréquentait alors Louis d'Orléans. Un jour, ayant pris avec lui un moine qui était maître ès arts magiques, un chevalier, un écuyer et un varlet, il se transporte à la tour carrée de Montgé, à Lagny (Seine et Marne). Il évoque « deus diables infernaus » et leur demande d'enchanter l'épée et l'anneau d'or que le duc d'Orléans lui a confiés. L'opération a pour résultat de provoquer des troubles profonds chez le roi et d'altérer à jamais sa santé.

De ce récit, le rimeur passe à la description du fameux bal de l'hôtel Saint-Pol, rejetant toutes les responsabilités sur l'odieux Philippe de Mézières. Et ce n'est pas tout, dit-il, car ce misérable va jusqu'à suggérer à Louis l'idée d'un attentat contre Jean de Bourgogne, nommé régent du royaume. Mais l'indiscrétion d'un conjuré vient tout gâter, c'est-à-dire tout empêcher et, heureusement pour le prince de Bourgogne, l'attaque à visage découvert que tente le duc d'Orléans à Conflans ne réussit pas davantage. Sur ces entrefaites, Philippe le Hardi meurt. Son fils Jean lui succède et il s'empresse de marcher sur ses traces. Résidant de préférence à Paris, il a pour lui les habitants et lorsqu'on veut les accabler d'impôts, il prend leur défense. C'est aussi lui qui leur ramène dans

(1) Voir ch. iii, part. ii, § i.

la capitale le dauphin que Louis d'Orléans a fait mine d'enlever.
Un conflit est sur le point d'éclater ; les princes de France le
préviennent :

> Mais ceste pais ychi ne dura se pau non,
> Car le duc d'Orlyens avoit le cuer félon
> Et metoit tousjours paine, cuer et avision
> A grever son cousin qui tant estoit preudon :
> Se depuis l'en mesvint, pau plaindre l'en doit-on (vers
> 1408-12).

En 1406, Jean sans Peur reçoit la mission d'assiéger Calais ;
mais on ne tarde pas à décommander cette partie d'armes. L'année
suivante, Louis d'Orléans complote avec l'antipape Benoît xiii la
déposition de son frère, le roi de France. Un bras vengeur l'arrête,
c'est celui de Jean sans Peur qui, le 23 novembre 1407, le met hors
d'état de nuire désormais. Arrivant au forfait perpétré par ce duc de
Bourgogne à qui vont décidément toute son indulgence et toute son
admiration, le poète n'a point de peine à établir les responsabilités.
En effet, jusqu'à ce moment, il a traité le seigneur d'Orléans en
bouc émissaire, il l'a chargé de tous les péchés de France. Par conséquent, il déclare que c'est pain bénit ce qui lui arrive. Oui, dit-il, le
duc Jean lui a fait administrer « ce si grant horion », un horion tel qu'

> Oncques puis ne parla ne françois, ne breton.

La chose s'est faite

> Pour le bien du roiaume et pour eschiever le pis
> Et pour le sauvement du roi et de ses fis.

Mais il paraît sentir que le mieux est de ne pas insister et, sans
ergoter davantage, il passe au récit de la fuite de Jean de Bourgogne. Il nous le montre s'arrêtant à Amiens où, devant un « parlement » composé des princes et d'un grand nombre de seigneurs, il
avoue son crime, mais en prétendant avoir accompli l'acte d'un
justicier. On le somme de se rendre à Paris pour y présenter sa
défense devant le roi. « Là y ot ung grant clerc, qui mout estoit
soutis ». C'est maître Jean Petit qui s'efforce, comme on sait, d'expliquer la conduite du tyrannicide Jean sans Peur. Ici, notre poète
rapporte en vers, mais sous forme abrégée, ce que l'impudent orateur a dit devant l'assemblée de Paris (1). D'après ce dernier, il

(1) Voir, pour son discours, le chap. iii, part. iii, § 2.

répète les accusations dirigées contre Louis d'Orléans et il reprend l'histoire des tentatives d'assassinat commises par ce prince sur la personne de son frère, et des pratiques diaboliques de Philippe de Mézières. Et tout cela, il l'enregistre froidement sans une parole de réprobation à l'adresse du « justificateur » Jean Petit ni du « justifié » Jean sans Peur. A l'entendre, plaisantes et puériles sont les réclamations de la duchesse d'Orléans. En vain demande-t-elle que le meurtre soit expié par de bonnes œuvres : il y a cause jugée.

De là, c'est-à-dire de Paris, il conduit ses lecteurs à Liége où le duc de Bourgogne est allé secourir son beau-frère, Jean de Bavière. Tel est alors le succès de Jean sans Peur que les ducs de Berry et de Bourbon s'en alarment et qu'ils s'avisent du moyen suivant pour le perdre. Ils emmènent le roi à Tours, avec la reine et son fils, afin de voir si le seigneur bourguignon ne s'emparera pas du pouvoir, ce qui leur permettrait de l'accuser d'usurpation devant le peuple. Mais le peuple est pour lui. Voyez d'ailleurs ce qui se passe lorsqu'il arrive à Paris, lui, le « bon duc », lui Jean sans Peur, pour faire rentrer les choses dans l'ordre :

> Tous crièrent : Noël ! contreval la cauchie.
>
> Je croi se Jhésus-Cris, qui vint de mort à vie,
>
> Fust iluec descendus de haute tronomie,
>
> On eust point oït adont plus grande crierie (v. 2779-82).

Tous rendent grâces au Sauveur, au Libérateur. Le peuple le supplie de lui « faire ravoir » son roi. Peu après, le duc de Berry et ses partisans, se voyant en état de capituler honorablement, consentent au retour de Charles à Paris.

> Quant li dus l'entendi, le cief prist à croler.
>
> « Par foi, ce dist li dus, bien se sèvent sauver.
>
> » A l'aronde les puis mout bien comparer,
>
> » Car il sèvent trestous asés de bas voler » (v. 3076-9).

Sur ce, Valentine de Milan, veuve de Louis d'Orléans, meurt, non sans avoir exhorté ses fils à pardonner au duc de Bourgogne

> « Car [dit-elle], je preng sus mon âme et me dampnation,
>
> Que la mort qu'il [Louis d'Orléans] reçut ne fu point sans
>
> [raison.
>
> Des maus c'on fait au monde prent Dieu punition
>
> En cest siècle ou en l'autre ; c'est ciertaine leçon »
>
> [(v. 3109-12).

Les enfants pardonnent, c'est-à-dire qu'on a la *paix de malice fourrée*, conclue à Chartres, le 9 mars 1409. Mais c'est un pardon prononcé du bout des lèvres. La lutte ne tarde pas à reprendre et le poète nous la rapporte consciencieusement ou plutôt longuement. Dans l'exposé de ces démêlés entre Armagnacs et Bourguignons, il ne manque pas de couvrir de fleurs son prince. A-t-on décidé que chacun doit rentrer chez soi et que Jean sans Peur se retirera dans sa Flandre et sa Picardie, voici comment la capitale accueille la nouvelle :

> Segneur, grant duel menèrent en la citet de Paris,
> Quant le duc de Bourgongne dut estre départis ;
> Le roy prumièrement et le daufin son fis,
> Et le noble consail mout en furent maris :
> Osi fu le quenum, trestout grans et petis. (v. 4339-4343)

On le voit, Jean sans Peur, c'est le représentant de la nation, c'est le roi, c'est la France. Le peuple de Paris est tout à sa dévotion..

> La véissiés le peuple de Paris esléechier,
> Qui enviers le duc orent amour et désirier,
> Qui de veoir le duc orent grant desirier.
>
> .   .   .   .
>
> Il n'i avoit machon, couvreur, ne carpentier,
> Tiscrant, ne foulon, caucheteur, ne drapier,
> Armoier, ne orfèvre, cabareteur, boulengier,
> Ne femme, ne enfant qui, pour iaus resvoisier,
> Qui ne commenchent Noël hautement à hauquier.
> A l'entrer en Paris ot grant noisse et grant son
> De joie et de solas pour le duc bourgegnon.
> Se Dieus y fust venus, qui soufry pasion,
> N'i éuist plus grant joie, ne plus grant consolation
> Qu'il ot à ce jour dont je fay mention (v. 9386-9400).

Nous devons bien renoncer à dire tout ce que le poème renferme de vers flatteurs pour lui et les siens. L'auteur le défend, l'auteur le célèbre, et, en même temps, il défend et célèbre ici le prévôt de Paris, Pierre des Essarts, là les bouchers de la capitale. Notons pourtant encore qu'il s'attarde beaucoup à détailler les péripéties du siège de Ham (département de la Somme à 30 lieues N. de Paris) ou de l'assaut du pont de Saint-Cloud occupé par les Orléa-

nais et dégagé par le duc de Bourgogne. De plus, citons les vers
par lesquels il termine :

> Mais pour ce tans présent finerons no cançon
>
> Jusques à tant que matère arons pour le cruçon.
>
> Dieux doinst que che puist estre à le salvation
>
> Du roi et du roiaume et du duc bourgegnon
>
> Et de tous cheux qui ont loial opinion !
>
> Amen. Que Dieus l'otroit par se rédemsion !

Il faut entendre sans doute par là qu'il s'arrête jusqu'à ce qu'il
ait encore de la « matère », pour continuer, pour le « cruçon »,
l'*accroissement*, la *continuation*. Il faut sans doute comprendre que les
sources qu'il utilisait ne s'étendaient pas plus loin. Mais cependant
nous avons la preuve (et cette preuve sera donnée ci-dessous) que
l'œuvre a été continuée. Réservons le problème et apprécions dès
maintenant les 10540 alexandrins que nous venons de parcourir. Ils
s'offrent à nous comme une *geste*, mais c'est une *geste* ou une *chanson
de geste* à laquelle on ne saurait reconnaître, sans un excès de bonne
volonté, l'accent ou plutôt l'*esprit épique*. Toutefois, à défaut de cet
esprit, elle possède, si l'on veut, la *lettre* du genre ; elle se donne des
manières d'épopée ; elle s'intitule *geste*, elle veut être plus qu'une
chronique rimée, alors que ce titre seul lui conviendrait. Écrite en
laisses monorimes, elle introduit nombre de ces laisses par l'in-
vocation d'usage :

> Seigneurs, or entendez !...

On dirait d'un trouvère qui tient là, sous la main, devant lui, son
auditoire. Comme un poète du xii⁰ siècle, il réclame le silence,
entremêle son récit de rappels et de résumés. Il a tous les procédés,
tous les clichés de style de l'épopée, mais de l'épopée en décadence,
c'est-à-dire qu'il a la phraséologie, l'abondance, la redondance, la
platitude des rimeurs aux abois. Et avec cela, il a également les formules de la muse épique en mal de rimes et d'hémistiches : *Dieu qui
souffry passion, — qui tout créa. — Pères, qui onques ne menti. — Jhesu-
Crist, le roy de Paradis.*

« Dans nos dernières chansons de geste, dit Gautier, le proverbe
fleurit à plaisir » (1). La *Geste de Bourgogne* ne fait pas exception à la
règle. Elle use beaucoup et même abuse de ce moyen d'ornementa-

---

(1) *Épopées,* ii, p. 470.

tion. Que de couplets présentent, comme mot de la fin, quelque maxime dans ce goût-ci :

> Car chieus qui trop haut monte, on le treuve lisant,
> Il quiet trop durement, quant il va reviersant (v. 6139-40).
> Li soris qui ne set que par un trau passer,
> Se voit à son consseic souvent atraper (6169-70).

Quel est le poète qui aime ainsi de moraliser ? On a attribué l'œuvre à Martin de Cotignies sur la foi des vers qui complètent le manuscrit édité. Mais ces vers ne le désignent pas comme auteur : ils ne nous révèlent en lui qu'un simple copiste (et soit dit par parenthèse, c'est un copiste amateur, non un professionnel) qui a terminé sa copie en 1445 et qui l'a exécutée chez un Monseigneur de Croy, à Namur, à la maison de Saint-Aubin laquelle servait habituellement de résidence aux gouverneurs du pays de Namur. En ce Monseigneur, l'on doit voir sans doute Antoine de Croy, comte de Porcien, conseiller et premier chambellan de Philippe le Bon, capitaine et gouverneur du comté de Namur, gouverneur et capitaine général du duché de Luxembourg. Il a été comme le bras droit de son prince en plusieurs entreprises. On lui a donné le nom de *Grand Croy*. C'est le frère du comte de Chimay, dont il a été question précédemment (1). Martin de Cotignies ne dit pas qu'il a travaillé par ordre de Monseigneur de Croy. Le fait est cependant probable. Mais pourquoi le gouverneur de Namur aurait-il demandé une copie de la *Geste* ? Vraisemblablement à cause du rôle qu'y jouaient lui et son père, Jean seigneur de Croy et de Renty : l'un et l'autre ont été au service de Jean sans Peur (2).

Martin de Cotignies étant écarté comme rédacteur du poème,

---

(1) Reste à savoir pourtant si, dès 1445, le grand Croy était gouverneur de Namur. D'après le Père Anselme, *Histoire généalogique*, VIII, p. 374, il l'était. Mais d'autre part, voici, dans la *Notice des Archives de M. le duc de Caraman* par Gachard (BULL. COMM. ROY. HIST., 1ᵉ s., XI, 1846, p. 113 et 188), les lettres de Philippe le Bon, délivrées le 29 mars 1448, qui le nomment seulement châtelain du château de Namur. Pour le titre suivant : gouverneur du comté, Gachard renvoie aux comptes de la recette générale de Namur, qui sont aux Archives du Royaume.

Sur A. de Croy, voir aussi *Biogr. Nat.*, IV, col. 524-27 (notice du Général Guillaume). Sur l'ascendant pris à la cour par les Croy, voir Chastellain, V, p. 52-56 et Pirenne, *Hist. Belg.*, II, p. 244-46.

(2) *Geste*, vers 4733, 4752, 4764, 8253, etc...

avons-nous un autre nom à mettre à la place du sien ? Nullement. A défaut d'un nom, nous pouvons peut-être indiquer le pays où vivait celui qui l'a rimé, et les relations qu'il entretenait avec la cour de Bourgogne ; seulement, nous devons au préalable nous enquérir de ce que renfermait un second manuscrit de la *Geste*, manuscrit qui existait encore au début du xvii⁽ᵉ⁾ siècle, mais dont on ignore (s'il a survécu) la résidence actuelle. Nous le connaissons par des extraits qu'en a tirés le savant Chifflet à cette époque (1). Dans ces extraits, on lit des vers qui se rapportent à des événements postérieurs non seulement à 1412 (année où s'arrête 'a version imprimée), mais même à la mort de Jean sans Peur. L'on y apprend comment Philippe le Bon dressait ses hommes pour venger l'assassinat de Montereau, et l'on y est informé de la présence du nouveau duc, à Troyes, pour le fameux traité qui fut signé en cette ville le 21 mai 1420. Mais ce n'est pas tout : il faut ajouter que le manuscrit examiné par Chifflet, outre qu'il était plus étendu que la copie de Martin de Cotignies par le cadre chronologique, donnait plus d'extension, plus de développement à la rédaction même. Enfin, certains indices autorisent à penser que cette rédaction est antérieure à l'autre.

Jusqu'aujourd'hui, l'on a jugé le poète d'après le texte incomplet de l'imprimé. Nous ne dirons pas qu'une réhabilitation de son œuvre s'impose. C'est uniquement une revision qui devrait en être faite. Et même après cette revision, l'écrivain ne paraît avoir aucune chance de passer pour un grand maître dans l'art des vers français. Les quelques passages que reproduit notre analyse établissent péremptoirement que son cas n'est pas défendable. Mais, ce cas, il semble bien que Cotignies l'aggrave encore. N'est-ce pas à lui qu'on

---

(1) Bibl. municip. de Besançon, *Cat. Dép.*, xxxiii, p. 405 : nᵒ 1 de la collection Chifflet. Le savant dont nous parlons a pu lire, à la date mentionnée, le ms. dans la bibliothèque de messire François Doresmieux, prieur des Augustins de l'abbaye du Mont Saint-Eloy-lez-Arras. Il en a donc copié différents passages qu'il a consignés dans le volume précité de Besançon. Ce volume, M. Bayot l'a fait venir à Bruxelles et il y a pris divers renseignements qu'il a bien voulu me communiquer.

Voir, sur ce volume de Chifflet, un article de M. E. Roy, dans la Revue de philologie française et provencale (1895, ix, p. 28-31) : *Le blason d'un roi des Ribauds bourguignon et le roman du duc Jean sans Peur*. Il n'a pas remarqué que le roman ou poème, qui a passé sous les yeux de Chifflet, contenait notre *Geste*.

devrait endosser la responsabilité de tels alexandrins qui se traînent misérablement sur leurs onze ou treize pieds ? (Qu'on relise nos citations). Non certes, le transcripteur n'était pas un artiste littéraire, et l'on avouera sans conteste que les vers de la fin, ses propres vers où il se révèle le transcripteur, sont « plus effroyables encore que ceux qu'il s'était contenté vraisemblablement de défigurer et de mutiler » (1).

Le rimeur de la *Geste* était-il homme d'épée, ainsi qu'on l'a supposé en le voyant prendre tant d'intérêt aux questions de tactique militaire ? C'est possible. D'autre part, « faut-il conclure de certaines allusions aux épais ombrages des Ardennes, aux richesses d'Anvers et de Namur, qu'il habitait nos provinces » (les provinces Belgiques) ? (2). Nous ne le croyons pas. Pour nous, il n'était pas de ces provinces. Il n'était pas non plus des Flandres, et ce qui le prouverait, c'est qu'il manque de sympathies à l'égard des Flamands. En revanche, il en a beaucoup pour les gens du Nord de la France. Aussi c'est là plutôt que l'on est tenté de chercher sa patrie ou sa résidence. Il était de la Picardie ou de l'Artois et vraisemblablement de ce dernier pays. Peut-être même serait-on en droit de préciser davantage et de situer le lieu de rédaction au Nord de Cambrai. Toutefois la langue du poème est très fortement influencée par le français ou le parisien.

Quant à l'époque de la composition, elle ne peut être placée que sous le règne de Philippe le Bon. Diverses allusions à l'histoire contemporaine empêchent de remonter plus haut que 1422. Mais l'on ne doit pas non plus s'avancer trop dans le règne, éloigner ce poème beaucoup de cette date. Il reflète trop directement les événements pour qu'il ait été écrit plus tard que dans les premières années du gouvernement de Philippe le Bon. Le rimeur compose sous l'impression, fraîche encore, de ces événements (3). Pourtant, il ne paraît pas y avoir pris une part active (à moins qu'au siège de Saint-Cloud), mais il a vécu les passions du temps. Nous n'avons plus à démontrer que c'était un fougueux partisan de Jean sans Peur et un violent adversaire de Louis d'Orléans et

(1) Kervyn, p. III.

(2) Kervyn, p. II.

(3) Pourrait-on supposer que c'est une œuvre rédigée en plusieurs fois, une œuvre commencée dès l'époque de Jean sans Peur et continuée après lui ?

des Armagnacs. Comme tel, il a une valeur historique. Entendez par là que s'il dénature l'histoire, il vaut au moins par les renseignements psychologiques qu'il nous fournit sur l'état des esprits, ...des esprits comme le sien. D'ailleurs, dans un sens différent, il vaut aussi : tout en arrangeant, en défigurant, en interprétant à sa manière les luttes civiles du xve siècle, il nous livre, sur ces luttes, des détails intéressants et significatifs, que sans lui nous aurions ignorés. Peut-être a-t-il visité la plupart des lieux de la scène, la plupart des endroits où se sont déroulés les spectacles évoqués dans sa *Geste*, et assurément il a utilisé plus d'un document précieux, officiel, inédit, en même temps qu'il s'inspirait du retentissant discours de Jean Petit et des réclamations présentées par Guillaume Cousinot devant le conseil du roi, au nom de la duchesse d'Orléans (1).

Il ne serait pas téméraire de supposer qu'il a pris la plume à l'instigation de Philippe le Bon. Cependant, il a tant d'ardeur et de cœur à la besogne qu'on admettrait, tout aussi volontiers, que sa plume est partie d'elle-même. Mais qu'il ait rimé par ordre ou *motu proprio*, c'est incontestablement un ami de la maison, et dès lors on a lieu de s'étonner que sa *Geste* ne nous soit point parvenue dans un de ces luxueux volumes dont le duc réservait la faveur aux œuvres qui lui agréaient. Il y a plus : elle n'est pas même signalée dans les inventaires, ou du moins nous avouons ne pas l'y avoir découverte.

Nous n'éprouvons pas le même sentiment de surprise en ce qui regarde le *Pastoralet* parce qu'il a été l'objet de cette marque d'estime qui consistait en une jolie transcription sur vélin : elle a son article, sa mention dans les catalogues de la famille (2).

Bourguignon comme la *Geste*, le *Pastoralet* s'écarte cependant ou paraît s'écarter beaucoup plus de la brutale vérité de l'histoire. Sans

(1) M. Jadin fera connaître d'une façon précise les sources du poème dans la publication annoncée ci-dessus.

(2) Barrois, nᵒˢ 1482-1937 (par conséquent il ne devrait pas figurer dans l'*Appendice*, nᵒ 2244). — Bruxelles, nᵒ 11064, parch. Il en existe une copie, faite par Gérard, à La Haye, nᵒ 784 (Gérard A, nᵒ 56). Voir du même érudit une notice sur le *Pastoralet*, nᵒ 1541, La Haye : *Notices sur les poètes nés dans les Pays-Bas*,etc... Consulter également Ameilhon, *Not. et extr.*, VII, p. 426-49; Jubinal, *Lettres à Salvandy*, p. 52-3, 100-6 (extraits de la copie Gérard); *Bull. Comm. roy. hist.* 1ᵉ s., I, p. 372 ; Van Hasselt, *Essai sur l'histoire de la poésie française en Belgique*, MÉM. COUR. ACAD. ROY. BELG., XIII, 1838, p. 119, 218.

doute, il s'inspire de faits réels (il va de la mort de Philippe le Hardi à celle de Jean sans Peur), mais il les exprime dans un mode lyrique, il les transporte, si l'on peut dire, dans les régions bleues de la fantaisie et de l'idylle. A tout prendre, il ne semble pas avoir sa place bien marquée dans ce chapitre, puisqu'il est un poème champêtre, une bergerie, un *Pastoralet* (remarquez ce titre). On se demande s'il ne faudrait pas le ranger sous la rubrique : *Lyrique officielle* (1). Mais nous avons des raisons de l'examiner ici. Il n'est pas coulé dans le moule épique comme la *Geste*, mais il a quelque chose du roman courtois. Jean sans Peur ne s'y pose pas en l'attitude de Charlemagne, mais il s'y présente en chevalier sympathique, un peu à la manière des héros de Chrétien de Troyes. De plus, ce *Pastoralet* doit figurer dans le voisinage de la *Geste* parce qu'il la rappelle par son sujet, ses personnages, son étendue (9141 vers, généralement des octosyllabes à rimes plates) et son esprit.

Son esprit, c'est l'esprit *bourguignon*. L'écrivain du *Pastoralet* non seulement le confesse, mais il prend soin de le déclarer hautement. S'il rime, c'est « principalement à l'onneur et loenge de très-noble et très-exellent prinche Jehan, duc de Bourgogne, conte de Flandres et d'Artois, qui en son tamps fu moult preux et vaillans, et tant loialment ama le roy Charle Sisime, le roialme et le bien de la chose publique qu'en la fin en mourut comme il appert ou livre qui s'ensieut ». Tout cela, il va nous l'exposer au moyen d'une « fiction », d'une « pastourrie », qui « faintement descript la division des Franchois et la désolation de ce roialme de France ».

Si peut-être nous voulons tenir de suite la clef de cette pastourie, démêler, à travers la fiction, les réalités historiques dont il prétend nous instruire, il nous suffira, sur son conseil d'ailleurs, de consulter « la briève exposition » qui termine l'œuvre, et qui éclaircit tout le mystère. En nous en rapportant à cette exposition, nous arriverons à dresser la *liste des personnages* du drame avec, en regard, les noms des acteurs :

Florentin,	Charles VI, roi de France.
Belligère,	La reine Isabeau de Bavière.
Tristifer,	Duc d'Orléans, frère du roi.
Léonet,	Jean, duc de Bourgogne.

(1) Ch. VI.

Lupal,	Bernard VII, comte d'Armagnac.
Pompal,	Pierre de Brabant, dit Clignet, seigneur de Landreville, chevalier et chambellan de Jean II le Bon.
Elesis,	Duc Jean I d'Alençon.
Palintus	Comte Waleran de Saint-Pol.
Bellagus,	Enguerrand de Bournonville.
Philomars,	Chevalier Jean de Luxembourg.
Panalus	Henri V, roi d'Angleterre.
Florimaye,	Catherine de France, reine d'Angleterre.
Antidus	Charles d'Albret, connétable de France.
Florel,	Le Dauphin, le futur Charles VII.
Bosqualus,	Tanneguy du Chastel.

Autres seigneurs, etc.

La scène se passe dans le *Pourpris* (France), le *Pré* (comté d'Artos), le *Clos* (Normandie), le *Bois* (Paris), le *Jardinet des Fleurs de lys* (Saint-Denis), le *Parc Saint-Julien* (Le Mans), le *Parc du Pont* (Saint-Cloud), le *Parc à la grosse laine* (Bourges en Berry), le *Parc au Sablon* (Compiègne), le *Parc du Val* (Soissons), le *Parc à la Manne* (Arras), etc.

Après avoir dit modestement :

> A tel escrivain tels escris :
>
> Humbles sui et pour ce j'escris
>
> Humblement en matière basse,

après avoir prié le lecteur de ne voir dans son poème qu'une fiction et de le prendre, lui et ses pasteurs, pour des chrétiens malgré la présence de divinités païennes dans ses vers, notre poète entame sa « matière » laquelle est répartie en vingt chapitres, dont le sommaire est formulé en prose.

Il prit un jour fantaisie à Bucarius (ainsi se désigne l'auteur) de se rendre dans la « grand région gaulloise ». Arrivé au bois de Vénus. il rencontre moult pasteurs « roiaux et gentils » et distingue, parmi eux, « le noble et hault pastour Florentin, maistre du pourpris ». dont il fait un éloge bien senti. La « drue » de Florentin, Belligère, est une jolie personne, joyeuse surtout, mais elle n'est pas loyale. Elle aime Tristifer ! Ce qui veut dire qu'Isabeau de Bavière aime son beau-frère. Louis d'Orléans. Dans ce « pourpris flairant et foelly » habite aussi Léonet, le parfait Léonet. C'est en même temps la résidence de bergers et bergères qui chantent et qui dansent, et dont les chants et les danses — le poème l'affirme — font rêver du ciel. Mais,

> Après cler tamps vient la nuée.
> Joie mondaine est tost muée ;
> Plaisance souvent petit dure,
> Et la retournée en est dure (v. 363-6).

Florentin a promis une « chainturelle de laine » à l'auteur du rondeau le plus galant sur sa mie, laquelle aura mission d'adjuger le prix. C'est Tristifer que l'on couronne... Mais les jeux continuent. Léonet danse avec trois des plus avenantes bergerettes : Tristifer est jaloux : il se vengera ! Bientôt la désolation régnera dans la *pasture du pourpris,* c'est-à-dire en France.

La nuit arrive, et Tristifer ne quitte pas Belligère. Nous voilà en plein dans l'adultère et la littérature licencieuse. Bucarius lui-même en convient : il reconnaît que sa narration n'est guère édifiante (1). Aussi, il y intercale un avertissement au berger sur les maux causés par Vénus. ... Dans le Landerneau champêtre, on jase de ses relations avec Belligère. Le bruit en arrive même aux oreilles de Florentin qui, fou de colère, en appelle à Léonet. Que fait alors Tristifer ? Il essaie d' « enchanter » et d'empoisonner Florentin. Pas n'est besoin de commenter l'incident, non plus que le suivant où l'allégorie est d'égale transparence : au « manoir de Florentin », douze bergers vêtus d'habits étroits et couverts d'étoupes « harpoïes et ensouffrées », porteurs de flambeaux allumés, se mêlent à une « carole ». Tristifer approche son flambeau du seigneur de céans qui, grâce au dévouement des « touses », échappe pourtant à l'horrible supplice que l'on sait, mais des douze « deghisés », trois périssent dans les flammes.

Tel est le genre et le ton de la pastorale. Inutile d'en continuer l'analyse, puisque l'histoire qu'elle nous relate, est bien connue : c'est « l'esmouvement de la gherre » provoquée par l'assassinat de Louis d'Orléans, la paix conclue entre les Armagnacs, le roi et les

---

(1) Voir là-dessus Marchal, édit. des *Ducs de Bourgogne* de Barante, III, p. 280. Il va décidément trop loin lorsqu'il compare l'auteur du *Pastoralet* à celui de la *Pucelle.*

Bourguignons, paix qui est rompue par les premiers ; ce sont les sièges de Saint-Cloud, d'Etampes, de Bourges, de Compiègne, de Soissons, de Bapaume et d'Arras ; ce sont les luttes civiles à Paris et ailleurs ; ce sont encore la réception de Jean sans Peur dans la capitale, la reconnaissance du Dauphin comme chef des Armagnacs, les accordailles du roi d'Angleterre et de la fille du roi de France, enfin le tragique dénouement du pont de Montereau.

Partout l'auteur atténue ou passe sous silence les méfaits de Léonet, de Jean sans Peur. C'est une constante interprétation des événements pour le plus grand profit et la plus grande gloire de ce prince. Nous aurions pu le montrer également par la justification qu'il essaie du meurtre de Louis d'Orléans. Cette justification, il la prépare longuement et il finit par affirmer que Léonet a reçu en songe l'ordre de purger la terre du monstre qu'elle portait. Au surplus Mars lui a-t-il déclaré que son repos, à lui Léonet, en dépendait. Le crime est donc perpétré, et l'on devine les pleurs qui retentissent dans le monde de la houlette, ainsi que le désespoir de Belligère. Une enquête s'ouvre, et Léonet, « qui frans estoit », pour détourner d'un innocent les foudres populaires, avoue son forfait, mais il s'empresse de se retirer chez lui, à demi repentant. Il veut même bien regretter d'avoir écouté Mars, un dieu qui vit de discordes, car maintenant, c'est la guerre !

Semblable à la *Geste* par le sujet et l'esprit, le *Pastoralet* en diffère assurément par le style. Il ne marche pas, comme elle, à pas lourds ; il n'est pas fait de longues enfilades d'alexandrins massifs et maladroits. C'est sur un rythme souvent gracieux et délié que le poète conduit, qu'il déroule sa narration historico-poétique. Tels de ses vers ont une saveur toute champêtre. Mais, n'oublions pas de le noter, ses bergers ne sont pas de francs campagnards. D'ailleurs, on l'a vu, ils n'habitent pas que la campagne : les luttes entre Armagnacs et Bourguignons les rappellent souvent en ville, et, à travers les enjolivements de la fantaisie, des visions sanglantes s'aperçoivent qui assombrissent le récit. En outre, dans ce qu'il a de bucolique, dans ses romances et chansons, dans ses pastourelles et ses rondes, dans ses divertissements de bergers et bergères, le poème de Bucarius a l'allure, si souvent conventionnelle, de l'idylle et de l'églogue. En celles-ci, presque inévitablement, la nature se revêt d'atours qu'elle emprunte, et c'est chose bien rare qu'elle y apparaisse en sa belle et glorieuse simplicité. Mais néanmoins, le *Pastoralet* s'offre avec des qualités d'invention et de forme qu'on ne saurait nier. Ameilhon l'a jugé trop sévèrement lorsqu'il a dit de l'auteur : « Sa poésie est beaucoup en arrière de celle qui avait alors cours en France, comme on peut, je crois, s'en convaincre en la comparant avec les autres compositions poétiques du temps, et même avec les œuvres de Froissart. Cela vient sans doute de ce qu'il était un peu étranger à la France, et qu'il écrivait dans un pays éloigné de la cour » (1). En revanche, Kervyn tombe dans l'excès contraire, dans l'excès d'honneur lorsqu'il affirme : « Il n'est (si l'on considère Christine de Pisan comme appartenant à l'époque de Froissart) aucun poète du xve siècle qui puisse lui être comparé » (2). Oui peut-être, si l'on supprime d'un coup de plume Martin Le Franc, Charles d'Orléans et Villon.

Néanmoins, c'est un poète, mais avec les inhabiletés du style au xve siècle, un poète qu'il faudrait, pour le tour lyrique de ses inspirations, ranger, comme nous l'avons dit, au chapitre de la LYRIQUE OFFICIELLE. En mainte occasion, il met, dans la bouche de ses personnages, des ballades, lais, rondeaux, complaintes ou des...

motés merlés
Dont s'il vous plaist, ung en oiés,

(Il s'agit de Tristifer et Belligère qui s'esbanoient) :

— « Bergière jolie,	— L'en doibt bien loer
« Menons chère lie,	« Qui se scet joer
« En ce bois ramé ».	« Envoiséement ».
— « Mon ami, j'en prie,	— « Il vaut miex danser
« Car la gaie vie,	« Qu'en triste penser
« Ay tousjours amé ».	« Manoir longhement ».
— « En ce tamps d'esté,	— « Qui vit tristement
« Par joïeuseté	« N'y poet bonnement
« Voel rire et chanter ».	« Trouver nulle avance ».
— « C'est bien ma santé	— « Anoy fait tourment
« Et ma volenté	« Au corps, et briefment
« De souvent fester ».	« A l'âme grevance ».

(1) *Op. cit.*, VII, p. 445-6.
(2) *Op. cit.*, p. III.

— « Vivons en plaisance ;   — « Ly beaux robechons,
« Tout d'une acordance   « Ne tous ses soichons, (1)
« Chantons et dansons ».   « N'ont pas sy bon tamps »
— « C'est mon espérance,   — « Non, que nous avons ;
« Sans nulle esmaiance,   « Orendroit trouvons
« De faire chansons ».   « Amours esbatans». (v. 1205-40).

D'un tour également facile sont les plaintes de Belligère qui se croit trahie par ce Don Juan de Tristifer :

— « Ai my ! lassette, que feray ?
« Ai my ! lassette, que diray ?
« Bien croy que porter ne porray
« Les mauls d'amer, ains en morray.
— « Car plus ne voy mon bel amy ;
« C'est par amours, lassette, ai my !
« Plus ne le voy dont j'ay gémy ;
« Plus n'ay ne bon jour, ne demi.
— « Mon las coer dedens moy sautèle
« Comme feroit au vent la tèle.
« Mon sang frémist fort et batèle ;
« Lasse, pour amours sui-je tèle.
— « Mar vy le joly tamps de may
« Qui mist mon coer en tel esmay
« Pour mon ami que trop amay,
« Quant le choisy dessoubs le may.
— « Vert bois ramu, pré verdoiant
« Que je sui tout l'esté voiant,
« Me sont durement anoiant
« Quant illoec me vois umbroiant.
— « Beaux chapeaux parés de flourettes
« Fais par très-fines amourettes,
« Flajols, fretiaux et turlurettes
« Adès me font paines durettes (v. 1687 et suiv.).

L'écrivain aurait également droit à une mention parmi les moralistes et les didactiques. De même que le rimeur de la *Geste*, mais plus adroitement que lui, il fait la leçon à ses personnages ou à ses lecteurs. On l'a déjà vu à l'œuvre. Le voici encore qui prête à Pa-

(1) Compagnons, camarades.

lintus (comte Waleran de Saint-Pol) « viex et pelés » un discours de 60 vers sur la mort, discours adressé à Elesis (duc Jean d'Alençon) « jones et plesans ».

N'aime pas trop, dit-il, à Elesis qui vient de lui remémorer ses gaillardises de jadis,

> « N'aime pas trop ta couleur fine.
> « Les flourettes emmy la prée
> « S'amatissent à la vesprée,
> « Et, qui pis est, par pluie ou vent
> « Devant le vespre bien souvent.
> « Jonèce, force, ne beaulté
> « N'ont contre la mort séureté,
> « Ains les gaite par la crevache,
> « Et aussy tost moert veau que vache (v. 2376-84).

Tantôt c'est tout un apologue que conte l'auteur, tantôt c'est un simple dicton, un épiphonème qu'il formule pour clore un récit (1).

Ainsi que pour la *Geste,* la question de paternité est encore à résoudre. L'auteur signe Bucarius. Est-ce bien son nom ? Nous ne le pensons pas (2). A notre sens, c'est une signature de fantaisie, et probablement elle cache un partisan de la faction des bouchers de Paris qui avaient à leur tête les Gois et avec lesquels Jean sans Peur entretenait des relations. En tout cas, cet auteur semble bien avoir connu le duc de Bourgogne. On sait s'il l'admire et le loue. Néanmoins, il est bon royaliste, c'est-à-dire qu'il manifeste des sentiments de profond respect envers le roi. La langue qu'il parle a des caractères qui pousseraient à le rattacher à l'Artois (elle est largement mêlée de formes françaises). Mais ce que son poème ne nous dit pas, c'est la manière dont il a travaillé. Il ne nous fournit là-dessus que des références vagues (3). Apparemment, il a eu des sources écrites, car on ne peut pas admettre qu'il ait raconté tout le règne de Jean sans Peur sans avoir, sous les yeux, quelque tracé

______

(1) « Un recueil de tous les proverbes et sentences répandus dans cet ouvrage, pourrait faire un article assez intéressant » Ameilhon, p. 448. Notre auteur est de plus un lettré comme l'attestent et son vocabulaire abondant (cf. Ameilhon, *ibid.*) et son érudition en matière de mythologie.

(2) Voir l'opinion d'Ameilhon, p. 430 et Reiffenberg, éd. des *Ducs de Bourgogne* de Barante, III, p. 311.

(3) Voir ce qu'il dit à la fin, v. 8808 et suiv., des chroniques de France et de l'abbé de Cercamp (Chiercamp).

graphique ou, si l'on veut, certains documents. Toutefois il a l'air de puiser surtout dans ses propres souvenirs, d'être sa propre source, de narrer ce qu'il a vu. Mais de quelque façon que se soit élaborée son œuvre, elle n'a pas été achevée avant 1422. C'est ce qu'établissent des allusions qu'il fait à la mort de Henri v d'Angleterre, arrivée le 31 août de cette année. D'autre part, le ton passionné du récit indique qu'il ne l'a pas rimé longtemps après cette date. Ainsi que l'écrivain de la Geste, il est un écho, et un écho pas lointain, de l'émouvant drame historique qui s'est joué au début du xv⁰ siècle (1).

§ 2. **Philippe le Bon**.

Il est surprenant que le moins lettré, le moins « intellectuel » des ducs, Jean sans Peur, ait été de la sorte et par deux fois élevé au rang des héros de romans, qu'il ait, dans l'histoire poétique de la dynastie de Bourgogne, tenu ce beau, ce premier rôle. De pareils hommages, de tels honneurs ne semblaient être dus qu'à Philippe le Bon. Mais si Jean sans Peur a joui de cette apothéose littéraire, c'est que probablement son fils aura pris à cœur les intérêts de sa gloire. La *Geste* et le *Pastoralet* ont paru sous son gouvernement. On n'oserait affirmer qu'il les a inspirés ou commandés, mais au moins est-il permis de supposer qu'ils ont été rimés pour lui plaire. Selon toute vraisemblance, ils n'auraient pas vu le jour si lui n'avait été le successeur, le brillant, le fastueux successeur de Jean sans Peur. Il est le duc par excellence de la maison de Bourgogne. Par sa haute situation, il provoque de la littérature autour de lui. L'éclat de sa personne rejaillit sur les siens et fait que, sous son règne, on les choisit pour sujets de livres. A son tour d'ailleurs, il sera célébré en vers et aussi en prose. La *Chronique de l'Abbaye de Floreffe* lui consacrera nombre de ses octosyllabes. D'autre part, nous verrons le roman chevaleresque l'adopter comme un personnage d'avant-plan, comme un roi Artus présidant aux exploits de ses coureurs d'aventures. Tel apparaît-il, en somme, dans le *Livre des faits du bon chevalier messire Jacques de Lalaing*. Avant de le montrer et avant d'examiner aussi un récit de même teneur et de même époque, *Jehan de Saintré*, nous devons nous arrêter un instant à un poème apparenté,

(1) Voir *Ann. Univ. Louvain.* 1906, p. 385-6, les conclusions d'une étude entreprise sur le *Pastoralet* par mon ancien élève, M. C. Jacob.

par la forme, au *Pastoralet* et à la *Geste*. C'est la *Prise d'Alexandrie*
(1370?) de Guillaume de Machaut, qui rentre, elle aussi, dans la
catégorie des chroniques en vers. Deux particularités la recommandent plus ou moins à notre attention : la première est que
Philippe le Hardi s'y trouve cité, mais en passant seulement, et la
seconde est que l'ouvrage a été acquis par Philippe le Bon (1).
Comment a-t-il été acquis ? Nous serions bien empêché de le dire.
Mais si même des renseignements positifs nous manquent sur l'entrée de ce poème dans sa librairie, nous pouvons certes penser que
le grand duc d'Occident s'intéressait au héros de Guillaume de
Machaut, à Pierre 1 de Lusignan, le roi de Chypre. Qui ne sait que
l'infortuné monarque, dont la *Prise d'Alexandrie* relate les aventures,
avait rêvé de libérer les Lieux Saints et qu'à cet effet il avait visité
les cours de l'Europe, sollicitant l'assistance des princes ? Il les
avait quittés, ne remportant chez lui que des promesses. Néanmoins il « s'était croisé ». Aidé de la flotte que les Vénitiens lui
avaient procurée, il s'était emparé d'Alexandrie (1365). Mais ensuite
il dut abandonner sa conquète, et il périt assassiné par ses frères.

Une autre histoire où l'on se croise, mais pas avec le même
sérieux, est celle de Jehan de Saintré, par Antoine de La Sale :
*L'hystoyre et plaisante cronicque du Petit Jehan de Saintré et de la jeune
dame des belles cousines.* Elle a été lue chez Philippe le Bon. De plus,
l'auteur est un familier de la cour de Bourgogne. Il est par conséquent utile que nous nous informions de ses rapports avec celle-ci,
pour déterminer la mesure dans laquelle son roman se rattache à la
littérature ducale (2).

Né en Provence entre 1386 et 1388, attaché au service de la maison d'Anjou dans les premières années du xve siècle, Antoine de
La Sale a connu de bonne heure celle de Bourgogne. Dans son
traité *Des anciens tournois et faitz d'armes*, achevé le 4 janvier 1459, il

---

(1) Barrois, n° 1265, pap. Voir les mots de repère dans l'édit. L. de Mas-
Latrie, *La Prise d'Alexandrie*, 1877, (Publ. de la Bibliothèque de l'Orient
latin), p. 13, vers 411, p. 272, v. 8807. Pour la mention de Ph. le Hardi,
voir p. 25.

Gröber, p. 1043 et 1047 ; Molinier, n° 3554.

(2) On trouvera mentionnés, dans les pages qui suivent, les travaux
essentiels et récents sur La Sale. Voir aussi le ch. iii, part. iii, § 3, le
ch. iv, § 3 et la bibliographie qui termine mon Introduction. Je cite *Jehan
de Saintré* d'après l'édition de G. Hellény. Paris, 1890.

consigne ce qu'il y a observé jadis, sous la rubrique : « Les chappitres du tournoier, ainsy que j'ay veu deux foiz, l'une à Bruxelles,
du temps du duc Anthoine de Brabant, il y a cincquante ans ou plus.
— L'autre behourt fust à Gand fait par mon très-redoubté seigneur,
le duc Phelippe de Bourgongne, du jour d'uy, aux nopces de son
premier escuier d'escuirie, feu Anthoine de Villers, il y a XLIII ou
XLIIII ans, ainsy que souvenir m'en peult » (1) Antoine de Brabant dont il parle d'abord est un fils de Philippe le Hardi. Quant à
son très redouté seigneur qu'il désigne ensuite, c'est Philippe le
Bon. Le premier passage ou le premier souvenir se rapporte aux
environs de 1408. Le second doit se placer dans les années 1412-
1413 ou, moins probablemeht, 1415-6. Vers cette époque existait
l'espèce d'Académie mondaine dite *Cour amoureuse de Charles* VI,
où la maison de Bourgogne a figuré en un rang très remarqué (2).
Dans la liste des écuyers d'honneur de cette *Cour*, on relève le
nom d' « Anthoine de la Salle, escuier d'escuierie de Jehan, duc de
Bourgoingne » (3). Ce ne peut être que notre écrivain (4). En ces
temps-là toutefois, il maniait plus souvent l'épée que la plume. De
son existence mouvementée d'alors, nous retiendrons seulement que,
pendant l'été de 1415, il prit part à la pompeuse croisade dirigée
par Jean I, roi de Portugal, contre les infidèles du Maroc, et terminée par la conquête de Ceuta. On peut noter aussi les séjours en
Italie et surtout à Rome. Viguier d'Arles en 1429 (c'étaient des
fonctions annuelles), il est appelé en 1436 par le successeur de
Louis III d'Anjou, par René, roi de Sicile, à la dignité de précepteur
de son fils aîné, « Monseigneur Jehan d'Anjou, duc de Calabre et
et de Lorraine », pour léquel il fait son premier ouvrage, le traité
de *La Salade*. Douze ans plus tard, il quitte ce service pour prendre
celui d'un seigneur bourguignon, Louis de Luxembourg, comte de
Saint-Pol, qui lui confie le préceptorat de ses trois jeunes fils (5).

(1) Edit. Prost, p. 203 et 207. Voir aussi Grojean, *La Sale*, p. 167-8.

(2) Voir ch. VI, § 1.

(3) Piaget, *Un manuscrit de la Cour amoureuse de Charles* VI. ROM., XXXI,
p. 602.

(4) Sur ces dates, voyez Labande, *A. de la Salle*, p. 69 et Söderhjelm,
Notes, p. 9-12.

(5) Lecoy de la Marche, *Le Roi René*, II, p. 176 ; Raynaud, *Rom.*,
XXXI, p. 533-4. Sur Louis de Luxembourg, le châtelain de Lille, le connétable de France décapité pour félonie en 1475, et sa situation à la cour
de Bourgogne, voir les chroniqueurs Monstrelet, Wavrin, etc...

C'est à ce maître qu'il dédie *La Salle*, en 1451. Il vit alors, il exerce son nouvel emploi au Châtelet-sur-Oise (propriété de Louis de Luxembourg). Il a plus de soixante ans, mais sa carrière d'écrivain n'est pas encore achevée. Outre *La Salle*, il a également daté de cette résidence du Châtelet-sur-Oise, où il a dû passer une dizaine d'années, son roman du *Petit Jehan de Saintré* (1456) et son manuel *Des anciens tournois et faictz d'armes* (1459). D'autre part, on sait qu'il a terminé son *Réconfort de Madame du Fresne*, en 1458, pendant un séjour à Vendeuil-sur-Oise (près de Saint-Quentin et au nord-est du Châtelet-sur-Oise).

Mais au cours de l'année qui a vu paraître ses *Anciens tournois*, au cours de 1459, il s'est également trouvé à Genappe, en Brabant, chez Philippe le Bon : sa présence y est attestée par la dédicace d'un manuscrit de *Saintré* au duc de Calabre (en septembre). C'est là qu'auraient été rédigées les *Cent Nouvelles nouvelles* qu'on lui attribue et dont au moins la cinquantième porte son nom et le désigne en qualité de « premier maistre d'hostel de monseigneur le duc ». Mais combien de temps lui a demandé cette rédaction, si vraiment elle est de lui ? La réponse est à réserver pour un chapitre ultérieur où sera examinée la question des origines du célèbre recueil (1). Ce que nous pouvons indiquer présentement, c'est l'époque où « monseigneur le duc » l'a nommé « premier maistre d'hostel ». Au début de 1459, La Sale était encore chez Louis de Luxembourg. On sait qu'il y eut grande brouille entre ce seigneur et Philippe le Bon, et qu'elle ne s'est apaisée qu'en 1458. « C'est sans doute peu de temps après que le comte de Saint-Pol vint s'associer aux autres seigneurs pour rendre ses hommages au dauphin », le futur Louis XI, qui s'était réfugié à Genappe. Le duc de Bourgogne dut lui offrir alors une place à sa cour (2).

L'année suivante (1460), nous apercevons aussi la femme d'Antoine en cette même cour, où Philippe le Bon lui a confié une charge. Les époux La Sale y ont-ils fait long séjour ? Tout ce qu'il est permis de dire, c'est que le mari, ayant dédié de Bruxelles, le premier juin 1461, un *La Salle* au duc, résidait vraisemblablement encore dans son entourage. On a conjecturé que la dispersion de la joyeuse société de Genappe deux mois après (en août) avait provoqué le départ d'Antoine, qui se serait alors retiré dans la famille

(1) Ch. IV, § 3.
(2) Söderhjelm, *Notes*, p. 29-30.

de son ancien protecteur, Louis de Luxembourg. Quant à la date
de sa mort, elle est encore à déterminer, mais il ne paraît plus possible de la reculer jusqu'en 1469, comme on l'avait proposé (1).

A ces quelques données biographiques, peut-être devrions-nous
ajouter le fait qu'Antoine a offert, avant 1456, un manuscrit de *La
Salade* à Agnès de Bourgogne, sœur de Philippe le Bon. Il ne
semble pas cependant s'être alors rencontré avec elle, mais ne
serait-ce pas là une nouvelle preuve des rapports de notre écrivain avec la cour de Bourgogne, déjà avant son admission officielle
chez le duc? (2). On a remarqué plus haut qu'en citant *Jehan de
Saintré* nous l'avons reporté à 1456 et que nous lui avons fixé Châtelet-sur-Oise comme lieu de rédaction. Telle n'est pas, ainsi qu'on
sait, l'opinion qui a été longtemps admise. Celle-ci disait que le
roman de La Sale avait été écrit en 1459, à Genappe, pour l'agrément de Philippe le Bon, de son fils Charles et de leur hôte le dauphin Louis. Mais la découverte ou plutôt la révélation, en 1902,
d'un manuscrit, qui jusqu'alors avait passé presque inaperçu, est
venue démontrer qu'il était antérieur de trois ans et d'un autre milieu
que la cour folâtre du Brabant. Il s'agit d'un beau volume sur papier
qui porte comme indication de provenance : Châtelet-Sur-Oise, où
a vécu environ dix ans Antoine de La Sale, en qualité de précepteur des trois fils de Louis de Luxembourg. C'est donc là qu'il a
rédigé son *Saintré,* et la rédaction complète doit en avoir été terminée avant le 6 mars 1456. D'autre part, elle ne peut pas remonter
plus loin que 1454. L'œuvre nous est arrivée en deux groupes de
manuscrits : le premier, sans dédicace ni lettre d'envoi, contenant
une version moins longue que celle du second qui présente une
dédicace et une lettre d'envoi à Jean d'Anjou, duc de Calabre.
C'est au second qu'appartient le texte du Châtelet-sur-Oise. Dans
la collection de Philippe le Bon est entré un exemplaire de la première forme (3).

(1) Söderhjelm, *Notes,* p. 30 et suiv. : Raynaud, *Rom.,* XXXIV, p. 318 ;
Doutrepont, *La Sale,* p. 182.

(2) Hypothèse de M. Söderhjelm, *Notes,* p. 34-36. Sur ce ms. qui est
incomplet et qu'on trouve au Musée Condé, à Chantilly, voir ch. III, part.
III, § 3. Sur Agnès de Bourgogne, voir ci-dessus, p. 53.

(3) Nous résumons ici l'article de M. G. Raynaud : *Un nouveau manuscrit du Petit Jean de Saintré,* ROM., XXXI, 1902, p. 527-56. Au fait, comme
nous l'avons dit, ce nouveau ms. qui est entré, en 1902, à la Nationale
de Paris (sous la cote 10057, Nouv. acquis. franç. ; cf. *Bibl. Ec. Ch.,* LXII,

Si telles sont les choses, *Jehan de Saintré* ne pourrait donc plus être considéré comme l'expression de la société bourguignonne. Mais à tout le moins, il a diverti cette société. Et puis il a été dédié à l'un de ses membres. La raison nous paraît suffisante (et d'ailleurs nous en avons d'autres) pour que nous le regardions d'un peu près.

Souvent, on a fait ressortir son caractère hybride, c'est-à-dire la dissemblance entre les premiers chapitres qui ont (en réalité ou en apparence) la gravité, la portée d'un manuel de pédagogie et les derniers qui prennent l'allure d'un joyeux devis : « Ce qui frappe tout d'abord dans cet ouvrage, ainsi que le note M. Raynaud après tant d'autres, c'est la dualité de son intrigue et le contraste qui existe entre les amours grossières et sensuelles, tant soit peu ridicules, de la Dame avec Damp Abbé (à la fin du livre) et ses premières amours si fraîches, si élégantes et si courtoises avec Jean de Saintré, amours qu'on a voulu comparer à celles de Chérubin et de sa belle marraine ; à tort, pensons-nous, car autant le page de Beaumarchais est audacieux, avisé, troublant même en face de la comtesse qui se défend un peu de l'aimer, autant Saintré se montre réservé, timide, naïf aussi devant les invites taquines et provocantes de la Dame des Belles Cousines » (1). Mais ce contraste, certains critiques ne l'ont-ils pas exagéré, ne l'ont-ils pas accentué plus qu'il ne faut ? Le rire des dernières pages est-il aussi différent qu'ils l'ont prétendu de celui des premières ? Ne perdent-ils pas trop de vue que c'est un seul et même homme qui a imaginé et le début et le dénouement ? On se rappelle comment, dans ce début, Jehan nous est dépeint. Nous l'y voyons qui se rend à la cour du roi de France pour faire son éducation, et c'est alors un gentil et bon enfant, tout pétri de candeur et de grâce naïve. Une jeune veuve, la Dame des Belles Cousines, le remarque et entreprend de le déniaiser. Elle l'initie aux mystères de la vie chevaleresque ou plutôt d'abord aux mystères du monde. Dans tout cela, il n'y a rien, dirait-on, qui sente l'écrivain goguenard, l'ironiste qui se donnera

p. 311-12, LXIII, p. 26-7) n'était pas inconnu des érudits, et M. Raynaud l'a plutôt révélé, mis en lumière que découvert. Sur les mss. de *Saintré*, voir l'article du même savant, *Rom.*, XXXIII, p. 108 et H. Omont, *Bibl. Ec. Ch.*, LXIV, p. 542-3, LXVI, p. 46. Celui de Phil. le Bon, en papier (Barrois, nᵒˢ 1268-1854) repose actuellement à la Laurentienne de Florence : Medic. Palat. 102 (Bandini, *Suppl.* III, 296).

(1) *Rom.* XXXI, p. 545.

carrière lorsque Damp Abbé arrivera sur la scène. Mais vraiment ce préambule a-t-il bien la noblesse d'intention que d'aucuns lui prêtent ? Observez donc la Dame et ses compagnes lorsqu'il s'agit de révéler à Jehan ce que c'est que l'amour. N'ont-elles pas tout l'air de vouloir simplement rire de lui, rire de sa gène, de son embarras de brave garçon qui ne s'entend pas aux belles manières de la société : « Lesquelles parolles par ma dame dictes en soubzriant, les dames congneurent bien que combien que feussent vrayes, que n'estoient que pour farcer » (1). Retenons l'expression : « pour farcer ». C'est là ce qu'elle prétend faire, d'accord avec ses bonnes amies. Saintré cherche-t-il à se soustraire à leurs regards moqueurs, elle l'appelle : « A ces dures et cruelles parolles ne pensa moins que d'estre mort ; lors tout à coup à genoulx et à mains joinctes se mist, requerant à ma dame mercy, disant que vrayement il avoit eu grandement à faire. Ma dame qui derriere luy veoit ses femmes rire, s'en tenoit le plus qu'elle povoit...» (2). En lisant les questions qu'elle lui pose, on croit voir constamment se dessiner sur ses lèvres et se réprimer le sourire de celle qui sait, devant l'ébahissement de celui qui ne sait pas. Admirez-la surtout, la préceptrice de Jehan, lorsqu'elle lui enseigne l'art d'aimer ! C'est de l'enseignement direct et pratique, c'est la leçon de choses, autrement dit ce sont des rendez-vous, des baisers pris ou non à la dérobée (3). Mais la dame, qui est veuve, désire, à l'instar d'anciennes dames illustres, rester chaste et par conséquent fidèle au souvenir de son mari. L'auteur, du moins, nous en a informés dans son chapitre second, lorsqu'il nous l'a présentée, mais l'information revêt un tour bien spécial Pour démontrer que les veuves de jadis « vouloient garder honnesteté et entiere chasteté », il invoque le témoignage de « l'Apostre en sa première Epistre *ad Tymotheum*, ou vᵉ chapitre : Honnoure les vefves, Virgille au quart livre de Eneas, sainct Jerosme au second livre », et puis... il conte l'histoire de la femme aux vingt-deux

(1) Hellény, p. 17.

(2) Hellény, p. 20. Voir encore p. 18-20. Cf. là-dessus Söderhjelm, *Notes* p. 99, 101 et 102.

(3) G. Paris, *Esquisse*, p. 248 : « La première partie est déjà assaisonnée d'une malice et d'une sensualité que rend plus piquantes un air d'innocence naïve ». Il nous paraît que la critique n'a pas assez insisté sur ce point.

maris et celle du mari aux vingt femmes (1). Est-il besoin de dire que c'est le procédé des ironistes, des humoristes ? On pourrait citer tels passages d'un Rabelais et d'un Molière qui sont dans le ton du couplet de La Sale. Eux aussi font de l'érudition, et c'est une érudition également déplacée, une érudition qui n'est pas à sa place dans l'instant où elle éclate, ni dans la bouche d'où elle sort.

L'auteur de *Saintré* use encore du même procédé, par exemple, lorsqu'à la fin de son récit, il représente Jehan qui triomphe de Damp Abbé et qui le tient sous sa hache. D'abord, le jeune héros songe à exterminer son méprisable rival, mais voilà que six textes latins lui reviennent en mémoire (et La Sale les cite tout au long), six textes qui lui prêchent la clémence... et il pardonne ! On ne les attendait assurément pas, ces textes, pas plus d'ailleurs qu'on n'attend, au début du roman, toutes les savantes maximes que débite la Dame des Belles Cousines pour éduquer le jouvenceau. Il y a là, comme on sait, dans les premiers chapitres, il y a là, mêlé au roman d'amour, tout un traité de morale sur les vices que doit éviter et les vertus que doit posséder un chevalier en herbe. On dirait d'un sermon ou d'un catéchisme. Un homme d'Eglise ne s'exprimerait pas avec plus de conviction ni de science. L'antiquité, et sacrée et profane, est mise ici en coupe réglée pour le plus grand profit de Jehan. Sa préceptrice lui adresse discours sur discours, et elle les étoffe de sentences empruntées aux écrivains de la Grèce, de Rome et de la chrétienté. Est-ce bien le fait d'une dame, même d'une grande dame ? L'on ne voit guère, au xve siècle, que Christine de Pisan qui ait pareille érudition à dépenser. La nôtre, la Dame des Belles Cousines, semble n'être si savante que « pour farcer ». D'ailleurs certaines de ses citations sont inventées (2).

L'ironie court d'un bout à l'autre de ce roman, et même dans la croisade d'apparence sérieuse qui en occupe le centre et qui se développe comme suit : Les Sarrasins sont en Prusse. La situation est grave. L'Europe chrétienne presque entière se lève et vient se ranger sous la bannière de Jehan qu'on a placé à la tête de l'expédition. Nous assistons alors à un dénombrement des troupes qui fait vaguement songer au « catalogue des vaisseaux » dans le

(1) Söderhjelm, *Notes*, p. 102 : « Peut-être y a-t-il déjà une pointe d'ironie dans cette présentation de la Dame ». Pour nous, le *peut-être* est de trop.

(2) Hellény, p. 444.

second chant de l'*Iliade*. Une lutte gigantesque s'annonce. Les Sarrasins ont mis sur pied la plus puissante armée qu'ils aient eue « depuis la loi de Mahomet ». Tous les « soudans » du globe se sont donné rendez-vous en Prusse. L'on devine que Jehan est à la hauteur des circonstances. On l'arme chevalier sur le champ de bataille : il extermine le grand Turc de Perse, pendant que de vaillants compagnons se chargent de l'empereur de Carthage, des soudans de Babylone et de Malaboch et d'autres personnages de non moindre importance.

Cette croisade, d'apparence sérieuse, « tient beaucoup, a dit quelqu'un, de la mascarade » (1). On pourrait même y signaler une « plaisant nouvelle » que Jehan narre à ses troupes pour leur expliquer la haute estime dont il jouit auprès de son roi (2). D'autre part, vous l'entendez célébrer les armées qui marchent contre le grand Turc avec une solennité que l'auteur paraît bien vouloir rendre comique. Cependant on a prétendu retrouver dans cette croisade la reproduction des aventures qui étaient arrivées à un croisé de la fin du xive siècle, à Boucicaut le jeune. Partant, La Sale aurait songé à l'expédition de Hongrie, à la bataille de Nicopolis en 1396. Nous n'oserions certes affirmer qu'il ait pris à l'histoire passée des inspirations aussi directes (3). Mais, s'il a vraiment pensé à Boucicaut et à 1396, il ne l'a sans doute fait que parce qu'un projet de croisade turque était à l'ordre du jour dans la famille de Bourgogne. Peutêtre même n'est-il pas interdit de rechercher dans le texte de La Sale des allusions aux incidents diplomatiques de l'époque où il écrivait. Ainsi, vous y lirez que le roi de France est empêché de suivre Jehan à cause de ses « grans affaires » et que l'empereur d'Allemagne est retenu chez lui « pour sa maladie », ce qui fait qu'il envoie, en son lieu et place, le duc de Brunswick (4). Et là encore, l'ironie perce.

Pince-sans-rire, ironiste, La Sale le serait donc ailleurs que dans sa dernière partie qui est constituée par l'histoire des amours de la Dame des Belles Cousines et de Damp Abbé ? Sans doute. Et pourtant que de manuels de littérature enseignent que c'est là seulement

(1) Söderhjelm. *Notes*, p. 105.
(2) Hellény, p. 267.
(3) C'est la thèse de M. Raynaud, *Rom.*, XXXI, p. 554-5.
(4) Hellény, p. 286-7, 293.

qu'il est plaisant et moqueur. Là, dit-on, nous sommes en plein dans le genre des *Cent Nouvelles nouvelles*. C'est vrai. Toutefois est-il exact que seul l'esprit de blague fasse les frais du dénouement ? En d'autres mots, La Sale a-t-il voulu y railler la chevalerie autant qu'on l'a déclaré ? C'est ce que l'on peut contester (1), et au reste s'il l'a raillée, c'est sans fiel, sans amertume. Aussi ne pensons-nous pas qu'il faille parler d'idéal renversé, d'idéal honteusement bafoué dans la personne de Jehan. Considérez que si ce dernier a été battu par l'abbé, il n'en prend pas moins sa revanche. Dans sa lutte contre le moine armé en jouteur, il triomphe. Mais il triomphe surtout lorsque, devant la cour assemblée et la Dame des Belles Cousines, il raconte, à la grande confusion de celle-ci, l'indigne conduite d'une femme qui a trompé son ami. Tout le monde la blâme et le roman se termine à l'honneur de Jehan.

De ce roman, nous avons commencé l'examen en disant qu'il avait été lu à la cour de Bourgogne et que son auteur avait connu celle-ci, même avant d'entrer officiellement au service de Philippe le Bon. L'entourage du prince aimait à rire. Le prince aussi. Il tolérait la plaisanterie, et il ne bannissait pas de ses terres les gens qui plaisantaient dans leurs écrits. La suite de notre étude en offrira d'autres preuves. Elle fera voir également que d'autres livres de La Sale ont reçu de lui bon accueil.

Dans le bagage littéraire de cet auteur, on a prétendu que devait être compris le *Livre des faits du bon chevalier messire Jacques de Lalaing*, ce roman biographique dont la paternité a été si souvent discutée. Précédemment, nos lecteurs ont vu les arguments qui ont été émis pour démontrer qu'il appartenait à l'écrivain anonyme de *Gilles de Trazegnies* et du *Gilles de Chin dérimé*. Alors que cette opinion se formulait dans deux études connexes sur ce *Gilles de Chin* et ce *Gilles de Trazegnies*, l'autre thèse naissait qui conférait à La Sale la rédaction de *Jacques de Lalaing* (2). Ici, dit l'inventeur de cette thèse, un

---

(1) M. Söderhjelm l'a fait très justement : *Notes*, p. 105.

(2) Je cite *Jacques de Lalaing* d'après la dernière édition de Kervyn, *Chastellain*, VIII, p. 1-259. Voir Liégeois, *Gilles de Chin*, p. 72 et Molinier, n° 3941. Cf. le n° 1300 de Barrois reproduit plus haut p. 62 : *Le cahier des armes que monseigneur Jacques de Lalaing fist emprez Chalon en Bourgogne* ; c'est un document isolé sur notre héros ; voir les chap. XLVIII et suiv. de Kervyn et le n° 1167, Paris, Nat., Nouv. Acq. franç.

L'attribution du *Livre des faits* à La Sale a été proposée par M. G. Ray-

long passage se découvre où le père du héros lui conseille d'éviter les sept péchés capitaux en matière d'amour : or, dans *Jehan de Saintré*, des instructions absolument identiques sont données par la Dame à son jeune élève. En outre (sans tenir compte d'autres points de contact assez vagues), ce même récit de *Saintré* semble s'être inspiré, au moins dans la première partie, des prouesses de Jacques de Lalaing. Comment rendre compte de ces analogies ? Par le fait, répond-on, que La Sale mit au jour l'un et l'autre ouvrage. Tandis qu'il recevait la mission de raconter les prouesses de Jacques, il aurait conçu, en même temps, l'idée de narrer l'*histoire plaisante* de Jehan. Tel n'est pas notre avis. Nous estimons que l'auteur de *Saintré* est resté étranger à l'élaboration du livre dont on prétend l'enrichir. La preuve en est qu'il a assisté à un tournoi exécuté à Nancy en 1445 et que le biographe de Jacques de Lalaing déclare ne pas y avoir été. Sans doute, il y a les ressemblances qu'on sait. Mais elles peuvent très bien s'expliquer par une communauté d'emprunts, à moins que le *Livre des faits* n'ait copié *Jehan de Saintré*. D'ailleurs, quelle différence entre eux à d'autres points de vue ! Comparez-les dans l'ensemble, pour le tour de pensée et le don du style. Assurément le *Livre des faits* ne porte pas la marque de l'écrivain, de l'artiste littéraire qui signait Antoine de La Sale.

Il a paru alors sans doute que La Sale avait cessé de vivre et certainement après le décès de Philippe le Bon, comme suffisent à l'attester les extraits que nous reproduisons dans l'analyse qu'on va lire et qui évoquent la mémoire du duc défunt. Il est constitué de pièces et de morceaux. L'auteur, dont nous venons d'indiquer une source possible, a dû puiser aussi dans la *Chronique* de Chastellain, dans l'*Epître* adressée par Jean Le Fèvre de Saint-Remy au

naud, en même temps qu'il étudiait le nouveau ms. de *Jehan de Saintré*, *Rom.*, XXXI, p. 545-6. D'autre part, MM. Bayot et Liégeois l'assignent à l'auteur commun de *Gilles de Trazegnies* et de *Gilles de Chin* (prose). Pour les discussions auxquelles ont donné lieu les *paternités* en question, voir ci-dessus, p. 48 et Grojean, *Antoine de La Sale*, p. 169-70, Söderhjelm, *Notes*, p. 106, Doutrepont, *La Sale*, p. 181-82. Après avoir pris connaissance de l'argumentation de MM. Bayot et Liégeois, M. Raynaud a bien voulu admettre que *Jacques de Lalaing* (du moins, dit-il, *tel qu'il est*) doit être postérieur à la mort de Philippe le Bon. « Rien n'empêche, écrit-il, de supposer que .. La Sale .. n'ait pas achevé la rédaction du *Livre des faits*, qui fut remanié et complété après lui par l'auteur des deux *Gilles* » : *Rom.*, XXXIII, p. 109.

père de Jacques peu après la mort de ce dernier, ainsi que dans la *Chronique de Gilles de Chin* en prose. Il n'est guère probable qu'il ait eu recours aux *Mémoires* du héraut Charolais (1).

Mais, où qu'il ait pris sa documentation, et quel que soit son nom, cet auteur (et pour nous c'est bien là l'essentiel) a vécu dans l'entourage de Philippe le Bon. Il est de chez lui, de sa cour ou de ses États. Il a dû connaître le « pays de Hainaut, pour le temps [comme il dit] qu'en estoit prince et seigneur le très-glorieux duc Philippe de Bourgongne, le très-chrestien champion de la foi, le patron et l'exemple des vertus, l'honneur de la chrestienté, le tremblement et effroi des marches infidèles, qui par son très-grand et haut courage a entre les vivans hommes gagné nom immortel... » (2). Nul n'ignore, dit-il aussi, que jadis en ce même pays et « à l'environ estoit la fleur de chevalerie, autant que pour lors on sçut trouver ni querre ». C'est la patrie des Gilles de Trazegnies, des Gilles de Chin et des Jean de Werchin. C'est également celle de messire Jacques de Lalaing, fils aîné du seigneur Guillaume de Lalaing et de Jeanne de Créquy. Bien jeune encore, il annonce le parfait chevalier qu'il doit être un jour. Ses « enfances » fixent sur lui l'attention du brave duc, Jean I de Clèves (3), neveu de Philippe le Bon, qui l'emmène à la cour de son oncle. Il part, muni des recommandations de son père qui lui a longuement retracé les devoirs de son futur état. A peine arrivé à Bruxelles, il se met en vue par sa bravoure et sa vaillance dans les joutes, les tournois et les courses de lances. Le duc et la duchesse de Bourgogne, les dames et les damoiselles n'ont d'yeux et d'égards que pour lui. Il traite de pair à compagnon avec son maître Jean de Clèves, tant il est entré avant dans sa confiance. Il est consulté par Philippe le Bon lui-même sur des questions qui auraient certes embarrassé de plus âgés et de plus expérimentés que lui. On devine ce que sera l'« exercice chevalereux de sa vie », comme aurait dit Olivier de La Marche. Cet exercice est trop chargé d'incidents et d'aventures

---

(1) Voir Liégeois, *ibid.*, p. 65-85. — *L'Epître de Jean Le Fèvre, seigneur de Saint-Remy, contenant le récit des faits d'armes, en champ clos, de Jacques de Lalain, et publiée pour faire suite à sa Chronique*, par F. Morand, ANN.-BULL. SOC. HIST. FRANCE, 1884, p. 177-239.

Sur ce chroniqueur, voir ch. VII, § 3.

(2) Kervyn, p. 3-4.

(3) Fils aîné d'Adolphe IV d'Egmont, premier duc de Clèves.

pour que nous songions à le retracer par le menu. Contentons-nous de noter que le héros « besogne » vaillamment à tous les coins de l'Europe, qu'il revient de temps à autre en Bourgogne, et que plus d'une fois il prête aide et assistance au duc, dont, en 1450, il devient le conseiller et le chambellan.

Philippe est son patron : il l'encourage de ses paroles flatteuses et de ses regards bienveillants. C'est une sorte de roi Arthur, en qui le narrateur célèbre le prince le plus large, le plus sociable, le plus courtois qui se puisse. « Donques, écrit-il quelque part, pour retourner à parler des festes qui journellement se faisoient, des danses et des esbattemens, pour ce temps on ne trouvoit cour de haut prince où tant on en fist comme alors on faisoit en la cour du noble duc de Bourgongne ; ne pour guerre qui luy survinst, on ne cessoit de faire festes et esbattemens, car de plus large, plus humble, ne plus courtois on n'eust sçu querre, ne trouver. Oncques ne fut crému par sa cruauté, mais estoit craint pour sa débonnaireté, largesse, vaillance et vertus dont il estoit orné. Certes, à bref parler, il n'est langue humaine, tant soit facondieuse, qui sçust dire, ne raconter les grandes vertus qui en luy estoient. Et quant est à parler de ses vertus, oncques ne fut trouvé par escrit prince plus miséricordieux, ni plus piteux aux pauvres ; quant il les véoit en nécessité, jamais ne s'en partoient esconduits. En son temps aima fort sa chevalerie, ses nobles hommes et serviteurs, et leur fit moult de biens » (1)...

A cette cour, Jacques de Lalaing et ses compagnons reviennent, ainsi que des chevaliers de la Table Ronde, prendre des inspirations et rendre compte de leurs prouesses. La mort de ce héros y cause un grand bouleversement ; c'est un deuil général pour la société bourguignonne. Philippe le Bon lui-même, « quand il en fut averti, en pleura moult tendrement, et lui churent les larmes des yeux si très-abondamment tout au long de la face et en eut le cœur si très-estraint, qu'un seul mot de sa bouche ne pouvoit issir » (2).

Jacques de Lalaing et *Jehan de Saintré* présentent des particularités qui leur assignent une place dans un chapitre qui s'intitule : *Epopées et romans d'inspiration médiévale*. Nous hésitons à ranger à leur suite une courte narration, en vers souvent boîteux, d'événements accomplis du XIIIe au XVe siècle (3). Mais nous devons men-

(1) P. 31.
(2) P. 255.
(3) Voir ch. VI, § 5.

tionner ici l'assez longue *Chronique de l'Abbaye de Floreffe*, écrite en 1462 et 1463 (1). L'auteur appartenait, selon les meilleures probabilités, à la région liégeoise. Il ne nous a pas révélé son nom, et c'est à tort qu'on l'a identifié avec Henri d'Opprebais, chanoine régulier de Floreffe et abbé de Beaurepart. En tout cas, il professe une vive admiration pour Philippe le Bon et les siens. Il néglige même l'histoire de son abbaye, ou, si l'on veut, il s'en éloigne à plaisir, pour s'occuper du prince et de ses ascendants. A tel moment, on croirait qu'il a pris la plume dans l'unique dessein de retracer les fastes de la dynastie. Il énumère les personnages et les hauts faits qui l'ont illustrée. Mais son attention va surtout au grand duc d'Occident. C'est ainsi que vous lirez, chez lui, une rubrique conçue en ces termes : *L'aucteur touche ychi de monseigneur Phelippe, duc de Bourgoingne,* et suivie de ces vers :

> Tout dire ne m'est pas besoingne :
>
> De aulx voelle taire ; mais de la personne
>
> Du bon duc de Bourgoingne Phelippe
>
> L'en doit bien faire beaux cronicques,
>
> Car tant est sage, courtois, subtils,
>
> Qu'il scet faire de ses anemis
>
> Ses amis très-espécials ;
>
> Aveucque ce est si libouraulx
>
> Qu'il passe Alixandre en largesse,
>
> Roy Octovian en richesse.
>
> Si lui at fait Dieu tèle grâce,
>
> Que quiconques le regarde en face,
>
> Quoyque par avant hay l'ait,
>
> Si l'amera tout entrefait.
>
> Brief, de lui ne me puis tanner ;
>
> Tousjours en voldroie bien parler,
>
> Conbien qu'aulcuns poroient dire
>
> Que cy n'afiert à ma matire (v. 2345-62, éd. Reiffenberg).

(1) *Chronique de l'abbaye de Floreffe, de l'ordre des Prémontrés, dans l'ancien comté de Namur,* en octosyllabes. Reiffenberg, *Monuments,* VIII, p. 65-188, en a publié les deux derniers tiers, soit 3570 vers. (Cf. *ibid.* p. XXVII-XXX). Voir l'édition du premiers tiers, avec une étude sur l'œuvre, par H. Peters dans la ZEITSCHRIFT FÜR ROMANISCHE PHILOLOGIE, XXI (*Ueber Sprache und Versbau der Chronik von Floreffe*). A consulter aussi M. Wilmotte, *Notes d'ancien wallon,* BULL. ACAD. BELG., 3e s., XXXIII, 1897, p. 240-58. La chronique est dans le ms. 18064-69 f. 187v-238, de Bruxelles.

On l'entend : il s'excuse de sortir de son véritable sujet, mais il ne saurait s'empêcher de parler du bon duc. Il en a plein la bouche, dit-il : « tousjours en voldroie bien parler ». Ce qui l'intéresse assez spécialement, ce sont les efforts tentés par Philippe le Bon pour diriger une croisade contre les Turcs. De là, le récit détaillé qu'il entreprend du Banquet du Faisan. Mais, pour ce faire, il change de style ; il renonce à la rime et il écrit en prose (1).

III. MŒURS ET TRADITIONS CHEVALERESQUES.

§ 1. Joutes et tournois.

Le Banquet du Faisan est une fête chevaleresque, une de ces fêtes où l'esprit chevaleresque du temps s'exprime avec un éclat retentissant. De cet esprit, on a dit souvent que, tandis qu'il semblait disparaître de partout, la cour de Bourgogne avait assumé la tâche d'en être le refuge suprême, le dernier asile. Incontestablement, elle a fait effort pour le ranimer, pour lui rendre quelque vie, mais il ne s'agit plus alors de cette « rude et brutale chevalerie des XIe et XIIe siècles » dont Léon Gautier a formulé le code en dix commandements. Maintenant, ainsi qu'il l'écrit, elle « a fait place à une chevalerie plus élégante et moins chrétienne, mais, ajoute-t-il, on adore plus que jamais les batailles et les tournois, la petite et la grande guerre » (2).

Nulle part on n'adore plus les tournois qu'à la cour de Bourgogne. Avant son avènement, ils étaient certes en vogue dans les Flandres, mais l'époque et la noblesse de Philippe le Bon et de Charles le Téméraire leur ont prêté une splendeur sans égale. Il semble bien que l'institution de l'ordre de chevalerie, la Toison d'or, ne fut pas étrangère à la faveur dont ils jouirent alors, au déploiement de luxe dont ils devinrent l'occasion (3). C'est ainsi qu'ils constituent, pour la société bourguignonne, le « jeu chevaleresque » par excellence. Philippe le Bon lui-même y participe, et glorieusement, et, lorsqu'il ne joute plus, il ne manque pas d'encourager de sa présence les pas d'armes qui se célèbrent dans ses bonnes villes.

---

(1) Les passages où il est particulièrement question de la maison de Bourgogne sont : édit. Reiffenberg, p. 79-93, 125-129, 132-147, 158-188.

(2) *Épopées*, II, p. 409-10.

(3) Cf. H. Kervyn de Lettenhove, *La Toison d'or*, Bruxelles, 1907.

Charles le Téméraire est, à ce point de vue, son digne fils. A 18 ans,
il fait ses débuts et de brillants débuts. Pour eux et leurs courtisans,
rien n'est « plaisant », rien n'est beau comme cette petite guerre.
On croirait, lorsqu'on lit les mémorialistes qui nous la racontent,
on croirait lire un roman. La réalité vaut la fiction ; elle vaut les
livres. Dans *Perceforest*, cette « encyclopédie du monde chevaleresque », dans *Olivier de Castille*, *Louis de Gavre*, *Gilles de Chin*, *Gilles
de Trazegnies* et ailleurs encore, les spectacles ne sont plus captivants
ni mieux imaginés. Voyez pour vous en convaincre, voyez, par
exemple, les aventures d'Olivier de Castille, perdu dans une forêt
en Angleterre, à qui le fantôme ou le chevalier blanc apparaît pour
lui donner, en vue de la joute qui se prépare à la cour, un superbe
cheval noir, des armes et toute une suite. Voyez-le à ce tournoi, où
l'on ignore son nom et sa naissance, voyez-le vainqueur de tous ses
adversaires en même temps qu'il triomphe dans le cœur de toutes
les dames qui sont présentes. De ce roman, passez à la réalité, aux
fêtes chevaleresques de Bourgogne, et vous penserez peut-être que
les organisateurs se sont monté l'imagination et que les participants
se sont entraînés à la lutte en lisant des récits de l'espèce. Telles
sont les fêtes, pour en citer quelques-unes des plus remarquables,
tels sont les pas d'allure si romanesque : le *pas de l'Arbre Charlemagne*
à Dijon en 1443 (1) ; celui de la *Belle Pèlerine*, près de Saint-Omer en
1449, où sont *joués*, imités les personnages de Lancelot du Lac, de
Palamède et de Tristan le Léonois (2); celui de la *Fontaine aux Pleurs*,
près de Chalon-sur-Saône, en 1449-1450 (3) ; du *Chevalier au Cygne*, à
Lille en 1454, dont il suffit de rappeler le titre pour en indiquer
l'inspiration littéraire (4) ; de la *Dame Inconnue*, à Bruxelles en 1463-

(1) Monstrelet, VI, p. 68 et suiv. ; La Marche, I, p. 290 et suiv.

(2) D'Escouchy, I, p. 251 et suiv. ; La Marche, II, p. 118-135; Quenson, *La
Croix pèlerine. Notice historique sur un monument des environs de Saint-Omer :
MÉM. DE LA SOCIÉTÉ ROYALE ET CENTRALE D'AGRICULTURE, SCIENCES ET ARTS
DU DÉPARTEMENT DU NORD*, 1834, p. 307-46.

(3) D'Escouchy, I, p. 265 ; La Marche, II, p. 141-204 ; *Lalaing*, ch. XLVIII
et suiv.

(4) D'Escouchy, II, p. 119 ; La Marche, II, p. 341-46. Au banquet ainsi
qu'à la joute d'Adolphe de Clèves, seigneur de Ravestein, le fils cadet
d'Adolphe IV d'Egmont et le frère de Jean I, duc de Clèves, on voit
figurer le Chevalier au Cygne dans une « nef » traînée par un cygne.
Notons ici la présence d'un écuyer qui s'appelle Girard de Roussillon :
cf. P. Meyer, *Girart de Roussillon*, p. CLXIX-X.

1464, qui porte un nom semblablement expressif (1) ; celui du *Perron faé* à Bruges en 1463 qui a, lui aussi, sa « dame inconnue » (2) ; et de l'*Arbre d'or*, exécuté dans la même ville, en 1468, à l'occasion des noces de Charles le Téméraire et de Marguerite d'York (3).

Ces éblouissantes fêtes militaires s'accompagnent généralement de fastueuses réunions gastronomiques. Nos brillants et vaillants jouteurs se retrouvent, avec les dames qui les ont admirées et encouragées pendant la lutte, en de plantureux festins, en des banquets monstres où le côté-spectacle n'est pas moins soigné que le menu, et où leurs mœurs et leurs goûts chevaleresques revivent en des scènes et des jeux de théâtre. L'un de ces banquets est demeuré particulièrement célèbre. Il est passé à l'état de grand fait historique du xvᵉ siècle, et le souvenir nous en a été conservé dans quelques-unes des pages les plus colorées de la chronique contemporaine. On a deviné que nous voulons parler du Banquet du Vœu du Faisan, offert par Philippe le Bon à la noblesse bourguignonne, en son Palais du Rihour à Lille, le 17 février 1454, après le pas du *Chevalier au Cygne*.

§ 2. Le Banquet du Faisan et les vœux des romans de chevalerie.

Lorsqu'on en lit la description (4) chez les mémorialistes de l'époque, Olivier de La Marche et Mathieu d'Escouchy, on dirait

(1) *Bull. Comm. roy. hist.*, 3ᵉ s., XI, p. 473-82 : Kervyn de Lettenhove.

(2) F. Brassart, *Le pas du perron feé à Bruges en 1463 par le chevalier Philippe de Lalaing* : Souv. Fl. wall., XIV. p. 5-94 (Tir. à part, Douai, Crespin, 1874).

(3) Voir le *Scénario du Pas de l'Arbre d'or*, publié à Bruges, 1907, à propos de la représentation de quelques épisodes de ce Pas en cette ville, juillet 1907. On y lira l'énumération de fêtes chevaleresques réputées du xvᵉ siècle et des indications sur les Pas d'armes, les Joutes et les Tournois.

Au sujet de fêtes de ce genre, à consulter aussi Quantin, p 51-4 ; Prost, *Traités du duel judiciaire*, p. 55-95.

(4) Sur ce banquet, voir d'Escouchy, II, p. 116-237 ; La Marche, II, p. 340-94 ; Du Clercq, II, p. 198 ; Paris, Nat., nᵒ 5739 (décrit par Gachard, *Manuscrits qui concernent l'hist. de Belg.*, I, p. 89-91 et dans son édition de Barante, *Ducs de Bourg.*, II, p. 118-23, ainsi que par Du Fresne, *D'Escouchy*, II, p. 116 et suiv.) ; Paris, Nat., nᵒ 11594 (voir ci-dessous, p. 112) ; *Chroniq. de Floreffe* (voir ci-dessus, p. 103) ; Champollion-Figeac, *Documents inédits sur l'hist. de France*, 1848, IV, p. 457-62 : Lettre de maître Jehan de Molesme, secrétaire de Ph. le Bon, aux maire et échevins de Dijon, relative au banquet ; Dehaisnes, *Inv. Arch. Nord*, IV, p. 195-7, et Finot, VIII, p. 25 ;

d'un récit inventé par quelque habile faiseur de romans chevaleresques, ou l'on se croirait transporté en un pays de rêve, chez
quelque fabuleux monarque d'Orient. Ce fut, en effet, un déploiement de pompes et de magnificences que nos imaginations modernes ne se représentent pas sans un certain effort et qui d'ailleurs
— notons-le à notre décharge — éblouit les assistants eux-mêmes
dont les regards étaient pourtant habitués aux «joyeusetés» les plus
luxueuses. On sait quelle était l'occasion de ce banquet. Nous
sommes au lendemain de l'événement qui a consterné l'Europe
chrétienne, la prise de Constantinople par les Turcs. Depuis le
début de son règne, Philippe le Bon projette une croisade contre
l'Islam (1). Mais, avant de l'entreprendre, il faut la proclamer, la
«lancer», et c'est ce qu'il fait au Banquet du Faisan, avec tout l'éclat
et le faste qu'il juge propres à séduire et à entraîner ses courtisans.

Sur ce Banquet, que nous rapprocherons de la littérature bourguignonne à diverses reprises, certains détails descriptifs ne seront
pas superflus (2). Les murs de l'immense salle choisie par le prince
pour sa déclaration de guerre à l'Infidèle sont tendus d'une tapisserie reproduisant la vie d'Hercule, un héros mythique en faveur à
la cour. Sur les trois tables auxquelles vont prendre place les convives, se dressent seize monumentales décorations où des artistes
nombreux et divers ont rassemblé leurs plus ingénieuses et leurs
plus divertissantes inspirations. Ce sont, pour parler le langage de

Laborde, 1, p. 419-29 ; A.-J. Wauters, *Etudes sur la peinture dans les Pays-
Bas aux* XVe *et* XVIe *siècles*, REVUE DE BELGIQUE, 1907, p. 220-23.
   La Marche relate d'abord la cérémonie même du banquet, et il énu-
mère ensuite les vœux de Lille ; mais il n'en donne que 23. D'Escouchy
reproduit 102 vœux, mais il les insère dans le récit de la fête. il en est
de même dans le ms. n° 5739 de Paris, lequel a un vœu de moins que
d'Escouchy. Quant au n° 11594, il en a 103, ainsi que tous ceux qui ont
été recueillis aux réunions qui ont suivi celle de Lille (voir ci-dessous
p. 112). Remarquez que, comme La Marche, il place les vœux après
l'ordonnance du festin. — Entre ces quatre textes, il y a certaines divergences de rédaction et d'orthographe. Une chose à remarquer encore est
que le récit en question figure sans nom d'auteur dans les deux mss. de
Paris, tandis que La Marche et d'Escouchy l'intercalent, l'un et l'autre,
dans leur chronique comme étant leur bien propre. Ne serait-ce pas un
compte rendu officiel ? Il a existé, au XVe siècle, des narrations de ce
genre pour les grandes fêtes.
   (1) Voir ch. III, part. II.
   (2) D'après La Marche. Pour les vœux qui lui manquent, je recours à
D'Escouchy.

l'époque, des *entremets* et, pour parler celui de la nôtre, des pièces montées, des surtouts de table, de « vastes machines qui rappellent en grand les jouets d'étrennes que l'on donne aujourd'hui aux enfants riches » (1) : une église, un navire et son équipage, une prairie ornée d'une fontaine, d'arbres, de rochers et d'une statue de saint André (le patron de la Bourgogne), un phénoménal pâté qui abrite dans ses flancs un orchestre de vingt-huit musiciens, le château de Lusignan avec sa fée Mélusine, un moulin à vent, un vignoble, un lac entouré de villages, une forêt indienne peuplée de bêtes féroces, ainsi furent (et nous en passons) les dits entremets. Ce n'était donc pas la première fois que les invités, nobles seigneurs et nobles dames, assistaient à un spectacle du genre ; l'usage régnait alors de ces mises en scène dans des salles de festins. Mais, à Lille, il y eut cependant pour eux matière à surprise, si la présente mise en scène fut aussi remarquable qu'on dit, et si, comme l'affirme Olivier de La Marche, « ils mirent assez longuement à visiter » ces entremets.

Les entremets de l'espèce — surtouts de table, pièces montées — étaient d'ordinaire simplement figuratifs, mais ils ne restaient pas tous à l'état passif de décors, puisque certains d'entre eux étaient habités, avaient des « personnaiges vifs », sans compter des animaux qui semblaient l'être. En même temps, l'on appelait de ce nom des jeux scéniques, des intermèdes « vifs, mouvans et allans », sortes de représentations dramatiques données dans la salle, offertes aux convives dans l'intervalle des services (2). Nous passons sous silence, sauf à y revenir plus tard (3), divers petits entremets « mouvans et allans », qui sont le menu fretin du spectacle, pour arriver immédiatement à l'entremets de résistance, celui de la croisade turque, le numéro le plus sérieux, le numéro vraiment sensationnel du programme. Un géant, coiffé d'une « tresque » à la Sarrasin de Grenade et revêtu d'une longue robe de soie rayée, pénètre dans la salle ; il conduit un éléphant porteur d'une tour aux créneaux de laquelle s'exhibe Sainte-Eglise : c'est une dame habillée d'une robe de satin blanc ainsi que d'un manteau noir, et la tête ornée « d'un

____

(1) Taine, *Philosophie de l'art*, 8 éd., II, p. 13.
(2) Le terme d'entremets s'est d'ailleurs conservé longtemps, en style de théâtre, au sens d'intermède.
(3) Ch. v, § 3.

blanc couvrechief ». En entrant, du haut de sa tour, elle adresse au géant qui la mène le triolet que voici :

> « Geant, je veulz cy arrester,
> Car je voy noble compaignie
> A laquelle me fault parler.
> Geant, je veulz cy arrester ;
> Dire leur veulz et remonstrer
> Chose qui doit bien estre ouye.
> Geant, je veulz cy arrester,
> Car je voy noble compagnie. »

Effaré, le Sarrasin se retourne, regarde Sainte-Eglise, mais il ne s'arrête que devant la table de Philippe le Bon. Un mouvement de curiosité se produit alors parmi les convives. On en remarque même qui, intrigués par cette apparition, se lèvent et s'approchent du duc pour mieux entendre. La dame récite une longue complainte, où elle énumère ses infortunes et tout ce que lui ont causé de tourments les ennemis de la Foi, et elle en appelle au bras vengeur du prince et de ses chevaliers.

— Pleurez mes maux, gémit-elle, car je suis Sainte-Eglise,

> « La vostre mère
> Mise à ruyne et à douleur amere.... »

— Ecoute-moi, continue-t-elle,

> « O toy, o toy, noble duc de Bourgoingne
> Filz de l'Eglise, et frère à ses enffans... »

— Et vous aussi,

> Et vous princes, puissans et honorez,
> Vous, chevaliers qui pourtez la Thoison,
> N'oubliez pas le très divin service.... »

La complainte achevée, Toison d'or, le roi d'armes de l'ordre fondé par Philippe (c'est le chroniqueur Jean Le Fèvre, seigneur de Saint-Remy) paraît escorté de deux chevaliers, Jean de Créquy et Simon de Lalaing (c'est l'oncle de Jacques), et de deux dames, Iolande, bâtarde de Bourgogne et Isabeau de Neufchâteau ; de nombreux officiers d'armes accompagnent. Toison d'or porte un faisan « vif et aorné d'ung très riche collier d'or, très richement garny de pierreries et de perles ». Il le présente au duc, en disant : « Très hault et très puissant prince, et mon très redoubté seigneur, veez les dames qui très humblement se recommandent à vous, et pour ce que c'est la coustume, et a esté anciennement, que aux grans festes et nobles assemblées on presente aux princes, aux seigneurs et aux nobles hommes le paon, ou quelque aultre oyseau noble, pour faire veuz utiles et valaibles, elles m'ont icy envoyé avec ces deux damoiselles pour vous presenter ce noble faisant, vous priant que les vuillez avoir en souvenance ».

« Ces parolles dictes, le duc qui savoit à quelle intencion il avoit fait ce bancquet, tire de son seing ung brief », qu'il charge Toison d'or de lire à haute voix. C'est la promesse qu'il a faite de venger bientôt le nom chrétien. Par là, le duc « voue », jure sur le faisan de prendre la croix avec Monseigneur le Roi. Si ce dernier ne peut partir, Philippe s'engage à le remplacer, et du reste il est prêt à suivre quelque autre chef de la Chrétienté. Tout ce qui sera humainement possible, il le fera, et même, si le grand Turc désire se mesurer avec lui, il le provoquera en combat singulier. Ces engagements, il ne les prend toutefois que sous réserve de l'approbation royale, et sous condition qu'il jouira d'une santé convenable et que la paix régnera dans ses Etats quand le moment du départ sera venu. Sur ces mots, Sainte-Eglise remercie le duc en une tirade de huit vers et elle en consacre une seconde à demander aux « princes, chevaliers et nobles hommes » bourguignons de joindre leurs vœux à celui de leur « patron ». Ensuite, elle se retire, tandis que l'entourage du Maître se conforme à ses conseils : ils sont là 103 qui s'engagent par des promesses plus ou moins expressives à participer à la croisade. Observons cependant qu'il ne doit point s'agir de « toasts » improvisés sur l'heure et que tous n'y furent pas prononcés, puisqu'au cours de la cérémonie, Philippe le Bon en interrompit l'émission et chargea Toison d'or d'en recueillir le lendemain les copies. Mais préparés d'avance ou mis par écrit après coup, l'éclat de la fête qui s'apprêtait ou qui venait d'avoir lieu, a dû influencer leur teneur et leur rédaction.

Beaucoup de ces vœux ont le même thème : c'est un simple engagement à secourir l'Eglise alarmée, engagement souvent atténué par des *si*, par des conditions diverses. Mais il en est qui se détachent de l'ensemble et se distinguent, se singularisent par des clauses bizarres ou purement extravagantes. Dans son « brief », le grand duc avait déclaré qu'au besoin il irait jusqu'au corps à corps avec le grand Turc. Des gens de sa suite promettent de faire plus et mieux. Ainsi, il se peut que Monseigneur de Pont n'ait pas de son prince l'autorisation de l'accompagner. En ce cas, durant l'espace de six mois, il ne séjournera pas quinze jours en ville avant de s'être mesuré avec un Sarrasin, et cette promesse, il espère la tenir grâce à Notre Dame pour l'amour de qui, tant que son vœu ne sera pas exécuté, il ne se couchera pas dans un lit le samedi. Un autre, Jean du Bois, seigneur d'Annequin, dès le jour de son départ, ne mangera pas le vendredi « chose qui ait receu mort », jusqu'à ce qu'il ait eu une rencontre avec un ou plusieurs mécréants. Messire Philippe Pot, seigneur de La Roche, plus téméraire encore, ne portera pas d'armure au bras droit ; il ne veut pas s'asseoir à table le mardi avant d'avoir « embesoingnié contre les ennemis de la Foy » dans un combat où mille d'entre eux seront « déconfits ». Il paraît qu'en entendant ce vœu, le duc ordonna à Toison d'or de l'atténuer par cette restriction : que lui, le très redouté seigneur de Bourgogne, défendait à Philippe Pot d'aller au « saint voyage », le bras désarmé.

Bien d'autres veulent se dépouiller de telle partie de leur armure, s'imposer telle abstinence, ou se priver de leur lit, tel jour de la semaine, aussi longtemps qu'ils n'auront pas exercé leur bravoure sur le dos des Turcs. C'est, par exemple, Antoine de Ray, seigneur de Feneu, qui ne se mettra pas à table le samedi et qui ne prendra que du pain et de l'eau en l'honneur de la Vierge Marie ; c'est de même l'échanson Louis du Chevalart qui, lorsqu'on sera à quatre journées du pays des Infidèles, ne portera ni « chapel ou chapperon », avant d'avoir attaqué l'ennemi, et il aura le bras nu sauf la main qui sera revêtue du gantelet. Mais tout cela ne suppose encore qu'un rare et bel enthousiasme, ainsi que de fortes réserves de courage. Il est des convives qui vont plus loin, qui ont presque le mot pour rire, et qui poussent la chose jusqu'à l'outrecuidance facétieuse : ainsi ces deux écuyers tranchants, dont l'un, Antoine de Lornay, jure de frapper de son épée la couronne du premier roi infidèle qu'il rencontrera, et dont l'autre, Jhennet de Rebreviettes, déclare que, s'il n'a pas obtenu les faveurs de sa dame avant la croisade, il épousera, à son retour d'Orient, la première dame ou damoiselle qui aura vingt mille écus …bien entendu, si elle y consent…

La cérémonie turque terminée, le matériel du festin disparaît comme par enchantement, et la fête s'achève par un bal qui se prolonge dans la nuit.

Cette cérémonie eut — détail qu'on ignore communément — son écho, sa répercussion au dehors. D'autres promesses de croisade furent données dans les deux mois qui suivirent la réunion de Lille. Soit dit autrement, des vœux analogues — encore inédits — furent exprimés ou remis le 15 mars, dans la ville d'Arras, par 27 nobles du comté d'Artois ; le 18 à Bruges par 54 nobles de Flandre ; en Hollande par 4 seigneurs (le jour ne nous est pas indiqué) et le 25 avril à Mons par 27 autres du pays de Hainaut. En tout, on le voit, 112 vœux nouveaux (1). A Arras, la cérémonie (si l'on peut parler ici de cérémonie) fut présidée par Jean II de Bourgogne, comte d'Etampes (2) ; à Bruges, c'est le comte de Charolais qui reçut les vœux. Mais comment ces divers engagements ont-ils été remis ? Est-ce en assemblée solennelle ? Pas tous assurément et l'on peut affirmer que certains d'entre eux, vu leur teneur ou leur rédaction, sont des réponses envoyées, des réponses adressées à Philippe le Bon qui les avait demandées.

Dans ces villes d'Arras, de Bruges, de Mons et en Hollande, l'enthousiasme est moins vif qu'à Lille. On est même frappé de la sagesse clairvoyante avec laquelle s'expriment les croisés. Déjà pourtant, au Banquet du Faisan, tels départs annoncés et promis n'étaient que conditionnels (ainsi celui même de Philippe le Bon) ; ils *dépendraient* de circonstances *indépendantes* de la volonté des seigneurs ; ceux-ci même prévoyaient le cas où ils devraient se faire remplacer et prenaient leurs dispositions en conséquence. Mais c'est surtout en Hollande, et dans ces trois villes d'Arras, de Bruges

---

(1) Ils sont dans le n° 11594, Nat., Paris, parch., qui comprend l'*Ordonnance du banquet* (à peu près comme dans D'Escouchy, La Marche et le ms. 5739, Nat, voir ci-dessus, p. 107) — les *Vœux*, au nombre de 215 (voir ci-dessus, p. 107) — la *Copie de la bulle* donnée en 1463 par Pie II et traduite en cette année par Guillaume Fillastre, évêque de Tournai, et l'*Épître* dont il sera parlé au ch. III, part. II, § 2.

Cette *Épître*, je l'ai publiée dans les *Analectes pour servir à l'histoire ecclésiastique de la Belgique*, 3e s., t. II, 1906, p. 144-95, avec une introduction où j'ai retracé l'histoire du ms. en question. Ce ms. est dans Barrois, n°s 1338-1831 (par erreur dans l'*Appendice*, n° 2242). Il en existe une copie incomplète à La Haye, T. 389, fonds Gérard, A n° 130 (1344) : La Marche, II, p. IV, CXII.

(2) Voir ch. II, part. II, § 2, b.

et de Mons qu'on tient à ne pas se lier irrémissiblement. Les promesses y sont beaucoup plus prudentes et plus pondérées, étoffées de plus de restrictions et d'échappatoires. Vraiment le milieu n'est plus le même ; il n'est plus échauffant comme à Lille.

L'usage des vœux qui fut si glorieusement pratiqué le 17 février 1454 au Palais du Rihour, était, on le sait, un vieil usage. Il était admis, depuis longtemps, dans le monde des cours. Depuis longtemps, on y entendait, on y voyait des seigneurs prononcer, ainsi qu'à Lille, de téméraires serments sur un « noble oiseau », paon, faisan ou autre. Mais il a surtout régné, cet usage, pendant les XIVᵉ et XVᵉ siècles, et principalement alors dans le Nord de la France (1).

Ce n'est pas seulement dans le monde qu'on le trouve. Il est également répandu dans les livres. Le voici, par exemple, dans la *Vengeance d'Alexandre* de Jean le Venelais (XIIIᵉ ou XIVᵉ siècle), *Gaydon* (XIIIᵉ), les *Vœux du Paon* de Jacques de Longuyon, continués par le *Restor du Paon* de Jean Brisebarre de Douai et le *Parfait du Paon* de Jean de le Mote, dans le *Vœu du Héron*, les *Vœux de l'Epervier*, *Hugues Capet*, tous romans du XIVᵉ siècle, et le voici encore dans *Alexandre le Grand* de Jean Wauquelin qui est du milieu du XVᵉ. Cet *Alexandre le Grand*, nous le rencontrerons dans la bibliothèque de Philippe le Bon. Nous y découvrirons aussi quatre copies des *Vœux du Paon*, une du *Restor*, du *Parfait* et de l'Episode de Floridas et Dauris tiré du *Roman d'Alexandre* (2). Trois copies du *Vœu du Héron* y figurent également : nous les avons déjà signalées (3).

A titre d'exemple, rappelons la « vœrie » de *Hugues Capet* et celle du *Vœu du Héron*. Dans le premier de ces romans, la reine Blanchefleur est assiégée dans Paris et Hugues repousse les ennemis. Il est reçu au palais, où on lui sert un paon rôti, sur lequel il prononce en l'honneur de la reine, un vœu « aventureus, mervilleus et pesant ». Vous m'avez, dit-il à Blanchefleur, envoyé la viande des preux, et je n'ai pas de prouesses à mon actif. Je désire pourtant en accomplir. Aussi, je voue au paon

> Que demain au matin voray estre soingneus
> De partir de Paris, et m'en iray tous sœuls
> Tout droit au pavillon véoir no hayneus.

(1) P. Meyer, *Alexandre*, II, p. 208.
(2) Ch. II, part. II, § 1 et 2.
(3) Voir ci-dessus p. 54.

> Là me combat[e]ray à ung prinche ou à II.
>
> Auquelz sera par moy donné ly cos morteuls,
>
> Et puis m'en renveray se j'en suis éureus,
>
> Et se jou y muir, Dieu soit à m'ame piteus.

En l'entendant ainsi parler, la reine s'effraie ; elle lui défend de partir. Mais Hugues réussit quand même à sortir de la ville (1).

Plus forte encore est l'audace, ou plus violent est le ton dans le *Vœu du Héron* : L'an 1338, Robert d'Artois, banni de France, vivait refugié à la cour d'Edouard d'Angleterre. Ayant pris à la chasse un héron, il le fait rôtir et apporter au roi, parce que cet oiseau, le plus couard qui soit, appartient à ce prince, le plus couard qu'il connaisse. Edouard frémit de colère et jure d'aller en France y combattre Philippe de Valois, son mortel ennemi. Robert présente alors le héron à différents seigneurs et, entre autres, au comte de Salebrin (Salisbury) qui s'engage à tenir clos l'œil droit jusqu'à ce qu'il se soit mesuré avec les gens de Philippe. Sur ce, la fille du comte d'Erby s'engage à n'être qu'à ce valeureux seigneur, s'il s'acquitte de son vœu. D'autres serments sont également prononcés par d'autres convives. Mais le vœu des vœux est celui de la reine Philippine : elle est « grosse d'enfant », et elle ne veut pas être délivrée avant d'avoir été menée en France par le roi. Si les choses ne marchent pas au gré de ses désirs, elle se tuera d'un « grand couteau d'acier ». (2)

Le héron n'est donc pas un noble oiseau comme le paon et le faisan qui sont la *viande* de prédilection, le mets favori des preux et des amoureux. C'est sur ces deux oiseaux que se prononcent les engagements les plus cotés. On s'explique dès lors que Toison d'or, en présentant à Lille son faisan, ait pris soin de souligner le caractère distingué et l'âge respectable du rite chevaleresque qui s'accomplissait à cet instant : « Pour ce que c'est la coustume, dit-il, et a esté anciennement, que aux grans festes et nobles assemblées on presente aux princes, aux seigneurs et nobles hommes le paon, ou quelque aultre oyseau noble, pour faire veuz utiles et valaibles... » Mais Toison d'or n'est pas seul : deux demoiselles l'accompagnent, et elles sont elles-mêmes « adextrées » de deux chevaliers. Assurément, nous n'irons pas jusqu'à prétendre que c'est là un jeu de scène imité du *Vœu du Héron,* mais on nous permettra sans doute de faire

---

(1) Edit. Guessard, *Anc. poètes de la France*, Paris, 1864, p. 58 et suiv.

(2) Voir ci-dessus p. 54. D'après l'édition des *Bibliophiles de Mons*.

observer que, dans ce roman, la présentation de l'oiseau s'exécute avec le même cérémonial ou plutôt le même personnel. Pourquoi n'ajouterions-nous pas que, dans les *Vœux du Paon*, ce sont trois « gentes pucelles » Elyot, Edea et Fezouain qui ont charge de recueillir les serments ? Enfin les vœux formulés à Lille n'offrent-ils donc pas une frappante ressemblance avec ce qu'on lit dans les romans ? Ne les croirait-on pas réédités de ces récits chevaleresques où des seigneurs déclarent qu'ils ne se mettront pas à table pour dîner ou pour souper, qu'ils ne se vêtiront pas de noir ou de telle autre couleur que portent leurs dames, avant d'avoir rompu quelques lances en leur honneur ?

Mais où la ressemblance apparaît plus frappante, plus particulière, c'est entre certain passage de la *Chronique de Naples* (une de nos œuvres romanesques prémentionnées) (1) et la *turquerie* du banquet de Lille. Dans cette *Chronique*, le roi de Sicile, aidé des trois jeunes princes de France, d'Angleterre et d'Ecosse, lutte contre le grand Turc. Le fils de ce dernier, Orkais, est fait prisonnier, et on l'emmène à la cour de Naples. Ici, chez le roi de Sicile (de même que chez Philippe le Bon) un banquet fastueux est donné, et après ce banquet, dit le narrateur, « on fist apporter ung paon par deux damoiselles ; et lors le roy voua prumiers de deffendre son royaulme à son pouvoir ; et que nonobstant l'orgueil et tirannie de son adversaire, se trop grant force ne lui faisoit faire, à prisonnier noble et de bonne vertu ne feroit tirannie, mais feroit sa guerre par honnour et noblesse, et ne tendroit jà jour de sa vie, pour la mort endurer, parolles de rendre riens à son adversaire. Apres voua Orkais, et dist que à son léal povoir il rendroit paine de mettre paix entre le Turc son père et le roy de Sezille ; et se son père aloit de vie par mort, jour de sa vie ne feroit guerre au roy de Sezille ne à son royaulme, ains en rendroit entièrement tout ce que son père en tenoit... » L'assemblée lui sut bon gré de son vœu, et des remerciements lui furent adressés par le roi, la reine et leur fille Yolente. Le paon est alors présenté à Ferrant, le Sénéchal du roi de Sicile, qui le renvoie à des chevaliers turcs également prisonniers en la cour. Ils jurent d'aider Orkais dans l'accomplissement de sa promesse. Mais de son côté, Ferrant voue aussi : il voue que « pour la grant cruaulté que il

<hr>

(1) Voir ci-dessus p. 51-52.

véoit sans nombre en la personne du Turc, jamais à luy ne se rendroit n'à raenchon ne le prendroit. Et par celluy veu faisoit requeste
et prière à tous ceulx qui soubz lui estoient que chascun endroit soi
voulsist faire le pareil, ce qu'ilz ne luy refusèrent pas. Cette salle
qui toutte plaine de gens estoit sans le paon estre apporté devant
eulx tendirent les mains en hault et en jurant promisrent de ainsy le
faire chascun endroit soy que Ferrant le séneschal avoit dit. Les
trois serviteurs de Ferrant qui devant leur maistre estoient misrent
la main sur le paon, et en la présence des dames vouèrent et promisrent à Dieu, aus dames et au paon, tout ainsy et par la manière
que leur maistre avoit fait. Iceulz veulz, par les roys d'armes,
furent mis par escript. Les dames ne vouèrent point ce jour ; car
pour tel cas à elles n'appartenoit pas » (1).

On en conviendra : l'analogie est curieuse. Au banquet de Lille,
l'on voue également à Dieu, aux dames et à un noble oiseau ; au
banquet de Lille, des serments sont de même recueillis par un roi
d'armes. Existe-t-il vraiment une relation entre le pompeux spectacle du Palais du Rihour et la scène mentionnée de la *Chronique
de Naples* ? De plus, quelle est cette relation ? Pour répondre à semblables questions, il nous faudrait connaître l'âge exact de la dite
Chronique. Nous savons bien sans doute qu'elle a été calligraphiée
en 1463 par David Aubert, mais l'époque de sa rédaction ne nous
est pas connue (2). Cela étant, nous estimons prudent de ne pas
nous prononcer sur les rapports qui ont pu, en l'occurrence, unir la
vie et les lettres, la réalité et la fiction.

Il nous serait aisé d'indiquer d'autres entremets de la cérémonie
de 1454 qui font songer à tels chapitres, à tels personnages de
romans. Par exemple, l'entremets du héron lâché dans la salle du
festin et qui est poursuivi et abattu par deux faucons (et l'on mettrait en regard un passage du *Vœu du Héron*). Par exemple aussi, le
« chasteau à la façon de Lusignian », dressé sur une table et ayant au
« plus hault de la maistresse tour, Melusine en forme de serpente »
(et l'on rappellerait, à ce propos, le roman de *Mélusine*) (3). Mais il

<hr>

(1) D'après l'extrait d'un manuscrit de La Haye reproduit par Jubinal,
Lettres à Salvandy, p. 52, 234-240, et l'édition de Michel Lenoir, *Le livre des
trois fils de roys*, Paris, 1506.

(2) Jubinal, p. 234, donne, pour son ms. de La Haye la date : écrit vers
1450. Mais sur quoi se fonde-t-il pour parler ainsi ?

(3) A noter que, dans une fête donnée en 1453 à Cambrai par Louis de
Luxembourg, il y eut un entremets de Mélusine : D'Escouchy, I, p. 241.

serait juste, après avoir tenté ces rapprochements, d'avertir le lecteur que l'idée de pareils entremets était assez répandue au xvᵉ siècle,
assez familière aux esprits, pour que la littérature n'ait pas dû nécessairement intervenir afin de la suggérer aux organisateurs du banquet de Lille.

§ 3. Les tapisseries à sujets romanesques.

En retraçant l'ordonnance du banquet d'après les informations
que nous ont laissées les chroniqueurs contemporains, nous avons
noté, parmi les détails relatifs à la décoration de la salle, que les
murs étaient recouverts d'une tapisserie figurant la vie d'un héros
mythologique, d'Hercule. Les ducs aimaient beaucoup, pour leurs
hôtels, cette luxueuse ornementation et l'on sait combien, par
leurs goûts en l'espèce, ils ont encouragé les ouvriers du xivᵉ et du
xvᵉ siècle si remarquablement habiles à fabriquer des tissus aux
riches dessins et aux brillantes couleurs. L'art du tapissier s'applique
alors à tout ce qui séduit et provoque l'art de l'écrivain. En effet, de
même que l'homme de lettres, le tapissier aborde tous les domaines ;
il traite tous les sujets, sujets de fiction et de vérité, sujets profanes
et religieux, français ou étrangers, sujets que lui fournissent et la
vie et les livres. Parmi ces livres, il en est dont il s'inspire volontiers, et ce sont les récits de geste, les romans de chevalerie. Volontiers il les consulte, parce que volontiers il met en scène les personnages de la légende et de la fable.

On peut s'en assurer par l'examen de l'abondante collection de
tapisseries, qui fut constituée de la fin du xivᵉ à la fin du xvᵉ siècle
par nos princes de Bourgogne. N'y jetons qu'un coup d'œil, un
rapide coup d'œil, et devant nous apparaîtront nombreux les héros
épiques et chevaleresques, et parfois même en plusieurs exemplaires, en diverses reproductions : Guillaume d'Orange, Doon de
la Roche, Froimont de Bordeaux, Fierabras, Octavien de Rome,
Perceval le Gallois, Ami et Amile, le Roi Arthur, Doon de
Mayence, Guillaume au court nez, Aimeri de Narbonne, Charlemagne, Charlemainet, les Douze Pairs, les Neuf Preux et Neuf
Preuses, Judas Machabée, Auberi le Bourguignon, Godefroid de
Bouillon, le Chevalier au Cygne, Alexandre le Grand, Jason,
Gédéon, Hector de Troie, Florence de Rome, Garin le Lorrain,
et autres. Il nous faut bien, par crainte de trop sortir de notre cadre,

renvoyer nos lecteurs aux études spéciales qui ont été consacrées à cet objet (1). Ils y verront dans quelles circonstances et à quelles fins nos ducs ont commandé leurs tapisseries chez les artistes les plus renommés d'Arras, de Paris, de Tournai et d'ailleurs. Ils y verront, entre autres, que Philippe le Hardi était grand amateur de belles toiles décoratives, que Philippe le Bon et Charles le Téméraire ont fait, en la matière, de notables et de significatives acquisitions. Au besoin, nous en mentionnerons l'une ou l'autre dans les pages qui suivent. C'est ainsi qu'à propos du dernier duc et de son culte pour l'Antiquité, nous dirons un mot des personnages illustres de Rome et de la Grèce qui ont eu, sous son règne, les honneurs de la tapisserie.

Il n'y a pas que dans leurs hôtels et dans leurs fêtes à grand spectacle que nos princes ont sous les yeux les types distingués de la littérature épique et chevaleresque. Lors de leurs glorieuses et solennelles « entrées » dans leurs bonnes villes, ils les retrouvent sur ces « échafauds », sur ces tréteaux qu'on a dressés le long des rues ou bien au milieu de quelque place publique (2). En même temps, voici les traducteurs, les moralistes et les poètes de la cour qui établissent, entre leurs très redoutés seigneurs et les preux de France ou du monde ancien, des rapprochements et des parallèles on ne peut plus suggestifs.

On devine combien iraient loin des recherches sur la ressemblance, fortuite ou non, que présentent la société et les lettres bourguignonnes. Plus d'un roman antérieurement cité mériterait encore d'être envisagé à ce point de vue. Il serait curieux d'observer surtout avec quelle complaisance les écrivains s'arrêtent à la description des fêtes, des tournois, des danses et des repas. Visiblement, ils agissent, ils rédigent sous la poussée et, en quelque sorte, sous la dictée des événements, des mœurs qui les entourent. On remarque, par exemple, que « les préfaces de la *Chronique de Gilles de Chin* (prose) et du *Livre des Faits de Jacques de Lalaing* proposent

---

(1) Laborde, I, p. 480, 496, II, p. 267-272 ; Labarte, III, p. 553-40, 570, 572, IV, p. 371, 379, 404 ; Dehaisnes, *Inv. Arch. Nord*, IV, p. 222 ; Finot, *ibid.*, VIII, p. 212-14 ; Quantin, p. 43-45 ; Dehaisnes, *Documents*, p. 650-51, 707-710, 844-46, 907 et passim, *Histoire*, p. 341-8 ; Pinchart, *Tapiss. flam.*, p. 6-22 30-33, 60, 75, 76 ; Guiffrey, *Tapiss. franç.*, p. 16-20 ; E. Soil, *Ateliers de Tournai*, p. 24, 233-43 ; Prost, *Inventaires mobiliers*, passim.

(2) Ch. V, § 2.

à l'imitation des chevaliers contemporains les exploits de leurs héros. L'aristocratie prenait plaisir, évidemment, à la lecture de semblables ouvrages : non seulement elle s'y retrouvait avec sa vie propre, mais elle y admirait les hauts faits de ces vaillants en qui elle voyait d'illustres ancêtres. Il n'est donc pas étonnant que le dérimeur de *Gilles de Chin* place auprès de son héros tous ces seigneurs [les sires de Lalaing, de la Hamaide, de Condé, de Havré, de Beaumont, de Chimay, etc.] dont les descendants se rencontraient sans nul doute à la cour de Bourgogne » (1).

La même préoccupation se manifeste en d'autres narrations romanesques de l'époque, la préoccupation d'énumérer beaucoup de sommités des âges antérieurs et, par là, de flatter de nombreuses familles du xve siècle : ainsi dans *Gilles de Trazegnies* et *Jehan de Saintré*.

(1) Liégeois, *Gilles de Chin*, p. 94.

CHAPITRE II

L'ANTIQUITÉ

Traductions, compilations et romans antiques

Une tendance caractéristique du XIVe siècle est le souci qui se répand parmi les laïques de s'initier à la science des clercs. Ils désirent qu'on mette à leur portée, dans leur langue vulgaire, ces connaissances sérieuses qui jusqu'alors ont été confiées presque exclusivement au latin et qui sont restées en général l'apanage ou le patrimoine d'un monde lettré. Ils aiment qu'on les instruise, eux aussi, des sciences, de la philosophie, de la théologie, de l'histoire ancienne et moderne (1). Cette sécularisation de la pensée, du savoir, avait eu son initiateur, au siècle précédent, dans la personne de Jean de Meun, l'écrivain de la seconde partie du *Roman de la Rose*. Nul n'ignore que, tout en reprenant à Guillaume de Lorris ses allégories, ses décors, ses accessoires, il a transformé radicalement l'esprit et le but de l'œuvre. En d'autres termes, le récit du songe est devenu, chez lui, une encyclopédie satirique, une somme, avec allure pamphlétaire, de toutes les opinions audacieuses et subversives qui pouvaient traverser les intelligences du moyen âge. Nous n'avons pas à redire l'immense succès qu'obtint le poète. Il nous suffit d'avoir rappelé qu'à son image, le XIVe siècle fut amoureux de connaissances érudites et d'ajouter que le XVe reprit pour son compte et prolongea ce mouvement d'études. Des traducteurs surgissent nombreux, et la plupart à l'appel de généreux Mécènes qui sont des rois de France ou des princes et seigneurs sortis de leur famille et de leur entourage. Ainsi se forme une bibliothèque d'auteurs anciens, de *classiques* à l'usage des gens de la société distinguée. Nos ducs de Bourgogne en auront des exemplaires. Mais ils feront mieux que simplement acquérir des traductions déjà existantes. Ils accroîtront cette bibliothèque de quelques nouveaux ouvrages, c'est-à-dire qu'à leur tour, ils remettront des commandes de traductions à certains de leurs subordonnés.

(1) G. Paris, *Poésie*, II, p. 196. Voir aussi ce qu'il dit de Jean de Meun.

I. LES ÉCRIVAINS DE L'ANTIQUITÉ. TEXTES ORIGINAUX ET TRADUCTIONS.

On comprend que nous ne puissions pas énumérer les versions françaises des écrivains de l'Antiquité, sans nous enquérir en même temps des originaux (originaux latins, car il ne s'en rencontre pas de grecs) que la maison ducale a collectionnés. Par conséquent, nous porterons nos regards des deux côtés. En outre, il nous faudra bien ranger dans l'exposé qui va suivre les compilations et remaniements que le moyen âge a faits de divers auteurs anciens, voire même les purs apocryphes. C'est ainsi que, passant la revue des livres authentiques d'Aristote, nous leur associerons les œuvres qui ont été prêtées au grand philosophe. Mais, d'autre part, nous renverrons à notre chapitre troisième les textes latins conçus par l'ère chrétienne (traduits ou non, religieux ou profanes) tels que la *Cité de Dieu* de saint Augustin et les *Cas des nobles hommes* de Boccace. Il ne s'agit plus ici d'ouvrages dits antiques ou regardés, à tort, comme l'étant.

§ 1. Philippe le Hardi.

L'an 1400, Dine Raponde offre au duc, « en bonne estrainne », un *Tite-Live* richement enluminé et richement relié. C'était un de ces cadeaux qui, assez souvent pour le maître, équivalaient à des achats. Philippe répondit donc à la gracieuseté de son conseiller et maître d'hôtel par l'octroi d'une somme rondelette. Evidemment, le volume présenté par Raponde contenait la traduction exécutée, entre 1352 et 1356, par Pierre Bersuire (ou Berçuire) pour le père de ce prince même, Jean II, le Bon, roi de France (1).

Le successeur de Jean le Bon et le frère de Philippe le Hardi, Charles V tenait beaucoup à posséder les anciens dans sa librairie. Par ses ordres, Nicole Oresme a mis en français (à travers le latin) les *Ethiques*, les *Politiques* et les *Economiques* d'Aristote (version assez libre avec gloses). Nous les trouvons chez Philippe le Hardi : elles

---

(1) Compte : Peignot, p. 28-29 (qui indique, comme paiement fait à Raponde, 500 livres) ; Dehaisnes, p. 778 (qui donne VI fr. d'or, puis, à la fin du compte, il dit : V). — Ce doit être le ms. catalogué en 1404 : Peignot, p. 42 ; Barrois, n° 607 ; Dehaisnes, p. 851. Il reparaît vraisemblablement sous le n° 70 ou 71 de 1420 : voir Doutrepont, et aussi Durrieu, *Le manuscrit*, p. 180-81.

sont en deux tomes et constituent l'exemplaire, un exemplaire de luxe, qui appartint au roi Charles v lui-même et qui fut pris, au Louvre en 1380, par Louis, duc d'Anjou (1).

Cet *Aristote* et le *Tite-Live* cité en premier lieu furent sans doute compris dans le groupe de livres qui occasionnèrent les dépenses dont il est parlé dans les deux « certificacions » que voici : « Sachent tuit que je Richart Le Conte, premier barbier et garde des livres de mons. le duc de Bourgongne [Philippe le Hardi], certiffie et confesse avoir eu et receu de Digne Responde par la vertu d'une cedule de Joceran Frepier [receveur général des finances du prince] donnée le xixe jour de fevrier l'an mil quatre cens deux, draps de soye et autant de sandal pour covrir certains livres qui sont à mondit seigneur, c'est assavoir *la bible ystoriée, le livre etique, le livre ypolite* (2), *la bible en françoiz, les chroniques de France, le livre de Tituliveus ;* desquelx draps et sandal je lui ay baillié ceste certificacion, à laquelle j'ay mis mon seel, le xxie jour de février l'an mil quatre cens [v. st.]. — Je Richart le Conte, berbier et varlet de chambre de mons. le duc de Bourgongne certiffie que Henry Des Grés, pignier (3), demorant à Paris, a fait baillier et delivrer un estuy de cuir, armoyé aux armes de mond. sr, pour son *livre des proprietez* ; item, deux autres estuys pareilz pour deux autres livres, dont l'un s'appelle *le livre de etiques* et l'autre *polithiques,* du prix de six escuz … En tesmoing desquelles choses, j'ai seellé ceste presente certificacion de mon propre seel, cy mis le iiiie jour d'avril l'an mil iiiic et deux après Pasques » (4).

(1) Inv. 1404 : Peignot, p. 51 ; Barrois, nᵒˢ 620-1 ; Deshaisnes, p. 852.

Inv. 1420 : Doutrepont, nᵒ 91. — Inv. 1467 : Barrois, nᵒ 912. — Inv. 1485 : nᵒ 1613. — Bruxelles, nᵒ 9505-6, Van den Gheyn, iv, nᵒ 2902 : *Éthiques.*

Inv. 1420 : Doutrepont, nᵒ 90. — Inv. 1467 : Barrois. nᵒ 911. — Devenu la propriété du comte Louis de Wasiers (château de Sart près Lille) : *Politiques et Economiques.*

Consulter : Van den Gheyn, p. 334, 406 ; Delisle, *Les Ethiques, les Politiques et les Economiques d'Aristote traduites et copiées pour le roi Charles* v, MÉL. PAL. ET BIBL., p. 257-82 ; *Recherches,* i, p. 255-256 ; Dehaisnes, *Hist. de l'art,* p. 545 ; Gröber, p. 1073 ; Molinier, nᵒ 3345 ; Bridrey, *Oresme,* p. 71, 77-99, 604-606 (pour les familles de mss. et les retouches du texte) ; Durrieu, *Peinture en France,* p. 130.

(2) Lire : *Politique.*

(3) Fabricant, marchand de peignes et de divers objets de tabletterie et de gainerie. Il fut un des fournisseurs de la cour de Charles vi, de 1387 à 1402.

(4) Prost, *Archives,* p. 341-2.

Il est intéressant d'observer que le catalogue de 1404, où paraissent les deux volumes des *Ethiques*, *Politiques* et *Economiques*, prend soin d'avertir que chacun a « une couverture de drap de soie doublée de sendal, et qu'ils sont tous deux en ung estuy ». Plus loin, nous rencontrerons telle *Bible* et telle *Chronique de France* qui, incontestablement, correspondent aux manuscrits visés par les certifications du barbier-bibliothécaire de Philippe le Hardi. Il en sera de même pour le *livre des proprietez* qui, à coup sûr, représente la version française du *Liber de proprietatibus rerum* de Barthélemi l'Anglais (1).

Sous le nom de Caton, le moyen âge a connu des *Distiques* qu'il a traduits plusieurs fois. L'une de ces traductions provient de Jean de Paris ou du Chastelet. Elle est comprise dans la bibliothèque inventoriée après le décès de Marguerite de Flandre (2).

§ 2. Jean sans Peur.

En 1409, un achat est fait chez Pierre Linfol, libraire de l'Université de Paris, pour la somme de 150 écus d'or. L'ouvrage acheté est est un *Valère Maxime*, autrement dit la translation des *Facta et dicta memorabilia* entreprise en 1375, pour Charles v, par maître Simon de Hesdin, et achevée en 1401, au temps de Charles vi, à l'instigation de Jean de Berry par Nicolas de Gonesse (3).

Le duc de Berry a bien pu encourager l'auteur, jusqu'ici inconnu, de la traduction des *Antiquités judaïques* de Flavius Josèphe, traduction vraisemblablement exécutée à la fin du xive siècle (4). Sa signature se trouve apposée sur un exemplaire de cette œuvre, lequel

(1) Ch. iii, part. ii, § 1.

(2) Voir l'édition de J. Ulrich, *Rom. Forsch.*, xv, 1903. Je n'y retrouve pas les mots de repère du dernier feuillet du ms. bourguignon (Inv. 1405 : Peignot, p. 72 ; Dehaisnes, p. 880. — Inv. 1420 : Doutrepont, n° 174. — Inv. 1467 : Barrois, n° 1008. — Inv. 1487 : n° 1870). Ce ms. renfermait sans doute autre chose encore. Il est du reste assez vraisemblable que le simple texte de Jean de Paris n'ait pas suffi à remplir un « volume couvert de cuir rouge à deux cloans et cincq boutons de leton sur chascun costé » (Barrois, n° 1870).

Gröber, p. 863.

(3) Peignot, p. 33-4. Sans doute le n° 83 de 1420 (parchemin), qui ne se revoit plus après cette date. A noter que la partie de Simon de Hesdin contient beaucoup d'additions qui lui sont dues : P. Meyer, *Rom.*, xiv, p. 228 ; Gröber, p. 1071.

(4) Delisle, *Recherches*, I, p. 119.

figure dans la librairie de Jean sans Peur. Une conclusion paraît s'imposer : c'est que l'oncle a donné le manuscrit à son neveu (1).

A ces deux menus incidents de l'histoire des lettres, sous le règne de Jean sans Peur (acquisition d'un *Valère Maxime* et réception d'un *Josèphe*), peut s'ajouter un troisième qui est la disparition d'un *Tite-Live* dans d'assez curieuses circonstances. On sait les efforts que ce prince a tentés pour se créer des partisans au Concile de Constance. Il a, dans ce dessein, grevé son budget de cadeaux divers, et l'un d'eux doit avoir consisté en un exemplaire de l'écrivain latin (2). Nous lisons, en effet, dans un document extrait de sa trésorerie qu'en 1417, il a « fait faire, à Dijon, un esteuf de cuir pour mettre ung livre de *Thitus Livius* pour en faire don au cardinal des Hoursins [Ursins], lors au concile de Constance » (3). Peut-être le codex, destiné à contribuer au succès de la politique bourguignonne, était-il celui que le père de Jean sans Peur avait reçu « en bonne estrainne », l'an 1400, de Dine Raponde.

En regard d'un gros et beau *Tite-Live* décrit dans l'inventaire de 1420, un mot annonce son absence : *Deffaut* (4). Nous sommes porté à croire que c'est le volume remis au cardinal des Ursins. Bien qu'ayant disparu en 1417, il peut très bien encore avoir reçu sa notice lors du recensement accompli à la fin du règne. Ce n'est pas la seule constatation de l'espèce qu'il nous sera donné de faire au sujet de la rédaction des catalogues de Bourgogne (5).

Le même inventaire de 1420 renferme trois autres articles intitulés *Tite-Live*. De ces trois manuscrits, deux sont conservés à Bruxelles, deux remarquables in-folio qui semblent avoir été effectués à Paris au début du siècle et qui forment un texte complet de Bersuire (6).

---

(1) Doutrepont, n° 80. — Inv. 1467 : Barrois, n° 742. — Inv. 1485 : n° 1622. — Paris, Nat., n° 6446. Serait-ce le même ms. qu'on a dans l'inv. de 1477 : Peignot, p. 95 ; Barrois, n° 695 ?

Voir le *Catalogue* de la Nationale ; Champeaux et Gauchery, *Travaux d'art*, p. 154-6 ; Delisle, *Recherches*, I, p. 119, II, p. 257 et 308.

(2) Sur les générosités du duc à cette occasion, voir S. Luce, *Jeanne d'Arc à Domremy*, Paris, 1886 ; A. Coville, *Les vins de Bourgogne au Concile de Constance*, LE MOYEN AGE, 1899, p. 326-30.

(3) Peignot, p. 36.

(4) Doutrepont, n° 70 : Bersuire, sur parch., en un volume. Voir ci-dessus, p. 121.

(5) Voir les n°s 121 et 144 de 1420.

(6) N°s 71, 241 et 242. Le n° 71 que répète peut-être, en 1467, le n° 868

En dehors de ces quatre *Tite-Live* et outre les textes prémentionnés de *Valère Maxime, Josèphe* et *Aristote*, le dépôt de 1420 à Dijon
contenait « un grant et gros livre nommé *Ethiques* » (où étaient aussi
les *Politiques*, soit donc les traités d'Aristote francisés par Oresme) (1),
et un *Orose* (2).

§ 3. Philippe le Bon

De 1420 à 1467, cette petite collection de classiques va s'agrandir
sensiblement. Mais par quels moyens et à quelles dates précises ?
C'est ce qu'en règle générale il ne nous sera pas permis de dire.
Néanmoins sur plusieurs manuscrits des renseignements nous sont
parvenus qui nous informent de leur mode ou de leur moment
d'acquisition, de leur confection ou de leur entretien. Il est rationnel que nous commencions par eux.

En 1432, la bibliothèque, par les soins de l'aumônier Forteguerre
de Plaisance, s'enrichit d'une traduction de Végèce *(De re mili-*
tari) (3). Au cours du règne (mais nous ignorons en quelle année),
elle reçoit encore deux translations du même écrivain. De ces trois
textes, deux représentent la version attribuée à Jean de Vignai et
le dernier est l'œuvre de Jean de Meun (4).

de Barrois, contient tout Bersuire, comme le n° 70. Voir, à son sujet,
Durrieu, *Le manuscrit*, p. 181.

Quant aux n°s 241 et 242, les voici : n° 241 — Barrois, n°s 870-1624, Bruxelles, n° 9049, 1re décade ; n° 242 = Barrois n°s 869-1625, Bruxelles n° 9050,
2e et 3e décade. Sur ces mss., parch., et leurs miniatures, voir Durrieu,
ibid., p. 181.

(1) Doutrepont, n° 223. — Inv. 1467 et 1487 : Barrois, n°s 910-1667. —
Bruxelles, n° 9089-90, parch., deuxième famille.

(2) Doutrepont, n° 72. — Inv. 1487 : Barrois n° 1717, avec l'explicit *Est*
à Francequin Jehan espicier. Cf. Dehaisnes, p. 845. Je crois devoir rattacher
Orose au groupe des écrivains classiques, à cause de la place qu'il
occupe, au moyen âge, dans les compilations de l'antiquité.

(3) Laborde, I, n° 920 : « A Forteguerre…, la somme de dix-neuf livres
— pour deux livres qu'il a achettez pour M d S, l'un nommé les *croniques*
de Flandres et l'autre *Vesèce de chevalerie* (et en marge) et soient ces deux
livres mis en l'inventoire J. de la Chenel ». Même compte dans Dehaisnes, *Inv. Arch. Nord*, IV, p. 121 et Quantin, p. 41. Sur Forteguerre, voir
La Barre, *Mém. Fr. et Bourg.*, II, p. 167 ; Laborde I, n°s 1024 et 1240.

(4) Les *Vignai* sont I) Barrois, n°s 954-1838. — Bruxelles, n° 11048, parch.,
fin XIVe ou début XVe s. ; II) Barrois, n°s 958-2118. — Bruxelles, n° 11195,
parch. Voir P. Meyer, ROM., XXV, p. 401-23, *Les anciens traducteurs français*
de Végèce et en particulier Jean de Vignai ; J. Camus, IBID., p. 393-400, *Notice*

En 1435, le duc fait extraire de la trésorerie des chartes du Hainaut un *Valère Maxime* français (1). Du même classique, il acquiert (mais quand? nous ne saurions le dire) un second exemplaire, également en traduction, ainsi que l'original latin (2).

De 1440 est daté un compte portant que l' « escripvain » Toussaint de Chevemont (ou Chenemont) reçoit 6 francs « pour acheter du parchemin pour faire certains livres » destinés à Monseigneur. Or, l'on connaît de lui une transcription de divers traités de Cicéron, transcription exécutée pour le duc (3).

Au duc appartiennent également un *Tite-Live* et trois *Aristote* provenant du Louvre et qui ont passé de ce fonds dans le sien, par suite de circonstances non encore déterminées. Toutefois, nous ne sommes pas sans renseignements à leur sujet. On se rappelle comment fut dispersée la librairie française. Après la mort de Charles VI, elle fut achetée par Jean Plantagenet, duc de Bedford (l'époux d'Anne de Bourgogne, sœur de Philippe le Bon) et, selon toute apparence, il en fit passer la meilleure partie soit en Angleterre, soit, ce qui est encore plus probable, dans le château de Rouen. Ce dernier événement n'a dû s'accomplir qu'après le 15 octobre 1429, mais, dès 1427, le nouveau possesseur de cette librairie en avait

sur une traduction de *Végèce* faite en *1380*. Le Barrois 958-2118 ne serait donc pas perdu, comme le pensait M. P. Meyer, p. 422. Peut-être vient-il du roi Charles V.

Le *Meun* est Barrois, nos 961-2104, parch. Pour les mots de repère, voir p. 5 et 7 de *L'art de chevalerie, traduction du « De re militari » de Végèce par Jean de Meun*, p.p. U. Robert, Soc. ANC. TEXTES FRANÇ., 1897.

Gröber, p. 741 et 1024 ; P. Meyer, *Rom.*, XXXVI, p. 522-9.

(1) Voir le document cité p. 18, lequel a une notice ainsi rédigée : « Item, ung autre livre espès, couvert de cuir rouge, à quatre fermoirs et cinq grans clous de cuivre, ou second feuillet duquel a : *Apelles Maximus*, et ou dernier : *Et petit chastiaulx* ». C'est Barrois, nos 872-1682, parch.

(2) Français = Barrois, nos 876-1637. — Paris, Nat., no 6185, parch., aux armes de Ph. le Bon. Latin = Barrois, nos 1094-2001. — Bruxelles, no 9902, parch. ; Marchal, II, p. 223.

Pour le *Valère Maxime* acheté par son père en 1409, voir ci-dessus, p. 123.

(3) Laborde, I, no 1308, compte. — A la Nationale de Paris, l'on conserve un volume, no 6609, contenant : 1o *M. T. Ciceronis de officiis libri tres*, 2o *Ejusdem liber de amicitia*, 3o *Ejusdem liber de senectute*, et qui se termine par : « Explicit feliciter manu Tousani de Chenemonte, viri nobilis ac illustrissimi Philippi ducis Burgundie familiaris camere » ; c'est l'œuvre d'un bon scribe, voir *Catal. Bibl. Reg.*, II, p. 261 ; Delisle, *Cab. Mss.*, I, p. 70 ; Bradley, *Dict. of. Min.*, I, p. 183.

détaché un magnifique *Tite-Live* français qu'il envoya à son frère,
Humphroi, duc de Glocester, comte de Hainaut et de Hollande, le
troisième époux de Jacqueline de Bavière, un bibliophile distingué.
Ce *Tite-Live* est celui que nous venons de désigner comme étant la
propriété de Philippe le Bon (1). Quant aux *Aristote*, l'un est un
beau manuscrit des *Ethiques*, *Politiques* et *Economiques* (traduction
d'Oresme et transcription de Raoulet d'Orléans), dont nous savons
simplement qu'il a figuré dans la collection de Charles v (2). L'autre
est une copie des *Météores* (translation de Mahieu le Vilain) pour
laquelle nous pouvons dire qu'elle a disparu du Louvre vers 1414 (3).
Le dernier est la mise en français des *Problemata* (seconde partie)
qui avaient été remaniés par un médecin de Charles v, le picard
Evrart de Conty. Le Louvre le conservait encore en 1424 (4).

Un détail relatif à la section des auteurs anciens nous est livré
par un compte portant sur les années 1430-31. Il s'agit d'un mandat
émis au profit d'un certain Jehan de la Rue « pour avoir relyé tout
de neuf et couvert de drap de soie et estoffes de mesmes et de parchemin, et doré les feuilletz de huit livres, appartenant à monseigneur,

(1) Il est aujourd'hui à Sainte-Geneviève, fr. 777. Pour les détails que
je donne ci-dessus, on peut consulter Delisle, *Recherches*, I, p. 138, 283-84,
II. p. 161, n° 981, où l'on verra également que c'est un volume qui a dû
être copié pour le roi Jean ou Charles v, et qui, sorti de la librairie du
Louvre, y fut renvoyé par le duc de Guyenne, le 7 janvier 1410. Mais
l'illustre érudit n'a pas remarqué qu'il était dans Barrois, n° 867. J'ajoute
qu'il est consigné dans la liste des livres saisis au château de Marcoussis. après la mort de Jean de Montaigu, grand maître de l'hôtel du roi,
décapité en 1409, livres que le duc de Guyenne fit déposer au Louvre :
voir, à cet effet, Pannier, *Joyaux du duc de Guyenne*, p. 386, n° 924.

(2) En deux volumes sur vélin et enluminés, aujourd'hui séparés. Le
premier, *Ethiques* = Barrois, nᵒˢ 917-2068. — La Haye, Musée Méer-
manno-Westréenien. Voir Delisle, *Recherches*, I, p. 252-3, II, p. 82, n° 482.
Le second, *Politiques et Economiques* = Barrois, nᵒˢ 913-2067. — Bruxelles,
n° 11201-2. Voir Van den Gheyn, IV, n° 2904 ; Delisle, *Recherches*, I, p. 254,
II, p. 82-83, n° 485.
Sur ces mêmes mss., voir Durrieu, *Peinture en France*. p. 130.

(3) Barrois, nᵒˢ 1584-2096 (cité erronément dans l'*Appendice*, n° 2287). —
Bruxelles, n° 11200, parch., xiv⁰ s., Van den Gheyn, IV, n° 2903. C'est la
première traduction des *Météorologiques* ; elle a été faite au iii⁰ s. Voir
Athenaeum belge, 1881, p. 78 ; Delisle, *Cab.*, III, p. 137, *Not. et extr.*, xxxi, 1ʳᵉ
part., p. 1-31, *Recherches*, I, p. 264-5, II, p. 81, n° 474 ; Gröber, p. 1030-1.

(4) Barrois, nᵒˢ 980-1769. parch. Sur les bibliothèques françaises, voir
Pannier, p. 387, n° 931 (Livres saisis au château de Marcoussis et envoyés
au Louvre par le duc de Guyenne) et Delisle, *Recherches*, II, p. 80, n° 472,
qui ne fait pas l'identification avec Barrois.

assavoir le livre des *Propriétés des Choses* ; le livre de *Joséphus* ; le livre de Bocasse, des *Fortunes des cas des nobles hommes ; le livre de Froissard* ; deux autres livres nommez *Hétiques et Polithiques*, et deux des volumes de Vauteur (l'auteur ?) ». Dont coût : 16 fr. 3 s. « A luy, [sont également payés 4 fr., 16 s.] pour lx grans clous de letthon, XXIIII escussons toues haaschiés de fleurs en feuilles, et XII douzaines de petits clous pour attachier lesdis grans clous et escussons sur les livres dessusdiz » (1).

Tels sont les manuscrits de classiques sur la provenance ou l'entretien desquels nous avons pu rassembler quelques indications. Pour les autres, nous n'avons, comme sources d'information, que les catalogues du xve siècle, et ces catalogues nous apprennent qu'outre les *Aristote, Josèphe, Végèce, Valère Maxime* et *Tite-Live* précités, Philippe le Bon détenait en fait de textes antiques (acquisitions datant de son règne, il s'entend) :

Le même Aristote qui apparaît encore dans trois copies des *Ethiques* (2) ; dans un exemplaire du traité si populaire que lui attribuait le moyen âge, le *Secretum secretorum*, mis en français sous le titre de *Gouvernement des rois et des princes* (3) ; et peut-être aussi dans l'une ou l'autre transcription de l'œuvre pareillement apocryphe : *Epître d'Aristote à Alexandre* (4).

Sénèque, avec les *Epistolae ad Lucilium* (5), les *De ira, de tranquillitate animi, de providentia Dei* (6), les *Tragoediae* (7) (ces trois manuscrits

___

(1) Gachard, *Arch. Lille*, p. 275-6. Laborde, I, n°s 895-6 ; Quantin, p. 41. Cf. Pinchart, *Archives*, III, p. 73.

Voir pour les *Propriétés des choses* et Boccace, ch. III, part. III, § 3 et pour Froissart, ch. VII, § 3.

(2) I) Barrois, n°s 914-1814, papier, II) Barrois, n° 921, papier, III) Barrois, n° 1542 : Boèce, *de Consolation*, — Aristote, *des Vices et des Vertus*.

(3) Barrois, n°s 924-1828. — Bruxelles. n° 10367, parch. Sur ce traité, voir P. Meyer, *Rom.*, XV, p. 167-9, 188-91, 273-4, 288, 330 ; E. Langlois, *Mss. Rome*, p. 172 ; Gröber, p. 1023 ; W. Hertz, *Aristoteles in der Alexanderdichtungen des Mittelalters*, Munich, 1890 ; A. Héron, *La légende d'Alexandre et d'Aristote*, Rouen, 1892. Le ms. bruxellois doit renfermer la version C.

(4) Cf. les trois Barrois 955, 956 et 957 (papier), intitulés les *Enseignements d'Aristote à Alexandre* : Quid ? Et puis, qu'y aurait-il dans Barrois, n° 1381, parch. : *Fus de Aristote, pourre de canons, pourre de figurs ?*

(5) Barrois, n° 1057, parch.

(6) Barrois, n° 1058, parch.

(7) Barrois, n°s 1032-2057. — Bruxelles, n° 9881, parch.

Qu'avons-nous dans Barrois, n°s 1025-2007, *Livres de Sénèque et de Droit escript ?* D'autre part, signalons le n° 1028 : *Une epistre de Seneque, item, du*

sont en latin) ; avec les *Épîtres* mises en français (un exemplaire
ayant l'apparence des livres faits pour Charles v) (1) ; avec les *Remedia fortuitorum* (écrit apocryphe) également français (deux exemplaires) (2) ; avec la translation (en trois copies) du *De quatuor virtutibus* qui lui est indûment attribué et qui provient de Martin de Braga, évêque espagnol du vie siècle. A noter que cette translation (les *Quatre vertus cardinales*) a été faite, en 1403, pour le duc de Berry, par Jean Courtecuisse (et non Laurent de Premierfait) et qu'elle est accompagnée d'une glose banale, émanant aussi du traducteur (3).

Cicéron avec un volume intitulé *Liber rethoriquarum Marci Tulii* (4) ; avec un autre rubriqué *De Officiis, de Paradoxis, Epistole familiares* (5) ; avec le *De Amicitia* (en double exemplaire) (6) ; avec le *De Senectute* (7) — tous en latin — ; et avec le même *De Senectute*, dans la

fait des Monnoies et autres choses qui est répété par le nº 2058 ayant pour titre : *Ung Epistre de Francisque Pétrarche, poète latin, ensemble une Traictié contenant le fait des monnoyes et autres choses.*

(1) Barrois, nᵒˢ 920-1646-2195. — Bruxelles, nº 9091, parch. Traduction exécutée pour un Italien, le comte de Caserte. Sur cette traduction et sur ce ms., voir Delisle, *Recherches*, I. p. 257-58, et les travaux qu'il signale.

(2) Premier = Barrois, nᵒˢ 919-1789 (par erreur dans l'*Appendice*, nº 2261). — Bruxelles, nº 11043-44, Van den Gheyn, III, nº 2051, parch., où les *Remèdes de fortune* sont précédés de la *Discipline de clergie* par Pierre Alphonse. — Second = voir ci-dessous n. 3. Le traducteur désigne Philippe le Bon comme le protecteur de son œuvre, mais il ne se nomme pas. On sait que le même texte a été translaté par Jacques Bauchant pour Charles v : Gröber, p. 1072, Delisle, *Recherches*, I, p. 88-91.

(3) Barrois, nº 830, papier : outre le traité de Martin de Braga, il y a la traduction du *De Senectute* de Cicéron par Laurent de Premierfait, pour Louis II, duc de Bourbon.
Barrois. nᵒˢ 918-1788. — Bruxelles, nº 9359-60, beau ms. sur parch., exécuté pour Philippe le Bon, qui contient, en seconde partie, les *Remèdes de fortune* (voir ci-dessus n. 2).
Barrois, nᵒˢ 933-1818 (par erreur dans l'*Appendice*, nº 2288). — Bruxelles, nº 9559-64, remarquable ms. sur vélin qui renferme d'autres textes et qui sera analysé au ch. III, part. III, § 3.
Sur les traductions du *De quatuor virtutibus*, du *De Senectute*, voir E. Langlois, *Mss. Rome*, p. 87, 173 ; Gröber, p. 1107 ; Hauvette, *De Laurentio*, p. 18 ; A. Coville, *Bibl. Ec. Ch.*, LXV, p. 489-91.

(4) Barrois, nº 1069, parch. Lire *rhetoricorum*.

(5) Barrois, nᵒˢ 1071-1992. — Bruxelles, nº 9764-6, parch.

(6) Barrois, nº 1054, parch. — Cf. en outre Barrois, nº 1065 : *Algorisius, Panfilus, Tulius de vera amicicia*, papier.

(7) Barrois, nº 1059, parch.

traduction composée par Laurent de Premierfait pour Louis II, duc de Bourbon (en trois manuscrits différents) (1).

Macrobe avec le *Commentarius ex Cicerone in sommium Scipionis* (latin) (2).

Ovide avec le *De Punto* (ou *Epistolarum ex Ponto libri* IV) en latin (3) ; avec trois exemplaires de l'*Art d'aimer* en français (4) ; avec les *Métamorphoses* (deux parties) également en français (5).

Juvénal avec les *Satires* (latin) (6).

Salluste avec *Catilina* (latin) (7).

A cette nomenclature d'œuvres latines ou françaises, un dernier numéro peut s'adjoindre : c'est un *Caton* en anglais (8). Il est permis également de rappeler ici que le grand bâtard Antoine a été le propriétaire du superbe *Valère Maxime* de Breslau (9) et que son fils (Philippe, seigneur de Beures, Bèvres ou Beveren) a possédé un luxueux *Josèphe* qui repose actuellement à l'Arsenal (10).

§ 4. Charles le Téméraire.

L'inventaire de 1487 cite un *Végèce, de la chose militaire, translaté de latin en franchoiz par maistre Jehan de Mehun*, qui n'apparaît pas antérieusement (11). Serait-ce un bien particulier du Téméraire ? Nous aurions quelque peine à formuler une conjecture plausible sur ce point. Nous savons néanmoins que Charles a pris intérêt aux

---

(1) Le premier, voir ci-dessus p. 129. Les autres sont Barrois, n° 1005, papier ; et Barrois, n°s 1018-1953. — Bruxelles, n° 11127, parch.

(2) Barrois, n°s 1030-2066. — Bruxelles, n° 10146, parch.

(3) Barrois, n° 1072, parch.

(4) I) Barrois, n°s 1345-2169. — Bruxelles, n° 10988, parch. ; II) Barrois, n°s 1346-1736. — Bruxelles, n° 9548, parch. ; III) Barrois, n°s 1367-2169. — Bruxelles, n° 10988, papier.

(5) Premier livre = Barrois, n°s 1319-1902 ; deuxième = 1320-1903, papier.

Voir, en outre, le n° 1611, non parfait : *neuf quayers de Ovide Métamorfoze alégories*.

(6) Barrois, n° 1049, parch.

(7) Barrois, n° 1086, parch. : *Salluste*, sans titre d'œuvre, mais d'après les mots de repère du second feuillet, ce doit être *Catilina*.

(8) Barrois, n° 1090, papier.

(9) Trad. franç. Voir Boinet, *A. de Bourgogne*, p. 258.

(10) N°s 5082-83, *Antiquité des Juifs*, franç. Voir H. Martin, *Catalogue*, VIII, p. 124.

(11) Barrois, n° 1837, papier.

enseignements de Végèce, car il existe encore au British Museum un manuscrit qui lui est dédié et où la *Cyropédie* de Xénophon (traduite pour lui) accompagne l'*Art de chevalerie* de l'écrivain latin. Il présente l'extérieur des grands et remarquables volumes exécutés dans les Flandres pour lui et son père Philippe le Bon (1). La version qu'il contient est celle de Jean de Vignai (2).

En parcourant, comme nous venons de le faire, la galerie des classiques à la bibliothèque de Bourgogne, nous n'avons guère relevé que des traductions dues aux écrivains qui ont travaillé pour les rois et les seigneurs de France : Jean ii, Charles v, Jean de Berry, Louis d'Anjou et Louis de Bourbon. Ces écrivains sont Pierre Bersuire, Nicole Oresme, Laurent de Premierfait, Simon de Hesdin, Nicolas de Goncesse, Mahieu le Vilain, Evrart de Conty. L'observation a son prix. Nous la retiendrons. Elle aura plus de prix encore lorsqu'une autre, du même ordre, s'y sera ajoutée, à propos d'œuvres latines produites par le moyen âge. Ces œuvres ont, de leur côté, sollicité l'attention de certains des nobles lettrés dont les noms précèdent. Leur mise en français a été demandée à tel de ces translateurs ou bien à leurs confrères vivant sous l'égide des mêmes princes. En d'autres termes, c'est dans le même milieu et de par la même influence que s'est exercée l'activité de littérateurs comme Raoul de Presles et Jean Corbechon qui respectivement ont traduit la *Civitas Dei* de saint Augustin et le *De proprietatibus rerum* de Barthélemi l'Anglais. Or, ce sont là des écrits (avec le *De casibus virorum et mulierum illustrium* de Boccace, francisé par Laurent de Premierfait) que nous découvrirons également dans les collections bourguignonnes.

Il n'est pas moins curieux de constater que, de ces textes latins antiques ou médiévaux, nos ducs ont eu le plus souvent et l'original et la version française. En somme, cela leur constitue un bel ensemble d'auteurs païens et chrétiens. L'importance de la littérature latino-française chez eux est donc considérable. Mais ce n'est pas tout encore : aux livres déjà rencontrés s'associent les compilations antiques que la suite du présent chapitre fera connaître et qui peuvent rentrer dans cette même littérature.

(1) C'est ce que dit M. P. Meyer, *Rom.*, xxv, p. 420-2 : le ms. est coté Roy. 17 E. V., vélin.

(2) Je crois devoir réserver pour la fin du présent chapitre l'examen des traductions spécialement composées en vue du Téméraire.

II. Compilations et romans antiques. Les Œuvres remaniées.

§ 1. Philippe le Hardi et Jean sans Peur.

Des œuvres antiques remaniées, il s'en offre à nous dans les listes précédentes. Telles sont les compilations de la Grèce ou de Rome que le moyen âge glose et allonge..., à moins qu'il ne les invente. On sait pourquoi nous les avons rattachées à l'étude des anciens proprement dits. Ce dont les pages qu'on va lire auront à rendre compte, c'est d'écrits qui n'ont pas été endossés à ces anciens (1), mais qui ont été inspirés par eux. Nous entrons, par conséquent, dans un domaine où la matière de *Rome la Grant* est assez souvent traitée de façon libre, voire fantaisiste et fantastique. Ici, de même que dans les matières de France et de Bretagne, la prose a pénétré. C'est une forme littéraire qui jouira d'un crédit notable auprès de Philippe le Bon et de Charles le Téméraire.

Mais d'abord occupons-nous de Philippe le Hardi. Un document, déjà reproduit (2), nous apprend que le libraire parisien Martin Lhuillier a touché certaine somme d'argent, en 1387, « pour avoir relié et couvert le *grant roman des Marques* » de ce duc. Il s'agit évidemment de l'une des suites du récit connu sous le titre des *Sept Sages de Rome*. Mais où est le manuscrit restauré ? C'est chose que nous ne saurions déterminer. Nous éprouvons le même embarras au sujet d'une autre indication qui nous est fournie par l'inventaire de 1405 ; on y lit un article formulé : *Livre de Guillaume des Barres et des Sept Sages*. Il devait renfermer d'autres œuvres que les *Sept Sages*, car les catalogues ultérieurs le définissent comme étant écrit en prose et en rime, et formé d'*Histoires contenant plusieurs gestes de nobles et autres*. L'intitulé est plutôt vague ; en outre, il y a le *Guillaume des Barres* qui reste énigmatique (3).

Une autre suite des *Sept Sages* est *Cassidore*, lequel figure aussi

(1) Sauf toutefois l'une ou l'autre exception.
(2) Voir p. 8, n. 2.
(3) Feignot; p. 70 ; Dehaisnes, p. 880. — Inv. 1420 : Doutrepont, n° 158. — Inv. 1467 et 1487 : Barrois, n°s 1288-1883, parch. Sur tout le cycle des *Sept Sages*, voir Gröber, p. 606, 727 et 994 ; J. Alton, *Le roman des Marques de Rome* : Bibliothek des litterarischen Vereins in Stuttgart, clxxxvii, 1889 ; G. Bigot, *Annuaire pour 1906 de l'Ecole pratique des Hautes Etudes,*

parmi les livres de 1405 (1). Au même groupe narratif se rattache le roman en prose du XIVe siècle : *Bérinus et son fils Aigres* qui est consigné dans le répertoire de Dijon en 1420 (2).

Dans un cycle différent doit se ranger l'ouvrage auquel fait allusion un mandat de paiement de 1402 : il y est parlé d'un Guillaume le relieur qui touche « XXII sols demi pour avoir relié le *livre de Troies* et fait le petit papier en 1 estu » [étui] (3). Seulement, quel est le contenu exact de ce livre ? Nous ne voyons qu'une réponse à donner, et encore elle n'élucide pas le problème. C'est de dire qu'un *Ector de Troyes* est porté sur l'inventaire de 1404 (avec l'annotation en marge de l'inventaire : *il fault*, au sens qu'il manque) (4), qu'une *Histoire de Troyez* est cataloguée en 1405 (5), et qu'une *Istoire de Troyes* (qui semble bien la reproduire) apparaît en 1420. La dite *Istoire* de 1420 est signalée comme un manuscrit en prose et en vers (6). Malheureusement, ce renseignement n'apporte pas encore la solution de la question. Toutefois, si l'on s'en réfère au *desinit* notifié dans un inventaire postérieur, on peut conjecturer que ce manuscrit se terminait par le *Brut* de Wace (7).

Un détail à joindre aux précédents est que, d'après un catalogue du Louvre exposant l'état des *déficit* en 1411, « un livre d'*Hector de Troye* fut baillé à mons. de Nevers », c'est-à-dire à Jean, fils de Philippe le Hardi (8).

Après Troie la Grant, vient Alexandre le Grand, et il vient dans les *Vœux du Paon* que la bibliothèque de Bourgogne a reçus de

---

Section des sciences historiques et philologiques, p. 110-21 ; Bayot, *Fragments*, II, p. 440-43.

Sur le nom de Guillaume des Barres, j'avais eu d'abord l'intention de donner des références bibliographiques. Mais je les omets pour ne pas trop allonger cette note.

(1) Peignot, p. 74 ; Dehaisnes, p. 881. — Inv. 1420 : Doutrepont, n° 214. — Inv. 1467 et 1487 : Barrois, n°s 1236-1757. — Bruxelles, n° 9401, parch., XIVe s., deux miniatures.

Gröber, p. 995.

(2) Doutrepont, n° 73. Pas dans les autres inventaires. Gröber, p. 1197.

(3) Finot, *Inv. Arch. Nord*, VII, p. 217.

(4) Peignot, p. 49 ; Barrois, n° 617 ; Dehaisnes, p. 852.

(5) Peignot, p. 64 ; Dehaisnes, p. 880.

(6) Doutrepont, n° 105. — Inv. 1467 et 1487 : Barrois, n°s 879-1899.

(7) Bayot, *Légende de Troie*, p. 38-40 : voir *ibid.* d'autres hypothèses sur l'objet de ce volume.

(8) Delisle, *Recherches*, II. p. 184.

bonne heure. En 1420, elle possède aussi le *Restor du Paon* et le *Parfait du Paon*, mais l'acquisition s'est peut-être aussi faite assez tôt (1).

A cette même date, nous y avons également *Athis et Porphilias* ou le *Siège d'Athènes*, roman antique qui voisine, dans un manuscrit de Jean sans Peur, avec la *Panthère d'amours* et le *Roman de la Violette* (2).

§ 2. Philippe le Bon.

a) *Acquisition d'œuvres diverses composées antérieurement à son règne.*

Par là sont désignées des histoires telles que les *Vœux du Paon*, les *Sept Sages* et leurs suites, dont Philippe le Bon détenait des copies dès 1420, et dont il acquiert, après 1420, de nouvelles copies qui se répartissent en quatre manuscrits sur parchemin : 1° *Les Sept Sages* et les *Vœux du Paon* (3), 2° les *Propriétés des bêtes*, le *Lucidaire*, les *Sept Sages* et *plusieurs autres livres* qui nous sont inconnus (4), 3° les *Sept Sages, Marques* et *Laurin* (5), 4° les *Sept Sages, Marques, Laurin, Cassidorus, Peliarmenus, Dernier des enfants Cassidorus* : il a été extrait de la trésorerie des chartes du Hainaut en 1435 (6).

(1) En 1405, deux mss. intitulés *Vœux du Paon* : Peignot, p. 64 et 67 ; Dehaisnes, p. 880. — En 1420, trois mss. en parchemin, dont deux portent le même titre et dont le troisième est désigné *Vœux du Paon et le Restor*. Le premier (Doutrepont, n° 110) = peut-être Barrois, n° 1351 (inv. 1467) et certainement n° 1945 (inv. 1487) ; le second (Doutrepont, n° 171) = Barrois n°s 1375-2134 ; le troisième (Doutrepont, n° 170) = Barrois n°s 1352-2133. — Paris, Nat., n° 12565, nombreuses miniatures, XIVe s., qui renferme l'*Épisode de Floridas et de Dauris*, tiré du *Roman d'Alexandre*, les *Vœux du Paon*, le *Restor* et le *Parfait*. A noter que ce troisième ms. est cité égalelement dans l'inventaire de 1423 (1424) : Peignot, p. 77 ; Barrois, n° 665. Voir P. Meyer, *Rom.*, XI, p. 318-9, *Alexandre*, II, p. 221-2, 267-8 et 396 ; Gröber, p. 818 ; ci-dessus p. 113.

(2) Ci-dessus p. 15-16.

(3) Barrois, n°s 1476-2125. — Bruxelles, n° 11190, XIVe s., dont les deux parties étaient originairement indépendantes.

(4) Barrois, n°s 985-1679-2192. Pour les *Propriétés* et *Lucidaire*, voir ch. III, part. III, § 3.

(5) Barrois, n°s 998-1731. — Bruxelles, n° 9433-34, 1re moitié XIVe siècle, miniatures.

(6) Barrois, n°s 1230-1641. — Bruxelles, n° 9245, illustré. Voir Delisle, *Mél. Pal. et Bibl.*, p. 219-20 et ci-dessus p. 18.

Nous citerons également ici le roman d'*Alexandre*, que nous avons déjà découvert en tête d'un gros manuscrit-recueil (1). Un autre manuscrit-recueil est celui que les inventaires intitulent l'*Histoire de Thèbes, d'Athènes, de Troie, d'Enéas et de plusieurs autres* (2). Quelles étaient ces *plusieurs autres* et même quelles étaient les *histoires* dont le titre est donné ? Les mots de repère du second feuillet permettent seulement de conjecturer que le volume s'ouvrait par l'*Histoire ancienne jusqu'à César* (3).

On sait à quelle œuvre s'applique cette désignation d'*Histoire ancienne jusqu'à César*. Elle s'appelle aussi *Livre des histoires*. C'est un ensemble de récits historiques puisés aux sources les plus variées et mis en français, entre 1223 et 1230, par un clerc qu'on croit être Wauchier de Denain et qui a travaillé sous les auspices du châtelain de Lille, Roger. Son ouvrage n'a pas été terminé ; il s'arrête à l'époque de César. Dans beaucoup de manuscrits, il a été réuni à une autre compilation écrite aussi dans la première moitié du XIIIe siècle et qui est également inachevée. Elle ne dépasse point la mort du célèbre général romain, mais elle devait comprendre les *faits* des douze premiers empereurs : *Faits des Romains, compilés ensemble de Salluste, Suétone et Lucain*. L'auteur prend dans Salluste, Suétone, Lucain, César *(Commentaires)* et ses continuateurs, mais il manie, c'est-à-dire il modernise ses emprunts avec la liberté d'un romancier (4).

Ces deux ouvrages, auxquels le moyen âge a réservé le meilleur accueil, ne pouvaient manquer d'être représentés dans les collections de Bourgogne. La preuve en est déjà dans le codice précité :

(1) Sur ce ms., voir ci-dessus p. 18. Il correspond à Barrois, n°s 1484-1756 ; quant au texte d'*Alexandre* qu'il renferme, je ne puis dire qu'une chose : c'est que les mots du second feuillet forment le vers 21 de la page 4, édition Michelant, 1846 ; ils appartiennent donc à Alexandre de Bernai ou de Paris. — Gröber, p. 580.

(2) Barrois, n°s 908-1904, parch.

(3) Constans, *Thèbes*, II, p. CXXXII-III ; Bayot. *La légende de Troie*, p. 45.

(4) Rappelons que c'est à M. P. Meyer qu'on doit de connaître ces deux compilations : voir *Rom.*, XIV, p. 1-81, XV, p. 175, XXXII, p. 583-6, *Bull. Soc. anc. textes franç.*, 1895, p. 83-96, *Hist. litt.*, XXXIII, p. 260 et suiv., 289 (à noter qu'il restitue à Wauchier de Denain plusieurs autres œuvres); L. Constans, dans l'*Histoire... sous la direction de Petit de Julleville*, I, p. 185, 214, 241 et Piaget, *ibid.*, II, p.259 ; Mazzoni et Jeanroy, *Rom*, XXVII, p. 579; Gröber, p. 723.

Histoire de Thèbes, etc,.. mais d'autres copies se rencontrent céans : d'abord l'*Histoire ancienne jusqu'à César* accompagnée des *Faits des Romains* (1) ; ensuite l'*Histoire ancienne* seule (dont le titre est complété par une indication qui vaut d'être reproduite : « acheté du Gouverneur de Lille ») (2) ; enfin le *Livre des Faits* en deux transcriptions (3). Ces quatre volumes sont des parchemins. A Rome, il existe actuellement une *Histoire ancienne* qui ne semble pas pouvoir s'identifier avec l'un d'eux, mais qui doit cependant avoir eu sa place jadis dans le trésor bibliographique de nos ducs (4).

De l'*Histoire ancienne jusqu'à César*, une seconde rédaction a été faite sur l'ordre de Charles v (entre 1364 et 1380). L'on y a incorporé la version en prose du poème de Benoît de Sainte-Maure, le *Roman de Troie*. Mais cette version se rencontre aussi à l'état isolé, et elle nous apparaît telle dans un ou deux manuscrits de Philippe le Bon (5).

b) Compilations et remaniements qui datent du règne de Philippe le Bon : Rome et Alexandre le Grand.

C'est du vivant de Philippe, à savoir avant 1447, que Jean le Bègue, greffier de la chambre des comptes de Paris, translata le *De primo bello punico* de Léonard Bruni d'Arezzo. Le texte latin était une amplification de Silius Italicus. Il racontait les événe-

(1) Barrois, n⁰ˢ 710-1156-2189. — Bruxelles, n° 9104-5 ; Van den Gheyn, V, n° 3068.

(2) Barrois, n⁰ˢ 902-1730.

Le ms. de Bruxelles, n° 18037-39, renferme une liste des gouverneurs de Lille du xv⁰ siècle, dont les suivants appartiennent au règne de Philippe le Bon : 1423 (date de nomination) Baudouin de Lannoy, 3⁰ fils de Ghillebert de Lannoy, 1435 Baudouin d'Ongnies, 1459 Jean de Lannoy, fils de Jean et de Jeanne de Croy, 1465 Antoine d'Ongnies, fils de Baudouin, 1467 Jean de Rosimboz, lequel fut précepteur militaire de Charles le Téméraire (Communic. de M. Bayot.)

(3) Barrois, n° 898 et Barrois n⁰ˢ 901-2197.

(4) Ms. Casanatense A. 1. 8 (233), orné de belles miniatures, au sujet duquel l'on peut consulter F. Egidi, *Per la datazione del codice Casanatense A. 1. (233)* : A ERNESTO MONACI PER L'ANNO XXV DEL SUO INSEGNAMENTO, GLI SCOLARI. SCRITTI VARI DI FILOLOGIA, Rome, 1902 ; Langlois, *Mss. Rome*, p. 298. Ce ms. ne doit pas être de l'époque de Jean sans Peur, mais plutôt de celle de Philippe le Bon : voir G. Paris, *Rom.* XXXI, p. 609.

(5) Barrois, n° 891, papier. — Peut-être Barrois, n⁰ˢ 892-1895, parch. Voir Constans, *Thèbes*, II, p. CXXIII ; Bayot, *La légende de Troie*, p. 44.

ments de la première guerre punique et il permettait ainsi de suppléer à la deuxième décade de Tite-Live, par conséquent au travail de Pierre Bersuire. Le traducteur du xve siècle offrit sa composition au roi de France, Charles vii et à Philippe le Bon : ce dernier n'en possédait pas moins de trois exemplaires sur parchemin (1).

Tite-Live et les autres latins Salluste, Suétone, Lucain et Orose forment la base de la compilation des *Histoires romaines* que Jean Mansel terminait le 19 novembre 1454 pour son redouté maitre, le duc de Bourgogne. On peut la lire pour y apprendre ce qui s'est passé à Rome jusqu'à la cession de cette ville par Constantin au pape Silvestre. L'auteur s'était proposé d'aller jusqu'à Charlemagne, mais il n'a pas réalisé son plan. Qu'était cet auteur ? Différents actes, à partir de 1443 ou 1444, le qualifient de receveur général des aides d'Artois. Il a dû résider à Hesdin, la ville des « escripvains »,. et, par des lettres de Charles le Téméraire datées du 10 août 1470, nous constatons qu'il a été relevé de ses fonctions de receveur du domaine ducal et des aides et extraordinaires de cette ville, en raison « de son ancien eage et de la faiblesse et de la debilitation de sa personne ». Il est mort entre septembre 1473 et septembre 1474. Nous le retrouverons au chapitre des moralistes, parce qu'il a traduit une *Vie de Jésus-Christ*, et au chapitre des Historiens, parce qu'il a écrit la *Fleur des Histoires* (2). Ce dernier ouvrage, qui est considérable, a fondé depuis assez longtemps son renom dans les lettres, renom modeste évidemment. Mais voilà seulement quelques années qu'on lui a restitué les *Histoires romaines*. Toutefois ce qu'on ne sait pas encore, c'est que l'exemplaire sur parchemin, qui en a été conservé à l'Arsenal et qui vient de Philippe le Bon, a eu pour enlumineur Loyset Liédet. La preuve de ce que nous avançons réside dans un mandat du 29 mars 1460 qui désigne assurément cet exemplaire, lorsqu'il prête au duc le langage suivant : « 140 escus d'or seront remis à Loyset Leydet, demourant à Hesdin, enlumineur, pour 55 histoires, vignettes, grosses lettres et paraffes, que, par nostre com-

---

(1) i) Barrois, n° 899 ; ii) Barrois, n°s 900-1816. — Bruxelles, n° 10777 ; iii) Barrois, n° 1409.

Sur le traducteur et la traduction, voir Langlois, *Mss. Rome*, p. 31 ; Gröber, p. 1107 ; Martin, *Miniaturistes*, p. 181 ; Delisle, *Recherches*, i, p. 21, 28.

(2) Ch. iii, part. i, § 3 ; ch. vii, § 3.

mandement et ordonnance, il a fais au livre de Titus Livius, à nous appartenant qui est en deux volumes, et dont Jehan Mansel, nostre receveur de Hesdin, a fait marchié à lui de par nous... et pour le portage du dit livre de la dicte ville de Hesdin jusques en nostre ville de Bruxelles ». Il y a, au juste, 55 miniatures dans le manuscrit en deux volumes de l'Arsenal. Remarquons en outre, pour compléter la démonstration, que les deux Barrois correspondant à ces deux volumes débutent par le titre d'*Histoires romaines contenant neuf livres de la première décade de Tite-Live*. On s'explique dès lors que le mandat se soit servi de la dénomination de *Tite-Live* (1).

A mi-chemin de Hesdin et d'Abbeville, non loin de Crécy se trouve le village de Gueschard : c'est là qu'est né Jean Miélot, un littérateur qui, pour le nombre de ses écrits, peut se ranger parmi les forts producteurs de la maison ducale (2). Il nous retiendra surtout au chapitre des œuvres dévotes et didactiques, sa spécialité. A partir de 1448, il a dû être attaché à la cour. Il semble être resté au service de Philippe le Bon jusqu'à la mort de celui-ci. Par la suite, il a travaillé tantôt pour Louis de Luxembourg, comte de Saint-Pol, tantôt pour Charles le Téméraire. Un volume qu'il a signé nous révèle qu'il a été le chapelain du comte. D'un autre côté, l'on sait que, de 1453 à 1472, il a porté le titre de chanoine de Saint-

(1) Pour le compte et pour l'auteur Jean Mansel (qu'il ne faut pas confondre avec Jean Mansel, conseiller du duc, qui fut nommé procureur général d'Artois le 4 décembre 1432 et renonça à sa charge en 1470) voir Pinchart, *Archives*, II, p. 114-23 ; Dehaisnes, *Jean le Tavernier et Louis Liédet*, p. 35-7, *Inv. Arch. Nord*, IV, p. 209, col. 2 ; L. Delisle, *Journ. Sav.*, 1900, p. 196-7 ; Molinier, n° 3932. Ses *Histoires romaines* sont à l'Arsenal, n°s 5087 et 5088 (cf. Labarte, III, p. 186). Dans une étude sur la *Fleur des Histoires* de Mansel, M. L. Delisle (*Journ. Sav.*, 1900, p. 109-112), ayant comparé le second volume de ce grand ouvrage dans sa rédaction définitive avec les *Histoires romaines*, a prouvé, par l'identité de style des deux compositions, que les *Histoires romaines* appartenaient à l'écrivain de Hesdin. Il identifie le n° 5087 de l'Arsenal avec Barrois n° 1703 de 1487. Je crois déjà le voir en 1467 sous le n° 871. Quant au n° 5088 du même dépôt parisien, c'est Barrois n°s 897-1668. Ainsi donc serait retrouvé le *Tite-Live* de Liédet dont le R. P. Van den Gheyn, *Conférence*, p. 42, signalait la perte. Il y aurait lieu, pensons-nous, de rapprocher la compilation de Mansel des *Faits des Romains*.

(2) Consulter l'article bien documenté de M. P. Perdrizet dans la REVUE D'HISTOIRE LITTÉRAIRE DE LA FRANCE, 1907, p. 472-82, *Jean Miélot, l'un des traducteurs de Philippe le Bon : vie, œuvres et bibliographie.*

Pierre à Lille. où il a résidé et d'où sont datées plusieurs de ses compositions.

Les documents de la chancellerie ducale ne nous ont pas laissé ignorer, comme ils l'ont fait pour son laborieux confrère David Aubert, les gratifications que lui ont valu ses travaux de librairie. Ecrivain abondant, il nous apparaît comme un fonctionnaire accomplissant une besogne régulière et touchant, de ce chef, un traitement régulier. Certain ordre enjoint, le 22 avril 1449, à l'audiencier de la chancellerie de délivrer sans frais à lui, Jean Miélot, les lettres patentes de sa nomination de « secrétaire aux honneurs ». Mais antérieurement à cette nomination, il a travaillé pour la cour et sans doute perçu des émoluments. Voici la première mention que lui accordent les comptes : « A maistre Jehan Miélot, la somme de xcvii livres iv sols, monnoie de Flandre, qui deu luy estoit à cause de xii solz, dicte monnoie, que mondis seigneur, par ses lettres données à Bruxelles le xxiie jour d'avril, l'an mccccxlix, luy a ordonné prendre et avoir de gaigie par jour des deniers de ses dictes finances, pour luy aidier à entretenir en son service, à faire translacions et escriptures de latin en françois de hystoires [lire : et les historier ?] et autrement pour ses besoignes et affaires à commencer de la date desdictes lettres. Et ce pour clxii jours entiers commençans le xxiie jour dudit mois d'avril et finissans le dernier jour de septembre ensuivant, oudit an » (1).

D'autres comptes existent disant que les mêmes occupations lui rapportent : 180 livres, de 40 gros, monnaie de Flandre, pour 310 jours entiers commençant le 1ᵉʳ octobre 1449 et finissant le 6 août 1450 (2) — 16 livres, 4 sous pour 27 jours commençant le 5 décembre 1450 — 219 livres pour ses gages d'une année commençant le 1ᵉʳ janvier 1451 (3). Par mandement du 8 septembre 1451, le duc lui alloue une somme de 60 livres pour le récompenser des services qu'il avait rendus pendant les dix-huit mois qui s'étaient écoulés avant qu'une rétribution fixe lui eût été donnée (4). Viennent après

---

(1) Le Glay, *Mss. de Lille,* p. xxiii ; Pinchart, *Archives,* iii, p 44 ; Perdrizet, p. 473.

(2) Laborde, i, n° 1430.

(3) Pinchart, *Archives,* iii, p. 46.

(4) Pinchart, *ibid.* Le compte signale, comme un des travaux payés de la sorte, la *Vie de saint Josse.*

cela les paiements de : 200 francs 8 sous pour 334 jours, commençant le 1ᵉʳ janvier 1452 (1) — 300 francs pour 500 jours (compte de 1455) (2) — 236 livres, 12 sous, sur la somme de 709 livres, 16 sous, « qui deue lui estoit de reste de 1183 jours entiers » commençant le 11 février 1456 et finissant le 8 mai 1459 (3) — 200 livres (compte du 2 octobre 1457) (4) — 236 francs (compte du 1ᵉʳ octobre 1460 au 30 septembre 1461) (5).

Ne négligeons pas de remarquer que les documents, dont nous extrayons seulement l'essentiel, établissent que Miélot est payé sur le pied de 12 sous par jour. Plusieurs lui décernent le titre de secrétaire, et l'un d'eux l'appelle « translateur des livres de Monseigneur ». D'autre part, presque tous, sans préciser par la même désignation officielle de « translateur » la nature de son emploi, notent qu'il est rétribué « pour ses peines et occupations qu'il avoit à faire translations de livres de latin en françois et iceulx escripre et historier ». Donc il est traducteur, il est copiste, il est directeur de travaux et il est enlumineur. Son dernier biographe observe à ce propos : C'était un « médiocre copiste et encore plus médiocre enlumineur, si l'on en juge par les minutes autographes qui nous sont parvenues de quelques-unes de ses traductions ». Mais nous possédons aussi de ses œuvres qui sont « écrites de très belle main et enluminées de miniatures souvent remarquables : on doit croire qu'elles ont été exécutées sous la direction de Miélot et sous sa surveillance, dans un atelier qui travaillait pour lui» (6). Effectivement, le chanoine de Lille n'était pas un véritable illustrateur de manuscrits. Il se bornait à guider l'artiste : il indiquait, dans les copies sorties de sa plume, le sujet et le dessin dont il désirait qu'elles fussent ornées. C'étaient des croquis, des esquisses pour de plus habiles que lui (7).

Son début chez Philippe le Bon est la translation du *Miroir de la*

(1) Pinchart, p. 46.

(2) Laborde, I, n° 1603.

(3) Le Glay, *Mss. de Lille*, p. XXIV.

(4) Pinchart, p. 46. Voir aussi un compte de 1457, publié par Laborde, I, n° 1812, mais qui ne contient pas la somme allouée.

(5) Laborde, I, n° 1841 ; Le Glay, p. XXIV.

(6) Perdrizet, p. 473-74. Voir notre ch. III, part. I, § 3.

(7) P. Durrieu, *Roi Alexandre*, p. 111 et *Bibl. Ec. Ch.*, LIV, p. 299 ; Van den Gheyn, *Conférence*, p. 40 et *Catalogue*, I, p. 48 : ici, il signale un croquis de ce genre dans le ms. II, 239 de Bruxelles.

Salvation humaine, en 1448 (1). Il y avait huit ans qu'elle était achevée lorsqu'il « reduisit en cler françois » un recueil de *Moralités,* « contenant aucuns bons mots des anciens philosophes » traduits de Cicéron, Sénèque, Horace et Virgile. Le fruit de ce labeur est conservé dans un volume de la Nationale de Paris, et il y apparaît suivi d'autres traductions et travaux de Miélot : *Les très dévotes contemplations sur les* VII *heures de la Passion* (2), — *Les Proverbes procédant selon l'ordre de l'A B C — Un petit traité de l'art de bien mourir — La briefve doctrine donnée par saint Bernard — L'Oraison que fist saint Thomas d'Aquin en parlant à Nostre Seigneur* (3).

Seules les *Moralités* nous intéressent ici, à titre de littérature dérivée de l'Antiquité. Elles sont nées par le commandement du duc, ainsi que Miélot prend soin de le faire savoir. En revanche, il a omis de dire pour qui il avait translaté le *Romuléon* du Bolonais Roberto della Porta (1465). Mais au moins nous savons qu'en 1467 le libraire brugeois, Colard Mansion, en a vendu un exemplaire couvert de velours bleu à Philippe le Bon, pour le prix de 54 livres de Flandre. Ce que nous savons également, c'est que l'achat s'est accompli par l'entremise de maître Alard le Fèvre, doyen du chapitre de Leuze et lecteur du prince (4). Ajoutons encore que la bibliothèque ducale renfermait aussi l'original latin du *Romuléon* (5).

<hr>

(1) Voir ch. III, part. I, § 3 pour le *Miroir* et aussi pour d'autres écrits de Miélot antérieurs aux *Moralités.*

(2) Opuscule différent de celui qui forme le 43ᵉ chapitre du *Miroir de la Salvation humaine.*

(3) Barrois, nᵒˢ 764-1940 (par erreur dans l'*Appendice,* nᵒ 2257). — Nat., nᵒ 12441, trois grandes miniat., parch. Pour ses *Proverbes,* voir chap. III.

(4) Pinchart, *Archives,* II, p. 189-90 et *Miniaturistes,* p. 484. D'après cet érudit, Mansion aurait fourni deux exemplaires à Philippe le Bon, en 1450 et 1467. Mais je crois que le duc n'a fait qu'un achat. Seulement, il existe, pour cet achat, deux textes, l'un des Archives de Lille (ms. nᵒ 146, fᵒ 19) et l'autre, plus détaillé, de Bruxelles (ms. nᵒ 25191, fᵒ 19ᵛ , Inventaire du 9 mai 1467). C'est à tort, selon moi, que Pinchart et Van Praet, *Mansion,* p. 70-2, datent, de 1450, celui de Lille. Au fait, on n'a là qu'une rédaction abrégée de celui de Bruxelles. Voir aussi Van de Putte, *Ann. Soc. Emul. Bruges,* I, p. 172.

(5) L'exemplaire acheté à Mansion était, comme je l'ai dit d'après l'indication du compte, recouvert de velours bleu. Ce doit être Barrois nᵒ 877 lequel a cette couverture et qui est en parchemin. J'ignore s'il existe encore, mais c'est assurément le texte de Miélot, comme l'établissent les mots de repère. Le volume latin est Barrois, nᵒˢ 1070-2000. —

Parmi les ouvrages *non parfaits* de cette bibliothèque est inscrit « ung livre en parchemin *bumleu*, non lyé ne historié, et est parfait d'escripture » (1). Que signifie ce mot *bumleu* ? Barrois le décompose en *benleu*, et l'interprète par « bien léger, très mince ». Il se trompe évidemment, car dans cette même liste de *non parfaits* publiée aussi par Laborde, et sous le numéro correspondant, nous lisons : « Item, ung aultre livre en parchemin, *Romuleum*, non lyé et historié, et est parfait d'escripture » (2). L'on ne peut y reconnaître qu'un *Romuléon*. Reste à déterminer ce qu'était cet exemplaire et ce qu'il est devenu (3).

L'œuvre qu'a signée Roberto della Porta relate, en abrégé, l'histoire de Rome depuis la fondation de cette ville, depuis l'arrivée d'Enée en Italie jusqu'à Constantin le Grand, « histoire, comme on l'a dit, parée de ces fables convenues dont les annales d'aucun peuple ne sont exemptes et qui alors étaient nécessairement plus communes qu'aujourd'hui » (4). On voit dans le prologue que l'auteur, jeune encore et très modeste, a entrepris sa narration sur les instances de son maître Monseigneur Gommetz d'Albornoce, vaillant chevalier espagnol, gouverneur et capitaine de Boulogne-la-Grasse, terre de l'Eglise romaine de par notre Saint Père le Pape, ainsi qu'il s'exprime. Il énumère ensuite les écrivains qu'il a consultés : Tite-Live, saint Augustin, Valère Maxime, Salluste, Suétone, Spartien, Lampride, Julius Capitolinus, Lucius Florus, Justin, Lucain, Orose, Végèce, Eutrope et plusieurs autres. L'objet de mon récit, dit-il encore, est de « descripre les glorieux et haultains fais de très nobles roys, consulz et empereurs rommains, et non pas tous, ains seulement ceulx que je crois estre de plus belle mémoire ».

Translaté par Miélot, ce récit fut cailligraphié pour le bâtard de

Bruxelles nº 9816, papier. Si vraiment le duc a commandé deux textes au libraire de Bruges, on pourrait supposer que c'étaient ces deux Barrois.

(1) Nº 1606.

(2) II, nº 3361.

(3) Serait-ce une nouvelle copie que le duc avait commandée et qui était en confection au moment où il est mort ? Ou bien, cet article désigne-t-il l'exemplaire du bâtard de Bourgogne, mentionné plus loin, et qui fut achevé en 1468 ?

(4) Reiffenberg, *Ann. Bibl. Roy. Belg.*, 1847, p. 127 32, où il décrit les 3 mss. de Bruxelles dont je parle.

Wavrin et pour Antoine de Bourgogne : la première copie est médiocre ; la seconde, qui est très belle, a eu pour grossoyeur David Aubert (1).

Dans le même domaine de la littérature antique, Jean Miélot a fait autre chose encore que sa mise en français de *Romuléon*, mais il écrivait alors pour Charles le Téméraire. Nous attendrons donc d'avoir atteint ce règne pour nous en occuper. Il conviendrait peut-être de mentionner ici d'autres traductions qui sont siennes et qui ont paru sous Philippe le Bon : *La Controversie de noblesse entre Publius Cornelius Scipion et Gayus Flaminius devant les sénateurs de Rome* et le *Débat d'honneur entre Annibal, Alexandre et le consul romain Scipion*. Ce sont des « dialogues des Morts », des entretiens entre anciens, mais les propos qu'on prête à ces anciens permettent de ranger les deux opuscules parmi les compositions didactiques. De même en est-il pour l'*Epître d'Othéa* de Christine de Pisan que le chanoine de Lille a glosée.

Alexandre le Grand, qui intervient dans le *Débat d'honneur* translaté par Miélot, jouissait d'une trop haute réputation pour qu'il n'eût pas, à la cour de Bourgogne, les faveurs d'une œuvre de plus grande portée. Disons même qu'un livre spécial lui était dû, et effectivement il l'obtint dans le *Livre des conquestes et faits d'Alexandre le Grant* que compila Jean Wauquelin (l'ouvrage est mentionné en 1448) (2). L'ordre d'exécution n'est pourtant point parti de Philippe le Bon. C'est son cousin germain le comte d'Etampes qui le donna : soit Jean II de Bourgogne, comte d'Etampes et de Nevers, seigneur de

(1) Wavrin = Bruxelles, nº 10173-74, parch. — A. de Bourgogne = Bruxelles, nº 9055, parch. (cf. Barrois, nº 2215). Les rubriques de ces deux mss. appartiennent au traducteur. Marchal, *Catalogue*, II, p. 129, commet une erreur lorsqu'il attribue à Wavrin la propriété des trois mss. de Bruxelles.

(2) Sur cette compilation et ses sources, voir P. Meyer, *Alexandre*, II, p. 313-29. Cf. aussi Reiffenberg, *Nouvelles Archives*, VI, p. 11 ; Gautier, *Epopées*, II, p. 544 ; Suchier, *Beaumanoir*, I, p. XCII ; L. Constans, *Hist. sous la dir. de P. de Julleville*, I, p. 240 ; Gröber, p. 1144 ; K. Sachrow, *Über die Vengeance d'Alexandre von Jean le Venelais*, Halle s. S., 1902. Des fragments en ont été publiés, d'une façon très incorrecte, d'après le ms. 1419, Nat., Paris (f. 229-305) par Berger de Xivrey, *Traditions tératologiques*, 1836, p. 377-437. Frocheur (*Histoire romanesque d'Alexandre-le-Grand*, MESSAGER, 1847, p. 414) dit que le travail de Wauquelin a été entrepris à la demande de Jean sans Peur. C'est une erreur qui est reproduite dans l'*Hist. litt.*, XXIV, p. 198.

Dourdan, le petit-fils de Philippe le Hardi (1). Ainsi, la commande
émanait quand même de la famille. Observons au surplus qu'en
tel passage de son roman (nous le reproduisons ci-dessous), Wauquelin fait allusion à son très puissant prince, « Monseigneur
Philippe ». D'ailleurs, Monseigneur Philippe le Bon s'intéresse à
l'*Histoire d'Alexandre* comme s'il l'avait commandée. Des manuscrits
qui sont arrivés jusqu'à nous (cinq au moins), trois ont passé par sa
librairie. Le quatrième sort du même monde, c'est-à-dire qu'il a été
en possession de Philippe de Clèves.

Des trois copies bourguignonnes, l'une est sur papier et peu
ornée, l'autre est sur vélin et magnifique (avec une miniature de
présentation), et la dernière est, au sentiment d'un très fin connais-
seur, « un des plus splendides exemples de ce que savaient produire,
vers le milieu et dans la seconde moitié du xv⁰ siècle, les ateliers de
librairie travaillant en Flandre » (2). Les 204 miniatures qui le
décorent ont occupé divers artistes. La grosse part de l'œuvre est de
Guillaume Vrelant, un Flamand qui porte un nom remarquable
dans l'histoire de l'enluminure. Mais il se peut qu'un talent plus distingué encore ait été requis pour la circonstance, et ce serait le
talent de Philippe de Mazerolles ou Marolles, un Français que des
pièces d'archives nous font connaître comme ayant « labouré » pour
les ducs de Bourgogne, qui a reçu le titre officiel de valet de
chambre et enlumineur de Charles le Téméraire, qui a été inscrit
dans la gilde de Saint-Jean à Bruges de 1469 à 1480 (gilde des enlumineurs et *librariers*). On a de bonnes raisons de croire que cet artiste
a mis la main au très luxueux *Froissart* de Breslau, qui provient
d'Antoine, le grand bâtard (3), et qu'il n'est pas étranger à la con-

(1) Né en 1415, mort en 1491, il était fils de Philippe, comte de Nevers
(voir ci-dessus p. 112).

(2) Durrieu, *Roi Alexandre*, p. 52. Les copies bourguignonnes sont :
1) Barrois, n° 1475. — Paris, Nat., n° 1419 ; II) Barrois, nᵒˢ 1478-1647. —
Nat., n° 9342 ; III) Barrois, nᵒˢ 1479-1685. — Collection Dutuit à Paris. Sur
ce troisième ms., voir Delisle, *Journ. Sav.*, 1900, p. 161 ; Durrieu, *Roi
Alexandre* ; R. Hénard, *L'art flamand à la collection Dutuit*, LES ARTS ANCIENS
DE FLANDRE, 1905-06, 1, p. 149-168. Le ms. de Ph. de Clèves est à Gotha,
Bibl. ducale, 1. 117 : Jacobs u. Uckert, *Bibliothek zu Gotha*, 1, p. 379-415,
magnifique volume sur vélin, fin xvᵉˢ. Voir ci-dessus p. 29 ce que
Philippe le Bon paie à Wauquelin et à Jacques du Bois « son clerc »
pour des transcriptions sur vélin, dont l'une est l'*Histoire d'Alexandre*.

(3) Ch. VII, § 3.

fection de deux très beaux volumes de Louis de la Gruthuyse, la *Toison d'or* (par Guillaume Fillastre) et le *Livre des Secrets d'Aristote* (1).

Il ne faudrait certes pas chercher, dans ses peintures de l'*Histoire d'Alexandre* et dans celles de ses confrères, des préoccupations de couleur locale et l'authentique société dont fut entouré le héros macédonien. La cour de ce prince a naturellement revêtu la physionomie qu'offrait celle d'un Philippe le Bon. L'on devine que les vaillances qu'on lui prête ne sont pas puisées à des sources très pures et que leur narration a reçu de Wauquelin tout le caractère, comme aussi toute la saveur, d'un roman de mœurs du xv⁰ siècle. Alexandre, c'est Charlemagne avec un peu plus de merveilleux ; la Macédoine, c'est la France à peu de choses près. D'ailleurs, le vainqueur de l'Asie a besogné en Occident aussi bien qu'en Orient et Wauquelin (suivant, entre autres, les enseignements que lui fournit Jacques de Guyse), le suppose souverain des contrées bourguignonnes : « Je, dit-il, qui, au commandement de mon très redoubté seigneur [Jean d'Etampes], ay à traittier et mettre en nostre langaige maternel les fais et conquestes du très poissant et très redoubté empereur Alixandre, lequel, comme la commune fame et renommée tesmongne, fu roy et seigneur par sa proesche de toutte la terre d'Orient et d'Occident, dont il s'enssieult par ceste auctorité que il fu seigneur de France et de touttes les marches adjacentes, et pour ce que point ne m'est apparut par l'istore que en ce traittié j'ay alleguié, ne ossi par aultres, comme de Vincent le Jacobin et de Guillemme, qui les faits dudit Alixandre traitterent, comment ne par quelle manere il subjugua la ditte contrée, de laquelle ou des parties adjacentes est natif mondit très redoubté seigneur, et aveuc ce seigneur particulier et grant gouverneur noble et puissant, et meisment du noble pays de Picardie soubz la main de mon très redoubté seigneur et très puissant prince, Monseigneur Phelippe, par la grace de Dieu

(1) Paris, Nat., n⁰ 331 et n⁰ 562. Ces attributions à Ph. de Mazerolles sont dues à M. Durrieu, dans son étude sur l'*Histoire du bon roi Alexandre et le ms. Dutuit*. Pour Vrelant (on Wrelant ou Wyelant), voir le même, *Bull. Soc. Antiq. France*, 1889, p. 279, *Bibl. Ec. Ch.*, LIV, p. 278 ; W. H. James Weale, *Documents inédits sur les enlumineurs de Bruges*, BEFFROI, IV, p. 116-9, 278 et suiv., où il est aussi question de Ph. de Mazerolles. Sur ce dernier artiste, lire en outre Pinchart, *Archives*, II, p. 208-9, et sur la part qui serait peut-être à faire, en l'occurrence, à Simon Marmion et à son école, consulter M. Hénault, *Les Marmion*.

duc de Bourgoingne..., et duquel pays de Picardie je suis natif, veulx ychy mettre et anecxer une partie d'une histore laquelle j'ay trouvée ens es histoires de Belges, faictez et rassemblées par venerable docteur et maistre en theologie maistre Jaque de Guise cordelier, lesquelles histores il fist et assembla et composa au comandement de très redoubté prince le duc Aubert de Baviere, conte de Haynnau, Hollande et Zellande, par laquelle histore aucuns polront conjecturer ou ymaginer que verité a esté que le roy Alixandre ait esté segneur des parties presentement proposées, sy suplye très benignement à tous ceulx qui ceste histore lirront ou oront lire que, se plus de laditte histore troevent, ou des conquestes des pays devant dis, que benignement il leur plaise chou adjouster à ceste presente histore, et moy pardonner ma negligence en ceste partie, s'elle y est aucunement trouvée » (1).

Alexandre devait donc être *persona grata* chez le duc de Bourgogne. En d'autres récits d'ailleurs, que nous avons mentionnés avant la compilation de Wauquelin, il occupe un rang plus ou moins distingué. Mais il n'est pas seul de sa famille à paraître à la cour. Son grand-père Florimond y arrive aussi,... par la voie du remaniement. Un poète du Midi avait raconté son histoire au XIIᵉ siècle en 12000 vers octosyllabiques (à Châtillon-sur-Azergue : Rhône). Un prosateur la dérima au XVᵉ siècle, et de cette mise en prose une copie est entrée dans la librairie bourguignonne : c'est l'*Histoire de quelz gens et de quele nacion descendit le très hault empereur Alixandre le conquérant* (2). Enfin, il n'y a pas que le français qui serve à narrer les aventures de ce « très hault empereur ». Elles sont aussi rapportées en flamand, mais seulement dans les quinze premiers feuillets d'une *Historie des Bijbels* inscrite au catalogue de la bibliothèque ducale (3). Un autre conquérant de l'Antiquité sera de même chanté en thiois : c'est Jason, lequel a conquis la Toison d'or.

<hr>

(1) D'après M. P. Meyer, *Alexandre*, II, p. 322-4 ; il reproduit ici les ff. 203ʳ-204 du ms. 1419 de la Nationale.

(2) Barrois, nᵒˢ 1287-1634. — Paris, Nat., nᵒ 12566, papier ; nombreuses miniatures médiocres ; armes de Philippe le Bon dans l'initiale peinte au f. 1. Voir Gröber, p. 1195, qui ne signale que cet exemplaire de la mise en prose.

(3) *Bible historiale moyenne*, en deux volumes lesquels forment les tomes II et III d'une bible en trois volumes = Barrois, nᵒˢ 1099-1778. — Bruxelles, nᵒ 9018-19 ; Barrois, nᵒ 1101. — Bruxelles, nᵒ 9020-23, parch., Van den Gheyn, I, nᵒ 108, où cette identification n'est pas faite.

c) La Toison d'or et les livres qu'elle a inspirés.
Les deux patrons de l'ordre fondé par Philippe le Bon :
Jason et Gédéon.

Plus qu'au héros de la Macédoine, les sympathies de Philippe le Bon devaient aller au héros de la Colchide, à Jason. De celui-ci, il a fait le patron ou l'un des patrons de son ordre de la Toison d'or qu'il institua en 1430 à l'occasion et en l'honneur de son mariage avec Isabelle de Portugal. Pourquoi l'a-t-il choisi ? Pourquoi un second patron — c'est Gédéon, le personnage biblique — fut-il également élu ? Telles sont les questions auxquelles nous allons essayer de répondre, en analysant les œuvres diverses dont l'ordre chevaleresque de 1430 a été l'objet. Cela étant, force nous sera de sortir du cadre du chapitre actuel, l'*Antiquité*, pour examiner des compositions d'inspiration didactique ou religieuse, des poèmes et des traités de nature allégorique : ainsi le *Songe de la Toison d'or* de Michault Taillevent ou la *Toison d'or* de Guillaume Fillastre (1).

Olivier de La Marche rapporte que Philippe le Bon « se fonda premièrement sur la poeterie de Jason quand il esleva la noble Thoison d'or ». Cette « poeterie » (d'après le chroniqueur) dit « que en l'isle de Colcoz avoit ung mouton de merveilleuse grandeur dont la peau, la laine et tout le vyayre estoit d'or ; ...que celluy mouton estoit gardé de dragons, serpens et de beufs sauvaiges qui gectoient feu et flamme et de plusieurs autres enchantemens, et que Jason, qui fut moult vaillant chevalier, alla en Colcoz pour conquerir ledit mouton, ce à quoy il ne fut jamais parvenu se ne fust esté par Medée, fille du Roy d'icelle ysle, et laquelle sçavoit moult d'enchantemens, de charmes et de sorceries. Icelle Medée se enamoura dudit Jason et tant traicterent ensemble qu'il luy promist de l'emmener et de la prendre à feme, et elle luy aprist les sors qu'il convenoit faire contre les dragons et les beufz et aultres enchantemens qui moult estoient contraires à ung chevallier qui voulloit le mouton conquerir. Jason crut Medée et fist ce qu'elle luy enseigna et fist tellement qu'il vint à son dessus (2) de toutes les sorceries

---

(1) Une bibliographie très abondante sur la Toison d'or a été donnée par le Vicomte de Ghellinck Vaernewyck, *L'ordre de la Toison d'or et l'exposition de Bruges*, Anvers Van Hille-de Backer, 1907 (Extr. du BULLETIN DE L'ACADÉMIE ROYALE D'ARCHÉOLOGIE DE BRUXELLES, p. 183-276).

(2) Edit. Prost : *dessirs.*

dessusdictes. Et parvint jusques au mouton et l'occit. Mais pour ce qu'il trouva ledit mouton si grand et si pesant qu'il ne le povoit apporter, il escorcha ledit mouton et apporta la peau et le vyaire qui estoit d'or, et à celle peau pendoit la teste, les cornes, les quatre piedz et la queue dudit mouton. Et pour ce fut il dit que Jason avoit conquis la thoison d'or, et ne parle l'on point du mouton, et s'en retourna à toute ladite thoison. Mais il trompa Medée et ne l'emmena ou espousa » (1).

Après avoir relaté la « poeterie » sur laquelle Philippe se serait « fondé », La Marche fait observer que « depuis, ung chancellier en l'ordre, evesque de Chalon en Bourgoingne, nommé messire Jehan Germain, moult notable clercq et grand orateur …changea celle opinion et fondacion, et s'arresta sur le fort Gedeon, qui est histoire de la Bible et approuvée ». Là-dessus, le mémorialiste raconte comment Dieu avait enjoint à ce « batteur en grange et laboureur » nommé Gédéon de marcher contre les Philistins, ennemis du peuple juif. Mais l'élu du Seigneur se prit à hésiter et à se demander si c'était bien à lui qu'une pareille mission était confiée. Il « doubta en son emprinse et requist à Dieu qui le voulut asseurer en sa doubte ». Comme on le sait, le batteur en grange eut recours à deux moyens pour sortir d'indécision : « Le premier fut qu'il estendit la thoison d'un mouton sur la terre et requist à Dieu que toute icelle nuict la pluye du ciel tombast dessus ladite terre, et non pas sur ladite toison, ce qu'il advint ». Puis Gédéon désira que le contraire se produisit pour une autre toison semblablement étendue sur le sol. « Ce que Nostre Seigneur luy accorda, et fust la thoison mouillée et point la terre. Et lors Jedeon se asseura et pria merci à Nostre Seigneur de sa temptacion, et fit sa cotte d'armes par en devant et derriere de la thoison d'or. Et dit l'histoire » que le batteur en grange fut victorieux. « Et ainsi rompit messire Jehan Germain la premiere opinion qui estoit de Jason et le changea sur Jedeon » (2).

(1) *Espitre pour tenir et celebrer la noble feste du thoison d'or*, composée vers 1500 et adressée à Philippe le Beau, fils de l'empereur Maximilien 1 et de Marie de Bourgogne, ce prince auquel il a dédié ses *Mémoires*. Voir édit. Beaune et d'Arbaumont, IV, p. 163-4. On trouve cette même *Epître* dans Prost, *Traités du duel judiciaire*, p. 97-133.
Notons que, d'après la légende, Jason épouse Médée.
(2) La Marche, IV, p. 164-66.

Le chroniqueur n'indique pas, on le voit, quand ni pourquoi ni
comment Jason a été supplanté par Gédéon dans l'emploi de patron
de la « noble Thoison d'or » (sauf sa remarque sur l'histoire de la
Bible qui est *approuvée*). Et même il a tort de parler de changement
d'opinion ou, tout au moins, de laisser entendre que la supplan-
tation a été complète. En réalité, c'est plutôt un partage d'emploi
qui s'opère : le personnage biblique et le héros païen ont vécu
ou subsisté, l'un à côté de l'autre, dans les dites fonctions, avec
tantôt plus, tantôt moins d'éclat et de relief. C'est ce que nous
allons montrer lorsque nous aurons rappelé deux ou trois détails
relatifs à la fondation de l'ordre. Institué en janvier 1430, il ne
devait à l'origine se composer que de vingt-quatre membres ou
chevaliers, plus le duc. Ce nombre fut porté à trente et un (Philippe
y compris) l'année suivante où se tint le premier chapitre (à Lille,
au mois de novembre). C'est aussi de cette année que datent les
statuts qui, notamment, établissaient quatre officiers : un chancelier,
un trésorier, un greffier et un roi d'armes. Le premier chancelier fut
Jean Germain qui successivement est devenu conseiller de Philippe
le Bon, chanoine, doyen de la Sainte-Chapelle de Dijon, évêque de
Nevers, puis de Chalon-sur-Saône : nous le retrouverons ailleurs
la plume à la main, écrivant pour le duc (1). Il avait donc proposé
Gédéon, mais, ainsi que le déclare La Marche, c'est bien Jason qui
fut choisi tout d'abord. Sa légende avait la vogue au moyen âge :
on sait que le récit de ses exploits, dans sa forme la plus répandue,
était rattaché à celui des malheurs de Troie ; or, la destruction de
l'illustre ville se trouvait être, parmi les fables antiques, celle qui
rencontra le plus de crédit ; elle en obtint à la cour de Bourgogne,
et c'est ce que nous aurons bientôt l'occasion d'observer. Pour le
moment, bornons-nous à l'aventure fameuse de Jason en Colchide,
laquelle était racontée depuis longtemps lorsque Philippe le Bon
l'adopta comme symbole de son ordre. Sans vouloir énumérer les
différents témoignages de la littérature (2), il nous suffira de constater qu'elle avait assez d'extension pour être mise en tapisserie et
d'ajouter que c'est précisément sous cet aspect qu'elle apparaît pour

(1) Ch. III, part. I et II.
(2) Voir, entre autres, R. Dernedde, *Über die den altfranzösischen Dichtern
bekannten epischen Stoffe aus dem Altertum*, Goettingue, 1887, p. 12-14, 106-107
et L. Mallinger, *Médée, étude de littérature comparée*, Louvain, 1897, p. 195
et suiv.

la première fois dans la famille ducale. En d'autres termes, la première mention de Jason que nous ayons rencontrée dans ce milieu remonte à 1393, année où le grand-père, Philippe le Hardi, acquiert de Pierre Baumetz ou de Beaumetz, tapissier parisien (qui prend parfois le titre de tapissier et de valet de chambre de ce prince) deux pièces représentant *Jason à la conquête de la Toison d'or* (1). Elles reviennent dans l'inventaire des biens du même prince, dressé après sa mort en 1404 (2). On les retrouve en 1420, dans un autre inventaire, celui des richesses laissées à Philippe le Bon par Jean sans Peur (3). De là, nous passons à 1430, à l'année de l'institution de l'ordre.

On pourrait se demander dans quelle mesure ces deux tapisseries ont contribué à l'adoption de la légende de la Toison d'or comme emblème de cet ordre, dans quelle mesure elles ont suggéré au duc l'idée de se placer sous l'égide du preux de Colchide. A pareille question, il n'est (que nous sachions du moins) aucun document qui permette de répondre. On pourrait poser la même interrogation au sujet des ouvrages de littérature qui, entrés dans la bibliothèque bourguignonne avant 1430, relatent l'expédition de Jason (4). Sur ce point, de même que pour les tapisseries, il n'y aurait guère que de vagues conjectures à produire. Mieux vaut s'en tenir aux faits et aux textes précis. C'est assurément déjà un fait intéressant à constater que l'existence des travaux d'art exécutés par Pierre Baumetz. Quant aux textes, il en est un qui, datant de la fondation, aurait dû nous livrer l'information que nous cherchons et qui ne nous la livre pas : c'est celui des statuts de l'ordre, rapportés par le chroniqueur Jean Le Fèvre, seigneur de Saint-Remy, premier roi d'armes de la Toison d'or. Nous trouvons bien chez lui l'indication du titre de *Toison d'or* donné à l'ordre, mais il ne nous l'explique

(1) Guiffrey, *Tapiss. franç.*, p. 19 ; Dehaisnes, p. 709.

(2) Pinchart, *Tapiss. flam.*, p. 25 ; Dehaisnes, p. 844. — Peut-être n'est-il pas sans intérêt de remarquer que, dans l'*Inventaire des tapisseries du roi Charles vi de France*, de 1422, figure un article ainsi conçu : « Ung tappiz de layne, de *Bonne Renommée*, ...où sont les devises de plusieurs sages, comme de Salomon, Jason, Absalon et plusieurs autres », Guiffrey, *ibid.*, p. 28.

(3) Pinchart, *ibid.*, p. 25 ; Dehaisnes, p. 844 ; Laborde, II, n° 4275.

(4) Je ne vois guère à citer, de l'inventaire de 1420, que l'*Histoire de Troie*, n° 107 : voir ci-dessus p. 133. Mais quels autres livres de même nature sont parvenus à la cour, de 1420 à 1430 ?

pas, et il ne nous procure aucun renseignement sur la « poeterie »
de Jason et sur les motifs que l'on a eus de la choisir (1). Si nous
consultons un autre mémorialiste de la cour, Monstrelet, nous l'entendrons dire à propos des colliers remis aux chevaliers : « Auxquels
coliers, pendoit à chascun sur le devant... une toison d'or en sam-
blance et remembrance de la toison que jadis conquist anciennement Jason en l'isle de Colcos, comme on le treuve par escript en
Istoire de Troyes. De laquelle n'est point trouvé en nulle hystoire,
quonques nul prince chrestien, on luy [avant Philippe le Bon]
eust revelée ne mise sus. Si fut la dessusdicte ordre, à l'ymaginacion de celle que dist est nommée, par le ditduc, l'Ordre
de la Thoison d'Or » (2). Georges Chastellain, le grand chroniqueur de Bourgogne, est plus explicite en ce qui regarde la noble
et vénérable ancienneté de la légende, mais son langage pourrait être plus clair et, en fin de compte, il ne dit pas non plus à
quelle époque Gédéon fut préféré ou bien associé à Jason : « Lequel ordre par longtemps devant avoit esté pourpensé en la secrète
ymaginacion de ce duc, mais non jamais descouvert encore jusques
ceste heure ; lequel entre toutes les hautes choses onques entreprises par avant en prince chrestien, cestui [cet ordre] sembleroit
estre un des haulx et courageux attemptemens qui onques y fût, et
l'ordre de plus grand pois et mistère, entendues les très anciennes
racines dont le nom est sorty, et lesquelles, lues et relues ès hautes
royales cours diverses par le monde, tant de Gédéon comme de
Jason, n'ont onques toutesvoyes esté aherses [saisies] par nulluy,
fors maintenant que le haut courage de ce prince, tendant à excellence aucune et singularité de gloire, l'a appliqué à sa très excellente bonne volenté qu'avoit de bien faire, souverainement en soi
exhiber vray humble serviteur de Dieu, prest deffenseur de la
sainte foy, quéreur du bien publique et diligent insécuteur de toute
honneur et vertu..... ». C'est pourquoi, continue le mémorialiste,
Philippe le Bon, désireux d'accomplir cet acte méritoire et agréable
à Dieu, « par longtemps estudia et songea en ceste très excellente
et très glorieuse ymage et enseigne de la Toison, laquelle, à cause
de Jason, on peut surnommer d'or, et quant appliquée seroit à
Gédéon, pour cause que l'or appartient à porter aux chevaliers, sy

(1) Les Statuts sont insérés dans sa *Chronique*, II, p. 210-54.
(2) *Chroniques*, IV, p. 373.

se peut-elle nommer justement aussy toyson d'or comme l'autre, dont cy-après, par un chapitre à par luy, vous sera déclaré l'entendement qu'il pouvoit avoir à tous deux et non soy parant de l'un pour rebouter l'autre, auquel s'est arresté et les causes et raisons pourquoy » ... (1) Et toujours dans ce style ampoulé, Chastellain continue à exposer « les causes et raisons pourquoy » le duc a fondé son ordre, mais, du moins dans la chronique que l'on a conservée de lui, il n'explique pas l'intention qu'avait son prince en élisant le héros païen et le héros biblique.

Voici encore un autre mémorialiste du même temps et du même milieu : c'est Jacques Du Clercq. Il affirme (en quoi il doit se tromper) que tout simplement Philippe le Bon « avoit prins son ordre sur la Bible et ne l'avoit pas voullu prendre sur la Toison que Jason conquesta en l'isle de Colchos, pour ce que Jason mentit sa foy » (2).

Remarquez ces derniers mots : nous y reviendrons ; nous reparlerons de la « foi mentie » par l'époux de Médée, parce que nous rencontrerons d'autre œuvres littéraires qui ont surgi dans l'entourage du duc et où il est question des infidélités de Jason. Pour l'instant, ce qu'il importe d'observer, c'est que nos chroniqueurs de Bourgogne ne déterminent pas l'époque où des scrupules se sont manifestés à l'endroit du païen, où l'on a fait appel au héros biblique. Un point toutefois paraît bien établi, c'est qu'on a d'abord pensé uniquement à Jason et que Gédéon n'est arrivé qu'après. Selon nous, il est arrivé dès l'année qui a suivi la création de l'ordre, dès 1431 où le premier chapitre s'est tenu à Lille. C'est ce qu'à notre sens, il est permis d'induire de l'examen de certain poème qui doit avoir été rimé à cette occasion, le *Songe de la Thoison d'or* (en 88 huitains octosyllabiques et une ballade), par Michault le Caron dit Taillevent, valet de chambre, joueur de farces, « rhétoricien » au service de Philippe le Bon (3). Recourant au procédé

(1) Kervyn, *Chronique*, II, p. 6-7.

(2) *Mémoires*, III, p. 172.

(3) Il y a eu deux Michault à la cour : voir le ch. III, part. III, § 3 et 4. Je suis, pour le *Songe*, le texte de l'éditeur Silvestre : *Collection de poésies, romans, chroniques, etc., publiée d'après d'anciens manuscrits et d'après des éditions des XVe et XVIe siècles*. Impr. Crapelet, in-16, 14 f., plus 2 f. renfermant une notice de G[ratet]-D[uplessis], qui dit que le *Songe* a été tiré d'un ms. du XVe s., appartenant au baron de Guerne, ancien maire de Douai, et contenant d'autres poésies. Sur les destinées de ce ms., voir Petit, *Le pas de*

littéraire si commun à son époque, l'auteur feint qu'il a eu un songe
et que s'étant endormi en « un gracieux et bel vergier », il a vu « en
lair luisant » un superbe palais où s'est fondé un ordre de chevalerie
appelé Toison d'or. Bonne Renommée s'y présente, accompagnée
d'autres dames (qui sont des allégories comme elle) pour tenir
« court ouverte ». Beau Parler « publie la feste » : on invite les
chevaliers sans « villonie » et sans reproche. Parmi ceux qui répondent à l'appel, Michault reconnaît d'anciens héros tels que Gédéon,
Alexandre, Artus. Mais il aperçoit aussi trente et un preux qui
voudraient pénétrer dans le palais et « ouvrer trestous soubz umbre
des vaillans hommes de jadis ». Ils instituent un ordre avec un
« chief remply de vertus », avec des statuts (que le poète résume) et
avec quatre officiers qui sont un chancelier, un trésorier, un greffier
et un roi d'armes. Ensuite, un registre est apporté dans lequel on
insère ces mots :

> Phelippe par la grace de Dieu
>
> Duc de bourgogne et de brabant
>
> Au glorieux iour saint andrieu
>
> Par devotion sans beubant
>
> Qui ne l'en yra destourbant
>
> Soblige de faire la feste
>
> De la thoison dor reluisant
>
> Pour maintenir dhonneur la queste.

Lorsqu'il a bien tout vu, le poète s'éveille et il met sa vision
par écrit :

> Pour finable conclusion
>
> Moy estans en ung bel iardin
>
> Selonc mon songe et vision
>
> Ung peu apres le sainct martin
>
> Je fis ce dit a ung matin
>
> De lordre de la thoison dor
>
> Et apres ballade a la fin
>
> Or oes quelle dist encor.

la mort, p. XLII-III. Sur un second ms. renfermant le *Songe* et d'autres
pièces (il est à Valenciennes), voir Mangeart, *Cat. Valenciennes* ; *Cat.
Dép.* XXV, n° 776 (581) ; Piaget, *Rom.*, XVIII, p. 446 ; Prost, *Traités du duel
judiciaire*, p. XI.

A propos de mss., je crois qu'on n'a pas encore signalé celui-ci que je
trouve dans la librairie de Bourgogne et qui portait le *Songe* seul ; Barrois, n° 1377, papier.

Et la ballade dit entre autres :

> A lexemple de ses predecesseurs
> En regardant doucement sans envye
> Les grans gloires les biens et les honneurs
> Quilz acquirent chascun durant sa vie
> Le chief des bons et de chevalerie
> A ung ordre mis sus nouuellement
> Non point pour ieu ne pour esbatement
> Mais a la fin que soit attribuée
> Loenge a Dieu trestout premierement
> Et aux bons gloire et haulte renommée.
>
> Jason conquist ce racontent pluseurs
> La thoison d'or par medee samie
> Dedens colcos mais pour estre plus seurs
> Tant a iason on ne sareste mie
> Qua gedeon qui par œuvre saintie
> Arouse eut son veaurre doucement
> De rousee qui des sains cieulx descent
> Dont fut depuis dignement celebrée
> Loenge...

L'auteur parle d'un « ordre mys sus nouvellement ». Il révèle aussi qu' « ung peu apres le sainct martin », il a rimé son poème. Or, la Saint-Martin tombe le 11 novembre et c'est le 30 du même mois, jour de saint André, qu'a lieu la fête de l'ordre. Cela étant, l'on a conjecturé que le poème fut « composé vers le mois de novembre 1430, en vue de la première fête de l'ordre, qui se célébrait à la fin du même mois » (1). Tel n'est pas notre avis. Tout d'abord nous noterons que le premier chapitre s'est tenu en 1431. Ensuite, Michault nous paraît plutôt donner l'impression qu'il compose après ce premier chapitre. Bien que sa description soit allégorique, on sent qu'il s'inspire d'une réalité, d'une solennité qui s'était passée. Ainsi, il décrit l'ordre comme un organisme qui a déjà fonctionné : il cite les quatre officiers (chancelier, trésorier, greffier, roi d'armes) que l'on a vus pour la première fois au chapitre de 1431 et il indique à deux reprises que le nombre des chevaliers est de trente et un, alors que le règlement de fondation

____

(1) Petit, *Pas de la mort*, p. XLIV.

l'avait d'abord limité à vingt-quatre. Dès lors, nous inclinerions
à croire que le « ung peu apres le sainct martin » doit s'entendre :
au moins vingt jours après le 11 novembre.

Pourquoi ne serait-ce pas au cours de ce chapitre qu'aurait été
proposé ou lancé par le chancelier Jean Germain le patronage de
Gédéon auquel le *Songe* fait allusion ?

> Tant à Jason on ne s'areste mie
> Qu'à Gedeon...

dit le poète. Et le prosateur Olivier de La Marche raconte, comme
on l'a entendu, que c'est lui, « Jehain Germain, moult notable clercq
et grand orateur qui changea l'opinion et fondacion » relative à
Jason et qui « s'arresta sur le fort Gedeon ». De plus, il y a l'autre
prosateur Le Fèvre de Saint-Remy qui rapporte qu'à la réunion de
Lille en 1431, une messe fut célébrée et qu'après l'offertoire « se fist
une moult belle et haut predicacion, en maniere de collation, par le
chancelier de ladicte ordre » (1). Pourquoi ne serait-ce pas dans
cette « predicacion » que Germain aurait intronisé Gédéon ? En tout
cas, si ce patronage nouveau a été suggéré après la fête de Lille,
ce ne peut être qu'à un moment très rapproché de cette fête, et non
dans un chapitre ultérieur : le poème de Michault le prouve. Quant
aux motifs qui auraient entraîné le chancelier à penser de la sorte,
on les devine. Ce sont des motifs, des scrupules religieux. La conduite de Jason qui « mentit sa foi » envers Médée n'était assurément pas édifiante, et d'ailleurs la littérature antérieure à Philippe
le Bon n'avait pas négligé de relever ses coupables faiblesses. Aussi
l'idée a-t-elle dû paraître étrange, à certains courtisans, de l'adopter
comme le protecteur symbolique d'un ordre institué, d'après le
texte des statuts, « à la gloire et louenge du Tout-Puissant ... en
révérence de sa glorieuse Vierge Marie et à l'onneur de monseigneur saint Andrieu..., à l'exaltacion de vertus et bonnes meurs ».
Toutefois, à partir de l'entrée en scène de Gédéon, Jason ne sera
pas dépossédé de son rôle, sans autre forme de procès. Si même, à
la cour, d'aucuns contestent l'opportunité et la légitimité de sa
nomination, il n'est pas interdit à d'autres de chercher des biais pour
justifier le choix qui a été fait de sa personne : ceux-là trouveront
bien des accommodements avec le Ciel.

(1) II, p. 205.

Philippe le Bon possédait à Hesdin un château dont nous avons dit un mot à propos de David Aubert. C'est ce château qui, déjà remarquablement embelli par Philippe le Hardi et Jean sans Peur, était devenu l'une de ses résidences favorites et dans lequel lui et ses deux prédécesseurs avait installé des « ouvraiges », des « engiens », des peintures, des « surprises » qui l'avaient transformé, dans telles de ses parties, en une espèce de palais enchanté. L'éditeur anglais, William Caxton, l'a visité et il a raconté la chose dans le prologue de sa traduction anglaise du *Livre du preux Jason et de la belle Médée* par Raoul Lefèvre (ouvrage que nous examinons plus loin). A l'entendre, Philippe le Bon y avait fait faire une chambre où était peinte, de manière aussi ingénieuse que curieuse, la conquête de la Toison d'or par Jason. De plus, en souvenir de Médée, de son art et de ses connaissances magiques, il avait fait exécuter, dans cette même chambre, une « machinerie » qui permettait de simuler l'éclair, le tonnerre, la neige et la pluie (1). L'époque de ces travaux n'est pas déterminée ; ils pourraient être antérieurs à 1430, mais toutefois l'on sait, par des comptes précis, que des « engiens » d'invention très savante ont été placés dans ce château peu après cette date. L'un de ces « engiens » consistait à faire « plouvoir tout par tout comme l'eaue qui vient du ciel, et aussi tonner et néger aussi et aussi esclitrer comme se on le veoit ou ciel » (2). Néanmoins les documents auxquels nous nous référons ne disent rien de Jason et de Médée.

Il nous faut arriver à l'année 1448 pour voir Gédéon l'objet d'un hommage artistique que son concurrent a reçu depuis longtemps. Philippe commande alors à Tournai huit immenses et superbes tapisseries figurant l'*Histoire de Gédéon ou de la Toison d'or*. Les artistes, chargés de ce travail, devaient le livrer dans un délai de quatre ans. Il fut achevé en temps voulu. Au dire d'un érudit bien informé, ce serait « la pièce la plus fameuse sortie des ateliers tournaisiens » (3).

(1) Kirk, *Charles le Téméraire*, I, p. 203. Pour Caxton, voir Brunet, III, col. 928 et 930.

(2) Laborde, I, p. 268-71 ; Dehaisnes, *Inv. Arch. Nord*, IV, p. 123-24 : travaux de Colard le Voleur, valet de chambre et peintre du duc. Voir aussi Laborde, I, n° 887.

(3) Soil, *Tapiss. Tournai*, 1891, p. 24, 233-35, 374-75. D'après lui, elle « existe probablement encore aujourd'hui, sans qu'on sache exactement en quel endroit ». Sur la même tapisserie : Laborde, I, n°ˢ 1401, 1412, 1425 et 1605 ; Pinchart, *Tapiss. flam.*, p. 30, 74-75 ; Beaune et d'Arbaumont,

Elle était destinée à décorer la salle des assemblées de la Toison d'or,
mais elle a servi en d'autres circonstances solennelles. Elle a fait sa
première apparition au chapitre de La Haye en 1456, ainsi que le
relate Chastellain : « La salle de La Haye est une des belles du
monde et des plus propres à tenir grant feste. Sy fust tendue icelle
de la plus riche tapisserie qui onques entrast en court de roy, et de
plus grant monstre, et n'avoit esté monstrée ailleurs que droit-là,
car le duc nouvellement l'avoit fait faire de l'histoire de Gedeon sur
le veaudre [toison] de miracle, en l'appropriant à son ordre » (1).
Cinq ans après, en 1461, le duc est à Paris pour le sacre de Louis XI,
et suivant Jacques Du Clercq, « il feit tendre en sa salle de son
hostel d'Artois et dedans les chambres, la plus noble tapisserie que
ceulx de Paris avoient oncques veue, par especial celle de l'histoire
de Gedeon, que ledit duc avoit fait faire toute d'or et de soye pour
l'amour de l'ordre du Toison qu'il portoit » (2). En une autre circonstance importante qui n'était plus une assemblée solennelle « du
Toison », on la revit : c'est-à-dire aux noces de Charles le Téméraire
et de Marguerite d'York, à Bruges en 1468.

Sujet de tapisserie, Gédéon est en outre sujet de spectacle populaire. Il est exhibé dans ces tableaux vivants, ces « entremets », ces
« mystères » mimés ou parlés qui s'érigent en telle rue, sur telle
grand'place des bonnes villes de Bourgogne, lorsque les princes y
opèrent une entrée triomphale. Ainsi, en 1455, dans celle d'Arras :
« Apres qu'il [Philippe] fut entré en la ville, il trouva tout du long
de la taillerie et du petit marcié, fait sur hours, moult richement
habilliés, toute la vie de Gedeon en personnages de gens en vie,
lesquels ne parloient point, ains ne faisoient que les signes de
ladite mistère, qui estoit la plus riche chose que on avoit veu pieça,
et moult bien faict au vif » (3). La même vie de Gédéon obtient les
mêmes honneurs en 1466, à Abbeville, où le comte de Charolais
effectue sa première visite (4). Sept ans plus tard, le comte de Charo-

---

La Marche, III, p. 118. Il faut remarquer que le texte de La Marche, dans
cette édition, porte les mots de *tapisserie de l'istoire de Jason*. Mais la leçon
est fautive et l'on doit lire : *Gédéon*, comme l'indique Pinchart, p. 30.

(1) Kervyn, III, p. 190.
(2) Reiffenberg, III, p. 171-72.
(3) Du Clercq, *ibid.*, II, p. 205.
(4) Petit de Julleville, *Mystères*, II, p. 196 ; A. Ledieu, *La première entrée
du comte de Charolais à Abbeville, le 2 mai 1466*, BULLETIN HISTORIQUE ET PHI-
LOLOGIQUE, 1898, p. 739-47.

lais est devenu Charles, duc de Bourgogne : il est reçu à Dijon (1473) et, dans une rue, un Gédéon lui apparaît dressé sur « hours » et revêtu d'une cotte d'armes que parsèment des toisons d'or (1).

Mais tandis que les villes rappellent à leurs maîtres le héros biblique, Jason n'est pas oublié à la cour. C'est ainsi qu'il a son spectacle au Banquet du Faisan, en 1454. On le joue, lui et Médée, dans un entremets dramatique en trois parties. Au bout de la salle du festin s'élève un tréteau qu'un rideau de soie verte dérobe aux regards des convives. Tout à coup, une « batture » de clairons retentit ; le rideau s'ouvre et l'on exécute la première partie de l'œuvre, le premier tableau : Jason est en scène, « armé de toutes armes » ; il s'agenouille, lève les yeux au ciel et se met à lire un « brief » que Médée lui a donné et où sont consignées les instructions relatives à la conquête de la Toison. Il a reçu d'elle également une fiole, dont on le voit ensuite jeter le contenu « contre les museaulx » de deux grands bœufs qui s'opposent à l'accomplissement de ses desseins. Au second tableau, il a pour adversaire un « hideux et espouvantable serpent ». Il n'arrive à le vaincre qu'en lui montrant un anneau qu'il tient aussi de la magicienne. Il lui coupe la tête et lui arrache les dents. Le troisième tableau le représente labourant un champ avec les bœufs qu'il a domptés, puis semant les dents du monstre : de celles-ci bientôt sortent des « gens armez et embastonnez ». La pièce se termine par une mêlée et une « entretuerie » générale de ces nouveau-nés (2).

Le même thème revient dans un ouvrage qui est peut-être postérieur à la brillante réunion de 1454, l'*Istoire de Jason extraicte de plusieurs livres* par Raoul Lefèvre, chapelain de Philippe le Bon : c'est un travail fait sur commande du prince. Parmi les *livres* que l'auteur a consultés, l'on distingue l'*Historia destructionis Troiae* de Gui de Colonne, un récit dont nous le verrons tirer profit également pour son *Recueil des histoires de Troie* et qui lui fournissait d'amples développements sur les amours du preux de Colchide et de Médée. Son *Jason* ne semble pas avoir obtenu un bien grand succès de transcription. Entre les volumes peu nombreux qui l'ont conservé, l'on cite l'autographe que Raoul offrit au duc et une copie aux armes

____

(1) Courtépée et Béguillet, *Description générale et particulière du duché de Bourgogne*, 1847, I, p. 205.

(2) La Marche, II, p. 357-61 ; D'Escouchy, II, p. 150-51.

de Jean de Wavrin (1). Le prologue de l'œuvre a droit à une mention spéciale. L'écrivain fait part à ses lecteurs d'une vision qu'il a
eue ; devant lui s'est montré un homme à « face triste et désolée »
et cet homme lui a dit : Je suis Jason, fils d'Eson, je suis le conquérant de la Toison d'or et « journellement [je] laboure en douleur
enrachinée en tristesse pour le déshonneur dont aucuns frappent
ma gloire, moy imposans non avoir tenu ma promesse envers Médée,
ce dont tu as leu la vérité. Si te prie que tu faces ung livre où ceulx
qui ma gloire quierent flastrir, puissent congnoistre leur indiscret
jugement ». Je t'ai choisi, dit-il encore, afin que tu le composes pour
Philippe, « le père des escripvains ... qui toute sa vie a esté nourri
en histoires pour son singulier passetems »... La vision s'évanouit
et Lefèvre rapporte qu'il est demeuré tout pensif, mais qu'enfin
« désirant l'onneur esclarchir et les vertus déclairer de cestuy Jason »,
il a résolu de rédiger le livre qu'on sait (2).

L'intention est donc nettement exprimée : le chapelain de Philippe
prétend justifier le héros païen des accusations portées contre lui,
mais pourtant, il ne fait aucune allusion à l'ordre de chevalerie institué
en 1430. La narration, qu'il a conçue en l'honneur du premier
patron de cet ordre, ne pouvait guère avoir d'autre physionomie
que celle d'un roman d'aventures. Jason est armé chevalier comme
on l'était au moyen âge et il accomplit de très chevaleresques
exploits parmi lesquels la conquête de la Toison. Cependant, malgré la bonne volonté de Lefèvre, l'histoire reste peu édifiante. Mais,
pour des esprits du xve siècle, l'époux infidèle de Médée était moins
païen que pour nous. En effet pour eux, comme aussi pour les
esprits du moyen âge en général, les pensées et les mœurs de leur
époque ne sont que la continuation ou la répétition de celles de
l'antiquité. Troie est une ville fortifiée à la manière française, avec
tours à créneaux, une ville où Calchas, l'évèque Calchas, a des cou-
vents à gouverner, où des seigneurs luttent en des joutes identiques à celles des romans courtois. On y connait, nous venons de le
voir, l'institution de la chevalerie. Par conséquent, il est permis
d'élever Jason au rang de patron symbolique d'un ordre fondé par

(1) Lefèvre = Barrois, nos 1270-2191. — Paris, Ars., no 5067, parch. ; Wavrin = Nat., no 12570, papier. Sur l'écrivain, ses œuvres, ses mss., ses
éditeurs, voir Brunet, iii, col. 928-30 et Sommer, *Recuyell*, i, p. lxxi-viii,
cxxxii.
(2) P. Paris, *Mss. franç.*, ii, p. 337-38.

des chrétiens du xve siècle. Il a jadis été le preux, il a eu un beau geste de bravoure, en s'emparant de la Toison. Aussi La Marche, Monstrelet, Chastellain et d'autres écrivains de Bourgogne prennent-ils souci de mettre la chose en relief ; ils insistent sur l'âge si respectable de la « pocterie » et sur le fait qu'aucun prince, avant Philippe le Bon, ne l'avait adoptée pour emblème. Dès lors, leur duc pouvait la choisir, parce qu'elle était ancienne, ... et quoique païenne.

Au reste, il est des accommodements avec le Ciel : un poète du cru en a trouvé ; il les a révélés dans une œuvrette allégorico-didactique dont la date nous est à peu près enseignée par l'assez longue mention qu'il accorde au

riche banquet
Dernièrement célébré dedens Lisle (1)

Cet auteur (qu'on a dit être Georges Chastellain, mais sans preuves sérieuses) (2) complimente d'abord vivement Philippe le Bon dont il se déclare le « très humble obéissant » et auquel il dédie ses rimes ; puis il lui fait, en ces termes, une application allégorique de son ordre de la Toison d'or :

> Qu'est ce Jason que de ton corps humain
> Et Hercules de ton ame figure,
> Qui vont ensemble à vie, son et main
> Dedens Colcos qui le monde figure ?
> La nef Argon ton beau temps préfigure
> Dedens la mer, de fortune diverse :
> La Toison d'or qui en l'isle converse
> Est le hault don d'onneur insupérable
> Qu'on porte o soi, passant mainte traverse
> Là sus ès cieulx en la gloire durable.

Pour la conquérir, il faut lutter contre trois grands ennemis, deux bœufs et un dragon, qui symbolisent la nature humaine dans ses

---

(1) Editée en partie par Reiffenberg, *Ann. Bibl. Roy. Belg.*, 1847, p. 95-101. On la trouve, accompagnée d'une composition qui n'a rien à voir avec elle (sous le titre : *Rondeaulx avec ung dialogue de l'homme et de la femme au duc de Bourgogne. Rondeau en forme de dédicace à Philippe le Bon*) dans le ms. n° 11205 de Bruxelles, lequel correspond à Barrois, n°s 1495-2080, parch. J'ai consulté ce ms. et j'en reproduis certains détails que ne donne pas Reiffenberg.

(2) Voir Kervyn, *Chastellain*, I, p. LXIV, qui, lui, voudrait plutôt attribuer l'œuvre à Bouton.

faiblesses et dans ses vices, il faut avoir recours à Médée qui est la Sainte Foi. Tout en adressant force éloges à son redouté maître, notre poète lui recommande la croix sainte, la charité, la sobriété, l'oraison, l'aumône, et même il se permet de le sermonner. Que Dieu te conduise, dit-il. Fais mieux que Jason qui a trompé Médée. Répare l'injure qu'il a commise en manquant de foi...

On l'entend : l'écrivain est assez dur pour Jason. Il blâme ses infidélités, mais il n'oublie son beau geste. Ce geste, il l'interprète très habilement. Un autre va venir qui s'efforcera de le christianiser tout à fait : c'est Guillaume Fillastre, l'auteur du gros traité de la *Thoison dor*. De même que Jean Germain et Raoul Lefèvre, il est homme d'Eglise. Il a rempli le rôle d'un grand personnage à la cour et joui, auprès de Philippe le Bon, d'un crédit tout spécial. Né vers 1400, c'était un enfant illégitime que légitimèrent, soixante ans plus tard, des lettres patentes de Louis XI qu'il obtint par l'entremise du duc de Bourgogne (23 septembre 1460). Il entra dans l'ordre de Saint-Benoît à Châlons-sur-Marne, fut successivement prieur de Sermaise et de Saint Thierry à Reims, et reçut en 1436 le grade de docteur à Louvain. Attaché à la maison de Philippe le Bon, il s'acquitta fort heureusement de deux missions dont son maître le chargea auprès du pape Eugène IV, à Ferrare et au concile de Bâle, ce qui lui valut l'évêché de Verdun (1437). Onze ans après, il était appelé au siège de Toul (1448). A partir de 1461 jusqu'à sa mort (21 août 1473), il occupa celui de Tournai. Dans ses évêchés de Verdun et de Toul, il eut ou se créa nombre de difficultés avec ses administrés. Il n'en sortit que grâce à son duc. C'est ce qui est également arrivé pour l'abbaye de Saint-Bertin à Saint-Omer. Ayant sollicité le droit de la tenir en commende, c'est-à-dire sans obligation de résidence, il l'obtint du pape en 1442, mais les moines résistèrent. La lutte fut longue et ne se termina que par l'intervention de Philippe le Bon. En retour, Fillastre a mis au service de celui-ci de remarquables aptitudes de diplomate. Il fut président de son conseil, second chancelier de son ordre de 1430, son légat à Rome pour les négociations relatives à la croisade turque, et de plus il s'employa comme médiateur entre lui et son fils qui, l'on s'en souvient, ne vécurent pas toujours en parfaite intelligence. Sa *Toison d'or* prouve qu'il a connu Philippe le Bon intimement : en certain endroit, Fillastre loue la vertu de magnanimité que son prince

incarne si bien ; à cet effet, il relate des exploits accomplis par le
duc, mais il prend soin de noter qu'il les sait autrement que par de
simples on-dit : familier de la cour, il a entendu Philippe les rapporter lui-même (1).

Second chancelier de la Toison d'or (1461), comme nous venons
de l'indiquer (c'était le successeur de Jean Germain), il avait, dès
avant cette même date, pris la parole en public au sujet de la
fameuse institution. Lors du chapitre tenu à Gand en 1445 (chapitre
auquel le premier chancelier n'assistait pas) il « fit ung sermon,
rapporte La Marche, où fut ramentue la cause de la fondacion
d'icelluy noble ordre, et dont l'intencion singuliere fut pour le
remede et l'aide de l'Eglise et de la saincte foy chrestienne ». Il passa
en revue les devoirs des chevaliers et « moult d'aultres belles et
notables choses qui, dit le chroniqueur, trop longues me seroient à
escripre » (2). Nous regrettons qu'il les ait omises. Peut-être saurait-
on exactement par là ce qu'on pensait, en ce moment, de Jason
et de Gédéon. Nous regrettons aussi de ne pas tenir le document
cité dans l'inventaire des Archives de l'Ordre : « Copie authentique
de l'office de la Sainte Vierge, dressé pour les fêtes de l'Ordre,
dirigé sur le symbole de la Toison de Gédéon, examiné et approuvé
par Guillaume, évêque de Tulle [Toul], et par l'université de Louvain, et présenté en 1458 à Philippe le Bon » (3). Dix ans après,
« Guillaume » s'occupait de sa *Toison d'or*. Dans la dédicace (l'ouvrage est offert à Charles de Bourgogne), il apprend à ses lecteurs
que, son grade de chancelier lui ayant mérité l'honneur de prononcer un discours au chapitre de Bruges, en mai 1468, il aurait
voulu y retracer les intentions du fondateur, et ce en exposant six
différentes toisons de réputation notoire. Mais, ne pouvant alors
donner à son discours tout le développement que le sujet comportait, il dut se borner à une indication sommaire des trois premières.
Pour répondre au désir de Charles, il se mit ensuite à composer un
ample traité sur la question. Son dessein était de consacrer aux six
toisons de Jason, Jacob, Gédéon, Mésa roi de Moab, Job et David
autant de livres distincts, en appliquant à chacune d'elles une vertu

<hr>

(1) Biographie et œuvres : Chastellain, III, p. 329-37 ; A. Wauters,
Biogr. Nat., VII, col. 61-70 ; Sommer, *Recueyll*, I, p. LXI et suiv.

(2) II, p. 93.

(3) D'après Reiffenberg, *Toison d'or*, p. XXXI : Archives de Vienne.

propre à l'état de noblesse (ce sont les vertus de Magnanimité, Justice, Prudence, Fidélité, Patience et Clémence). Mais il n'a pas été jusqu'au bout de sa tâche : il n'en a exécuté que la moitié, il n'a écrit que les trois premières toisons, et la troisième n'existe que dans un manuscrit de Copenhague (1). Cette moitié est pourtant bien étendue déjà, et nous n'entreprendrons point de l'analyser com· plètement. Nous nous contenterons d'en faire connaître l'esprit par quelques détails typiques (2).

Fillastre d'abord raconte l'histoire de la Toison d'après Ovide, ainsi qu'il le déclare. Le roi de Thèbes, Athamas, qui avait deux enfants d'un premier lit, Phryxus (Phrixos) et Hellé, épousa en secondes noces Ino qui lui en donna deux autres. La marâtre, voulant assurer la succession du royaume à ces derniers, organise, avec le concours des « laboureurs » du pays, une « merveilleuse » famine et ensuite elle persuade à son mari que seul l'exil de Phryxus et d'Hellé peut y mettre fin. Le père, malgré l'amour qu'il porte à ses enfants, consent à leur départ. Les voilà qui s'en vont à l'aventure, arrivent au bord de la mer et Jupiter leur envoie un mouton à la toison d'or sur lequel ils montent pour la traverser. De frayeur, Hellé tombe dans l'eau, mais Phryxus atteint « l'île de Colchos ». Par reconnaissance, il offre son mouton aux dieux. Plus tard, un roi de l'île, Eétès, qui est père d'une fille très instruite en l'art de magie (c'est Médée) et qui craint qu'on ne lui dérobe ce mouton, confie la garde du temple où il est déposé à deux horribles bœufs ainsi qu'à un terrible dragon.   Cette « poeterie », ajoute Fillastre, est pleine de « grans et notables mystères ». Ino, c'est notre première mère qui, par son péché, a chassé du ciel ses enfants ; ils sont partis à travers le monde, se sont embarqués sur cette mer de tribulations où parfois l'on tombe comme Hellé. Parfois aussi, quand on est ferme et fixe comme Phryxus, on parvient à Colchos et au temple de Jupiter, c'est-à-dire qu'on entre dans l'église triomphante où l'on

(1) Sur les mss. et les éditions (seules, les deux premières parties ont été imprimées), voir Sommer, *Recueyll*, I, p. lxi-xxi ; Mangeart, *Cat. Valenciennes*, p. 423-4 ; Le Glay, *Cat. Bibl. Nord*, p. 381 ; Bayot, *Guillaume Fillastre*, qui dit, entre autres, p. 427 : « Le premier livre a été composé de 1468 au commencement d'avril 1472. Nécessairement, les deux parties suivantes ont été rédigées avec plus de hâte. Guillaume est mort, en effet, le 21 août 1473 ».

(2) D'après l'édition de Troyes, 1530.

présente à Dieu la toison d'or qui symbolise ici une âme pure et sainte. Il serait possible (toujours avec Fillastre, il s'entend) d'interpréter la « poeterie » autrement, mais plus intéressante est la question de savoir pourquoi la toison est attribuée à Jason. C'est qu'il l'a acquise, dit notre auteur, par vertu de magnanimité. Le roi Eétès avait annoncé qu'elle appartiendrait à qui pourrait la prendre. Jason arrive de Thessalie sur son navire Argo et il s'en empare. Au cours de ses voyages, il a rencontré le vieux roi aveugle, Fineus, qui, marié en secondes noces, a tué les enfants de son premier lit pour plaire à sa femme. Depuis, le meurtrier est en butte aux poursuites des harpies. Il en est délivré par deux compagnons de Jason. Eh bien ! ce vieillard, c'est Adam, qui, pour être agréable à Ève, nous a tous mis à mort, et les harpies sont les « ennemis d'enfer » qui tâchent de nous perdre. Dieu, pour nous sauver, nous a donné Jason, autrement dit le fils de Dieu, et le vaisseau de ce héros est « le ventre virginal de la glorieuse Vierge Marie ». Ses compagnons libérateurs incarnent ferveur d'oraisons et rigueur de pénitence. C'est ce qu'établissent saint Mathieu, saint Paul et saint Augustin, dont Fillastre invoque divers témoignages.

Jason, ayant conquis la toison grâce aux bons offices de Médée, s'enfuit avec elle, ce dont notre écrivain blâme l'industrieuse magicienne. Mais ne nous y trompons pas : Médée, c'est aussi, d'une certaine façon (façon qu'il nous expose), l'humanité sauvée, rachetée; la conquête de la toison, c'est la « rédemption de l'humain lignage ». Fillastre plaide manifestement la cause de Jason en qui d'aucuns voudraient peut-être ne voir qu'un païen qui s'est méconduit. A son avis, il faut le regarder comme l'incarnation de la vertu de magnanimité : en effet, Jason ne s'est-il pas révélé tel en maintes circonstances, par exemple, lorsqu'il a pardonné à Médée qui l'avait trompé ? Toutefois il n'a pas le monopole de cette vertu et l'évêque de Tournai connaît bien des hommes qui l'ont également possédée : ce sont, entre autres et surtout, les personnages bibliques. Mais à quoi bon remonter aussi haut ? En voici plus près de nous et qui sont les ancêtres de Philippe le Bon : les Clovis, les Clotaire, les Dagobert, les Charles Martel, les Charlemagne,... bref, toute la lignée des rois de France jusqu'à Charles VII, et l'on pourrait arriver jusqu'aux ducs de Bourgogne.

La seconde vertu, dit-il au début de son second livre, qui est

attachée à l'état de noblesse est celle de justice et la seconde toison
est celle de Jacob. La Bible raconte que celui-ci, ayant longtemps
servi son oncle Laban, se fit payer en moutons de « toisons diverses », grâce à un stratagème que Dieu lui inspira. On l'accusera
peut-être de duperie, mais sa conduite est explicable, et Fillastre
l'explique. Il vous montre aussi que la vertu de justice, représentée
par Jacob, se compose de plusieurs éléments ou sous-vertus : paix,
concorde, innocence, amitié, piété et autres. Le tout est énuméré
avec des exemples et des citations à l'appui. Et nous avons, pour
finir, un nouveau défilé de tous les personnages de l'histoire qui se
sont distingués à l'un des points de vue indiqués.

« Maintenant ...est à parler de dame prudence de laquele par la
grace et ayde de dieu nous ferons le tiers livre qui sera de la thoison
de gedeon sur le mistere de laquelle thoyson est principalement
fondé vostre dit très noble ordre » (1). [Fillastre s'adresse au Témé-
raire]. Principalement ? Que signifie cet adverbe ? Est-ce que
Fillastre adopterait plutôt la théorie de Jean Germain qui, lui, s'est
prononcé pour Gédéon ? Il a cependant bien défendu Jason. Pour
tirer la question au clair, nous devrions posséder le texte de Copenhague qui renferme cette troisième toison (vertu de prudence). Ce
que nous en savons d'après des renseignements qui nous ont été
communiqués (2), c'est que la partie de l'ouvrage que l'on y lit, a
été confectionnée selon le même plan que les deux précédentes,
dans le même esprit et les mêmes proportions. Les commentaires
sur la toison de Gédéon sont accompagnés, là aussi, de discussions pieuses, d'exemples empruntés à la Bible, à l'antiquité, aux
vies de saints, ainsi que de citations tirées, entre autres, de Pétrar-
que et des Pères de l'Église.

En réalité, qu'est-ce donc que ce volumineux ouvrage ? Une
somme de moralités et d'histoires, ou bien un cours général de
morale et d'histoire à propos de Jason, Jacob et Gédéon. Ayant à
justifier la Toison d'or, c'est-à-dire l'emblème de l'ordre, Fillastre
fait de ses trois toisons le point de départ de dissertations sur les

(1) Abrahams, *Bibl. Copenhague*, fonds Thott, n° 465.
(2) Par M. E. Gigas, conservateur du département des manuscrits à
Copenhague. Il nous a également écrit que la description des deux premiers volumes par Abrahams (fonds Thott n°s 463 et 464) n'est pas entièrement correcte. Nous le remercions vivement de son obligeance. —
Le ms. est aux armes de Philippe de Clèves.

vertus impliquées par l'état de noblesse, sur les grands événements et les grands hommes qui ont marqué dans les annales de la Grèce, de Rome et de la France, et, en savant ou pédant qu'il est, il répand à profusion ses richesses littéraires, ses souvenirs livresques. Il serait certes intéressant, comme on l'a dit, de « rechercher attentivement dans notre auteur ce qui peut être original pour le distinguer des récits empruntés à des chroniqueurs plus anciens » (1). L'histoire occupe une place si large dans la première partie, la toison de Jason, qu'on a commis, à ce sujet, l'erreur suivante : on a fait de Fillastre le rédacteur d'une *Chronique de l'histoire de France* allant de Clovis aux ducs de Bourgogne ; c'est ainsi, c'est par ce titre qu'on a désigné un texte qui n'était autre chose que la *Toison d'or*. De plus, certain érudit a publié des extraits d'un manuscrit contenant ce lourd traité, afin de rendre service aux historiens et sans remarquer qu'il éditait des fragments de Fillastre (2). En ce qui regarde les dissertations morales de l'évêque de Tournai, l'on doit aussi faire observer qu'il en est une, le *Brief et utile traitié de conseil*, qui a été l'objet de transcriptions spéciales (3).

Chez d'autres écrivains de la cour, Jason et Gédéon reçoivent encore d'honorables mentions. Voici, par exemple, Jean Molinet qui dans une chanson sur la bataille de Guinegatte (7 août 1479) glisse une allusion au premier (4) ; ailleurs, dans une longue lamen-

---

(1) L. Delisle, *Rev. Soc. Sav.*, IX, 1869, p. 156.

Voir là-dessus l'article des Souv. Fl. Wall., XX, 1880, p. 65-75 : *G. Fillastre, évêque de Tournai, chroniqueur*. L'auteur de cet article écrit que la *Toison d'or* est une compilation faite surtout avec les *Grandes Chroniques de France* et remplie d'erreurs pour les événements antérieurs au xve siècle. Dans l'éloge de Charles vii, ajoute-t-il, le nom de Jeanne d'Arc n'est pas même prononcé. Au contraire, c'est le roi qui lève le siège d'Orléans, d'après Fillastre. — Voir ce qui est dit, au ch. vii, § 3, sur un exemplaire des *Grandes Chroniques de Saint-Denis* présenté par le même Fillastre à Philippe le Bon.

(2) Mangeart, *Cat. Valenciennes*, p. 423-24 ; *Bull. hist. de la Société des Antiquaires de la Morinie*, 1867-71, p. 41-47 (où se trouvent les extraits en question) ; Wauters, *O. c.*; Molinier, n° 3810.

(3) *Nouv. Mém. Acad. Impér.*, 1788, p. 200-201, où l'on signale un ms. sur vélin du xve siècle, en 5 parties dont l'une est un « *Utile et brief traittié de conseil* compilé ou commandement de très puissant prince Charles, duc de Bourgogne, par Révérend Père en Dieu Guillaume, evesque de Tournai ». Voir des mss. du British Museum contenant le même traité : *Bull. Comm. Roy. Hist. Belg.*, 3e s., VIII, 1866 ; *Bull. Acad. Roy. Belg.*, 2e s., XXI, 1866, p. 171. Cf. édition de Troyes, 1530, que j'ai consultée : f. xcvii-cxi.

(4) Le Roux de Lincy, *Rec. Chants hist.*, I, p. 393-94.

tation poétique sur la mort de Philippe le Bon, il rend hommage à
Gédéon et, d'accord avec les lettrés du xve siècle, il le classe au nombre des neuf preux. Cette œuvre représente le duc traversant différents cieux dont chacun est habité par une vertu qu'il a pratiquée
sur la terre. Le huitième est celui de la vérité qui trône là, en compagnie de Gédéon. Le héros biblique aperçoit sur la poitrine du
prince les insignes de la Toison d'or et il le remercie « en passant
quand il avoit daigné prendre le saint signacle de sa glorieuse victoire », lors de la création de cet ordre qui avait pour but l' « augmentation » de la foi catholique (1).

L' « augmentation » de la foi catholique, dit Molinet, évoquant
ainsi les statuts de l'ordre et les intentions du fondateur. Sur ces
intentions, l'on a beaucoup discuté, en ce sens que l'on a prêté au
fondateur les pensées les plus diverses. Il sied peut-être que nous
en parlions à notre tour. Ce ne sera d'ailleurs que tirer la conclusion des pages précédentes qui sont bien longues sans doute, mais
qui permettent de voir comment s'élabore une littérature pour des
princes. En lisant ces pages, l'on a entendu plusieurs écrivains
proclamer les nobles préoccupations de Philippe le Bon en 1430.
D'autres témoignages sortis des mêmes plumes ou de plumes amies
pourraient encore être invoqués qui montreraient que, devant son
époque, le duc passait réellement pour avoir voulu instaurer un
ordre de chevalerie chrétienne et de but hautement moral. A cet
égard, l'adoption d'un patron biblique, après un patron païen, est
significative. De même en va-t-il pour les interprétations des poètes
et prosateurs de Bourgogne qui s'ingénient de manière si curieuse,
pour ne pas dire plaisante, à découvrir un sens religieux dans la
fable hellénique dont Philippe s'était servi tout d'abord pour
accroître l'éclat de son institution.

Mais à s'en rapporter à certains d'entre eux, l'explication allégorique n'était pas indispensable. Jason était sans doute un héros païen,
avec des aventures assez profanes, mais c'était un « héros », c'était

(1) Voir ch. vi, § 4. Dans cette revue des œuvres provoquées par la
Toison d'or, je laisse de côté naturellement les copies des Ordonnances
ou Statuts de l'ordre qui ont été exécutées pour les ducs. A noter que la
Bible de la Toison d'or moralisée à l'usage de Philippe le Bon, dont Jubinal,
Lettres à Salvandy, p. 7, signale l'existence à La Haye, n'est qu'une *Bible
moralisée* ayant appartenu au bâtard Antoine de Bourgogne (Communication de M. W. G. C. Byvanck).

un chevalier, un conquistador ! Il méritait, pour ses exploits, d'être offert en exemple à des membres d'un ordre de chevalerie. Ainsi le duc trouvait-il là de quoi symboliser une autre intention qui paraît bien lui être venue à la pensée en 1430, l'intention de promouvoir, parmi sa noblesse, l'esprit de vaillance et de bravoure.

Institution religieuse et chevaleresque, la Toison d'or fut aussi une institution politique. En s'attachant par des liens étroits les membres de l'ordre, Philippe le Bon créait en quelque sorte autour de lui de la sympathie et une atmosphère d'admiration. Se faisant dispensateur de la gloire, il dominerait ainsi d'autant mieux le grand monde qui l'environnait. Astre brillant, source de lumière et de vie, il verrait graviter, d'autant plus serrés autour de son orbe, ses divers satellites. Mais en même temps qu'il s'élève devant les siens, il augmente son prestige devant l'étranger. C'est, déclare Chastellain, « pour évader des Anglois et de leur ordre qu'il mit sus le sien propre. Il le monta (dit-il encore) jusques ès royalles maisons et jusques aux ducs et comtes du sang de France, et memes par les Allemagnes » (1). Souverain, il voulait s'égaler aux plus grands et, à l'exemple des Souverains présents et passés, avoir son institution de chevalerie.

Mais n'a-t-il pas voulu l'avoir également pour préparer sa croisade, ainsi que des historiens modernes l'ont insinué, pour préparer des combattants, pour en recruter dans la noblesse qu'il attirait à lui, en l'honorant d'une marque de distinction ? Notre intérêt serait de le penser, puisque, dans notre étude, nous avons essayé d'établir que le souci d'une expédition contre les Turcs l'avait hanté dès son arrivée au pouvoir. Néanmoins force nous est d'avouer qu'aucun document, qu'aucun fait précis ne nous autorise à mettre le projet de croisade en corrélation directe avec la fondation de la Toison d'or. Un rapport entre l'un et l'autre peut avoir existé : il n'est pas assuré.

Mais une explication ou une intention qu'il faut évidemment repousser, c'est celle qui fait intervenir la galanterie et les maîtresses du prince. On devine l'anecdote que nous avons en vue. Elle conte que, des cheveux demandés à vingt-quatre dames galantes de Philippe le Bon, un « lacs » d'amour fut tressé, mais que la

<hr>

(1) *Chronique*, VII, p. 216. Voir aussi Le Fèvre de Saint-Remy, II, p. 212.

mèche cédée par l'une d'elles, par Marie van Crombrugghe, était
d'un blond hardi, comme eût pu s'exprimer quelque précieuse de
Rambouillet, et qu'elle suscita les plaisanteries des courtisans. C'est
alors que serait née, dans l'esprit du duc, la délicate inspiration
d'instituer un ordre de chevalerie à la gloire de la toison ridiculi-
sée, parce que dorée (1). L'anecdote se présente aussi sous une
autre forme et elle ne prête, dans ce cas, à Philippe qu'une seule
maîtresse, une dame rousse, Marie van Crombrugghe qui aurait
été défendue contre les railleries de son entourage par la noble création de 1430. L'on ne doit évidemment pas songer à discuter
la première forme. Quant à la seconde, « comment admettre, dit-
on, que ce soit au jour de son mariage que Philippe le Bon, si sincèrement épris d'Isabelle de Portugal, sa nouvelle épouse, qu'il
avait choisi cette devise :

Aultre n'auray

Dame Isabeau tant que vivray,

ait fondé un ordre rappelant une liaison passée ? » (2). Mais il n'y a
pas que les promesses de fidélité, les résolutions plus ou moins
fermes du nouvel époux qui plaident en sa faveur. Il y a le silence
même de l'histoire... qui parle pour lui. Où sont les preuves de
l'existence de Marie van Crombrugghe en 1430 ? Les colporteurs de
l'anecdote ont négligé de les produire. Mais laissons de côté la
dame ainsi nommée et ne retenons que cette idée qui a circulé dans
nombre d'ouvrages consacrés à la Toison d'or, l'idée que le duc
aurait désiré rendre hommage à quelque favorite non spécialement
désignée et qui aurait eu chevelure dorée. La rencontre-t-on chez
les chroniqueurs contemporains ? Nous avouons ne l'y avoir jamais
lue. Tout ce que nous connaissons à ce sujet, c'est une interprétation rabelaisienne de la fondation de l'ordre, et nous ne l'avons pas
trouvée au xve siècle, mais seulement au xviie. Un érudit de cet âge,
André Favyn, la donne, mais en avertissant que ce sont « d'autres »
qui la content. Un érudit qui le suit, Colomiès, la donne à son tour
en invoquant le témoignage de Favyn et en faisant aussi remarquer
qu'il tient l'anecdote de « M. Vossius lequel se souvenoit de l'avoir
vue dans une Chronique Flamande ». Mais quelle est cette Chroni-

<hr>

(1) Voir, sur ce racontar, Reiffenberg, *Toison d'or*, Introduction.
(2) Bon H. Kervyn de Lettenhove, *La Toison d'or*, Bruxelles, 1907, p. 5-6.

que ? Il omet de nous l'apprendre (1). Après cela, est-il nécessaire de démontrer que de pareilles assertions ne sont que du commérage, du potin d'histoire ? L'interprétation rabelaisienne qu'elles fournissent met en scène une dame (c'est une Brugeoise) de très remarquable beauté (mais son nom n'est pas indiqué) et que le duc croit devoir protéger contre les moqueries de la cour. C'est un véritable fabliau qui aurait été à sa place dans le recueil des *Cent Nouvelles nouvelles*. Reste à savoir comment la gaudriole, une fois lancée, a fait son chemin, et comment, en cours de route, elle a été transfigurée ou poétisée.

Un second petit problème à résoudre est la justification de la Toison d'or d'après laquelle l'emblème admis par Philippe le Bon aurait incarné le lucratif commerce de laines qui se pratiquait en son temps. De quelle façon a-t-elle surgi ? Un autre lointain érudit s'exprime à ce propos de la manière que voici : « Les Poëtes par cette fable [de Jason] nous ont voulu représenter les peines, les travaux, et les difficultez qu'il y a dans l'acquisition de la vertu, et cette Fable a servy de sujet (à ce que disent quelques Historiens) à Philippes de Bourgongne d'instituer cet Ordre de la Toison d'or, afin d'animer et exciter ses plus confidens à estre aussi courageux et fidèles que ces anciens Argonautes, qui suivirent le Prince Jason en la conqueste de cette Toison. D'autres en rapportent l'institution à cause des grands revenus qu'il tiroit du trafic et marchandise des laines des Païs-Bas, et pleins d'excellens pasturages pour la nourriture du bestail à laine : et la dernière opinion (qui est la plus probable) est que ce Duc fort convoiteux de gloire et de l'honneur, fonda cet Ordre en mémoire du vaillant Gedeon, lequel avec trois cens hommes défit une puissante armée de Madianites, et par sa victoire délivra le peuple d'Israël des malheurs dont il estoit menacé » (2).

---

(1) A. Favyn, *Le Théâtre d'honneur et de chevalerie*, Paris, 1620, II, p. 944 ; Colomiès, *Pauli Colomesii opera, Theologici, Critici et Historici argumenti*, Hambourg, 1709, dans le « Recueil de Particularitez fait l'an MDCLXV », p. 327 : « J'ay ouï dire à M. Vossius qu'il se souvenoit d'avoir lû dans une Chronique Flamande, que... ». Suit l'anecdote qui, déclare-t-il, est confirmée par Favyn, *ibid.*

— Voir aussi de Ghellinck Vaernewyck, *O. c.*, p. 59-60.

(2) P. Anselme, *Le Palais de l'honneur contenant les généalogies historiques des illustres maisons de Lorraine et de Savoye, et de plusieurs nobles familles de France...* Paris, 1663, p. 133-34.

Cette dernière opinion, la plus probable au sentiment du Père
Anselme et que le chroniqueur Du Clercq tenait pour la bonne, a
passé chez plus d'un historien venu après le siècle des ducs de
Bourgogne, et elle y a passé comme étant la vraie. Il serait instructif de la suivre dans les livres qui l'adoptent et qui négligent
complètement ou relèguent au second plan le rival de Gédéon,
Jason. Il serait instructif aussi d'observer comment ces livres
prêtent à Philippe le Bon les intentions très ingénieuses que Guillaume Fillastre a découvertes quarante ans après la création de la
Toison d'or. Mais à observer et à suivre tout cela, nous risquerions
fort de perdre de vue la matière du présent chapitre. Empressons-
nous de la reprendre, en faisant connaître le succès de *Troye la grant*
à la cour ducale.

d) Les légendes de Troie.

A vrai dire, ce n'est pas un domaine différent du précédent où
nous allons pénétrer, mais c'est une question quelque peu différente
que nous allons envisager. En effet, ainsi que la remarque en a
déjà été formulée, l'histoire des aventures de Jason a été reliée à
celle des infortunes de Troie. Mais nous n'avons considéré ces aventures que dans leur rapport avec l'ordre de chevalerie de Philippe
le Bon. Il s'agit maintenant d'énumérer les livres où elles sont consignées et ceux qui ont trait aux légendes troyennes en général,
légendes dont le crédit chez le duc de Bourgogne s'explique naturellement, en partie du moins, par l'intérêt que provoqua la
Toison d'or.

L'inventaire de 1420 ne portait qu'un manuscrit relatif à Troie (1).
Celui de 1467 en note dix-sept, qui tous méritent examen. Dans le
nombre, nous distinguons d'abord deux transcriptions du mystère
dramatique de maître Jacques Milet d'Orléans, la *Destruction de
Troie* (1450-1452), l'une sur papier et l'autre sur parchemin avec
miniatures (2). Ensuite, c'est tout un groupe, toute une série de
versions françaises de l'*Historia destructionis Troiae* de Gui de Colonne.
Pour s'expliquer leur présence à la cour, et en pareille abondance,

(1) Ci-dessus p. 133.
(2) Barrois, n° 1073, papier, et n°s 882-1898, parch., inachevé. Gröber,
p. 1237. Pour tout ce qui est exposé dans notre section *d)*, voir Bayot,
La Légende de Troie.

il convient de se souvenir du bienveillant accueil réservé par le XIVe et le XVe siècle à cette œuvre que son auteur termina en 1287. Ainsi que l'on sait, Gui de Colonne, juge à Messine et l'un des poètes de la suite de Frédéric II, n'avait, en l'occurrence, accompli d'autre labeur intellectuel que de faire passer en latin le poème versifié au XIIe siècle par Benoît de Sainte-Maure. Mais ayant eu soin de cacher sa source, il garda longtemps le titre d'inventeur ; sa contrefaçon s'imposa à l'admiration du bas moyen âge et, entre autres, la société de Bourgogne l'honora d'une faveur marquée, puisque nous l'y voyons circuler au moins sous trois formes ou translations distinctes, dont les deux dernières semblent bien être écloses dans l'entourage de Philippe le Bon.

De ces trois formes, la première est celle qui fut exécutée « du commandement du maire de la cité de Beauvais, en nom et en l'onneur de Karles, le roy de France, l'an mil ccc quatre vingz » (1). Elle se divise en 36 livres et elle suit l'original pas à pas. Philippe le Bon la détenait en deux exemplaires sur parchemin dont l'un était occupé, pour moitié, par une traduction en vers de Boèce (2).

La seconde version, moins étendue que la précédente et qui n'a été soumise à aucun sectionnement régulier, n'est connue que par deux copies, l'une qui fut calligraphiée pour Philippe de Croy, fils du comte de Chimay (1452) (3) et l'autre qui doit en dériver et qui fut en possession de Philippe le Bon (1459) (4).

La troisième existe dans cinq manuscrits, tous du XVe siècle, dont l'un a appartenu au même duc de Bourgogne et dont trois autres ont été la propriété de trois seigneurs de la cour : Jean de Wavrin, Antoine le grand bâtard et Jean de Créquy (5). Ce texte, en 35 cha-

---

(1) D'après le ms. du British Museum, Royal 16. F. IX, analysé par Ward, *Catalogue*, I, p. 54-57.

(2) Barrois, nos 895-1896. — Bruxelles, no 9240. Premier quart du XVe siècle. Rien ne dénote qu'il ait été fait pour Philippe le Bon.

Barrois, nos 890-1900. C'est l'exemplaire avec Boèce ; il n'a disparu de la Bibliothèque de Bruxelles qu'au XVIIe siècle. Sur les traductions de Boèce, voir ch. III, part. I.

(3) Bruxelles, no 9264, parch.

(4) Barrois, nos 1102-1901. — Bruxelles, no 9570, papier. Cette seconde version n'a pas été signalée jusqu'ici et M. Bayot n'en connaît pas d'autre copie.

(5) Ph. le Bon = Barrois nos 889-1897. — Bruxelles, no 9253, parch., milieu du XVe s.

J. de Wavrin = Bruxelles, no 9650-52, parch., f. 57-196v : c'est un recueil

pitres, constitue une translation assez libre et sensiblement abrégée.
Il est entré, comme troisième partie, dans le *Recueil des histoires de
Troie* (1464) qui est signé du nom de Raoul Lefèvre (1).

Raoul Lefèvre, avec les rédactions et transcriptions de son volumineux *Recueil*, représente tout un nouveau groupe d'œuvres sur
Troie. Il a prétendu raconter les destinées de l'infortunée cité sur
un plan plus étendu que celui des versions qui avaient précédé :
« Quant je regarde, disait-il, et congnois les opinions des hommes
nourris en aucunes singulières histoires de Troyes, et voy et regarde
ossy que de icelle faire ung recoeil je, indigne, ay receu le commandement de très noble et très vertueux prince Philippe par la grace
faiseur de toutes graces..., certes je treuve assez à penser, car des
histoires dont voeil recoeil faire, tout le monde parle par livres
translatez en françois, moins beaucoup que je n'en traitteray, et
aucuns en y a qui s'ahurtent seulement à leurs particuliers livres,
pourquoy je crains escripre plus que leurs livres ne font mencion.
Mais quand je considère et poise le très cremeu command de cellui
très redoubté prince qui est cause de ceste euvre, non pour corriger
les livres ja solemnelement translatez, ainçois pour les augmenter,
je me renderay obéissant... »... Afin de se rendre obéissant, il s'était
proposé de traiter en trois livres l'ample matière qui s'offrait à lui,
ainsi qu'il l'annonce dans ce prologue : « Au moins mal que pourray
faire, feray trois livres, qui, mis en ung, prenderont pour nom le
Recoeil des troyennes histoires. Ou premier livre, je traitteray de Saturne
et de Jupiter, et de l'advenement de Troyes, et des fais de Perseus.
Ou second, je traitteray des labeurs d'Hercules, en demontrant que,
par deux fois, il destruisy Troyes. Et ou tiers, je traitteray de deux
autres destructions de Troyez, faitte par les Gregois à cause du
ravissement de dame Hellaine, et l'autre fut faitte par Fimbria, con-

d'histoire ancienne, daté du 15 mars 1459, et où Gui de Colonne est accompagné d'un *Thèbes* en prose et d'un poème sur Troie.
    A. de Bourgogne = Bruxelles, n° 9571-72, parch., f. 1-107, seconde moi-
tié du xve s. Ce n° 9571-72 ne forme qu'un seul volume analogue à celui
de l'Arsenal, n° 3326.
    Jean de Créquy — Arsenal, n° 3326, parch., xve s.
    (1) Sur le *Recueil*, voir Sommer, *The Recueyll*, etc., qui réédite la traduc-
tion anglaise de Caxton et la fait précéder d'une longue introduction sur
la composition et les manuscrits de l'œuvre (cf. G. Paris, *Rom.*, xxiv,
p. 295-7). M. Bayot explique autrement la genèse de cette œuvre, et c'est
sa manière de voir que j'adopte.

sul rommain, au temps de la contencion qui fut à Romme entre Marius et Scilla, et y adjousteray la naissance de Paris et ses adventures de jouenesse, la naissance de Ulixes et ses anciens perilz de mer, et les genealogies de la pluspart de ceulx qui Troyes prindrent durant le règne du roy Priant » (1).

Mais ce vaste et beau programme, Raoul ne l'a pas exactement suivi ni entièrement réalisé. Au vrai, il n'a mis sur pied que deux livres, en restreignant son exposé, en écourtant son sujet. Le travail qui est sorti de là se trouve aujourd'hui représenté par un très fin manuscrit provenant de Charles le Téméraire et par le second tome d'un exemplaire en deux tomes (aussi un volume de grand prix) (2). Le *Recueil de Troie*, ainsi conçu et ainsi conduit, est daté de 1464. Mais dès avant 1469, il fut complété par l'adjonction de la dernière version française de Gui de Colonne, qui avait paru à la cour de Bourgogne. Cette version forma le troisième livre du *Recueil*. Elle fut annexée aux deux livres déjà existants, grâce à une légère amputation qu'on fit subir à son début, et grâce à l'addition de quelques lignes destinées à remplacer la partie amputée et à servir de raccord aux deux textes que l'on réunissait. La librairie ducale ne renferme aucune copie augmentée du livre troisième. Dès lors, il n'est pas permis de savoir si la transformation qui vient d'être indiquée remonte au temps de Philippe le Bon. D'autre part, à considérer l'un de ses manuscrits, on penserait qu'à la fin de son règne, le *Recueil* a été repris pour être refait plus ou moins d'après les indications du programme original. Cette fois, il s'agit d'une rédaction en quatre livres : du moins l'écrivain de ce manuscrit annonce qu'il va

(1) Prologue du ms. nº 9263 de Bruxelles.

(2) Le codice du Charolais est le nº 9263 de Bruxelles, Barrois, nºˢ 884-1669. L'autre vient de Philippe le Bon : c'est le nº 9262, également de Bruxelles. Il est accouplé par Marchal au nº 9261, mais erronément. Au fait, ces deux superbes volumes de luxe, nºˢ 9261 et 9262, qu'on a regardés comme l'original et même l'autographe, n'ont rien de commun entre eux : le nº 9262 correspond à Barrois, nºˢ 893-1860, et c'est un second tome d'un exemplaire dont le premier, qui était le Barrois nº 894, a dû disparaître au temps du Téméraire, car il n'est plus mentionné dans aucun des catalogues ultérieurs ; d'autre part, le nº 9261 est le tome 1 d'un autre exemplaire : il correspond à Barrois nº 1603, inachevé en 1467, et se retrouve dans l'inventaire de 1487, nº 1687. Ce nº 9261 faisait peut-être partie d'une rédaction plus étendue qui aurait constitué une forme nouvelle de l'œuvre.

la donner, mais il ne la donne pas. L'on ignore si elle a jamais vu le jour.

L'anachronisme fleurit naturellement dans le *Recueil* comme dans le *Livre du preux Jason et de la belle Médée*. En d'autres termes, les *Histoires de Troie* dépeignent les dignitaires de la mythologie, les personnages notables de l'antiquité comme ayant des mœurs fort peu dissemblables de celles des rois, princes, chevaliers et dames de l'époque de Philippe le Bon. Créon y confère l'ordre de chevalerie à Hercule qui, de son côté, revêt Jason de la même distinction. Lefèvre nous fait assister à des tournois, nous conduit dans des cloîtres et nous laisse entendre que les Grecs pratiquaient cette religion chrétienne dont il était un des ministres.

Parmi les acteurs de cette espèce d'épopée antique, Hercule occupe un des postes les plus en vue. Il était d'ailleurs un des héros favoris de la cour. Au Banquet du Faisan, il a servi de motif décoratif, puisqu'il y apparaît en tapisserie. On le revoit en une autre noble assemblée, et la rehaussant de sa présence : c'est aux noces de Charles le Téméraire et de Marguerite d'York où les honneurs d'un mimodrame lui sont réservés. La situation qui lui est faite dans ce milieu se justifie pleinement, si l'on veut en croire Olivier de La Marche. Dans ses *Mémoires*, il raconte, en s'appuyant sur le témoignage de Diodore de Sicile, que jadis Hercule, se rendant en Espagne, aurait passé par le pays de Bourgogne et qu'il y aurait fait la rencontre d'une dame de grande beauté et de haut parage. C'était Alise. Il l'épousa et de cette union sortirent les ancêtres de la dynastie (1).

Le *Recueil* de Raoul Lefèvre, dit M. Bayot, « n'échappe pas à la platitude qui marque tant de compositions du xve siècle, et qui condamne la littérature de la cour de Bourgogne à une infériorité que semble encore accentuer la haute valeur des manuscrits. Gaston Paris la trouvait cependant intéressante à plus d'un point de vue, et il faisait observer qu'elle présente une physionomie bien à elle parmi les œuvres dans lesquelles le moyen âge exprime sa conception de l'antiquité. Elle a d'ailleurs joui d'un succès considérable » (2). C'est ce qu'atteste le nombre des manuscrits qui l'ont amenée jusqu'à nous. De ces manuscrits, il en est un qui offre une particu-

(1) I, p. 42-43.
(2) P. 5.

larité digne d'attention : c'est celui que décorent les armoiries du Charolais. On n'a pas encore signalé d'autre livre orné des insignes du Téméraire, alors que celui-ci n'était que l'héritier présomptif.

Une seconde preuve de la faveur qui accueillit la compilation de Lefèvre est sa mise en anglais par Caxton, sur ordre de Marguerite d'York. Le travail, commencé à Bruges le 1 mars 1469, fut terminé à Cologne le 19 septembre 1471. C'est dans nos contrées que se fit l'édition, vers 1474, par les soins du célèbre imprimeur. Elle repose sur un exemplaire en trois livres et elle nous procure le témoignage le plus ancien de l'existence du *Recueil* sous sa forme la plus complète. La première édition française est de contenu équivalent à celui de la version de Caxton. Elle est tirée, sinon du même manuscrit, du moins d'une copie très voisine. On l'attribue à Colard Mansion qui l'aurait imprimée à Bruges, vers 1476 (1).

Note récapitulative sur l'objet de la présente section dite *Les légendes de Troie* :

Les manuscrits bourguignons (de Philippe le Bon et de Charles le Téméraire) qui reproduisent le *Recueil des histoires* sont donc au nombre de quatre. Qu'on y ajoute l'*Histoire de Troie* de 1420, l'*Histoire de Thèbes, d'Athènes, de Troie, d'Enéas*, etc., les deux versions en prose de Benoît de Sainte-Maure, le *Livre de Jason et de Médée* de Lefèvre (2), les deux Jacques Milet et les quatre Gui de Colonne par lesquels nous avons commencé, plus deux versions germaniques que nous n'avons pas encore mentionnées *(Coment Jason conquist la Thoison d'or, et de la première destruction de Troyes*, haut allemand ; *L'ystoire de Troyes la Grant*, thiois) (3), et l'on aura les dix-sept volumes sur Troie qui ont été annoncés au début de cette section.

e) *Varia.*

Dans toute bibliothèque, il y a de ces livres qui ne se rangent sous aucune rubrique spéciale ou qui trouvent difficilement accès en un compartiment déterminé. La bibliothèque de Bourgogne ne se soustrait pas à la loi commune. Elle a aussi de ces volumes

(1) Bayot, p. 14-15.
(2) Voir ci-dessus p. 133, 135, 136 et 159.
(3) Barrois, n°s 1079-1782, et Barrois, n°s 1100-1779, tous deux en parchemin.

errants qu'il faut bien rassembler dans le coin des *Varia*. De cette espèce est « ung petit livret en papier, escript en longue luigne, et au-dessus : *Du roy Appolonius et de Antiochus* » (1). A lui s'apparente sans doute un autre livre en papier, intitulé *Appolonius et Archistrates et d'autres choses*, partie en prose et partie en rime (2). Doivent être également antiques le *Roman de Judas Machabée* (3), le *Roman de Pharaon et d'Arthemola* (4) et le *Livre des Eages de Rome* (5).

§ 3. Charles le Téméraire.

Charles le Téméraire a été l'objet de différentes observations déjà dans les pages qui viennent d'être consacrées à son père. Tel codex du *Recueil de Troie* fut son bien particulier et l'œuvre même a continué d'être favorablement accueillie sous son règne : nous n'en rappellerons d'autre preuve que la traduction anglaise demandée par Marguerite d'York. De plus, la Toison d'or est son ordre de chevalerie, après qu'il a été celui de son père, et le plus gros livre qu'elle a suscité (celui de Guillaume Fillastre) a pris naissance sous son patronage. Des confrères de l'ingénieux évêque de Tournai chanteront, à leur tour, la glorieuse fondation de 1430 et diront combien brillamment son prestige se maintient grâce à son second chef et souverain Charles le Téméraire.

Mais le nouveau duc n'a pas fait que marcher à la suite de Philippe le Bon. Lui aussi, de son côté, sera le centre d'un mouvement intellectuel. Sans doute, ce n'est pas un labeur très considérable que celui du chanoine Jean Miélot lorsqu'il translate en français *l'Epître de Cicéron à son frère Quintus* sur les devoirs d'un gouverneur de province, épître qu'il dédie à Charles de Bourgogne en 1468 (6).

(1) Barrois, nᵒˢ 1296-2172 (par erreur dans l'*Appendice,* nᵒ 2247). — Bruxelles, nᵒ 11192. C'est l'ouvrage déjà rencontré (ci-dessus p. 68) dans la librairie de Wavrin. A noter que Louise de Créquy a possédé le nᵒ 20042 de la Nation. de Paris qui contient : *Mélibée et Prudence, Histoire d'Apollonius roi de Tyr, Grisélidis* et *Vie de sainte Marguerite,* xvᵉ s., parch.

(2) Barrois, nᵒˢ 1299-2170.

(3) Barrois, nᵒˢ 829-1955, parch. Cf. Gröber, p. 760.

(4) Barrois, nᵒˢ 1361-1956, parch.

(5) Barrois, nᵒ 1585, parch. Ce n'est pas le *Livre des sept âges du monde* (Van den Gheyn, v, nᵒ 3114) ni le récit des *Sept Sages.*

(6) L'autographe de cette traduction est contenu dans le nᵒ 17001 de la Nationale de Paris, l'un des plus curieux mss. qui nous restent de Miélot et qui renferment diverses œuvres intéressantes : voir le *Catalogue* et Perdrizet, *Miélot,* p. 480-81.

Mais l'effort accompli par Vasque de Lucène, autre traducteur du prince, sera notablement plus vigoureux et d'une réelle portée. Le personnage qu'on dénomme ainsi, ou mieux encore Vasco Fernandez, comte de Lucena, était un Portugais que le mariage d'Isabelle de Portugal avait attiré en Bourgogne. Dans le Nord, il acquit une connaissance suffisamment approfondie du français pour qu'il fût à même de mettre en cette langue des livres latins. Olivier de La Marche l'estimait beaucoup : « Que n'ay-je, écrivait-il au début de ses *Mémoires*, par don de grace, la clergie, la memoire ou l'entendement de ce vertueux et recommendé escuyer, Vas de Lusane, portugalois, eschanson à present de madame Marguerite d'Angleterre, ducesse douairiere de Bourgoingne, lequel a fait tant d'œuvres, translations et aultres biens dignes de memoire, qu'il fait aujourd'huy à extimer entre les sachans, les experimentez et les recommandez de nostre temps » (1). Sous la désignation de *Faictz et gestes d'Alexandre le Grand*, cet « escuyer si recommendé » fit passer en français le récit bien connu de Quinte-Curce. Sa traduction fut achevée en 1468, au château de Nieppe, près de Cassel, appartenant, à titre de douaire, à Isabelle de Portugal, veuve de Philippe le Bon. Détail à noter, elle a vu le jour grâce aux conseils et aux encouragements de Jean, duc de Calabre, et de Jean de Créquy, deux seigneurs qu'il n'est plus nécessaire de présenter à nos lecteurs. Le premier, en signalant Quinte-Curce à l'attention de Vasque de Lucène, lui avait dit le grand cas qu'il faisait de l'historien romain et il avait ajouté que « c'estoit dommage qu'il y failloit [dans cet historien] le premier livre » et quelques autres parties. Le translateur s'imposa la peine de les « fournir et remplir au moins mal » qu'il put. En d'autres termes, il compléta Quinte-Curce au moyen de divers « acteurs authentiques », sans compter les inauthentiques et sans compter non plus les modifications qu'il se permit d'introduire dans les textes. Ce n'est donc pas une œuvre de philologue impeccable, loin de là. Mais sa part personnelle de travail ne manque pas d'intérêt, et du reste, vaille que vaille, sa traduction est la première qu'on ait tentée de l'écrivain latin. Le comte

(1) I, p. 14-15. Voir aussi sur V. de Lucène et ses travaux : Pinchart, *Miniaturistes*, p. 495-502 ; Dosson, *Etude sur Quinte-Curce, sa vie et son œuvre*, Paris, 1887, p. 322-3, 375-8 ; A. Thomas, *Rom.*, XIX, p. 601-602 ; Piaget, *Histoire s. la d. de P. de Julleville*, II, p. 267-9.

de Lucène l'a dédiée à Charles le Hardi. Elle existe en un exemplaire sur papier dans l'inventaire de 1487, et l'on suppose que c'est
l'original (1). Le calligraphe Yvonnet le Jeune et l'enlumineur
Loyset Liédet en ont exécuté une belle transcription sur parchemin (2). D'autres honneurs furent décernés au livre du lettré portugais. Il s'en fit d'assez nombreuses copies, dont plusieurs étaient
destinées à des courtisans de Bourgogne. L'un d'eux est le grand
bâtard Antoine (3).

C'est également pour Charles le Hardi que le roman pédagogique de Xénophon (la *Cyropédie*) fut francisé par Vasque de Lucène,
suivant le texte latin du Pogge et sous l'appellation de *Traitté des
faictz et haultes prouesses de Cyrus* (1470) (4).

Xénophon est aussi l'auteur du *Hiéron*. Encore un livre qui fut
translaté pour le Téméraire, également d'après le latin, par Charles
Soillot, son secrétaire (5). Ce Soillot était connu de longue date par le
duc ; il l'était même depuis sa naissance : Charles de Bourgogne avait
été son parrain. Plus tard, l'écrivain dira dans le prologue du *Débat
de félicité* : « Dès le premier jour de ma naissance, vous daignastes
tant humilier que de moy donner sur les sains fons du baptesme
vostre nom ». Cela se passait en 1434. Charles Soillot avait grandi,
et tout naturellement il était entré dans le personnel de la cour, où
son père et son frère remplirent aussi des fonctions. Quant aux siennes, elles furent telles qu'il eut à servir et Philippe le Bon et Charles
le Téméraire et Maximilien d'Autriche et Marie de Bourgogne.

(1) Barrois, n° 1694. — Paris, Ars., n° 5089.

(2) Paris, Nat., n° 22547. — En janvier 1470, Yvonnet touche, pour sa
transcription, 42 livres, 12 sous. En novembre 1470, on a payé pour les
enluminures de Liédet, pour les frais de reliure et de transport de l'ouvrage, 92 l., 6 s. Voir Pinchart, *Miniaturistes*, p. 478, 480-1.

(3) Le ms. du bâtard est à Copenhague, Thott, n° 540 : Boinet, *A. de
Bourgogne*, p. 258. Voir, pour ce ms. et ceux des autres seigneurs, Pinchart, p. 409 ; Reiffenberg, *Bull. Comm. Roy. Hist.*, 1ᵉ s., II, p. 240-2 ; P.
Paris, *Mss. franç.*, I, p. 49-51, II, p. 280-84, III, p. 393 ; Dosson, p. 376 ; H.
Omont, *Les manuscrits français des Rois d'Angleterre se trouvant en 1535 au château de Richmond*. ÉTUDES ROMANES DÉDIÉES A G. PARIS, 1891, p. 7 (une transcription de Jean Du Chesne).

(4) J'ai déjà signalé, p. 131, le ms. du Musée Britannique (Roy. 17 E. V.)
qui renferme la *Cyropédie* de V. de Lucène et un Végèce. Voir ci-dessous
p. 185, pour l'exemplaire de Bruxelles.

(5) Voir Reiffenberg, *Toison d'or*, p. 154 ; Le Glay, *Mss. de Lille*, p. 281-6 ;
Pinchart, *Archives*, III, p. 47-54.

L'on n'a pas ici à s'enquérir autrement de ces fonctions ni de la carrière qu'il fit comme homme d'Église. Seule, son activité littéraire nous intéresse. Dans le *Hiéron*, déclare-t-il, « on peut veoir comment Zénophon escript les raisons et arguments que un tirant nommé Hiéron et un philozophe appelé Simonides eurent ensemble sur tirannye ». Tel est donc l'objet du livre qu'il traduit, et cette traduction, dont trois exemplaires en parchemin figurent sur les inventaires bourguignons, il l'offre au Téméraire en tant que premier fruit de ses études (1). Elle a paru sous Philippe le Bon ; peut-être en est-il question dans un compte postérieur d'un an à sa mort, un compte de juillet 1468 : « Pour avoir fait fermer et clorre quatre livres que Jehan le Tourneur avoit en sa garde, assavoir : l'un de la *Vie de seur Collette, le Premier livre du Trésor, le Traitié contre les divineurs* et *le Quart livre de Zénophon*, vi s. » (2).

Moins connu que Soillot est Jean Du Chesne (ou Du Quesne) de Lille, autre écrivain du Téméraire. On lui attribue (et peut-être faut-il dire qu'il s'est lui-même attribué) une traduction des *Commentaires de César* avec additions. Il ne doit avoir fait que recopier l'œuvre pour le duc (1474) (3). Cette œuvre nous apparaît également dans un beau manuscrit exécuté, d'après l'indication de l'explicit, par « Hellin de Burchgrave, à la requeste de honnourable homme et saige Jaques Douche, conseillier de très redoubté seigneur monseigneur le duc de Bourgogne, son watregrave et moermaist de Flandre et maistre de la chambre aux deniers de madame la duchesse de Bourgogne, en l'an mil iiijc soixante-seize » (4).

Le père du Téméraire conservait, parmi ses livres, deux exem-

---

(1) i) Barrois, nos 982-2143 ; ii) Barrois, nos 993-1922. — Bruxelles, no 9567 ; iii) Barrois, nos 996-2142. Cf. Durrieu, *Mss. de sir Thomas Philipps à Cheltenham*, p. 403 : un ms. (no 2810) avec miniatures peintes par Jean Hennecart, l'enlumineur en titre du Téméraire. C'est un de ces trois mss. que Barrois a voulu désigner dans son *Appendice*, no 2246.

(2) Pinchart, *Miniaturistes*, p. 475.

(3) Sur cette transcription et d'autres travaux de Du Chesne, voir Van Praet, *Louis de Bruges*, p. 228 et suiv.; P. Paris, *Mss. franç.*, i, p. 39-41 ; ii, p. 299 ; Barrois, no 2235 ; Abrahams, *Bibl. Copenhague*, p. 70-73 ; Richter, *Die franz. Litter.*, p. 44-5 ; Nation. Paris, les nos 38, 280, 281. 279 ; *Cat. Dép.*, xxvi, Lille, no 442 ; Pinchart, *Archives*, ii, p. 206-208.

(4) Durrieu, *Mss. de sir Thomas Philipps à Cheltenham*, p. 404 : « Copié à l'original » dit l'explicit. Ce ms. est peut-être celui dont il est parlé dans les *Nouv. Mém. Acad. Impér. et Roy.*, 1788, p. 204.

plaires des *Remèdes contre fortune* (attribués à Sénèque, *Remedia fortuitorum*). Le même texte se lit dans un codice d'Oxford que David
Aubert a transcrit à Gand pour Marguerite d'York (1475) et qui
renferme plusieurs autres opuscules calligraphiés par la même
plume (dont *Ung beau traittié jadiz compilé par maistre Jehan Jarson*
[Gerson] ... *intitulé l'abbaye du Saint Esprit — Ung ... traitié .. du docteur saint Bernard appelé le Miroir des Pecheurs*) (1).

On raconte que Charles, l'année de sa mort, prêta l'un de ses
Valère Maxime (version de Simon de Hesdin et de Nicolas de Gonesse) à Moses Ugo de Urries, envoyé du roi d'Aragon Jean II et
de son fils Ferdinand de Castille, pour qu'il le traduisît en espagnol.
L'exécution du travail exigea sept mois (2). D'autre part, l'on a désigné, comme ayant été la propriété du Téméraire, un volumineux
et somptueux *Tite-Live* de Pierre Bersuire qui repose à Bruxelles.
Le renseignement aurait besoin d'être appuyé de preuves matérielles tirées du manuscrit lui-même : or, celui-ci ne les fournit
pas (3). Quoi qu'il en soit, c'est un détail dont on peut se passer
pour démontrer le vif intérêt que le dernier duc de Bourgogne
portait à l'antiquité. La chose est suffisamment établie par ses commandes de livres en même temps que par les attestations de ses
gens de lettres et de ses familiers. Olivier de La Marche rapporte
que, dans son enfance, Charles se divertissait au récit des histoires
de Lancelot et de Gauvain (4). C'est encore le même chroniqueur
qui dit de son maître plus âgé : « Jamais [il] ne se couchoit qu'il
ne fist lire deux heures devant luy, et lisoit souvent devant luy le
seigneur de Humbercourt, qui moult bien lisoit et retenoit ; et
faisoit lors lire les haultes histoires de Romme et prenoit moult

<hr>

(1) Oxford, Bodléienne, ms. Douce n° 365 : *Summary Catalogue of Western
Mss. preserved in the Bodleian*, vol. IV, éd. Madan. M. P. Meyer l'a signalé
(*Bibl. Ec. Ch.*, 1867, III, p. 305) en disant qu'il doit être à la fois une compilation et une copie, car « il est tout entier de la main de David Aubert
qui l'exécuta à Gand en 1475, et de plus un ou deux des opuscules qui s'y
trouvent paraissent être son œuvre personnelle ». — Pour Philippe le
Bon, voir ci-dessus p. 129.

(2) Peignot, p. 20.

(3) C'est une erreur de Marchal, I, p. XCI : il s'agit des n°s 9051-3 de
Bruxelles. On y relève l'ex-libris de François de Busleiden, archevêque
de Besançon, qui dit les avoir reçus en don de Charles de Saveuse, seigneur de Souverain Molin, à Bruges, l'an 1497 (Communic. de M. Bayot).

(4) *Mémoires*, II, p. 217.

grand plaisir ès faictz des Rommains » (1). C'est ce que redit, en l'amplifiant et en notant son indifférence aux « histoires d'amours, farses joyeuses et plaisantes devises », un autre chroniqueur, Philippe Wielant : « Il estoit rude et dur en telles matières et ne prennoit plaisir qu'en histoires romaines et ès faictz de Jule Cesar, de Pompée, de Hannibal, d'Alexandre le Grand et de telz aultres grandz et haultz hommes, lesquelz il vouloit ensuyre et contrefaire » (2). De ces histoires, Charles est assez instruit pour leur emprunter des arguments quand il discourt : ainsi, le voit-on, en juillet 1476, devant les Etats généraux du pays convoqués à Salins prendre la parole, faire des allusions à Rome et citer du Tite-Live (3).

Un troisième chroniqueur, Philippe de Commines, exprime une idée analogue à celle de Philippe Wielant, en ce qui regarde l'aventureux combattant que fut le Téméraire : « Il désiroit grand gloire, qui estoit ce qui plus le mettoit en ses guerres que nulle autre chose ; et eust bien voulu ressembler à ses anciens princes dont il a esté tant parlé après leur mort » (4). Plus explicite encore est le langage de ses translateurs dans leurs prologues. C'est d'eux surtout que l'on apprend que ce prince moderne, assoiffé de conquêtes et de renommée, prétendait *jouer* les héros dont leurs traductions lui plaçaient constamment des portraits sous les yeux. Voici d'abord Vasque de Lucène qui lui déclare dans son *Quinte-Curce* : « Grant temps a que volenté m'a print de assembler et translater de latin en françois les fais d'Alexandre, affin de, en vostre jone eage (5), vous donner l'exemple et l'instruction de la vaillance. Mais pendant le temps que j'ay doubté de translater les gestes, tandis que je les translate et endementiers [pendant] que vous estes occupé ès guerres de France, de Liège, en la destruction de Dynant, et de rechief dernièrement, tandis que vous renversiez la puissance des Liégeois par terrible bataille, démolissiez les murs de leurs citez, villes, chasteaux, et finablement tandis que vous leur donniez loix nouvelles, sept ans

(1) *Ibid.*, p. 334.

(2) *Antiquités de Flandre*, p. 56.

(3) De Gingins la Sarra, *Dépéches des ambassadeurs milanais sur les campagnes de Charles le Hardi de 1474 à 1477*. Paris-Genève, 1858, II, p. 354-9.

(4) *Mémoires*, éd. B. de Mandrot, I, 1901, p. 390. (COLLECTION DE TEXTES POUR SERVIR A L'ÉTUDE ET A L'ENSEIGNEMENT DE L'HISTOIRE, Paris).

(5) En citant ce passage, d'après P. Paris, *Mss. franç.*, II, p. 281, Pinchart, *Miniaturistes*, p. 497, rappelle que Charles est né en 1433.

sont passés ou environ, durant lequel temps vos vertus et œuvres
chevalereuses par le monde univers ont esté si avant manifestées
que assez est notoire celle doctrine vous estre superflue. Car ainsi
comme en toutes autres vertus de paix et de guerre, vous, mon très
redoubté seigneur, pas n'estes gaires seurmonté d'Alexandre, ains
en devocion, continence, chasteté et attemprance l'avez surmonté
évidamment ». Bien plus, dit-il encore, si Alexandre revenait sur
terre, vous lui serviriez de modèle. Du reste, vous avez de qui tenir,
des ducs Philippe le Hardi et Jean sans Peur, du roi Jean de Portugal, de votre père, ces Alexandres de leur temps. Sur le héros
macédonien, continue-t-il, on trouve beaucoup d'histoires déjà « en
françoys en rime et en prose ». Mais elles sont « plaines de évidens
mensonges ». Ce que vous aurez ici, c'est un Alexandre authentique,
c'est sa vie réelle où vous verrez comment il « conquist tout Orient,
et comment un autre prince le peut arrière conquester, sans voler
en l'air, sans aler soubs mer, sans enchantemens, sans gayans, et
sans estre si fort comme Regnauld de Montalban, comme Lanselot,
comme Tristan, comme Raynoard qui tuoit cinquante hommes
cop-à-cop » (1)... Et Vasque écrit encore dans le même *Quinte-Curce* :
« Puisque Alexandre conquist tout Orient sans grant nombre de
gens d'armes, sans geans, sans enchantemens, sans miracles et sans
sommes d'argent moult excessives, comme il appert assez par ce
livre, il n'est pas doncques impossible que ung autre prince le puist
reconquester. En oultre, s'il n'a point samblé difficile à Alexandre
de conquester tout Orient pour saouler le vain appetit de sa gloire,
il m'est advis que moins difficile devroit sembler à un bon prince
christien icelui conquester pour le reduire à la foy de Jhesu Crist,
car ja soit ce que le traveil et la paine d'Alexandre et du christien
fust egal, le prouffit et gloire mondaine de tous deux en ce cas presque pareil, touteffois Alexandre y gaigna ou acrut sa dampnacion, et
le christien y acquerroit sa gloire perpetuelle. Alixandre tua millions
de gens pour regner en Orient sans l'oster de nul erreur, et le bon
chrestien y regneroit ostant les presens et advenir des erreurs et de
mort perpetuelle » (2).

Outre qu'on lit dans *Quinte-Curce* ce curieux et suggestif parallèle
entre l'Alexandre des temps anciens et l'Alexandre des temps

(1) Voir également Piaget, *Histoire s. la d. de P. de Julleville*, II, p. 268.
(2) P. Meyer, *Alexandre*, II, p. 379, d'après le n° 257 de Paris, *Nat.*

modernes, on y voit le comte portugais jeter le ridicule sur les
fables racontées par le moyen âge à propos du héros macédonien :
il semble vouloir imposer aux historiens qui viendront après lui
l'obligation d'ajouter foi seulement aux documents authentiques.
Avec son *Quinte-Curce*, nous sommes loin d'un roman tel que
Perceforest, roman accueilli pourtant avec une faveur marquée en
Bourgogne, mais qui dépeint un Alexandre de fantaisie. En effet
ici, le merveilleux « à la fois le plus absurde et le plus monotone » (1)
se donne carrière. L'auteur a tâché de fusionner l'histoire du guerrier de Macédoine avec les légendes du Saint Graal, d'Arthur et de
la Table Ronde. Il relate longuement les aventures qui arrivent en
Angleterre à Alexandre et à ses compagnons dont l'un, Bétis, pour
avoir tué un enchanteur habitant une forêt réputée inaccessible,
reçoit le nom de *Perceforest* ; c'est alors qu'il instaure l'ordre des
chevaliers du Franc-Parler.

Il y a, chez Vasque de Lucène, une sorte de réaction contre la
littérature fabuleuse qui avait cours sous le règne précédent. Néanmoins, l'on aurait tort d'oublier que déjà Wauquelin, tout en faisant
d'Alexandre le parangon des plus hautes vertus chevaleresques,
avait eu souci de débarrasser sa vie des inadmissibles racontars
qui l'encombraient. A partir du xive siècle, une tendance se constate parmi les biographes d'Alexandre, et c'est une tendance à
moins célébrer sa fameuse « largesse », pour vanter davantage en
lui le guerrier et le conquérant. Wauquelin développe assez ample-
ment ce dernier côté du personnage (2). Mais l'Alexandre du traducteur portugais est un type vraiment humain, dont on peut
vraiment songer à suivre les exemples, à reproduire, au xve siècle,
les exploits : Charles était en situation de l'imiter, de le *réaliser*, et
même de le surpasser puisqu'après la conquête terrestre, il aurait
la conquête céleste !

Dans le prologue de la *Cyropédie*, Vasque de Lucène rappelle « la
très grant similitude de la vie, meurs et condicions de Cyrus qui fut
très glorieux et de grant renom » avec celles de son maître. Soillot,
en commençant le *Hiéron*, met en lumière la « chevalereuse hardiesse » de celui que l'histoire dénomme Charles le Hardi et Charles
le Téméraire. Le traducteur anonyme (dont le bien a parfois été

(1) G. Paris, *Rom.*, XXIII, p. 87.
(2) P. Meyer, *ibid.*, p. 377-8.

remis indûment à Jean Du Chesne), dans ses *Commentaires de César*, rapproche ce même prince du général romain et fait penser aux terribles leçons qui se dégagent de la mort violente du second.

Admirateur et imitateur des anciens, le Téméraire les aurait, dit-on, également consultés et suivis pour certains points de stratégie et d'organisation militaire : « Le premier, dans les temps modernes, il adopte plusieurs des sages dispositions des Romains, imposant à ses soldats des exercices en temps de paix et remettant en usage les camps retranchés » (1). A son culte de l'antiquité, une anecdote se rattache, et nous la répétons sans lui prêter d'importance. A l'instant de la déroute de Granson, son fou nommé le Glorieux, en le voyant s'enfuir, lui aurait crié : « Monseigneur, nous voilà bien *annibalés !* ». C'était une allusion à la manie qu'avait l'infortuné prince de se comparer à Annibal (2). Une tradition du même genre veut que l'*Alexandre* de Vasque de Lucène se soit rencontré parmi les bagages du vaincu après la bataille de Granson (3). L'on ne doit pas lui donner plus de créance qu'à cette autre affirmation selon laquelle on aurait découvert dans ses impedimenta après la catastrophe de Nancy le très somptueux volume (son exemplaire personnel) où il lisait la *Cyropédie* du même Vasque de Lucène. Il faut en penser autant, semble-t-il, d'une troisième tradition qui rapporte que sa tente à Granson et à Morat était décorée de tapisseries représentant, entre autres, l'histoire d'Esther, les travaux d'Hercule, les principaux événements de la vie de César, et aussi de quatre petits tableaux commémorant un épisode de la biographie de Trajan. Ces tapisseries ornent actuellement le Musée de Berne et, en vertu de cette même tradition, elles proviendraient du butin enlevé aux Bourguignons lors de la défaite qui leur fut infligée par les

(1) Fredericq, *Essai*, p. 162.

(2) Courtépée, *Description de la Bourgogne*, i, p. 206; Reiffenberg, *Archives des Pays-Bas*, iv, p. 100-1.

(3) Il s'agit de l'exemplaire de Genève ; Dosson, *Quinte-Curce*, p. 376. Voir La Serna Santander, *Mém. Bibl. Bourg.*, p. 27 ; Peignot, p. 19 ; Marchal, i, p. xci-v et ii, p. 198, qui prouve que la tradition est fausse. La Bibliothèque de Bruxelles possède, n° 11703, un exemplaire de la *Cyropédie* que Marchal, ii, p. 198, regarde comme celui du Téméraire. D'après Pinchart, *Miniaturistes*, p. 500-2, ce serait une erreur ; mais contrairement à l'avis de Marchal, il croit que le ms. de Genève est celui qui appartient au duc et que les Suisses auraient pris à Granson.

Cf. aussi P. Meyer, Rom., xxv, p. 421, *Anc. traducteurs de Végèce.*

Suisses sur les deux champs de bataille où ils triomphèrent avec avec tant d'éclat. Mais, d'après des recherches qui paraissent concluantes, ce Musée les tiendrait de la cathédrale de Lausanne, d'où elles furent emportées par les Bernois après la prise de cette ville en 1537 (1).

Néanmoins Charles de Bourgogne a été possesseur de tapisseries dont le souvenir doit être évoqué en ce moment, de tapisseries d'*Alexandre* et d'*Annibal* que son père lui avait léguées (2). Nul doute qu'il les ait contemplées avec admiration, étant donné le goût qu'il professait pour les exploits des preux antiques. Un document contemporain sur l'assemblée solennelle organisée à Bruxelles le 15 janvier 1469 pour recevoir les Gantois chargés de lui faire amende honorable révèle que la salle du palais ducal où elle eut lieu « estoit aournée et circompendue de très riche tapicerie du grant roy *Alexandre*, *Hanibal* et aultres nobles anciens » (3). En outre, il est avéré qu'à sa demande, quelques années après, le magistrat de Bruges et celui de la châtellerie du Franc contribuèrent, chacun pour moitié, à l'achat d'une vaste et belle tenture figurant la *Destruction de Troie* (4).

D'autres traits et particularités de même nature pourraient être consignés en cet endroit, et ils auraient aussi pour effet de démontrer que le monde ancien exerçait une très remarquable attirance sur l'esprit du Téméraire. A-t-il rencontré, chez ses courtisans, d'analogues dispositions à l'égard des grands hommes de la Grèce et de Rome ? Nous répondons à la question en disant qu'ici encore, de même que dans le domaine des *Epopées et romans d'inspiration médiévale*, certains seigneurs sont intervenus pour favoriser l'éclosion et le culte des récits antiques : Jean de Calabre, Jean de Créquy, le bâtard Antoine de Bourgogne et le bâtard Jean de Wavrin.

(1) H. Chabeuf, *Les tapisseries de l'église Notre-Dame de Beaune*, Revue de l'art chrétien, 1900, p. 195-6.

(2) Laborde, I, n° 1923 ; Dehaisnes, *Inv. Arch. Nord*, IV, p. 222 ; Soil, *Ateliers de Tournai*, p. 24, 236-42.

(3) Pinchart, *Tapisseries flamandes*, p. 30.

(4) Pinchart, *ibid.*, p. 60 ; Soil, *Ateliers de Tournai*, p. 243.

CHAPITRE III

LA LITTÉRATURE RELIGIEUSE ET DIDACTIQUE

Chacun sait combien la littérature du moyen âge est riche en
œuvres religieuses, morales et didactiques. C'est ce que nous
rappelions implicitement déjà dans les premières lignes du chapitre
précédent, puisque nous y disions à quel point les laïques avaient
été préoccupés, au XIVe siècle, d'apprendre ce que les clercs connaissaient. Qu'on veuille bien l'observer : à la rigueur, une bonne
partie de l'exposé que nous avons consacré aux traductions et compilations antiques pourrait reprendre place dans le chapitre nouveau
que nous commençons, vu le but que se proposent si souvent les traducteurs et compilateurs. Ce but, c'est d'instruire, c'est de moraliser.

Mais il nous suffira de la littérature didactique proprement dite
pour avoir de quoi remplir encore de longues pages. Didactique,
la littérature l'est (au moins, comme nous l'entendrons) de bien des
manières différentes. Elle va d'un extrême à l'autre, elle parcourt
ou elle comprend tous les degrés ou toutes les phases de la culture
intellectuelle et morale. Elle part, si l'on peut dire, de ce qu'il y a
de plus religieux pour aboutir à ce qu'il y a de plus profane. Elle
débute par les prières, les histoires, les légendes de l'Eglise : elle
est un Psautier, un Missel, un Livre d'Heures, une Bible, un
recueil d'oraisons et de chants liturgiques. elle est la Vie des
Saints, la Vie des Pères.

Elle continue avec les écrits des Pères, les traités d'ascétisme, les
manuels de piété tantôt strictement exigeante, tantôt moins rigoureuse : elle s'adresse d'un côté aux religieux, aux cloîtrés, aux
prêtres, de l'autre à des croyants également bons, mais qui n'ont
pas renoncé au siècle ; dans cette catégorie se rangerait, par exemple, le *Speculum dominarum*, en français le *Miroir aux dames*, de frère
Durand de Champagne, que nous ne tarderons pas à découvrir dans
la librairie de Bourgogne (1).

(1) Pour ces observations préliminaires, je prends mes exemples parmi
les livres qui sont à la cour.

Moins dévote, sans être pour cela simplement profane, la littérature didactique prétendra, avec telles œuvres de la savante Christine de Pisan, viser un public non point différent du précédent, mais qui, en même temps que des lectures pieuses, désire en posséder d'autres par où il parviendra à se conduire «honnestement» dans la vie.

Elle peut avoir pareillement en vue la formation, non plus religieuse et morale, mais courtoise et mondaine de l'homme. Elle peut ne tendre qu'à lui révéler l'art de bien dire et de bien se tenir en société, l'art de bien jouer et de bien se battre ; elle est alors un traité de savoir-vivre, un code de courtoisie, un recueil de préceptes sportifs, et elle s'intitule *Miroir* ou *Estat du Monde*, *Chastiement* ou *Enseignement*, *Gage de batailles* ou *Livre des échecs*.

Mais un éducateur, un juge d'armes n'écrit pas nécessairement pour tout le monde ni même pour un monde déterminé. Parfois il n'aura qu'un auditeur pour l'écouter, c'est-à-dire qu'étant attaché à quelque service royal ou princier, il n'aura qu'une intelligence à dresser : en d'autres termes, il sera chargé de l'élaboration d'un manuel destiné à un fils de roi ou de prince. De la sorte naîtront des œuvres comme celles de Gace de la Bigne, de Ghillebert de Lannoy et d'Antoine de La Sale : le *Déduit des chiens et des oiseaux*, l'*Instruction d'un jeune prince*, la *Salade*. Néanmoins un livre ainsi conçu, un livre « ad usum delfini » peut être employé par d'autres que le « dauphin ». Il rentrera, par les thèmes généraux d'éducation qu'il développe, dans la grande classe des manuels pédagogiques. D'une destination plus limitée peut-être seront des productions suscitées par la Toison d'or (nous les avons vues) et par la Croisade turque (nous les verrons plus loin).

A propos de formation mondaine et de savoir-vivre, on ne doit point omettre d'observer qu'il y a bien des façons de se conduire « cortoisement », au sens du moyen âge, dans la compagnie des hommes et des femmes. Un traité sur la matière peut facilement devenir un traité sur l'art des bonnes fortunes. En conséquence, une littérature didactique s'occupera, à l'occasion, des mauvaises mœurs aussi bien que des autres, et même il lui arrivera d'aller assez loin dans ses enquêtes pour mériter l'épithète d'immorale : « La lecture de plusieurs de ces enseignements, écrit une dame qui les a spécialement étudiés, me paraît avoir dû être plus pernicieuse que celle des romans d'aventures à l'égard desquels nos auteurs [du moyen âge] se montrent habituellement si sévères » (1). C'est l'époque où l'on moralise beaucoup les femmes, et on les moralise volontiers en les satirisant. Immense est le répertoire des dits plaisants et des chansons moqueuses qu'on leur consacre. Mais si Jean de Meun, Eustache Deschamps et combien d'autres les attaquent, voici des écrivains qui les défendent, voici Christine de Pisan, voici Martin Le Franc à qui l'on doit le *Champion des dames*, ce long et puissant poème qui s'en ira chercher son patron à la cour de Bourgogne : l'auteur le dédiera à Philippe le Bon.

La question des femmes n'est pas la seule que Le Franc aborde dans les 24 000 vers de son *Champion*. Il touche à tout ou, si l'on veut, il fait rentrer tout dans sa plaidoirie. C'est la faute de son temps. Le moyen âge aime les mélanges, les disparates et les digressions. Il enseigne de manières diverses, comme nous l'avons dit ; ajoutons qu'il dégage de tout des leçons morales : il les dégage des pierres, des animaux, des échecs, de la chasse, de la grammaire, de l'alchimie, de la médecine, de la mythologie, de l'astronomie et de tout ce qui tombe ou ne tombe pas sous les sens. La nature, la science ne semble être alors qu'un prétexte à moralisation.

Il y aura donc des choses passablement différentes dans le chapitre très étendu auquel nous arrivons. L'on pourrait certes se demander s'il est légitime d'y comprendre les Psautiers, Livres d'Heures et d'Oraisons, Graduels, Missels, Bréviaires, Bibles et Manuels de dévotion. Évidemment, nous n'oublierons pas que, si même nous avons employé le mot de littérature pour les désigner, ce ne sont pas là des livres littéraires au même titre que le *Champion des dames*, et par conséquent nous ne leur prêterons que l'attention qui leur revient. Nous procéderons de même pour certains manuscrits dénommés *Vies des Saints* ou *Composition de la Sainte Écriture* que les ducs ont pu faire rédiger, remanier ou transcrire. En ce qui les regarde, nous n'oublierons pas non plus qu'ils ne sont pas l'expression ou le résultat de préoccupations esthétiques.

C'est par ces œuvres que nous commencerons, les ŒUVRES RELIGIEUSES. Une seconde partie sera réservée à la CROISADE TURQUE et aux écrits qu'elle a suscités. La troisième appartiendra aux

---

(1) Alice A. Hentsch, *De la littérature didactique du moyen âge s'adressant spécialement aux femmes*, Cahors, 1903, p. 11.

ŒUVRES PROFANES, c'est-à-dire aux compositions qui, didactiques à un titre quelconque et plus ou moins profanes, ne peuvent se ranger dans les deux premières. Nous ne chercherons pas à justifier ici cette division. A mesure qu'il avancera, le lecteur en verra — du moins nous l'espérons — la justification.

I. ŒUVRES RELIGIEUSES (1).

§ 1. La piété des ducs.

Ils ont titre et renom de princes chrétiens, et ce paraît à bon droit si l'on s'en réfère aux gages de leur foi, qui sont nombreux, gages d'ordre matériel et moral, secours d'argent, cadeaux ou privilèges accordés au clergé. Ils dotent généreusement les églises et les monastères, et même ils en érigent à leurs frais. A Philippe le Hardi, l'on doit la Chartreuse de Champmol près de Dijon, et la Sainte-Chapelle de cette dernière ville. Un manuscrit qui lui appartint affirme que, lors des fêtes solennelles, « il mandoit plusieurs ecclesiastiques ou religieux pour célébrer l'office en sa chapelle » et, suivant les indications d'un compte, il « assistoit à toutes les heures canoniales, mesme à matines, les veilles et jours des bonnes festes » (2). Il aimait la magnificence et l'éclat dans les cérémonies liturgiques et il avait organisé « en sa chapelle » une musique que l'on disait sans égale dans les cours les mieux réputées. Sa conduite privée répondait à la piété qu'il manifestait extérieurement. Il était charitable et chaste (3).

Jean sans Peur avait plus de superstition que de véritable religion. Le faste dans le culte ne semble point l'avoir vivement préoccupé. Il en ira différemment avec Philippe le Bon et Charles le Hardi qui, eux aussi, mettront du luxe dans leur service de chapelle. Ce n'est point assurément que la religion du premier soit exempte de tout reproche, loin de là, et pour nous en convaincre, nous n'avons qu'à écouter là-dessus son familier Chastellain : Philippe

(1) Le cas échéant, il nous faudra bien, dès cette première partie, citer l'une ou l'autre œuvre qui n'est pas ou qui n'est qu'incomplètement religieuse.

(2) Peignot, p. 55.

(3) Peignot, p. 25-7 ; Barante, *Ducs de Bourg.*, éd. Marchal, II, p. 125 ; Proot, *Archives*, p. 339-40, *Inventaires*, passim ; Vernier, *Philippe le Hardi*, p. 4-13 ; Dehaisnes, *Histoire*, p. 551.

le Bon, écrit-il, « servoit Dieu et le craignoit ; fort dévot à Nostre-Dame, observoit jeusnes ordinaires ; donnoit grandes aumosnes, et en secret ». Mais il s'accordait toute liberté pour l'assistance à la messe, car il se la fit célébrer, et même très souvent, deux heures après-midi. Je ne cherche pas, ajoute le chroniqueur, à l'en excuser. C'est à Dieu de le juger. Toutefois il sied de noter que mon redouté maître avait une dispense du pape. Un autre littérateur de la maison qui a connu le duc dans l'intimité, Guillaume Fillastre, allègue, pour sa défense, que des solliciteurs de tout genre le retenaient : « Et souvent tant le travailloient que pour aucun repos il se tenoit enclos longuement sans venir à sa messe, car dès qu'il venoit en publicq, riens du jour n'estoit sien » (1). Il avait d'autres défauts : Il « avoit aussy en lui (c'est de nouveau Chastellain qui parle) le vice de la chair ; estoit durement lubrique et fraisle en cet endroit ; à souhait de ses yeux complaisoit à son cœur, et au convoit de son cœur multiplioit ses délits. Ce qu'il en vouloit, luy venoit, et ce qu'il en désiroit, s'offroit ; répudioit par argu en son derrain la noble et sainte dame, sa femme, sainte chrestienne et devote, chaste, grande aumosnière, et en quoy je ne mets nulle excuse pour luy, sinon que son grand courage ne se pouvoit rompre envers elle en son pris argu, dont je remets la cause à Dieu » (2). Martin Le Franc lui dédiera le *Champion des dames*, mais, comme on l'a dit, il est à croire que le duc Philippe, le père de tant de bâtards et de bâtardes, préférait à ce long poème un livre qui exposait les *commandements d'amour pour parvenir à jouissance*. C'est à lui qu'on a prêté ce mot : « J'ai bien pu quelquefois manquer de parole aux femmes, jamais aux hommes ! ». C'est pour lui et pour son entourage que Jacques Du Clercq doit avoir écrit ces lignes souvent rapportées : « Lors le péchié de luxure regnoit moult fort et par especial ès princes et gens marriés, et estoit le plus gentil compaignon qui plus de femmes sçavoit tromper et avoir au moment, qui plus luxurieux estoit » (3). De son côté, Chastellain dénonce l'immoralité de la

(1) Kervyn, *Chastellain*, VII, p. 222, 225 ; cf. aussi III, p. 239. — Fillastre, dans sa *Toison d'or*.

(2) Kervyn, VII, p. 224. Sur ses mœurs privées et celles de la noblesse, voir également Barante, *Ducs de Bourgogne*, éd. Reiffenberg, VI, p. 408 ; Stecher, *Athenœum belge*, 1883, p. 168 ; Fredericq, *Essai*, p. 81, 84 ; Pirenne, *Hist. belg.*, II, p. 472 ; Fris, *Bibliogr. de Gand*, p. 310.

(3) *Mémoires*, II, p. 204.

noblesse, mais avec des réserves en faveur de Charles le Téméraire qui, affirme-t-il, « vivoit plus chastement que communément les princes ne font, qui sont pleins de volupté » (1). L'on remarque que, parmi les conteurs ou les soi-disant conteurs des *Cent Nouvelles nouvelles*, un grand nom de la cour fait défaut, et c'est précisément celui du Téméraire. Lui n'était pas, comme son père, friand d'« histoires d'amours, de farses joyeuses, de plaisantes devises» (2).

Mais son père s'appliquait à réparer le mal par de bonnes œuvres. Il secourait magnifiquement le culte et il soulageait, par d'abondantes aumônes, les misères de ses sujets. Sa charité s'étendait par delà les limites de ses Etats, et si nous ouvrons une fois encore notre Chastellain, nous y lirons au sujet de la croisade turque : « Il parvola toute la mer Majore à son navire ; fit aux Mores redoubter ses voiles, et par ses ancres trembler les terres payennes ; sauva Rhodes et la delivra de son obsession ; edifia l'église de Nazaret ; en la sainte cité de Hiérusalem et en la Terre-Sainte fit de moult beaux bénéfices ; fit de grans secours et prestances sur les frontières des payens ; adhéroit tousjours au Saint-Siège de Rome, et quelque tribulation qu'au paupe pouvoit courir sus, tousjours il maintint sa querelle » (3). D'autres attestations, si nous le voulions, nous seraient données par des écrivains de la maison et aussi par les livres de comptes, les registres de finances auxquels nous avons déjà souvent recouru. Elles prouveraient que le grand duc d'Occident a beaucoup fait pour les chrétiens, pour les temples, pour les fondations d'Orient (4).

Généreux, il l'est aussi en Occident. Il prend intérêt aux affaires de l'Eglise ; il tente de lui épargner les douleurs et les désastres d'un schisme. Son fils agit dans le même sens, mais cependant sous son règne des conflits éclatent entre le spirituel et le temporel. Voici même qu'une mesure d'excommunication est prise contre lui (5).

(1) Kervyn, VII, p. 231.
(2) Wielant : voir ci-dessus p. 182.
(3) VII, p. 217.
(4) La Marche, III, p. 56 ; Barante, éd. Reiffenberg, VI, p. 22 ; Laborde, I, p. 395-403 et passim ; Quantin, p. 58-60 ; Pinchart, *Archives*, II, p. 31-33, 219-222, III, p. 117, 118, 212 ; Finot, *Projet d'expédition*, p. 5-6 ; Pirenne, *Hist. Belg.*, II, p. 253.
(5) Laborde, I, p. XXVII-III ; Frédericq, *Essai*, p. 101-9 ; Pirenne, *Hist. Belg.*, II, p. 363-64, 473.

Néanmoins il a des vertus chrétiennes : « Aimoit honneur et craignoit Dieu ; estoit dévot à la Vierge Marie ; observoit jeusnes ; donnoit largement aumosnes ; crémoit là mort et la courte vie. Comme grand prince qu'il fust, sy consideroit-il ce monde transitoire, et sa haute domination et gloire rien estre que vanité et poignie de vent... ». Ainsi s'exprime Chastellain (1), et si son témoignage n'était suffisant, l'on pourrait le renforcer par celui d'Olivier de La Marche : « Il ne juroit Dieu, ne nulz sainctz. Il avoit Dieu en grant cremeur et reverence » (2).

A défaut de ces témoignages puisés dans l'histoire (et d'autres que nous négligeons, car ce n'est point notre tâche de traiter à fond semblable question, non plus que d'envisager tous les rapports de l'Eglise et de l'Etat chez les ducs), nous aurions la bibliothèque pour nous renseigner sur l'esprit de dévotion qui devait être répandu à la cour. Dans cette bibliothèque, les manuscrits d'oratoire ne se comptent pas. Assurément, nous ne songeons pas à les énumérer tous, encore moins à les décrire. Ainsi, dans tel *Livre d'Heures* de Philippe le Hardi, nous ne rencontrons pas moins de 39 parties ou numéros (3). L'on devine où nous entraînerait l'analyse de pareil volume, surtout qu'on pourrait y joindre encore des références bibliographiques qui l'allongeraient considérablement. Force nous est donc de nous limiter aux détails significatifs, aux détails qui, prouvant pour le reste, montrent comment la librairie de chapelle s'est constituée et quelle en est la valeur.

§ 2. Philippe le Hardi et Jean sans Peur.

L'*Oratoire* se compose, comme d'ailleurs toute autre section de la bibliothèque, d'un premier fonds qui devrait s'appeler : *Héritages et donations*. Sous cette rubrique, il faut ranger, par exemple, « un *Psautier* décoré des armoiries de Louis de Male et de sa femme, Marguerite de Brabant » (4) ; c'est peut-être aussi de ses parents, soit donc de Louis de Male et de Marguerite de Brabant, que la première duchesse de Bourgogne tenait une de ses « *Heures* où sont

(1) VII, p 230-1 ; voir aussi IV, p. 344.
(2) *Mémoires*, II. p. 216-17.
(3) Van den Gheyn, 1. n° 767 et ma *Librairie de 1420*, n° 5. Voir ce qui est dit, au début du § 3, sur un manuscrit-recueil de Philippe le Bon.
(4) Voir Doutrepont, n° 96.

plusieurs *Orisons* en flameng » (1). Son mari, Philippe le Hardi, possède également des biens de famille, ainsi que l'atteste, entre autres, la notice suivante de l'inventaire de 1404 : « Unes petites *Heures* de Nostre Dame qui furent à la mère de Monseigneur », c'est-à-dire Bonne de Luxembourg, épouse du roi Jean (2). D'un intérêt analogue est pour nous la notice rédigée en ces termes : « La plus grant partie des cayers d'un *Messel* translaté de latin en franchois, lequel fist faire feu la royne Blanche, et lequel a esté laissié à parfaire, pour ce qu'on dist qu'il n'est pas expedient de translater tel livre, en especial le saint canon » (3). La reine est Blanche de Navarre, l'épouse en secondes noces de Philippe VI de Valois, père du roi Jean et grand-père du duc de Bourgogne. A voir la teneur de la précédent' notice, on a conjecturé que la première traduction du *Missel* avait été commencée pour elle. C'était une lettrée : elle a disposé d'une remarquable collection de manuscrits (4). Nous savons que, par un testament de 1396, elle a légué à notre duc Philippe, qui était (nous venons de le rappeler) son petit-fils, le splendide *Psautier de saint Louis* qu'elle avait et qui repose actuellement à l'Université de Leyde (5).

De son côté, Charles VI donne une *Bible* et une *Légende dorée* françaises à la duchesse de Bourgogne (13 et 14 octobre 1381) (6), une autre *Bible* également en français à Louis de Male (27 janvier 1382) (7) et un très beau *Missel* à Philippe le Hardi (8). C'est ce que nous

(1) Peignot, p. 60 ; Barrois, n° 645 ; Dehaisnes, p. 879. — Peut-être dans l'inv. 1487 : Barrois, n° 2043.

(2) Peignot, p. 55-56 ; Barrois, n° 631 ; Dehaisnes, p. 839.

(3) Peignot, p. 56 ; Barrois, n° 635 ; Dehaisnes, p. 840. Sans doute le *Missel* qui reparait en 1420 (Doutrepont, n° 66) et en 1477 (Peignot, p. 96).

(4) Delisle, *Recherches*, II, p. 34, et *Testament de Blanche de Navarre, reine de France*, MÉMOIRES DE LA SOCIÉTÉ DE L'HISTOIRE DE PARIS ET DE L'ILE-DE-FRANCE, XII (1885), Paris, Champion, 1886, p. 2-64.

(5) Inv. 1420 : Doutrepont, n° 248. — Inv. 1467 : Barrois, n° 1130. — Leyde, n° 318, série supplémentaire. Voir Delisle, *Testament*, p. 28, *Hist. litt.*, XXXI, p. 267-8, et *Notice de douze livres royaux du XIIIᵉ et du XIVᵉ siècle*, Paris, 1902, p. 19-26 et 100-1; Kervyn, *Bull. Comm. Roy. Hist. Belg.*, 2ᵉ s., XX, p. 296-304 ; H. Omont, *Les miniatures du Psautier de saint Louis, Ms. lat. 76 a de la bibl. de l'Univ. de Leyde*, 1902, 25 pages de fac-similé dans la collection des CODICES GRAECI ET LATINI PHOTOGRAPHICE DEPICTI, Sijthoff, Leyde.

(6) Delisle, *Recherches*, II, p. 7 et 149. Pour la *Bible* dont il est question ici, voir l'inventaire de 1420 : n°ˢ 88 et 221.

(7) Delisle, *Recherches*, II, p. 7.

(8) Delisle, *Recherches*, II, p. 34, 161-2.

apprennent les catalogues du Louvre. Nous y lisons aussi qu' « un livre de la *Vie des Pères* rymé, et aveques la *Vie des Sains* comme *Légende dorée* en prose » a été baillé par le roi le 30 août 1405 à Marguerite de Bourgogne, femme du dauphin Louis, duc de Guyenne, et à Michelle de France, qui devait épouser quatre ans plus tard Philippe le Bon (1).

Après le roi, vient l'oncle du roi, c'est-à-dire Jean de Berry qui passe à Philippe le Hardi, entre 1402 et 1403, un *Livre d'Heures* du plus haut prix (il est à Bruxelles) (2) ainsi qu'un petit *Psautier* (3). La confection de ce *Livre d'Heures* a exigé le concours d'artistes de premier ordre et l'on a cité, comme l'ayant décoré, André Beauneveu, Jacquemart de Hesdin (de Odin ou Esdin) et Jacques Coëne (ou Cône). Celui-ci est un enlumineur dont le talent n'a été mis au jour que récemment, et s'il faut adopter les hypothèses formulées à son sujet, l'on devrait reconnaître en lui l'un des pinceaux les plus habiles de la fin du xive et du commencement du xve siècle (4).

Jean de Berry avait une fille du nom de Marie, et celle-ci fut mère d'un fils auquel Jean sans Peur servit de parrain. Elle a pu, elle aussi, contribuer à l'accroissement de la librairie bourguignonne, car l'inventaire de 1420 porte un *Nouveau Testament* qui est à ses armes (5) et des *Heures de Notre-Dame* qui ont été données à feu Monseigneur (Jean sans Peur) par « Madame de Berry » (6). On dirait que cette dernière appellation s'applique à elle plutôt qu'à sa mère. Dans la même catégorie (les provenances françaises), sont à ranger également « unes petites *Heures* » aux armes d'Étampes (7) et « unes grosses *Heures* » aux armes de Bar (8).

(1) Delisle, *Recherches*, II, p. 148.

(2) Inv. 1420 : Doutrepont, n° 6. — Inv. 1424 : Peignot, p. 78 ; Barrois, n° 668. — Bruxelles, n° 11060-1, Van den Gheyn, I, n° 719 ; P. de Mont, *Musée des enluminures*, fasc. 1, Haarlem, 1905, où sont reproduites les miniatures de ce ms.; Delisle, *Recherches*, II, p. 238, 282-3.

(3) Delisle, *Recherches*, II, p. 228. — Inv. 1404 : Peignot, p. 57 ; Barrois, n° 636 ; Dehaisnes, p. 840.

(4) Pour les dernières études consacrées à ces artistes, voir Fierens-Gevaert, *Renaissance*, p. 91-96 ; Delisle, *Recherches*, II, p. 282-3 ; Durrieu, *Peinture en France*, p. 170-171.

(5) Doutrepont, n° 114. — Inv. 1467 et 1487 : Barrois, n°s 803 et 1976. — Bruxelles, n° 9394-96 ; Van den Gheyn, I, n° 95.

(6) Doutrepont, n° 7.

(7) Inv. 1404 : Peignot, p. 56 ; Dehaisnes, p. 839.

(8) Inv. 1420 : Doutrepont, n° 17.

Mais les donateurs ne sont pas nécessairement des rois et des ducs. Parfois les cadeaux viendront d'un personnage de moindre marque. C'est, entre autres, frère Martin qui offre à Philippe le Hardi un « livre en papier faisant mencion de la *Restitution d'obéissance au pape* » (1). Il s'agit probablement du dominicain Martin Porée qui fut successivement confesseur de ce duc et de Jean sans Peur, et qui devint évêque d'Arras, de 1408 à 1426 (2).

Nous avons déjà constaté que des présents de l'espèce pouvaient coûter plus ou moins cher au prince qui les recevait. Assez souvent, il devait les payer, et peut-être aimait-il autant rétribuer directement les fabricants ou les réparateurs de manuscrits. Philippe le Hardi nous apparaît maintes fois en rapports avec eux, et il l'est surtout pour sa chapelle. Du moins, sa comptabilité nous révèle que, pour l'enrichir et l'entretenir, il s'est imposé des frais considérables. C'est pour elle, pour sa librairie sacrée, que, d'après les documents laissés par ses secrétaires, il a commandé le plus de livres et employé le plus d'ouvriers. Au cours des années 1369-1377, 1383, 1386, 1393, 1397-1404, on le voit qui s'adresse à toute une série d'écrivains, enlumineurs, orfèvres, brodeurs, gaîniers, relieurs, pour l'achat ou la restauration de Psautiers, Heures, Bibles, etc., destinés à ses oratoires de Dijon, Paris, Saulx-le-Duc, du château de Rouvre, et devant servir à lui, à la duchesse, à leurs enfants et petits-enfants, ainsi qu'au personnel de la maison (3). Il a divers intermédiaires pour négocier ces acquisitions et ces réparations : tels sont ses confesseurs Guillaume de Valen et frère Philippe, son premier chapelain Jehan de Chartres, son receveur général des finances de Bourgogne, Amiot Arnaut, son argentier Josset de Halle. Au nombre de ses fournisseurs, il compte une femme : c'est Colette, « l'es-

(1) Inv. 1404 : Peignot, p. 50 ; Barrois, n° 618 ; Dehaisnes, p. 852. Dans ma *Librairie de 1420*, je l'ai identifié avec un ms. de 1420, le *Schisme de l'Eglise* (n° 232), qui reparaît dans d'autres inventaires. J'ai eu tort, car ce volume du *Schisme* doit être, d'après une découverte récente de M. Bayot, postérieur à la mort de Phiippe le Hardi.

(2) S. Luce, *Jeanne d'Arc à Domrémy*, Paris, 1886, p. 289-90.

(3) Voir sur les achats et les travaux auxquels nous faisons allusion, Peignot, p. 23-26, 54 ; Petit, *Itinéraires*, p. 494 ; Dehaisnes, p. 632-33 ; Vernier, *Philippe le Hardi*, p. 20-21 ; Prost, *Archives*, p. 341-2, 345-6, *Inventaires*, n°s 1129, 1463, 1806, 1991, 2018, 2124, 2330, 2352, 2729 et 3086 ; ci-dessus, p. 8. Dans le groupe de livres dont nous parlons, il en est qui sont pour Champmol.

tofferesse de soye » qui touche, en 1371, un franc et demi « pour soye et la façon d'une garnison pour les *Heures* de Mgr et pour laz de soye pour les pignes de mond. seigneur » (1). Elle réside à Paris. C'est également là que vivent d'autres fournisseurs que voici : les libraires Martin Lhuillier, Dine et Jacques Raponde, Jean Postit, Jacques Richier, Laurent Desbordes, Robert Lescuyer (qui exerce en même temps les fonctions d'enlumineur), l'écrivain Pierre Donnedieu, l' « escripvain et nocteur de chant » Carnien, le marchand d'objets de gainerie Henri des Grés, et Jehan de Baugy (gaînier). Sont de Dijon : Jacote de Rouvre le relieur, Henriet le brodeur, Gillet Daunai l'écrivain et Belin l'enlumineur. A Thil-Châtel (Côte-d'Or) demeure le prêtre Lambert de Fleurey qui a travaillé ou fait travailler pour le duc. A ce fournisseur, l'on peut associer le curé de Sauroise qui reçoit, en 1383, six francs pour « deux livres qui dient le *Commencement du monde* » (2).

Sur certains livres achetés aux marchands et aux fabricants dont les noms précèdent, sur certains travaux d'enluminure et de reliure qui leur sont demandés, l'on voudrait donner des détails, mais ces détails prendraient une place qui revient plutôt à d'autres manuscrits et à d'autres restaurations. Parmi ces manuscrits, il y a, par exemple, *Ung A B C jadiz fait pour dame Margrite de Flandres* que décrit l'inventaire de 1487 et que nous croyons retrouver, sous une désignation moins explicite, dans les inventaires de 1467, de 1420 et de 1405 (3). Mais, qu'il y soit ou non signalé, il doit avoir fait partie de la librairie primitive. On sait quel ouvrage est ainsi dénommé. On sait « qu'au moyen âge, et jusque vers l'époque de la révolution française, c'était dans des livres de dévotion que l'on enseignait aux plus jeunes enfants les principes d'instruction littéraire. On épelait dans l'*A b c* et l'on continuait les exercices de lecture dans les *Psaumes*. Tantôt l'*A b c* et les *Psaumes*, l'un suivi de l'autre, ne formaient qu'un seul et même volume. Tantôt ils formaient deux livrets séparés » (4). A propos d'éducation, il peut être également noté que Philippe le Hardi se procure en 1403, au prix de 18 francs,

<hr>

(1) Prost, *Inventaires.* n° 1463.
(2) Vernier, *Philippe le Hardi*, p. 21.
(3) Cf. l'inv. de 1420, n° 34.
(4) Vallet de Viriville, *La Bibliothèque d'Isabeau de Bavière, reine de France*, BULL. DU BIBLIOPHILE ET DU BIBLIOTHÉCAIRE, 1858, p. 669. Cf. Gröber, p. 1165, 1169.

chez maître Jacques Richier de Paris, « *deux paires de Heures de Nostre Dame*, hystoriées » pour ses petits-enfants Philippe, fils du comte de Nevers (le futur Philippe le Bon, alors âgé de 7 ans), et sa sœur. La même année, il avait acheté à Jehan Postit (encore un Parisien) « un *Messel* tout complet, à l'usaige de Paris » pour sa propre fille, l'épouse du comte Amédée VIII, laquelle partait pour la Savoie (35 écus d'or) (1).

Des manuscrits qui, à d'autres titres, mériteraient aussi une mention sont la *Bible française* et la *Légende dorée*, payées respectivement 600 et 500 écus à Jacques Raponde en 1400 (2). Ce sont là des volumes de luxe. Mais nous avons une œuvre d'art bien supérieure encore dans la *Bible* en latin et en français que Philippe le Hardi avait commandée au début de 1402, et dont il avait confié la décoration aux frères de Limbourg, Pol et Jannequin. Elle ne fut pas achevée sous son règne et l'on a les preuves que Jean sans Peur y faisait encore travailler en 1406, avec l'intention de l'offrir au duc de Berry. Peut-être est-ce cette *Bible* que terminèrent Jacques Coëne, Imbert Stainier et Haincelin (Hainsselin) de Haguenau (Haguenot). On a cru la retrouver dans un manuscrit très connu de la Nationale de Paris, manuscrit qui provient de la famille de Bourgogne et est un pur joyau. Quoi qu'il en soit, les cinq artistes que nous venons de citer ont été certainement au service des ducs et ils se classent parmi les maîtres de l'enluminure à cette époque (3).

Nous ne chercherons pas cette *Bible*, qui était encore sur le métier en 1406, dans les inventaires de 1404 et 1405. Quant aux autres livres dénombrés jusqu'à présent et acquis dans les conditions et

(1) B. Prost, *Archives*. p. 345-6. Voir *ibid.* d'autres dépenses pour les fermoirs et la reliure de ce *Missel* et de ces *Heures*.

(2) Peignot, p. 27-8, 30 ; Dehaisnes, p. 779 et 791 ; Vernier, *Philippe le Hardi*, p. 21 ; Durrieu. *Le manuscrit*, p. 102. Voir, pour la *Légende*, l'inventaire de 1420 : n° 79. — En 1377, une *Somme le Roi* est achetée à Robert Lescuyer (Peignot, p. 25 ; Durrieu, *Le manuscrit*, p. 162) : peut-être s'agit-il du ms. dont j'ai parlé dans ma *Librairie de 1420*, n° 178.

(3) Il y aurait toute une documentation à reproduire au sujet de ce travail : voir Peignot, p. 30-1, Prost, *Archives*, p. 342-3 ; Delisle. *Hist, litt.*, XXXI, p. 218 et suiv., 241-3, *Recherches*, I, p. 174, II, p. 272 ; Durrieu, *Le manuscrit*, p. 102, 103, 115-122, 130. Sur les artistes, voir aussi Durrieu, *Peinture en France*, p. 170-1. Le ms. de la Nation. serait le n° 167, qui représente le n° 86 de l'inventaire de 1420 et les n°s 712 et 1158 de l'inventaire de 1467. On a conjecturé aussi que ce pourrait être le n° 166 du même dépôt.

les circonstances que l'on sait, nous pourrions les y chercher. Mais nous n'arriverions pas toujours à les y découvrir. Les intitulés, dans ces inventaires, sont d'ordinaire trop vagues pour qu'il soit possible d'identifier avec certitude les manuscrits qu'ils ont en vue. Que faire, en effet, avec les désignations de *Missels*, *Heures*, *Psautiers*, *Greels*, même au cas où elles sont suivies d'une description de la reliure et des fermoirs ? Les mots de repère nous manquent pour établir leur identité : ils ne nous sont donnés qu'à partir de 1420. Dans le répertoire de cette dernière année, comme dans ceux de 1467, 1485, 1487 et 1504, nous apprendrons parfois que tel volume de chapelle est aux armes de Philippe le Hardi ou de Marguerite de Flandre, mais le renseignement ne suffit pas pour nous permettre de discerner l'article correspondant des listes dressées en 1404 et 1405 (1). Ce qu'on distingue sans erreur possible, c'est que ces listes abondent en livres pieux : *Bibles*, *Psautiers*, *Missels*, *Evangélier*, *Epistolier*, *Pontifical*, *Mottets*, *Bréviaires*, *Graduels*, *Livres d'Heures*, etc.. Et quand nous disons : livres pieux, nous ne comprenons pas sous ce titre des manuscrits qui sont presque des traités de piété : le *Catholicon*, la *Vie des Saints et des Pères*, la *Légende dorée*, les *Tribulations de l'Eglise avant l'avènement du Christ*, le *Pèlerinage du monde* du moine Guillaume de Digulleville, le *Verger de soulas* ou *de consolation* (abrégé de la doctrine chrétienne en figures ou miniatures), le *Dialogue du pape Grégoire*, la *Vie de saint Bernard*, l'*Echelle du Ciel*, le *Grand Codicille* ou le *Trésor* ou les *Sept articles de la joi* (ouvrage attribué à Jean de Meun et qui est de Jean Chapuis, auteur du début du XIV⁰ siècle)(2), le *Livre de la Foi et d'autres choses*, le *Sidrac*, le recueil des *Anciens Pères et des Philosophes*, le charmant *Dit du chevalier au barizel* ou *au barillet* (qu'accompagnent, dans un codice de 1405, les *Vies des Saints Pères*), les poèmes de *Charité* et de *Miserere* du Reclus de Molliens, la *Complainte de Notre-Dame et autres choses*, les *Miracles de Notre-Dame*, *Ruth et Tobie*, la *Vie de saint Grégoire*, les *Dits de Fortune et de S. Jean et Paul*, *Boèce*, etc. (3).

(1) Voir l'inventaire de 1420, n° 96.

(2) C'est l'ouvrage dont nous avons relevé deux copies dans la bibliothèque de Philippe le Bon (ci-dessus, p. 54). Nous en avons déjà deux dans la librairie de Philippe le Hardi ; on les retrouve en 1420 : voir ma *Librairie de 1420*, n°⁵ 120 et 121.

(3) Voir dans ma *Librairie de 1420* les références bibliographiques indiquant la place que ces mss. occupent dans les inventaires et aussi leur contenu.

Presque tous ces livres ont passé en héritage à Jean sans Peur qui, en même temps, a hérité l'obligation de payer la belle *Bible* commencée en 1402. Il l'a offerte à Jean de Berry. En revanche (et peut-être faudrait-il dire : en retour) il a reçu de lui un superbe exemplaire du *Dialogue du pape Grégoire* en français (1).

Lui aussi effectue des achats, mais pour ses enfants. En 1408, il donne à Martin Porée, qui est devenu son confesseur, 7 francs 17 sols 6 deniers tournois que celui-ci « avoit pieça paiéz pour deux *A b c* et pour deux *Sepseaulmes* pour mesdemoiselles Jehanne et Katherine, à elles aprendre, et enluminer icelles *A b c* et *Septseaulmes*, et pour y mectre deux fermaillés d'argent dorez » (2). L'usage de ces abécédaires et psautiers nous est connu. Le fils aîné de Jean sans Peur, autrement dit le futur Philippe le Bon, a dû se former l'esprit dans des ouvrages de l'espèce qui faisaient partie, nous l'avons vu, d'une bibliothèque d'enfant. On y rencontrait aussi des manuels de confession et, à ce propos, il n'est pas superflu de rappeler le compte aux termes duquel un *escrifvain* de Paris, Guillemin Angot, touche en 1413, deux francs cinq sols tournois « pour avoir fait en parchemin et enluminer une *confession* et plusieurs autres escriptures pour aidier à confesser mons. le comte de Charoloys » (3). Mais « mons. le comte de Charroloys », que l'on nommera plus tard Philippe le Bon, était alors âgé déjà de 17 ans.

La mère de Philippe le Bon a pris également soin de la bibliothèque de la famille. Plusieurs documents nous la montrent préoccupée de l'agrandir, et celui-ci, entre autres, qui date du 4 mai 1412 et suivant lequel le roi Charles VI accorde à sa « très chière et très aimée cousine la duchesse de Bourgoingne » la somme de 600 écus d'or « pour paier un *livre* ou *Heures,...* enluminées d'or et quatre vingt et quinze ystoires, fermées de deux fermoers d'or, à façon de losanges garnis de perles et de dyamants, en l'un desquels fermoers est l'image du couronnement de Nostre-Dame, et en l'autre du crucifix, aux armes de nostred. cousine, lesquelles *Heures* nostred. cousine a acheptées ou fait achepter pour son usage et dévo-

---

(1) Bruxelles nº 9553, Van den Gheyn, II, nº 1302, Delisle, *Recherches*, II, p. 243 et 300-1, parch. Il correspond aux Barrois nos 751-1619 (inv. de 1467 et 1487), mais il ne se rencontre pas dans l'inventaire de 1420.

(2) Prost, *Archives*, p. 351.

(3) Prost, *Archives*, p. 352, qui dit que ces manuels « ne figurent guère, à raison même de leur destination, dans les inventaires des bibliothèques de la première moitié du XVᵉ siècle ».

tion » (1). Dix jours après, Jean sans Peur remet à sa femme 300 francs « pour la façon d'un *Breviaire* et *autres livres* qu'elle fait faire » (2). Plus intéressant est cet achat de 1415 : Jean Chousat, le « trésorier de toutes les finances de Bourgogne » (3), avait prêté à la duchesse une *Bible* en français, toute neuve « historiée et enluminée ». Elle la garda un certain temps et même elle aurait désiré ne plus s'en dessaisir. Son mari chargea de l'évaluation de l'ouvrage Guillaume Courtot et Jean Bonost (4), ses conseillers et maîtres de la chambre des comptes de Dijon ainsi que son confesseur Jean Marchand, évêque de Bethléem (5). La *Bible* avait coûté plus de 700 francs. Les commissaires priseurs furent d'avis qu'elle valait 500 écus d'or. Ils l'avaient taxée en conscience, dit le document que nous consultons : toutefois Chousat ne voulut recevoir que 450 francs (6). Le manuscrit qui plaisait tant à la duchesse pourrait bien exister encore et même il pourrait bien être cette *Bible historiale* de Guyart des Moulins (d'après l'*Histoire scolastique* de Pierre Comestor ou le Mangeur) qui constitue un des bijoux de la Bibliothèque royale de Bruxelles (7). Il marcherait de pair avec un autre exemplaire de la même œuvre, appartenant au même dépôt et qui semble être, ainsi que lui, un produit de la miniature parisienne des quinze ou vingt premières années du xve siècle (8). Pourtant, nous les cherchons vainement l'un et l'autre dans l'inventaire de 1420.

En revanche, nous y lisons que Marguerite de Bavière a emprunté des *Livres d'Heures* offerts par le duc et « Madame » de Berry (9)

(1) Prost, *Archives*, p. 351-2

(2) Prost, *Archives*, p. 352.

(3) Voir ci-dessus, p. 15.

(4) Petit, *Itinéraires*, p. 603 et 608, et ma *Librairie de 1420*, p. XVIII, 1 et 29.

(5) Il a remplacé en 1411 Martin Porée comme confesseur du duc et il a été évêque de Bethléem de 1411 à 1422 : S. Luce, *Jeanne d'Arc*, p. 290.

(6) Peignot, p. 35-36 ; Prost, *Archives*, p. 352-3.

(7) M. Durrieu, *Le manuscrit*, p. 82-4, conjecture que c'est le n° 9024-5 (Van den Gheyn, I, n° 90) en deux volumes qui jadis n'en formaient qu'un : Barrois, n° 720, répété par le n° 1505 (inv. 1467), puis n° 1727 (inv. 1487).

(8) N°s 9001-2, Van den Gheyn, I, n° 88, qui provient aussi des ducs de Bourgogne. Le n° 9001 = Barrois, n° 711, répété par le n° 1157 (inv. 1467), puis n° 1635 (inv. 1487). Le n° 9002 = Barrois, n° 722, répété par le n° 1507 (inv. 1467), puis n° 1636 (inv. 1487). Voir Durrieu, *Le manuscrit*, p. 80, 85, 98 et 149.

(9) Doutrepont, n°s 6 et 7. Voir ci-dessus p. 195.

et que par lettres patentes du 5 juillet 1418. Jean sans Peur lui a baillé un *Livre d'Oraisons de divers saints et saintes*, plus un manuscrit comprenant les *Harmonies évangéliques* d'Ammonius d'Alexandrie (version latine de Victor de Capoue), les *Méditations de saint Bernard* en français, des oraisons et antiennes diverses en latin (1). Nous y lisons pareillement qu'à l'époque du recensement de Dijon, elle détenait en prêt une *Légende dorée* (2) et l'*Echelle du Ciel* (3). Un autre volume absent aussi à ce moment est le *Trésor de la foi* de Jean Chapuis. En marge de sa notice sont inscrits les mots : « Deffaut, et dit-on que feu Monseigneur le donna piéça à Jacleville ». Ce dernier ne peut être que Hélion ou Elion Jacqueville, gardien de la Bastille Saint-Antoine, conseiller et chambellan de Jean sans Peur (4).

Dans ce recensement de 1420 n'était sans doute pas compris le *Bréviaire* de Jean sans Peur, qui fut perdu le jour de sa mort, à Montereau. C'était « un très bel et riche bréviaire à l'usaige de Paris » qui fut retrouvé et rendu à la famille par Jehan Guyot, doyen de l'église collégiale de Notre-Dame en la ville où fut perpétré le meurtre (5). Mais à cela près, le dépôt de Dijon était remarquablement riche pour l'époque. Il comprend 248 numéros qui se répartissent en deux sections : d'une part 67 ou même 70 livres de chapelle (6), et de l'autre 178 volumes qui forment une sorte de *librairie profane*. Mieux vaudrait dire : *librairie mêlée*, car elle n'offre pas d'homogénéité réelle, elle n'est pas pure de tout élément étranger. En d'autres termes, les *Lancelot*, les *Merlin*, les recueils de *Fabliaux* y apparaissent accompagnés de Bibles, de traités ascétiques ou hagiographiques, et aussi d'ouvrages didactiques comme le moyen âge en a beaucoup possédés et qui, par leurs tendances, se rattachent, plus ou moins, à la littérature religieuse. Il s'ensuit que

(1) Id., nᵒˢ 16 et 17.

(2) Id., nᵒ 205.

(3) Id., nᵒ 236.

(4) Id., nᵒ 121. Le *Trésor de la foi* ou *Grand Codicille*, voir ci-dessus p. 199.

(5) *Messager*, 1858, p. 224. Sur ce ms. que l'on croit retrouver au British Museum (en 2 volumes, harléien nᵒ 2897 et additionnel nᵒ 35311), voir *Journ. Sav.*, 1900, p. 500 et 502 ; de Champeaux et Gauchery, *Travaux d'art pour J. de Berry*, p. 153 ; Prost, *Inventaires*, p. 630.

(6) En ajoutant aux 67 premiers les nᵒˢ 246-248 : voir mon Introduction : *Les Inventaires*.

l'élément pieux est très largement représenté dans le fonds rassemblé à Dijon en 1420. L'inventaire dressé en cette année ramène sous nos yeux la plupart des achats et cadeaux distingués qui ont marqué les règnes de Philippe le Hardi et Jean sans Peur. Nous y distinguons aussi des *nouveautés*, des manuscrits non signalés jusqu'alors. De ce nombre est l'ouvrage peu répandu de Christine de Pisan, les *Sept Psaumes allégorisés,* qu'elle a composés dans les six ou sept derniers mois de 1409, à la requête de Charles III, dit le Noble, roi de Navarre de 1387 à 1425. A chaque verset des Sept Psaumes, l'authoress a rattaché, avec plus ou moins d'habileté, une méditation ou une oraison. Il se trouve là des prières dont l'objet est d'implorer le Ciel en faveur du roi Charles VI et des ducs Jean de Berry et Jean de Bourgogne. En même temps, la miséricorde divine est sollicitée pour l'âme des bienfaiteurs de Christine, bienfaiteurs qui sont, entre autres, Charles V et Philippe le Hardi. De ce livre, elle a offert en étrennes au duc de Berry, le 1ᵉʳ janvier 1410, un exemplaire historié et enluminé (1).

D'autres nouveautés de 1420 pourraient encore être énumérées : une *Cité de Dieu,* de saint Augustin (traduction de Raoul de Presles pour Charles V) (2) ; un gros manuscrit qui débute par le *Dit du chevalier au barizel* (3) ; l'*Image du Monde* (4) ; le *Miroir du Monde* (5) ; une *Composition de la Sainte Écriture* (6) ; le *Bestiaire* de Guillaume le Clerc de Normandie (7) ; un « livre nommé *Griseldis, contenant autres*

(1) Doutrepont, n° 8. — Inv. 1467 et 1487 : nᵒˢ 1141-2032. — Bruxelles, n° 10987, Van den Gheyn, I, n° 96, vélin. Voir Delisle, *Notice sur les sept psaumes allégorisés de Ch. de Pisan,* NOT. ET EXTR., XXXV, 2ᵉ p., p. 551-9.

(2) En deux volumes : Doutrepont, nᵒˢ 76 et 77, qui reparaissent deux fois dans l'inventaire de 1467 : Barrois, nᵒˢ 730 et 731-1515 et 1516. Gröber, p. 1072.

(3) Voir ce ms. analysé au début de la part. III du présent chapitre. Il diffère de celui de 1405 (ci-dessus p. 199).

(4) Doutrepont, n° 111. — Inv. 1467 : Barrois, n° 819. — Gröber, p. 757.

(5) Doutrepont, n° 116. — Inv. 1467 et 1487 : nᵒˢ 823-1879. Cf. le *Mireour du Monde,* p. p. F. Chavannes, *Mémoires et Documents p. p. la Société d'histoire de la Suisse romande,* IV, 1845. Quant aux rapports de ce *Miroir du Monde* avec la *Somme le Roi,* voir P. Meyer, *Rom.,* XXIII, p. 449-55, XXV, p. 556-8, C. Boser, *ibid.,* XXIV, p. 61 et suiv., et Gröber, p. 1027.

(6) Doutrepont, n° 126. — Inv. 1467 et 1487 : Barrois, nᵒˢ 753-2071. Voir, sur cette compilation désignée souvent *Cy nous dit,* P. Meyer, *Rom.,* XVI, p. 567 ; Gröber, p. 991, et le compte publié ci-dessus p. 8 (*Sinodich*).

(7) Doutrepont, n° 129. — Inv. 1467 et 1487 : Barrois, nᵒˢ 1341-2107. Voir *Le Bestiaire, das Thierbuch des normannischen Dichters Guillaume Le Clerc,* p.p. R. Heinsch, Leipzig, 1892 (*Altfranzösische Bibliothek,* XIV). L'éditeur, p. 31,

choses avec » (c'est-à-dire une version française en prose du conte *La patience de Grisélidis* et *L'ystoire du Viez Testament* ou récits en prose consacrés à Samson, Absalon, David et Salomon, récits fort romancés) (1) ; un fragment de la traduction du *Miroir aux Dames (Speculum dominarum)* de frère Durand de Champagne (2) ; et les *Décrétales* de Henri Bohic (3). Tous ces manuscrits sont en parchemin (exception faite peut-être de celui des *Décrétales* pour lequel les inventaires ne donnent pas de renseignements à cet égard).

<h3 align="center">§ 3. Philippe le Bon.</h3>

Son inventaire de 1467 renferme aussi un compartiment spécial dit *Chapelle* (4), mais, cette fois encore, il faut chercher ailleurs pour le compléter et, sous la rubrique *Librairie meslée* comme sous d'autres, on découvrira nombre de *Psautiers, Vies de Saints, Martyrologes, Livres de Vices et de Vertus, Bibles, Commentaires sur la Bible, Légende dorée, Miracles de Notre-Dame* et ainsi de suite. La masse des traités dévots se révèle surtout grande lorsqu'on songe aux manuscrits-recueils qui contiennent de tout. Voici, par exemple, un « gros livre en papier » qui, dit l'inventaire de 1467, comprend le *Jeu des Echecs moralisés* et qui, d'après celui de 1487, possède en outre le *Doctrinal de Sapience* et les *Dits des Philosophes*. Ouvrons-le, car il nous a été conservé à Bruxelles, et nous verrons successivement défiler devant nous 23 textes différents qui sont : le *Jeu des échecs* de Jacques de Cessoles traduit par Jean de Vignai ; l'*Epitre du miroir de la chrétienté* ; la *Pas-*

signale comme mss. disparus et distincts les n⁰ˢ 1341 et 2107 de Barrois, mais je crois que nous n'avons là qu'un seul et même ms. Voir aussi Gröber, p. 710 et P. Meyer, *Rom.*, XXXII, p. 105. C'est peut-être le *Bestiaire* de 1405 (Peignot, p. 66 ; Dehaisnes, p. 880), à moins que ce *Bestiaire* ne soit représenté en 1420 par le n⁰ 167.

(1) Doutrepont, n⁰ 140. — Inv. 1467 et 1487 : Barrois, n⁰ˢ 1363-2100. — Bruxelles, n⁰ 11188-9. Pour la bibliographie de *Grisélidis*, voir ma *Librairie de 1420.*

(2) Doutrepont, n⁰ 166. — Inv. 1467 et 1487 : Barrois, n⁰ˢ 949-2131. — Bruxelles, n⁰ 11203-4, Van den Gheyn, III, n⁰ 2305 qui comprend, outre ce fragment, le *Traité des divinations* de Nicole Oresme. Sur ce *Traité*, voir même ch., part. III, § 2. — Gröber, p. 213 et 1073.

(3) Doutrepont, n⁰ˢ 224 et 225. Cf. Inv. 1477 : Peignot, p. 92 ; Barrois, n⁰ 691. — Peignot, p. 95. Sur le ms., l'auteur et la bibliographie, voir ma *Librairie de 1420.*

(4) Barrois, n⁰ˢ 1103 à 1199 : il s'y rencontre toutefois l'un ou l'autre ouvrage étranger à la dévotion.

sion et la Vengeance de Notre-Seigneur ; le *Doctrinal de Sapience* ; les *Moralités des philosophes* ; le *Trésor de la foi* de Jean Chapuis, en vers ; *Autres vers sur les trépassés* ; le *Miroir des pécheurs* ; « *Neuf enseignemens tres proufitables pour vivre espirituelment* » ; « *Une tres bonne et briefve doctrine pour enseigner chascune personne ou lit de la mort compilée par maistre Jehan Jarson* » ; les *Méditations de saint Bernard* ; le *Traité de Mélibée et Prudence* de Renaut de Louens ; les *Doctrines de Caton en prose* ; les *Enseignements de S. Louis à son fils* ; une *Prière* ; le *Bestiaire d'amours* de Richard de Fournival ; les *Chroniques de la fondation de Tournai* ; les *Dits des philosophes* de Guillaume de Tignonville ; les *Douze signes du firmament* ; la *Division de la terre d'outremer et des choses qui y sont* ; les *Règles de divination* ; une *Bonne table et profitable de la foi catholique* ; l'*Enseignement de Sapience* (1). On le voit : que de compositions pieuses dans ce seul codice ! Et l'exemple n'est pas unique. Bien d'autres manuscrits encore devraient être ouverts et ainsi examinés de près. C'est dire que, de nouveau, force nous sera d'aller aux détails essentiels, aux faits typiques, aux œuvres les plus intéressantes et les plus importantes. Parlons d'abord des acquisitions par héritage ou donation, par achat ou commande.

Nous avons eu déjà l'occasion de rappeler les circonstances dans lesquelles s'était produite la dispersion de la magnifique librairie du Louvre. C'est de là, du Louvre, que sont arrivés en Bourgogne, à une époque que l'on n'a pas déterminée, deux beaux volumes sur parchemin renfermant la *Vie de saint Remi* par Richier (qui l'avait écrite pour l'abbaye de Saint-Remi de Reims) (2) ; le chef-d'œuvre de calligraphie et d'enluminure qu'est le *Psautier de l'abbaye de Peterborough* en Angleterre (3) ; le *Livre du bien universel des mouches à miel* de Thomas de Cantimpré « très parfaitement bien escript et historié » (4) ; la première partie d'un luxueux exemplaire de la *Cité de*

<hr>

(1) Barrois, nᵒˢ 971-1836. — Bruxelles nᵒ 10394-414, Van den Gheyn, III, nᵒ 2082.

(2) Le 1ʳ — Barrois, nᵒˢ 761-2155. — Bruxelles, nᵒ 5365, Van den Gheyn, V, nᵒ 3348. Le 2ᵈ — Barrois, nᵒˢ 762-2156. — Bruxelles, nᵒ 6409, Van den Gheyn, V, nᵒ 3349. Voir P. Meyer, *Not. et Extr.*, XXXV, 1ᵉ p., p. 117-30 ; Delisle, *Recherches*, I, p. 308-9, II, p. 158 ; Gröber, p. 762.

(3) Barrois, nᵒ 853. — Bruxelles, nᵒ 9961-62, Van den Gheyn, I, nᵒ 593. Voir une notice, également par le P. Van den Gheyn, sur ce ms. reproduit dans le *Musée des enluminures*, Haarlem, et Delisle, *Recherches*, I, p. 172-4.

(4) Barrois, nᵒˢ 837-1887 (par erreur dans l'*Appendice*, nᵒ 2263). — Bruxelles, nᵒ 9507, Van den Gheyn, III, nᵒ 2073. Voir Delisle, *Recherches*, I, p. 228-30, II, p. 55-6.

Dieu de saint Augustin (traduction de Raoul de Presles) (1) ; un livret en parchemin dénommé « *De l'Aignelet* où sont plusieurs oroisons, devocions et contemplacions, en prose » (2). Tous ces manuscrits ont appartenu à Charles v.

De sa cousine germaine, Jacqueline de Bavière, comtesse de Hainaut, qui lui céda ses Etats en 1433, Philippe le Bon a peut-être reçu le second volume d'une *Bible historiale* que décorent les armes de Hainaut et de Bavière. A la rigueur, il aurait pu la tenir de sa propre mère qui était fille d'Albert de Bavière, comte de Hollande et de Hainaut ; toutefois l'autre provenance paraît plus probable (3).

Mais sa librairie sacrée lui arrive aussi des communautés religieuses établies dans ses provinces. L'on a écrit au sujet des *scriptoria* monastiques d'où ont pu sortir des manuscrits pour passer dans la Bibliothèque actuelle de Bruxelles : « Parmi ces *scriptoria* qui nous intéressent le plus, parce que leurs productions sont en grand nombre en cette Bibliothèque, il faut remarquer les manuscrits des abbayes de Gembloux, d'Afflighem, de Grimberg, de Villers, de Parc et enfin d'Heylissem en Brabant, de l'abbaye de Saint-Laurent de Liége, ceux du prieuré de Val-Saint-Martin à Louvain et des prieurés de la forêt de Soigne aussi en Brabant, tels que Rouge-Cloître, Groenendael, les Sept Fontaines. Ces maisons monastiques étaient donc une pépinière d'habiles et de savants calligraphes et de bons dessinateurs, capables d'exécuter les nobles projets du duc Philippe le Bon ». Et l'auteur de ces lignes ajoute : « Il est possible (qu'on nous permette cette hypothèse) que ce grand prince, qui parcourut souvent la forêt de Soigne, l'une des plus belles de l'Europe, forêt qui touchait alors, par ses deux extrémités, à son hôtel du parc de Bruxelles et à son château de Tervueren, se soit souvent arrêté à Rouge-Cloître et à Groenendael, vers le milieu de la forêt ; c'était le lieu des haltes de ses chasses, dans lesquelles il

(1) Barrois, n° 791. Voyez-le dans Pannier, *Louis de Guyenne*, p. 386, et dans Delisle, *Recherches* I, p. 222-224, II, p. 52.

(2) Barrois, n°s 1230-2092, qui doit être le volume signalé par Delisle, *Recherches*, II, p. 66, n° 376.

(3) Barrois, n°s 850-1770. — Bruxelles, n° 10516, Van den Gheyn, I, n° 94, parch. Voir Marchal, II, p. 115 ; Berger, *Bible*. p. 423 ; Durrieu, *Le manuscrit*, p. 135 et 145.

A replacer ici le *livre de chapelle* qu'il extrait de sa Trésorerie des chartes du Hainaut en 1435 ; voir ci-dessus p. 18 ; c'est Barrois, n° 1110. — Bruxelles, n° 5557.

était entouré d'une cour brillante. Il y aura sans doute visité les *scriptoria* et les *armaria* de ces deux maisons érémitiques, c'est-à-dire les ateliers des écritures et les pupitres des bibliothèques » (1). Le tableau est joli, il a du genre, et peut-être vraiment est-on en droit de se figurer le grand prince s'arrêtant dans un monastère ami et faisant cueillette de beaux livres. Mais, sur la question, des lumières précises et complètes nous manquent, et il est peut-être sage aussi de ne pas s'engager trop loin dans la voie des conjectures et de s'en tenir aux renseignements que nous procurent les manuscrits aujourd'hui conservés. C'est ainsi que l'examen simultané des inventaires du xve siècle et des catalogues récents de la Bibliothèque bruxelloise nous permettra de dire, par exemple, que, de la Chartreuse de Zeilhem, près de Diest (Brabant), un vaste et beau *Légendier* en deux volumes (*Vies de Saints, Miracles de la Vierge* de Gautier de Coinci, *Vies des Pères*) s'en est allé (mais on ignore la date de ce départ) pour entrer dans les collections du duc (2). D'un autre côté, nous constatons qu'il a également possédé une *Bible* incomplète venue de l'abbaye de Saint-Laurent à Liége (3). De plus, nous observons que c'est très probablement en Flandre qu'a été composé un manuscrit lui appartenant et où sont la traduction de divers Livres de la Bible, un recueil de Légendes, de Sermons (entre autres de Maurice de Sully) et des Annales de la Terre Sainte (4). Comment, par quelle voie a-t-il pénétré dans la librairie ducale ? Nous ne le savons pas, de même que nous ne découvrons pas les raisons qui ont pu y introduire un *Pontifical* de l'église de Sens (5) et un second de l'église de Mende, tous deux somptueusement enluminés (6).

(1) Marchal, I, p. LXXX-I. — Cf. aussi Sander Pierron *L'Histoire de la forêt de Soigne*, Bruxelles 1905, p. 449.

(2) Le 1^r – Barrois, n°s 737-1712. — Bruxelles n° 9225 ; le 2^d = Barrois, n°s 746-1745. — Bruxelles, n° 9229-30 ; xiv^es ; Van den Gheyn, v, n° 3354. Voir P. Meyer, Rom., xxxiv, p. 24-43 : *Notice du ms. 9225 de la Bibliothèque royale de Belgique (Légendier français)*.

(3) Barrois, n°s 1004-1755. — Bruxelles, n° 9642-4, Van den Gheyn, I, n° 39, parch., xiie s.

(4) Barrois, n°s 1508-1728. — Paris, Nat., n° 6447, dern. quart du xiiie s. avec de belles miniatures : P. Meyer, *Not. et extr.*, xxxv, 2e part., p. 434-510.

(5) Barrois, n°s 1106-1621. — Bruxelles, n° 9215, Van den Gheyn, I, n° 391, xve s.

(6) Barrois, n°s 1109-2011. — Bruxelles, n° 9216, Van den Gheyn, I, n° 390, xive s.

D'autres *provenances* mériteraient peut-être aussi de fixer un instant l'attention : ainsi les « *Belles Heures* en XIX cayers non lyez, venant du prince de Lyesse » (1) ; le « Livre servant à la chapelle, que messire Guy donna à Monseigneur » (2) ; la *Cité de Dieu* de saint Augustin, mise en français par Raoul de Presles, ornée de très belles miniatures, que « Monseigneur acheta du gouverneur de Lille » (3) ; une autre *Cité* (texte latin et traduction française), magnifiquement décorée aussi, qui est aux armes de Jean Chevrot, évêque de Tournai [Philippe le Bon l'avait imposé aux Tournaisiens en 1437 ; de plus, il le prit comme chef de son conseil] (4) ; une *Somme le Roi* et un *Sidrac* achetés à Guillebert de Metz (5) ; le *Boèce* (translation de Jean de Meun) « escript en la ville de Brugez pour Martin Francisco l'an mil cccc trente cinq, le tiers jour du moys d'avril » (6); l'*Horloge de Sapience* qui a été « parfaite par Jehan Dardenay, escripvain natif de Paris, demeurant à Lille, le jeudy derrenier jour du moys de may, l'an de grace mil cccc quarante et huit » (7).

Cette dernière œuvre, dont une seconde copie se rencontre dans les inventaires bourguignons (8), est due au dominicain allemand,

---

(1) Barrois, n° 864.

(2) Barrois, n°ˢ 1111-2029, parch.

(3) En deux volumes. Le 1ᵉʳ = Barrois, n° 728, répété par le n° 1513, puis peut-être n° 1644. Le 2ᵈ = Barrois, n° 729, répété par le n° 1514, puis n° 1645. Ils sont à Bruxelles, n° 9005-6, Van den Gheyn, II, n° 1154. Pour le gouverneur de Lille, voir ci-dessus p. 136.

(4) Guillaume Fillastre a été le successeur de Chevrot dans ces deux fonctions : voir ci-dessus p. 161. La *Cité*, que j'ai en vue, comprend aussi deux volumes. Le 1ᵉʳ = Barrois, n° 726, répété par le n° 1511, puis n° 1626. Le 2ᵈ = Barrois, n° 727, répété par le n° 1512, puis n° 1643. Ils sont à Bruxelles, n° 9015-6, Van den Gheyn, II, n° 1155. Il existe à Turin deux *Cité de Dieu* (1466) d'A. de Bourgogne, dont une a été transcrite par Jean Du Chesne. Voir Boinet, p. 259.

(5) 1432 : « A Guilbert de Metz, demeurant à Grammont, pour deux livres que monseigneur a fait prendre et acheter de lui, l'un nommé la *Somme le Roy*, et l'autre *Sydrac*, 63 l. 12 s. de 40 gr. », Gachard, *Arch. Lille*, p. 275. Voir Kervyn, *Froissart*, I, p. 351. Je parle plus loin (part. III, § 2 et 3, ch. IV, § 3) de G. de Metz.

(6) Barrois, n°ˢ 1536-1907. — Bruxelles, n° 10222-3. Van den Gheyn, IV, n° 2945, parch. Le *Boèce* est suivi d'un poème en 143 octosyllabes sur les différents âges de la vie comparés aux mois de l'année.

(7) Barrois, n°ˢ 1490-1835. — Bruxelles, n° 10981, Van den Gheyn, III, n° 2133, papier.

(8) Barrois n°ˢ 1229-2070, parch. Voir sur cet ouvrage Langlois, *Mss. Rome*, p. 107 : Henri Suso.

Henri Suso et elle a été traduite du latin en roman par un frère religieux de Lorraine, de l'ordre de S. François (date d'achèvement : 28 avril 1389). Des *Belles Heures* et du *Livre servant à la chapelle*, nous ne dirons rien : les titres incomplets qu'ils portent nous dispensent d'en parler. D'autre part, les titres de *Cité de Dieu* et de *Boèce* désignent des livres trop connus pour que nous ayons à en parler. Nous rappellerons seulement que le célèbre *De consolatione philosophiae* a eu la faveur de diverses translations et nous ajouterons qu'il est représenté dans les librairies bourguignonnes par plusieurs exemplaires. Déjà l'inventaire de 1420 signalait la version rimée de Renaut de Louhens et celle, en vers aussi, qu'on a faussement attribuée à Charles d'Orléans (1). Celui de 1467 les enregistre, avec le texte écrit pour Martin Francisco, et avec sept autres transcriptions dont une au moins est l'ouvrage de Renaut de Louhens (2). On y remarque également un *Boèce* latin (3) et un *Boèce* anglais (4).

Parmi les manuscrits dont l'énumération vient d'être faite, il n'y a que la *Cité de Dieu* du Gouverneur de Lille qui soit signalée comme ayant été achetée. Certains d'entre eux sont des dons : ainsi les *Belles Heures* et le *Livre de chapelle* de messire Guy, mais des dons qu'il a fallu peut-être payer quand même. A côté de ces indications vagues des inventaires, il en existe de très précises dans les comptes de la maison et par lesquelles nous sommes renseignés sur tout un ensemble de commandes émanant de Philippe le Bon. Par elles, nous apprenons que des acquisitions ou des réparations de nombreux livres d'oratoire ont été opérées de 1423 à 1470 dans les conditions que voici. Les intermédiaires, négociateurs ou fournisseurs dont les services ont été utilisés à cet effet se nomment : Frère Laurent Pignon, chapelain du duc (né en Bourgogne, il avait pris le parti de la maison ducale dans les affaires du schisme, était devenu

---

(1) Doutrepont, nᵒˢ 182 et 233.

(2) Ren. de Louhens = Barrois. nᵒˢ 1539-1906. — Bruxelles, nᵒ 10221, Van den Gheyn. iv, nᵒ 2944, parch. Les autres sont : i) Barrois, nᵒˢ 1537-2094 : *Boèce ;* ii) Barrois, nᵒˢ 1538-1908 : *Boèce, Lapidaire et autres livres ;* iii) Barrois, nᵒˢ 1540-1905 : *Boèce ;* iv) Barrois, nᵒ 1542 : *Boèce de Consolacion, Aristote des Vices et des Vertus*, voir ci-dessus, p. 128; v) Barrois, nᵒˢ 890-1900 : cité p. 172 ; vi) Barrois, nᵒ 1534.

(3) Barrois, nᵒ 1048, parch.

(4) Barrois, nᵒ 1088, parch. — A. de Bourgogne a possédé un très riche exemplaire du *Boèce* traduit par J. de Meun : voir Boinet, p. 259-60.

14

confesseur de Philippe le Bon dès 1416, évêque de Bethléem, puis d'Auxerre) (1) ; l'évêque Enguérant de Salubry, conseiller et confesseur du duc ; Forteguerre de Plaisance, aumônier ordinaire, ensuite conseiller et premier chapelain (2) ; Jacques de Templeuve, premier chapelain (3) ; le Doyen de Liége, conseiller ; Petit Jehan, clerc de la chapelle de Monseigneur à Dijon ; Jehan Gourdin, clerc de la chapelle de Madame la duchesse ; Philippe de Loan, écuyer d'écurie ; Karles Gilles, marchand de Lucques établi à Bruges ; Paule de Nesle, également de Bruges et Jacquemart Puls, orfèvre de Lille.

Les « écrivains », les artistes dont le talent est alors requis s'appellent : frère Eustache, religieux ; Guillebert de Metz ; Guillaume Ruby, chapelain du duc ; Jehan de Lannoy, Bernardin ; Guillaume le Chasublier, son valet de chambre ; Jehan Trachel ; Gilles de Bins, dit Binchois, son chapelain et son secrétaire aux honneurs ; Richard Lefèvre, prêtre, « escripvain de forme » ; Toussaint de Chenemont ; Jehan de Pestinien (ou suivant une orthographe moins sûre : Prestinien), qualifié de « varlet de chambre et enlumineur de Ms. le duc de Bourgogne » ; Jehan Aubert, receveur de Gravelines ; Jehan l'enlumineur « demourant » à Bruges ; Nicole Sturgon, relieur ; Jacquemine Lapostole de Bruges ; Jehan Dreux qui est aussi qualifié de valet de chambre et d'enlumineur de Monseigneur ; Jehan le Tavernier d'Audenarde ; Maurice de Haac ou Hac, relieur brugeois ; Yvonnet le Jeune ; Loyset Liédet ; Simon Marmion de Valenciennes ; Guillaume Vrelant ; peut-être Memling et Alexandre Benning.

On a là de petits et de grands personnages ; les uns ne méritent qu'une simple citation, les autres ont droit à quelques remarques (4). Nous n'avons plus à nous enquérir de la situation ou des fonctions de Forteguerre de Plaisance, de Toussaint de Chenemont, de Jean

---

(1) Laborde, I, nᵒˢ 289, 612, 653, 850, 855 et 856 ; Quantin, p. 41 ; Dehaisnes, *Inv. Arch. Nord*, IV, p. 111. Voir même ch., part. III, § 3.

(2) Voir ci-dessus, p. 125.

(3) Voir ma *Librairie de 1420*, p. XIX, 1 et 29.

(4) Voir Laborde, I, nᵒˢ 850, 855-56, 966, 1140, 1145, 1159, 1160, 1200-3, 1238, 1240, 1359, 1795 ; II, nᵒˢ 4021, 4971 ; Gachard, *Arch. Lille*, p. 274 ; De La Fons-Mélicocq, *Dons et courtoisies* ; Pinchart, *Archives*, III, p. 101-104, *Miniaturistes*, p. 475-6 ; Quantin, p. 42 ; Dehaisnes, *Liédet et Tavernier*, et *Inv. Arch. Nord*, IV, p. 125 ; M. Hénault, *Les Marmion*.

le Tavernier, d'Yvonnet le Jeune, de Loyset Liédet et de Guillaume
Vrelant. Ils nous sont connus. Parmi les autres, il y a lieu de
distinguer Laurent Pignon, que nous verrons par la suite rédiger
un traité de politique ecclésiastique pour le duc. C'est un homme
en vue à la cour. Le siège de l'évêché de Bethléem qu'il occupe
avait été transféré, après la perte de la Terre Sainte, dans le Niver-
nais, à Clamecy (Nièvre), et ce titre d'évêque de Bethléem fut souvent réservé, au XVe siècle, aux confesseurs des princes de Bourgogne. Observons aussi, en ce qui concerne l'emploi de Laurent
Pignon, que ces confesseurs-évêques de Bethléem eurent plusieurs
fois à s'occuper des livres de la maison (1).

Homme d'Eglise, Gilles de Bins, dit Binchois, l'était aussi. En
1436, il était cinquième chapelain du duc, en 1441 quatrième, en
1445 troisième et en 1449 deuxième. Il est mort en 1460. Vraisemblablement entre les années 1438 et 1440, il fut nommé secrétaire
aux honneurs du duc. C'était un musicien estimé à la cour et, en cette
qualité, il est mentionné par Martin Le Franc dans le *Champion des
dames*. Il figure, dans nos documents d'ordre financier, « pour avoir
fait et composé (pour la chapelle) par l'ordonnance de Monseigneur
des *Passions en nouvelle manière* » (XXIIII l. de xl gros de Flandres) (2).

C'est leur talent, plutôt que leur situation, qui met en relief Guillebert de Metz, Jehan de Pestinien, Jehan Dreux, Simon Marmion
et, si l'on doit les nommer également, Memling et Alexandre Benning. Sur les registres de la comptabilité ducale, où Guillebert de
Metz est inscrit, on voit apparaître fréquemment Jehan de Pestinien. C'est un Parisien d'origine, que l'âge força à prendre sa
retraite quelques années avant sa mort qui arriva en 1463, alors qu'il
avait 82 ans. Il a longtemps servi à la cour et il a fini par toucher
des gages réguliers. Nous n'entrerons pas dans le détail de ses occupations, et nous n'énumérerons pas davantage les travaux qui sont
dus à son successeur Jean Dreux, lequel (particularité notable) est
rangé, en 1462, parmi les membres de la confrérie de la Sainte-
Croix, fondée à Saint-Jacques-sur-Caudenberg, à Bruxelles. Nous
savons aussi qu'il a résidé à Bruges, que, décoré du titre de valet
de chambre à vie (1451), il perçoit, chez le duc, des émoluments de
véritable fonctionnaire, qu'il est, en d'autres termes, classé dans

(1) Durrieu, *Le manuscrit*, p. 86-7.
(2) Pinchart, *Archives*, III, p. 140-145.

le personnel de la maison et cela pour les ouvrages d'enluminure et de reliure qu'il exécute pendant de nombreuses années. L'on n'a pas retrouvé ou identifié jusqu'ici les manuscrits de son atelier, non plus que ceux de Jean de Pestinien (1).

Assurément de ce groupe d'artistes qu'ils constituent avec leurs collègues précités, des volumes de haute valeur sont sortis pour aller enrichir la librairie de Bourgogne. Sur ces volumes, nos érudits en la matière s'efforcent d'appliquer une signature. Ils sont loin d'être toujours d'accord pour la question d'attribution, mais ils s'entendent pour la question d'art, pour l'hommage à rendre aux ouvriers habiles qui ont produit les manuscrits au sujet desquels ils discutent. Bien que, par exemple, se soit perdue la trace du *Bréviaire* commandé par le duc à Simon Marmion, on peut supposer que c'était une œuvre de maître (2). Pour ce qui regarde certains de ses confrères comme Yvonnet, Liédet et Benning, l'on en est aussi réduit à des conjectures (3). Mais d'autre part, nous avons Jean le Tavernier et Guillaume Vrelant qu'il est permis de citer (avec de bonnes preuves à l'appui), le premier pour un *Livre d'Heures* de La Haye, le second pour un *Bréviaire* de Bruxelles, deux très beaux volumes de Philippe le Bon (4).

Non moins ardue est la difficulté lorsqu'il s'agit d'identifier les « acquisitions » réalisées par l'intermédiaire de l'un ou l'autre familier de la cour. L'on ne possède pas toujours des indications aussi précises que celles qu'on lit dans une *Bible historiale* de la Nationale de Paris : « Le xve jour de novembre l'an mil cccc soixante et ung, fu aceté ce present livre à Londres, en Engleterre, par Phlippes de Loan, escuier d'escuirie de très hault et puissant prince mons. le

---

(1) Sur Pestinien. voir ma notice dans la *Biographie Nationale*, 1902 ; Durrieu, *Roi Alexandre*, p. 116 ; Laborde, I, n°s 1349-53, 1374 ; Pinchart, *Archives*, III, p. 99-100 ; Dehaisnes, *Inv. Arch. Nord*, IV, p. 163.

Sur J. Dreux, voir Laborde, I, n°s 1336, 1391, 1395, 1396, 1398, 1429, 1486 ; Pinchart, *Archives*, I, p. 101-2, II, 190-1, III, 100-1 ; Bradley, *Dict. of Min.*, I, p. 288-89 ; *Bibl. Ec. Ch.*, LXVII, p. 588.

(2) Hénault, *Les Marmion*.

(3) Pinchart, *Miniaturistes*, p. 475-6 ; Durrieu, *Le manuscrit*, p. 146 ; Van den Gheyn, III, n° 2306.

(4) La Haye = Jubinal. *Lettres à Salvandy*, p. 6 ; Pinchart, *Archives*, I, p. 197 ; Labarte, III, p. 186 ; Van den Gheyn, *Conférence*, p. 41.

Bruxelles — N°s 9511, 9026, Van den Gheyn, I, n° 516 ; Durrieu, *Roi Alexandre*, p. 61.

bon ducq Phlipes, par la grasse Dieu ducq de Bourgongne... ». Cette *Bible* provenait du Louvre et elle avait été offerte en 1427 au duc de Glocester par Jean Stanley (1).

Mais bien qu'il reste des points obscurs concernant la formation de l'Oratoire de Philippe le Bon, l'on est en droit d'affirmer qu'il se distinguait par le nombre et la richesse de ses livres. C'est là qu'on admire quelques-uns des joyaux les plus incontestés de la librairie bourguignonne. Le duc ne les a pas fait exécuter uniquement pour lui. Il en destinait à sa femme Isabelle de Portugal, au comte de Charolais, à d'autres membres de sa famille, ainsi qu'à certains courtisans.

C'est sous le règne du Charolais, de 1467 à 1470, que s'achèveront plusieurs des grands travaux d'art commandés par Philippe le Bon. L'on remarque aussi que, par lettres patentes du 30 avril 1464, Charles le Téméraire s'était attaché Jean Dreux en qualité de valet de chambre et enlumineur. Disons également que sa femme Marguerite aimera, d'un amour tout particulier, les somptueux manuscrits de dévotion.

Ce qui vient d'être dit de Philippe le Bon révèle chez lui un souci vif et constant d'accroître et de tenir en bon état sa librairie pieuse. Mais il fait plus que se procurer des Bréviaires et des Missels. Il commande des nouveautés, il donne ordre qu'on lui rédige une littérature religieuse à son goût et plus ou moins bourguignonne. C'est dans ce dessein, dirait-on, qu'il attache à son service Jean Miélot, que nous avons déjà annoncé comme le spécialiste, à la cour, de ces sortes d'écrits, comme le professionnel des traductions et réfections d'œuvres ascétiques et hagiographiques. On va le voir déployer, en ce domaine, une activité des plus curieuses et remplir sa tâche avec la régularité d'un fonctionnaire. C'est, nous l'avons appris plus haut, un ouvrier à la journée (2).

Il débute par la translation du *Speculum humanae salvationis*. Du « latin rimé », il le fait passer en « cler françois » sous le titre de *Miroir de la Salvation humaine* (1448). L'on n'a point ici la compilation réputée de Vincent de Beauvais, ainsi que le pensait le traducteur,

______

(1) N° 2 de la Nationale, f. 511. Voir sur ce ms. P. Paris, *Mss. franç.*, I, p. 5 ; Delisle, *Cabinet*, I, p. 52, II, p. 379 ; Berger, *Bible*, p. 325.

(2) Pour les textes dont il va être question, voir Perdrizet, *Miélot* et Gröber, p. 1145-46.

mais une œuvre en prose rimée, due peut-être au Chartreux Ludolphe de Saxe (1324) et contenant l'histoire, selon la méthode typologique, de la chute et de la rédemption du genre humain, œuvre qui eut aussi sa célébrité, qui fut très populaire à la fin du moyen âge. La librairie de Bourgogne en a possédé le texte latin, en même temps que la version du chanoine de Lille. A propos de celle ci, M. Perdrizet écrit : « Le *Miroir de la Salvation humaine* est non seulement la plus ancienne, mais la plus importante des traductions de Miélot ; c'est l'ouvrage qui l'a désigné, je suppose, à la faveur ducale et qui lui a valu de devenir l'un des translateurs de Philippe le Bon ». C'est aussi, de ses traductions, « celle qui, à en juger par le nombre des copies et par le luxe de leur illustration, paraît avoir été la plus goûtée » (1).

Le *Miroir de la Salvation* a été suivi d'une œuvre, en partie empruntée, c'est-à-dire traduite, en partie originale : *la Vie et les Miracles de saint Josse*, l'ermite du Ponthieu, mort en 669 (octobre 1449) (2). La *Vie* est en prose et les *Miracles* sont en vers. Cette tâche accomplie, Miélot translate du latin un *Rapport fait à Rome sur les faits et miracles de saint Thomas, apôtre et patriarche des Indiens* (1450) (3), et le *Miroir de l'âme pécheresse* « lequel ung chartreux a rassemblé de diverses auctorités ... et le fist singulierement pour les pécheurs et pour les amoureux de ce monde à la requeste d'un religieux son cordial amy » (1451) (4). De cette même année 1451 est daté le texte final d'un

(1) *Jean Miélot*, p. 475 et 482. M. Perdrizet a publié en collaboration avec M. J. Lutz : *Speculum humanae salvationis. Texte critique. Traduction inédite de Jea : Miélot (1448). Les sources et l'influence iconographique, principalement sur l'art alsacien du XVIe siècle.* Mulhouse, 1907, f°. Barrois renferme : 1) n° 760, *Miroir* latin, papier ; 11) n° 757, *Miroir* français, papier ; 111) n°s 759-1760 — Bruxelles, n° 9249-50, papier, minute autographe, Van den Gheyn, III, n° 2142. Il y a, de plus, dans l'inventaire de 1485 le *Miroir* sur parchemin, n° 1620 ; c'est sans doute la transcription de luxe qui n'aura vu le jour qu'après la disparition de Philippe le Bon.

A consulter aussi : P. Perdrizet, *Etude sur le Speculum humanae salvationis*, Paris, 1908.

(2) Barrois, n°s 749-1972. — Bruxelles, n° 10958, parch. A Bruxelles existe aussi le ms. 9946-48 qui sera analysé plus loin et qui renferme des tableaux généalogiques de saint Josse. Voir un autre ms. à Valenciennes, *Cat. Dép.*, XXV, n° 511.

(3) Voir ci-dessous p. 217, et le ms. du XVe siècle contenant le *Débat d'honneur* et la *Controversie de noblesse* que je décris dans la part. III, § 3.

(4) Barrois, n°s 797-1939. — Bruxelles, n° 11123, Van den Gheyn, III, n° 2314, parch. Cf. Bruxelles, n° 11220-22, Van den Gheyn, III, n° 2321 (Barrois, n° 2280).

recueil ascétique en latin et en français où l'on trouve : « *Unes heures de la passion Nostre Seigneur Jesu Christ — La revelation du nombre des plaies de Nostre Seigneur Jesu Crist — Priere à dire apres* xv *Pater noster et* xv *Ave Maria — L'opinion des* vi *maistres qui parlerent jadis de tribulation — La vertu et force contre tribulation et adversité — Ung petit traictié appellé la consolation des desolez...* lequel a esté envoié nagueres par ung notable clerc en science espituele à ung sien très cordial amy et translaté » par Jean Miélot et écrit de sa main à Bruxelles (1). Quatre ans plus tard paraît la traduction (toujours par Miélot) du *Traité des quatre dernières choses* de Denis de Ryckel, l'illustre Chartreux, le « docteur extatique », qui fut en relations avec Philippe le Bon et Marguerite d'York (1455) (2). L'année suivante est marquée par la mise au jour d'un recueil que nous avons analysé précédemment et qui contient des opuscules ascétiques : *Dévotes contemplations sur les sept heures de la Passion — La science de bien mourir — Brève doctrine de saint Bernard — Oraison de saint Thomas d'Aquin* (3). Mais un fait bien autrement important la signale à notre attention et ce fait est qu'alors commence à paraître l'un des plus luxueux travaux d'art exécutés à la cour de Bourgogne : *Les Miracles de Notre-Dame.* Les textes antérieurs qui portent la signature de Miélot sont calligraphiés en des manuscrits offrant une ornementation généralement distinguée. Mais cette fois, la prose du laborieux chanoine est rehaussée de peintures magnifiques qui lui assurent un renom que, sans elles, jamais certes elle n'aurait obtenue. Grâce à elles, sa compilation des *Miracles de Notre-Dame* (car c'est une compilation) est parvenue à la connaissance du grand public ou tout au moins d'un public plus étendu que celui des lecteurs de catalogues et des habitués de bibliothèques. Elle comprend deux parties dont la première est représentée par un volume terminé à La Haye en 1456 et que possède aujourd'hui la Nationale de Paris. La seconde existe en deux copies, un peu postérieures, dont l'une est également conservée à la Nationale et dont l'autre repose à la Bodléienne d'Oxford. Ce sont là trois transcriptions qui ont appartenu à Phi-

(1) Barrois, nᵒˢ 794-2053. — Bruxelles, nᵒ 3827-28, Van den Gheyn, III, nᵒ 2313, parch.

(2) Barrois, nᵒˢ 833-1812. — Bruxelles, nᵒ 11129, Van den Gheyn, III, nᵒ 2312, parch.

(3) Voir ci-dessus p. 141.

lippe le Bon et pour lesquelles on a demandé le concours d'enlumineurs de haut talent. Peut-être l'un d'eux était-il le grand artiste français Philippe de Mazerolles (1).

La date de 1456 est inscrite par Miélot dans une translation d'un *Traité sur l'oraison dominicale* « par ung moine qui en fin de ses jours fist profession en l'ordre de saint François » (2), et celle de 1457 dans une *Histoire de sainte Catherine d'Alexandrie* dont lui Miélot est l'auteur et où il a rassemblé diverses traditions qui avaient cours au moyen âge sur l'illustre vierge et martyre (3). Après cela, il traduit, toujours du latin, la *Passion de saint Adrien* (1458) (4), et « ung beau et très solennel *Traittié des loenges de la très glorieuse Vierge Marie sur la Salutation Angelique que nous disons l'Ave Maria* » (1458), lequel fut plus tard grossé en un riche manuscrit par David Aubert (1461) (5). De là nous passons, en 1462 et 1463, à la mise en français du *Testament et des Miracles de sainte Aldegonde* (1462) (6), de la *Compilation des histoires de toute la Bible ou Histoires scolastiques* de Jean d'Udine (1463) et du grand *Martyrologium romanum* (1462-3).

Des *Histoires de la Bible*, on croit posséder la minute de Miélot.

(1) Première série = Barrois, n° 738. — Paris, Nat., n° 9198 (ms. exécuté à La Haye). Deuxième série = 1) Barrois, n° 1746. — Oxford, Bodléienne, Douce n° 374 ; 11) Barrois, n° 736. — Nat., n° 9199. Etudes et reproductions de miniatures : G.-F. Warner, *Miracles de Nostre Dame, collected by Jean Miélot*... Westminster, 1885, reproduct. du ms. d'Oxford avec introduction, pour le Roxburghe Club ; L. Delisle, *Bull. hist. et philol.*, 1886, p. 32-45 ; Durrieu, *Roi Alexandre*, p 112-3 ; H. Omont, *Miracles de Notre-Dame*, Paris, ·6, reprod. de miniatures des mss. de Paris.

᾿ ·ir aussi Delisle, *Cab.*, I, p. 70 ; O. Delepierre, *Bibliophile belge*, 11, p ᾿-8 ; *Album paléographique de l'Ecole des Chartes*, pl. 43 ; Reusens, *Eléments de paléographie*, p. 319 ; Hans Prutz, *Histoire des pays d'Occident au moyen âge*, 1887 (Collect. Oncken) ; P. Meyer, *Rom.*, XXXIII, p. 163-178 ; M. Hénault, *Les Marmion*, p. 295.

(2) Barrois, n⁰ˢ 740-1697 (cité par erreur dans l'*Appendice*, n° 2275). — Bruxelles, n° 9092, Van den Gheyn, III, n° 2310, parch.

(3) Barrois, nˢ 1212-1747. — Paris, Nat., n° 6449, parch., ms. offert à Ph. le Bon. Voir ci-dessous p. 218.

(4) Barrois, n⁰ˢ 814-2201, parch. C'est le texte français. Nous avons un *saint Adrien*, texte latin, dans Barrois, n° 1066, pap., et un *saint Adrien*, texte flamand, dans Barrois, n° 1092, pap. Pour d'autres mss., voir Perdrizet, p. 479.

(5) Barrois, n⁰ˢ 741-1683. — Bruxelles, n° 9270, Van den Gheyn, III, n° 2309 ; c'est la grosse d'Aubert. (La note 1 du *Catalogue* Van den Gheyn, III, p. 412, se rapporte, comme me le fait remarquer M. Bayot, au n° 9270)

(6) Voir Van den Gheyn, I, n° 509, mais c'est un ms. du XVIᵉ siècle.

Cette compilation y est suivie de la *Généalogie des rois de France, des empereurs romains et d'Allemagne, des papes et des rois d'Angleterre jusqu'en 1462*. On y lit de plus la généalogie de Miélot, des généalogies diverses, d'Enoch, de S. Henri, de David, de S. Riquier, de S. Charlemagne, de S. Louis, de S. Thomas de Cantorbéry, les noms des rois de France jusqu'en 1463, ainsi qu'une note généalogique sur Philippe le Bon et sa famille (1). On suppose que cette minute a servi de modèle aux scribes et aux enlumineurs chargés d'exécuter le volume pour le duc. D'autre part, la Nationale de Paris renferme un autographe de Miélot où figurent, entre autres choses, sa traduction de l'*Epître de Cicéron à son frère Quintus* déjà signalée (1468) (2), les *Histoires de la Bible*, des notes historiques et des arbres généalogiques concernant sainte Cunégonde, femme de l'empereur Henri II, sainte Aldegonde, saint Fursy, premier abbé de Lagny, Louis XI et Charles de Bourgogne (3). Quant au *Martyrologe*, voici ce que nous découvrons dans les inventaires bourguignons. Ils mentionnent la présence de *Cinq mois de martyrologe en latin, c'est assavoir juillet, etc...* (4), d'un *Martyrologe français allant du 1ᵉʳ janvier au 30 juin* (5), d'un *Martyrologe français de juillet, août et septembre* (6), d'un *Martyrologe français d'octobre, novembre et décembre* (7). Nous n'en retrouvons qu'un seul à la Bibliothèque de Bruxelles ; c'est le *Martyrologe de janvier-juin*, avec le millésime de 1462. Cette même Bibliothèque conserve, en outre, un volume du XVIᵉ siècle sur papier, dont tel est l'objet : *Table alphabétique des saints de juillet à décembre — Martyrol. du 1ᵉʳ octobre au 31 décembre*, avec la date d'achèvement 1463 (où sont insérés des tableaux généalogiques de S. Josse, Jésus-Chr. et S. Thomas de Cantorbéry) — *Rapport sur les faits et miracles de saint*

(1) Bruxelles, II, 239, Van den Gheyn, I, nº 100, papier, texte en tableaux, quatorze miniatures à la gouache. Je ne le trouve pas dans les inventaires du XVᵉ siècle.

(2) Voir ci-dessus p. 177.

(3) Nº 17001, papier. On y remarque aussi quatorze tableaux représentant les sacrements et des scènes de l'Ancien Testament : cf. le ms. de Bruxelles précité.

(4) Barrois, nᵒˢ 863-1997, parch.

(5) Barrois, nᵒˢ 1231-1891. — Bruxelles, nº 9945, Van den Gheyn, I, nº 508 : *Martyrologe en français*, t. I, papier.

(6) Barrois, nº 1233.

(7) Barrois, nº 1232.

Thomas, apôtre des Indiens — Testament et Miracles de sainte Aldegonde (1).

On attribue également à Miélot la mise en français de l'*Epistre de saint Bernard... à Rémon, seigneur du Chastel Ambroise, comment le mesnage d'un bon hostel doit estre proffitablement gouverné*. Mais d'autre part, l'on cite aussi Charles Soillot comme l'auteur de cette traduction (2). Assurément, le chanoine de Lille pourrait se passer du bien dont on veut ici l'enrichir. La série de ses productions littéraires (nous venons de le constater) est, à cela près, déjà suffisamment longue, et il importe d'observer que nous ne l'avons pas encore exposée tout entière sous les yeux du lecteur. D'autres ouvrages en font partie, que nous rencontrerons lorsque nous traiterons la question de la croisade turque. Dans ce dernier domaine, non plus que dans les livres ascétiques analysés ci-dessus, Miélot ne se révèle pas grand homme de lettres. Il ne tient, il n'exerce que l'emploi modeste de traducteur-compilateur, en même temps qu'il annexe à ses traductions et compilations une table des matières et parfois des croquis pour guider la main et l'inspiration de l'enlumineur. Est-il requis d'ajouter que souvent, dans les manuscrits auxquels son nom est attaché, le texte offre moins de prix et d'intérêt que la décoration ? Nous avons attiré l'attention spécialement sur les *Miracles de Notre-Dame*. Dans la liste des volumes qui les ont suivis, il en est un qui mérite aussi une mention particulière : c'est celui de *Sainte Catherine* de la Nationale de Paris qu'enrichissent de belles grisailles dues, pense-t-on, à Guillaume Vrelant (3).

(1) N° 9946-48, Van den Gheyn, I, n° 509, pap.. *Martyrologe*, t IV..

(2) Vo. Perdrizet, p. 480, qui l'attribue à Miélot et qui renvoie à Barrois, n° 5973 (lire 1973) : *Des Privilèges de Hollande et l'Epistre saint Bernard* (sans nom d'auteur), un volume reposant aujourd'hui aux Archives de La Haye (communication de M. Bayot). M. Arnauldet, *Librairie de Blois*, p. 133-4, mentionne un ms. qui prête également l'œuvre à Miélot (cf. Van Praet, *Louis de Bruges*, p. 164). Le Glay, *Catal. Lille*, p. 286, la met au nom de Soillot. M. Perdrizet ne cite pas le n° 1973 de la Nationale qui renferme l'*Epître*, sans nom d'auteur. Ce ms. a appartenu à Jean de Wavrin. Sur le texte latin, voir Gröber, p. 863.

(3) Opinion de M. Durrieu, *Bibl. Ec. Ch.*, LIV, p. 278-9, *Roi Alexandre*, p. 62. Voir aussi Laborde, I, p. LXXXVII ; Delisle, *Cab. mss.*, I, p. 70, *Bull. hist. et philol.*, 1886, p. 39 ; Perdrizet, p. 478 (qui rectifie deux erreurs de Gröber) ; M. Sepet, *Vie de Ste Catherine d'Alexandrie, par J. Miélot*, texte revu et rapproché du français moderne, Paris, 1881 (avec reprod. de miniatures). — A noter que la reliure du ms. avait été confiée à Stuvaort Liévin (voir ci-dessus p. 42).

Pourquoi Philippe le Bon désirait-il lire la vie de la vierge et martyre d'Alexandrie ? C'est une question que l'on devrait aussi se poser pour d'autres biographies de saints et de saintes, tels que saint Josse, saint Adrien, sainte Aldegonde, et pour plusieurs des traités de piété qu'il a voulu posséder. Nous attendrons pour y répondre que nous ayons jeté les regards dans d'autres coins de sa bibliothèque où l'hagiographie qu'il aimait occupe également une place.

On a vu plus haut que la *Salutation angélique* de Miélot avait été grossée par David Aubert. Là ne se borne pas la contribution du scribe hesdinois à la littérature religieuse bourguignonne. Son demi homonyme Jehan Aubert, conseiller et maître de la chambre des comptes à Dijon, puis à Lille, avait « translaté de latin en cler françois » une *Vita Christi*. En 1461, David la mit au net, sur demande de son duc « tryumphant et trés redoubté magnifique, par raison appelé prince de paix en chrestienté comme par ses très haulx fais plainement appert » (1). Sa signature et la date de 1462 sont apposées sur une très remarquable transcription de la *Composition de la Sainte Ecriture*, soit donc de cette compilation dénommée aussi *Cy nous dit* et où sont entrées des « matières » du Vieux et du Nouveau Testament, de la Vie des Pères, et du Dialogue du Pape Grégoire. Philippe le Bon en avait hérité un exemplaire de Jean sans Peur. Outre cet exemplaire et la copie de David Aubert (laquelle fut enluminée par un miniaturiste qui devait être un maître), il en possède deux autres, sur papier (2).

A l'époque de Charles le Téméraire, le fécond transcripteur « couchera » sur parchemin un autre traité à succès du moyen âge, la *Somme le Roi*, traité qui, lui aussi, est notifié plusieurs fois dans

---

(1) Barrois, nᵒˢ 776-1692, parch. Ce ms. a été vendu, à Paris, le 29 mars 1887, par les soins du libraire Labitte : voir P. Meyer, *Rom.*, xvi, p. 169-70. Jehan Aubert a-t-il quelque chose de commun avec le personnage du même nom, Jehan Aubert, receveur de Gravelines que nous avons cité plus haut p. 210, et qui a fait deux *Psautiers* pour le duc (Laborde, I, nᵒ 1359) ?

(2) Pour le ms. de 1420, voir Doutrepont, nᵒ 126.

Le ms. d'Aubert = Barrois, nᵒ 745-1688. — Bruxelles, nᵒ 9017, parch. Voir Van den Gheyn, *Notes sur quelques mss. de l'exposition de la Toison d'or, Bruges, 1907*, ARTS ANÇ. DE FLANDRE, t. III, fasc. 1, 1908.

Les deux autres sont : I) Barrois, nᵒˢ 743-1875 ; II) Barrois, nᵒˢ 744-1874. — Bruxelles, nᵒ 10388. — Gröber, p. 991.

l'inventaire de Philippe le Bon (1), à côté d'œuvres de la même famille, le *Miroir du Monde* (2), l'*Image du Monde* (3).

Un numéro marquant encore de la même collection, et que la même plume a signé, est la *Légende de Saint Hubert d'Ardenne* ou le récit de la vie et des miracles du grand évêque de Maestricht et de Liége. David Aubert l'a grossée, disons-nous, et il l'a datée de Bruges, 1463. L'on ignore le nom de l'artiste qui a décoré son manuscrit, mais c'est une décoration (treize miniatures) qui assigne à l'œuvre une des bonnes places parmi les volumes réputés de la librairie

(1) Voir déjà dans l'inventaire de 1420 les nᵒˢ 145 et 178, ci-dessus p. 198 et 203. Il a, en outre, les six suivants qui sont sur parchemin :

Barrois, nᵒˢ 752-1984. — Bruxelles, nᵒ 11041, Van den Gheyn, III, nᵒ 2291 (daté de 1415).

Barrois, nᵒˢ 785-1718. — Bruxelles, nᵒ 9400, recueil ascétique, m'écrit M. Bayot, composé en partie des traités qui ont pris place dans la *Somme le Roi*.

Barrois, nᵒˢ 827-1920. — Bruxelles, nᵒ 9544, Van den Gheyn, III, nᵒ 2293, xvᵉ s.

Barrois, nᵒˢ 835-2108. — Bruxelles, nᵒ 11206-7, Van den Gheyn, III, nᵒ 2290 (daté : « Che livre fist escrire monsigneur Allemant et ma dame se femme, l'an mil ccclxxxix ou mois de genvier le xiiᵉ jour »).

Barrois, nᵒˢ 844-1921.

Barrois, nᵒˢ 846-1918.

Voir ci-dessus p. 208 une *Somme le Roi* de Guillebert de Metz.

(2) Outre le nᵒ 116 de 1420 (voir ci-dessus p. 203), il a Barrois, nᵒˢ 1218 1979. — Bruxelles, nᵒ 11208, Van den Gheyn, III 2315, parch.

(3) Voir le nᵒ 111 de 1420 (ci-dessus, p. 203). En plus :

Barrois, nᵒˢ 778-2145. — Bruxelles, nᵒ 10574-85, parch., qui comprend : *Calendrier* — *Doctrinal Sauvage* — *Dialogue satirique sur les différentes professions* — *Image du monde* — Roger d'Argenteuil, *Bible en français* — *Les sept péchés capitaux* — *Lucidaire* — *De l'âme contre le corps (Dit du corps)* — *Pronostics d'Ezéchiel* — *La senefiance des songes* — *L'exposition de la Patenostre en français*. Ce volume est formé de quatre mss. ou fragments de mss. ; tel qu'il existe aujourd'hui, peut-être cependant à l'exception du calendrier, il faisait déjà partie de la librairie des ducs. Cf. Durrieu, *Le manuscrit*, p. 147-8. Pour les textes qu'il renferme, voir P. Meyer, *Not. et extr.*, XXXIII, 1ᵉ p., p. 71-75 (R. d'Argenteuil), *Bull. soc. anc. textes fr.*, 1883, p. 89-91 et *Rom.*, XXXII, p. 27-28 (Ezéchiel) ; Gröber, p. 1026 (Lucidaire) ; le même, p. 870-1 et Stengel, *Zeitschr. f. rom. Phil.*, IV, 1880, p. 74 (Dit du corps). — (Communication de M. Bayot).

Barrois, nᵒˢ 817-[2146 ?]. — Bruxelles, nᵒ 9822.

Barrois, nᵒˢ 818-2147. — Bruxelles, nᵒ 11184.

Qu'y avait-il dans Barrois, nᵒ 841 : *La Vie de la Vierge Marie. Item, de la Foy crestienne, et le Miroir de ce monde*, qui a pour correspondant Barrois, nᵒ 2162 où le dernier texte est libellé : *Miroir de l'homme* ? La même question se pose pour le nᵒ 999 : *l'Image du monde et du paradis*.

ducale. Le grossoyeur a joint à sa « grosse » un prologue conçu dans sa note ordinaire, mais où cependant se lisent quelques mots qui valent d'être rapportés. Après avoir relevé, suivant son cliché familier, l'intérêt que les « faits des anchiens » offrent pour les princes, après avoir adressé le compliment de rigueur au duc « aujourd'huy régnant », Aubert ajoute : « Vray est que ung sien citoyen estant certain qu'il [le duc], sur toutes choses, prenoit plaisir de veoir par escript et oyr racompter les fais des anciens, et par espécial choses traians à dévotion, ce que chascun catholicque prince apète voulontiers oyr et sçavoir, se advança de luy présenter ceste légende et miracles du benoit confès saint Hubert en ung petit livre, ayant long temps par avant vacquié en plusieurs contrées ainchois qu'il peust au vray avoir trouvée ceste ditte légende au long, comme cy-après est déclairée : laquelle légende, si tost que mondit très redoubté et souverain seigneur et prince l'eut fait lire en sa présence, commanda à David Aubert, son très humble et indigne escrivain, de la grosser en la manière qui s'ensieut, estant en sa ville de Bruges, l'an de grace 1463. Prions doncques au Roy des roys qu'il doinst à celluy très glorieux et tryumphant prince l'accomplissement de ses très haulx et très nobles désirs, et au partir de ce siècle soit colloquié en la joye pardurable, en la compaignie des beneurez sains du paradis. A. M. E. N. »

Vous le voyez : on n'est pas plus respectueux. Pour un peu, nous aurions un saint Philippe le Bon, comme on a eu un saint Charlemagne (1). Et au surplus remarquez la marche de l'affaire, remarquez de quelle façon un livre de l'espèce pénètre dans la bibliothèque. C'est un nouveau détail de mœurs littéraires à joindre à tous ceux que nous avons déjà recueillis. Un « citoyen », un sujet du prince, connaissant ses goûts, « s'advance » de lui présenter un *Saint Hubert*. Philippe agrée l'hommage et donne l'œuvre à grossoyer à l'un des scribes attitrés de la maison, David Aubert. Quant au citoyen, c'est Hubert le Prévost qui, par dévotion à son glorieux patron, a retracé sa vie, en 1459, d'après différentes sources écrites et des enquêtes personnelles faites en Ardenne, à Tirlemont, à Bruxelles et à Bruges, ville où il résidait (2).

(1) Voir ci-dessus p. 18, n. 1, et ma *Librairie de 1420*, n° 45.
(2) Mes indications sont prises dans Jubinal, *Lettres à Salvandy*, p. 17, 72-77 et Van Praet, *Louis de Bruges*, p. 217. Jubinal analyse le ms. de La

L'année 1463 date également une superbe calligraphie de David Aubert où les deux *Sermons sur la passion* prononcés en l'église Saint-Bernard à Paris par Jean Gerson, sont suivis d'une version française des trois premiers livres de l'*Imitation de Jésus-Christ* dans l'ordre propre à l'*Eternelle Consolation* (1). Ces mêmes *Sermons* apparaissent ailleurs encore dans la librairie bourguignonne, et l'on croit y rencontrer aussi la *Vie de Jésus-Christ* de Jean Mansel qui est, comme on le sait, un écrivain dont les services ont été utilisés à la cour (2).

L'on croit, disons-nous, car sur ce point la lumière est à faire, de même que l'on reste dans le doute au sujet de la *Vengeance de Notre Seigneur Jésus-Christ* qui fut grossée par Yvonnet le Jeune et décorée par Loyset Liédet, de la *Vita Christi* qui fut enluminée par Guillaume Vrelant, d'après des comptes de juillet 1468 et juin 1469. Très vraisemblablement, ce sont là des travaux que Philippe le Bon a commandés et qu'il n'a pas eu la satisfaction de voir achever (3).

Tel paraît encore avoir été le cas pour la *Vie de Sœur Colette* dont

Haye, nº 276, mais il ne l'identifie pas avec Barrois. Pour moi, il correspond à Barrois, nᵒˢ 765-1965. (Voir, pour les mots de repère, Jubinal, p. 73, 74 et 76). Le Bᵒⁿ de Villenfagne, qui a été le propriétaire de ce magnifique volume et qui l'a vendu à Guillaume Iᵉʳ, aurait voulu prouver que le travail d'enluminure était dû à Jean van Eyk et à sa sœur. Voir LE COURRIER DE LA MEUSE, JOURNAL POLITIQUE, LITTÉRAIRE ET COMMERCIAL, 21 septembre 1825 : *Notice sur un beau manuscrit qui a appartenu à Philippe le Bon.*

(1) Valenciennes : voir le *Catalogue* de Mangeart, p. 233-37, nº 231, ainsi que L. Moland et Ch. d'Héricault, *Le livre de l'internelle consolation. Première version française de l'Imitation de Jésus-Christ*, BIBL. ELZÉV., p. LXXXII-IV.

(2) Jean Mansel doit avoir produit une traduction de la *Vita Christi* de Ludolphe de Saxe. Voir Van Praet, *Louis de Bruges*, p. 119-21 ; Pinchart, *Archives*, II, p. 122 ; L. Delisle. *Journ. Sav.*, 1900, p. 196-7, 1901, p. 17 ; Gröber, p. 1147. D'autre part, nous avons Barrois, nᵒˢ 782-2193 contenant *Deux Passions l'une par J. Mansel, et l'autre par J. Gerson.* Cf. le nº 9081-82 de Bruxelles (Van den Gheyn, III, nº 1693), qui correspond à Barrois, et qui renferme trois Passions, dont les deux dernières sont attribuées à Gerson. La première ne porte aucun nom. Serait-elle de Mansel ? Ce ms., à belles miniatures, ne contient aucune dédicace. Voir aussi Barrois, nᵒˢ 776-1692 et nᵒˢ 792-1680 : Quid ?

(3) Pinchart, *Miniaturistes*, p. 476-8, où sont les comptes indiquant le coût de la transcription, de l'enluminure et de la reliure ; Van den Gheyn, *Conférence*, p. 42. Cf. les Barrois non identifiés que je cite dans la note précédente. Je ne pense pas qu'on doive reconnaitre, dans la *Vengeance*, le récit romanesque qui a existé sous ce titre au moyen âge,

les frais de reliure sont précisément aussi payés en juillet 1468. Ce doit être un ouvrage transcrit pour Philippe le Bon, lequel s'intéressait à la réformatrice des Clarisses. Son inventaire porte un article dénommé *La Vie de Sœur Colette*, sur parchemin, et un petit traité en papier avec le titre *Ci s'ensuit une petit Estraction de la chrestienne vie seur Collecte*. L'un et l'autre sont des exemplaires de la biographie de la sainte par son confesseur Pierre de Vaux (1).

La faveur dont Sœur Colette est l'objet rappelle les marques d'attention qui furent octroyées à saint Josse, saint Adrien, saint Thomas, sainte Catherine et sainte Aldegonde. Le moment est venu de rechercher le motif des sympathies que le duc manifeste à leur endroit. Pourquoi, en effet, exprime-t-il le désir de posséder ces Vies dans sa bibliothèque ? Par piété sans doute, et à cause que, suivant le propos de David Aubert, il avait goût aux « choses traians à dévotion ». Mais des mobiles plus spéciaux, plus personnels, l'ont guidé dans le choix de ces livres d'hagiographie. Ainsi saint Josse (de son vrai nom Judoc ou Jodoc) (2) devait l'attirer parce que c'était une sorte de gloire locale. En d'autres termes, c'était le fils du roi Juthaël de Bretagne, qui avait renoncé à la couronne pour se faire prêtre, pour évangéliser le Ponthieu, laisser dans les diocèses d'Arras et d'Amiens le souvenir de ses miracles et léguer son nom à un village près d'Etaples. Une chapelle s'éleva sur son tombeau, et elle devint un lieu de pèlerinage célèbre. Mais il était plus que cela pour Philippe le Bon, plus qu'un saint honoré dans la contrée. Il était le patron de son enfant Josse, né le 14 avril 1432 et mort en bas âge. L'on possède des mandements du duc et de son épouse ordonnant de rabattre des comptes de Martin Cornille, receveur de Busquoy, les sommes dépensées pour la représentation en or de feu Josse, leur fils, et d'autres objets envoyés à Saint-Josse près d'Etaples (3).

Loin, bien loin d'Etaples a vécu saint Thomas. C'est un saint d'Orient que la légende fait voyager en Inde et qui passe pour avoir prêché la foi chez les Parthes. Les chrétiens de la Syrie, qui habitaient l'Inde, le regardaient comme le fondateur de leur église. Là

(1) Parch. = Barrois, nos 811-1975. — Bruxelles, no 10980, Van den Gheyn, v, no 3352. Papier = Barrois, nos 822-2163. — Bruxelles, no 6408, Van den Gheyn, v, no 3351.

(2) Van der Essen, *Saints Mérovingiens*, p. 411-12.

(3) Dehaisnes, *Inv. Arch. Nord*, IV, p. 124. Voir aussi Laborde I, no 910.

peut-être se trouvent les raisons de l'attachement que Philippe le Bon manifeste à son égard. Dans une *Epitre* que l'un de ses écrivains lance, en 1464, pour entrainer l'armée bourguignonne à la croisade, une allusion se rencontre à l'évangélisateur (1), et lorsque Antoine de la Sale, dans son *Jean de Saintré*, décrit le pays des Sarrasins, il parle de la cité de Gellone, « laquelle fut jadis convertie par saint Thomas, l'apostre, jaçoit ce que la plus grant partie du pays soient mescreans » (2).

L'Orient revendiquait aussi, comme une de ses gloires, sainte Catherine d'Alexandrie, mais l'Occident la connaissait aussi : il lui avait consacré mainte église ou chapelle et il avait, maintes fois, redit sa vie. Elle y avait, en outre, un pèlerinage renommé, celui de Sainte-Catherine de Fierbois en Touraine (arr. de Chinon). A défaut de la biographie de Miélot, le duc aurait eu, pour que son attention se portât du côté de sainte Catherine d'Alexandrie, les indications antérieures de deux récits de voyages qu'il a provoqués, les récits de Ghillebert de Lannoy et de Bertrandon de la Broquière qui sont allés en Orient pour sa croisade (3). Mais il n'a pas évidemment attendu ces ouvrages pour posséder des lumières sur l'illustre martyre, pas plus qu'il n'apprit du neuf à lire dans Wauquelin que Girard de Roussillon mit en l'église de Royalcourt (Roucourt en Hainaut) « le benoist corps monsgr sainct Adrien [et que] depuis longtemps après, Bauduin, le conte de Haynnault et de Flandres, le fit transporter au monastère de Gérardmont, là où il git pour le présent » (4). Il s'agissait de la ville de Grammont (Gerardi mons ; Flandre orientale), qui fut bâtie au XIe siècle par ce comte et dont saint Adrien était le patron (5). Un article de la comptabilité ducale renferme, au sujet du protecteur de la cité flamande, un renseignement que nous aurions peut-être tort de ne pas consigner ici : « A Guillaume Doré, clerc de la chappelle, domestique de MdS — pour

(1) Doutrepont, *Epitre*, p. 170. Voir ci-dessous part. II.

(2) Hellény, p. 301-2.

(3) Potvin, *Gh. de Lannoy*, p. 68-9, 95-7, Schefer, *Bertrandon*, p. 14-21. Voir la partie II de ce chapitre. On pourrait peut-être noter que la *Composition de la Sainte Ecriture* (D. Aubert) renferme la vie de cette sainte.

(4) Ed. Montille, p. 432.

(5) En flam. Geeraadsbergen, Geraedsbergen, abrégé Geersbergen. — Aug. de Portemont, *Recherches historiques sur la ville de Grammont en Flandre*, Gand, 1870, II, p. 174 et suiv. : Abbaye de saint Adrien.

avoir fait faire ung personnage d'homme de cire à genoulx, pesant soixante livres, que MdS a nagaires fait présenter en son nom à MS saint Adrian à Grantmont, qui, à quatre sols, comprins la façon, pour livre, sont xII l., et pour xxIIII l. que icellui S a fait donner pour son offrande aux reliquaires à MdS Saint Adrian... xxxvI l. » (1).

Sainte Aldegonde n'avait pas moins de renom dans le pays. Elle était née au vIIe siècle en Hainaut, au bourg de Coulsore (2), et sous l'influence de sa sœur Waudru, abbesse à Mons, elle s'était donnée à Dieu et elle avait fondé le monastère de Maubeuge sur la Sambre, qui existait encore à l'époque de Philippe le Bon. Elle mourut en 684 et elle doit avoir été enterrée dans cette même ville de Maubeuge. Parmi plusieurs translations de son corps que l'on cite, nous mentionnerons celle qui eut lieu en 1439, en présence des évêques de Cambrai et de Laon. « Son culte, écrit l'un de ses biographes, a été de tout temps fort célèbre. A Coulsore, lieu de sa naissance, on ne voit plus que le caveau auprès duquel, d'après la tradition, la sainte se retirait pour adresser à Dieu ses prières ; mais à Maubeuge un grand nombre de lieux rappellent son souvenir. On y trouve d'abord, dans le faubourg qui porte le nom de la sainte, la fontaine qui jaillit aux pieds d'Aldegonde au moment où, en fuyant les poursuites de celui qui la recherchait en mariage, elle se sentit accablée par une soif extrême » (3). Près de la fontaine une chapelle fut élevée. En cette même cité de Maubeuge, Aldegonde était l'objet d'une procession solennelle. De très bonne heure, une confrérie y avait été fondée pour la vénérer et de plus ses reliques y étaient conservées. Enfin « son nom, dit encore le même biographe, se rencontre dans presque tous les martyrologes, même les plus anciens, et dans plus de quarante villes ou villages des églises ou des chapelles ont été érigées en son honneur » (4).

Saint Hubert, le grand saint Hubert, a été le contemporain de sainte Aldegonde et sa mémoire n'était certes pas moins chère au

(1) Laborde I, n° 1942. Compte de 1467-68. Cf. Gröber, p. 1221.

(2) Arrondissement d'Avesnes, France.

(3) De Ram, *Hagiographie nationale*, Louvain, 1864, I, p. 390-401. Sur le caractère légendaire de ce récit, voir Van der Essen, *Saints Mérovingiens*, p. 225.

(4) De Ram, p. 401. Pour le testament de sainte Aldegonde, ses éditions, son inauthenticité, ses différentes versions, voir *ibid.* et Van der Essen, *Saints Mérovingiens*, p. 228.

« catholicque prince » des Pays-Bas que David Aubert chantait dans la préface du livre de Hubert le Prévost. Il serait donc superflu de montrer pourquoi ce prince « prenoit plaisir de veoir par escript » la vie et les miracles du pieux apôtre des Ardennes (1).

Sainte Colette était la contemporaine de Philippe le Bon lui-même. Née à Corbie en 1381, morte à Gand en 1447, elle a été honorée dès le xve siècle à l'égal des plus nobles figures de l'Eglise. La famille de Bourgogne l'a connue, l'a reçue et l'a prise pour guide. En effet, Colette est la conseillère et la protégée de Marguerite de Bavière et de Philippe le Bon. Elle intervient, et de façon heureuse, dans les démêlés des maisons de France et de Savoie avec la Bourgogne. Ici, dans les Etats des ducs, elle fait éclore de nombreux monastères. Lorsqu'elle a disparu, son œuvre de réformation y réalise d'incessants progrès et son culte y prend la plus large extension. En 1472, sa canonisation est sollicitée à Rome par Charles le Téméraire, et plus tard elle l'est encore par Maximilien d'Autriche et son épouse Marie de Bourgogne, par Marguerite d'Angleterre, douairière de Bourgogne. Elle n'a été accordée qu'au xixe siècle, en 1807 (2).

Dans la galerie des saints et saintes que l'on vénérait spécialement à la cour, il ne serait pas interdit de ranger Monseigneur Girard de Roussillon et Dame Berte, sa femme, qui, sans être tout à fait de la lignée de Thomas l'apôtre, de Josse l'ermite, de Catherine d'Alexandrie ou d'Aldegonde de Maubeuge, ont pourtant passé leurs derniers jours très religieusement et les ont illustrés par leurs bonnes œuvres et leurs fondations pieuses (3).

L'hagiographie bourguignonne, si l'on peut ainsi dire, compte aussi parmi ses représentants saint André. L'on s'étonne de voir qu'il n'a pas eu « son » livre, sa biographie à la cour. Du moins n'est-il pas, à notre connaissance, qu'un écrivain du cru aurait reçu l'ordre de lui en consacrer un. Et pourtant ne semble-t-il point que pareil hommage s'imposait ? Ne sait-on pas qu'au témoignage d'Olivier de La Marche, un ancien roi de Bourgogne, « moult bon

<hr>

(1) Van der Essen, *Saints Mérovingiens*, p. 53-70.
(2) Molinier, n° 4194 ; A. Germain, *Sainte Colette de Corbie (1381-1447)*, NOUVELLE BIBLIOTHÈQUE FRANCISCAINE, 1e s., XIV, Paris, 1903 ; A. Pidoux, *Sainte Colette (1381-1447)*, LES SAINTS, Paris, 1907.
(3) Voir ci-dessus p. 28.

catholicque », ayant fait apporter à Marseille la croix du noble apôtre, la prit « en tele devocion et reverence » qu'il l'adopta pour enseigne de ses troupes ? (1). A l'époque de Philippe le Bon, elle décorait encore les drapeaux bourguignons. L'on s'explique que ce prince ait institué sa Toison d'or « à l'onneur », entre autres, de Monseigneur saint André, que les chapitres de l'ordre aient été tenus le jour de la fête du pieux martyr et que le cri de guerre de la famille ait été *Nostre-Dame de Bourgogne et Montjoie-Saint Andrieu.*

Mais ce n'était pas seulement à l'occasion des solennelles assemblées de la Toison d'or que le souvenir de l'apôtre à la croix était rappelé. On en parlait dans des cérémonies de moindre éclat : ainsi au château de Hesdin, en 1437, où, le jour de saint André, une « *Remontrance* fut faite par devant monseigneur le duc de Bourgoingne, madame la ducesse et aultres pluseurs, par l'evesque de Chaalons ». La dite *Remontrance* était assez sévère, et elle consistait en un discours que *Haultesse de seignourie* adressait à l'auditoire afin d'être respectée à la cour. L'auteur qui avait inventé cette allégorie et qui lui prêtait ce langage porte un nom que nous avons déjà transcrit plusieurs fois : c'est Jean Germain (2). Mais, à partir d'ici, il est indispensable de mieux le connaître, car on lui doit diverses œuvres « bourguignonnes », dont l'une, la *Mappemonde spirituelle*, rentre dans le cadre de l'hagiographie. Né vers la fin du xive siècle, il a, dès ses jeunes années, joui des bienfaits de la maison de Bourgogne. C'est aux frais de Marguerite de Bavière et de Philippe le Bon qu'il est élevé et qu'il étudie, qu'il prend ses grades et qu'il arrive au bonnet de docteur. Conseiller du duc en 1429, confesseur d'Isabelle de Portugal, chanoine et puis doyen de la Sainte-Chapelle de Dijon, évêque de Nevers, premier chancelier de la Toison d'or, que ne devient-il pas grâce au crédit de son maître. On le voit, par la suite, qui continue son ascension, et qui obtient le siège épiscopal de

_____

(1) *Mémoires*, I, p. 49-50. Par les soins de Philippe le Hardi, une partie de la croix conservée à Saint-Victor de Marseille fut transférée à Bruxelles. Sur cette origine apocryphe de la croix de saint André, voir Roget de Belloguet, *Questions bourguignonnes*, p. 148, et, sur cette croix en tant que « symbole de la faction bourguignonne », Reiffenberg, *Toison d'or*, p. XXX.

(2) Voir cette *Remontrance* dans le ms. n° 652 (517) de Valenciennes, *Cat. Dép.*, xxv. Elle y est accompagnée de textes d'Alain Chartier. Elle a été reproduite par Mangeart, *Catal. Valenc.*, p. 687-90. Ce ms. vient de la maison de Croy.

Chalon-sur-Saône (1436). Rien de surprenant dès lors si Philippe
le Bon le charge de défendre les intérêts de Bourgogne aux conciles
de Bâle et de Ferrare. D'autres honneurs et d'autres préoccupations l'attendent encore. La croisade turque le comptera parmi ses
apôtres les plus ardents et il en sera l'un des négociateurs. Ce pieux
prélat est mort le 2 février 1460 (1). Déjà nous avons entendu Olivier de La Marche qui le qualifiait de « moult notable clercq et
grand orateur ». Ses écrits et discours nombreux attestent que l'éloge
est mérité. L'un des travaux où il a le mieux donné sa mesure est la
Mappemonde spirituelle dédiée au duc et composée « au bien de nostre
sainte foy chrestienne et confusion des ennemis d'icelle » l'an 1449.
Il déclare y avoir voulu réunir en un livre d'un format portatif ce qui
était « couvert et ensevely en coffres et librairies » et suivre l'exemple de ceux qui se sont appliqués « à pourtraire diverses mappe-
mondes temporelles » où sont consignés les pays, provinces, cités,
châteaux, mers, rivières, îles, lacs, gouffres, bois, forêts, déserts,
montagnes, rochers, vallées, ainsi que diverses formes d'hommes
et figures de bêtes. Partant de là, et afin de servir l'Eglise par sa
Mappemonde spirituelle, il énumère les lieux illustrés par la vie et la
mort du Christ, de la Vierge, des Apôtres, « des plus renommés
martyrs, confesseurs, vierges et veuves », il bâtit une œuvre encyclopédique où, par exemple, se rencontrent des détails relatifs à plusieurs villes de la Belgique, œuvre qui témoigne d'une science
très étendue et qui, paraît-il, remporta grand succès (2).

Plus modeste fut sans doute l'accueil réservé au « petit traittié
moult prouffitable que fist monsr sainct Jehan Crisostome, intitulé
la *Réparation du pécheur*, translaté de latin en françois par venerable
personne maitre ALARD, doyen et chanoine de l'église de Leuze,
au commandement de très illustre prince Philippe, duc de Bourgongne » (3).

L'œuvre n'a pas de date, non plus que les travaux offerts au duc

(1) Voir la bibliographie fournie par Molinier, n° 3947.
(2) Barrois, n°s 1523-2077. — Bruxelles, n° 11038, parch. ; exemplaire
avec dédicace à Philippe le Bon. Voir, pour le contenu de cet ouvrage
et d'autres mss., Bugniot, *Jehan Germain*, p. 305-09 ; Kervyn, *Chastellain*,
I, p. XXIII ; Gröber, p. 1148.
(3) Je ne le connais que par un ms. de Lyon, *Cat. Dép.*, XXX, n° 1233
(1105), vélin ; possesseur du XVe siècle : Claude de Créquy. Voir aussi,
à la fin de cette première partie un ms. de Marguerite d'York, p. 236.

par Frère Pierre Crapillet, directeur de l'hôpital du Saint-Esprit à Dijon et qui consistent en la traduction du *De arrha animae* de Hugues de Saint-Victor, ainsi que du célèbre *Cur Deus homo* et de trois oraisons de saint Anselme (1). Il en est de même pour la mise en français des homélies de saint Bernard sur *Missus est*, qui fut présentée à Philippe le Bon par un « très humble subject et indigne serviteur et secrétaire » (2).

Au temps de Philippe le Bon, il n'y a pas que les très humbles sujets et indignes secrétaires qui se mêlent d'écrire. L'on voit alors certains de ses égaux, des princes qui prennent souci d'enrichir le trésor des belles-lettres françaises. Dans cette classe d'écrivains aristocratiques se range René d'Anjou qui plus d'une fois a manié la plume et qui l'a maniée pour élaborer, entre autres, le *Mortifiement de vaine plaisance*, un livre de morale chrétienne où l'âme dévote lutte contre le « cuer plain de vaine plaisance » et finit par en triompher. Achevé en 1455, cet ouvrage fut, une dizaine d'années après, transcrit pour Philippe le Bon et réuni à des traités ascétiques de Jean Gerson en un volume qui se place parmi les joyaux de la collection bourguignonne (3).

Voilà certes déjà bien des livres pieux qui, à notre connaisance, ont été acquis sur commande spéciale, livres dont la provenance nous est révélée par les indications mêmes qu'ils renferment ou par quelque document conservé dans les archives de la famille. Mais cependant leur énumération est loin de nous avoir fait faire le tour complet de la librairie religieuse. Que de textes s'y accumulent

(1) Barrois, nos 815-1840 (cité par erreur dans l'*Appendice*, nº 2274). — Bruxelles, nº 10500-01, Van den Gheyn, II, nº 1394, papier. avec de belles rubriques : *Cur Deus homo* et *De arrha animae*.

Barrois, nº 840. — Bruxelles, nº 11052, Van den Gheyn, II, nº 1393, parchemin : *Oraisons*.

Sur Crapillet, voir La Marche, I, p. 334.

(2) Il existe à Bruxelles un ms. (nº 11065-73, Van den Gheyn, III, nº 1982, pap.), dont je ne découvre pas le correspondant dans Barrois, et qui contient différentes œuvres parmi lesquelles la traduction de ces homélies, signée : « un très humble subject.... ». Mais il est à noter que cette œuvre de saint Bernard est contenue dans Barrois, nº 775 (Communication de M. Bayot). Cf., dans l'inventaire de 1477, Peignot, p. 97 et Barrois, nº 701.

(3) Barrois, nos 784-1614 (par erreur dans l'*Appendice*, nº 2254). — Bruxelles, nº 10308, Van den Gheyn, III, nº 2308. Voir Durrieu, *Le manuscrit*, p. 51-4, 65-6.

dont nous ne pouvons parler en détail ou, pour mieux dire, dont nous n'avons pas de raisons particulières d'examiner tout le contenu. Tels sont, pour nous occuper d'abord de l'hagiographie, une *Légende dorée* de Jacques de Voragine (version de Jean de Vignai, avec supplément), un gros *Recueil de légendes pieuses*, un Gautier de Coincy (*Miracles de Notre-Dame*) (1), et plusieurs manuscrits sur lesquels nous n'avons d'autres renseignements que les titres vagues des inventaires : *Vie d'aucuns saints et saintes, La Vie des Saints (est à Philippe), Vie de saint Julien et autres saints, De la Vie de plusieurs saintes, composé tant en prose comme en rime, Expositions de plusieurs Evangiles et la Vie de Marie Magdalene*, la *Vie de saint Bernard*, la *Vie de saint François*, la *Vie de sainte Marguerite*, neuf cahiers (papier) de la *Légende de sainte Catherine et autres choses de dévotion*, dix-neuf cahiers (parchemin) de *Sainte Catherine de Sienne* (2).

L'hagiographie en latin aurait peut-être droit, elle aussi, à une mention : *Liber revelacionum beate Virgine et regula* (3), *Liber revelacione btè Brigite, Liber revelationis Ste Brigide* (4).

A côté du latin, mettons les littératures « étrangères » ou « modernes » : Un *livre en portugalois qui sont les Heures* (5), les *Heures de Notre Dame en latin et en portugaloys* (6) (apportés sans doute à la cour par Isabelle de Portugal) ; des *Heures* en flamand et en allemand (7) ;

---

(1) Barrois, n°s 713-1498-1693. — Bruxelles, n° 9228, Van den Gheyn, v, n° 3422 : *Légende dorée*.

Barrois, n°s 1203-1967. — Bruxelles, n° 10326, Van den Gheyn v, n° 3356 : *Légendes*. Voir aussi P. Meyer, *Hist. litt.*, XXXIII, p. 400.

Barrois, n°s 809-2150. — Bruxelles, n° 10747. — Van den Gheyn, v, n° 3357 : *Gautier de Coinci*.

Ce sont là trois beaux mss. sur parchemin.

(2) Barrois, n°s 747-1775 ; 748 ; 816-1968 ; 1194-2073 ; 755-2151 ; 773 ; 781-1970 ; 1167 ; 1210 ; 1211 : Voir ci-dessus, p. 18, pour *saint Charlemagne*.

Cf. Barrois, n° 1122 *Heures*, avec l'explicit : *est l'Histoire de sainte Vandrut et saincte Gertrud*.

(3) Barrois, n° 1031.

(4) Barrois, n° 1007-2004, parch. ; 2003. Il existe un compte de 1438, d'après lequel XLVIII s. sont accordés à deux Jacobins qui ont apporté de Bruges à Douai, deux livres en parchemin des « révélacions de Saintte Brigitte, de la règle de Saint Sauveur, et des sermons des Angles », De La Fons-Mélicocq, *Dons et courtoisies*, p. 222.

(5) Barrois, n°s 1121-2030.

(6) Barrois, n° 2017. Il n'est donc que dans l'inventaire de 1487.

(7) Barrois, n°s 865, 1145, etc.

d'autres manuscrits de piété qui sont, en flamand, la *Table de la foi chrétienne* (deux exemplaires) ; la *Vie de sainte Elisabeth* ; la *Vie de saint Adrien* ; la « *Sebile des quinze signes et de la fin du monde* » ; *Plusieurs moralités, comment on se doit gouverner en ce monde* ; les *Dits des prophètes Ezéchiel, Daniel, Abacuc, l'Evangile, les Actes des Apôtres, les Epitres de saint Paul* (1) ; en « haut allemand », la *Vie de sainte Hedwinghen d'Allemagne* ; le *Verger spirituel* ; les « XXIV *principaulx douaires que l'ame ara ou trone doré* » (2).

Après ces *Vies* des Saints et des Pères, seraient à dénombrer les œuvres qu'ils ont laissées ou qu'on leur attribue : de saint Paul, de saint Jérôme, de saint Augustin, du Pape Grégoire (*Dialogue*), de frère Bonne Aventure (*Aiguillon d'amour divine*), de saint Thomas (*Miroir des Curés*), de saint Louis (*Enseignements à son fils et à sa fille*) (3).

Enfin l'on pourrait constituer un gros lot *Varia* où entreraient, par exemple, le Reclus de Molliens (*Miserere* et *Charité*), Jacques Le Grand (*Le Livre des bonnes mœurs*), des poésies religieuses, prières, traités pieux de divers genre, en latin ou en français, d'histoire et de droit ecclésiastique (*Décrétales* etc....) (4) et, tout cela indiqué, il

(1) Barrois, nᵒˢ 772 et 1081 ; 1080 ; 1092 (voir ci-dessus p. 216) ; 1093 ; 1097-1784 ; 1101-1628.

(2) Barrois, nᵒˢ 1085 ; 1087 ; 1098. Je trouve, dans l'inv. de 1487, le nᵒ 1783 qui est représenté par Bruxelles, nᵒ 11083, Van den Gheyn, III, nᵒ 2042, papier : Berthold, *Sermons*, en allemand.

(3) Barrois, nᵒˢ 806 ; 1024-2024 ; 1034 ; 1052 ; 798 ; 874 ; 751 ; 777-1787-2198 ; 1040-2008 ; 786 ; 787 ; 821 ; 769-2208. De ces Barrois, est identifié le nᵒ 787 (= Bruxelles, nᵒ 9303-4, Van den Gheyn, III, nᵒ 1641, *Aiguillon d'amour divine*, traduit par Jean de Brixey, plus la *Passion de J.-C.*). A noter que le nᵒ 786 doit contenir le même traité. Les *Enseignements de S. Louis* sont déjà dans le nᵒ 5 de 1420 (voir Doutrepont et Van den Gheyn I, nᵒ 767) et dans les nᵒˢ 971-1836 de Barrois, voir ci-dessus p. 205.

(4) Barrois, nᵒˢ 831-1845. — Bruxelles, nᵒ 11074-78, Van den Gheyn, III, nᵒ 2302, papier, qui comprend l'*Explication de la messe*, le *Jeu des échecs moralisés* [copie incomplète de la traduction de Jacques de Cessoles par Jean de Vignai : voir ci-dessous, part. III, §1], le *Livre de prudence et l'enseignement de bien vivre* (Christine de Pisan), un *poème sur Jésus-Christ*, *Miserere* et *Roman de la carité* du Reclus de Molliens.

Barrois, nᵒ 862-2148 : Reclus de Molliens. Voir l'exemplaire de 1405 déjà noté ci-dessus p. 199.

Barrois, nᵒ 947 : Jacques Le Grand ; nᵒˢ 948-2116, idem.

Pour les autres textes auxquels nous faisons allusion, voir Barrois, nᵒˢ 750-2050, 800, 804, 936-1820, 938-1659, 939-1862, 952-2076, 968-1951, 1021-2064, 1024-2059, 1025, 1046-2056, 1196-2063, 1219, etc., etc. Parmi ces articles sont identifiés : les nᵒˢ 1205 (*Louanges à Notre-Dame* = Bruxelles, nᵒ 2355 ;

resterait encore à signaler quantité de récits et commentaires bibliques (*Bibles, Préceptes et Evangiles, Apocalypse*) (1).

Il est à peine besoin d'ajouter que dans ces différentes catégories d'œuvres, *Varia, Vies des Saints et des Pères, Légendiers, Bibles*, etc., les beaux manuscrits ne manquent pas.

Mais si l' « abondance des matières » force à s'en tenir à des énumérations générales, une place peut néanmoins être accordée aux livres qui ont servi à l'éducation du Téméraire (2). Il était âgé de dix ans (1443) lorsque sont effectués des paiements ainsi libellés : « A messire Nicole Sturgon, xxii s., pour avoir lié, doré et estoffé de parchemin ung livre que madame la duchesse [la mère] avoit donné au conte de Charroloiz ; viii s. pour ung *Theodelet* ; ix salus, de xl. xvi s., pour ung *Commune sanctorum* et pluseurs autres messes, bénédictions et orisons qu'il a faictes ou messel de MS. de Charoloiz ». D'un autre côté, Jacquemine Lapostole, de Bruges, percevait « xxiiii s. pour unes *Heures de Nostre Dame, garnyes de pluseurs ystoires et oroisons*, aussi pour MS. de Charroloiz » (3).

§ 4. Charles le Téméraire.

Philippe le Bon est mort sans avoir eu dans les mains, entièrement illustré et mis au point, l'un ou l'autre beau volume qu'il avait commandé pour son oratoire et c'est à Charles le Téméraire qu'est incombée l'obligation de régler les comptes avec les artistes employés à cet effet. Le jeune duc n'aura guère d'acquisitions

poème franç., sans titre ni nom d'auteur), 938-1659 (*Décret de Gratien* = Bruxelles, n° 9084, Van den Gheyn, iv, n° 2502 ; Bayot, Fragments, ii, p. 445-46), 939-1862 (Grégoire ix, *Décrétales* = Bruxelles, n° 11082, Van den Gheyn, iv, n° 2508), 1219 (Bruxelles, n° 11210-14, Van den Gheyn, iii, n° 2326). Pour les n°s 1021-2064 *Isidorus de Sumo bono*, cf. Isidore de Séville, *Sententiarum sive de Summo bono libri* iii ; pour les n°s 1046-2056, *Suma de casibus,* cf. Raymond de Penafort, *Summa de casibus conscienciae.*

(1) Nous renonçons à donner des détails sur ce point. A propos de la Bible et du succès qu'elle a obtenu chez Charles v, le duc de Berry et les ducs de Bourgogne, voir S. Berger, *Bible au moyen âge,* p. 294, 421-24, mais on pourrait joindre d'autres indications encore à celles qu'il fournit.

(2) Voir déjà notre Introduction.

(3) De La Fons-Mélicocq, *Dons et courtoisies,* p. 224-5. Voir *ibid.,* pour d'autres livres et frais d'école en vue des bâtards de la famille ducale. Voir aussi sur le même sujet Laborde, 1, n° 1300. Pour le traité élémentaire de *Théodelet,* voir Douët d'Arcq, *Invent. bibl. Charles* vi, p. xxxvii Gröber, p. 775.

nouvelles à réaliser dans le domaine de la littérature ascétique, tant le fonds légué par son père est considérable et remarquable. Notons tout d'abord qu'il faut renoncer à voir une œuvre confectionnée pour lui dans le *Livre d'Heures* de Copenhague qui est dû à Jacques Undelot (1). Disons ensuite que nous hésitons à considérer, comme des nouveautés, les articles suivants de 1477 : *Livre faisant mention du Commencement du Monde et des Machabées* (2) ; *Livre parlant de la Vérité de la Trinité de Dieu* (3) ; *Vie de Barlaam et Josaphat* (4). On pourrait croire qu'ils apparaissent alors pour la première fois sur les inventaires de Bourgogne parce qu'on ne leur trouve pas immédiatement des correspondants dans les listes de 1404, 1405, 1420 et 1467. Mais ces correspondants n'y sont-ils pas ? C'est une question malaisée à résoudre, étant donné que ces titres de 1477 ne sont pas accompagnés des mots de repère. De même, nous constatons, dans les catalogues de 1485 et 1487, la présence d'un *Bréviaire*, d'un *Pontifical* (5), d'une *Bible*, d'une *Apocalypse* (6), d'un manuscrit des *Privilèges de Hollande et de l'Épître de saint Bernard* (7), et l'on serait tenté de penser qu'eux aussi font, en ces années, leur première apparition. Mais pour eux aussi le même problème se pose.

Ce qui complique la question, c'est que Charles a dû faire bibliothèque commune avec son père, et qu'il n'a pas attendu d'être duc de Bourgogne pour recevoir ou se procurer des manuscrits. Nous en avons eu déjà la preuve, et voici un petit incident de la vie des lettres à la cour qui augmente d'un appoint précieux nos renseignements en la matière. Vers la fin de 1465 ou au début de 1466, le magistrat du Franc de Bruges désirant offrir un Livre d'Heures à Charles, qui n'était encore que comte de Charolais, acheta d'un changeur de Bruges « un manuscrit qui présentait cette particu-

(1) Labarte III, p. 184 ; Delisle, *Bull. histor. et philol.*, 1886, p. 39.
(2) Peignot, p. 86. Voir ci-dessus p. 197, n. 2.
(3) Peignot, p. 88.
(4) Peignot, p. 97 ; Barrois, n° 703.
(5) Barrois, n°s 1615 et 1621.
(6) Barrois, n°s 1986 et 2072. Pour le n° 2072, cf. Paris, Nat., n° 13096, parch. (S. Berger, *Bible*, p. 354) ?
(7) Barrois, n° 1973. Ce ms. est aux Archives de La Haye. Voir ci-dessus, p. 218.
Il y a, dans l'inv. de 1487, le n° 1921, *Somme le Roi*, sur papier, auquel je ne connais pas d'article qui corresponde dans les répertoires antérieurs.

larité, aussi rare que somptueuse, d'être écrit en lettres d'or et d'argent sur vélin teinté en noir » (1). Il paraîtrait que le prince, en possession du cadeau, jugea que l'illustration devait être complétée, et qu'à ces fins il remit le volume à Philippe de Mazerolles. Cela n'empêche que le magistrat de Bruges dut payer le travail supplémentaire : il reçut de Charles la note qui s'élevait à 420 livres parisis. Toutefois le compte ne fut liquidé qu'après examen de l'ouvrage par une commission de quatre hommes du métier, membres de la gilde de Saint-Jean, parmi lesquels étaient Maurice de Haac et, apparemment, Guillaume Vrelant (2).

Mais plus que le Téméraire, dirait-on, sa troisième femme. Marguerite d'York, s'est préoccupée d'augmenter les richesses de la librairie religieuse de Bourgogne. C'était une femme très cultivée : elle entretint une correspondance littéraire avec l'éditeur Caxton et elle rappelle, par ses goûts, deux autres princesses distinguées de la dynastie, l'une du début du XVe siècle et l'autre du commencement du XVIe, Marguerite de Bavière et Marguerite d'Autriche (3). Auprès d'elle, nous voyons reparaître David Aubert, l'infatigable écrivain, lequel, sur ses ordres, met au jour plusieurs transcriptions qui sont intitulées : le traité de l'*Abbaye du Saint Esprit* par maître Jean Gerson, le *Miroir des Pécheurs* de saint Bernard (4), la *Somme le Roi* (5) en 1475, le *Boèce* (version de Jean de Meun) en 1476 (6), et la *Vita Christi* en 1479 (serait-ce l'ouvrage qu'il avait déjà copié en

(1) Durrieu, *Roi Alexandre*, p. 199-20, dont nous suivons ici le récit.

(2) Voir, outre Durrieu, l'étude de W.-H.-James Weale, LE BEFFROI. IV, 1872-3, p. 111-9, *Documents inédits sur les enlumineurs de Bruges*. Ce dernier voudrait identifier le Livre d'Heures offert au prince avec le n° 1857 de Vienne.

(3) L. Galesloot, *Marguerite d'York, duchesse douairière de Bourgogne* (1468-1503), Bruges, 1879 : sur ses goûts littéraires, voir p. 70-84 ; L. Dorez, *Compte rendu de l'Acad. des Inscript. et Belles-Lettres*, Paris, 1906, p. 335-6.

(4) Oxford, ms. Douce, n° 365, voir ci-dessus p. 181.

(5) Bruxelles, n° 9106. Van den Gheyn, III, n° 2292, parch., contenant encore d'autres textes. Voir Barrois, *Appendice*, n° 2268.

(6) Bibliothèque d'Iéna-Wittemberg, n° 85, grand in-f°, 135 f., avec pagination postérieure où les tables sont comprises, ce qui porte le chiffre à 148. Riches initiales. La miniature du f. 13 représente le scribe à genoux qui offre son livre, exactement reproduit, à Marguerite d'York, entourée de plusieurs dames. Signature : David Aubert, manu propria. Au f. 1v, sont dessinées les armes de Philippe de Clèves, à qui le ms. a appartenu (Communication de M. Liégeois).

1461 ?) (1). Pour elle également sont calligraphiées (1475), et elles le sont par un scribe qui signe David (sans doute encore David Aubert), la *Vision de l'âme* de Guy de Thurno et la *Vision de Tondale*, soit le mystérieux voyage accompli au pays des âmes par l'Irlandais Tondale et raconté par l'Irlandais Marcus. Tous ces livres portent comme lieu de provenance la ville de Gand (2). D'autre part, nous aurons son aumônier Nicolas Finet, maître ès arts et chanoine de Cambrai, qui, à sa requête, traduira la compilation dénommée *Benois seront les miséricordieux*. Écoutons-le, dans le prologue, définir son travail : J'ai, dit-il, « entrepris pour ma très redoubtée dame de translater de latin en franchois ceste compilacion de plusieurs autorités extraites tant du nouveau testament des euvangiles, epistres de saint Pol et canoniques et des fais des appostres, comme du vieux testament et des ditz et auctorités des saintz docteurs de nostre mere saincte eglise, et de plusieurs exemples notables ... laquelle compillacion est issue du couvent des chartrois nommé la maison de la chappelle Nostre Dame en la ville de Herines empres Enguien, ou pays de Haynault » (3). Au sujet des splendides miniatures du manuscrit exécuté pour la duchesse à cette occasion, l'on a fait observer qu'elle continuait les grandes traditions de Philippe le Bon (4). Une autre preuve ou d'autres preuves de ses goûts artistiques sont fournies par les copies issues du scriptorium de

(1) Londres, Musée Britannique, Royal ms. 16. G. III. Voir ci-dessus p. 219.

(2) Je ne connais ces deux manuscrits que par un article de M. Bergmans (*Bull. Soc. d'Hist. et d'Arch. Gand*, 1904, p. 151) qui signale d'abord leur présence dans la bibliothèque du marquis de Ganay d'où ils ont passé, lors de la vente faite à Paris en mai 1881, chez le libraire parisien Porquet, décédé il y a quelques années. Ils sont ornés de miniatures et ils auraient été exécutés, d'après le catalogue de la vente, par un scribe du nom de David pour Marguerite d'York : « Nous faisons appel à nos confrères, dit M. Bergmans, pour retrouver leur possesseur actuel, ainsi que pour obtenir des renseignements sur le scribe gantois David, qui nous est complètement inconnu ». Il me paraît bien que ce scribe est Aubert. Sur la *Vision de l'âme*, voir Mangeart, *Catal. Valenciennes*, p. 228 ; Langlois, *Mss. Rome*, p. 145. Sur la *Vision de Tondale*, Gröber, p. 277, 401 ; V.-H. Friedel et Kuno Meyer, *La Vision de Tondale (Tnudgal), textes français, anglo-normand et irlandais*, Paris, 1907.

(3) Bruxelles, n° 9296, Van den Gheyn, III, n° 2231. : très beau ms. Voir Barrois, *Appendice*, n° 2276.

(4) Marchal, I, p. LVI-VII.

David Aubert, ainsi que par deux superbes codices qui n'ont pas encore été mentionnés et qui reposent à Bruxelles : l'on y remarque plusieurs textes qui sont déjà dans des volumes de Philippe le Bon cités précédemment (*Le secret parlement de l'homme contemplatif à son âme* ou *Mendicité spirituelle, Ung petit livret par lequel ung chascun peut apprendre la forme et la manière de bien mourir, l'Internelle Consolation, le De reparatione lapsi* de saint Jean Chrysostome) (1).

II. LA CROISADE TURQUE.

Plusieurs fois déjà, nous avons touché à la croisade turque, parce que déjà nous avons cru devoir souligner des allusions possibles aux préoccupations politiques de Philippe le Bon et de Charles le Téméraire dans une refonte de quelque vieux récit de geste, dans une préface de quelque traduction d'auteur ancien. Cependant, nous nous sommes gardé de la souligner plus que de raison et nous avons averti le lecteur qu'il ne fallait pas trouver une affirmation catégorique dans des lignes où nous ne risquions qu'un simple rapprochement, qu'une pure hypothèse. En effet, nous ne voulons pas oublier que, bien avant le siècle des ducs de Bourgogne, la *guerre sainte* défraie la littérature d'imagination ou qu'elle alimente ce banal répertoire d'inventions et de fictions romanesques auquel recourent si volontiers les rimeurs et les prosateurs aux abois. C'est ainsi que, si nous avions osé nous engager plus avant que nous ne l'avons fait dans le domaine des conjectures, nous aurions pu noter que, dans plus d'un roman examiné antérieurement, la gent païenne reçoit un rôle peu distingué, que sans doute elle est parfois insolente et victorieuse, mais que plus souvent elle est tremblante et terrassée. Mais nous ne revenons pas à la croisade turque pour émettre de nouvelles suppositions. Au contraire, nous la reprenons pour l'envisager à un point de vue positif, pour analyser des œuvres didactiques qui ont été provoquées par des considérations d'ordre pratique : en d'autres termes, l'exposé qui suit sera consacré aux productions littéraires dont l'objet est d'inciter directement les esprits à la lutte contre l'Orient et de leur indiquer au prix de quels sacrifices

.(1) Bruxelles, n° 9305-6, Van den Gheyn, III, n° 1694 ; Bruxelles, n° 9272-76, Van den Gheyn, III, n° 2491. Cf. Barrois, n°s 2253 et 2254.

Voir aussi Galesloot, p. 81, pour trois *Bréviaires* richement enluminés que Marguerite d'York a reçus d'une dame de Malines.

matériels et moraux la victoire est possible. On devine qu'ici encore, Philippe le Bon va passer au premier rang, qu'il aura la grosse part, la part du lion. A peine a-t-il succédé à son père que son attention est attirée par l'Islam et qu'il avise aux moyens de reconquérir la Terre Sainte : en 1419, il hérite des Etats de Bourgogne et, deux ans après, d'accord avec la France et l'Angleterre, il charge l'un de ses hommes de confiance, Ghillebert de Lannoy, d'aller explorer les pays d'outremer, de les étudier dans leur force stratégique et d'y reconnaître les chances de succès d'une expédition. Assurément il ne s'agit pas, en l'occurrence, d'une invention personnelle de Philippe le Bon. Chez lui, l'idée d'une croisade était une sorte de legs : il la tenait de son père, et, lorsqu'il s'est posé en vengeur de la Croix, il entendait être aussi le vengeur de Jean sans Peur vaincu à Nicopolis (1396). De son côté, ce dernier n'avait couru sus à l'Infidèle qu'à titre de fondé de pouvoirs de Philippe le Hardi et enfin le premier duc de Bourgogne, en rêvant la délivrance des Lieux Saints, ne faisait que se constituer le champion d'une cause plus ou moins européenne.

Notre intention n'est pas de retracer dans ses phases successives et ses divers avatars le projet dont Philippe le Bon est, au xve siècle, le « principal esmouveur ». Il y faudrait plus qu'un chapitre de livre ; il y faudrait tout un livre et un gros livre, car l'on aurait à raconter une partie importante, non seulement du règne de ce prince, mais de l'histoire politique de son époque : cris de détresse de l'Orient et de Rome, appels aux armes lancés à différents représentants attitrés de la foi chrétienne, négociations diplomatiques qui s'ensuivent, discussions au sein des Conseils de Bourgogne, demandes de subsides adressées au pays, commencement d'exécution que le projet reçoit en 1464, voilà ce qu'il s'agirait d'étudier, sans oublier l'espèce de protectorat que l'Occident exerce sur les chrétiens d'Orient et qui se traduit par des aumônes, des fondations pieuses, des constructions et des réparations d'églises (1). Toutefois une question se posera devant nous et sur laquelle nous devrons bien nous prononcer : c'est la question de savoir ce que, de la part de Philippe le Bon, il entrait là de sincérité et de spontanéité, d'ardeur religieuse et de compassion chrétienne. Ne faut-il pas y voir

(1) Voir ci-dessus p. 192.

une feinte, un moyen habile de détourner, de dépister l'attention
publique, de lui cacher ses véritables desseins ou ses ambitions
politiques ? N'avait-il pas uniquement en vue le titre de vicaire impérial qu'on lui promettait comme chef de la guerre sainte ? La
perspective des profits de l'entreprise ne le séduisait-elle point par-
dessus tout ? Ou bien encore sa croisade n'était-elle pas un prétexte à des demandes « d'innumérable finance d'argent », suivant
l'expression de Chastellain ? Enfin, ne se laissait-il pas guider par
le seul souci des intérêts commerciaux de la Flandre et peut-être
aussi de l'Europe, menacés par l'islamisme ? Ce sont là autant
d'arrière-pensées qu'on lui prête. D'un autre côté, il est des historiens qui veulent bien admettre qu'il était un assez pieux enfant de
l'Eglise pour songer à celle-ci ; mais, ajoutent-ils, cette considération restait néanmoins au second plan chez lui : la « folie de la
croix » n'est plus alors qu'un souvenir, et l'âge des enthousiasmes
féconds est trop loin pour qu'on puisse évoquer, à son sujet, la
mémoire d'un Godefroid de Bouillon. Mais d'aucuns estiment, et
nous sommes de ceux-là, que ce n'est pas une raison de le tenir
pour un Louis XI, de refuser toute noblesse et toute générosité à son
intervention dans les affaires d'Orient. La librairie de Bourgogne
le prouve, comme elle prouve aussi que la croisade a préoccupé
toute la dynastie (1).

§ 1. Philippe le Hardi et Jean sans Peur.

La littérature turcophobe débute en 1393 par la *Dolente et piteuse*

(1) Voici quelques références générales sur le projet de croisade : d'abord
les travaux, cités antérieurement ou dans les pages suivantes, de Reiffenberg, *Monuments*, IV, 1846, p. CLX-XII, V, p. 544-52, *Ann. Bibl. Roy. Belg.*,
1848, p. 122-6 ; Delaville Le Roulx, *La France en Orient* ; Jorga, *Philippe
de Mézières* ; Pirenne, *Hist. Belg.*, II. p. 253-4 (ainsi que les ouvrages de
Jorga, Finot, auxquels il renvoie) ; Schefer, *Bertrandon et Jean Germain* ;
Pastor, *Geschichte der Päpste* ; les chroniqueurs D'Escouchy, Du Clercq,
Wavrin, La Marche, Chastellain, *passim* : — ensuite O'Kelly de Galway,
*Histoire des relations diplomat. et histor. des Pays-Bas et de la Belgique avec la Perse
depuis le XIVe siècle jusqu'à nos jours*, Bruxelles, 1873 ; Reinhold Röhricht,
*Bibliotheca geographica Palaestinae. Chronologisches Verzeichniss der auf die
Geographie des heiligen Landes bezüglichen Literatur von 333 bis 1878*, Berlin,
1890 ; G. Du Fresne de Beaucourt. *Histoire de Charles VII*, Paris, V, 1890,
p. 390-417 ; A. Leroux, *Nouvelles recherches critiques sur les relations politiques
de la France avec l'Allemagne de 1378 à 1461*, Paris, 1892, ch. XVII.

Complainte de l'Eglise moult désolée au jour d'ui que du latin (langue en laquelle il l'avait d'abord conçue) Eustache Deschamps fit passer en français « au commandement de monseigneur de Bourgogne ». C'est un écrivain de cour, un écrivain des ducs et des rois, et nous ne sommes pas surpris de le rencontrer parmi les familiers et les hommes de lettres de Philippe le Hardi. Nous le retrouverons ailleurs, dans l'histoire de la poésie lyrique bourguignonne, et nous rappellerons en cet endroit (mieux vaudra là qu'ici) les relations qu'il a eues avec la maison ducale. Ces relations remontent à 1375 ou peut-être à 1369. L'année où il nous apparaît avec sa *Complainte* (avril 1393) est celle des conférences de Leulinghem entre la France et l'Angleterre ; elles se sont ouvertes en février, et elles ont réuni d'une part les ducs de Bourgogne et de Berry (pour la France) et de l'autre les ducs de Lancastre et de Glocester (pour l'Angleterre). C'est pendant leur durée que Philippe le Hardi chargea Deschamps de translater en langue vulgaire la dite *Complainte* qui est la seule pièce en prose latine que notre auteur ait écrite. Elle est « un des spécimens les plus intéressants de toute la littérature que le Grand Schisme a fait éclore » (1), car, en réalité, l'objet véritable et essentiel n'en est pas la croisade ou, pour mieux dire, la croisade n'y intervient qu'en ordre secondaire. Deschamps, dont le protecteur Philippe le Hardi aurait voulu gagner les Anglais à la cause du pape Clément VII et qui désirait voir les dissensions religieuses prendre fin, joue, pour la circonstance, au théologien ; il montre l'Eglise sollicitant l'appui de ses enfants, les gourmandant de leur inconduite et de leur inaction, leur redisant les huit commandements ou *béatitudes* de saint Mathieu et, pour terminer, les suppliant de marcher contre l'Infidèle. Le même sujet de la croisade et des Lieux Saints à reprendre aux Sarrasins repasse encore sous la plume du même écrivain lorsqu'il rime ses ballades : dans l'une d'elles, il déplore, au lendemain de Nicopolis, la « desconfiture de la crestienté catholique ».

Plus retentissant est l'écho que produit cette « desconfiture » dans *l'Epistre lamentable et consolatoire sur le fait de la desconfiture lacrimable du noble et vaillant roy de Honguerie par les Turcs devant la ville de Nico-*

(1) Raynaud, *Deschamps*, XI, p. 157, qui a continué l'édition des œuvres de Deschamps, commencée par le marquis Le Queux de Saint-Hilaire. Voir les textes latin et français de la *Complainte*, VII, p. 293-311.

poli en l'empire de Boulguerie, adreçant [s'adressant] à très puissant,
vaillant et très sage prince royal, Phelippe de France, duc de Bourgoingne,
la dicte épistre aussi adreçant en substance et non pas en sa forme à très excel-
lans princes et roys de France, d'Angleterre, de Behaigne et de Honguerie en
espécial, et par conséquent à tous les roys, princes, barons, chevaliers et com-
munes de la crestianté catholique, de par un vieil solitaire des Célestins de
Paris, qui pour ses très grans péchiés n'est pas digne d'estre nommés (1). Ce
pécheur, qui fut d'ailleurs un très brave homme, nous le nomme-
rons. Aussi bien du reste l'avons-nous déjà nommé, car il n'est
autre que Philippe de Mézières, l'ancien chancelier de Pierre de
Lusignan, roi de Chypre, et qui, pendant plus de quarante ans,
s'est fait le porte-voix des réclamations de l'Orient où il s'est illustré
au double titre de croisé et d'homme d'œuvres. En France aussi, il
a prêché la guerre sainte et lutté pour les chrétiens la plume à la
main. Vers la fin de sa vie, il s'est étroitement lié d'amitié avec Louis
d'Orléans, et cette liaison lui a valu l'hostilité de certains écrivains
de la maison de Bourgogne. Nous avons entendu déjà plusieurs de
leurs propos calomniateurs. Nous en entendrons d'autres encore
au cours du présent chapitre. Philippe de Mézières qui en fut l'objet,
est mort en 1405. L'espèce de campagne de presse qu'il avait entreprise en faveur de la Terre Sainte s'est achevée par l'*Epître* à Philippe le Hardi, aux rois, princes, barons et chevaliers qui se piquaient
d'être les défenseurs de la Croix. En ces temps, l'allégorie était trop
en vogue pour qu'elle n'eût pas les honneurs d'un pareil traité ;
aussi l'auteur a-t-il soin d'y recourir pour tracer le tableau des vertus qu'un chrétien doit pratiquer et des vices qu'il doit éviter s'il
veut échapper aux punitions du Ciel. De ces punitions, dit-il, c'en
est une que la *desconfiture de Nicopolis*. Mais toutefois, une consolation reste à Philippe le Hardi : il n'est pas le seul qui soit éprouvé,
et d'ailleurs il existe une « medecine » souveraine, qui serait l'insti-

(1) Inv. 1420 : Doutrepont, n° 119. — Inv. 1467 et 1487 : Barrois, n°s 1480
et 1878. — Bruxelles, n° 10486, parch., aux armes de Philippe le Hardi.
Kervyn, *Froissart*, XVI, p. 444-523, en a donné une analyse et des extraits.
Sur le même ouvrage et son auteur, à consulter : Idem, XV, p. 376-82.
XVI, p. 274-7 ; Delaville Le Roulx, *La France en Orient* ; Jorga, *Phil. de
Mézières*, passim et surtout p. 499-503 ; Gröber, p. 1075 ; Molinier, n°s 3555-
63, 3680. — D'après M. Jorga, p. 499, l'*Epître* a été « composée entre l'arrivée des premières nouvelles du désastre de Nicopolis et le départ des
ambassadeurs qui les avaient apportées ».

tution d'une milice sainte, d'une chevalerie nouvelle, la Chevalerie
de la Passion de Jésus-Christ. C'est là une idée, un projet qui lui
tient à cœur et dont il a exposé à plusieurs reprises toute l'organisation (1). Rien ne lui coûte donc pour obtenir qu'on châtie la
superbe de la gent païenne. Ici, dans son *Épître*, les arguments
tombent dru sur Philippe et son fils, c'est-à-dire les conseils, répri-
mandes, souvenirs personnels, exemples historiques, et le tout est
terminé par une évocation de l'ombre du malheureux Jean Blézy
qui vient réclamer l'assistance de l'Occident.

L'on sait à quel point ces pays d'outremer avaient intéressé
jusqu'alors et intéressaient encore les esprits d'Occident. De part et
d'autre, ont surgi des œuvres nombreuses qui relataient les mœurs,
les merveilles et les misères de l'Orient. L'une des plus connues
est celle d'Haiton, le prince arménien qui, s'étant « rendu moine »
à Poitiers, avait « dicté », en 1307, le livre français de la *Fleur des
histoires d'Orient* où, tout en décrivant des régions qui lui étaient fami-
lières, il insistait sur l'opportunité et la possibilité d'une croisade
en Terre Sainte. Un siècle plus tard, les circonstances avaient
changé, et l'ouvrage n'était plus complètement de saison. Mais,
dans ses grandes lignes, le programme de 1307 demeurait réalisable,
et la quatrième partie conservait encore sa valeur documentaire et
sa force de persuasion. Que ce soit ou non pour cette raison,
Philippe le Hardi, en 1401, acheta, pour 300 livres d'or, à Jacques
Raponde, trois beaux exemplaires de cet ouvrage : l'un fut placé
dans sa bibliothèque, et les deux autres furent offerts au duc de
Berry (1403) et au duc d'Orléans (2).

(1) De ce projet, il existe trois rédactions : 1368, 1384, 1395.

(2) Achat : Peignot, p. 31-32 et Durrieu, *Le manuscrit*, p. 179. Ms. de
Ph. le Hardi — Inv. 1404 : Peignot. p. 45 ; Dehaisnes, p. 851. — Inv.
1420 : Doutrepont, n° 108. — Inv. 1467 et 1487 : Barrois, n⁰ˢ 1547 et 1810.
— Inv. 1477 : Peignot, p. 85 ; Barrois, n° 676. — Paris, Nat., n° 12201,
parch , renfermant *Hayton* — le *Provinciale* « ou le livre de toutes les Provinces d'universe monde, et devise et nomme les noms de toutes les
cités, et quantes il en a en chascune province, selon le savoir et povoir
de l'Eglise rommaine » — *l'histoire de Tamerlan*. Sur ce ms., qui est un
chef-d'œuvre de calligraphie et qu'on a cru, vraisemblablement à tort,
être l'exemplaire donné à J. de Berry, voir P. Paris, *Hist. litt.*, p. xxv,
503 ; L. Pannier, *Bibl. Ec. Ch.*, xxxv, p. 93-98 ; *Histor. des croisades*, ii,
p. lxxxvii-viii, cxxi ; Delisle, *Recherches*, ii, p. 264 et 313-14. Pour le texte,
voir Gröber, p. 1019 ; Molinier, n° 3090 ; et l'édition des *Histor. des croisades*, ii, p. xxiii-cxlii, 111-363. Cf. *Rom.*, xxxvi, p. 452-3. Pour l'exemplaire
du duc de Berry, voir Delisle, *ibid.*   16

Haiton avait dicté son livre à Nicolas Falcon. Le scribe le mit en latin dès 1307. Ignorant l'existence de l'original, un Bénédictin de l'abbaye de Saint-Bertin (à Saint-Omer), Jean Lelong d'Ypres fit passer son texte en français. Il traduisit également d'autres relations sur l'Orient dont certaines ont passé dans un splendide manuscrit exécuté pour Jean sans Peur (et peut-être commencé pour Philippe le Hardi) avec miniatures de Jean Flamel et de Jacques Coene, manuscrit bien connu des amateurs d'art sous le titre de *Livre des merveilles du monde*. On y lit : le *Voyage* de Marc Pol : l'*Itinéraire* d'Odoric (Orderic) de Pordenone ; l'*Hodœporicon* de Guillaume de Boldensel ; les *Lettres du grand Khan de Cathay et des chrétiens de Cambalech au Pape Benoît* XII (1338) *avec la Réponse du Pape* ; l'*Etat et la gouvernance du grand Khan de Cathay*, par un « arcevesque Saltensis » (Jean de Cor, archevêque de Sultanieh) ; le *Voyage* de Jean de Mandeville ou plutôt de Jean de Bourgogne dit à la barbe ; Hayton ; et l'*Itinéraire* de Ricold de Mont-Croix. Le duc de Bourgogne le donna au duc de Berry en janvier 1413 (1).

Il ne figure donc pas sur nos inventaires. La section d'*Outremer* y est pourtant brillante et, pour ne parler encore que de la bibliothèque des deux premiers ducs, voici des manuscrits que nous croyons utile d'y relever : deux copies de la *Conquête de Constantinople* de Villehardouin avec la continuation de Henri de Valenciennes (2) ; un

(1) Paris, n° 2810. Voir, sur ce ms., les textes qu'il contient et leurs éditions : *Catalogue* de la Nation.; P. Paris, *Hist. litt.*, xxv, p. 503-4 ; Labarte III, p. 170 ; L. De Backer, *L'Extrême Orient au moyen âge*, Paris, 1877, p. 4 et suiv. ; Champeaux et Gauchery, *Trav. d'art pour J. de Berry*, p. 153-4 ; H. Cordier, *Les voyages en Asie au* XIVᵉ *siècle du bienheureux frère Odoric de Pordenone*, Paris, 1891 (RECUEIL DE VOYAGES ET DE DOCUMENTS POUR SERVIR A L'HISTOIRE DE LA GÉOGRAPHIE DEPUIS LE XIIIᵉ SIÈCLE JUSQU'A LA FIN DU XVIᵉ SIÈCLE) ; *Histor. des croisades*, II, p. XXIII-CXLII ; Delisle, *Recherches* II, p. 254, n° 196 (qui soulève encore la question de savoir s'il a été fait pour Philippe le Hardi ou Jean sans Peur) ; Gröber, p. 1020.

(2) La première = le n° 12203 Nat., Paris, déjà cité p. 10 et qui comprend : *Li estore d'outremer et dou roi Salehadin* (où est intercalé le récit de la *Comtesse de Ponthieu*) — *L'estore des contes de Flandre* (792-1152) — Villehardouin et Henri de Valenciennes — *Li estore des ducs de Normendie et des rois d'Engleterre*, jusqu'en 1220 (Anonyme de Béthune).

La seconde = Inv. 1405 : Le livre des *Ghuerres de Constantinoble* (Peignot, p. 66 ; Barrois, n° 653 ; Dehaisnes, p. 880).—Inv. 1420 : Doutrepont, n° 191 ; Inv. 1467 et 1487 : Barrois, nᵒˢ 909 et 2144. — Paris, Nat., n° 15100, XIV s., parch., un ex libris de ce siècle : « Iste romancius est Petri Dangerans ».

Sur ces deux mss. et les œuvres qu'ils renferment, voir les indications bibliographiques que j'ai données dans ma *Librairie de 1420*.

volume dénommé le *Roi Baudouin de Jérusalem* qui doit contenir la *Chronique d'Ernoul et de Bernard le Trésorier* (1) ; deux textes intitulés *Godefroid de Bouillon* dont l'un est assurément un *Eracles* (2) ; et le *Voyage de Jean de Mandeville* (3).

Peut-être ne serait-il pas interdit d'admettre dans cette même section l'ouvrage rare et curieux qui s'appelle le *Canarien* et qui raconte l'histoire de la conquête des Canaries par Gadifer de La Salle et Jean IV, seigneur de Béthencourt. L'auteur ou plutôt les auteurs, Pierre Boutier et Jean le Verrier, y décrivent des popula-tions qui ignorent la loi du Christ et qui la reçoivent des chrétiens. C'est ce qui justifierait la mention de leur livre dans une étude sur les desseins que l'on formait à la cour de Bourgogne relativement aux contrées étrangères où ne régnait pas la religion catholique. Du *Canarien*, il existe deux relations dont la première semble rapporter la conquête, telle qu'elle s'est effectivement accomplie ; c'est celle-là qui est entrée dans la librairie de nos ducs. L'autre présente un texte refondu postérieurement dans l'intérêt de Béthencourt et qui efface la personnalité de Gadifer de La Salle. Elle a été rédigée après 1420, c'est-à-dire après l'année de notre inventaire dijonnais (4).

(1) Inv. 1405 : Peignot, p. 76 ; Dehaisnes, p. 880. — Inv. 1420 : Doutrepont, n° 226. — Inv. 1467 et 1487 : Barrois, n°ˢ 1474 et 1720.

Gröber, p. 721.

(2) Inv. 1405 : « I grant livre de *Godefroy de Buillon de la conqueste de Jherusalem* », Dehaisnes, p. 912. — Inv. 1424 : « Ung viez Romant de *Godeffroi de Buillon* », (Peignot, p. 81).

Quant aux autres inventaires, ils donnent : Inv. 1420 : *Godeffroy de Buillon*, Doutrepont, n° 85. — Inv. 1467 et 1487 : Barrois, n°ˢ 1454 et 1772.

Inv. 1420 : *Godeffroy de Buillon*, Doutrepont, n° 177. — Inv. 1467 : Barrois, n°ˢ 706-1152 (titre erroné : *Lancelot du Lac*). — Inv. 1487 : n° 2088.

Voir, pour les identifications, ma *Librairie de 1420*, et, pour les textes, Gröber, p. 721 ; Molinier, n°ˢ 2187 et 2303. Voir également ci-dessus p. 21.

(3) Inv. 1405 : Peignot, p. 68 ; Dehaisnes, p. 880. — Inv. 1420 : Doutrepont, n° 231. — Inv. 1467 : Barrois, n° 1565. Sur ce livre, voir Gröber, p. 1086 ; Langlois, *Mss. Rome*, p. 47 ; Tᶜoung Pao, *Archives pour servir à l'étude de l'histoire, des langues, de la géographie et de l'ethnographie de l'Asie Orientale*, II, 1891, p. 288-323, H. Cordier, *Jean de Mandeville* ; V. Chauvin, *Le prétendu séjour de Mandeville en Egypte*, dans WALLONIA, Liège, 1902, p. 237-42.

(4) Le ms. bourguignon = Doutrepont, n° 146. — Barrois, n° 1591 et 2124. — Londres, British Museum, fonds Egerton, n° 2709 (acquis en 1889). Voir, là-dessus, une notice de la *Bibl. Ec. Ch.*, 1890, LI, p. 209-210, où l'on dit qu'il diffère considérablement de celui qu'a publié G. Gra-

Un compte de 1372 nous apprend que 31 francs ont été payés au dit « mess. Gadifer de la Sale, chevalier, auquel Mgr [de Bourgogne] les avoit perduz, à Saumur, au jeu de paume » (1). C'est un détail qu'il n'est peut-être pas non plus hors de propos de donner ici. Nous en pensons autant de ces deux autres, savoir que l'auteur du *Petit Jehan de Saintré* suppose que, dans la croisade dirigée par son héros contre les Infidèles de Prusse, la bannière de Notre-Dame devait être confiée à « Gadifer de la Salle, qui une aultre fois l'avoit portée ; et que Jean de Bueil, dans le *Jouvencel*, ne craint pas de mettre Gadifer sur la même ligne que Du Guesclin » (2).

§ 2. **Philippe le Bon.**

Jean sans Peur devait être mort lorsqu' « un notable astronomiens maistre Alofresin, jadis turcque, depuis baptizé en Rode » émit sa *Pronostication sur la vie, selonc les constellations et planettes, du très illustre prince Jan, duc de Bourgoigne... et sur ses hoirs, jusques au quatriesme hoir masle inclusivement.* Suivant une analyse que nous empruntons à un catalogue de manuscrits, Alofresin raconte « dans un préambule de quelques lignes qu'étant venu en âge d'homme, il s'est fait baptiser à Rhodes, pour quoi il a voulu écrire la connaissance de beaucoup de choses qui doivent arriver en la chrétienté et en Saraciménie (pays des Sarrasins), spécialement depuis l'an 1425 jusqu'en 1440 : laquelle connaissance il a trouvée par science d'astronomie qu'il tient de Dieu et de son oncle Mᵉ Escolgant *astronomiens* du

vier dans la Société de l'histoire de Normandie, sous le titre *Le Canarien, Livre de la conquête et conversion des Canaries (1402-1422) par Jean de Béthencourt, gentilhomme cauchois*, Rouen, 1873. C'est donc le ms. du British Museum, qui doit, comme je l'ai dit, représenter la relation du voyage dans sa forme primitive. Quant au texte de Gravier, qui reproduit un ms. du xvᵉ siècle, conservé dans la famille de Béthencourt, c'est l'ouvrage refondu postérieurement, comme je l'ai dit aussi, dans l'intérêt du seigneur de ce nom. La transcription de Londres a paru par les soins de Pierre Margry, *La conquête et les conquérants des îles Canaries. Nouvelles recherches sur Jean IV de Béthencourt et Gadifer de la Salle. Le vrai manuscrit du Canarien.* Paris, 1896. Voir, sur ce livre, Delisle, *Journ. Sav.*, 1896, p. 644-59.

Gröber, p. 1170 ; Molinier, n° 3586.

(1) Ce compte est dans Petit, *Itinéraires*, p. 490, et Prost, *Inventaires*, p. 301. Voir aussi, dans Prost, d'autres documents relatifs à ce personnage. Il est cité parmi les membres de la *Cour amoureuse de Charles* vi : A. Piaget, *Rom.*, xx, p. 433.

(2) Delisle, *ibid.*, p. 659. Voir aussi Hellény, p. 304.

Grand Turc et qui sauva la vie du duc Jean de Bourgogne, lorsqu'il était prisonnier en Turquie. La pronostication de Mᵉ Alofresin, qui paraît avoir été écrite après coup, est dans le style ordinaire des Nostradamus » (1).

Mais une *pronostication* n'enseigne pas l'art de conquérir l'Orient. De bonne heure, soit dès le début de son règne, Philippe le Bon songeait à autre chose. Il voulait du pratique et du moderne. Or, pour un prince qui désire tenter la périlleuse aventure d'une descente en Egypte et en Syrie, rien ne vaut des indications, des renseignements de fraiche date et de première main. Il s'instruira donc par des voyageurs qui se sont documentés sur place. Et tout d'abord, il aura, pour lui procurer des informations sûres, messire Ghillebert de Lannoy, seigneur de Santes, de Villerval, de Tronchiennes, de Beaumont et de Wahégnies. Ainsi que nous l'avons noté, d'accord avec d'autres puissances, il l'envoie, en 1421, explorer l'Orient (2). C'est un explorateur qui déjà possède à son actif de glorieux faits d'armes et des succès diplomatiques, qui a bataillé en Angleterre, en Terre Sainte, en Espagne et en Prusse, qui connaît les mécréants et à qui s'est offerte l'occasion d'exercer sa bravoure sur leur dos. Le 4 mai, il quitte l'Ecluse en compagnie de quelques seigneurs. Il part pour un voyage qui va comprendre la Prusse, la Pologne, la Russie, la Hongrie, la Walachie, la Moldavie, la Tartarie, certaines îles de la Méditérranée et la Judée. Il reviendra par Rhodes, Venise et l'Allemagne. Sa mission consistera surtout en la « visitacion » des villes du littoral de l'Egypte et de la Syrie. Il a conté les aventures et mésaventures de ce voyage, les difficultés, les pénibles surprises qu'il y avait eues, avec les bonnes heures qu'il y avait vécues, les heures où les cours étrangères l'accueillaient en ambas-

---

(1) D'après l'analyse de Gachard, *Bibl. de Madrid et de l'Escurial*, p. 4 : Q 209. — Borgoña (Juan duque de), *Pronóstico de su vida* ; petit in-4⁰, à la fin duquel se trouve la *Pronostication* en un cahier de 6 ff., écrit. du xvⁱᵉ s. Voir aussi Jourdain, *Revue des Questions historiques*, 1875, XVIII, p. 159, à propos d'un ms. latin de la Nationale, nᵒ 7443, contenant un recueil de prédictions astrologiques : il y est question de Jean sans Peur.

(2) Pour tout ce qui suit, voir Potvin, *Ghillebert de Lannoy* ; sur sa carrière mouvementée, lire également J. de Saint-Génois, *Voyageurs belges*, 1846, I, p. 127-53. Quant à savoir de quelle cour (Angleterre, France ou Bourgogne) est partie l'idée de ce voyage, à consulter Chastellain, I, p. 334 ; Potvin, p. XVIII, 6-7, 51, 161, 195-97 ; E. Gachet, *Trésor national*, 2ᵉ s., I, p. 220-21 ; Fredericq, *Essai*, p. 42 ; Schefer, *Bertrandon*, p. 304.

sadeur, en personnage considérable et où des spectacles se présentaient pour divertir et instruire le flâneur ou le diplomate qu'il était tour à tour. La partie *impressions* est consignée en une sorte de journal qui s'intitule *Voyages et Ambassades* dans l'édition de ses œuvres (1). Outre cela, nous avons la partie qui est dite *Pèlerinages* et *Rapports* : c'est, d'un côté (rubrique *Pèlerinages*), la série des lieux de pèlerinage de Syrie et d'Egypte, avec l'indication des pardons et indulgences qui s'y trouvent attachés ; c'est, de l'autre (rubrique *Rapports*), un rapport ou des rapports « sur les voyaiges de plusieurs villes, ports et rivières » qu'il vient d'effectuer « tant en Egypte comme en Surie ». Ici, le tacticien parle : il informe son maître des moyens de défense que l'Orient tient en réserve, des endroits propres au débarquement des troupes bourguignonnes, et de la marche à suivre avec les habitants des contrées qu'il a parcourues. Seuls, les *Rapports* ont été remis au duc par Ghillebert (2). Seuls aussi, ils l'intéressaient directement, étant le mémoire explicatif ou l'indicateur topographique qu'il fallait à un futur croisé. Il a dû en être de même chez le roi d'Angleterre. Le manuscrit qui lui fut donné paraît être celui qu'Oxford détient actuellement sous le titre de : « Ch'est le rapport que fait messire Guillebert de Lannoy, chevalier. Sur les visitations de plusieurs villes, pors et rivières par lui faittes, tant en Egipte comme en Surie. L'an de grace Notre Seigneur mil cccc vingt et deux. Au commandement de très haut, très puissant et très excellent prince le Roi Henry d'Angleterre, héritier et régent de France, que Dieu absoille » (3). D'ailleurs les *Voyages et Ambassades* sont (répétons-le) une sorte de journal que l'auteur a gardé par devers soi et qui n'était pas achevé en 1422, c'est-à-dire qui a reçu des additions plus tard, lorsque Ghillebert eut accompli d'autres *Voyages et Ambassades*.

(1) Edit. Potvin.

(2) Barrois, n° 1589 : « Ung aultre petit livret couvert de cuyr rouge, intitulé : *Les Rapports de messire Guillebert de la Noy*; començant au second feuillet, *clerement veoir*, et au dernier *nés eauwes* ». Potvin, p. 3, corrige *nés* en *mis* et fait remarquer que les premiers mots appartiennent au deuxième chapitre des *Rapports*, publiés par lui, p. 99-102, tandis que les *Pèlerinages*, *pardons*, etc., précèdent, p. 73-97. *Clerement veoir* se trouve dans Potvin, p. 102, l. 11 et *meilleures eaues*, p. 159, l. 3. Ce ms. a dû se trouver encore à Bruxelles à la fin du xviiie siècle : voir Viglius, n° 624.

(3) C'est le ms. que Webb a publié, en 1821, dans le t. xxi de l'*Archaeologia Britannica*. Voir Gachet, p. 205, n. 1 et Potvin, p. 4.

A l'époque où ses *Rapports* furent présentés, ni l'Angleterre ni la Bourgogne n'étaient en situation et en disposition de tenter une croisade. Le projet, chez le duc, rentra dans les cartons pour un temps indéterminé. Mais voici (soit dit en passant) que surgit un second projet de croisade ou bien un sous-projet du premier. Philippe le Bon pense à une guerre contre les Hussites de Bohême et c'est Ghillebert qui est désigné pour aller prendre l'avis de différents princes de l'Europe et rassembler des informations sur l'opportunité de ce dessein. De là un *Mémoire* de l'ambassadeur, mémoire offert au duc (1429) (1). Trois ans plus tard, un autre ambassadeur, un autre explorateur entre en scène : c'est Bertrandon de la Broquière qui, de son côté, entreprend un voyage d'outre-mer et qui, lui aussi, en revient porteur d'un journal d'impressions. Né dans le duché de Guyenne, il remplissait, dès 1421, les fonctions d'écuyer tranchant de Philippe le Bon auprès duquel, dans la suite, il fit une rapide et heureuse carrière (2). Chargé par lui, en 1423, d'une mission confidentielle auprès de Jean, comte de Foix et de Charles III, roi de Navarre, il devient, deux ans après, son premier écuyer tranchant et puis nous le trouvons qui perçoit à la cour une pension annuelle. En 1432, ainsi qu'il a été dit, Bertrandon se met en route ; il fait la Palestine, le Nord de la Syrie, l'Asie Mineure, voit Constantinople, Andrinople, la Serbie et revient par la Hongrie, l'Autriche, la Bavière et la Suisse. L'attrait de son récit, comme au reste de celui de Ghillebert, est plus scientifique que littéraire. Bertrandon d'ailleurs n'a point de prétention au bien dire : Si, déclare-t-il, dans mon livre, « il n'est si bien dict que autres le pourroient bien faire, je supplie qu'il me soit pardonné ». Il n'est pourtant pas mal *dict* ; aussi bien ne demandait-on pas à l'auteur

---

(1) Chastellain, II, p. 213-7 ; Fredericq, *Essai*, p. 42 ; Potvin, p. XX-XXI, L-LIII, 164-6, 201, 227-53.

(2) Il est mort à Lille en 1459. Voir sur sa vie et son œuvre, Ch. Schefer, *Le voyage d'outremer de Bertrandon de la Broquière* publié et annoté par —, 1892, ainsi que l'ancienne édition de Le Grand d'Aussy, MÉM. DE L'INSTITUT DE FRANCE, 1804. *Section des sciences morales et politiques*, V, p. 422-637. Voir aussi l'analyse détaillée que donne L. Vivien de Saint-Martin, *Histoire des découvertes géographiques des nations européennes dans les diverses parties du monde*, Paris, 1845, II, p. 531-42 ; Laborde, I, p. CX, n. 1, II, p. 387 ; Pinchart, *Archives*, II, § 67 et § 77, III, § 87 ; Lameere, *Grand Conseil*, p. 49 ; Molinier, n° 4119.

d'être un artiste de lettres, et il suffisait qu'il fût un voyageur intelligent et qu'il eût l'esprit d'observation. A cet égard, son œuvre donnait satisfaction. L'on passe donc condamnation sur les imperfections de forme, les fautes contre les lois de la composition, quand on remarque sa bonhomie franche, son impartialité et les abondants et précis renseignements qu'il fournit sur la situation politique et militaire des Musulmans (1).

Après 1433 (c'est pendant cette année qu'il est rentré) La Broquière s'élève à la cour ; il passe au rang de personnage notable, recueille soldes et faveurs diverses pour services rendus. Durant le séjour qu'il y accomplit, on le charge d'une autre besogne relative à la croisade. Jean Torzelo, chambellan de l'empereur de Constantinople, qui avait vécu douze ans chez le Grand Turc, avait rédigé en italien à Florence (1440) un *Advis sur la conqueste de la Grèce et de la Terre Sainte*, lequel fut transmis à Philippe le Bon par le florentin André de Pelazago (2). Bertrandon reçut la tâche de le faire mettre en français et de l'apprécier. L'on demanda également son opinion à Jean de Wavrin. Nous rencontrerons plus loin leurs travaux.

Deux ans après (1442), la croisade n'était pas encore entreprise, et le sultan des Turcs, Amurat II, songeait à passer de l'Asie Mineure en Europe et à porter le siège devant Constantinople. Vainement Jean Paléologue II s'était adressé à plusieurs souverains catholiques pour obtenir du secours. Il ne lui restait plus qu'à solliciter l'intervention de Philippe. Son ambassadeur arrive en Bourgogne et trouve la cour assemblée à Dijon où se donnent alors des « festiemens » de tout genre. Il est accueilli magnifiquement, prend sa part de réjouissances, et s'en retourne à Constantinople avec de riches présents et la promesse que le duc enverra bientôt à son maître des vaisseaux et des hommes d'armes. Une expédition s'organise avec le concours du pape Eugène IV et des Vénitiens. Ghillebert de Lannoy se rend de nouveau en Orient pour la préparer. Cette expédition eut lieu, mais elle ne réussit qu'à moitié. L'Empire grec ne fut pas sauvé, mais au moins l'île de Rhodes, assiégée par le soudan d'Egypte, fut délivrée et l'on eut des succès

(1) Pour l'époque où il a dû rédiger son *Voyage* sur l'ordre de Philippe le Bon, voir ci-dessous.

(2) Laborde, I, n° 1181.

partiels le long des côtes de la Méditerranée et de la Mer Noire. Philippe le Bon n'en conserva pas moins l'espoir de faire quelque jour les choses en grand, et il n'en continua pas moins à se documenter sur les pays d'Outremer.

Depuis la paix d'Arras (1435), il a renoncé à l'idée d'une entente avec l'Angleterre, et c'est du côté de la France qu'il s'est tourné (1). En 1450, Charles VII a repris la Normandie et la Guyenne. On peut compter sur lui. Il y a aussi le roi d'Aragon dont Philippe espère quelque assistance. La Papauté attend, ferme et confiante (2). Au chapitre de la Toison d'or à Mons en mai 1451, Jean Germain, le chancelier de l'Ordre, prononce un discours qui semble promettre une expédition à bref délai. Elle n'arrivera pourtant pas de sitôt, et le pieux harangueur aura plus d'une fois encore à revenir sur la question, il aura encore d'autres paroles à prononcer et il en aura à écrire, car il a écrit sur la croisade turque ; il a écrit des œuvres dont l'une est antérieure à la réunion de Mons et qui tendent à établir la supériorité de la religion chrétienne sur le credo musulman. Bertrandon de la Broquière n'y est peut-être pas étranger et voici comment. Etant à Damas, il avait lié connaissance avec le chapelain du consul de Venise en cette ville et l'avait interrogé sur « l'Alkoran et les fais de Mahomet ». Il lui avait même demandé de lui rédiger un exposé, en latin, de tout ce qu'il savait sur la matière et le prêtre, qui était un homme serviable, s'était exécuté de bonne grâce. Le voyageur, de retour au pays, présenta à son seigneur le manuscrit qu'il n'avait au surplus sollicité qu'avec l'intention de le lui offrir plus tard. Philippe (nous ignorons à quelle date) le « bailla » à Jean Germain « pour le visiter, et oncques puis, déclare Bertrandon, je ne le veys » (3). Le chancelier de la Toison d'or l'a-t-il utilisé pour ses deux ouvrages, le *Desbat du chrestien et du sarrazin* et les *Deux pans de la tapisserie chrestienne* ? C'est plus que probable. Le premier est un dialogue entre deux chevaliers, dans l'hôtel de l'empereur des Maures : « Comme, dit l'auteur dans son Epître dédicatoire au duc, vous avez eu à desplaisir la secte de Mahomet dont, ensuivant vos predecesseurs de la glorieuse maison de France, pour icelle fouler et amander, avez fait pluiseurs grans depens et armes

(1) En 1448, Amurat II envahit la Grèce : D'Escouchy, I, p. 139-43.
(2) Schefer, *J. Germain*, p. 310.
(3) Schefer, *Bertrandon*, p. LXXIV, 58 et 261.

envoyées es parties d'Orient contre les Turcs et Maures, où pour la grande vaillance de vos chiefs de guerre ont esté nagueres tenu le passage à Gallipoli et puissamment levé le siège qu'avoit faict mectre le Souldant devant l'isle de Rodes, à sa grande confusion et à vostre perpetuelle gloire ; me suis travaillé de extraire de pluiseurs docteurs et saiges ce qui m'a semblé prouffitable au reboutement de la dite secte... et especialement des extraits de l'Alcoran fais par reverends docteurs Pierre Venerable jadis abbé de Cluny, Pierre Alfunse de la nation des Espaignes et saint Thomas d'Aquin, en ung sien petit livre contre l'eresie de Mahumet et autres... » (1). L'ouvrage est en cinq livres qui successivement démontrent la folie de la secte sarrasine, la fausseté de sa croyance, la divinité du christianisme et la solidité des raisons alléguées en sa faveur (2). Nous ne savons si l'auteur indique bien toutes ses sources. Il oublie, dirait-on, les documents fournis par Bertrandon et peut-être aussi le traité en cinq livres *Contra Alcoranum et sectam mahometicam* de Denis de Ryckel, cet autre prédicateur de la croisade turque, qui était très estimé par Philippe le Bon et consulté par lui dans les affaires difficiles (3).

Le *Débat* parut en 1450. Au mois de mai de 1451, (nous venons de le dire), Germain se trouvait au chapitre de la Toison d'or à Mons où, suivant les termes d'Olivier de La Marche, il « proposa, en sermon general, la grant desolacion et ruyne en quoy l'Eglise militant estoit, en requerant les chevaliers de ladicte ordre et aultres, pour le confort d'icelle nostre mere desolée » (4). En 1452, même mois,

___

(1) P. Paris, *Mss. franç.* I, p. 83-4, VII, p. 307-309. Même texte dans Bugniot, *J. Germain.* p. 394.

(2) Le *Débat* est dit aussi : le *Traité de la Fausseté de la loi sarrasine et la vérité de la sainte foi chrétienne.* Schefer, *Bertrandon*, p. LXXIV et Bugniot, *Jean Germain*, p. 394 citent, comme étant différent du *Débat*, un ouvrage de Germain, intitulé *Cinq livres de la réfutation de l'Alcoran.* Ils se trompent. Le *Débat* doit être le même écrit que les *Cinq livres* : voir Gröber, p. 1148.

(3) Hypothèse de Gröber, p. 1148. Sur son rôle dans la croisade, voir Don Mougel, *L'œuvre littéraire de Denys le Chartreux* dans les MÉLANGES DE LITTÉRATURE ET D'HISTOIRE RELIGIEUSE, PUBLIÉS A L'OCCASION DU JUBILÉ ÉPIS-COPAL DE MGR DE CABRIÈRES, Paris, 1899, II, p. 12-16. Cf. sa lettre aux princes chrétiens *De bello instituendo adversus Turcas* (vers 1450) et l'édition nouvelle de ses œuvres, *Doctoris ectastici D. Dionysii Cartusiani opera omnia..,* 1897 et suiv.

(4) *Mémoires*, II, p. 370. Cf. D'Escouchy I, p. 353 ; II, p. 224. Voir ci-dessous p. 255.

il est en France où il « propose » le même sujet devant le roi
Charles VII, auprès duquel son prince l'a envoyé en ambassade avec
le seigneur d'Humières et Nicolas Galli. Il commence en priant
son auguste auditeur de le considérer comme « l'un des serviteurs
du bon homme jadiz appelé Pierre l'Ermite » et en disant qu'il fera
son discours en deux points, le premier étant sur le « piteux estat et
doleance de la sainte religion chrestienne » en Orient et le second
ayant trait aux « remedes et provisions possibles » (1). Reprenant le
thème de la *Mappemonde spirituelle*, il établit que « Dieu a mis de tous
costés paix en la sainte chrestienté » et que partout jusqu'à Mahomet
la loi de Jésus a triomphé. Ensuite il évoque le souvenir des glorieux
exploits des Charlemagne, des Godefroid de Bouillon et des saint
Louis, et il trace le tableau des souffrances endurées par les enfants
du Christ sous la domination des Turcs. Pourtant, continue-t-il, la
situation n'est pas désespérée ; jamais il n'y eut, depuis saint Louis,
temps plus propice pour une agression contre l'Infidèle ; la dé-
sunion est au camp des ennemis, et, dans le monde catholique, le
schisme a disparu pour laisser place à l'union. Le roi de France a
toutes bonnes raisons comme aussi toutes facilités de se croiser. Il
a de plus l'exemple de ses prédécesseurs et les sollicitations du
seigneur de Bourgogne.

De Germain, l'on possède, en outre, un éloge latin de Philippe le
Bon, terminé le 2 novembre 1452, intitulé *Liber de virtutibus sui geni-
toris Philippi Burgundiae et Brabantiae ducis*, et adressé à Charles le
Téméraire, alors âgé de 19 ans (2). Il y félicite le duc de son premier
essai de croisade ainsi que de ses appels aux armes lancés à la chrétienté, et, en même temps, il reproduit l'objet de son discours de
Mons.

---

(1) Edité par Schefer, *Le discours du voyage d'oultremer au très victorieux
roi Charles* VII *prononcé en 1452 par Jean Germain, évêque de Chalon*, REVUE DE
L'ORIENT LATIN, 1895, p. 303-42. D'après le ms. n° 5737 de Paris, Nat.,
vélin, probablement exécuté pour le maître des requêtes de l'hôtel de
Bourgogne, Le Jaul, car ses armes figurent au bas de la miniature
initiale.

(2) Edité par Kervyn, *Chron. des ducs de Bourgogne*, t. III : voir surtout les
p. 76, 79-96. Pour les mss., voir *ibid.*, p. IV, ainsi que le *Bulletin du Bibliophile belge*, I, p. 267 et les *Bull. de l'Acad. Roy. Belg.*, 2ᵉ s., XXI, 1866, p. 171.
Pour la valeur historique de l'œuvre, consulter Fris, *Analyse de chroniques
bourguignonnes*, p. 191.

Ce n'est pas tout. Le *Delenda Carthago* revient ailleurs. Jean Germain n'épargne point ses peines pour abattre l'Islam toujours plus menaçant et peut-être, si l'on n'y veille, demain vainqueur. C'est en français, c'est en latin qu'il met l'Occident en garde contre lui, c'est dans ses fonctions de chancelier de la Toison d'or ou d'ambassadeur de Bourgogne en France ou bien encore de prélat ayant à chapitrer ses fidèles. De cette dernière forme que prend son apostolat antimusulman, il nous instruit dans le prologue des *Deux Pans de la Tapisserie chrétienne* (1457) : il y rappelle aux dignitaires ecclésiastiques et aux simples fidèles de son évêché les sermons qu'il a prononcés et les ouvrages qu'il a composés pour le bien de l'Eglise, dont *Cinq livres contre la secte de Mahomet* (il veut dire : le *Débat*), la *Mappemonde spirituelle* et un traité à « Monseigneur le conte de Charolais héritier seul de Bourgoingne » (le *Liber de virtutibus*). A un autre titre encore, les *Deux Pans* mériteraient de retenir un instant notre attention, et c'est à cause du rapport qui s'y marque entre les arts et les lettres à la cour de Bourgogne. L'auteur ajoute dans ce même prologue : « Cognoissans que tant pour la faiblesse de nostre corps et aultres occupacions ne nous est possible d'ores en avant de en propre personne si continuellement que vouldrions exercer le dit office de predication, affin que pour ce ne soit retardé le bien et salut de voz ames... nous avons ordonné certain patron ou figure où sont pluiseurs personnaiges en deux pans de tapisserie ; chascun contenans certains chapitres esquels avons descript, pourtrait et figuré la conduycte et maniere comme les loyaulx chrestiens militans, pelerins et chevalereux conquerans doivent tendre à triumpher ». L'ouvrage aura deux livres et « au premier [note-t-il encore] sera parlé, pour le premier pan dudit patron, de la conduitte de l'église militante et par quelz moyens elle se parforce de venir triompher... Le second livre, pour le second pan dudit patron, parlera du grand empeschement et trouble que font continuellement l'ennemy d'enfer, la char et le monde aux militans par le moyen de leurs satellitez, temptacion et concupiscence » (1). En d'autres termes, Jean Germain indique et détaille ici et plus loin les person-

(1) P. Paris, *Mss.franç.*, IV, p. 93-95 ; Bugniot, *Jehan Germain*, p. 395 ; Jubinal, *Recherches sur les tapisseries*, p. 65-72 ; Gröber, p. 1148. Le ms. de Paris, Nat., n° 432 (anc. 7027³, de la Mare 466) ne contient qu'un livre. Je ne découvre, dans les inventaires de Bourgogne, aucune copie de l'ouvrage.

nages et les sujets qui devraient être représentés par quelque artiste renommé en quelque belle tapisserie, laquelle servirait à la sanctification des fidèles. Concernant ce prologue où le prélat fournit ces explications et où il dénonce les mauvaises lectures et les mauvaises mœurs de son temps, un érudit a fait observer : « Comme on voit, l'ouvrage de Jean Germain est bien plutôt un texte à déclamation que la description pure et simple de ses deux pans de tapisserie qui, du reste, n'ont probablement jamais été mis à exécution » (1). Mais par contre un autre érudit estime qu' « à en juger par la précision que le théologien apporte à la description des sujets, et malgré certaines amplifications oratoires auxquelles il se trouve naturellement entraîné, l'évêque de Chalon a dû nourrir le secret espoir de trouver quelque maître tapissier disposé à s'emparer du thème qu'il lui traçait pour l'édification de ses ouailles » (2). C'est ce que nous pensons aussi, et nous le pensons surtout parce qu'il existe un manuscrit des *Deux Pans* avec des dessins très significatifs à cet égard. Nous ne l'avons pas vu, mais nous lisons dans une analyse exacte qui en a été faite : « Sans grande valeur esthétique par lui-même, ce manuscrit offre cependant d'une manière indirecte un grand intérêt pour l'histoire des arts dans notre pays. En effet, le prologue du volume explique très nettement que les six grandes images qui l'illustrent, tracées rapidement à l'encre avec quelques touches de couleur à l'aquarelle, reproduisent les cartons d'une grande tenture que l'auteur avait fait exécuter pour son église cathédrale » (3).

Quoi qu'il en soit, l'indication est curieuse, et l'on nous pardonnera sans doute de lui avoir consacré ces quelques lignes. Pour un motif du même ordre, l'on voudra bien nous permettre d'en consacrer quelques-unes encore à un autre manuscrit qui du reste n'est pas sans point d'attache avec la littérature turque et qui témoigne

(1) Jubinal, *Recherches,* p. 72.

(2) Guiffrey, *Tapiss. franç.*, p. 34.

(3) C'est le ms. de Cheltenham, n° 219, écrit tantôt sur parchemin, tantôt sur papier, (sous le titre : le *Chemin du Paradis*) et qui est analysé dans la *Bibl. Ec. Ch.*, L, p. 400, par le comte P. Durrieu, *Les mss. de sir Thomas Phillips à Cheltenham* : il note que la même collection renferme un autre exemplaire de l'ouvrage (n° 2840), mais sans les reproductions des cartons de tapisserie. Un troisième exemplaire, également sans images, est, dit-il encore, à la Nationale, n° 432 : voir ci-dessus.

du goût, déjà constaté précédemment, que Philippe le Bon professait pour les arts décoratifs. C'est la *Déclaration des trois pièces de tapisserie*, à lui dédiée par un écrivain anonyme qui le savait amateur de luxueuses tentures. Voici son préambule qui, l'on en conviendra, est moins banal que certains couplets d'attaque de David Aubert : « Mon très doubté seigneur, pour ce que vous voyés voullentiers belles et riches tapisseries, mesmement quand elles portent signif- fiance de quelque joyeuse nouvelleté, et que despieça m'avez com- mandé bailler à vos tapissiers quelque matière de bonne substance joyeuse pour récréation, aussi quelque instruction pour la tailler et appliquer à l'ouvrage de figurance de tapisserie, je me suis advisé de vous présenter ung bref extrait de la belle tapisserie de Turquie, que je viz longtemps a au palais impérial à Vienne en Austrisse, pendant au long des haultes murailles, ainsi que deux marchands du pays de Turquie l'avoient fait illec estandre pour en faire monstre, s'aucun l'eust voulu acheter, lequel extrait au cas qu'il vous plaise l'ouyr lire en manière d'un passe-temps, et qu'il vous soit agréable, vous pourrez le faire bailler à vos dicts tapissiers pour figurer et appliquer en ouvraige ; ou pourra diligence être faicte de recouvrer des dits marchans leur dicte tapisserie, en cas qu'elle ne soit ailleurs vendue, et que la voulsissiez acheter » (1)... Le récit continue disant que l'auteur avait été envoyé en mission à Venise, auprès du Con- seil des Dix, par Philippe le Bon et que l'un des marchands rencon- trés à Vienne lui avait demandé des nouvelles du duc de Bourgogne, du *grant duc* si connu, déclarait-il, chez le *grant turc son maistre*. Quant aux trois pièces de la tapisserie, elles avaient pour thème, la pre- mière : un débat, à la cour de Vénus, entre Jeunesse et Vieillesse (on y voyait des personnages habillés à la turquoise), la seconde : Hon- neur, la troisième : la Condamnation de Souper et de Banquet. Les allégories y abondaient, et chacune des trois se composait de six pièces. Une tradition erronée rapporte que la troisième serait celle

(1) D'après Jubinal, *Recherches*, p. 32, qui reproduit p. 32-58 la plus grande partie du ms. L'œuvre a existé dans la librairie bourguignonne : Barrois, nos 1394-2176, papier. Serait-ce le n° 1193 de la Nationale ? Jubi- nal conjecture que la *Déclaration* date des environs de 1450. D'après Guiffrey, *Tapiss., franç.*, p. 32 et suiv., l'auteur qui conseille à son maître d'acquérir les trois tentures, ou à tout le moins l'une d'elles, serait Le Fèvre de Saint Remy, qui fut très fréquemment envoyé en ambassade par le duc.

qu'on admire aujourd'hui au Musée de Nancy et qu'elle proviendrait de la tente de Charles le Téméraire. Ce serait une des dépouilles enlevées par l'ennemi après le désastre où l'infortuné duc périt d'une mort si tragique (1).

La *Tapisserie chrétienne* de Germain nous a conduits jusqu'en 1457, mais il nous faut revenir sur nos pas pour prendre connaissance des très graves événements qui se sont accomplis dans les années antérieures et qui ont profondément remué l'Europe. Olivier de La Marche, en relatant la harangue du chancelier de la Toison d'or à Mons en 1451, donne ce renseignement sur la croisade : « Et sur ceste matiere par iceulx chevaliers furent prinses de moult belles conclusions pour le service de Dieu augmenter et la foy maintenir, desquelles choses mondit seigneur fut tousjours principal esmoveur, et le premier desliberé d'y employer corps et chevance ». Mais depuis lors est survenue la rébellion de Gand, ce qui lui a demandé du temps et de l'argent, et depuis lors aussi « le Turc a fait de grandes choses sur la chrestienté, comme d'avoir gaigné Constantinoble » (2). On le sait : Constantinople « gagnée » le 29 mai 1453 provoque la bruyante et fanfaronnante assemblée du Banquet du Faisan à Lille le 17 février 1454. Là également, de « moult belles conclusions » furent prises par de nombreux chevaliers. A leur tour, elles provoquèrent de la littérature ou, si l'on veut, elles furent enregistrées par la littérature ducale qui, en diverses circonstances, eut soin de les répéter et de les célébrer. Tel écrivain de la maison, dans un poème sur la Toison d'or, exprime sa confiance en les solennelles promesses des croisés de Lille et déclare à Philippe :

> Chascun cognut à ton gent veu faisant
>
> Que tenir veulz autrement que Jason... (3).

Un autre, c'est Chastellain, signe une *Epitre lyrique* où se lisent ces huit vers :

> O et depuis, chascun fait cy-après
>
> Cœur couronne de splendeur mille et mille
>
> Quant le rapport te fut fait par exprès
>
> De la grant perte et du mortel comprès [oppression]

(1) Voir Petit de Julleville, *Répertoire comique*, p. 50 ; P. L. Jacob, *Recueil de farces, soties et moralités du* xve *siècle*, Paris, 1876, p. 270-1.

(2) II, p. 370-1.

(3) Analysé ci-dessus p. 160.

> De Constantin, la noble sainte ville :
> Certes bien digne et bien heurée Lille
> D'en avoir pris les vœux de mainte clause
> Que tu y fis à celle seule cause ! (1)

Ou bien, c'est encore une *Epître*, mais non versifiée, une *Epître* en prose, mais lyrique et vibrante toutefois, qu'un inconnu jette, en un cri suprême, à la noblesse bourguignonne en 1464, à l'instant où la sainte entreprise va se réaliser. Nous l'analyserons plus loin, mais dès maintenant il convient de remarquer que l'auteur table beaucoup sur ces vœux qui ont alors dix ans d'âge, et lorsqu'on l'entend s'exprimer ainsi, on leur prêterait volontiers plus de portée et de signification qu'on ne leur confère habituellement. Nous reconnaissons certes que, de la façon dont il les remet en mémoire, on pourrait induire pareillement que les seigneurs qui ont voué n'affichent que peu de zèle à partir en croisade. Nous savons en outre tout ce qu'il y eut de conventionnel, d'extérieurement démonstratif et de purement mondain dans l'ordonnance de la cérémonie, et nous avons souligné déjà le côté fantaisiste et littéraire de certains engagements. Mais nous sommes à une époque et dans une cour qui affectionnent la parade et la mise en scène. Il semble qu'une déclaration de guerre à l'Infidèle doive s'accompagner d'une manifestation pompeuse, et après tout, elle n'est pas, pour ce motif, nécessairement dépourvue de sincérité.

Ailleurs encore, la « bien heurée Lille », suivant la tournure de Chastellain, est l'objet d'une sympathique allusion ; par exemple, il ne manque pas de poésies, entre 1454 et la mort de Philippe le Bon ou la fin de la dynastie, qui lui réservent quelques mots ou quelques vers. Il en est question, il en est parlé dans les diverses négociations politiques qui s'engagent entre la cour de Bourgogne et les autres puissances touchant le « saint voyage de Turquie ». Chez les chroniqueurs de l'entourage de Philippe le Bon, chez un Olivier de La Marche ou un Mathieu d'Escouchy, la fête de 1454 devient l'étape marquante dans l'histoire du projet de croisade. Ils lui donnent, ainsi que nous l'avons dit, les proportions de l'un des événements sensationnels du règne de leur prince. Les rapports officiels, qui sont rédigés en vue de l'organisation des troupes destinées

(1) Kervyn, VI, p. 159-60.

à secourir l'empire grec, ne négligent pas non plus de la glorifier. Mais chose surprenante, ni les rédacteurs de ces rapports, ni les mémorialistes, ni les poètes n'accordent la moindre mention aux vœux d'Arras, de Bruges, de Hollande et de Mons. Cela tient sans doute à ce qu'ils n'étaient qu'une redite et une pâle redite des promesses formulées un ou deux mois auparavant.

Mais en même temps que les nobles, il y a les bourgeois qui se mêlent de la croisade. En juin 1454, la ville de Louvain organise une réception triomphale en l'honneur de Philippe le Bon et elle lui offre un spectacle qui le représente vainqueur de la gent païenne et traînant derrière lui des satrapes enchaînés (1). L'année suivante, c'est Mons qui l'accueille et qui, pour lui plaire, dispose sur son passage des tableaux évoquant la lutte entre la religion chrétienne et la loi sarrasine. Près de la porte de Havré, un premier tréteau, un échafaud se dresse avec une vierge « toutte échevelée », Foi catholique, dont le manteau est couvert d'inscriptions, Foi Abel, Foi Enoch, Foi Noël, Foi Abraham et autres Fois de l'Ancien et du Nouveau Testament. A sa gauche est un grand prince, Hérésie, entouré de ses complices parmi lesquels s'aperçoivent des diables « sans poil ni faulz visaiges », mais avec de petites cornes. Il tient à la main une hache dont il menace la dame qui a pour défenseur, à sa droite, Ami ou Secours de foi. Plus loin, vis-à-vis de l'entrée de la rue du Hautbois, un autre échafaud exhibe la prise de Constantinople par Baudouin, comte de Flandre et de Hainaut, que l'on voit ensuite couronné sur un troisième théâtre, place du Marché (2).

A ce moment, il semble qu'on n'attende plus que le signal du départ. Mais la situation continue telle, longtemps encore. Nous laisserons au lecteur le soin de recourir aux chroniqueurs de l'époque et aux historiens modernes pour s'enquérir des difficultés sans cesse renaissantes qui maintiennent la croisade à l'état de généreuse préoccupation. A Rome qui implore et même qui menace par la voix de Calixte III et de Pie II, Philippe le Bon répond par de nobles

____

(1) E. Poullet, *Sire Louis Pynnock, patricien de Louvain, ou un maïeur du* XVe *siècle*, Louvain, 1864, p. 39.

(2) Tel est du moins le programme que se trace le conseil de la ville de Mons le 14 mai 1455 : Barante, *Ducs de Bourg.*, éd. Gachard, II, p. 131 ; F. Faber, *Histoire du théâtre français en Belgique*, Bruxelles, 1878-80, I, p. 9 ; Devillers, *Séjours des ducs*, p. 349-52.

engagements. De la cité des papes au pays de Bourgogne, c'est un va-et-vient d'ambassades et de messages. Tandis que les conseils ducaux instruisent le projet, des subsides sont demandés par le prince à ses bonnes villes et à ses féaux sujets. Mais il ne songe pas à s'en aller guerroyer seul contre les mécréants : il entend unir les souverains chrétiens en une même pensée de dévouement religieux et de défense internationale. C'est là une tâche singulièrement ardue, car voici tantôt la France, tantôt l'Allemagne qui opposent à son dessein leur décourageante apathie et leur déplorable mauvais vouloir. A ces difficultés d'ordre extérieur, d'autres se joignent qui lui sont créées et par son fils, avec lequel il est en mésintelligence, et par la Flandre qui, toujours turbulente, réclame son attention et le détourne de son projet. Cependant à la fin de 1463, (septembre-octobre), les plus gros obstacles paraissent écartés, et Guillaume Fillastre se rend à Rome, avec d'autres délégués de Philippe, pour y annoncer l'intention où était son maître de partir prochainement (1). Il rentre en Bourgogne, ayant mission de dire au duc que Pie II, avec l'aide des Génois, des Italiens, de divers rois et princes, se faisait fort de mettre sous les armes 40000 chrétiens et qu'il se proposait de marcher à leur tête contre les Infidèles. Quant à Philippe, il devait réunir 6000 hommes au moins. Ce dernier, ainsi que nous le conte le chroniqueur Du Clercq, « de ce averti fust moult joyeulx », et il manda aux seigneurs, chevaliers, écuyers, prélats et députés de ses villes, tant ceux qui avaient « voué » que les autres, « qu'ils fuissent devers lui à Bruges le xve jour de decembre audit an lxiii ; lesquels venus audit Bruges », il leur fit connaître sa résolution d'être à Aigues-Mortes vers le mois de mai de l'année suivante, ajoutant « qu'il les redemanderoit pour leur dire ce qu'il avoit intencion de faire touchant les gouvernements de ses pays » (2). Mais quand vint ce mois de mai de l'année 1464, l'affaire n'était pas aussi avancée qu'on l'espérait. D'une date à l'autre, le duc de Bourgogne avait eu le temps de laisser s'affaiblir quelque peu son ardeur belli-

(1) Chastellain, IV, p. 458 ; Pastor, *Geschichte der Päpste seit dem Ausgang des Mittelalters*, Fribourg en Brisgau, II, 3e et 4e éd., p. 246 ; H. V. Sauerland, *Rede des burgundischen Gesandten und Bischofs von Tournay Wilhelm Filastre in Sachen eines Kreuzzugs gegen die Türken, gehalten zu Rom am 8 October 1463 im öffentlichen Consistorium vor Papst Pius II* (RÖMISCHE QUARTALSCHRIFT, Jahrgang V, 1891, p. 352-63).

(2) Du Clercq, IV, p. 18-19 ; Pastor, *ibid.*, II, p. 305 et 314.

queuse. Louis xi était là qui s'efforçait d'arrêter son élan et arrivait à le convaincre de la nécessité d'avoir la paix avec l'Angleterre pour risquer la croisade. Aussi le 8 mars 1464, Philippe prévint ses Etats que, vu l'ordre du roi de France, il ne pourrait partir que dans un an. Néanmoins, ne voulant pas manquer aux engagements qu'il avait pris à l'égard du pape, il enverrait un corps d'armée sous les ordres d'Antoine, bâtard de Bourgogne (1). Celui-ci se mit en route le 21 mai. L'expédition eut lieu, comme on sait, dans les plus détestables conditions, et Pie ii, qui s'était transporté à Ancône, pour la seconder, y mourut le 14 août.

Durant l'intervalle qui sépare la réunion de la « bien heurée Lille » et cet essai de croisade, soit de 1454 à 1464, la littérature martiale et antimusulmane ne chôme pas. Outre les poètes et les chroniqueurs, il y a, pour l'entretenir, des moralistes et des traducteurs dans le genre de Miélot. Aux environs de 1455, il est chargé de transcrire le *Voyage* de Bertrandon de La Broquière. Ne serait-ce pas seulement alors que celui-ci a mis au point ses notes prises au jour le jour dans son expédition de jadis, qu'il les a revues et arrangées en une rédaction littéraire ? On l'a pensé parce qu'à cette date il reçoit de son prince une gratification de 168 livres 12 sols et un denier parisis, monnaie royale « pour les services qu'il luy [au duc] a fait et fait chascun jour et pour aulcunes considerations qui à ce le meuvent » (2). Mais reste à savoir quelle besogne le compte ainsi formulé avait en vue. Autre question : est-ce que la mise au point des notes de voyage de Bertrandon, soit leur rédaction ou leur retouche n'appartient pas à Miélot ? (3). On lit en effet, après la traduction de l'*Avis* de Torzelo, ces mots : « S'ensuyt l'advis de ce qu'il me samble à moi Bertrandon... touchant l'advis ci-dessus escript, lequel Messire Jehan Torzelo a faict... lequel advis mon redobté seigneur me bailla... pour le faire translater de langaige florentin en françois, et puis ordonna qu'il fut attaché à la fin de mon voyaige

<hr>

(1) Du Clercq, iv, p. 47-48 ; Pastor, p. 324-29 ; Perret, *Histoire des relations de la France avec Venise du* xiiie *siècle à l'avènement de Charles* viii, Paris, 1896, i, p. 372-427.

(2) Schefer, *Bertrandon*, p. xxxi.

(3) Voir Schefer, *Bertrandon*, p. vi, xxxii-iii, lxxv-vi. Il croit que c'est aux environs de 1455 que Bertrandon a rédigé son *Voyage*. Van Praet, *Notice sur Mansion*, p. 53 et 116, pense qu'il a été rédigé par Miélot. M. Perdrizet, p. 476-77, est du même avis.

mis par escript cy dessous par messire Jehan Miélot... ». Ce texte, dit-on, prouve que le chanoine de Lille a rédigé le travail du sire de La Broquière lequel, dit-on aussi, paraît bien l'avouer à la première page de son *Voyage d'Oultremer* : « Ainsi que je puis avoir souvenance et que rudement l'avoye mis en ung petit livret par manière de mémoire, ay faict mectre en escript ce pou de voyaige que j'ay faict ». Le mot *rudement* indiquerait que Bertrandon n'était pas assez instruit pour se passer de l'aide d'un lettré (1).

Il est difficile de déterminer le moment où La Broquière a pu fixer (ou demandé qu'on lui fixe) le texte définitif de son récit, mais on voit bien que cette rédaction, d'après le livret rapporté d'Orient, doit être postérieure, d'un certain temps, au voyage. Seulement, faut-il la reculer jusqu'aux environs de 1455 ?(2). Nous ne le croyons pas. Remarquez du reste qu'elle contient une description de Constantinople, mais qu'elle ne fait aucune allusion aux événements qui se sont accomplis en 1453 (3). En outre, nous ne pensons pas que ce soit Miélot qui ait ajouté le style au carnet de notes que Bertrandon avait constitué en 1432 « par manière de mémoire ». On trouve, dans l'œuvre, des expressions qui révèlent que le voyageur se reconnaît responsable de ce qu'il écrit. Il déclare n'être pas un professionnel de l'art d'écrire et il s'excuse de sa forme : il ne s'en excuserait pas si cette forme ne lui appartenait pas.

Tandis que Miélot s'occupait du *Voyage* de La Broquière, un autre labeur devait, ou bien allait, lui être confié : la traduction de deux traités relatifs à l'Orient. C'était d'abord le *Directorium ad passagium faciendum*, ce plaidoyer écrit, en 1332, par le Dominicain Guillaume Adam (qui devint archevêque de Sultanieh), en faveur de la croisade projetée, en 1330, dans les conférences tenues à Avignon par Philippe de Valois et le pape Jean XXII. C'était ensuite la *Descriptio Sanctae Terrae* (fin XIIIᵉ siècle) de Burcard (dit aussi Brocard), frère prêcheur originaire de Saxe et qui fut religieux au Mont-Sion en Palestine. L'*Advis directif pour faire le voyage d'oultremer* (c'est le

(1) Opinion de M. Perdrizet.
(2) Opinion de Schefer.
(3) Le Grand d'Aussy, p. 453 (voir aussi p. 555), constate que Bertrandon cite l'année 1438 : la rédaction serait donc postérieure à cette date. Ne serait-elle pas des alentours de 1440 ? Il faut se rappeler qu'alors notre voyageur a pu prendre connaissance de l'*Avis* de Torzelo.

Directorium) fut achevé en 1455 et la *Terre Sainte* parut l'année suivante (1). Le premier, l'*Advis*, est allé s'ajouter au *Voyage* de Bertrandon dans certain manuscrit sur parchemin offert au duc et
rubriqué par l'inventaire de 1467 : *Le Voiage d'oult-mer du roy
Philipe de Valois, et le Voiage de Bertrandon*. Une grande peinture s'y
remarque qui représente le siège de Constantinople par les Turcs
en 1453 (2). Philippe le Bon détenait encore d'autres copies de l'*Avis
directif* (3) et du *Voyage* de Bertrandon (4), ainsi que le *Directorium* et
la *Descriptio* en latin (5).

Bertrandon avait été convié par le duc à donner son sentiment, à
rédiger un *Rapport* sur le *Mémoire* écrit par Jean Torzelo (1440).
Il le rédigea alors que la situation, exposée par ce dernier, s'était
modifiée, comme ces lignes l'indiquent : « Et quant aux puissances
qu'il dict qui se porroyent joindre avec les vingt mil combatans
qu'il samble à Messire Jehan par son advis que on devroit faire aller
par la voye de Bellegrade, ceste chose a despuis changé, car le dis-
pot de Rascie a esté despuis dechassé par le Turc hors de la plus
grant partie de ses pays de Rascie et de Servie : et n'a point telle
ne se grande puissance de gens qu'il soulloit du temps que messire
Jehan feist son advis » (6).

(1) Le *Directorium* et la *Descriptio* ont été longtemps attribués l'un et
l'autre à Burcard, par suite d'une indication erronée de Miélot. Le premier revient, comme nous l'avons dit, à G. Adam. Voir Reiffenberg,
Bull. Acad. Roy. Belg., 1e s., XI, p. 6 (extr. de la *Description*) et *Monuments*,
IV, p. 226-312 (édit. de l'*Avis directif*) ; V. Leclerc, *Hist. litt.*, XXI, p. 180-
215 ; Delaville Le Roulx, *France en Orient*, p. 89-91 ; Molinier, nos 3084,
3549 ; Kohler, *Hist. Crois.*, II, p. CXLIII et suiv., 364-517 (nouvelle édit. de
l'*Avis*, avec le texte latin) ; P. Meyer, *Rom.*, XXXVI. p. 453.
(2) Barrois, nos 1525-1732. — Paris, Nat., no 9087, parch. La miniature
est reproduite par Schefer en tête de son édition de Bertrandon.
(3) A Bruxelles existe le no 9095, XVe., papier, renfermant la version de
Miélot, *Directoire*, p. p. Reiffenberg. Il a fait partie de la bibliothèque
des ducs : *Hist. Crois.*, II, p. CLXXV.
(4) Barrois, no 1526, papier. Sur ce ms., et Barrois 1525-1732, voir Pinchart, *Archives*, II, p. 113-4.
(5) Barrois, no 1078. — Bruxelles, no 9176-77, papier. Dans les mss., la
Descriptio est souvent placée après le *Directorium*. Qu'y a-t-il dans Barrois, nos 1551-2203 ? Cf. Reiffenberg, *Monuments*, IV, p. CLXIX.
(6) D'après Schefer, *Bertrandon*. p. 268, qui, outre le *Voyage*, publie le
Rapport, p. 266-74, lequel (détail ignoré de Schefer) avait été déjà édité
par Reiffenberg, *Monuments*, V, p. 544-9. A noter que Reiffenberg reproduit aussi, p. 541-44, le *Mémoire* de Torzelo et l'*Avis* de Wavrin, p. 549-52.

Tous ces documents de croisade ont trouvé place dans un manuscrit copié pour Jean de Wavrin (17 septembre 1460) : le *Directoire*, la *Description*, le *Voyage* de Bertrandon, l'*Avis* de Torzelo et le *Rapport* de Bertrandon sur Torzelo (1). Mais au temps où ils paraissent à la cour de Bourgogne, d'autres « avis » sont exprimés, d'autres « rapports » sont confectionnés. Par eux l'on apprend qu'alors, dans les conseils ducaux, sont agitées et discutées par le menu les questions d'armements et de finances (2). Mais ici la littérature n'a rien à voir, non plus d'ailleurs que dans les rapports et avis de Torzelo, de Wavrin et de Bertrandon. Ce sont des mémoires techniques, par conséquent de simples pièces justificatives pour servir à l'histoire politique du grand duc d'Occident. Il faut en penser et en dire autant de l'*Instruction pour maistre Anthoine Hanneron,.. lequel... mondit seigneur le duc envoie devers l'Empereur premièrement, et de là devers nostre Saint Père le Pape, de ce que ledit maistre Anthoinne aura à faire pardevers eulx (fait et commandé par mondit seigneur le duc le premier jour de may l'an mil cccc soixante, en sa ville de Bruxelles)* (3). L'art littéraire n'est pas davantage intéressé à la translation, par Guillaume Fillastre, de la *Bulle* adressée par Pie ii, en 1463, « à tous et chascun les leaulz et feaulz crestiens » (4). Mais il a sa part, encore que modeste, dans l'*Epistre faitte en la contemplacion du saint voyage de Turquie adreissant à la très crestienne et très heureuse Maison de Bourgoingne*, qui doit avoir vu le jour dans les premiers mois de 1464, alors que le grand bâtard allait quitter le pays pour se porter au secours de l'empire grec (5). L'auteur (qui n'est pas Olivier de La Marche, comme on l'a pensé) a

Son édition est faite d'après un ms. du xvie s., Bruxelles, no 7243-51, au sujet duquel on peut consulter le même Reiffenberg, *Ann. Bibl. Roy. Belg.*, 1848, p. 122-4 et Marchal i, p. 145. ii, p. 78, iii, p. 239. — Torzelo est dans Barrois, no 2179, inv. 1487.

(1) Paris, Arsenal, no 4798, papier, ms. dont l'exécution, m'écrit M. Bayot, est tout à fait semblable à celle du no 4095 (316) du même dépôt.

(2) Voir J. Finot, *Projet d'expédition*, où l'auteur réédite un rapport déjà publié par Le Glay : *Sur la croisade projetée en 1453, Advis pour faire conqueste sur le Turc, à la correction des saiges*, Bull. Comm. Roy. Hist. Belg., 3e s. ii, p. 213-228 ; voir aussi Molinier, nos 4126, 4129.

(3) P. p. O. Cartellieri, *Über eine burgundische Gesandtschaft an den kaiserlichen und päpstlichen Hof im Jahre 1460*, Mittheilungen des Instituts für österreichische Geschichtsforschung, xxvii, 1907, p. 448-64. Sur A. Hanneron, voir notre *Introduction*.

(4) Voir ci-dessous p. 112.

(5) Voir mon édition citée p. 112.

négligé de nous informer de sa nationalité et des attaches qu'il pouvait avoir avec la cour de Bourgogne, sauf qu'il nous révèle qu'il connaît Jean Le Fèvre de Saint-Remy. En outre, il déclare avoir élaboré son œuvre à la demande, sur l'invitation du roi d'armes de la Toison d'or, mais pourtant il parle avec tant d'ardeur et de conviction qu'on croirait volontiers qu'il n'a eu besoin des conseils de personne pour prendre la plume. C'est un grand admirateur de Philippe le Bon, et sans doute l'un de ses familiers, et sans doute aussi un homme d'Eglise. Son *Epitre* (en prose, mêlée de quelques vers) a les allures d'un prêche, d'une homélie, mais d'une homélie belliqueuse qui voudrait, par son tour oratoire et même sincèrement éloquent, pousser à la lutte l'entourage du duc, sa noblesse, ses Etats. L'on dirait voir, tant l'accent en est passionné, les lecteurs qui la lisent ou les auditeurs qui l'écoutent. Certes, elle atteste chez ceux-ci des hésitations et des tergiversations en face de la périlleuse aventure qu'on les prie de courir, mais elle prouve aussi qu'en haut lieu la reconquête de la Terre Sainte se posait comme un problème qu'il était possible de résoudre.

De la littérature, nous en découvrons également dans la collection de livres sur l'Orient rassemblée par Philippe le Bon, collection assez importante pour qu'elle ait obtenu une dénomination spéciale dans l'inventaire de 1467. Du moins, l'on y discerne une rubrique *Oultremer, Médecine et Astrologie* et sous cette rubrique (en même temps qu'ailleurs aussi) s'alignent, avec tous les manuscrits cités jusqu'à présent, nombre d'autres volumes appartenant à cette littérature « exotique » que le moyen âge s'est constituée en deux ou trois siècles de relations avec l'Orient. Nous y relevons (1) trois ou quatre *Eracles* (2) la *Conquête de Constantinople* de Villehardouin en trois exemplaires, dont un avec la continuation de Henri de Valen-

----

(1) Je ne tiens pas compte ici des ouvrages de l'inventaire de 1420 (voir ci-dessus, p. 241-44) ayant le même objet que les suivants lesquels sont des acquisitions de Philippe le Bon.

(2) I) Barrois, nᵒˢ 1453-1774 ; II) Barrois, nᵒˢ 1455-1773. — Bruxelles, nᵒ 9492-3 ; III) Barrois, nᵒˢ 1543-1715. — Bruxelles, nᵘ 9045, pap. Pour les mots de repère, voir Mas-Latrie, *Ernoul*, p. 466 et 472. Qu'a-t-on dans Barrois, nᵒ 1451, *De la Conqueste d'outre-mer que encomença Godefroy de Buillon* ? Barrois, dans son *Index*, p. 18, dit : « On lit en tête du nᵒ 1451, en écriture moins ancienne, que c'est une traduction de Guillaume de Tyr ». Voir encore le Barrois, nᵒ 1452 : Quid ?

Molinier, nᵒˢ 2172, 2303, 2558 et 3092.

ciennes (1) ; une *Conquête de la Morée* (2) ; une *Histoire du royaume de Jérusalem jusqu'en 1210* (3) ; deux *Vie de saint Louis* de Joinville (dont une dans le célèbre volume dit *manuscrit de Bruxelles*) (4) ; un *Marc Pol* (5) ; une ou deux *Fleurs des Histoires de la Terre d'Orient* (6) ; ainsi que deux exemplaires du vaste ouvrage sur la Terre Sainte composé au xive siècle par Marino Sanudo, dit Torsello, surnommé Il Vecchio qui fut un grand et actif voyageur ainsi qu'un zélé préparateur de la croisade : *Liber secretorum fidelium Crucis, qui est tam pro conservatione fidelium quam pro conversione et consumptione infidelium.* C'est un traité en trois livres, renfermant une géographie de l'Orient, un projet de guerre contre les ennemis de la chrétienté et une histoire de la Palestine et des croisades. Il a subi diverses refontes, et l'auteur l'a présenté au pape Jean xxii à Avignon, et il en a offert des exemplaires aux princes de l'Europe (7).

Après cela, nous avons les articles douteux, les notices énigmatiques, et que nous reproduirons dans la teneur des inventaires : *Croniques de la terre d'oult-mer* (8) ; le *Voiage de Turquie* (9) ; les *His-*

(1) i) Barrois, nos 1290-1935, parch., Villehardouin et Henri de Valenciennes ; ii) Barrois, no 1473, papier, Villehardouin ; iii) Barrois, nos 1544-1876, parch., id.

(2) Barrois, nos 1552-1946. — Bruxelles, no 15702, pap. Voir Buchon, RECHERCHES HISTORIQUES SUR LA PRINCIPAUTÉ FRANÇAISE DE MORÉE, *Le livre de la conqueste de la princée de la Morée publié pour la première fois d'après un ms. de la Bibliothèque des ducs de Bourgogne à Bruxelles*, Paris, 1845, t. i, p. xi-xxvi ; Gröber, p. 1019 ; Bayot, *Fragments*, ii. p. 432.

(3) Voir ch. vii, § 3.

(4) i) Barrois, nos 756-2152, parch. ; ii) Barrois, nos 1434-2101. — Paris, Nat., no 13568, parch. (= *ms. de Bruxelles*, qui provient de Charles v) — Voir Molinier, nos 2537, 2657-8 ; G. Paris, *Hist. litt.*, xxxii, p. 372-77. — Cf. Barrois, no 2231.

(5) Barrois, nos 1590-1829. — Bruxelles, no 9309. Voir Marchal, ii, p. 81.

(6) Barrois, no 906, papier.

Barrois, no 1545, parch., « qui, dit M. Kohler (*Hist. Crois.*, ii, p. cxxi) est peut-être une notice afférente à un exemplaire de la *Fleur des Histoires d'Orient*. Cependant les *incipit* des feuillets 2 et dernier n'appartiennent, semble-t-il, à aucune des recensions françaises connues de l'œuvre de Hayton ».

(7) i) Barrois, no 1055-1995 (armes de Hollande et de Bavière). — Bruxelles, no 9404, parch., miniatures ; ii) Barrois, no 1033 *(Ung livre en latin contenant plusieurs choses)*, 1996. — Bruxelles, no 9347, parch.

Molinier, no 3092.

(8) Barrois, nos 1533-1807.

(9) Barrois, no 1546, pap.

toires d'oult-mer (1) ; *Ce livret en français parle quement la terre d'oult-mer se conquestroit* (2) ; la *Relation du Voiage messire Pietre Was* (3) ; le *Livre pour combatre le Turc* (4).

§ 3. Charles le Téméraire.

La mort emporta Philippe le Bon avant que la chute de l'empire grec n'eût été vengée. Aucune réparation ne fut faite d'ailleurs ; aucune consolation sérieuse ne fut donnée à la chrétienté. Le grand duc d'Occident fut beaucoup pleuré et beaucoup chanté. Les poètes du cru lui comptèrent. au nombre de ses meilleurs titres de gloire, celui d'avoir été le « principal esmouveur » de la croisade au xvᵉ siècle. Celle-ci passa en héritage à Charles le Téméraire qui, lui, ne poussa pas les choses bien loin. Sous son règne, la littérature turcophobe ne s'accroît d'aucune œuvre notoire. Cependant il y aurait peut-être à nous remettre en mémoire ici les paroles de Vasque de Lucène qui, dans son *Quinte-Curce*, lui dit qu'il pourrait, surpassant Alexandre le Grand « en devocion, continence, chasteté et attemprance », gagner tout l'Orient « à la foy de Jhesu Crist » et, de la sorte, acquérir « gloire perpetuele ».

III. ŒUVRES PROFANES.

Le titre est vague et général, mais c'est à bon escient que nous l'adoptons, parce qu'il nous paraît convenir à l'ample catégorie d'œuvres didactiques que leur caractère plutôt profane (sauf exceptions toutefois) exclut du groupe des compositions pieuses et que rien de spécial ne rattache au projet de croisade turque. Ici, de même que dans le domaine de la littérature religieuse proprement dite, se rencontrent de gros volumes *varia* que l'on classe difficilement et tel d'entre eux s'abrite sous une dénomination qui ne laisse guère deviner son contenu multiple. Nous avons en vue le *Livre du Cabaz*, ainsi que le désignent nos différents inventaires. Il correspond à un manuscrit de la Nationale de Paris, débutant par le *Chevalier au barisel* (5) et renfermant en outre des textes dont l'énu-

---

(1) Barrois, n° 1550, pap.
(2) Barrois, n° 1548.
(3) Barrois, n° 1549, pap. Cf. La Marche, ii, p. 5, iii, p. 41.
(4) Barrois, n° 1586.
Voir, pour le *Songe du Vieux Pelerin*, le même chapitre, part. iii, § 3.
(5) Déjà cité dans la littérature pieuse, p. 203.

mération occupe plus de quatre colonnes dans le catalogue actuel. Ce sont des textes assez courts, *Fabliaux, dits, contes en vers*, dont un assez bon nombre appartient à Rutebeuf, et le tout constitue une véritable petite bibliothèque (1).

§ 1. Philippe le Hardi.

En guise de preuve attestant son goût pour les productions de l'esprit, on a souvent allégué le fait que voici : c'est que Jean II, se trouvant enfermé dans la Tour de Londres avec le futur duc de Bourgogne, avait chargé Gace de la Bigne, son chapelain, de composer à l'usage du jeune seigneur le *Déduit des chiens et des oiseaux*. Le même fait pourrait être invoqué comme témoignage de la vogue de ce qu'on appellerait volontiers les sports du XIVe siècle et de la part qui leur revenait dans l'éducation (2).

Gace de la Bigne (3), chapelain de la cour de France, avait com-

(1) Inv. 1420 : Doutrepont, n° 100. — Inv. 1467 et 1487 : Barrois, nos 1339 et 1796. — Paris, Nat., n° 837, XIIIe s., parch. Voir, pour l'identification, ma *Librairie de 1420*, où j'explique l'appellation de *cabaz* qui est employée pour dénommer le *barisel*, l'espèce de tonnelet que, dans le conte du début, l'ermite remet au chevalier. La version du *Chevalier au barisel* que nous avons est celle de Barbazan-Méon, *Fabliaux et contes*, 1808, I, p. 208-42 et Schultz-Gora, *Zwei altfranzösische Dichtungen, La Chastelaine de Saint Gille-Du Chevalier au barisel*, Halle s. S., 1899, p. 83-110. Sur les diverses rédactions de ce conte, voir P. Meyer, *Not. et extr.*, XXXIV, 1e p. (1891), p. 160 ; Schultz-Gora, p. 69-70, 75-77 ; Gröber, p. 654 et 918.

(2) Sur les livres et le service de la vénerie à la cour de Bourgogne, voir Peignot, p. 50-1 ; Quantin, p. 44 ; Vernier, *Philippe le Hardi*, p. 29 ; Petit, *Ducs de Bourgogne*, VIII, p. 126 ; Sander Pierron, *Forêt de Soigne*, p. 268 ; E. Picard, *La vénerie et la fauconnerie des ducs de Bourgogne d'après des documents inédits*, Paris, 1880.

(3) Les mss. donnent des formes assez diverses du nom de l'auteur : la plus fréquente est *Buigne*, mais il est préférable d'écrire *Bigne*, conformément à la désignation actuelle du village patrial de Gace. — Sur l'auteur, l'œuvre, sa date d'achèvement et ses nombreux mss., voir La Curne de Sainte Palaye, *Mém. sur l'anc. chevalerie*, 1781, III, p. 253-6, 389-419, éd. Nodier, 1826, II, p. 403-27 ; Reiffenberg, *Bull. Comm. Roy. Hist. Belg.*, 1e s., X, 1845, p. 121-24 ; *Hist. litt.*, XXIV, p. 175, 179, 449, 450, 644, 751-2 ; P. Paris, *Mss. franç.*, V, p. 217-220 ; Duc d'Aumale, *Notes et documents relatifs à Jean, roi de France*, PHILOBIBLON SOCIETY, II, 1855-56 ; *Bull. du Bibliophile*, 13e s., 1857, p. 103-123 ; A. Thomas, *Rom.*, XI, p. 179-180. *Éc. fr. Rome, Mél. arch. et hist.*, IV, 1884, p. 28-29 ; Werth, *Altfranz. Jagdlehrbücher*, p. 393-415 ; Gröber, p. 1070 ; Molinier, n° 3305 ; Prost, *Inventaires mobiliers*, p. 108-9, 593.

mencé son ouvrage, ainsi qu'il le raconte, « à Heldefort [Hertford] en Angleterre l'an mil trois cens cinquante neuf, du commandement du dit seigneur [Jean II] afin que messire Phelippe son quart filz ... qui adonques estoit jovene, apreist des deduis pour eschiver la pechié d'oiseuse et qu'il en fust mieux enseigné en meurs, en vertus. Et depuis le dit Gace, ajoute-t-il, le parfist à Paris ». Il passait pour une autorité en matière de vénerie et principalement de fauconnerie, mais son œuvre n'est didactique ou scientifique qu'à la façon du moyen âge. Elle ne nous livre des informations d'ordre technique que sous le couvert de l'allégorie et en usant d'un procédé d'exposition alors en grande faveur, la *plaidoierie*. Devant le roi Jean, la fauconnerie et la vénerie font valoir leurs droits respectifs au titre de déduit par excellence, et en fin de compte un arrêt intervient qui contente les deux parties. Mais avant cela, le lecteur a vu défiler sous ses yeux un cortège qu'il connaît, le cortège des vices et des vertus qui sont représentées les armes à la main. Les vertus ont choisi, pour les commander, Honneur qui a toujours marché en compagnie de Hardiesse (Hardement) : c'est ce que dit Vaillance dans les vers suivants où elle prononce l'éloge du jeune Philippe le Hardi :

> Et dès que Honneur est en France
> Je commanday à Hardement
> Qui m'appartient, que nullement
> D'avecques lui ne se partist,
> Pour quelque chose que véist.
> Si l'a si léalment servy
> Que depuis de lui ne party
> Et lui a donné si beau nom
> Qu'on peut donner à nul hom ;
> C'est qu'il a surnom de Hardy.
> A présent de ce plus ne dy ;
> Il est très large et loyaux,
> Et si aime bien les oyseaux
> Il aime Dieu et Sainte Eglise... (1)

Le traité de la Bigne figure naturellement au nombre des manuscrits inventoriés en 1404 : « Le Livre de Messire Gace qui parle du

____

(1) D'après Reiffenberg, p. 124.

Desduit des chiens et des oyseaulx, et n'y a nulz fermouers » (1). Il reparaît, accompagné de deux autres exemplaires, en 1420 (2) ; nous ne connaissons, de ces trois volumes, qu'un survivant : ce n'est pas une calligraphie précieuse et digne de l'effort tenté par l'écrivain. Notons cependant que son *Déduit* n'est que relativement original. Il doit plusieurs de ses inspirations à des œuvres que nous rencontrons aussi dans la librairie bourguignonne : les *Propriétés des choses* de Barthélemi l'Anglais, et le *Roi Modus et la Reine Ratio*. En revanche, il a été utilisé par Gaston Phébus, comte de Foix, dans son livre sur la chasse. Soit dit en passant, Vérard, dans son édition du *Déduit* de Gace de la Bigne, a supprimé le nom du chapelain français et il a joint son texte à celui de Gaston Phébus, de sorte que ce dernier y devient l'auteur des deux compositions, sous le titre de *Phebus des deduiz de la chasse des bestes sauvaiges et des oyseaulx de proye*. L'erreur a été reproduite jusqu'au XIXᵉ siècle dans presque tous les catalogues et répertoires de librairie.

Prenant son bien où il le trouvait, non seulement dans Gace, mais aussi dans Barthélemi l'Anglais et le *Roi Modus*, Gaston Phébus a rédigé son ouvrage entre 1387 et 1391, et il l'a dédié à Philippe le Hardi qui était alors déjà un grand seigneur et en plein âge d'homme, et il le lui a dédié en insistant sur la compétence du duc de Bourgogne en « mestier de venerie ». En existe-t-il une transcription dans les inventaires de 1404 et 1405 ? Nous l'ignorons, c'est-à-dire que nous n'y apercevons aucune notice clairement afférente à cet ouvrage. Peut-être faut-il le chercher sous une rubrique imprécise telle que : « Le livre qui parle de la *Vénerie*, fermant à quatre fermaulx de fer » (3). Mais, en dépit de l'insuffisance des

(1) Peignot, p. 46 ; Barrois. nᵒ 613 ; Dehaisnes, p. 851.

(2) Inv. 1420 : Doutrepont nᵒˢ 123, 144 et 173. A noter que les nᵒˢ 144 et 173 n'ont pas de fermoirs : c'est donc à l'un d'eux que correspondrait l'article de 1404, avec son indication : « n'y a nulz fermouers ». Le nᵒ 123 ne revient pas après 1420 ; il en est de même du nᵒ 144 lequel est alors déjà porté manquant. Seul le nᵒ 173 se retrouve : Barrois, nᵒˢ 1588-2091 (Inv. 1467 et 1487). — Peignot, p. 86 et Barrois, nᵒ 678 (Inv. 1477). — Bruxelles, nᵒ 11183, ms. de la fin du XIVᵉ siècle ou même du commencement du XVᵉ, qui n'offre rien de particulier, sinon qu'il n'a point passé par les mains de l'enlumineur. M. Werth, p. 394, le date du second tiers du XIVᵉ siècle : c'est une information qu'il a sans doute prise dans le *Catalogue* de Marchal.

Barrois aurait pu supprimer le nᵒ 2302 de son *Appendice*.

(3) Inv. 1404 : Peignot, p. 50 ; Barrois, nᵒ 619 ; Dehaisnes, p. 852.

renseignements donnés par les gens de la maison, l'on ne saurait douter que Philippe le Hardi ait eu son exemplaire de Gaston Phébus : cet exemplaire est signalé dans l'histoire et il a passé par voie d'héritage à Madrid d'où il a disparu en 1809. Cependant, nous devons avouer que nous ne l'avons pas découvert dans les inventaires du xvᵉ siècle, de 1420, 1467 et 1487. A notre connaissance, le traité du comte de Foix n'est inséré que dans un manuscrit-recueil de 1420, dans un manuscrit où il est accompagné du *Livre de la moralité des nobles hommes fait sur le jeu des échecs* (ou traduction française du *Super ludo scacchorum* du Dominicain Jacques de Cessoles, exécutée entre 1332 et 1350 par Jean de Vignai pour le roi Jean ii de France, tandis qu'il n'était encore que duc de Normandie) (1) et du *Livre de l'ordre de chevalerie fait par un très vaillant chevalier qui à la fin de son âge mena sainte vie en un ermitage*. Laissons un instant de côté les deux derniers textes, pour ne parler que du volume même qui les abrite. Il est actuellement à Dresde et, d'après les descriptions qui en ont été publiées, ce serait un des beaux de la collection de Bourgogne. Détail notable, c'est surtout la *Chasse* de Gaston Phébus qui serait à admirer, qui serait décorée de miniatures d'une très grande richesse. Par son ornementation, ce manuscrit se révèle originaire de la Flandre ou des régions voisines (2).

A la *Volerie* se rattache la *Condicion de tous oyseaulx* de 1404, livre qui ne peut être que la *Science de chasser aux oiseaulx* de 1420, autrement dit la traduction française du traité de fauconnerie écrit en latin par Frédéric ii d'Allemagne, traduction anonyme et faite à la demande de Jean de Dampierre de Saint-Dizier et de sa femme Isabelle. C'est un vélin orné de jolies et très nombreuses vignettes dues au pinceau de Simon d'Orléans (3). Sa provenance est incon-

---

(1) Gröber, p. 1023. Voir une copie incomplète de ce texte dans un ms. cité plus haut, p. 231.

(2) Dresde O.61, où il se trouvait déjà en 1772. Décrit par Werth, *Altfr. Jagdlehrbücher*, p. 405-8. Il est dans l'Inv. 1420 : Doutrepont, n⁰ 240. — Inv. 1467 et 1487 : Barrois, n⁰ˢ 1553-1618.

Cf. Inv. 1477 : *Le Livre de la chasse*, Peignot, p. 87.

(3) Inv. 1404 : Peignot, p. 44-45 ; Dehaisnes, p. 851. — Inv. 1420 : Doutrepont, n⁰ 95. — Inv. 1467 et 1485 : Barrois, n⁰ˢ 1583-1616 (par erreur dans l'*Appendice*, n⁰ 2282). Pour le sujet : J. Pichon, *Du traité de fauconnerie composé par l'empereur Frédéric ii, de ses manuscrits, de ses éditions et traductions*, dans le BULLETIN DU BIBLIOPHILE, xvi (1864), p. 885-900; Werth, *Altfr. Jagdlehrbücher*, p. 178-80.

nue, mais il est permis de conjecturer qu'il est arrivé à la cour par suite de l'alliance de Philippe le Hardi avec la maison de Flandre dont celle de Dampierre était une branche (1). Par contre, rien n'est mieux établi que l'acquisition des *Propriétés des choses* de Barthélemi l'Anglais (Bartholomaeus Anglicus), ouvrage dont ont tiré profit Gace de la Bigne et Gaston Phébus, et qui a été translaté du latin (*Liber de proprietatibus rerum*) en français par Jean Corbechon ou Corbichon, pour Charles v (1372). L'exemplaire qu'en a possédé le duc de Bourgogne, ainsi que nous l'enseigne sa comptabilité, est un achat effectué chez Jacques Raponde, en 1402, pour le prix de 400 écus d'or. C'était un manuscrit « tout nuef et ystorié, couvert de vélueil en graine, à fermouers d'argent dorez ». Une « certificacion » datée du 4 avril 1402 et signée Richart le Conte nous informe qu'il a été jugé digne d'être enfermé dans un étui aux armes de Monseigneur (2).

Au même Jacques Raponde, Monseigneur passe une somme de 300 francs, en 1403, « pour un livre françois de plusieurs histoires des *Femmes de bonne renommée* que ledict Raponde lui présenta en estrennes », soit, en d'autres termes, pour la traduction (première version) du *De claris et nobilibus mulieribus* de Boccace, erronément attribuée, semble-t-il, à Laurent de Premierfait (*Des cleres et nobles femmes*) et terminée le 12 septembre 1401 (3). Nous sommes ici en présence d'un texte connu et bien connu. C'est aussi le cas pour le *Jeu des échecs* de Jean de Vignai qui s'aperçoit dans le codice précité de Dresde et dans un autre exemplaire rubriqué comme suit dans le catalogue de 1405 : « La *Mortalité* [lisez *Moralité*] *des nobles hommes sur le Jeu des eschiès*, couvert de drap de soye à flourettes blanches

(1) Hypothèse de J. Pichon.

(2) Voir ci-dessus p. 122. Pour l'achat, voir Peignot, p. 30 ; Vernier, *Ph. le Hardi*, p. 21-2 ; Durrieu, *Le manuscrit*, p. 164.

Inv. 1404 : Peignot, p. 43 ; Barrois, n° 606 ; Dehaisnes, p. 851. — Inv. 1405 : Peignot, p. 71 ; Dehaisnes, p. 880. — Inv. 1420 : Doutrepont, n° 81 et p. 174. — Inv. 1424 : Peignot, p. 81. — Inv. 1467 et 1487 : Barrois, n°s 1528-1725. — Bruxelles, n° 9094, Van den Gheyn, iv, n° 2953, parch.

Gröber, p. 1074.

(3) Paiement : Peignot, p. 31.

Inv. 1404 : Peignot, p. 45 ; Dehaisnes, p. 851. — Inv. 1420 : Doutrepont, n° 97. — Inv. 1467 : Barrois, n° 878. — Paris, Nat., n° 12420, parch. Voir Durrieu, *Le manuscrit*, p. 165-8 ; Hauvette, *De Laurentio*, p. 101-6 ; Gröber, p. 1106.

et vermeilles à clouans d'argent doré sur tissus vert » (1). On ne peut en dire autant de l'*Ordre de chevalerie* par lequel s'achève ce même manuscrit de Dresde. C'est pourtant, croirait-on, un traité répandu, car, à lire ce titre d'*Ordre de chevalerie*, l'on penserait reconnaître là le poème du xiiiᵉ siècle qui décrit les cérémonies de l'*adoubement* et retrace le portrait du chevalier idéal (2). Il n'en est rien. Notre *Ordre de chevalerie* est autre chose : « Le premier chapiltre dit comment le chevalier hermite devisa à l'escuier la rigle et l'ordre de chevalerie. — Le second est du commencement de chevalerie. — Le tiers est de l'office de chevalier. — Le quart est de l'examinacion que l'en doit faire à l'escuier quand il doit entrer en l'ordre de chevalerie. — Le quint est en quelle manière escuier doit recevoir chevalerie. — Le sizième de la segnefiance des armes au chevalier toutes par ordre. — Le septiesme chapitre parle des coustumes qui appartiennent aux chevaliers. — Le viii est de l'onneur qui doit estre faicte à chevalier » (3).

Un sujet qui s'apparente quelque peu au précédent est celui des *Enseignemens ou ordonnances pour ung seigneur qui a guerres et grans gouvernemens à faire*, ouvrage latin de Théodore Paléologue, marquis de Montferrat (1305-30), fils de l'empereur Andronic ii, et que s'était chargé de mettre en français le fécond translateur nommé Jean de Vignai. De cette traduction, Philippe le Hardi a possédé un bel exemplaire, calligraphié pour lui probablement dès le xivᵉ siècle (4).

Telles sont quelques acquisitions particulièrement remarquables en fait de littérature didactique. Bien d'autres textes appartenant au même domaine se présentent dans les inventaires de 1404 et 1405 :

---

(1) Inv. 1405 : Peignot. p. 59 ; Dehaisnes, p. 879. — Inv. 1420 : Doutrepont, n° 215. — Inv. 1467 et 1487 : Barrois, nᵒˢ 1570-2037. — Bruxelles, n° 11050, Van den Gheyn, iii, n° 2080, parch.

(2) G. Paris, *Manuel*, p. 162, *Esquisse*. p. 194 ; P. Meyer, *Rom.*, xxxvi, p. 529. Il en existe une rédaction en prose.

(3) Voir le même texte dans des mss. de Rome et de Paris signalés par M. Langlois, *Mss. Rome*, p. 146-7, O. Jordan, *Jehan du Vingnai und sein Kirchenspiegel*, Halle s. S., 1905, p. 20, et dans le n° 10493-97 de Bruxelles (n° 10493 : *Chevalier ermite*).

(4) Inv. 1404 : Peignot, p. 47 ; Dehaisnes, p. 851-2. — Inv. 1420 : Doutrepont, n° 137. — Inv. 1467 et 1487 : Barrois, nᵒˢ 975-2111. — Bruxelles, n° 11042, parch.
Gröber, p. 1024.

deux *Roman de la Rose* (1) ; un *Testament* de Jean de Meun (2) ; deux recueils de *Propriétés des Pierres* (3) ; divers traités de *Droit* (Le livre appelé *Code* — Un livre de *Drois* en roumant seigné dessus le livre Jehan de Jus — IIII grans livres de *Droit civil*, est assavoir 1 *code*, une *digeste vieille*, une *digeste noeuve* et 1 *Inforsade* — La *Somme d'Asse*) (4) ; le questionnaire profane et religieux qui s'intitule *Sidrach le philosophe* ou la *Fontaine de toutes sciences* (5) ; le *Gouvernement des Princes* qui est sans doute l'*Information des Rois et des Princes* de saint Thomas d'Aquin (6) ; l'*Arbre des Batailles* d'Honoré Bonet, docteur en décret et Prieur de Salon (Provence) qui fut en relations avec la famille royale de France (c'est un manuel de droit international ou de droit de la guerre, écrit de 1386 à 1389 et dédié à Charles VI ; il eut du succès et nous verrons que Philippe le Bon en commandera une riche copie à David Aubert) (7) ; un recueil des *Enseignements des philosophes* (dit aussi *Livre de Sénèque* ; traduction du *Moralium dogma* de Gautier de Lille) et des *Enseignements de Salomon* (8) ; un *Bestiaire*,

(1) Peignot, p. 47 et 65 ; Dehaisnes, p. 851 et 880.

(2) Peignot, p. 48 ; Dehaisnes, p. 852, qui paraît trouver son correspondant dans le n° 132 de 1420 (Doutrepont), et les n°s 1336 et 2114 de 1467 et 1487 (Barrois).

Gröber, p. 741.

(3) Peignot, p. 57 ; Barrois, n° 639 ; Dehaisnes, p. 879. — Peignot, p. 69 ; Dehaisnes, p. 880.

Cf. Inv. 1420 : Doutrepont, n° 157.

(4) Peignot, p. 44, 61 et 74 ; Dehaisnes, p. 851, 880 et 881. Sur le contenu de ces ouvrages : *Code, Digeste vieille, Digeste neuve, Infortiat, Somme Acé* ou *Somme d'Azon*, voir Delachenal, *La bibliothèque d'un avocat au* xive *siècle, Inventaire estimatif des livres de Robert Le Coq*, NOUV. REVUE HISTORIQUE DE DROIT FRANÇ. ET ÉTRANGER, 1887, p. 531-2 ; E. Langlois, *Mél. arch. et hist. de l'École française de Rome*, 1885, p. 110-114.

(5) Peignot, p. 61 ; Dehaisnes, p. 880.

(6) Peignot, p. 65 ; Dehaisnes, p. 880. Si notre hypothèse est exacte, cet ouvrage reparaîtrait dans l'Inv. 1420 : Doutrepont, n° 115. — Inv. 1467 et 1487 : Barrois, n°s 927-1808. — Bruxelles, n° 9475. Van den Gheyn, III, n° 1609.

(7) « Roumant de *Batailles* », Peignot, p. 74 ; Barrois, n° 660 ; Dehaisnes, p. 881. — Inv. 1420 : Doutrepont, n° 94. — Inv. 1487 et 1487 : Barrois, n°s 953-1982.

Gröber, p. 1067-68 ; G. Paris, *Esquisse*, p. 295.

(8) Peignot, p. 67 ; Dehaisnes, p. 880. — Inv. 1420 : Doutrepont, n° 189. — Inv. 1467 et 1487 : Barrois, n°s 951-2099. — Bruxelles, n° 11220-21, Van den Gheyn, III, n° 2320.

Gröber, p. 1024 (Guillaume de Conches, auteur du *Moral. dogma*?) et 983.

qui pourrait être le *Bestiaire* de Guillaume le Clerc de Norman-die (1) ; un manuscrit contenant le *Buisson d'enfance*, le *Miroir des Etats du Monde* et le *Bestiaire d'amour* (partie en rime, partie en prose) (2) ; le Livre de *Bestiaire et de Mapemonde et autres* (partie en rime, partie en prose ; le *Bestiaire* est de Richard de Fournival) (3) ; le Livre de *Mapemonde et aultres choses* (4) ; un autre recueil dénommé le *Roumant du bon Larron, de l'Estat du monde et d'aultres choses* (5) ; le *Gouvernement du monde* (6) ; un autre dit *Livre d'amours* et aussi *Puissance d'amours et Natures des Bestes* (7) ; deux ouvrages de *Médecine* (8) ; le Livre des *Proverbes et* XII *mois* (9) ; un traité d'*Astronomie* (10) ; le Livre de *Zacarye Albazarye* (œuvre de même nature) (11) ; des livres appelés *Esbatemens* (12) ; un « roulle d'*Esbatemens* » (13) ; une *Giomansie*

(1) Peignot, p. 66 ; Dehaisnes, p. 880. Voir ci-dessus p. 203.

(2) Peignot, p. 68 ; Barrois, n° 657 ; Dehaisnes, p. 880. — Inv. 1420 : Doutrepont, n° 164. — Inv. 1467 et 1487 : Barrois, n°s 1360-2103.

(3) Dehaisnes, p. 880. — Inv. 1420 : Doutrepont, n° 207. — Inv. 1467 et 1487 : Barrois, n°s 1344-1765. Sur le *Bestiaire d'amour* de R. de F. qu'on y trouve certainement, voir Gröber, p. 727 ; P. Zarifopol, *Kritischer Text der Lieder Richards de Fournival*, Halle s. S., 1904, p. 3-4 ; E. Langlois, *Bibl. Ec. Ch.*, LXV, p. 100-15.

(4) Peignot, p. 72 ; Dehaisnes, p. 880. — Inv. 1420 : Doutrepont, n° 208. — Inv. 1467 et 1487 : Barrois, n°s 784-1766. Le n° 1766 est intitulé : *La Mapamonde appelé ymage du monde et autres choses.*

(5) Peignot, p. 73 ; Barrois, n° 657 ; Dehaisnes, p. 881. — Inv. 1420 : Doutrepont, n° 195. — Inv. 1467 et 1487 : Barrois, n°s 903-1941.

(6) Inv. 1405 : « Le livre de l'*Espinache*, aultrement dit du *gouvernement du monde* » Peignot, p. 74 ; Barrois, n° 659 et Dehaisnes, p. 881 ont l'*Espermache*. — Inv. 1420 : Doutrepont, n° 183. — Inv. 1467 et 1487 : Barrois, n°s 1593-1844.

(7) Inv. 1405 : Le *livre d'amours* (deux exemplaires) Peignot, p. 72 et 75 ; Dehaisnes, p. 880 et 881. — Inv. 1420 : même titre, Doutrepont, n° 206. — Inv. 1467 : Barrois, n° 1406 « Ung livre... intitulé au doz : Le *livre d'Amours* et par dedens, *Cilz premiers livres est appellez puissance d'amours*, historié en plusieurs lieux, parlant de *Natures des Bestes* ». — Inv. 1487 : Barrois, n° 1942, avec le titre de *Livre d'amours* qui reparaît dans les inventaires subséquents.

Cf. Gröber. p. 728 et 1078.

(8) Peignot, p. 61 et 63 ; Dehaisnes, p. 879 et 880. Nous avons trois livres de *Médecine* en 1420 : voir ci-dessous p. 281.

(9) Peignot, p. 73 ; Dehaisnes, p. 880.

(10) Peignot, p. 68 ; Dehaisnes, p. 880.

(11) Dehaisnes, p. 880.

(12) Peignot, p. 74 et 75 ; Dehaisnes, p. 881.

(13) Peignot, p. 76 ; Dehaisnes, p. 881.

d'Esbatemens (1) ; un *Livre pour les Dames* (2); et le *Jeu de la Chapette Martinet* de Mahieu le Poriier (3) ; ainsi que deux œuvres de Christine de Pisan qui seront examinées plus loin.

Aux listes de 1404 et 1405, il manque l'un ou l'autre texte que pourtant l'on s'attendrait à y voir figurer. C'est d'abord le *Chevalier errant* (prose et vers, 1395) de Thomas III, marquis de Saluces, un prince piémontais, fils d'une princesse de la maison de Genève, mais dont l'éducation a été toute française. Son *chevalier errant*, qui est lui-même, erre dans des contrées imaginaires et réelles où il rencontre beaucoup de personnages de la fable et de l'histoire, et où, de plus, il trouve l'occasion de décrire beaucoup de batailles, de joutes, de fêtes et de chasses. Il visite, entre autres, le palais de Dame Fortune qui a convoqué chez elle la plupart des souverains de l'époque même où l'œuvre a vu le jour. Chacun d'eux, en se rendant à l'appel, s'arrête en une « grant champaigne et belle », et là, il s'installe sous une tente avec quelques-uns de ses sujets ou de ses chevaliers. Dans le nombre, nous reconnaissons Philippe le Hardi. Ne semble-t-il pas dès lors que notre duc avait droit à un exemplaire du *Chevalier errant* ? Il est vrai que le roman n'a jamais eu grande célébrité et qu'il n'a pas dû être « tiré » en de multiples copies (4).

Un autre ouvrage dont l'absence nous surprend aussi, est l'*Apparition de Jean de Meun* ou le *Songe du prieur de Salon* par Honoré Bonet, l'auteur de l'*Arbre des Batailles* (août ou septembre 1398, vers mêlés de prose). Présenté au duc Louis d'Orléans et à sa femme Valentine de Milan, il fut également offert par l'écrivain à Jean de Montaigu et (chose qu'on a longtemps ignorée) à Philippe de Bourgogne. L'exemplaire donné à notre duc « ou, bien plus probablement, une copie de cet exemplaire appartint quelque temps après à un évèque d'Arras (5). Cet évêque, trouvant sa copie défectueuse, chargea un

(1) Peignot, p. 76 ; Dehaisnes, p 881. Sur les traités de *Géomancie*, voir P. Meyer, *Rom.*. XXXII, p. 93 et 115.

(2) Peignot, p. 74-5 ; Barrois, n° 662 ; Dehaisnes, p. 881.

(3) Peignot, p. 68 ; Dehaisnes, p. 880. Voir Gröber, p. 743-44. — Presque tous les mss. précédents que j'ai pu identifier sont sur parchemin.

(4) Il est toutefois cité dans l'*Appendice* de Barrois, n° 2299. On n'en a conservé que deux mss., à Paris et à Turin. Voir N. Jorga, *Thomas III, marquis de Saluces*, Saint-Denis, 1893 (pour Ph. le Hardi, p. 123, 176-177, 188) ; Gröber, p. 1084 ; Molinier, n° 3587.

(5) Martin Porée ? Voir ci-dessus p. 196.

scribe de la corriger. Celui-ci, non content de sa tâche, crut la relever en mettant en vers les passages qui étaient en prose dans l'original, puis il renvoya à l'évêque les deux manuscrits, celui de l'original et celui du remaniement ». De ce remaniement, une transcription nous est parvenue dans un manuscrit qui renferme, en même temps, les *Vigiles des Morts* et le *Lai de la guerre* de Pierre de Nesson, le *Lai de la paix* d'Alain Chartier et les *Sept articles de la foi* de Jean Chapuis (1).

Les inventaires de 1404 et 1405 ne notent pas non plus la présence d'un *Donat avec les Accidents* acheté en 1402. Il s'agit ici d'un ouvrage classique très répandu au moyen âge, le *De octo partibus orationis* (des huit parties du discours) du grammairien romain Celius Donatus, ainsi que d'un autre traité grammatical (sur les cas, les conjugaisons, etc.) appelé les *Accidents* et moins commun que le *Donat* et aussi l'*Abc*, les *Sept Psaumes*, dont nous avons déjà parlé (2). L'on doit remarquer du reste que l'usage n'était pas alors de comprendre, dans les récolements de librairie, des manuscrits de l'espèce (3).

Quelques mots maintenant sur Christine de Pisan et ses relations avec la cour (4). Dans son *Livre des fais et bonnes meurs du sage roy Charles* v, elle raconte que le 1ᵉʳ janvier 1404, elle remit à Philippe de Bourgogne un sien « nouvel volume » que la « débonnaire humilité du prince receupt très amiablement ». C'était sa *Mutation de Fortune* (de 1403). « A grant joye, poursuit-elle, me fu dit et rapporté par la bouche de Montbertaut, trésorier dudit seigneur, que il luy plairait que je compillasse un Traictié touchant certaine matière,

(1) Vatican (fonds Christine), Reg. 1683, parch. xvᵉ s. Ce ms. est connu par l'analyse de M. E. Langlois, *Mss. Rome*, p. 208-217, à laquelle j'ai emprunté les détails et la citation qu'on vient de lire. Voir aussi Molinier, n° 3694, et A. Thomas, Rom., xxxiii, p. 540-55, *P. de Nesson*.

(2) Voir ci-dessus p. 197. Le *Donat* a été payé viii sols : Finot, *Inv. Arch. Nord*, viii, p. 216, où il est également dit : « La grammaire ou plutôt l'Ars Grammatica d'Aelius [Celius?] Donatus, très en vogue au moyen âge, généralement suivie des traités : de Barbarismo ; de Solecismo, de Coeteris Vitiis ; de Metaplasmo ; de Tropis, que l'on désigne sous le nom d'*Accidents* ». Voir aussi Vallet de Viriville, *Hist. de l'instr. publique*, p. 140.

(3) Pour des almanachs achetés par Philippe le Hardi, voir Peignot, p. 24-25 ; Prost, *Inventaires*, nᵒˢ 2231, 2642, 2657 et 3054.

(4) F. Koch, *Leben und Werke der Christine de Pizan*, Goslar, 1885; Gröber, p. 1091 et suiv.; Molinier, *passim* ; M. Roy, *Œuvres poétiques*.

laquelle entièrement ne me déclairoit, si come sceusse entendre la pure voulenté dudit prince »... Invitée alors à se rendre au Louvre, elle y prit l'ordre ou la commande « de ramener à mémoire les vertus et fais du très sereins prince » (1), soit d'écrire la *Vie de Charles* v. On sait comment elle avait été amenée à se faire femme de lettres. Veuve à vingt-cinq ans avec sa mère et trois enfants à nourrir (1389), elle s'était trouvée réduite au métier d'authoress à gages et forcée de se mettre en quête de protecteurs généreux et puissants. L'un d'eux fut Philippe le Hardi. Avant son veuvage, elle connaissait la famille du glorieux Mécène, puisque son mari Etienne du Castel avait servi de secrétaire à Charles v et que son père, l'astrologue Thomas de Pisan, avait vu ce même roi faire appel à sa science et à ses bons offices. Mais Christine et les siens n'avaient pas joui longtemps des « delices et mignotement » que valait à ses féaux sujets la haute bienveillance d'un monarque aussi libéral. Charles v était mort en 1380. Ce fut une perte sensible pour la poétesse et elle ne manqua pas de la déplorer dans la biographie qu'elle eut charge d'élaborer. La mission de confiance dont on l'investissait à la cour, elle la devait, comme nous l'avons noté, à sa *Mutation de Fortune*, un long poème allégorique et moral où elle passe la revue des changements opérés sur la terre par Fortune et où elle donne, avec quelques indications autobiographiques, un essai d'histoire universelle qui touche même à la vie contemporaine et qui accorde mention à Charles v et à Charles vi (2).

Un autre de ses poèmes n'était certes pas moins désigné pour obtenir accès dans la librairie ducale. C'est le *Livre du chemin de longue estude où est descrit le desbat esmeu au parlement de Raison pour l'élection du prince digne de gouverner le monde*. Dédié à Charles vi et au duc de Berry (1403), il constitue, à vrai dire, un panégyrique du premier, car sur la question, débattue au ciel, de savoir à qui revient ici-bas la puissance suprême — à la richesse, à la chevalerie, à la noblesse, à la sagesse — Christine décide de s'en rapporter à l'avis du roi français (3). D'autres œuvres sorties de sa plume ont peut-être reçu

---

(1) Petitot, v, p. 247 et suiv.

(2) Inv. 1404 : Peignot, p. 49 ; Dehaisnes, p. 852. — Inv. 1420 : Doutrepont, nº 98. — Inv. 1467 et 1487 : Barrois, nºs 907-1799. — Bruxelles, nº 9508. Voir Piaget, *Martin Le Franc*, p. 173.

(3) Inv. 1404 : Peignot, p. 49 ; Dehaisnes, p. 852. Nous en avons deux exemplaires en 1420 : Doutrepont, nºs 130 et 131 qui correspondent aux

accueil chez Philippe le Hardi, mais leur inscription au catalogue de la maison ne nous est pas annoncée avant 1420.

§ 2. Jean sans Peur.

Ailleurs déjà, nous avons observé que le premier duc de Bourgogne avait laissé des dettes de librairie. En voici une preuve nouvelle dans un compte du 20 février 1406, par lequel il est attribué une somme de 100 écus « à damoiselle Cristine de Pizan, vesve de feu maistre Estienne du Castel ..., pour et en recompensacion de deux livres qu'elle a presentez à mondit sgr [Jean], dont l'un lui fut commandé à faire par feu mgr le duc de Bourgoingne, père de mond. sgr, que Dieu absoille, peu avant que il trespassast, lequel depuis elle a achevé, et l'a eu mond. sgr en son lieu, et l'autre livre mond. sgr a voulu avoir ; lesquelz livres et autres de ses epistres et dictiez mond. sgr a très agréables ; et aussi pour compassion, et en aumosne pour emploier ou mariage d'une sienne povre niepce qu'elle a mariée » (1). D'autres pièces d'archives énoncent des gratifications accordées par Jean sans Peur, mais elles ne font plus intervenir Philippe le Hardi. Elles disent simplement que la poétesse a touché 50 francs d'or « pour et en recompensacion de pluiseurs livres en parchemin, contenans pluiseurs notables et beaux ensengnemens, qu'elle a donnez et presentez puis peu en ça à ycelli sgr » (17 novembre 1407), — 190 francs « en recompensacion de certains livres lesquelz elle a faiz et donnez à ycelli sr, et pour certaines autres causes et consideracions à ce le mouvans » (17 juin 1408), — et 50 francs « en recompensacion de plusieurs notables livrez qu'elle avoit presenté et donné à mond. sr, sans en avoir eu aucune remuneracion ou don » (3 décembre 1412) (2). A voir ces comptes, leur éditeur se demande de quels volumes il peut être question et il répond : « Nous hésitons, pour notre part, à en iden-

---

Barrois nos 1574-1826, 1573-1825 des inventaires de 1467 et 1487, ainsi qu'aux nos 10982 et 10983 de Bruxelles, Van den Gheyn, III, nos 2300 et 2301.

(1) Prost, *Archives*, p. 346. Voir le même compte dans Peignot, p. 33 ; Laborde, I, n° 63 ; Dehaisnes, *Inv. Arch. Nord*, IV, p. 48 ; Koch, p. 41-2.

(2) Prost, *Archives*, p. 348.

Pinchart, *Archives*, II, p. 111-112, reproduit un texte d'après lequel elle a présenté, le 18 mai 1408, un magnifique volume à Antoine de Bourgogne, duc de Brabant et de Limbourg (le frère de Jean sans Peur) et reçut de ce prince une gratification de 20 livres.

tifier d'autres que *La Cité des Dames* et *Le livre de la Vision Christine* (1),
en dehors de la *Mutation de Fortune* et du *Chemin de longue estude* qui
appartenaient déjà à Philippe le Hardi. Mais les catalogues postérieurs de la librairie des ducs de Bourgogne énumèrent plusieurs
autres ouvrages de Christine de Pisan, provenant, en partie au
moins, selon toute apparence, de Jean sans Peur. Tels sont : l'*Epître
de la déesse Othéa à Hector*, les *Faits d'armes et de chevalerie*, le *Livre de
Policie*, le *Débat de deux amants*, le *Livre de la Paix*, l'*Epître sur le Roman
de la Rose*, le *Livre des trois vertus*, etc., conservés encore aujourd'hui à
la Bibliothèque de Bruxelles »(2). Pour ce qui regarde les catalogues
postérieurs (de 1420, 1467 etc.), nous constaterons en effet qu'ils
signalent (sauf le *Livre de la Paix*) ces diverses productions de la
studieuse femme de lettres et même de plus les *Cent Ballades*, le
Livre de Prudence, le *Dit de la Pastoure* et l'*Epître au dieu d'amour*.
Quant au fonds réuni déjà par Jean sans Peur, il comprend d'abord
la *Mutation* et le *Chemin* de 1404, ensuite la *Cité des Dames*, la *Vision
Christine*, le *Dit de la Pastoure* et un second exemplaire de la *Mutation* (3).

En dehors de ces œuvres de la poétesse, l'inventaire de 1420 nous
révèle diverses « entrées » ou acquisitions nouvelles qui nous paraissent intéressantes. Ce sont : *Le Livre du Chevalier de la Tour-Landry
pour l'enseignement de ses filles* (1371-72), en un manuscrit qui provient
de Jean de Berry (4) ; — le *Miroir aux Dames* (1324) de Watriquet
de Couvin, en un manuscrit qui contient 21 autres pièces du même
auteur et que l'on peut considérer comme un choix de ses meilleures

<hr>

(1) Prost renvoie ici à l'inventaire de 1420, qui, à l'époque où il écrivait, n'était pas encore édité. Voir ces deux volumes ci-dessous, n. 3.

(2) Remarque de Prost, *ibid.*, p. 349.

(3) *Cité des Dames* = Doutrepont, n° 109. — Inv. 1467 et 1487 : Barrois,
n°s 1012-1889. — Inv. 1477 : Peignot, p. 90. — Bruxelles, n° 9393, Van den
Gheyn, III, 2303.

Vision = Doutrepont, n° 117. — Inv. 1467 et 1487 : n°s 970-1823. — Bruxelles, n° 10309.

Pastoure = Doutrepont, n° 124. — Inv. 1467 et 1487 : n°s 1368-2128.

Ces trois mss. sont sur parchemin, de même que ceux du *Chemin* et de
la *Mutation*.

(4) Doutrepont, n° 106. — Inv. 1467 et 1487 : Barrois, n°s 981-1890. —
Bruxelles, n° 9542. Voir édit. de Montaiglon, BIBL. ELZÉV., 1852, p. xliv ;
Gröber, p. 1082 ; A. Thomas, *Rom.*, XXXIV, p. 283-7 ; P. Meyer, *ibid.*, XXXVI,
p. 157 ; Delisle, *Recherches* II, p. 251, n° 170 bis.

compositions (1) ; — le *Trésor amoureux*, poème allégorique sur le
véritable amour qu'on a, sans raisons suffisantes, attribué à Froissart et qui paraît dater d'entre les années 1378 et 1409 (2) ; — la
Panthère d'amour, déjà rencontrée (3) ; — l'immense poème, la vaste
encyclopédie pédagogique, en plus de 30000 vers octosyllabiques
(et encore n'est-il pas achevé), des *Echecs amoureux*, que composa
entre 1370 et 1380 un écrivain qui savait quantité de choses et spécialement le *Roman de la Rose* (nous croyons en découvrir deux exemplaires dans le dépôt de Dijon) (4) ; — un recueil d'œuvres de Geoffroi de Charny (Yonne), chevalier, conseiller du roi, porte-oriflamme
de France, seigneur de Pierre-Perthuis, recueil aux armes de Jean
sans Peur et qui est formé des *Demandes pour la joute, les tournois et la
guerre*, et du *Livre de chevalerie* en prose, ainsi que du *Livre de messire
Geoffroi de Charny* en vers (5) ; — le célèbre traité de chasse le *Roi*

(1) Doutrepont, n° 128. — Inv. 1467 et 1487 : Barrois, n°ˢ 950-2132 (cité à
tort dans l'*Appendice*, n° 2304). — Paris, Nat., n° 14968. Voir Scheler, *Dits
de Watriquet de Couvin* (ACAD. ROY. BELG., 1868), p. XVII-VIII. Ce ms. forme
forme le fond de cette édition, et il est le seul où l'on rencontre le Dit du
Conestable (n° 2) et le Fatras (n° 22). On y trouve, en outre, le Dis de la
Nois, De l'Iraigne et du Crapot, Dis de Fortune, Dis des Mahomiés,
L'arbre royal, La Fontaine d'amour, La Confession Watriquet, Dis de
Haute Honneur, Li Enseignemens du jone fil de prince, Dis de Loyauté,
Dis de l'Ortie, Li Despis du monde, Dis des quatre Sièges, Dis du Preu
Chevalier, Li Mireours as princes, Li Tournois des Dames, Dis du Roi,
Dis de la Cygoigne, Ave Maria.

(2) Doutrepont, n° 125. — Inv. 1467 et 1504 : Barrois, n°ˢ 1350-2202. —
Bruxelles, n° 11140.

Peut-être un des deux *Livres d'Amours* de 1405 : voir ci-dessus p. 273.

Le *Trésor amoureux* a été publié par Scheler, POÉSIES DE FROISSART, III,
p. 52-281 (voir aussi p. 288-305) et attribué à l'illustre chroniqueur par
Kervyn de Lettenhove (*Etude littéraire sur le* XIVᵉ *siècle*, Paris, 1857, II,
p. 314-7, édit. de la *Chronique* de Froissart) I, p. 395-413. Voir aussi l'édit.
des *Poésies*, par Scheler, III, p. 437-51, et Gröber, p. 1055-6.

(3) Voir ci-dessus p. 16.

(4) Doutrepont, n° 93 (sans correspondant après 1420) et n° 216 qui se retrouve : Inv. 1467 et 1487 : Barrois, n°ˢ 1571-1677. Voir Gröber, p. 1184 ;
E. Sieper, *Les Echecs amoureux* (LITTERARHISTORISCHE FORSCHUNGEN, IX,
1898) ; Idem, *Lydgate's Reson and Sensualyte* (EARLY ENGLISH TEXT SOCIETY,
Extra Series, LXXXIX, 1901) ; H. Abert, *Die Musikästhetik der Echecs amoureux* (ROMAN. FORSCH., XV, 1903-4, p. 884-925) ; H. Höffler. Les *Echecs amoureux, Untersuchung über die Quellen des zweiten Teils*, Munich, 1905.

(5) Doutrepont, n° 135. — Inv. 1467, 1485 et 1487 : Barrois, n°ˢ 1366-1617-
2075. — Bruxelles, n° 11124-6, analysé par M. A. Piaget, ROM., XXVI,
p. 394-411 : *Le Livre messire Geoffroi de Charny*. Il a publié, *ibid.*, une partie
de ce poème. Le *Livre de chevalerie* a eu pour éditeur Kervyn, *Froissart*, I,
p. 201-5, 463-533. Voir aussi Gröber, p. 1070.

Modus et la Reine Racio (1) ; — le traité apparemment moins répandu et dont le titre reste énigmatique, l'*Enseignement des Enfants* (2) ; — la traduction des *Placita philosophorum* de Jean de Procida par Guillaume de Tignonville, chambellan de l'infortuné roi Charles VI, poète et homme politique mêlé aux affaires de France et de Bourgogne, ami d'Eustache Deschamps et de Christine de Pisan (3) ; — un volume qui montre *Comment l'on doit se tenir en santé* et qui, selon toute vraisemblance, désigne le *Régime du corps*, ou composition médicale en quatre livres, rédigée en français par un médecin italien originaire de Sienne et nommé Maître Aldebrandin qui a dû vivre à Troyes en Champagne au XIIIᵉ siècle (4) ; — un manuscrit renfermant le *Sidrac* et le *Lucidaire,* manuscrit calligraphié par Guillebert de Metz qui s'y intitule « libraire de Monseigneur le duc Jehan de Bourgoingne » (5) ; — ainsi que deux exemplaires de la traduction, par Laurent de Premierfait, du *De casibus virorum et feminarum*

(1) Doutrepont, nº 103. — Inv. 1467 et 1487 : Barrois, nº 1559-1911. — Paris, Nat., nº 12399. Voir Werth, *Altfr. Jagdlehrbücher,* p. 383-92 ; Gröber, p. 1032-3.

(2) Doutrepont, nº 211. — Inv. 1467 et 1487 : Barrois, nᵒˢ 942-1716. — Inv. 1536 : Michelant, p. 309, *Des commencemens des Doctrines d'enffans.* A noter que les inv. de 1420 et 1467 portent comme mots de repère du dernier feuillet : *Vignay translateur.* Cf. P. Meyer, *Rom.,* XXV, p. 406-8 ; Gröber, p. 1030 et 1073 ; Söderhjelm, *Notes,* p. 56-57.

(3) Doutrepont, nº 244. — Inv. 1467 : Barrois, nº 943. — Inv. 1487 : nº 1950 (?). — Bruxelles, nº 11108.

Gröber, p. 1075 ; Raynaud, *Cent Ballades,* p. lxii-xiii.

(4) Doutrepont, nº 217. — Inv. 1467 et 1487 : Barrois, nᵒˢ 990-2089 (cité à tort dans l'*Appendice,* nº 2264).

Voir Gröber, p. 1036 ; Langlois, *Mss. Rome,* p. 106 et 130 ; P. Meyer, *Bull. Soc. anc. textes franç.,* XXX, p. 39-40 ; A. Thomas, ROM., XXXV, p. 454-56. *L'identité du Médecin Aldebrandin de Sienne.*

(5) Doutrepont, nº 169. — Inv. 1467 et 1487 : Barrois, nᵒˢ 1578-1655. — La Haye, nº 68. Voir Le Roux de Lincy et Tisserand, *Paris et ses historiens,* p. 125-8 ; Bradley, *Dict. of miniatur.,* II, p. 313-5; *De Oranje-Nassau-Boekerij en de Oranje-Penningen in de koninklijke Bibliotheek en in het koninklijk Penning-Kabinet te 's Gravenhage,* Haarlem, 1898, p. 16. art. 41 ; Gröber, p. 1026 (*Lucidaire*) et p. 1030 (*Sidrac*).

Il y a, dans l'inventaire de 1420, un *Sidrac* isolé qui doit reproduire celui de 1405 (voir ci-dessus p. 272) : c'est le nº 127 qui reparaît en 1467 et 1487 (Barrois, nᵒˢ 1576-2137), et qui se retrouve à Bruxelles, nº 11113 ; voir F. Frocheur, *Notice sur un ms. du* XIIIᵉ *siècle, intitulé : Sydrac le grand philosophe, ou la Fontaine de toutes sciences, conservé à la Bibliothèque de Bourgogne, nº 11113,* MESSAGER, X, 1842, p. 79-86.

illustrium de Boccace (*Cas* ou *Fortunes des Nobles Hommes et Femmes*) (1).

Le même récolement de 1420 accuse la présence de deux ouvrages respectivement intitulés *Demandes à Dames* et *Pour tirer en esbatement* qui très probablement représentent des volumes de 1405 (2). Il cite également trois *Roman de la Rose* dont un ou deux sont des nouveautés, ainsi que le *Codicille Maistre Jehan de Meun, contenant son Grand Testament et le Petit* qui semble aussi apparaître alors pour la première fois (3). Dans cet inventaire de 1420, nous remarquons encore un *Livre de Médecine*, un traité de *Géométrie*, un *Bestiaire*, ainsi que la *Cosmographie* de Ptolémée qui doivent être pareillement des acquisitions du règne de Jean sans Peur (4). Enfin, tandis que ce prince n'avait hérité que deux ouvrages d'*Astronomie* (5), il en a laissé trois

(1) Le premier = Doutrepont, n° 82 (signalé en 1420 comme étant prêté à Marguerite de Bavière). — Inv. 1424 : Peignot, p. 82 ; Barrois, n° 673. — Inv. 1467 et 1487 : Barrois, n°s 880-1648. — Paris, Ars., n° 5193 ; voir Hauvette, *De Laurentio*, p. 55-6 et 58-9 : il renferme la seconde rédaction de cette traduction exécutée pour Jean de Berry et il contient (avec le n° 226 de Paris, Nat.) la meilleure leçon ; de plus, ce serait un autographe ou une transcription soignée d'un autographe. Sur ce ms., qui est orné de 150 belles miniatures, consulter le *Catalogue de l'Arsenal*, v, p. 116-7, viii, p. 126, ainsi que De Champeaux et Gauchery, *Travaux d'art pour Jean de France*, p. 156.

Le second — Doutrepont, n° 168. — Inv. 1467 : Barrois, n° 875.

(2) Doutrepont, n° 219, *Demandes à Dames*. — Inv. 1467 : Barrois, n° 1342, « *C'est le livre du Jeu des Dames*, escript en rime ». — Inv. 1487, n° 2078.

Doutrepont, n° 230, *Pour tirer en esbatement*. — Inv. 1467 : Barrois, n° 1370, *C'est ung livre pour jouer les dames*.

Voir pour les volumes de 1405 ci-dessus p. 273-74.

Cf. Delisle, *Recherches*, i, p. 41.

(3) *Roman de la Rose* : i) Doutrepont, n° 133. — Inv. 1467 et 1487 : Barrois, n°s 1324-1960. — Bruxelles, n° 4782 ; ii) Doutrepont, n° 139. — Inv. 1467 et 1487 : Barrois, n°s 1322-1961. — Bruxelles, n° 11019 ; iii) Doutrepont, n° 181. — Inv. 1467 et 1487 : Barrois, n°s 1325-1959. — Bruxelles, n° 9576.

Voir ci-dessus, p. 272, un *Roman de la Rose* signalé en 1404 et un autre en 1405 : Sont-ce deux mss. différents ?

Codicille, etc. : Doutrepont, n° 143. — Inv. 1468 et 1487 : Barrois, n°s 1335-2115.

(4) Il y a deux livres de *Médecine* en 1405 : voir ci-dessus p. 273. Nous en trouvons trois en 1420 : Doutrepont, n°s 113 (= Inv. 1467 et 1504 : Barrois, n°s 1561-2204), 155 (= Inv. 1467 : Barrois. n° 1567) et 176.

Géométrie : Doutrepont, n° 198.

Bestiaire : Doutrepont, n° 167. — Inv. 1467 : Barrois, n° 1340, escript en rime et partie en prose.

Cosmographia Tholomei : Doutrepont, n° 199.

(5) Voir ci-dessus p. 273.

à son fils Philippe le Bon : autrement dit, en 1420 se présentent un premier volume d'*Astronomie* intitulé *Quadrupti Tholome* (1) [trois parties : *Quadruparti Tholome* ou version française d'après la traduction de l'espagnol en latin qui est due à Gilles de Thiebalde, avec les gloses de Ali Ben Rudien, — *Chi ensivent 44 capitle prins hors du Centiloge Tholome, — C'hest li livres de Ypocras*] (2), un second désigné *Haly qui est des Livres de astrologie* (3), et un troisième qui est le *Traité des Divinations* de Nicole Oresme (dans un manuscrit où il fait suite à un fragment du *Miroir aux dames* de Durand de Champagne) (4).

Tous les manuscrits précités de Jean sans Peur sont indiqués comme des vélins, sauf la *Géométrie* qui est en papier et sauf peut-être aussi le *Haly* et la *Cosmographie* sur la confection desquels les inventaires ne disent rien. De ces vélins, le *Trésor amoureux*, le recueil de Charny et le *Sidrac-Lucidaire* sont d'une facture à pouvoir obtenir une mention particulière.

Nicole Oresme, dans ses *Divinations*, combat l'astrologie judiciaire dont la vogue fut si considérable au moyen âge. A cette vogue, Charles v n'est pas étranger (5) : c'est lui qui a fait traduire le *Quadripertitum* et le *Centilogium* (*Quadripertit* et *Centiloge*) de Ptolémée, deux textes dont la présence vient d'être signalée à la cour de Bourgogne. Mais peut-être a-t-il eu moins de confiance qu'on ne le prétend dans les astrologues. En tout cas, son écrivain Oresme a tenté de les réfuter et même il avait d'abord écrit un *Contra judiciarios astronomos* dans le dessein de détourner les rois des sottes croyances de l'espèce, ouvrage qu'il utilisa pour ses *Divinations*. Mais il n'obtient pas gain de cause, et lorsqu'il mourut, l'astrologie judiciaire était aussi florissante que jamais. De même en allait-il pour la sorcellerie, la magie et les diverses pratiques superstitieuses qui déshonoraient l'époque, et que le bon Nicole Oresme avait combattues. C'est ce

(1) Doutrepont, n° 136. — Inv. 1467 et 1487 : Barrois, n°s 1587-1928. — Bruxelles, n° 10498-99.

(2) Ce texte d'Ypocras a pour incipit : « Ypocras, qui fu tres saiges et li plus espres de tous les medechins dit ensi : Quiconques est medechins et si ne set nient d'astronomie, nus hom malades ne se doit mettre en sa main ».

(3) Doutrepont, n° 237.

(4) Voir ci-dessus p. 204.

(5) C. Jourdain, *Nicolas Oresme et les astrologues de la cour de Charles V*, REVUE DES QUESTIONS HISTORIQUES, XVIII (1873), p. 136-59.

qu'atteste, entre autres, le fameux Discours sur le Tyrannicide de
Jean Petit, composé aux fins de défendre Jean sans Peur, accusé
du meurtre de Louis d'Orléans.

Voici maintenant devant nous la production capitale de la littérature didactique sous le règne du fougueux duc (1). Elle est aussi le
grand titre littéraire de son auteur, car Jean Petit (né vers 1360
dans le diocèse de Rouen, mort en 1411 à Hesdin) docteur en théologie (mais non cordelier. ainsi que l'on a dit souvent), poëte et prédicateur réputé en son temps, conseiller et maître aux requêtes de
Jean sans Peur, n'est devenu un personnage historique que grâce à
cette harangue qu'il prononça le jeudi 8 mars 1408, à l'hôtel de Saint-
Paul à Paris, devant une assemblée où étaient représentés la
noblesse, l'armée et le clergé. Rien de plus bourguignon que le fac-
tum de notre discoureur. Aussi lui doit-on une analyse quelque peu
détaillée (2). Or donc, maître Jean commence par énumérer toutes
les « obligacions » que le duc de Bourgogne a de « servir, aymer,
obéir et porter révérence, honneur et obéissance (au roi de France),
de le défendre contre tous ses ennemis, et non seulement défendre,
mais de le venger et en prendre vengence ». Pensez, dit-il, que c'est
son «proisme, parent, vassal, subject, baron, conte, per, duc per, doien
des pers, et les deux mariages » (Mariage de Marguerite de Bourgogne et du dauphin Louis de Guyenne — Promesse de mariage
entre le futur Philippe le Bon et Michelle de France). Vous aurez
ainsi douze obligations. Joignez-y la recommandation suprême qui
lui fut adressée par Philippe le Hardi, à son lit de mort, pour le prier
de veiller sur le monarque français. Aussi ce dernier ne peut en
vouloir à Jean de Bourgogne « à cause du fait advenu en la personne du feu duc d'Orléans derrenier trespassé, lequel fait a esté
perpétré pour le très grant bien de la personne du Roy, de ses
enfans et de tout le royaume, comme il sera cy-après monstré et
déclairé tant et si avant qu'il devra bien suffire ». Mais peut-être
va-t-on se demander pourquoi Jean Petit a entrepris la justification

----

(1) Kervyn, *Jean sans Peur et l'apologie du tyrannicide*, Bull. Acad. Roy.
Belg., 2ᵉ s., XI, 1861 ; Douët d'Arcq, *Document inédit sur l'assassinat de Louis,
duc d'Orléans*, Ann.-Bull. Soc. Hist. Fr., 1864, p. 6-26 ; Gröber, p. 1069 ;
Molinier, nᵒˢ 3653, 3723.

(2) D'après le texte de Monstrelet, Douët d'Arcq I, p. 177-242. Voir *ibid.*,
p. 171-74, et La Barre, *Mémoires*. II, p. 102, pour des défenses de Jean sans
Peur qui ont précédé celle du 8 mars 1408.

du duc bourguignon. L'on s'attendrait, après cet exorde retors et cauteleux, à le voir chercher dans son sac à malices et à perfidies quelques bonnes petites raisons suffisamment sophistiquées et plausibles pour excuser sa conduite. Mais non ! il n'en fait rien et même il avoue simplement qu'il n'a pu se soustraire à la tâche, car, dit-il, mon prince m'en a chargé « par commandement si exprès, que je ne l'ay osé escondire, pour deux causes cy-après déclairées. La première si est que je suis obligié à le servir par serement à lui fait, il y a trois ans passez. La seconde, que lui, regardant que j'estoie petitement bénéficié, m'a donné chascun an bonne et grande pension pour me aider à tenir aux escoles, de laquelle pension j'ay trouvé une grant partie de mes despens, et trouveray encores, s'il lui plaist de sa grace ». [Il fut, en réalité, largement récompensé de ses peines]. Mais à défaut d'autres précautions oratoires, il prendra celles qui sont de mise en pareille circonstance, c'est-à-dire qu'il confesse son inhabileté, se recommande à Dieu, à la Vierge et à saint Jean l'Evangéliste, « le maistre et prince des théologiens », sollicite la bienveillance de son auditoire et par avance écarte le reproche d'injure à l'égard de qui que ce soit.

Là-dessus, le vrai discours arrive, discours dont la majeure partie renferme quatre points : 1º la convoitise est la source de tous les maux ; 2º elle fait des apostats ; 3º elle fait des « traistres et desloyaulx à leurs roys, princes et souverains seigneurs » ; 4º diverses vérités pour mieux fonder la justification. A cette majeure, s'accolera une mineure « pour parfaire ladicte justification ». Premier point : avec saint Jean, l'orateur sous-distingue la convoitise en trois, et cela pour bien établir qu'elle est la racine de tous les maux. Puis, il entre dans « la matière du second article », en déclarant qu'il n'est pas de plus grand crime que le crime de lèse-majesté, lequel est à deux degrés : crime de majesté divine et humaine. A leur tour, ces deux genres de crime sont sous-distingués ou subdivisés. N'y insistons pas et allons immédiatement aux exemples et autorités du second article annoncé : la convoitise a fait des apostats. Pour le prouver, Jean Petit raconte l'histoire de Julien l'apostat, de Sergius le moine, (« lequel estoit chrestien, homme d'église et de religion, qui par convoitise se mist en la compaignie de Mahommet ») et de Zambri, prince et duc de Siméon, une des douze tribus d'Israel, que la concupiscence rendit idolâtre. Quant au troisième article, celui des traîtres envers leurs seigneurs, il le développe par trois exemples : Lucifer, Absalon et Athalie.

Avec le quatrième article, il est en plein dans le corps du sujet. Cet article comprendra, dit-il, huit vérités principales, suivies de « huit [en réalité : neuf] autres conclusions par manière de correlaire ». Et, adoptant la forme la plus argumentante qui soit, il démontre que celui qui conspire contre son roi mérite la mort et la damnation éternelle. Le crime est d'autant plus grand qu'il est conçu par un personnage de haute situation. Par conséquent, « il est licite à chascun subject, sans quelque mandement, selon les lois morales, naturèles et divines, de occire ou faire occire traistre desloial ou tirant, et non point tant seulement licite, mais honnorable et méritoire, mesmement quant il est de si grant puissance que justice n'y peut estre faicte bonnement par le souverain ». Et cette dernière vérité est confirmée par douze raisons : de trois philosophes moraux, de trois autorités de l'Eglise, de trois lois civiles et impériales, et de trois exemples de la Sainte Écriture.

Tandis qu'il énonce ces raisons, maître Jean rencontre l'objection : Mais commettre un homicide, c'est transgresser les lois ! Et il réplique : Les lois sont faites pour « l'onneur, bien et conservacion du prince ». Ce que l'orateur dit aussi, c'est qu' « il est plus méritoire, honnorable et licite que icellui tirant soit occis par l'un des parens du Roy » que par un autre. Alors même, l'assassinat « par aguetz, espiemens et cautelle » est permis. Bien plus, ce serait un crime de ne pas en commettre un sur un homme qui s'est livré à des pratiques de sorcellerie et d'envoûtement.

De ces huit vérités, Jean Petit déduit neuf corollaires qui résument toutes les accusations portées contre Louis d'Orléans, mais sans le désigner nominalement. Toutefois, l'auditeur, qui est au courant des événements, n'a pas de peine à compléter, dans son esprit, les indications fournies par le harangueur. Du reste, la mineure ou seconde partie du discours est bientôt là qui apporte l'application de tous ces beaux raisonnements. Elle établit que le duc d'Orléans, voulant obtenir la couronne pour lui et sa race, a commis le crime de lèse-majesté divine et humaine à tous les degrés qui ont été exposés dans la majeure. D'abord, il a attenté à la vie de son souverain « par maléfices, sortilèges et supersticion ». Preuves : les sortilèges pratiqués par un moine pour envoûter le roi. [C'est ce que nous savons déjà par la *Geste de Bourgogne*]. Le malheureux roi en a eu deux maladies fort graves. A noter que Louis d'Orléans agissait de connivence avec son beau-père, Galéas Visconti, qui rêvait le trône de France pour sa fille Valentine et qui avait à son service ce génie du mal, cette âme damnée qu'on nomme Philippe de Mézières (1). En second lieu, le même prince d'Orléans fut criminel « par poisons, venins, intoxications ». Preuves : Le roi et le duc se trouvaient chez la reine Blanche (2), au château de Neaufle. Elle leur offrit à dîner, mais, sous prétexte qu'il devait aller au bois, Louis s'échappa. En passant par la cuisine, il jeta une poudre blanche dans un plat préparé pour le roi. La reine, soupçonnant le méfait, pria Charles vi de ne pas y toucher, et l'aumônier, pour y avoir mis les mains, « chey pasmé » et mourut. Troisième incident : le bal où le souverain faillit périr dans les flammes. Ici, Louis commettait le crime de lèse-majesté « par occire ou faire occire par armes, eau, feu ou autres violentes injections ».

Il existe aussi deux autres manières d'être criminel : c'est de s'allier aux ennemis du roi et du royaume, et c'est d'offenser le monarque et sa femme. Or, le seigneur d'Orléans s'est uni à Henri de Lancastre, et il a tenté, mais vainement, de brouiller le ménage de Charles vi. Des accusations différentes encore pèsent sur lui : il a voulu faire manger au dauphin une pomme empoisonnée ; il a essayé de perdre le roi et sa famille dans l'esprit du pape ; il a causé maints torts au peuple. Ainsi (et de plus par des arguments que nous omettons) est démontrée, à tous les degrés, de toutes les manières et espèces possibles, la culpabilité de Louis d'Orléans. Et si l'orateur y tenait, il pourrait allonger la liste de ses crimes, mais il les garde en réserve, pour « quant mestier sera ». Conclusion : Non seulement, Jean de Bourgogne n'encourt aucun blâme, mais il a droit à l'approbation du roi et il mérite une triple récompense, « c'est assavoir, en amour, en honneur et en richesses ». L'oraison terminée, maître Petit « requist audit duc de Bourgongne qu'il le voulsist advoer. Lequel duc lui accorda... Et après dist icellui proposant que icellui duc de Bourgogne retenoit et réservoit encores aucunes autres choses plus grandes à dire au Roy quant lieu et temps seroit ».

On sort stupéfait, ahuri, de la lecture de ce document et de ces

(1) Voir ci-dessus p. 240.
(2) Voir ci-dessus p. 194.

raisonnements d'un autre âge. Fallait-il donc que Jean sans Peur
répandît la terreur et l'effroi autour de lui pour que, du sein de cette
assemblée, ne se soit pas levée une main courageuse qui aurait fermé
la bouche à son harangeur? On se sent presque autant d'indignation contre le ton de fausse bonhomie ou d'apparente naïveté qu'il
se donne que contre le fond de sa tortueuse et pédantesque élucubration. Et remarquez que c'est bien plus un réquisitoire, un acte
d'accusation qu'une défense. On comprendrait qu'embarrassé, il
noie sa pensée sous les textes bibliques et profanes, qu'il l'enveloppe
de nuages et de brouillards savamment disposés auteur d'elle. Mais
non ! l'avocat de l'assassin se fait ministère public et, tout simplement, il accuse.

Le parti d'Orléans répondit par la voix d'un religieux bénédictin,
Thomas, abbé de Cérisy, lequel, s'inspirant d'une ballade de Christine de Pisan sur la mort de Philippe le Hardi (1), appliqua au duc
Louis les lamentations exprimées par la poétesse (2). Cette imitation fut renouvelée, et elle le fut par Jean Petit, lequel a repris trois
fois la plume et présenté la même justification sous trois formes
nouvelles (Lille, du 18 au 27 octobre 1408). L'une de ces formes est
conservée dans un manuscrit que mentionne l'inventaire rédigé en
1467 (3).

(1) Voir ch. vi, § 2.

(2) Cette réponse est dans Monstrelet également, I, p. 269-347.

(3) C'est M. A. Coville (*Sur une ballade de Christine de Pisan*, ENTRE
CAMARADES, p.p. la Société des Anciens Elèves de la Faculté des lettres
de l'Université de Paris, Alcan, 1901, p. 181-194) qui a découvert que
l'abbé de Cérisy et Jean Petit, dans sa réplique, avaient développé le
thème d'une ballade de Ch. de Pisan (n° XLII du t. i des *Œuvres poétiques*,
p.p. M. Roy). Cette réplique se lit, d'après lui, dans le n° 10419 de Bruxelles (ms., dit-il, tout à fait contemporain et qui pourrait bien être la
mise au net présentée par J. Petit au duc de Bourgogne) et dans le
n° 5060 de la Nationale de Paris, copie notablement postérieure. Il
ajoute que, la seconde justification n'ayant pas plu, Jean Petit en refit
certaines parties, et que le brouillon d'un premier essai paraît se rencontrer aux Archives de la Côte d'or, B. 10614, cote 125 bis. Il annonce la
publication du travail refait par Petit, mais j'ignore s'il l'a donnée.

Je constate que le n° 10419 de Bruxelles a figuré dans l'inventaire de
1467 : Barrois, n° 1488. C'est un parchemin, grand in-8°. Mais est-il de
l'époque de Jean sans Peur, comme l'indique M. Coville?

Qu'y avait-il dans Barrois, n° 1486, *Ycy sont plusieurs choses amassées des
divisions*, etc. (papier)? Je remarque que l'incipit du second feuillet *Et
recongnoist et recongnoistra* est dans Monstrelet, p. 180 (Discours de J. Petit).

Quant au premier discours, au discours prononcé à l'assemblée de Paris, il en fut tiré plusieurs exemplaires, car en vertu d'un mandement de Jean sans Peur, du 27 juillet 1408, l'orateur a reçu 36 livres tournois « pour le payement de quatre coppies du propos qu'il a naguière fait pour led. sgr en l'hostel du roy à Paris, à Saint-Pol, lesquelles coppies sont faittes par manière de livres, chacun contenant six cahiers de petit volume en parchemin, escripts de forme, historiés et enluminés d'or et d'asur, et couverts de cuir emprainct, c'est assavoir l'un pour mond. sgr, l'autre pour madame la duchesse, le tiers pour mons. de Brabant [Antoine, frère de Jean sans Peur] et le quart pour mons. de Charrolois [plus tard Philippe le Bon] » (1).

D'autre part, on sait que « Guillaume de la Charité, escripvain, faict par ordonnance de maistre Jehan Petit, conseiller du duc, certaines escriptures touchant le propos fait par icelui maistre Jehan Petit, pour la justification du cas advenu en la personne de feu le duc d'Orléans, et aultres escriptures touchant ceste matière ». Par ordonnance datée de Paris, le 10 mai 1409 (2). Resterait à déterminer si ces « escriptures » se rapportent au premier discours ou bien à l'une de ses refontes. Une question du même genre se pose relativement à une gratification de 12 livres, 10 sols, qui fut accordée en 1438 à Mᵉ Simon de Loz, confesseur de la duchesse de Bourgogne, « pour avoir fait coppier en parchemin la proposicion de maistre Jehan Petit, qui contient grant escripture » (3).

La première harangue de « maistre Jehan Petit » nous est arrivée dans un beau manuscrit de Vienne qui semble dater de l'époque même. On y aperçoit une vignette représentant une tente semée de fleurs de lis d'or, dont l'une est surmontée d'une couronne. Devant cette tente est un lion qui, de la patte droite, blesse un loup arrachant, de la patte gauche, cette couronne. Au-dessous de la vignette se lisent quatre vers :

(1) Prost, *Archives*, p. 350-51. Voir aussi Petit, *Itinéraires*, p. 587, et Munier-Jolain, *Une plaidoirie au xvᵉ siècle. La défense de Jean sans Peur par le moine Jean Petit*, REVUE BLEUE, 1894, I, p. 269-75. A remarquer que le Discours a été mis en vente : Ellies Dupin, *Gersonii opera*, Anvers, 1706, v, p. 322.

(2) Peignot, p. 34.

(3) De La Fons-Mélicocq, *Dons et courtoisies*, p. 221.

> Par force le leu rompt et tire
> Avec ses dents et gris la couronne
> Et le lion par très grant ire
> De sa pate grant coup lui donne (1).

Tandis qu'elle avait les honneurs plusieurs fois répétés de la mise par écrit, l'éhontée *Justification* devenait une des sources de la poésie et de l'historiographie bourguignonne. Elle pénétrait, mais résumée, dans la *Geste des ducs*, le *Pastoralet* et le *Livre des trahisons*, trois productions essentielles de notre littérature ; de plus, Monstrelet, mémorialiste dévoué à la dynastie de Valois, l'insérait tout entière dans sa *Chronique*, mais cependant il y accueillait aussi la réplique des Orléanais.

En dépit du cynisme affiché par le harangueur de l'hôtel Saint-Paul, Jean sans Peur avait essayé de se disculper. Loin d'accepter la responsabilité de son crime, il avait d'abord prétendu qu'il s'était laissé suggestionner par le diable (2). Il méritait bien qu'un auteur, qui se dit « son humble et dévot subject et serviteur », lui dédiât un traité exposant dans quelle mesure « le diable peut savoir la disposition et ordonnance et le gouvernement des royalmes des seigneurs temporels, conspirations et traysons, quar de telles choses souvent il se mesle ». C'est le *Traité contre les devineurs* (1411) qui, pas plus que la *Justification*, n'appartient à l'inventaire de 1420 et qui n'est catalogué qu'en 1467 (3). L'auteur ne conseille pourtant pas de commercer avec l'esprit malin. Faisant une étude sur l'intervention

(1) Décrit dans les *Nouv. Mém. Acad. Imp. et Roy.*, 1788, p. 210-11. C'est sans doute le ms. signalé par Gachard, BULL. COMM. ROY. HIST. BELG., 3e s., v, p. 256-7 (Vienne n° 2657, Hohend. 37) : « le ms., dit-il, le plus ancien que j'ai vu de cette justification ». Il faut peut-être le rapprocher du n° 12881 de Bruxelles, copie moderne du texte de Petit. A noter que Bruxelles possède encore le même texte dans son n° 4373-6, f. 153-189 v. xve siècle.

(2) Sur les « fréquentations » qu'on prête à Jean sans Peur et sur les pamphlets dirigés contre lui, voir P. Durrieu, *Jean sans Peur, duc de Bourgogne, lieutenant et procureur général du diable ès parties d'Occident*, ANN.-BULL. SOC. HIST. FR., 1887, p. 193-224.

(3) Barrois, n°s 1217-2098. — Bruxelles, n° 11216, parch. Voir ci-dessus p. 180, des frais de reliure payés en juillet 1468 pour un *Traité contre les devineurs*. A consulter sur l'ouvrage dont je parle : Reiffenberg, *Archives philologiques et historiques*, IV. p. 237, VI, p. 432 ; Kervyn, *Chastellain*, I, p. 18, n. 2. M. Jadin m'a procuré quelques renseignements sur la date et l'objet du ms. bruxellois.

du diable dans les pratiques de sorcellerie et de divination, intervention mise en lumière par l'Ecriture Sainte et les Docteurs de l'Eglise, il écrit même : « Prince, éloignez-vous de ces pratiques ». En le lisant, on songe inévitablement à Nicole Oresme, quoique cependant la structure du *Traité des Divinations* soit toute différente de celle du *Traité contre les devineurs*. Mais de part et d'autre, les mêmes idées se manifestent.

Le *Traité contre les devineurs* est, disons-nous, inconnu à l'inventaire de 1420. Cet inventaire a pourtant été dressé avec soin. Il décrit exactement les volumes que possède Jean sans Peur et même il note certaines lectures faites par sa femme. Déjà nous y avons elevé les indications de l'espèce qui portaient sur des livres pieux. En voici deux autres qui sont relatives à des ouvrages didactiques confiés, lors du recensement de Dijon, à Marguerite de Bavière : les *Propriétés des choses* de Barthélemi l'Anglais (traduction de Corbechon) et les *Cas des Nobles Hommes et Femmes* de Boccace (L. de Premierfait) (1). Ce même recensement est terminé par quelques lignes qui ont aussi leur intérèt : « Memoire que on a touvée une cédule de feu maistre Geffroy Malpoinre, phisicien de feu Monseigneur le duc Jehan cui Dieu pardoint, signée de son saing manuel, par laquelle il confesse avoir receu de Philippe Jossequin [garde des joyaux] le *Livre des Eschez amoureux moralizé*, donnée le xie jour de mars mil cccc et treize. — Item, on dit que ledit maistre Geffroy doit avoir *tous les livres d'un cours de droit civil*, que feu mondit seigneur lui presta et fist baillier » (2).

§ 3. Philippe le Bon.

Sous son règne, le genre didactique prospère plus que jamais à la cour, et nous l'y voyons représenté par des « entrées » nombreuses et diverses. La matière qui s'offre à nous est donc ample et complexe. Traitons-la de façon méthodique et ne craignons pas, pour être clair, de la diviser en plusieurs groupes.

I

Distinguons d'abord un premier groupe d'œuvres ou d'acquisitions qui ne sont que des doubles ou des répétitions de textes que la

(1) Voir ci-dessus p. 270.

(2) Sur Malpoinre et Jossequin, voir Laborde, I, nos 136, 200, 234, 235, 346, 347, 406-408 etc., II, no 4330 ; sur les livres, voir ci-dessus p. 272 et 279.

famille possédait dès avant l'avènement de Philippe le Bon : Les
Cleres et Nobles Femmes (1) ; — les *Nobles Hommes et Femmes* (deux
exemplaires) de Boccace (2), (de ce dernier ouvrage, l'on cite une
copie ayant appartenu à Charles 1, comte de Nevers et de Réthel,
et une autre du grand bâtard Antoine) (3) ; — le *Livre du Chevalier
de la Tour-Landry pour l'enseignement de ses filles* (deux exemplaires) (4) ;
— le *Roman de la Rose* (deux) (5) ; — le *Jeu des échecs moralisés* de
Jacques de Cessoles, traduit par Jean de Vignai (6) ; — le *De proprietatibus rerum* de Barthélemi l'Anglais, en latin (deux), et en français par Corbechon (un) (7) ; — le *Lucidaire* (8) ; — le *Bestiaire d'amour*
de Richard de Fournival (9) ; — les *Placita philosophorum* de Jean de
Procida, mis en français par Guillaume de Tignonville (trois) (10) ;
— le *Sidrac* (deux) (11) ; — l'*Information des Rois et des Princes* de saint
Thomas d'Aquin en latin (deux) et en français (un) (12) ; — les
Enseignements ou ordonnances pour ung seigneur qui a guerres... de Th.
Paléologue, mis en français par Jean de Vignai (13) ; — le *Modus et
Racio* en trois exemplaires, dont l'un doit avoir été transcrit par Jean

(1) Barrois, nᵒˢ 873-1672. — Bruxelles, nᵒ 9509, parch. Extrait de la trésorerie des chartes du Hainaut en 1435, voir ci-dessus p. 18
(2) Barrois, nᵒˢ 881 et 883, parch.
(3) Charles = Paris, Nat., nᵒ 597, parch. Sur ce personnage, voir ci-
dessus p. 56.
Bâtard = Arsenal, nᵒ 5192, parch. : Boinet, *A. de Bourgogne*, p. 257.
(4) Barrois, nᵒ 991 (parch.) et nᵒ 992 (papier).
(5) Barrois, nᵒ 1321 et nᵒˢ 1323-1958, parch.
(6) Voir ci-dessus p. 231, n. 4. Pour la traduction de Jacques de Cessoles par Jean Ferron, voir ci-dessous p. 298.
(7) Latin : Barrois, nᵒ 774 et nᵒˢ 1038-1998, parch. — Français : Barrois,
nᵒˢ 1527-1724, parch.
(8) Voir les deux exemplaires mentionnés ci-dessus p. 134 et 220.
(9) Voir Bruxelles nᵒ 10394-414 analysé ci-dessus p. 205.
(10) Voir le ms. précédent et de plus : ii) Barrois, nᵒˢ 941-2097. — Bruxelles, nᵒ 10812 ; iii) Barrois, nᵒˢ 973-1884. — Bruxelles, nᵒ 9545 ; les deux
derniers sur parchemin.
(11) Barrois, nᵒ 1575. — Bruxelles, nᵒ 11110 ; et Barrois, nᵒ 1577. — Pour
l'achat fait à G. de Metz, voir ci-dessus p. 208.
(12) Latin : I) Barrois, nᵒˢ 1023-2060. — Bruxelles, nᵒ 4420 ; II) Barrois,
nᵒˢ 1041 (?)-2061. — Bruxelles, nᵒ 10826, Van den Gheyn, III, nᵒ 1597, où l'on
trouve, en outre, *Ciprianus in libro de duodecim abusionibus seculi*, court
extrait. Tous deux sur parchemin.
Français : Barrois, nᵒˢ 928-1801. — Bruxelles, nᵒ 9468, parch.
(13) Barrois, nᵒˢ 978-1798. — Bruxelles, nᵒ 9467, parch. — N'aurait-on
pas le même texte dans Barrois, nᵒˢ 1016-2174, papier ?

de Lozières (1) ; — l'*Arbre des Batailles* d'Honoré Bonet, en deux exemplaires, dont l'un, très beau, a été grossé en 1456 par David Aubert, sur l'ordre de Philippe le Bon (2) ; — Onze Dits de Watriquet de Couvin, sous le titre de *Paraboles de vérité* (3) ; — et divers traités de *Géométrie* et de *Médecine* (4).

II

Un second groupe peut être constitué au moyen des œuvres de Christine de Pisan. Philippe le Bon avait hérité, notamment, la *Vision*, la *Cité des Dames* et le *Chemin de longue étude*. Après 1420, il les aura en double (5) et, de la même poétesse, il possédera ces autres écrits : les *Cent Ballades* (6) ; les *Épîtres sur le Roman de la Rose* (7) ; l'*Épître d'Othéa la déesse à Hector de Troie* (quatre) (8) ; l'*Épître au dieu d'amour* (9) ; le *Débat des deux amants* (10) ; le *Trésor de la Cité des Dames ou Livre des*

(1) 1) Barrois, n°s 1555-1913 qui contient aussi le *Doctrinal Sauvage* ; ii) Barrois, n° 1557 ; iii) Barrois, n°s 1558-1912. — Bruxelles, n° 10218-19. Tous trois sur parchemin. Pour J. de Lozières, voir ci-dessus p. 29.

(2) i) Barrois, n° 946, parch. ; ii) Barrois, n°s 959-1676. — Bruxelles n° 9079, parch., exemplaire de D. Aubert, d'après lequel a été faite l'édition de M. E. Nys, *L'Arbre des Batailles d'Honoré Bonet*, Bruxelles, 1883. Voir aussi Frocheur, *Bull. Acad. Roy. Belg*, XII, 1, p. 281 et L. Maeterlinck, *Le genre satirique dans la peinture flamande*, 2e éd., Bruxelles, 1907, pl. IX, fig. 147.

(3) Barrois, n°s 796-2106. — Bruxelles, n° 11225-7 ; voir Scheler, *Watriquet*, p. XIX-XXI.

(4) Pour ce qui regarde ces traités, il n'est pas possible d'entrer ici dans les détails sur les identifications de manuscrits.

(5) *Vision* : Barrois, n° 1461. — Bruxelles, n° 10490, papier. Pour la *Cité* et le *Chemin*, voir la note suivante.

(6) Barrois, n° 940-1665, parch., contenant le *Livre des Cent Ballades et plusieurs lais*, l'*Épître d'Othéa*, la *Cité des Dames*, le *Chemin de longue étude*. Pour les mots de repère du second feuillet, voir Roy. *Œuvres poét.*, I, p. 6, vers 10.

(7) Voir ci-dessous p. 301, le ms. de G. de Metz.

(8) Il y a un exemplaire dans le ms. de G. de Metz, voir ci-dessous p. 301. Les autres sont : 1) Barrois, n°s 932 (où il est dit que Messire Joffroy l'a donné à Monseigneur) — 1819. — Bruxelles, n° 11102, papier (daté de 1447) ; ii) Barrois, n° 934, parch., non parfait (voir n° 1604) ; iii) Barrois, n° 935, parch. Le n° 1817 de l'inventaire de 1487 représente Barrois n° 934 ou 935.

(9) Barrois, n° 1402, parch. Voir Roy, *Œuvres poét.*, II, p. x.

(10) Barrois, n°s 1353-1952. — Bruxelles, n° 11034, parch. Doit provenir de Charles d'Albret, comte de Dreux, connétable de France, mort en 1415.

trois vertus, ouvrage dédié à la duchesse de Guyenne, femme du dauphin Louis (1) ; le *Livre des faits d'armes et de chevalerie* (deux) (2) ; le *Corps de politie* (deux) (3) ; le *Livre de prudence et de l'enseignement de bien vivre* (4) ; et le *Lai de la paix*. offert au dauphin Louis (5). Parmi ces écrits, il en est qui relèvent de la poésie lyrique (ainsi les *Cent ballades*), mais nous ne les séparons pas des autres, afin que le lecteur puisse prendre une juste idée de l'accueil que la maison de Bourgogne a fait aux œuvres de la prolixe femme de lettres.

III

Troisième groupe : Livres divers qui n'étaient pas encore représentés dans la bibliothèque en 1420 et que Philippe le Bon achète ou reçoit.

D'abord l'*Art de parler et de se taire* « compilé par ung clerc de grant autorité, à Paris, l'an de grace mil IIII^c et sept » (traduction du traité latin *De arte loquendi et tacendi* d'Albertano de Brescia). C'est un achat (6). Par contre, voici un don : « Le livre en papier... couvert de parchemin, *blasmant tous vices et étas* » qui vient de Jean Vignier, huissier d'armes, secrétaire et valet de chambre de Jean sans Peur (7). C'est peut-être aussi un don que « le livre qui parle d'*Angormie* » et qui émane du Prince d'amour (8). Il faut lire sans doute, au lieu d'*Angormie*, le mot *Argorisme* et reconnaître là un traité

(1) Barrois, n°s 1014-1873. — Bruxelles, n° 10973, Van den Gheyn, III, n° 2298, parch. Sur le verso du feuillet de garde en vélin, on lit : *Acheté du Gouverneur de Lille*. Voir ci-dessus p. 136.

(2) I) Barrois, n°s 945-1841. — Bruxelles, n° 10205, parch.; II) Barrois, n°s 963-1822. — Bruxelles, n° 10476, parch. Voir P. Meyer, *Rom.* XXV, p. 433 ; Gröber, *Zeitschr. f. rom. Phil.*, XXI, p. 309-10.

(3) Voir le premier ci-dessus, p. 20. Le second = Barrois, n°s 995-1830. — Paris, Nat.. n° 12439. parch., contenant : *Dialogue du Disciple de sapience et de Sapience* ; suivi de la *Confession générale moult bien et très notablement composée* ; le *Corps de Politie*. Deux miniatures et lettres ornées, avec les armes de Philippe le Bon.

(4) Voir ci-dessus p. 231, n. 4.

(5) Barrois, n°s 1445-1910. — Bruxelles, n° 10366, beau ms. Voir aussi Barrois. n° 1468 (?). J'ai donc commis une erreur ci-dessus p. 278, en disant que le *Lai de la Paix* était absent des inventaires.

(6) Ms. de G. de Metz. voir ci-dessous p. 301.

(7) Barrois : n° 1206, papier

(8) Barrois, n° 997, papier : *Livre venu du prince d'amours*. Serait-ce le Prince d'amour de la *Cour amoureuse ?* Voir ch. VI, § 1.

d'arithmétique répandu au moyen âge. En tous cas, de ce traité, plusieurs exemplaires ont dû se rencontrer dans la bibliothèque ducale, et l'un d'eux est celui que, en 1431, Pierre Longue Joe, valet de chambre de Monseigneur, fait écrire et enluminer pour XI l., VIII sols (1).

Mais le Prince d'amour n'a pas dû seulement offrir son livre d'*Angormie*. Il a loué au duc son manuscrit de l'encyclopédique *Trésor des Sciences* de Brunetto Latini, pour que l'on en tirât une nouvelle copie. Le louage a coûté « sept espèces de gros ». Quant à la transcription, le prix de revient en est ainsi détaillé : « au calligraphe pour la transcription de 855 feuillets, 44 espèces de gros ; à l'enlumineur pour la confection d'une miniature en grisaille, 4 ; achat de 18 mains de papier blanc, 6 ». Le manuscrit nouveau, qui a pris place dans la collection bourguignonne, est aujourd'hui conservé à Bruxelles (2). D'autres exemplaires du *Trésor* ont passé par la même collection, et l'un d'eux est, dans un inventaire, l'objet de cette description : « Ung volume couvert de drap d'or, à tout deux cloans d'argent doré, armoyez des armes du Roy d'Angleterre, garni par dessus à chascun costé de cincq esmaulx d'argent doré, esmaillez de diverses bestes, intitulé le *Trésor* » (3). A lire ces lignes, on songe au remaniement qu'a subi un volume du *Trésor*, de la part de Jean de Pestinien, et que décrit une pièce d'archive de la maison ducale : « Item, pour avoir osté les armes du roy d'Angleterre qui estoient au livre de MdS que l'on appelle le livre du *Trésor*, y avoir mis en ce lieu les armes de MdS et de madame la duchesse, et y avoir figuré les personnes de mesdits seigneur et dame ou lieu de celles du roy et de madame de Hollande, LXXII s. » (4). C'était, paraît-il, une « coutume admise au XVe siècle et au commencement du XVIe ; quand un

(1) De La Fons-Mélicocq, *Dons et Courtoisies*, p. 221.

(2) Barrois, n°s 1530-1846. — Bruxelles, n° 10386, papier. Voir, pour ce ms. et le compte, F. Frocheur, *Brunetto Latini. Notice sur un manuscrit français de son Trésor des sciences*, TRÉSOR NATIONAL, 2e s., II, 1843, p. 157-176. Il dit, p. 161, que les 61 espèces que l'ensemble a coûté (louage et copie) représentaient une valeur de 732 gros de Flandre.

(3) Inv. 1487 : Barrois, n° 1640. On le rencontre en 1467 déjà, sous le n° 1531, mais ici la description est plus courte et elle ne parle pas des armes du roi d'Angleterre.

(4) Laborde, I, n° 1351, comptabilité de 1440-41. S'agirait-il du Barrois, n°s 1531-1640 ? Mais alors ce ms. avait encore, en 1487, les fermoirs aux armes du roi d'Angleterre ? Cf. Bradley, *Dict. of Miniat.*, III, p. 98-9.

manuscrit changeait de maître, on ne se contentait pas de modifier les marques de propriété, telles qu'armoiries ou devises, ce qui était presque de règle ; on changeait aussi les portraits » (1).

La réparation apportée au volume du *Trésor* se place aux alentours de 1440. En 1442, le duc paie 51 francs à son écuyer Philippe de Montaut pour un *Avicenne* (2). Un ami lui a donné (mais à quelle date ?) le *Ménagier de Paris*. De ce même ouvrage, un autre manuscrit, qui paraît postérieur de quelques années, existe dans sa bibliothèque : il a probablement été confectionné pour lui (3). Le brave bourgeois, qui a rédigé ce curieux traité de morale et d'économie domestique l'a étoffé d'un poème, le *Chemin de povreté et de richesse*, dû à la plume de Jean de Bruyant, notaire au Châtelet de Paris. Ce poème se rencontre séparément, en deux transcriptions, dans la librairie du seigneur de Bourgogne (4).

L'on y remarque également une copie du *Songe du vielz pelerin adréciant au blanc faulcon* exécutée par Guyot d'Angerans, le scribe précité d'un *Gérard de Nevers*. Elle est datée de Bruxelles 1465, mais en 1467 elle n'était pas encore « parfaite » (d'après l'inventaire de cette année), au sens qu'elle n'avait pas encore reçu, au décès de Philippe le Bon, la belle ornementation qu'on lui destinait. C'est Loyset Liédet qui fut chargé de la lui conférer (5). L'ouvrage ainsi dénommé porte une signature connue : Philippe de Mézières, et il forme une sorte de manuel de politique où le Vieux Pèlerin est représenté voyant en songe le Grand-Maître de la nave française (le roi Charles v), qui lui confie l'éducation de ses deux enfants, le jeune faucon blanc et le cerf blanc volant (Charles vi et le duc

(1) P. Durrieu, *Bibl. Ec. Ch.*, LIV, p. 264 qui, à ce propos, signale le travail mentionné par Laborde.

(2) Peignot, p. 36-7.

(3) 1) Barrois, nᵒˢ 836-1758. — Paris, Nat., nᵒ 12477, parch.; 11) Barrois, nᵒˢ 1202-1759. — Bruxelles, nᵒ 10310, parch., analysé par Reiffenberg, *Trésor national*, 1842, I, p. 13-25. — Voir dans l'édition du *Ménagier* par J. Pichon, Paris, 1846, les mss. A et B.

(4) Barrois, nᵒˢ 960 et 966, papier.

(5) Non parfait en 1467 : Barrois, nᵒ 1600. Voir dans Pinchart, *Miniaturistes*, p. 479-80, ce que Liédet touche en fevrier 1470 pour l'enluminure et la reliure de l'ouvrage en 3 volumes : l'inventaire de 1487 renferme un ms. qui comprend les 2 premiers volumes (nᵒ 1886) ; le troisième n'apparaît qu'en 1504 (nᵒ 2186). L'exemplaire complet est à Paris, Nat., nᵒˢ 9200 (I-II) et 9201 (III), parch., belles min. Voir Pinchart, *ibid.*, p. 491, 505 ; Delisle, *Cab.*, I, p. 70, III, p. 340-1 ; Bradley, *Dict. of Miniat.*, I, p. 183.

Sur l'auteur : Jorga, *Ph. de Mézières*, p. 468-71, 503.

Louis d'Orléans). Notre précepteur se met à la recherche de la reine Vérité et ce n'est pas sans peine qu'il la découvre. Celle-ci devient alors comme qui dirait le Mentor du faucon blanc, soit donc du futur monarque de France. Elle le promène à travers le monde, lui donne des conseils et lui indique comment la croisade pour recouvrer la Terre Sainte devrait s'organiser. Mais avant cela, il faudrait qu'on soit en paix avec l'Angleterre... Nous pouvons certes le conjecturer : le sujet était de nature à plaire au grand duc d'Occident, mais par contre l'on y découvre des lignes que l'organisateur du banquet de Lille trouvait sans doute peu à son goût. En effet, à certain endroit, Vérité, recommandant à son élève la lecture des bons livres, s'exprime ainsi : « Te dois délecter en lire ou oyr les anciennes histoires pour ton enseignement... Tu te dois garder de toi trop délecter ès livres qui sont appellez apocrifes, et par espécial des livres et des romans qui sont remplis de bourdes et qui attraient le lisant souvent à impossibilité, à folie, vanité et péchié ; se comme le livre des bourdes de Lancellot et semblables, comme les bourdes du *Vœu du Paon* qui naguères furent composées par un legier compaignon, dicteur de chansons et de virelais qui estoit de la ville d'Avaisnes » (1).

IV

Un quatrième groupe peut être formé de livres divers n'ayant pas encore eu accès dans la librairie en 1420, mais (c'est la différence qu'ils présentent avec le groupe précédent) qui y sont entrés après 1420 dans des circonstances qui nous sont inconnues : Un *De arte loquendi et tacendi* d'Albertano de Brescia (latin) (2) ; — deux *Trésor des sciences* de Brunetto Latini (3) ; —plusieurs *Argorisme* (4) ; —*Aucuns expérimences* (5) *contre plusieurs maladies* (latin) (6) ; — *Livre des Médechines*

(1) Liv. III, ch. 52 : Dinaux, *Trouv.*, IV, p. 392-3.

(2) Barrois, nᵒˢ 1029-2009. parch. Quand je dis qu'il s'agit ici de livres n'ayant pas encore paru en 1420, je puis évidemment me tromper pour certains d'entre eux, surtout pour les traités de médecine et d'astronomie.

(3) Barrois, nᵒˢ 813-1847, et nᵒˢ 1529-1815 ; deux parchemins.

(4) Barrois, nᵒ 962 : *C'est le livre d'Agorisme pour apprendre à compter*, et nᵒˢ 967-2062 ; deux parchemins. — Barrois, nᵒ 1579.

Cf. Barrois, nᵒ 1065 : *Algorisius, Panfilus, Tulius de vera amicicia*, pap.?

(5) Dans les titres qu'on va lire, je conserve généralement l'orthographe des inventaires.

(6) Barrois, nᵒ 1039. — Bruxelles, nᵒ 5097, parch., *Expériences contre plusieurs maladies*.

consuatives (latin) (1) ; — *Livre de plusieurs gomes, rachines et herbes* (2) ;
— *Livre de Médechine* (3) ; — *Livre de la Maréchaussie des chaulx* (latin
et français ; sans doute le *Livre de Maréchalerie*, de Giordano Ruffo)
(4) ; — le *Calendrier de la reine* (5) ; — les *Regards des* XII *cignes* (latin)
(6) ; — *Liber introductorius Astronomie, super Alcabissus* (latin) (7) ; — *Le
livre de* IX *anchiens juges* (8) ; — *Le livre de l'Exposicion des Songes, et
plusieurs autres choses* (9) ; — Géométrie (10) ; — *Campan̄ novarierus* (latin ;
l'*Euclyde* latin de Jean Campano de Novarre) (11) ; — *C'est le Compost
maistre Simon en romant* (12) ; — deux *Code* (*Commentaire de Justinien*)
(13) ; — l'*Ordo judicarius novus correctus* (latin ; peut-être l'*Ordo judicarius* de maître Tancrède) (14) ; — les *Anciennes loys Romaines et de Bourgogne* (latin) (15) ;—les *Lois de France et de Vermandois* (le *Conseil* de Pierre
de Fontaines) (16) ;—le *Miroir des roys* (latin) (17) ;—*Coment ung Duc se
doit gouverner, et les Vertus qu'il doit avoir, que feii Jean Pelleret* (18) ;—*Le livre*

(1) Barrois, n° 1564, pap. et parch.

(2) Barrois, n°ˢ 1566-1833, pap.

(3) Barrois, n° 1567, parch.

(4) Barrois, n° 1027, latin, pap.; Barrois, n° 1560, franç., pap. Pour
l'ouvrage que nous avons peut-être ici, voir Langlois, *Mss. Rome*,
p. 100-101.

(5) Barrois, n° 824, parch. Quid ? Cf. *Hist. Litt.*, xxv, p. 63 et Delisle,
Recherches, ii, p. 105, n° 631.

(6) Barrois n° 1056, pap. Quid ? *Le Traité des élections d'Albumazar ?* Voir
Langlois, *Mss. Rome*, p. 133.

(7) Barrois, n° 1063, pap., *Introductorium Alcabitii*. Voir Van Praet,
Louis de Bruges, p. 150 ; Langlois, *Mss. Rome*, p. 132 ; et ci-dessus, p. 273.

(8) Barrois, n°ˢ 1580-1811. — Bruxelles, n° 10319 ; d'après Marchal :
Allunde, Zael, etc., *Le livre des neuf juges d'astrologie*, xiv $^2/_3$, miniat.

(9) Barrois, n° 1397, pap. Il y a aussi Barrois, n° 1334 : *Ce livre contient
les cent Ballades, l'Art d'Amours et l'Exposieion des Songes*, partie en prose et
partie en rime, parch.

(10) Barrois, n° 1582, pap.

(11) Barrois, n°ˢ 1043-2006, parch. Voir Gröber, p. 255.

(12) Barrois, n° 989, pap.

(13) Barrois, n°ˢ 915-1743 et n°ˢ 916-1744. Ils correspondent à Bruxelles,
n° 9251, *Commentaire des livres* i-iii (Barrois, n°ˢ 916-1744) et 9252, *Commentaire
des livres* iv-v (Barrois, n°ˢ 915-1743), Van den Gheyn, iv, n° 2752, parch.

(14) Barrois, n° 1068, parch. Voir Van Praet, *Louis de Bruges*, p. 132 et
Gröber, p. 222, 1035.

(15) Barrois, n° 904, très probablement répété par le n° 1993, parch.

(16) Barrois, n°ˢ 1472-2109. Pour les mots de repère, voir Langlois, *Mss.
Rome*, p. 154.

(17) Barrois, n°ˢ 1053-1994. — Bruxelles, n° 9596, parch., Alvari Hispani,
Speculum regum.

(18) Barrois, n°ˢ 923-2110, parch.

d'Enseignement pour Princes, seigneurs et autres gens (1) ; — Un *livre figuré de toutes armes de segneur* (en les armes du premier feuillet sont du *duc Philippe, filz du roy de France*) (2) ; — les *Pourtraitures de habillemens servans à l'artillerie et aucuns peu d'escriptures servans au sus dist habillemens* (latin) (3) ; — un livre sur la *Musique* (4) ; — le *Jeu de la Paulme moralisé* (5) ; — *Ludus Scaccharum, item Ecclesiastica retorica* (latin) (6) ; — le *Jeu des Echecs* (7) ; — le *Jeu des Echecs moralisés* de Jacques de Cessoles, traduit par Jean Ferron (8) — deux *Livre de Placides et Timeo* ou *Secrets aux philosophes* (9) ; — le *Songe du Verger* (débat sur les droits respectifs du pouvoir spirituel et du pouvoir temporel) (10) ;— le *Songe Véritable* (pamphlet politique et allégorique écrit en vers dans les premières années du xvᵉ siècle par un Parisien attaché à la personne royale) (11) ; — la *Discipline de Clergie* ou le *Chastiement d'un père à son fils* (traduction en prose de la *Disciplina clericalis*, livre de morale avec contes, de Pierre Alphonse) (12) ; — le *Doctrinal Sauvage* (autre livre de morale) (13) ;—les *Prouffitz ruraulx* (c'est-à-dire la

(1) Barrois, nᵒˢ 1017-1805, parch, Quid ? Cf. Gröber, p. 834 : Robert de de Blois.

(2) Barrois, nᵒ 1074, pap.

(3) Barrois, nᵒ 1390.

(4) Barrois, nᵒ 1581, pap.

(5) Barrois, nᵒˢ 828-1791. — Bruxelles, nᵒ 9390, parch. Cf. Barrois, *Appendice*, nᵒ 2279.

(6) Barrois, nᵒ 1060, moitié papier, moitié parchemin.

(7) Barrois, nᵒˢ 1569-2121. — Bruxelles, nᵒ 10502, parch.

(8) Voir une copie dans un ms. (Bruxelles, nᵒ 10394-414) cité p. 204-205, où j'ai dit par erreur que c'était la traduction de Jean de Vignai. Il faut lire : Jean Ferron. Une autre copie se trouve dans Barrois, nᵒˢ 1568-2120. — Bruxelles, nᵒ 11045, Van den Gheyn, III, nᵒ 2083, parch. Pour le même texte traduit par Jean de Vignai, voir ci-dessus p. 291.

(9) I) Barrois, nᵒˢ 1554-1916 (cité à tort dans l'*Appendice*, nᵒ 2262). — Bruxelles, nᵒ 11107, parch.; II) Barrois, nᵒˢ 1556-1915, parch. Gröber, p. 1029.

(10) Barrois, nᵒˢ 1493-1674, parch. Ce devait être un beau ms.; armes de Bourgogne. Gröber, p. 1074 ; Molinier, nᵒˢ 3343 et 3555.

(11) Barrois, nᵒˢ 1221, pap. Voir le poème dans les MÉMOIRES DE LA SOCIÉTÉ DE L'HISTOIRE DE PARIS ET DE L'ILE-DE-FRANCE, XVII, p. 217-438, II. Moranvillé, *Le Songe Véritable, pamphlet politique d'un parisien du xvᵉ siècle.* Je n'ai pas la certitude absolue que le nᵒ 1221 de Barrois soit ce poème, mais la chose est très probable : voir, pour les mots de repère, l'édition précitée, p. 231, vers 65 et p. 304, vers 3147 et 3150.

(12) Voir ci-dessus p. 129.

(13) Voir ci-dessus p. 18, n. 1, 220, 290, n. 4 et 292, n. 1. Cf. P. Meyer, *Rom.*, XXXVII, p. 221.

traduction anonyme des *Ruralium commodorum libri* xii de Pierre de Crescens : il en existe aussi une belle copie exécutée pour le grand bâtard) (1) ; — un livre contenant plusieurs *Proverbes et Disciplines et plusieurs Traictiés parlant de mariage et autres choses* (2) ; — un volume intitulé au premier feuillet *Cy comence ung petit traict des féminin, etc.* (3) ; — deux *Lamentations de Matheolus* (« ung livre sur papier et ung livre tout neuf en parchemin, historié de riches histoires et enluminé bien richement », traduction rimée, par Jean Le Fèvre, du poème latin, *Liber infortunii*, appelé plus souvent *Matheolus*, où l'auteur Mathieu, de Boulogne-sur-mer, attaque si vivement le mariage) (4) ; — le *Purgatoire des mauvais maris et de leurs complices* quemenchant ou second feuillet *Ceulx qui tourmentoient le poure Mathéolus* (5), etc.

Il y a dans cette liste quelques articles énigmatiques, mais néanmoins ils paraissent bien désigner de la littérature didactique. Nous aurions pu en citer d'autres. Tel le *Livre du trésor des simples contre Mahomet* (6), que l'on serait tenté d'identifier avec la *Forteresse de la Foi* d'Alphonse de Spina (traduite par Pierre Richart), ouvrage dont l'original latin est incontestablement dans la librairie ducale, *Alphonsus Luspanus, de fide Christianorum $\overline{q}$ in deos*, titre qui doit se lire *Alphonsus [de Spina, natione] Hispanus, de fide Christianorum contre Judeos* (7) Tels encore le *Régime des Voyages* (8) et, parmi les volumes non parfaits, « ung livre en latin et en parchemin, intitulé *Compilatio brevis, sive tabula tractatus de cura rei publice* » (où nous voudrions reconnaître le *Tractatus de cura reipublicae et sorte principantis* rédigé par le

<hr>

(1) Barrois, nos 1592-2205 (cité à tort dans l'*Appendice*, no 2281). — Bruxelles, no 10217, parch.

Grand bâtard = Arsenal, no 5064 : voir Delisle, *Recherches*, I, p.115-116.

(2) Barrois, no 1223, pap.

(3) Barrois, no 1469.

(4) Barrois, nos 1310-1880. — Paris, Nat., no 12480, pap.; et Barrois, nos 1311-1654, parch.

Gröber, 1067 ; A.-G. Van Hamel, *Les Lamentations de Matheolus et le Livre de Leesse de Jean Le Fèvre de Ressons*, 2 vol., 1892-1905, Bibl. Ec. Htes Etudes, 95e et 96e fasc.

(5) Barrois, no 1399, pap. Cf. Piaget, *Martin Le Franc*, p. 51-52 et Van Hamel, *Lamentations*, ii, p. clxviii. Quid ? M. Piaget m'écrit : « Je ne sache pas que ce no 1399 de Barrois ait été identifié ».

(6) Barrois, no 758 (cf. *Appendice*, no 2277), parch. Voir Van Praet, *Louis de Bruges*, p. 123 ; Gröber, p. 1179. Ma conjecture est pourtant douteuse.

(7) Barrois, no 1062, pap. Correction due à M. Bayot.

(8) Barrois, no 1524, pap.

jurisconsulte Philippe de Leyde pour Guillaume IV de Bavière, comte de Hollande et de Hainaut) (1).

V

Cinquième groupe : le plus important et le plus intéressant, parce qu'il est celui de la littérature qui doit avoir spécialement attiré Philippe le Bon et qui, du reste, est née, en bonne partie, sous son inspiration directe. Dans d'autres cas, il s'agit d'œuvres qui, sans avoir surgi à sa demande, ont été conçues pour lui plaire ou bien lui ont été présentées en « hommage d'auteur ». A ce groupe, nous rattacherons quelques livres qui ont également paru au xve siècle, qui ont été introduits dans sa librairie, mais dont la présence ici n'est expliquée ou justifiée par aucun document ou témoignage (pièce d'archive, dédicace, etc.).

Voici d'abord maître Alain Chartier, l'écrivain patriote, l'écrivain national de France qui a su trouver quelques-uns des rares accents d'éloquence que son époque troublée ait entendus (2). Il a souvent déploré les malheurs de son pays déchiré par la guerre, et c'est ainsi qu'il a composé et qu'il a dédié à Philippe le Bon le *Lai de la paix*, un poème qui pourrait aller prendre place au chapitre de la Lyrique. Nous ignorons si le duc, qui n'était peut-être pas tout à fait qualifié pour recevoir pareil hommage, en a possédé des exemplaires (3). Mais il doit avoir eu, en deux transcriptions sur vélin, le *Traité de l'Espérance* ou *Consolation des trois vertus* (dit aussi *Consolation de la Foi et de la Charité, Exil* ou *Imparfait*) du même Alain Chartier, traité mêlé de prose et de vers, resté inachevé et qui exprime des pensées analogues à celles du *Lai de la paix* (4). Nous trouvons encore de lui diverses poésies (5), et nous remarquons, en outre, dans l'inventaire ducal une notice ainsi formulée : *Aucuns Enseignemens que fist maistre Alain le Chartier* ; elle désigne le fameux *Quadrilogue invectif* (6).

<hr>

(1) Barrois, no 1602. — Voir Pirenne, *Hist. Belg.*, II, p. 140, 274 et 369.

(2) Gröber, p. 1101 et suiv.; Molinier, *passim* ; Piaget, *La Belle Dame sans merci*, ROM., XXX, XXXI, XXXIII et XXXIV, et autres études du même auteur et d'A. Thomas, XXXIII, p. 387-402.

(3) Nous n'en découvrons pas dans la librairie.

(4) Barrois, nos 986-1853 et nos 1357-1809.

(5) Voir chap. VI, § 4.

(6) Barrois, no 1003, parch. Voir A. Piaget, *Le Miroir aux dames, poème inédit du* xve *siècle*, ACADÉMIE DE NEUCHATEL, RECUEIL DE TRAVAUX PUBLIÉS PAR LA FACULTÉ DES LETTRES, Neuchâtel, 1908, 2e fasc., p. 34.

Vient ensuite Guillebert de Metz dont nous avons plusieurs fois déjà mentionné un gros et luxueux manuscrit. Six textes différents (dont les quatre premiers ont été cités) y sont juxtaposés : L'*Épître d'Othéa déesse de Prudence* (de Christine de Pisan), les *Quatre vertus* (qui sont attribuées à Sénèque), les *Épîtres sur le Roman de la Rose* (Christine), le *Traité de parler et de se taire* (Albertano de Brescia), les *Cinq lettres du nom de Paris, compilé par ung notable clerc Normant*, en 1418, ainsi que la *Description de la ville de Paris et l'excellence du royaume de France, transcript et extraict de pluseurs aucteurs* par Guillebert de Metz lui-même, en 1434 (1). Cet écrivain nous est également connu par d'autres travaux calligraphiques qu'il a livrés à Jean sans Peur (un *Sidrac* et un *Lucidaire*) et à Philippe le Bon (un *Sidrac* et une *Somme le Roi*). Il était Allemand d'origine (né à Metz entre 1350 et 1360) ; il doit avoir étudié à Paris et y avoir fait un séjour assez long (de 1407 à 1434). Mais il a aussi résidé dans la ville flamande de Grammont, ainsi que le révèle l'explicit d'un *Décaméron* sorti de son atelier et destiné à Philippe le Bon : « Transcripvain Guillebert de Mets, hoste de l'Escu de France à Gramont » (2). La ressemblance de facture qui s'observe entre ce *Décaméron* et la *Description de Paris* a suggéré aux éditeurs de ce dernier texte l'observation suivante : « On remarquera les deux expressions très significatives dont se sert Guillebert de Metz dans le titre même qu'il a donné à son œuvre : sa *Description de la ville de Paris a été transcripte et extraicte de plusieurs auteurs*, ce qui implique un double travail d'écriture et de compilation. Faut-il maintenant reconnaître à notre auteur un troisième mérite, celui de miniaturiste ? Un érudit dont le nom fait autorité, M. Paul Lacroix, incline à le croire, et ce qui l'y engagerait, c'est l'étonnante similitude de style que présentent la miniature dont le roman d'*Othéa* est orné dans le manuscrit de Bruxelles et les miniatures du *Décaméron* conservé à la bibliothèque de l'Arsenal. Ces deux

---

(1) Barrois. nᵒˢ 933-1818 (cité à tort dans l'*Appendice*, nᵒ 2288). — Bruxelles, nᵒ 9559-64, vélin avec belles vignettes. Voir, pour ce ms., l'édition de la *Description* par Le Roux de Lincy et Tisserand, *Paris et ses historiens*, et ci-dessus p. 129.

(2) Explicit de la table du nᵒ 5070 de l'Arsenal : *Décaméron*. Voir Le Roux de Lincy et Tisserand, *Paris et ses historiens*, p. 125-6. Je crois devoir noter qu'ils disent, p. 127, que lorsqu'il a transcrit ce *Décaméron*, il devait être à Paris, peut-être chez Bureau de Dampmartin, peut-être travaillant sous la direction de Laurent de Premierfait.

volumes étant authentiquement l'œuvre calligraphique de Guillebert de Metz, il faudrait supposer qu'on a eu recours, pour l'un et l'autre, au même enlumineur, si l'on ne préfère, comme M. Paul Lacroix, attribuer à notre auteur les miniatures ainsi que le texte » (1). Oui certes, mais pareil raisonnement n'est légitime que si réellement l'ornementation du *Décaméron* est due à Guillebert. Or, il est très probable que notre calligraphe s'est fait aider, pour ce travail, par des artistes flamands. En conséquence, la similitude de style ne devrait pas être invoquée ici, et l'on serait même en droit de supposer que Guillebert a sollicité le concours de miniaturistes de même provenance pour sa *Description*. Quoi qu'il en soit, cette compilation n'existe que dans la copie de Philippe le Bon. Elle y apparaît précédée d'un éloge de Paris sans valeur historique et composé en vers acrostiches qui forment le nom de la ville. L'auteur, on vient de le voir, se dit « notable clerc Normant » et il date son dithyrambe de 1418. Guillebert reproduit l'œuvre comme une sorte de préface à la *Description de Paris* (2).

Antérieurement à la mise au jour de ce volume réputé, un dignitaire ecclésiastique de la cour de Bourgogne, Laurent Pignon, a donné le *Traité du commencement des seigneuries et diversité des états* (vers 1430). Il y fournit d'abord la translation d'« un petit livret que fit jadis un notable religieux prelat de Sainte Eglise, evesque de Meaux, F. Durand de Saint Poursain [le docteur très résolu du XIIIᵉ siècle] lequel est intitulé : *Du commencement des seigneuries, jurisdictions et puissances* » *(De origine jurisdictionum, sive de jurisdictione ecclesiastica et legibus)*. Mais il déclare avoir voulu, en outre, « à l'aide de Dieu consterre [construire] ung petit de la cause de la diversité des états, et de tout faire un petit livret qui se nommera le *Traité du commencement des seigneuries et diversité des états* » (3).

C'est là un ouvrage qui, pour sa teneur, aurait été non moins bien à sa place peut-être sous la rubrique : *Littérature religieuse*. Il n'en va pas de même pour le *Champion des dames* qui arrive à la cour une dou-

----

(1) Le Roux de Kincy et Tisserand, *ibid.*, p. 129.

(2) P. p. Le Roux de Lincy et Tisserand, *ibid.*, p. 497-511.

(3) Sur l'auteur et son *Traité*, voir Quétif et Echard, *Scriptores ord. Praedicator.*, I, 1719, p. 804-6 ; Gröber, p. 1150. On en signale deux mss. (Paris, Nat., nº 19613 et Sainte Geneviève, nº 850), mais je ne les découvre pas dans Barrois.

zaine d'années plus tard (1442) (1). L'auteur, Martin Le Franc, en
dédiant à Philippe le Bon son poème de 24000 vers, assure qu'il
veut honorer en lui le glorieux prince dont la renommée « bruit es
quatre parz du monde » et le galant seigneur qui a toujours eu « le
nom d'amours en digne reverence et la querelle des dames singulièrement recommandée ». A cette double raison qu'il invoque
auprès de ceux qui le jugeraient peut-être osé d'avoir ainsi sollicité
le patronage du duc pour « ses lignes mal dressées et mal polyes»,
il en joint une troisième : « Ce n'est pas, dit-il, chose nouvelle que
ceulx qui livres batissent et composent volontiers, présentent leurs
ouvrages et labours aux grands seigneurs, adfin de leur monstrer et
offrir la très entière affection qu'ilz ont à eulz, et que soubz leur
nom leurs livres prennent quelque auctorité et cours, laquelle chose
se je fais, prince très excellent, avecques ce que les sages m'en ont
donné l'exemple et le chemin ouvert, vostre très doulce humanité
singulièrement m'y semont et attrait et de bien loing appelle »...
Mais il n'y a pas que cette dédicace qui soit aimable pour le Mécène.
Dans son poème, Le Franc glisse de-ci de-là quelque allusion
flatteuse aux faits et gestes de Philippe le Bon et des siens. Il
célèbre la réconciliation de la France et de la Bourgogne, réconciliation amenée par le traité d'Arras (1435). Il écrit des vers courti-
sanesques sur Isabelle de Portugal, la déesse de la paix :

> Par elle horrible guerre cesse,
>
> Et paix se remet en besongne.
>
> Vive la très haulte ducesse,
>
> Vive la dame de Bourgongne ! (2)

Ou bien, c'est un rapide souvenir qu'il accorde à la délivrance
de Charles d'Orléans par Philippe le Bon (1440) :

> De cestuy duc, de cestuy prince
>
> Je parle singulièrement,
>
> Car en prison il aprint ce

---

(1) Piaget, *Martin Le Franc* ; G. Paris, *Un poème inédit de Martin Le Franc*,
Rom., xvi, p. 383-437 ; Quicherat, *Procès de Jeanne d'Arc*, v, p. 44 ; Lenient,
La Poésie patriotique en France au moyen âge, Paris, 1891, p. 383-86 ; Petit de
Julleville, *Bulletin des Cours et Conférences*, 1895, p. 31-35 ; Gröber, p. 1128 ;
Molinier, n° 4160. Des extraits du *Champion*, et de l'*Estrif* (voir plus loin),
sont donnés par Van Hasselt, *Essai sur l'hist. de la poés. franç. en Belg.*, 1838,
p. 200-218.

(2) Piaget, p. 89-90.

> Dont nous parlons presentement :
> C'est cellui qui nouvellement
> Sailli de l'engloise prison
> Par le notable appointement
> Du duc qui porte la toison.

Mais là nous n'avons encore qu'un poète qui admire de loin, de « bien loing », ainsi qu'il dit lui-même. On peut lire, en d'autres endroits de son *Champion*, des renseignements qui paraissent recueillis plus directement, des renseignements sur la France du Nord et la Flandre, sur leurs puis d'amour, sur les houilles de Dinant, les bains d'Aix-la-Chapelle et les musiciens de la cour de Bourgogne (1). C'est à croire qu'il s'est documenté sur place, qu'il a vu tout ce dont il parle. Ailleurs encore, il s'exprime à la façon d'un homme également bien au courant de ce qui se passe dans les pays soumis au protecteur de son poème. S'ensuit-il que Le Franc avait été en rapport avec lui ? Avait-il eu l'honneur de le voir de près, antérieurement à l'offre de son *Champion* ? Il paraît probable qu'il n'était pas connu personnellement du prince, mais qu'il l'avait aperçu dans la ville d'Arras, sans toutefois lui être présenté, lors des fêtes organisées à l'occasion de la paix de 1435 (2). Mais que ce soit de loin ou de près que Martin ait vu et connu le patron qu'il s'était choisi, son œuvre n'obtint pourtant que des applaudissements discrets, pour ne pas dire des applaudissements couverts de murmures. L'affaire nous a été contée par l'écrivain lui-même dans un mémoire justificatif, dans un dialogue avec son livre, intitulé *Complainte du Livre du Champion des dames à maistre Martin Le Franc son acteur*, où il mêle ingénieusement à des compliments pour le duc, la duchesse et le seigneur de Créquy (3), un plaidoyer en sa faveur et l'exposé des causes de son demi-succès ou demi-échec. Mais la dite *Complainte* n'avoue pas tout : elle n'avoue pas que, par endroits, le *Champion* est un réquisitoire contre les grands, contre les seigneurs qui, par leurs divisions, mettent la France en péril, qui, soucieux uniquement de leur personne et de leurs plaisirs, sont un exemple de corruption pour le peuple. De plus, à entendre l'encyclopédique poème, ils font monter leurs jongleurs, leurs bouffons de cour au rang de conseillers et de ministres. Tel est, par exemple,

---

(1) G. Paris, p. 394 et 419.
(2) Opinion de G. Paris, *ibid.*, p. 396.
(3) Voir ci-dessus p. 40.

Coquinet, le fou de Bourgogne. Aussi est-ce dérision de les voir qui jouent aux représentants de la chevalerie. Préoccupés de toilette et de bonne chère, ils ne sont rien moins que cela, et ils vivent dans l'ignorance des devoirs qui leur incombent... Mais Le Franc parle d'autre chose encore. Il exprime des sentiments « basiliens » (favorables aux tendances gallicanes du concile de Bâle) (1), il se pose en ennemi des Anglais, en défenseur de Jeanne d'Arc. Dès lors, on comprend que des murmures se soient élevés dans l'entourage de Philippe le Bon.

Peut-être cependant l'insuccès tint-il à la supériorité même du poème. Peut-être celui-ci dépassait-il trop le niveau intellectuel du milieu où il a paru. Poème d'amour, *champion des dames*, il n'est pas que cela : il dévie de la route qu'il s'est tracée ; il tourne au traité *de omni re scibili*. Quoi qu'il en soit, le duc ne se le fit pas lire, et Martin jugea qu'il fallait une défense. Cette défense, il la rédigea, mais sans lui prêter l'aspect d'une reculade. Il maintint ses dires et il prétendit même en appeler à la postérité qui se chargerait de casser les arrêts du présent. Il se donna l'attitude d'un écrivain dont le seul crime est d'avoir été courageux. Il eut le bon esprit de ne pas se fâcher et de ne pas ramper. Fut-il compris ? Le *Livre du Champion* emporta-t-il l'approbation du prince ? On le penserait volontiers en présence du manuscrit très artistique exécuté certainement par ses ordres, à Arras en 1451, et qui renferme le *Champion* avec sa défense. Une autre copie du *Champion* seul apparaît également dans la collection ducale (2) : c'est l'exemplaire que Le Franc avait fait remettre à Philippe.

Dans sa justification rimée, le *Livre du Champion* disait à son « acteur ».

Si bouté m'eusses en mon sein

Maint brocard et mainte sentence

Dont on a entendement sain

Gaignié j'avoye l'audience.

« Ce reproche, écrit Gaston Paris, de n'avoir pas mis dans son

<hr>

(1) Paris, *Esquisse*, p. 259.

(2) Barrois, nᵒˢ 964-1872. — Paris, Nat., nᵒ 12476, *Champion* et le *Livre du Champion* : « escript ou cloistre de l'église Nostre Dame d'Arras ».

Barrois, nᵒˢ 965-1983. — Bruxelles, nᵒ 9466, parch., *Champion*. Exempl. remis à Philippe le Bon.

Bruxelles possède en outre un *Champion*, nᵒ 9281, aux armes de Clèves.

Champion assez de *brocards* et de sentences profitables a pu donner à Martin l'idée de composer l'*Estrif de Fortune et de Vertu*, qui en est bourré » (1). Suivant une autre conjecture, de M. Piaget, le duc aura voulu dédommager le poète en lui commandant ce second ouvrage. Vraisemblablement, dit-il, Le Franc aura reçu sa mission lorsqu'il est arrivé à la cour de Bourgogne où le pape Félix v l'envoyait (20 mars 1447), en qualité de légat apostolique (2). De retour à Lausanne, il se mit à la besogne et il composa l'*Estrif* « tant, déclare-t-il à son protecteur, pour acomplir vostre commandement de toute ma puissance, que remonstrer souverainement combien vertu sus fortune doit avoir d'honneur, de loenge et de pris ». C'est un débat, mélange de prose et de vers, où se trouve développé le thème, déjà bien vieux, des caprices de la déesse Fortune. Elle discute avec Vertu, sa rivale, au tribunal de Raison et la discussion tourne à l'avantage de Vertu. Si l'auteur avait déplu aux seigneurs par ses insinuations piquantes du *Champion des dames*, on se demande pourquoi et comment, dans l'*Estrif*, il ose récidiver et ne pas être moins sévère que dans sa première œuvre à l'endroit de la morale et de la conduite des cours.

Ne négligeons pas d'indiquer que l'*Estrif* fut aussi présenté à Charles vii (3) et qu'il obtint la faveur de multiples transcriptions, mais on ne le rencontre dans la librairie de Bourgogne qu'après la mort de Philippe le Bon (4).

Il y avait de tout, avons-nous remarqué, dans le *Champion des dames* et, dans ce tout, le duc de Bourgogne pouvait lire des pages sur une question qui devait l'intéresser : l'hérésie vaudoise. Mais cette question, il la voyait aussi exposée dans un livret qu'il avait

(1) *Poème inédit*, p. 421.

(2) *Martin Le Franc*, p. 175. Pour les éditions, voir p. 266.

(3) De son *Estrif*, dit G. Paris, *Rom.*, xvi, p. 397, Martin « dédia un exemplaire au roi de France, un autre au duc de Bourgogne : l'un était son souverain naturel, l'autre son protecteur de choix et le patron attitré de toute littérature.... La dédicace à Charles vii se trouve en tête de plusieurs mss. et des éditions ; d'autres mss. présentent celle au duc de Bourgogne ».

(4) Barrois, n° 1803. — Bruxelles, n° 9510, parch. A Bruxelles existe un autre ms., n° 7378, qui, dit G. Paris, p. 398, paraît être la minute du premier. Voir encore Reinach, *Un manuscrit de Philippe le Bon*, p. 10-11, qui signale le même texte à Saint-Pétersbourg en un volume qui aurait appartenu au duc.

par devers lui : *De la Créacion des Angels et de Vauderie.* C'est un
ouvrage en deux parties précédées d'un prologue lequel traite de la
création des anges, de leur péché, de leur punition, de la tentation
et du châtiment d'Adam. Dans la première partie, il est parlé de la
« griefve malice du crime de vauderie, lequel est pire que l'idolatrie
des payens, plus grief que le péché d'hérésie et que l'infidélité des
Sarrasins ». Ensuite, l'auteur énumère les maux que peut engen-
drer la secte abominable des Vaudois et il exprime « aucunes
exhortations pour l'extirper ». La seconde partie s'occupe des merveilles que le diable opère à la requête de ces ennemis de la religion
chrétienne, et elle établit la puissance des bons et des mauvais
anges (1).

Le *Crime de Vauderie* ne doit pas porter de date ni de signature.
On possède des informations plus précises sur les compositions
didactiques de Jean Miélot, la *Controversie de noblesse*, le *Débat d'honneur*, l'*Epitre d'Othéa* retouchée, et son *Recueil de proverbes*. La première est la mise en français (1449) d'un écrit latin de Bonus Accursius ou Buono Accorso de Pistoie (appelé plus souvent Buonaccorso
et désigné aussi par le nom de Bonne Surse), « notable docteur en
loix et grant orateur » : c'est une « déclamation », un « desbat »
sur la vraie noblesse entre Publius Cornelius Scipion et Gayus
Flaminius, devant les sénateurs de Rome. Dans plusieurs manuscrits, cet opuscule (que Miélot a traduit au commandement de
Philippe le Bon) est accompagné d'un « *Desbat de honneur entre trois
chevaleureux princes*, assavoir Alexandre roy de Macedoine, Hanibal
duc de Cartaige et Scipion consul romain, estrivans ensemble lequel
d'eulx trois estoit de plus grant renom, et le plus resplendissant en
gloire ». On attribue aussi l'original à Bonus Accursius et la translation (laquelle doit avoir été offerte au duc) à Jean Miélot (1450).

(1) Barrois, nᵒˢ 1201-2127 (cité à tort dans l'*Appendice*, nᵒ 2278). — Bru-
xelles, nᵒ 11209, parch. Courte analyse et extraits dans Reiffenberg, *Du
Clercq*, III, p. 295-97. Voir aussi ce même traité analysé dans F. Bourque-
lot, *Les Vaudois du quinzième siècle*, BIBL. EC. CH., 2ᵉ s., III, 1846, p. 81-109,
où l'on a des extraits du *Champion des dames* et une étude sur la lutte de
Philippe le Bon contre les Vaudois. Sur la même question, à consulter
A. Duverger, *La Vauderie dans les Etats de Philippe le Bon*, Arras, 1885 ; P.
Fredericq, *Corpus documentorum inquisitionis haereticae pravitatis Neerlandicae*,
I, 1889, p. 342 et suiv. — Cf. Van Praet, *Louis de Bruges*, p. 122, Arnaul-
det, *Librairie de Blois*, p. 215.

Pour ce qui regarde ce dernier, nous avons toutes raisons de croire que l'attribution est fondée. D'abord, nous remarquons que dans un manuscrit autographe du chanoine lillois, présenté à Philippe de Bourgogne, le *Débat d'honneur* suit la *Controversie* et que, dans d'autres copies, les deux textes sont généralement associés. De plus, nous observons que la librairie ducale renferme deux calligraphies du *Débat*. Enfin, si l'on ajoute à cela que le prologue s'adresse à un prince qui ne peut être que le protecteur et seigneur de Miélot, qu'il est conçu dans le ton des préambules incontestablement sortis de la plume du laborieux copiste, on jugera sans doute qu'il y a là des motifs suffisants pour lui laisser, jusqu'à preuve du contraire, la paternité de la seconde traduction.

Cette traduction et la première ont obtenu un assez notable succès de transcription à la cour de Bourgogne (1). La même faveur ne paraît pas être échue au *Recueil de proverbes* : du moins, nous ne lui connaissons qu'une calligraphie, et encore est-elle jointe à d'autres textes dans un manuscrit-varia de 1456. Les proverbes y sont au nombre de 351 (2).

Othéa de Christine de Pisan a joui d'un plus grand crédit. Quatre

---

(1) Barrois, n⁰ˢ 1006-1735 (par erreur dans l'*Appendice*, n⁰ 2307). — Bruxelles, n⁰ 9278-8o, parch. : *Débat d'honneur* (sans nom d'auteur), *Controversie* par Miélot, *Rapport sur les faits et miracles de S. Thomas* par Miélot (voir ci-dessus, p. 214) ; c'est l'autographe dont nous parlons, exécuté en 1449-5o pour le duc.

Barrois, n⁰ 1007, pap., *Débat d'honneur*.

Barrois, n⁰ˢ 1010-2119. — Bruxelles, n⁰ 10977-79, parch., *Honneur* et *Controversie* (sans nom d'auteur), plus un troisième texte, le *Traité de Noblesse*, composé en espagnol par Jacques de Valère et traduit en français par Hugues de Salve, prévôt de Furnes : voir Van Praet, *Louis de Bruges*, p. 190.

Barrois, n⁰ 1015, pap., *Controversie*.

Cf. Barrois, n⁰ 1002 : *Ung Traictié où l'acteur introduit trois nobles citoyens à parler*. Quid ?

La *Controversie* et le *Débat d'honneur* ont été publiés par M. Burger, *Eine französische Handschrift der Breslauer Stadtbibliothek*, Städtiches Realgymnasium am Zwinger zu Breslau. Beilage zum Programm Ostern, 1901 et 1902. Sur cette édition et les mss. des deux œuvres, voir *Bull. Bruges*, 1902-1903, p. 163-5 et ajouter *Bibl. Ec. Ch.*, LXIII, p. 24, ainsi que Max Rooses, *Catalogue du Musée Plantin-Moretus*, Anvers, 1883, p. 39 et Perdrizet, *Miélot*, p. 475.

(2) Pour ce ms., voir ci-dessus p. 141. Pour les *Proverbes*, voir l'édit. de J. Ulrich, *Die Sprichwörtersammlung Jehan Miélot's*, ZEITSCHRIFT FUR FRANZÖSISCHE SPRACHE UND LITTERATUR, Berlin, 1902, XXIV, p. 191-9.

volumes bourguignons nous l'ont transmise (1), sans compter le remaniement de Jean Miélot (1460). Dans l'œuvre de la poétesse (*Epistre que Othea, deesse de Prudence, envoya à Hector de Troye, quand il estoit en l'aage de quinze ans*), Othea, c'est-à-dire Sagesse, Raison ou Prudence, s'adresse à Hector de Troie (qui désigne en réalité le duc Louis d'Orléans) et, sous la forme d'une *Héroïde* d'Ovide, elle expose au jeune homme une série de cent maximes ou préceptes en vers octosyllabiques accompagnés d'une allégorie et d'une glose lesquelles sont empruntées à la philosophie, à la mythologie, à la Bible, à l'histoire et à la vie des saints. Le tout est destiné à servir de règle à un bon chevalier. Miélot reprit l'œuvre et l'allongea de la manière suivante : « Pour ce que souvent, dit-il, briefveté rend les materes obscures aux liseurs et afin que les cent gloses dessus escriptes des cent autorités.... soient egales les unes aux autres come sont les quatre lignes de texte desdictes cent auctorités, [par l'ordre de Philippe le Bon] a été faitte et composée de nouvel une addition ou declaration »... Et cette addition revient à joindre aux gloses des extraits de Boccace (*Généalogie des Dieux*), de Virgile (*Enéide*), d'Ovide (*Métamorphoses*) et de « plusieurs autres poetes, philosophes et orateurs ». Mais la véritable raison de son remaniement, Miélot ne l'a peut-être pas exposée, et peut-être est-elle moins d'ordre intellectuel que d'ordre matériel. Son manuscrit est un exemplaire magnifique avec une superbe miniature pour chaque « autorité ». Or, ces miniatures prennent la moitié supérieure de chaque revers de feuillet et immédiatement en dessous se place le texte des autorités. Le travail du chanoine de Lille a consisté donc à allonger les gloses de façon à leur faire occuper le bas du verso et le recto du feuillet suivant, ce qui a permis une disposition absolument régulière du volume. Voilà pourquoi il écrit : « Afin que les cents gloses... soient egales les unes aux autres come sont les quatre lignes de texte desdictes cent auctorités » (2).

Tandis que Miélot s'appliquait à sa *Controversie* et à son *Débat d'honneur*, un autre familier de la maison traduisait et ensuite transcrivait en un très beau volume le *De regimine principum* de Gilles de

(1) Voir ci-dessus p. 292.
(2) Bruxelles n° 9392 (daté de 1460). Sur ce ms., voir Reiffenberg, *Du Clercq*, I, p. 116, Perdrizet, p. 476 et Gröber, p. 1146. L'interprétation du travail de Miélot m'a été fournie par M. Bayot.

Rome sous le titre : *Le livre du gouvernement des princes* (1450) (1). C'est une œuvre que le moyen âge a honorée de son estime ; elle n'a pas attendu le milieu du xve siècle pour passer en français : Henry de Gauchy l'a translatée avant Wauquelin et sa translation figure pareillement sur les inventaires de Bourgogne (2).

En ces mêmes temps où Philippe le Bon faisait écrire des livres pour lui, un prince écrivait contre lui : c'est René d'Anjou qui, en 1457, achevait le *Livre du cœur d'amour épris*, où, mélangeant prose et vers, il raconte les aventures du galant chevalier Cœur à la conquête de Doulce-Mercy, la dame de ses pensées. Au cours de ses voyages, le héros arrive à l'hôpital d'Amour et en fait la visite, une visite qui nous procure l'énumération des écussons qui le décorent : ils sont aux armes des nobles hommes qui ont souffert des atteintes de la passion amoureuse et qui sont, entre autres, Philippe et Charles de Bourgogne. Des devises à leur adresse s'aperçoivent qui ne sont pas précisément flatteuses (3).

L'honneur — si c'en est un ici — d'être rangé en la galerie des *princes d'amour* ne revenait peut-être pas à Charles le Hardi, mais il était assurement dû à son père. Déjà son renom de galant chevalier lui avait mérité l'hommage du *Champion des dames*. Presque vingt ans après, en 1459 ou 1460, il se voit, pour les mêmes raisons, dédicacer le *Triomphe des dames* traduit de l'espagnol par Vasque de Lucène, un ouvrage qu'il ne faut pas confondre avec le *Triomphe* ou *Parement des dames* d'Olivier de La Marche (des environs de 1492). Ce Vasque de Lucène avait été, comme nous l'avons dit, attiré en Bourgogne par le mariage d'Isabelle de Portugal. De la même compagnie était Vasco Mada de Villalobos qui devint, chez le duc, écuyer d'écurie. Voulant donner un témoignage de son respect envers les dames, il aurait désiré mettre « en langaige franchois » le *Triunfo de las donas* de Juan Rodriguez de la Càmara ó del Padrón, écrivain espagnol du xve siècle. Mais, n'ayant pas « la clergie et l'entendement » de son compatriote Vasque de Lucène, du moins en matière de langue

(1) Barrois, n°s 926-1639. — Bruxelles, n° 9043.

(2) Barrois, n°s 929-1827. — Bruxelles, n° 10368, parch.
Il y aussi Barrois, n°s 930-1806. — Bruxelles, n° 9474. Sur les traducteurs de G. de Rome, voir *Rom.*, xv, p. 264, xxviii, p. 644 ; Gröber, p. 1023 ; Söderhjelm, *Notes*, p. 56.

(3) Lecoy de la Marche, *Roi René*, p. 158-161 ; De Quatrebarbes, *Œuvres de René*, 1845, iii, p. 119.

française, il dut recourir à ses lumières et à sa plume. Ce « n'est
point merveilles, dit-il dans le prologue qu'il a écrit pour la traduction (1), se, à vous [Philippe le Bon] le plus honnourable chevalier, se commet la garde de l'onneur des dames, la plus digne
emprinse que cuer chevalureux puist emprendre... ». Car, à nul
mieux qu'à vous, « piller, protecteur et deffendeur invincible de
l'honneur et noblesse » du sexe féminin, n'appartient la dédicace
d'une œuvre qui proclame la supériorité et défend les intérêts de
ce sexe que de méchants esprits ont malmené (2).

Mais plus intéressante que ce prologue est une lettre où Vasco
de Villalobos offre à la comtesse de Charolais, Isabelle de Bourbon,
la traduction de son ami. Il lui annonce d'abord qu'il l'a présentée
à Monseigneur le duc de Bourgogne, « le plus loyal serviteur
d'amours et des dames qui au siècle vive », que ce prince l'a fait
lire par Philippe Pot (3), le grand bâtard Antoine, le bailli de
Hainaut et le bâtard de Comminges (4), qui sont autant de « loyaux
serviteurs d'amours ». Après cette consultation, poursuit-il, Philippe le Bon a décidé de réserver à l'ouvrage la faveur d'une transcription particulièrement soignée et luxueusement enluminée.
L'auteur s'étant alors demandé à qui la bonne nouvelle devait être
communiquée, il a jugé que la primeur en revenait à elle, la tré-
sorière d'honneur, de grâce et de bénignité. De plus, il sollicite,
pour l'écrivain espagnol défunt, une messe solennelle de *Requiem* ;
en l'accordant, elle prouvera sa reconnaissance envers ceux qui
ont glorifié les femmes. Il voudrait bien aussi qu'elle fasse « copier

(1) Il y a d'abord ce prologue de Villalobos, puis un second par le
translateur.

(2) Barrois, nᵒˢ 1393-2130. — Bruxelles, nᵒ 10778, parch., grossé à Bruxelles en 1460, exempl. de Philippe le Bon.
Voir *Obras de Juan Rodriguez de la Camara* p.p. D. Antonio Paz y
Mélia (SOCIÉTÉ DES BIBLIOPHILES ESPAGNOLS), Madrid, 1884. Le *Triunfo* y
est édité avec la traduction française d'après deux mss. de Bruxelles.
Voir aussi Piaget, *Le Franc*, p. 160-6 et J. Kalbfleisch-Benas, *Le Triomphe
des dames von Olivier de la Marche*, Rostock, 1901, p. XI.

(3) Seigneur de la Roche-Nolay et de Châteauneuf, échanson, puis
conseiller et chambellan, grand maître d'hôtel et sénéchal de Bourgogne, capitaine de Lille, chevalier de la Toison d'or. Il a lui-même
écrit : Dinaux, *Trouv. art.*, p. 228 ; Gröber, p. 1116 ; La Marche, Chastellain, etc. Nous l'avons déjà rencontré plus haut p. 111.

(4) Sans doute Mathieu de Foix, comte de Comminges, chevalier de la
Toison d'or, mort en 1463.

ledit traité en beau parchemin et belle lettre, historier et enluminer de lettre d'or et richement couvrir et tenir en sa chambre » :
de la sorte, les seigneurs et nobles qui viendront chez elle, appren-
dront à se conduire, ainsi qu'il sied, à l'égard du sexe féminin ;
peut-être même serait-il désirable que des copies de l'œuvre soient
expédiées à diverses princesses de France (1).

Mais, pour être bon chevalier à la manière du xve siècle, il ne
suffit pas de posséder son code de courtoisie et de galanterie. Il
faut en outre savoir adroitement évoluer dans les tournois et les
pas d'armes. La chevalerie comporte tout un ensemble d'exercices
qui s'enseignent, tout un côté-métier qu'on peut étudier dans les
livres. Sous ce rapport, *Jehan de Saintré* est instructif pour un jeune
homme ayant à faire son apprentissage de jouteur. D'une nature
assez particulière est le *Livre du seigneur de l'Isle-Adam, pour gaige de
bataille*. L'auteur, Jean de Villiers, ou de Villers, seigneur de l'Isle-
Adam, était conseiller et chambellan de Philippe le Bon dès 1420,
chevalier de la Toison d'or en 1430 et maréchal de France en 1432 :
il a été tué dans une émeute à Bruges le 22 mai 1437. C'est pour
plaire au duc de Bourgogne qu'il a rédigé son traité. Longtemps
après sa mort (c'était aussi après la mort de son patron), vers
1494, Olivier de La Marche le mit à profit ou plutôt l'intercala
dans son *Livre de l'Advis de gaige de bataille* qui était destiné à
l'instruction de Philippe le Beau (2). A la rigueur, ce dernier
ouvrage pourrait être englobé dans la littérature dont nous retra-
çons l'histoire, car c'est à la cour de Philippe le Bon que l'auteur
en a recueilli plusieurs éléments. Avant cette époque où parut
l'*Advis*, il avait, dans l'*Estat de la maison du duc Charles de Bourgoingne,
dit le Hardy* (3), fait allusion aux « nobles tournois », mais sans vouloir y insister : « Je m'en passe, dit-il, pour abregier et pour entre
suire ma matière. Et qui desir aura de sçavoir à parler de ceste
chose quiere ung traicté que fist Anthoine de la Salle, et il trouvera matière de grant recommandation » (4). Il pense au manuel

---

(1) *Bull. Comm. Roy. Hist. Belg.*, 1e s., xi, p. 254-6, dans la notice des
Archives du duc de Caraman par Gachard, n° 184, cahier de 20 ff., décrit
par l'inventaire : *Misérable bouquin, qui n'est curieux que par la très singulière
adresse de l'auteur à madame de Charolais.*

(2) Voir l'édit. de Prost, *Traités du duel judiciaire*, p. I-x, 1-54.

(3) *Mémoires*, iv, p. 1-94.

(4) iv, p. 69.

des *Anciens tournois et faictz d'armes* signalé plus haut (1) et que cet écrivain avait dédié à Jacques de Luxembourg, seigneur de Richebourg et frère de Louis de Luxembourg (1459). On est assez surpris de ne point l'apercevoir dans la collection ducale (à moins qu'il ne s'y cache sous un titre méconnaissable). En revanche, l'on y découvre trois autres compositions du même auteur, *La Salade*, le *Réconfort de Madame du Fresne* et *La Salle*.

La Salade est un plat de diverses « bonnes herbes » qu'il a inventé pour son élève Jean d'Anjou et qui, dans les trente portions ou chapitres dont il l'a constitué, renferme de la morale, de l'histoire, de la littérature antique, de la légende, de la géographie, de la « courtoisie » et de la stratégie. C'est le premier travail connu de La Sale : on en a gardé deux manuscrits, dont l'un a séjourné chez Philippe le Bon et dont l'autre fut la propriété de sa sœur Agnès de Bourbon. Le premier « ne peut guère être l'original, car il contient un assez grand nombre de mauvaises leçons et il n'a pas l'aspect d'un manuscrit offert à un prince »; le second, qui est incomplet, présente toutefois un vif intérêt parce qu'il a été exécuté sous les yeux, pour ainsi dire, d'Antoine et qu'ayant été présenté à la duchesse de Bourbon, il constitue (suivant une observation déjà faite) un précieux témoignage concernant les rapports de l'écrivain avec la société bourguignonne dès avant son entrée au service de Philippe le Bon (2).

Le *Réconfort* est une épître consolatoire adressée à Catherine de Neufville, épouse de Jacques de Lille, seigneur de Fresne et de Gueulesin, parent éloigné des comtes de Saint-Pol, laquelle avait perdu son fils unique. L'auteur l'a terminée pendant un séjour à Vendeuil-sur-Oise (à dater très vraisemblablement du 14 décembre 1458). Il n'en existe aujourd'hui qu'un exemplaire, et c'est celui

(1) P. 93. Sur ce traité, voir Prost, *Traités du duel judiciaire*, p. xv-xvi, 193-221 ; Stein, *O. de la Marche*, p. 122 et 138 ; Nève, *La Salle*, p. 71-72 ; Söderhjelm, *Notes*, p. 112-121 ; A. Thomas, *Rom.*, xxxv, p. 94.

(2) Voir Söderhjelm, *Notes*, p. 34 et suiv. Le ms. de Philippe le Bon est à Bruxelles, n° 18210-15, pap., armes du duc, et celui d'Agnès de Bourbon au Musée Condé à Chantilly (voir ci-dessus p. 94). Mais contrairement à ce que dit M. Söderhjelm, celui de Chantilly n'est pas « selon toute vraisemblance » (ainsi qu'il s'exprime) le Barrois n° 2095 (inv. 1487). Ce n° 2095 et le n° 1497 de Barrois (inv. 1467) représentent le ms. de Bruxelles.

de Philippe le Bon (1). Quant à *La Salle*, c'est une salle bâtie des vertus humaines, autrement dit un traité de morale qui ressemble fort à *La Salade*, mais offrant plus d'unité et moins monotone. Dans *La Salle* (ainsi qu'on l'a remarqué) « comme pour *La Salade*, Antoine n'a nullement eu besoin de modèle spécial. La méthode était simple et pratiquée dans bien des ouvrages : donner un aperçu des vertus principales qu'on voulait inculquer, et les illustrer par des exemples puisés dans l'histoire ancienne et dans d'autres sources » (2). L'ouvrage est dédié à Louis de Luxembourg (1451) et il est représenté, dans la bibliothèque de Bourgogne, par deux copies dont l'une porte la date de l'apparition du travail (1451) et dont l'autre, très soignée et avec de très belles miniatures, n'est venue que dix ans plus tard (1 juin 1461, Bruxelles), ayant été exécutée pour Philippe le Bon lui-même. Elles ne sont pourtant cataloguées pour la première fois que dans l'inventaire de 1487 (3).

Certains passages de *La Salle* et de *La Salade* font songer à l'*Instruction d'un jeune prince*, mais il n'est pas permis de conclure, de cette ressemblance, à une imitation (4). Le dernier traité, l'*Instruction*, longtemps attribué à Chastellain, a par après été donné (mais la restitution est-elle légitime ?) au voyageur-diplomate Ghillebert de Lannoy (5). Huit chapitres le composent, plus un prologue imaginé comme suit : Un chevalier des marches de Picardie revenait de

(1) Barrois, n⁰ˢ 1388-2173. — Bruxelles, n⁰ 10748, pap., décrit par E. Gossart, *Antoine de La Sale, sa vie et ses œuvres*, Bruxelles, 1902, p. 32. Voir aussi la dernière édition de J. Nève, *La Salle*, p. 69-70 ; Söderhjelm, *Notes*, p. 29, 125-35 ; G. Raynaud, *Rom.*, XXXIV, p. 623.

(2) Söderhjelm, *Notes*, p. 95.

(3) Copie de 1451 = Barrois, n⁰ 1849. — Bruxelles, n⁰ 10959, pap. Copie de 1461 = Barrois, n⁰ 1678 (citée à tort dans l'*Appendice*, n⁰ 2245). — Bruxelles, n⁰ 9287-88, parch. Voir Söderhjelm, *Notes*, p. 76 et Grojean, *La Sale*, p. 164.

(4) Söderjelm, *Notes*, p. 58 et 95.

(5) Restitution due à Potvin, *Ghillebert de Lannoy*, p. XXXV-XCI. D'après lui, Ghillebert aurait tracé divers essais de son *Instruction*, et il en aurait tenté un premier jet dans un *Avis* de 1439 renfermant des conseils à Philippe le Bon sur la guerre et la réforme du gouvernement.

L'*Instruction* = Barrois, n⁰ˢ 922-2112. — Bruxelles, n⁰ 10976, parch., exemplaire de Ph. le Bon. Elle est aussi dans Barrois, n⁰ 931, parch. : pour les mots de repère, voir Potvin, p. 339 et 424. Il en existe à Paris, Arsenal, n⁰ 5104, un ms. exécuté pour Charles le Téméraire et illustré par l'enlumineur Jean Hennekart : voir Durrieu, *Les mss. de sir Thomas Phillipps à Cheltenham*, p. 403.

Prusse par la mer du Nord lorsqu'une tempête jette son vaisseau sur les côtes de Norvège. En attendant un vent favorable, il s'en va visiter une petite église, et son clerc découvre « ou creus d'un mur » un cahier en parchemin mal écrit ; à la demande de son maître, il le traduit au mieux qu'il peut, de l'allemand en français. Voici ce qu'on y trouvait raconté : Au xiiie siècle, vivait en Norvège un roi du nom d'Ollerich qui, sentant venir la mort, fit appeler son vieux conseiller, Foliant de Yonnal (ce serait Ghillebert de Lannoy) (1), qui avait été également au service de son père Ruthegheer et il lui exprima ses regrets de n'avoir pas toujours écouté sa parole prudente et avisée. Il voulut alors être transporté sur un lit dans la grande salle du palais et, devant la cour entière, il demanda pardon à chacun, des torts qu'il avait commis. Il pria son conseiller de composer *ad usum delphini* le manuel du bon prince et, rassuré sur ce point, il mourut.

La crainte de Dieu, déclare ce manuel, est le commencement de la sagesse pour un prince ainsi que pour le plus humble des mortels. A lui s'impose la pratique des quatre vertus cardinales, prudence, justice, continence et force, sans oublier l'humilité, qui est fille de prudence, non plus que franchise. Il doit fuir l'ivrognerie, la luxure, l'ingratitude, la paresse, et se montrer large et magnifique. Il aura tout profit à gouverner conformément à la raison et à la justice. Un point essentiel pour lui est de s'entourer de conseillers qui soient de haut lignage, de sens rassis, d'esprit pieux, et qui aient atteint l'âge d'au moins trente-six ans. Inutile de dire qu'ils seront intègres et qu'ils n'exploiteront pas le peuple. Mais d'autres obligations encore incombent à un prince soucieux du bonheur des siens. Il parcourra ses Etats et se documentera sur place. Il n'entreprendra pas de guerre à l'aveuglette et sans avoir consulté l'élite aristocratique et intellectuelle de la nation. S'il bataille, qu'il ait le droit pour lui, et qu'il réserve ses coups, non aux chrétiens, mais aux Sarrasins. Qu'il n'oublie pas qu'un bon gouvernant est nécessairement un bon financier. De plus, qu'il ait soin d'appeler à lui de parfaits chevaliers, une recommandation qui nous vaut ensuite toute une dissertation sur la chevalerie, ses origines, son organisation,

____

(1) Foliant ou Fouliant de Ional ou Yonnal == Lanoi ou Lannoy lu à rebours, et *foliant* vient de *folier* qui signifie « errer çà et là », ce que Ghillebert a beaucoup fait (Interprétation de Potvin).

son développement et ses devoirs. Ces devoirs, Hue de Tabarie, prince de Galilée, qui fut prisonnier de Saladin, soudan de Baby- lone, les connaissait, et il n'a eu qu'à se louer de les avoir bien remplis. Son histoire, que l'auteur conte pour finir, le prouve sur- abondamment.

Cette dernière histoire repose sur un récit que le biographe de Ghillebert de Lannoy a négligé de rechercher, sur l'*Ordre de cheva- lerie*, le poème du xiiie siècle (il en existe une rédaction en prose) qui décrit les cérémonies de l'adoubement du chevalier (1).

Parmi les manuscrits connus de l'*Instruction*, il en est un qui prête au roi Ollerich une vision et qui le représente se confessant de ses péchés (2). C'est un portrait qui par certains détails rap- pelle vraiment Philippe le Bon. On a peine à s'imaginer ces pages écrites de son vivant et surtout placées sous ses yeux. D'ailleurs, le texte dont on vient de lire l'analyse est déjà d'une liberté de parole qui ne laisse pas de nous surprendre. Ainsi, lorsqu'on y entend l'écrivain discuter la question des finances et de la guerre, on se demande si réellement il est sujet de ce prince qu'on sait avoir été assoiffé de gloire et de puissance : « Rien, dit-il, ne poeut tant grever le poeuple et gens de tous estas que guerre, la cruele, qui tout gaste et destruit. Et pour obvier aux maux infinis qui procèdent de guerre, n'a milleur moyen que de se gouverner par raison et justice... Guerre prent sa nourrechon en trois vices dyabolicques, c'est assavoir orguel, vaine gloire et convoitise ». Avant d'arriver à cette horrible extrémité, que le prince recoure à l'arbitrage : « Se la chose est si difficile et disposée à guerre tellement que vous ne voz principaulx conseilliers n'y puissiez bonnement pourvéoir, ainçois que les choses viengnent si avant que à voye de fait, devez assem- bler les trois estas de voz royaumes et pays... Oncques ne fu vëu ne trouvé en livre ne en histoire que roy qui usast par le conseil des princes et seigneurs de son sang, des anciens hommes et estas de ses pays, assemblés en nombre suffisant, ayans francise, sans fa- bricque ne crémeur, de chascun povoir dire francement son opinion, sans aulcunement en estre noté, iceulx bien et deuement informés des affaires, que d'ensiévir leur conseil fust blasmés ne reprins, présuposé qu'il en venist aultrement que bien » (3).

(1) Potvin n'en parle pas. Voir ci-dessus p. 271, n. 2.
(2) Paris, Sainte-Geneviève : voir Potvin, p. 332 et 427.
(3) Potvin, p. 384-87.

L'indépendance du verbe caractérise également les *Enseignements paternels* qui sont peut-être issus de la plume à laquelle on doit l'*Instruction d'un jeune prince* (1). Sans doute, nous n'avons pas là des œuvres de commande. Les manuscrits et les miniatures des *Enseignements* et de l'*Instruction* attestent seulement qu'elles ont été offertes en hommage à Philippe le Bon et à Charles le Téméraire. Quant à leur attribution à Ghillebert de Lannoy, si plausible qu'elle paraisse, on éprouve quelque difficulté à admettre qu'un homme qui, comme lui, a passé de si longs jours dans les combats, affiche, dans ses livres, des goûts si pacifiques ou du moins se révèle un partisan si peu zélé de la guerre.

Par son cadre et ses idées, l'*Instruction d'un jeune prince* se rapproche singulièrement de l'*Enseignement de vraie noblesse* (1440), texte qui s'est introduit en double copie dans la librairie de Philippe le Bon et qui, lui aussi, attend encore qu'on lui découvre un père (2). L'anonyme, qui l'a confectionné, se dépeint sous l'aspect d'un chevalier « de petit estat et lignage » allant en pèlerinage à Notre-Dame de Hal (non loin de Bruxelles) et rencontrant une femme qui déclare se nommer Imagination. Elle le charge d'un message auprès d'une des trois classes sociales, le clergé, la noblesse ou le peuple. Le pèlerin choisit la seconde. Il aura donc, d'après la dame, à lui faire savoir ceci : Tout va mal « en plusieurs pays et contrées et par espécial ès parties de France, Angleterre et marches d'environ » ; l'Eglise est déchirée par le schisme et menacée par les mécréants. Gouvernants, chevaliers, princes négligent leurs devoirs

(1) C'est l'opinion de Potvin (p. LXV-XXI), qui publie les *Enseignements*, après l'*Instruction*, dans les *Œuvres de Ghillebert de Lannoy* (v. p. 441-72). Cf. Fredericq, *Essai*, p. 206 et suiv.

On ne trouve les *Enseignements* que dans l'inv. de 1487, Barrois, nᵒ 2138, dont les mots du second feuillet *Exécution et croy* sont dans Potvin, p. 448 : *les vœullés mettre à exécution vraye et deue et croye*.

(2) Publié dans les ANNALES DU CERCLE ARCHÉOLOGIQUE DE MONS, 1892, XXIII, p. 91-104, par F. Hachez sous le titre : *Un manuscrit de l'Enseignement de la Vraie Noblesse provenant de la bibliothèque de Charles de Croy, comte de Chimay, une notice, avec extraits sur le manuscrit nᵒ 10314 de la Bibliothèque de Bruxelles.*

Enseignement = Barrois, nᵒˢ 972-1802. — Bruxelles, nᵒ 11047, parch., année 1440. Ce doit être la même œuvre que nous avons dans Barrois, nᵒˢ 979-1841, papier : pour les mots de repère, voir Hachez, p. 97 « *et sy tost que j'en eus la veue* » et p. 103 « exaucement des *princes et leur chevallerye* ».

ou commettent le mal. Cela tient à ce que la vraie noblesse et la vertu sont oubliées et méconnues. L'Imagination les rappelle à son auditeur et montre comment tout irait mieux si elles reparaissaient. Le pèlerin hésite à assumer la mission qu'elle veut lui confier. Elle arrive pourtant à vaincre ses résistances et là-dessus il s'éveille.

Si vraiment Ghillebert a composé l'*Instruction*, c'est à croire qu'il l'a faite en s'inspirant de l'*Enseignement* (1). Peut-être même faudrait-il dire plus et supposer qu'il est lui-même l'auteur de l'*Enseignement* et qu'il y a tracé une première esquisse de l'*Instruction*. N'est-il d'ailleurs curieux de constater qu'il existe un recueil du xve siècle au British Museum (nous ne le connaissons que par une indication bibliographique) où se rencontre, entre autres, le *Livre de l'imagination au pèlerin de Haulx, fait par Mr de Sante,* commençant par ces mots : « Comment imagination vestue et attournée moult noblement s'apparut ... » ? (2). Or, Mr de Sante ne ressemble-t-il pas à Messire Ghillebert de Lannoy, seigneur de Santes, de Villerval, de Tronchiennes, de Beaumont et de Wahégnies ? Il est prudent de noter toutefois que nous avons dans la même famille Hugues de Lannoy, seigneur de Santes, auquel on serait en droit de penser également. C'est dire que le jeu des rapprochements, dans une littérature aussi peu originale que celle du xve siècle, est assez dangereux et peut conduire loin. Tant d'analogies s'observent entre les œuvres d'alors qu'on finirait par attribuer à quatre ou cinq auteurs tous les textes qui nous sont arrivés sans signature. Ainsi, l'on constate encore que l'*Advertissement au duc Charles* de Chastellain est essentiellement dans le même ordre d'idées que l'*Enseignement de vraie noblesse.*

L'*Advertissement* est à réserver pour le règne du Téméraire. Mais ici déjà s'offre à notre attention l'*Exposition sur vérité mal prise* de ce Chastellain qui fut si activement mêlé à la vie intellectuelle de la

---

(1) L'analogie a été signalée par M. Hachez : « Ghillebert de Lannoy composa ce traité [*Instruction*] probablement à Lille, vers 1450, dit-il ; notre pèlerin [dans l'*Enseignement*] part de Lille, peut-être sa résidence, le 5 mai 1440. Sans attacher à cette dernière date et à ce lieu une valeur certaine, on peut admettre que ces deux écrivains furent contemporains, qu'ils étaient du même pays de Flandre, et qu'ainsi ils appartiennent au siècle littéraire des ducs de Bourgogne ».

(2) Ms. signalé plus haut, p. 166, n. 3 : *Bull. Comm. Roy. Hist. Belg.,* 3e s., VIII, 1866, p. 208.

maison de Bourgogne. Poète et historien (comme on le verra plus loin), il a bien des vers de ses poésies et bien des lignes de sa *Chronique* qui sont autant de la littérature didactique que de la littérature lyrique et narrative. C'est un moraliste volontiers grondeur et sermonneur ; naturellement, il s'affirme tel surtout dans les œuvres à portée éducatrice : ainsi l'*Exposition sur vérité mal prise* dont il a développé le thème également (les devoirs des princes) dans l'*Entrée du roi Loys en nouveau règne*, la *Déprécation pour messire Pierre de Brezé*, l'*Advertissement au duc Charles* et le *Livre de paix* (1). A travers les nuages de l'expression, on entrevoit une pensée hardie et ferme, plus hardie et ferme que celle de Ghillebert de Lannoy ou de l'auteur qu'on prend pour lui. L'*Exposition* contient, entre autres, une série de conseils et de remontrances à l'adresse de Charles VII : on avait reproché à Georges « l'adventureux » d'avoir calomnié la France dans son *Dit de vérité*, et il se défend de toute intention malveillante. Un exemplaire de cette *Exposition* est arrivé chez Philippe le Bon (2).

Un mot encore sur la librairie didactique de ce prince pour y signaler le *Traité de noblesse* composé en espagnol par Jacques de Valère et traduit en français par Hugues de Salve, prévôt de Furnes (en deux copies) (3), et un texte d'un tout autre genre, le *Livre donnant la manière de garder et conserver la santé* par maître Guy Parat, chevalier et « physicien » du duc de Milan, « fait et ordonné pour très puissant prince Phelippe, duc de Bourgongne, et translaté de latin en françois ». A noter aussi que l'original de ce *Livre*, c'est-à-dire le texte latin, appartenait également à sa collection (4).

§ 4. Charles le Téméraire.

En 1889, Gaston Paris relevait l'article suivant, qui lui semblait être un ouvrage de pédagogie, dans un catalogue de manuscrits mis en vente au XVIIIe siècle à Lyon par un Augustin déchaussé du nom

(1) Kervyn, *Chastellain*, t. VI et VII.
(2) Barrois, n° 969. — Bruxelles, n° 11101.
(3) Voir la première citée plus haut p. 301, n. 1. La seconde est Barrois, 1001, papier.
(4) Le ms. français est à Saint-Pétersbourg, Ermitage, 1 D, vélin, armes de Bourgogne : *Revue des Sociétés Savantes*, 1873, p. 535. Ne serait-ce pas Barrois, n°s 1562-2069 ? Le texte latin est Barrois, n° 1037. — Bruxelles, n° 10861, parch.

de frère Eloi : « *Compilation de la grammaire*, dédié à Monseigneur le duc de Bourgogne et de Brabant, ... fait par Pierre Michault, secrétaire de Monseigneur de Charolois, fils du duc de Bourgogne... ms. sur le vélin, d'un petit caractère ancien et figuré, in-folio » (1). L'éminent romaniste ajoutait : « Ce livre ne paraît pas avoir été retrouvé, et c'est regrettable, vu le sujet ». Nous croyons pourtant qu'il était dans l'erreur et que l'ouvrage ainsi dénommé n'est pas un manuel d'enseignement, un traité scolaire destiné au jeune prince. Michault est un écrivain de la cour de Bourgogne qui, entre diverses compositions, a rédigé le *Doctrinal de court* ou *Doctrinal rural,* ou encore *Doctrinal du temps présent* (prose et vers). Il l'a dédié à Philippe le Bon, en 1466, année où il est devenu secrétaire de Charles le Téméraire. Mais cet ouvrage, que l'on désigne par trois titres, en porte un plus long dans les manuscrits qui le conservent : *Le doctrinal du temps present ... ouquel il traitte des* XII *chappitres que lisent auiourdhuy en lescole de ce monde* XII *principaulx vices tant es cours et cousaulx des princes comme entre le menu peuple chascun en droit soy comme il apperra ou procès dudit traitlié.* Aussi, nous pensons que le volume de frère Eloi n'est autre que le *Doctrinal*. En effet, ce *Doctrinal* a très bien pu recevoir, dans un catalogue du XVIIIe siècle, le titre de *Compilation de la grammaire*. Ne sait-on pas d'aileurs que la *grammaire* y tient une place ? L' « acteur » est en train de se promener dans un bois lorsqu'il rencontre Vertu. La conservation s'engage et Vertu se plaint d'être exclue de toutes les écoles et de voir que, dans quelques-unes d'elles, l'on enseigne des doctrines corruptrices. Après avoir conduit l'écrivain dans ces dernières, elle lui montre celles qu'elle possédait autrefois : elles sont désertes et les maitresses qui en occupent les chaires s'efforcent en vain de prouver que leurs leçons seraient grandement profitables aux hommes et les rendraient heureux... A ce propos, il importe de se rappeler que les écoles du temps, les vraies et non les allégoriques, employaient le *Doctrinale puerorum* d'Alexandre de Villedieu, ouvrage qui était une grammaire en douze chapitres. Or, précisément dans les douze classes du *Doctrinal* de Michault, où se donne un enseignement pervers, il est utilisé, mais au lieu de le commenter grammaticalement, on en extrait des principes de conduite conformes aux mœurs

____

(1) *Rom.,* XVIII, p. 441-42. Note additionnelle à l'étude de M. Piaget : *Pierre Michault et Michault Taillevent.*

du siècle. C'est ainsi que, du comparatif, on fait sortir une comparaison entre les divers états du monde (1).

A ce motif qui nous empêche de reconnaître dans la *Compilation de la grammaire* vendue par frère Eloi un véritable livre scolaire, il s'en joint deux autres : d'abord qu'en l'année 1466 où Pierre Michault a mis au jour le traité en question, son prince Charles le Hardi avait passé l'âge des études grammaticales ; ensuite que, dans les bibliothèques du xve siècle, on ne cite pas d'ouvrage signé par cet écrivain qui serait une *Compilation de la grammaire*, et que l'on n'en découvre aucun, dans les inventaires bourguignons, qui soit ainsi dénommé. A moins, évidemment, qu'il ne s'y cache sous une autre appellation, une de ces appellations vagues qui ont trait à certains livres d'éducation.

Dans son *Doctrinal*, Pierre Michault, le « très obeissant orateur et subget » de Philippe le Bon, dit au grand duc : Je me garderai bien de comparer mon travail « aux fais et œuvres de plusieurs très clers orateurs ... Meismes par feu maistre Martin Le Franc, en son vivant philosophe et poète non moyen, et aussy par George Chastellain, vostre ystoriographe, et par maint autre, avés receu plusieurs livres moraulx, ystoires et poéticques... ». Le sien est également moral ; du moins l'auteur prétend-il révéler aux hommes l'art d'être heureux ou de bien se conduire. Mais en lui donnant acte de ses généreuses intentions, l'on doit ajouter que ses moyens d'écrivain ou ses procédés littéraires n'y répondent pas et qu'il aboutit à un résultat assez différent de celui qu'il se promet : la peinture des vices qu'il étale aux regards de son lecteur est si soignée et si détaillée qu'il ne paraît pas vouloir inspirer l'amour de la vertu.

Il y a donc eu deux Michault à la cour et tous deux doivent avoir écrit (2). Le premier, Michault Taillevent (dont nous avons examiné le *Songe de la Toison d'or*) est porté sur les comptes bourgui-

<hr>

(1) Voir Le Grand d'Aussy. *Not. et Extr.* v, p. 523-41.

(2) Outre l'étude de J. Petit déjà citée (p. 152), voir celle de M. A. Piaget, Rom , xviii, p. 439-52, *Pierre Michault et Michault Taillevent*, et la note de M. Picot relative à cet article, ibid., p. 644-5. Sur P. Michault, voir aussi ibid., xxi, p. 616. J. Petit pense que, des deux Michault, seul Pierre Michault a écrit. M. Piaget estime qu'ils ont été auteurs l'un et l'autre : voir, dans son article, la liste de leurs œuvres. M. E. Langlois, *Mss. Rome*, p. 121-122, ne reconnaît qu'un Michault écrivain.

gnons de 1426 à 1444. Selon toute probabilité, il avait cessé de vivre
en septembre 1458. Ce ne peut être que son fils qui, ayant été
« élevé, norri et instruit » chez Philippe le Bon, obtint, le 11 novembre 1466, les fonctions de secrétaire de Charles le Téméraire. On
sait tel endroit de son *Pas de la Mort* ainsi conçu :

> Et pour descripre l'occoison
> De ma non pareille aventure
> De noble et triomphant maison
> Où j'ay prins sens et nourriture
> Seulet party...

« C'était sans doute en considération des services de son père :
celui-ci n'était pas absolument un familier subalterne » (1). Mais le
nom du fils Michault ne se rencontre plus dans les états postérieurs à 1466. Au dire d'un manuscrit de la *Danse aux aveugles* (une
de ses œuvres), il était prêtre. De plus, c'est un homme de lettres.
On s'est demandé si son père l'était également. Nous avons déjà
formulé notre réponse à cette question, puisque nous lui avons
attribué le *Songe de la Toison d'or*. L'hypothèse que nous adoptons se défend déjà, ce nous semble, par le fait que Michault
Taillevent joueur « à gaiges » est en service à la cour dès 1426, que
le *Songe* a paru en 1431 et que le *Doctrinal du temps présent* est daté de
1466. Or, si le *Songe* et le *Doctrinal* étaient, comme on l'a cru, sortis
d'une seule et même plume (celle du fils), leur écrivain Pierre
Michault aurait eu une carrière littéraire d'environ trente-six ans.
Ce n'est assurément pas impossible, mais tout ce que nous avons
d'informations sur l'un et sur l'autre nous invite à penser qu'il y a
eu là deux carrières littéraires différentes. M. Piaget, sur ce point,
émet de très justes considérations : « Il peut paraître singulier de
trouver presque à la même époque deux poètes du nom de Michault, tous deux au service des ducs de Bourgogne, tous deux
ayant traité des sujets plus ou moins semblables, dont l'un a déploré
la mort de Catherine de France, et l'autre celle d'Isabelle de Bourbon, comtesses de Charolais (2), dont les œuvres enfin se trouvent

---

(1) Petit, *ibid.*, p. xv. La parenté est confirmée par cette observation de
M. Piaget. p. 452 : « Michault, forme de Michel, est un prénom pour le
premier de ces deux auteurs (Michault Taillevent). un nom de famille
pour le second ».

(2) Voir ch. vi, § 5 pour ces œuvres.

généralement réunies dans les mêmes manuscrits. C'est ce qui a souvent fait croire, mais à tort, à l'identité de Pierre Michault et de Michault Taillevent. Que tous les deux aient traité des sujets à peu près semblables, aient disserté sur la fortune ou écrit des poèmes amoureux, rien là d'étonnant. De même, étant donnés nos deux Michault à la cour de Bourgogne tous les deux poètes, il est bien naturel et bien compréhensible que l'un et l'autre aient voulu prendre part dans leurs vers aux malheurs qui frappaient leurs maîtres » (1).

Dans l'année qui suivit l'apparition du *Doctrinal*, Chastellain lance son *Advertissement au duc Charles, soubs fiction de son propre entendement parlant à luy-mesme* (2). Le duc Charles venait de succéder à son père et grande était son irritation contre les Gantois qui avaient fait l'émeute de la Saint-Liévin. Au mois de juillet 1467, des députés de la ville menacée s'appliquaient à détourner d'elle les foudres du Téméraire lorsqu'un serviteur de Chastellain apporte à la cour un *livret*, qui, selon toute apparence, devait être l'*Advertissement* (3). Ici l'*acteur* raconte qu'il s'était « mis seul en lieu clos » pour épancher librement les pleurs que lui arrache la mort de l' « auguste duc Philippe, le grant lyon, le grand duc de Bourgongne, le pillier de l'honneur de France et la perle des princes chrestiens ». Sur ce, il a une vision. Charles se montre à lui, entouré de nombreux personnages. L'un d'eux est un jouvencel dit Clair Entendement. Il a près de lui une dame appelée Congnoissance de toy-même. Le voilà qui prend la parole et qui, après avoir présenté sa compagne au duc, lui remet en mémoire les fastes glorieux de sa famille : Une voix humaine, déclare-t-il, est impuissante à chanter Philippe le Bon. Au reste, sait-on s'il est mort celui que les humains ont quasi déifié. Quoi qu'il en soit, lui et ses deux prédécesseurs t'ont laissé, Charles, leurs nobles traditions à soutenir et leurs grands exemples à suivre. Tu es le prince le mieux « apparenté » et le mieux doué de toute la chrétienté... Cela étant dit, nous assistons alors à la présentation des autres compagnons et compagnes de Clair Entendement. Ce sont

<hr>

(1) ROM., *ibid.*, p. 450-1.

(2) Ed. Kervyn. VII, p. 285-333. Barrois, *Appendice*, n° 2213. Il ne serait donc pas dans les inventaires. Kervyn ne semble pas connaître la publication antérieure de Mlle Dupont, *Wavrin*, I, p. X, et III, p. 219-64.

(3) Kervyn, I, p. XXXIII, et VII, p. XVI.

autant de vertus à pratiquer et de vices à fuir. On s'aperçoit que l'écrivain connaît son maître ; il ne lui ménage pas les conseils et les admonestations, sans toutefois se départir du respect qu'il lui doit, et en usant d'une phraséologie nébuleuse et filandreuse qui en adoucit, de notable façon, la dureté. Il lui enseigne quelle est la véritable ligne de conduite des princes : « Ne deviens pas, s'écrie-t-il, de ceux, hélas ! qui pervertissent le bien en mal, ne qui muent paix et salut des hommes en turbation de courages... Tu vois les royaumes et divers pays souffrir soubs prince défectueux. Tu vois les royales lignées terminer et faillir à règne par punition de Dieu ... [Tu] mourras comme ton père, sieuvras ton grand-père et ton ave, laisseras à autruy ce qu'ils ont laissé à toy, n'emporteras riens du tien et du leur... Eux ont rendu leur compte, et tu venras à rendre le tien. Labeure doncques en ton chapeau et l'estore de belles fleurs. Celuy de tes pères est plein de précieuses jacintes ; le leur reluit très clair. Fay resplendir le tien. Tu n'emporteras autre chose ; ton compte sera du mesme à ton chapeau »... Lorsque Clair Entendement a terminé son discours, l'assemblée se disperse ; l'auteur s'éveille et s'empresse de coucher par écrit ce qu'il vient d'entendre.

C'est également au début de son règne que Charles doit avoir reçu un poème mêlé de prose, le *Lyon couronné*, qui le mettait en garde contre les mauvaises passions et lui enseignait le chemin de la vertu. Dans un style que n'aurait pas désavoué l'*Ecolier limousin* de Rabelais, l'acteur, dont le nom nous est resté inconnu, fait part à ses lecteurs d'un songe où il a été assailli « d'une dure pensée en laquelle » il a regretté « par amertume de ceur [cœur] le très lamentable trespas du très invaincu César, la perle des princeps chrestiens, l'onneur de toute noblesse, le droit miroir, pathron et exemple de chevalereuse proesse et le comble et entier amas de toute loyale bonté et vertu, feu le bon duc Philippe de Bourgoingne, second de ce nom, en descendue du royal Lyon, qui en son vivant, par ses tant virtueuses œuvres et haulx louanges, a acquis mortelle renommée en ce munde entre toutes générations et tous siècles »... Le même auteur se voit devant un palais qui semblait avoir existé de toute éternité, tant il était solidement construit. Deux dames en sortent, Envie et Loyale Entreprise avec, au milieu d'elles, un jeune lion que chacune s'efforce d'attirer. (Ici, nous passons de la

prose aux vers). Une discussion s'engage entre elles ; Loyale Entreprise la soutient un instant, puis elle cède la place et la parole à
Diligente Poursuite, Ample Faculté, Persévérance et Glorieuse
Fin. C'est trop d'adversaires pour Envie : aussi, elle cesse de lutter
et elle court se jeter dans un puits. On ne la reverra plus, dit le
poète :

> Jamais nul jour ne puist-elle venir,
> Adfin que mieulx puissions en amour vivre,
> Car on ne peut avoec elle tenir
> Bonne union ne paix entretenir.
> Obstant l'assault qu'elle nous faict et livre,
> Contre ses faiz j'ai compilé ce livre
> Selon l'advis qu'Amour m'en a donné,
> Et l'ay nommé le *Lyon couronné* (1).

D'autres bouches encore ont prononcé des mots d'encouragement
à l'adresse du Téméraire. Charles Soillot, son filleul et secrétaire,
a cru devoir aussi lui montrer la route de la vertu, autrement
dit du bonheur. Dans cette intention, il a composé le *Débat de félicité*,
et il le lui a offert. C'est un dialogue, mêlé de vers et de prose,
auquel participent dame Eglise, dame Noblesse et dame Labeur
(Tiers-Etat) : chacune prétend posséder le bonheur en partage et
finalement la Cour des sciences, consultée, déclare qu'on ne le
rencontre qu'au ciel.

L'auteur avait entrepris son *Débat* alors qu'il n'avait que vingt-
huit ans. Il le retoucha plus tard, après le trépas de son maître et il
en fit hommage au seigneur Louis de la Gruthuyse et à Philippe
de Croy, comte de Chimay, premier chambellan de Maximilien.
Dans l'épître dédicatoire à ce dernier, il rappelle en termes émus
le souvenir de son ancien maître (2).

C'est pareillement en l'honneur de son ancien maître qu'en 1483,

----

(1) Analyse avec extraits dans Reiffenberg, *Ann. Bibl. Roy. Belg.*, 1849,
p. 53-59, d'après le ms. 21521-31 de Bruxelles.

(2) Mss. de Bourgogne : i) Barrois, nᵒˢ 976-1771. — Bruxelles, nᵒ 9054 ;
ii) Barrois, nᵒ 977, tous deux sur papier. Bruxelles possède l'exemplaire
de Ph. de Croy : c'est le nᵒ 9083. Sur ces mss. et leur contenu, voir Le
Grand d'Aussy, *Not. et Extr.*, v, p. 542-5 ; Van Praet, *Louis de Bruges*,
p. 164-8 ; Pinchart, *Archives*, iii, p. 50. Dans les *Bull. Comm. Roy. Hist.
Belg.*, 3ᵉ s., viii, p. 232, E. Van Bruyssel signale un ms. intéressant du
British Museum.

donc six ans après sa mort, Olivier de La Marche écrit le *Chevalier délibéré* (1). Si nous avons pu mentionner son *Livre de l'advis du gaige de bataille* qui est des environs de 1494, mais qui, par son objet, se rattache plus ou moins au règne de Philippe le Bon, à plus forte raison sommes-nous en droit de citer cet autre ouvrage qui glorifie Charles le Téméraire et qui n'a paru qu'un certain temps après la catastrophe de Nancy. L'auteur a été l'un des témoins de cette catastrophe et c'est, entre autres, par lui, par ses *Mémoires* que l'on a su comment le dernier duc de Bourgogne avait péri. Dans son *Chevalier délibéré*, nous avons par conséquent aussi des mémoires du même écrivain, puisque nous y avons, mais arrangées en fiction, des réminiscences qui lui sont restées de son séjour auprès de Charles.

Olivier n'a pas inventé de toutes pièces l'affabulation de son poème. L'un de ses modèles paraît être le *Pas de la Mort* qui fut présenté par Pierre Michault à la seconde femme du Téméraire, Isabelle de Bourbon (2). Cet auteur y raconte qu'ayant entrepris un voyage, il est arrivé au Val-sans-Retour, Val ténébreux et désert. Il aperçoit alors au pied d'un arbre sans verdure la fontaine aux pleurs près de laquelle on a établi un pas d'armes à outrance. Deux écus sont pendus à l'arbre et tout près, dans un pavillon, repose la Mort qui est la Dame du Val. Deux chevaliers sont là, Messire Accident le soudain et Antique le débile :

> L'un ront ce que Nature file
> L'autre mains corps à ses piés pile,
> Et font eulx deulx chascun descendre
> A sy basse chose que cendre.

« L'un » et « l'autre », qui sont donc sur terre les deux grands ouvriers de la Mort, lui annoncent qu'ils ont décidé de faire un pas en son honneur et ils lui remettent copie des chapitres de ce pas.

---

(1) Barrois, *Appendice*, n° 2250 ; Gröber, p. 1139 ; Molinier, n° 4746. Pour le séjour d'Olivier chez les ducs, voir ch. VII, § 4.

(2) Edité, comme nous l'avons dit plus haut p. 152, par J. Petit, lequel fait observer p. XXXVI : « Michault a fourni, semble-t-il, à Olivier de la Marche les principaux héros du *Chevalier délibéré*, Messire *Accident le Soudain*, *Antique le débile*, *Excès le hérault*, et ce n'est pas le seul emprunt que lui doit *Celuy qui tant a souffert* » (devise d'Olivier). — De son côté, M. Gröber, p. 1136, écrit que le *Pas de la Mort* est un renouvellement de l'idée traitée par Chastellain dans la poésie du même nom.

La Mort charge son officier, Excès le hérault, de les lire ; ce sont autant de variations sur le thème : le trépas est la fin de tout. Le voyageur ne pousse pas sa route plus loin ; il rentre chez lui et couche sur le papier le récit de ce qu'il a vu.

Est-ce qu'à son tour son poème n'aurait pas eu des modèles, mais des modèles pris dans la réalité ? En d'autres termes, Michault ne se serait-il pas inspiré du *Pas de la Fontaine aux Pleurs*, tenu en 1449-1450, que l'écrivain du *Chevalier délibéré*, on s'en souvient, a raconté dans ses *Mémoires* ? Ou bien faut-il supposer — hypothèse moins acceptable — que la réalité aurait suggéré la fiction ? La question est à résoudre.

Autre question : est-il entré, dans la bibliothèque du Téméraire, des manuscrits de littérature didactique qui seraient encore à énumérer ? On ne peut répondre que par des conjectures. Voici, dans l'inventaire de 1477, « ung vielz meschant livre, escript en papier, contenant le *Romant de la Rose* » (1), qui ne correspond à aucun des *Roman de la Rose* antérieurs, lesquels sont tous en parchemin, et un *Lapidaire*, accompagné d'*un autre livre*, article qui a l'air d'être nouveau (2). Voici, de plus, dans l'inventaire de 1485, un *Ordre de chevalerie* (3) ; dans l'inventaire de 1487, un Boccace, des *Nobles Hommes et Femmes* (4), un *Modus et Racio* (5), un *Livre de Médecine* (6), un « grant volume, richement historié en plusieurs lieux et intitulé *Les Privilèges de la ville de Gand et du pays de Wase*, comenchant ou second feuillet, *Dat hy hem laschtert*, et finissant ou derrenier, *seigneur de Bourgoigne ainsi signé, Jean Gros* » (7) qui seraient peut-être à reporter au règne du duc Charles.

Nous arrivons à la fin de notre bien long chapitre sur la littérature religieuse et didactique, chapitre dont la matière est, on l'a vu, assez « ondoyante et diverse ». Il manque de limites précises, car il

(1) Peignot, p. 96.
(2) Peignot, p. 86.
(3) Barrois, n° 1617, parch.
(4) Barrois, n°s 1673-2199. Voir toutefois les Barrois, n°s 875, 881 et 883 cités p. 281 et 291.
(5) Barrois, n° 1912.
(6) Barrois, n°s 1653. — Paris, Nat., n° 9137.
(7) Barrois, n° 1777. Le ms. 16762-75 de Bruxelles contient (f. 53r-56r) : *Dit es de previlege van Waes* (1241) ; voir *Bull. Comm. Roy. Hist. Belg.*, 5e s., XI, p. 410. — On pourrait peut-être rappeler ici le ms. de 1487 (*Des Privilèges de Hollande*, etc.) mentionné plus haut p. 218, n. 2.

touche à tout, et il embrasse aussi bien un mémoire technique qu'un glorieux panégyrique des seigneurs de céans. A la rigueur, son cadre élastique peut recevoir un manuscrit consacré aux *Ordonnances du duc Charles de Bourgogne pour la tuicion et deffense de ses pays sur le faict des compaignies des hommes d'armes, gens de traict tant a pié qu'a cheval* (1). De ce travail, la ville de Berne conserve un exemplaire chargé de ratures et portant sur un feuillet de garde les mots suivants de la fin du xve siècle : « Ce présent livre, contenant les lois, ordonnances ou statuts de la discipline militaire de excellent et invincible prince Charles duc de Bourgogne, fut prins et gaaigniez à la bataille de Morach, le seizisme jour de juin, l'an de grâce mil quatre cent septante et six. Et fut trouvé en la propre tente et pavillon du dict excellent et très puissant prince et duc » (2).

Il est sur papier, mais les faveurs du vélin n'étaient pas refusées à des écrits de l'espèce. Une pièce d'archives nous révèle que le grand artiste Philippe de Mazerolles copie et enlumine, en 1475 par ordre du duc, les *Ordonnances sur le fait et conduite des gens de guerre* et qu'il reçoit 126 livres pour son salaire (3).

Quelques années avant, Jean Du Chesne de Lille était chargé de grosser les *Ordonnances des chevaliers et écuyers* de l'hôtel de Charles le Téméraire, tandis que Claes Spierinck, écrivain de livres et enlumineur, se voyait confier la mission de les orner « d'istoires, de vignettes et de lettres dorées » ; de plus, une reliure de luxe était commandée pour elles par Jacques de Brégilles, le garde-bibliothécaire (1469) (4). Sous le même règne et aussi du temps de Philippe le Bon, des miniaturistes distingués ont plus d'une fois prêté leur concours à l'illustration des statuts et ordonnances de la Toison d'or, ainsi que des documents officiels, administratifs et diplomatiques, comme des bulles et des chartes (5).

(1) Voir *Nouv. Mém. Acad. Impér. et Roy.*, I, 1788, p. 214.

(2) Namur, *Histoire des bibliothèques*, p. 29 ; Achille Jubinal, *Rapport à Monsieur le Ministre de l'Instruction publique*, Paris, 1838, p. 19, qui annonce qu'il le publiera. Marchal, *Catalogue*, I, p. xcv, cite une lettre de S. de Wagner, membre de la Commission de la Bibliothèque de Berne (1833), disant que cette Bibliothèque « possède le manuscrit *des Ordonnances de guerre du duc Charles*, qui se trouvent imprimées dans plusieurs ouvrages et sont par conséquent assez connues. Ce ms. passe pour être l'original et fut trouvé dans les archives de l'évêché de Bâle. »

(3) Quantin, p. 42.

(4) Pinchart, *Archives*, III, p. 206-208 ; Durrieu, *Le Roi Alexandre*, p. 116.

(5) Voir la bibliographie sur la Toison d'or par le Vicomte de Ghellinck,

§ 5. Note sur les tapisseries à sujets religieux et didactiques.

C'est le pendant de la note précédemment lue sur les tapisseries à sujets romanesques et historiques. A peine est-il nécessaire de remarquer que, dans le domaine des inspirations religieuses et didactiques, l'art décoratif se trouve être, non moins que dans l'autre domaine, une sorte d'auxiliaire de la littérature. Exemple : Philippe le Hardi possède un ou deux exemplaires du *Roman de la Rose,* et il achète trois tentures de l'*Histoire du Roman de la Rose* (en 1386 à Jacques Dourdin, en 1387 à Pierre Baumetz et en 1393 à Nicolas Bataille). Beaucoup d'autres acquisitions lui sont dues. Il s'en fait également par les soins des trois ducs qui suivent, et c'est ainsi que se forme une très riche collection de pièces de tapisserie représentant la Naissance, la Circoncision, la Passion, l'Ascension du Christ, l'Histoire de la Vierge, les Sept joies de la Vierge, le Couronnement et l'Assomption de Notre-Dame, le Credo, les Douze apôtres et les Douze prophètes, le Jugement dernier, les Evangélistes, des Saints et Saintes (Georges, Antoine, Anne, Marguerite), des épisodes bibliques (roi Pharaon, nation de Moïse, Esaü et Jacob, les Trois rois, David et Goliath), des tableaux de l'histoire de l'Eglise (pape, empereur et noblesse, pape et cardinaux, Eglise militante), les Sept vertus et les Sept vices, les Sept arts de science, le Verger de suffisance et le Verger de nature, des allégories morales (Sapientia, Justitia, Temperentia, Fortitudo ; Noblesse, Largesse, Simplesse), des Enfants allant à l'école ainsi que leur maître, des scènes de la vie du monde (dame entre deux amants, chevaliers et dames, sire de Bonté et de Loyauté, Château de Franchise), des scènes de chasse, de campagne, de mythologie, etc. (histoire de Déduit et de Plaisance ainsi qu'ils sont, en gibier, Esbatements de chasse, groupe de bergers et de bergères) (1).

citée p. 147 ; Durrieu, *Peinture en France,* p. 131-134 ; A Perrault-Dabot, *Le duc de Bourgogne et le Concile de Florence, étude sur deux manuscrits du quinzième siècle,* Dijon, Jobard (Extrait du t. XIII des Mémoires de la Commission des Antiquités de la Côte d'Or).

(1) A consulter : Quantin, p. 43-44, 49 ; Laborde, I, nᵒˢ 240, 268, 876, 1355, 1364 ; II, p. 267-72 ; Pinchart, *Tapiss. flam.,* p. 7-16, 23-25 ; Guiffrey, *Tapiss. franç.,* p. 14-20 ; Dehaisnes, *Documents,* p. 637, 650-51, 658, 844-847, 907-11, *Hist. de l'Art,* p. 341-8 ; Soil, *Ateliers de Tournai,* p. 232, 239-40 ; Brouwers, *Haynin,* II, p. 27-28.

CHAPITRE IV

FABLIAUX ET NOUVELLES

La catégorie des dits satiriques et des joyeux devis, des récits plaisants et des tableaux de mœurs que nous abordons, fait assez piètre figure à côté de l'opulente littérature didactique qui vient de passer sous nos yeux. Mais les œuvres intellectuelles ne se jugent pas, comme valeur, par leur poids et leur dimension. N'oublions pas qu'opulence, dans le cas présent, est synonyme d'obésité plutôt que de force. Cette didactique est très souvent lourde et massive ; trop souvent il lui manque la puissance et la vigueur, il lui manque le viatique qui conduit les productions à la gloire, c'est-à-dire le style. Par contre, nous l'aurons ce style dans un livre qui va s'offrir à nous, les *Cent Nouvelles nouvelles* et dans un autre, déjà examiné, mais que nous pourrons rappeler à ce propos, *Jean de Saintré*. Ainsi la qualité compensera la quantité. En même temps, notre attention devra se porter sur la littérature antérieure, sur les contes, fabliaux, historiettes où les hommes se mêlent aux animaux, par conséquent le *Roman de Renard*, qui ont eu accès dans la bibliothèque bourguignonne.

§ 1. Philippe le Hardi.

Les inventaires de 1404 et 1405 contiennent : un recueil qui se compose de l'*Ysopet* ou des *Fables* de Marie de France, du *Dit du Secretain et de Dame Ydoisne* et du *Lai de l'Ombre* de Jehan Renard (1), — deux volumes de *Fabliaux* (2), — le *Roman de Renard* (3), — et peut-être le *Boucher d'Abbeville* d'Eustache d'Amiens (4).

(1) Inv. 1404 : Peignot, p. 48 ; Barrois, n° 616 ; Dehaisnes, p. 852. — Inv. 1420 : Doutrepont, n° 138. — Inv. 1467 et 1487 : Barrois, n°ˢ 1365-2102 (cité par erreur dans l'*Appendice*, n° 2301). — Paris, Nat., n° 14971, parch. Voir L. Hervieux, *Les fabulistes latins depuis le siècle d'Auguste jusqu'à la fin du moyen âge*, I, Paris, 1893, p. 752-4 ; J. Bédier, *Le Lai de l'Ombre*, Fribourg, 1890 (ms. F.) ; Gröber, p. 599, 616 et 632.

(2) Inv. 1405 : Peignot, p. 61 et 69 ; Barrois, n° 646 ; Dehaisnes, p. 880. Nous n'avons, dans l'inventaire de 1420, qu'un seul ms. intitulé *Fabliaux* (Doutrepont, n° 202). Il se retrouve dans les inventaires de 1467 et 1487 : Barrois, n°ˢ 1358-1666, et il doit contenir, entre autres, le *Lai de l'Ombre*. Voir mon édition de la *Librairie de 1420*. Puisque, en 1405, on a deux volumes de *Fabliaux*, il faut peut-être chercher le second dans le n° 100 de 1420 que j'ai déjà cité p. 266, n. 1.

(3) Voir ci-dessous p 331, n. 3.

(4) Inv. 1405 : *Le romant de Basin et d'un boucher d'Abbeville*, Peignot,

§ 2. **Jean sans Peur.**

De 1411 à 1414, Laurent de Premierfait traduit en français le *Décaméron* de Boccace, non pas, comme on sait, d'après l'italien qu'il ne connaissait pas, mais d'après une translation latine due au moine Antonio d'Arezzo. On sait aussi que le travail a été exécuté pour Jean de Berry, à qui le même Laurent de Premierfait avait déjà présenté sa traduction du *De Casibus virorum et feminarum illustrium*. C'est ce qu'il lui rappelle dans le prologue du *Décaméron* : « Lequel livre (des malheureux cas des nobles hommes et femmes), comme je croy, avez benignement receu et coloqué entre vos autres nobles et précieux volumes ; vous nouvelement avez delibereement fichié vostre honneste plaisir à lire ou escouter le dessus dit livre des *Cent Nouvelles*, et icellui avoir par devers vous » (1).

Eh bien, ce *Livre des Cent Nouvelles*, ce *Décaméron* francisé, Jean sans Peur l'a eu de même par devers lui ; il l'a possédé en un exemplaire sur parchemin, « historié en plusieurs lieux » (2). Sa librairie s'est, de plus, enrichie d'un *Roman de Renard* (3) et des fabliaux obscènes de Watriquet de Couvin (4).

p. 67 ; Dehaisnes, p. 880 ; mais, ainsi que j'en ai déjà fait la remarque p. 11, l'on a peut-être ici deux articles réunis. L'inv. de 1420 présente le *Rommant du Boucher d'Abbeville en Ponthieu* (Doutrepont, n° 161) qui reparaît en 1467 et 1487 : Barrois, n° 1359-2087. D'après l'indication du n° 1359 de Barrois, le ms. est « en rime et en prose ». Je ne découvre pas les mots de repère de ces différents inventaires dans le fabliau du *Boucher d'Abbeville* d'E. d'Amiens (Gröber, p. 903).

(1) Hauvette, *De Primofacto*, p. 12-13.

(2) Inv. 1420 : Doutrepont, n° 238. — Inv. 1467 : Barrois, n° 1259.

(3) Inv. 1405 : *Roumant de Renart*, Peignot, p. 70 ; Dehaisnes, p. 880. Nous en avons deux sur parchemin, en 1420 :

Doutrepont, n° 134. — Inv. 1467 et 1487 : Barrois. n° 1327-2122 ; qui commence par la branche I, vers 129, édit. du *Roman de Renart* par E. Martin, 3 vol., Strasbourg-Paris, 1882-7.

Doutrepont, n° 175. — Inv. 1467 et 1487 : Barrois, n° 1326 et 2123, dont l'explicit est la fin de la branche XI : c'est ainsi que se terminent nombre de mss.

M. Martin a bien voulu me faire savoir que les mots de repère de ces deux mss. ne se trouvent pas au second feuillet des mss. de l'Arsenal, d'Angleterre et d'Italie, ni du n° 371 de la Nationale.

Remarquez que Jean sans Peur a dû « tenir » un *Renard* venant du Louvre ; Delisle, *Recherches*, II, p. 192, n° 1179.

(4) Ils sont joints au *Miroir aux Dames* dans le ms. cité p. 279, n. 1.

§ 3. **Philippe le Bon.**

Lors du récolement de 1420, il y a donc deux *Roman de Renard* (dont l'un prêté à Marguerite de Bavière) (1). En 1467, il y en aura quatre (2). A cette date, le *Décaméron* de Jean sans Peur reviendra accompagné de deux nouvelles copies, dont l'une est un chef-d'œuvre artistique signé Guillebert de Metz. Ici se pose le même problème que pour le luxueux exemplaire de la *Description de Paris*. Le *Décaméron* de Philippe le Bon est décoré d'environ 100 miniatures (une par nouvelle) qui certainement ont été peintes par des enlumineurs des Flandres, et, détail curieux, l'on aperçoit au bas de quatre folios l'indication, en langue flamande, du sujet de la miniature. Dès lors, il faudrait ne voir en Guillebert (lequel, on s'en souvient, a résidé à Grammont) qu'un transcripteur qui aurait fait appel au talent des artistes de la région (3). L'autre copie nouvelle est plus modeste, car elle est sur papier, mais pourtant « historiée au comencement » (4). C'est le seul des trois Boccace de Philippe le Bon que nous retrouvions dans les inventaires postérieurs à sa mort. L'on n'a pas oublié qu'un *Décaméron* lui appartenant a passé par les mains d'un prêtre bruxellois, Regnault Gossuin, vers 1430, pour être restauré (5). L'on n'a pas oublié non plus que dans un gros manuscrit, au titre étrange de *Cabas*, le duc a possédé une riche collection, une sorte d'anthologie de fabliaux et contes divers (6). N'est-ce pas encore de la littérature narrative plaisante que nous avons dans le livre « escript en deux coulombes et en rime : *Le Moysne qui songna en son lit* »? (7) Nous en avons assurément (mais laquelle ?) dans cet autre « *livre en lombart, parlant de plusieurs ystoires joyeuses* » (8).

(1) Sans doute celui qu'on trouve dans l'inv. de 1423 (1424) : Peignot, p. 78.

(2) Les deux nouveaux sont Barrois, nᵒˢ 1405-2206 (mots de repère : voir Martin, t. I, br. I, vers 140 et br. XI, vers 3351 et 3400) et Barrois, nᵒ 1328 (voir le vers 1) qui me paraît se retrouver au nᵒ 1761. Tous deux sur parchemin.

(3) Barrois, nᵒ 1262. — Paris, Ars., nᵒ 5070. Voir le *Catalogue*, V, p. 37 et Le Roux de Lincy et Tisserand, *Paris et ses historiens*, p. 125-6. Il a dû passer dans la bibliothèque de Charles de Croy.

(4) Barrois, nᵒˢ 1260-1714.

(5) Voir ci-dessus p. 19.

(6) Voir ci-dessus p. 266, n. 1.

(7) Barrois, nᵒˢ 1222-1843, pap.

(8) Barrois, nᵒˢ 1083-2171, pap., ayant les mots de repère (2ᵈ f.) *E serv*

Joyeuses sont aussi les *Cent Nouvelles nouvelles* (1462), mais elles ont une manière assez spéciale de l'être (1). Quelle fange souvent, quel musée d'obscénités que cette « glorieuse et édifiant œuvre », comme s'exprime l'auteur qui, en même temps, nous garantit ses récits « moult plaisants à raconter en toute bonne compagnie ». Ce n'est pas qu'il innove grandement en matière de gauloiserie. On retrouve chez lui le personnel classique des contes à rire. Tout d'abord, c'est le mari nécessairement ridicule ; il est maltraité, bafoué, parce que mari ; il se montre quelquefois plus soucieux de sa bourse que de son honneur, et il ne manque presque jamais de la dose de sottise qu'il faut pour que réussissent les ruses et espiègleries de son épouse. De loin en loin pourtant, le narrateur met les rieurs de son côté. Mais que la lutte est dure contre l' « éternel féminin » ! Lui non plus n'a guère changé. De même que dans les fabliaux, la femme apparaît dépouillée de cette auréole dont les romans chevaleresques l'avaient ornée. Quelquefois cependant, elle a sa part de mécomptes, mais, à l'ordinaire, elle dupe et triomphe. On sait les histoires auxquelles elle est mêlée. Souvent le clergé y intervient, lui dont on sait aussi qu'il a toujours tenu un rôle en vedette, et un rôle plus ou moins fixe, dans les contes légers. Parfois, ce n'est qu'une simple balourdise qu'on lui prête, et nous n'avons affaire qu'au monde fantaisiste des curés à courte vue : tel est celui qui desservait « ung village habité d'ung moncelet de bons, rudes et simples paysans qui ne scavoient comment ilz devoient vivre. Et si bien rudes, et non sachans estoient, leur curé ne l'estoit pas une once moins ». Il laisse passer cinq semaines du carême sans le leur annoncer. Au cours d'un voyage à la ville, il s'aperçoit de sa bévue, et le voilà qui rentre en toute hâte chez lui, convoque ses paroissiens et leur révèle que le carême a été retardé jusqu'alors dans sa marche par les rigueurs de l'hiver (89e). Ou bien encore, c'est le curé de Sainte-

come ou *Il sera couir el*, (dern. f.) *meccio el acaranam*, (expl. *requiescant in pace. Amen*. Avec plusieurs figures.

Je ne découvre pas, dans les inventaires, les correspondants de l'*Appendice*, Barrois, nᵒˢ 2290 et 2300.

(1) Il n'est pas possible de donner l'abondante bibliographie qui existe sur la question. On trouvera mentionnés ci-dessous quelques-uns des travaux récents et importants. Je suis l'édition de Wright, *Cent Nouvelles nouvelles*, BIBL. ELZÉV., 1858, qui reproduit le ms. du Musée Huntérien de Glascow.

Gudule à Bruxelles qui, chargé de célébrer deux mariages, brouille tout et confond promis et promises. Mais le plus souvent, on introduit les prêtres dans des farces de la dernière indécence et on leur fait payer la plupart des frais dans les histoires d'alcôve, si fréquentes ici. Le reste est passé en compte à de grands seigneurs, de hauts dignitaires, et ce n'est pas le trait le moins significatif du recueil, que l'abondance des aventures ou plutôt des mésaventures qui leur adviennent. Ils sont là une foule à recevoir des horions. Si les bourgeois font un pas pour tendre des pièges, ils en feront deux pour s'y laisser prendre. Ils mettent une étrange bonne volonté à tenir l'emploi de dupes et même à s'attirer ces infortunes conjugales qui ont de tout temps alimenté la littérature narrative et comique de France. L'auteur pousse parfois la liberté jusqu'à se servir d'un nom connu : la 24ᵉ nouvelle produit en scène « le conte Walerant, en son temps conte de Saint Pol, et appelé le beau conte [qui] estoit seigneur d'un village en la chastellenie de Lisle nommé Vrelenchem, près du dit Lisle environ d'une lieue ». Ainsi donc, c'est un pêle-mêle où nobles et bourgeois, barons et marchands sont confondus. Vous y voyez le chevalier qui abuse de la naïveté de la meunière, et le meunier qui prend sa revanche avec la châtelaine. Autre forme de la même histoire : c'est un gentilhomme qui « requiert d'amours » une chambrière ou une servante d'auberge ; de son côté, la grande dame ne se comportera pas mieux ou ne choisira pas mieux l'objet de ses faveurs. Il arrive qu'elle descend aussi bas que possible, acceptant les offres ou d'un berger ou d'un charretier.

Notons, en passant, l'attitude peu distinguée en laquelle se présentent les gens de robe, procureurs ou présidents du Parlement, et remarquons, par la même occasion, que le menu peuple, le monde des ribauds n'apparaît que relativement peu dans le recueil. Il fournit pourtant quelques acteurs et actrices à la comédie.

L'élément grivois ou cynique n'a cependant pas tout absorbé dans les *Cent Nouvelles*. Place est parfois faite à la simple jovialité gauloise, voire même à l'histoire touchante. Précisément dans ce genre honnête, nous en rencontrons une qui vaut d'être résumée : « Ung gentil chevalier du pais de Flandres, nommé messire Clayz Utenhoven », fait prisonnier par les Infidèles après la bataille de Nicopolis (1396), souffrait là-bas en Turquie un « martire intollerable ».

Sa femme le pleura longtemps, priant Dieu, s'il était trépassé, de
« le mettre au nombre des glorieux martirs qui pour le reboutement
des infidèles et l'exaltacion de sa saincte foy catholique se sont
voluntairement offers et habandonnez à la mort temporelle. » Au
bout de neuf ans toutefois, moins ferme que Pénélope, elle épousa
l'un de ses prétendants. Mais son « bon et loyal » mari n'était pas
mort, comme elle le pensait, et Dieu voulut qu'il fût délivré six
mois après le remariage de sa femme. La nouvelle en courut à
travers la France et arriva jusqu'en Flandre. En l'apprenant, l'in-
volontaire bigame eut une violence crise de désespoir. Elle refusa
toute nourriture et, trois jours après, elle rendit son âme à Dieu
dans des sentiments de très sincère piété (1)... Le rire froid et pincé
qu'on sent presque partout ailleurs, rire fait d'irrespect et d'immoralité, se réprime un instant ici. Le conte est moral : il va jusqu'à
l'émotion ou du moins s'efforce-t-il de l'atteindre. C'est comme un
petit roman de *Gilles de Trazegnies*, mais en sens inverse du grand.
Et observez même, observez surtout que Philippe le Bon se l'est
réservé, ou qu'on le lui a réservé : il porte le nom de « Monseigneur » (2). Il sied d'ajouter que ce conte doit avoir un fondement
historique. Seulement, le conteur a quelque peu modifié les données
de l'histoire : sur la tombe du prisonnier turc érigée dans l'église
des Dominicains à Gand, une inscription flamande disait qu'il
avait été conseiller et chambellan du duc de Bourgogne et son
bailli à Bruges, et qu'il n'était revenu de Nicopolis, où il avoit
accompagné Jean sans Peur, qu'après sept ans d'absence. Il mourut longtemps après cette expédition, le 18 février 1458. Quant à sa
femme, elle avait décédé en 1450 : on voit de combien sa fin est
antidatée dans le récit (3).

Mais l'exception confirme la règle : le duc de Bourgogne n'est
pas généralement donné comme un conteur dévot et, dans les
autres récits qu'on lui endosse, nous voyons reparaître l'amateur de

(1) Nouv. 69e.

(2) Voir les remarques qui suivent au sujet de la façon dont le recueil
a pu se constituer.

(3) Kervyn, *Froissart*, XVI, p. 260-1, attire l'attention sur ce point et dit
en même temps : « Rien ne justifie d'ailleurs ce qui est rapporté ici de
sa seconde union où la bonne foi était l'excuse de son adultère ». Sur
Messire Claeis Utenhove, bailli de Bruges, conseiller et chambellan,
voir Gachard, *Arch. Lille*, 1841, p. 267 et 273.

gaillardises qu'il était en réalité. De même en est-il pour le reste du recueil : ainsi que nous l'avons dit, le ton dominant est bien celui de la gauloiserie grossièrement débridée. A tout prendre, c'est une comédie aux cent actes peu divers. Quelques-unes des scènes qu'elle offre se passent en Italie ou dans le Midi de la France (Savoie, Dauphiné, Auvergne), mais le grand nombre sont localisées dans le Nord. L'auteur en avertit même ses lecteurs : « Pource que les cas descriptz et racomptez ou dit livres des *Cent Nouvelles* [il veut désigner le *Décaméron* de Boccace] advinrent la plupart ès marches et et metes d'Ytalie, jà long temps a, neantmoins toutesfoiz, portant et retenant nom de Nouvelles, se peut très bien et par raison fondée en assez apparente vérité ce présent livre intituler de *Cent Nouvelles nouvelles*, jà soit ce que advenues soient ès parties de France, d'Alemaigne, d'Angleterre, de Haynau, de Brabant et aultres lieux ; aussi pource que l'estoffe, taille et fasson d'icelles est d'assez fresche memoire et de myne beaucop nouvelle ». Or, ces parties sont, pour être plus précis que l'*acteur*, la Flandre, le Hainaut, le Brabant, la Picardie, la Champagne, la Normandie, le Boulonnais, l'Artois, le Bourbonnais, et plus spécialement encore Arras, Rouen, Troyes, Metz, Maubeuge, Saint-Pol, Valenciennes, Saint-Omer, Lille, Lannoy, le Quesnoy, Bruges, Malines, Anvers, Mons et Bruxelles. Parfois le théâtre de l'action est transporté en Angleterre et en Hollande, mais le plus souvent, le cas « gracieux ou aultre » nous est présenté et garanti comme « advenu » dans une région ou une ville plus ou moins proche de l'auteur.

Sur ce dernier, les discussions n'ont point manqué. D'ailleurs elles n'ont pas encore pris fin. C'est dire que l'on en est toujours à se demander quelle part revient, dans l'invention de ces *Cent Nouvelles*, à Philippe le Bon ainsi qu'à son entourage. Maintes fois, on les a désignées : *Nouvelles de Louis* XI, et même c'est une désignation qui s'aperçoit encore dans de récents travaux d'histoire littéraire auxquels on ne peut pas dénier une valeur scientifique. De fortes probabilités (on doit le reconnaître) plaidaient en faveur de l'attribution à Louis XI : son séjour, tandis qu'il n'était encore que dauphin, au château de Genappe en Brabant (1456-1461) à l'époque où la « glorieuse et édifiant œuvre » se trouvait sur le métier, — son renom d'amateur de gaudrioles (1), — et la présence, parmi les

(1) Reiffenberg, *Du Clercq*, 1, p. 118.

narrateurs du dit recueil, de Français qui étaient de sa suite lorsqu'il avait pris refuge chez le duc de Bourgogne. Mais la qualification de *Monseigneur*, qui est inscrite en tête de certains des contes et
sur laquelle on s'appuyait pour faire de lui le directeur de la publication, ne le vise évidemment pas. Elle ne se rapporte qu'à Philippe
le Bon.

Après avoir écarté Louis xi, que nous reste-t-il ? Environ trente-
cinq grands seigneurs et officiers de France et de Bourgogne qui
sont mentionnés devant les *Cent Nouvelles* comme les ayant narrées
(à deux exceptions près, chacune a son conteur). Les voici (1) : Monseigneur ou Philippe le Bon, Philippe Pot, seigneur de la Roche (2),
Philippe de Loan ou Laon (3), Jean seigneur de Lannoy, Jean
d'Enghien, seigneur de Castregat (4), amman de Bruxelles (un chroniqueur que nous reverrons), Jean de Créquy (un lettré qui nous est
connu), Philippe Vignier, écuyer du duc, Caron, clerc de chapelle,
Philippe de Croy (encore un lettré que nous connaissons aussi), Thibaut de Luxembourg, seigneur de Fiennes, Philippe de Saint-
Yon, écuyer-panetier, Jacques de Fouquesolles, « de la chambre
de monseigneur », Jean de Montespedon, seigneur de Beauvoir,
valet de chambre du dauphin, Michault de Changy, « gentilhomme
de la chambre de monseigneur », premier écuyer tranchant, Jean
d'Estuer, seigneur de la Barde, de la maison du dauphin, le seigneur de Villiers, premier écuyer du duc (5), Louis de Luxembourg,
comte de Saint-Pol, Hervé de Mériadec, Chrétien de Digoine
(conseillers du duc), Pierre David, Antoine de La Sale, Mahiot
d'Auquesnes, Poncelet, Guillaume de Monbléru (neveu du poète
Jean Regnier), Claude de Messey dit le Prévôt de Watennes (ou
Wasternes, Waten), Jean Lambin (ou Lauvin), Monseigneur de
Thalemas, Alardin, l'écuyer-échanson, Jean Martin, seigneur de

(1) Pour l'identification des personnages, voir Reiffenberg, *Nouv. Mém.
cour. Acad. Belg.*, v, p. 21 et suiv. ; l'édition Wright, ii, notes ; E. Picot,
*Catalogue des livres composant la bibliothèque de feu M. le baron James de Roth-
schild*, Paris, 1887, ii, p. 246-7 ; ainsi que les chroniqueurs Olivier de La
Marche, Chastellain, etc. La nouvelle 98 porte le nom de Le Breton
dans l'édition Verard.
(2) Voir ci-dessus p. 311.
(3) Ci-dessus p. 212.
(4) Kestergat.
(5) Peut-être Antoine de Villers, seigneur de Cissey et de Boncourt.

Bretonnières, premier sommelier, Jean de Wavrin (le chroniqueur et le bibliophile déjà cité), le marquis de Rothelin, Monseigneur de Santilly, Monseigneur de Beaumont, Timoléon Vignier, gentilhomme de la chambre du duc.

Le premier de ces conteurs reçoit donc l'appellation de Monseigneur et l'on ne peut, disons-nous, appliquer cette appellation qu'à Philippe le Bon. Pour s'en convaincre, il suffit de lire l'article de l'inventaire de 1467 qui décrit le manuscrit du recueil : « Ung livre tout neuf, escript en parchemin, à deux coulombes, couvert de cuir blanc de chamois, historié en pluisieurs lieux de riches histoires, contenant *Cent Nouvelles*, tant de Monseigneur que Dieu pardonne, que de pluisieurs autres de son hostel » (1). Pas de doute possible : Monseigneur, c'est, pour les scribes qui ont dressé l'inventaire, Monseigneur Philippe de Bourgogne, mort récemment et à qui Dieu pardonne ! Est-il besoin d'une autre preuve ? Nous donnerions volontiers celle-ci qui, croyons-nous, n'a pas encore été produite : avant la 13ᵉ nouvelle, il y en a cinq qui sont attribuées à « Monseigneur » ; or, cette 13ᵉ est placée sous le nom de « Monseigneur de Castregat, escuier de Monseigneur » ; c'est donc que, pour le rédacteur, il existe un Monseigneur unique en son espèce, et qui n'est pas le dauphin auquel on ne connaît d'ailleurs pas d'écuyer qui s'appelle Castregat. D'autres conteurs apparaissent ainsi, avec l'indication des fonctions qu'ils remplissaient chez « Monseigneur », et ce sont pareillement des « gens de l'hostel » de Bourgogne (2).

Le conteur le mieux fourni est le seigneur de la Roche auquel on prête 15 fois la parole. C'est Philippe le Bon qui le suit avec 14 nouvelles. De là nous tombons à 10 : c'est Philippe de Loan qui les détient ; après lui, arrivent l'*acteur* (Antoine de La Sale ?) et le seigneur de Villiers avec 6, Michault de Changy avec 5, les autres (c'est la masse) avec un chiffre variant de 1 à 3 (3).

(1) Barrois, nᵒ 1261 ; il reparait à l'inventaire de 1487, sous le nᵒ 1689. Voir Wright, I, p. VI-IX, XI-XIV, XVII.

(2) 14ᵉ : « de Créquy, chevallier de l'ordre de Monseigneur » ; 26ᵉ : « de Foquesolles, de la chambre de Monseigneur » ; 28ᵉ et 80ᵉ : « Michault de Changy, gentilhomme de la chambre de Monseigneur » ; 50ᵉ : « Monseigneur de la Salle, premier maistre d'hostel de *Monseigneur le duc* » ; 93ᵉ : « Messire Timoleon Vignier, gentilhomme de la chambre de Monseigneur ».

(3) Il y a certaines divergences pour les attributions entre les imprimés et le ms. de Glascow : voir Wright et Picot.

Ces divers conteurs ont-ils vraiment « conté » ? De quelle nature
a été leur collaboration, si réellement ils ont collaboré ? Examinons
d'abord le cas d'Antoine de La Sale. Une seule nouvelle est précédée de son nom : c'est la 50e, qui n'est pas la moins grasse. Mais
il s'en présente 5 autres qui sont désignées comme émanant de
l'*acteur*, et une opinion depuis assez longtemps répandue veut
qu'elles proviennent également de lui (1). Dès lors, l'apport personnel de La Sale consisterait en six narrations, et l'on ajoute que,
pour le reste, il aurait été le rédacteur et l'éditeur responsable. Il
aurait tenu la plume, et il aurait arrangé en bonne prose française
ce que lui dictait ou lui rapportait son entourage. L'hypothèse est
séduisante : d'abord, le travail ne peut être dû qu'à un seul rédacteur (voilà pourquoi nous avons jusqu'ici parlé d'*un rédacteur*) ; la
dédicace des *Cent Nouvelles* (datée de Dijon, 1462, et faite à Philippe
le Bon) s'exprime en ces mots : « Comme ainsi soit qu'entre les
bons et prouffitables passe-temps, le très gracieux exercice de lecture et d'estude soit de grande et sumptueuse recommendacion,
duquel, sans flaterie, mon très redoubté seigneur, vous estes très
haultement doé, Je, vostre très obeissant serviteur, désirant,
comme je dois, complaire à toutes vos très haultes et très nobles
intencions en façon à moy possible, ose et presume ce present
petit œuvre, à vostre requeste et advertissement mis en terme et
sur piez, vous présenter et offrir ». Assurément, cette présentation
de l'œuvre indique un seul *acteur*. Du reste, l'unité même du
style suffirait à le révéler. Cela étant bien admis, on ajoute qu'il ne
peut être qu'Antoine de La Sale, surtout que de sérieuses considérations historiques et littéraires existent à l'appui de cette attribution : elles ont été invoquées par des juges très avisés. N'insistons
ici que sur un point : c'est que, seul, parmi les écrivains que l'on
sait avoir été de résidence ou de passage chez Philippe le Bon aux
environs de 1460, La Sale était de taille à composer une œuvre de
la valeur des *Cent Nouvelles nouvelles*. Vainement, semble-t-il, on cher-
cherait dans ce groupe un autre homme de lettres possédant l'outil
remarquable qui était nécessaire en l'occurrence. Sans doute, l'on
pourrait supposer que le recueil est dû à l'un des conteurs cités en

(1) Wright : 51, 91 et 92, 98 et 99. L'éditeur fait observer (1, p. xiv)
qu'ainsi les nouvelles qui seraient de La Sale se grouperaient deux par
deux.

tête des récits, soit un grand seigneur, un écuyer, un échanson qui, lui aussi, aurait eu du style et qui, pour un coup d'essai, aurait fait un coup de maître. Seulement, l'hypothèse, pour être admise, demande un effet de volonté et d'imagination que l'on a quelque peine à s'imposer lorsqu'on tient sous la main une personnalité comme Antoine de La Sale.

Mais — il faut en convenir — les objections ne manquent pas pour lui refuser cette paternité tant discutée. Voyons-les et notons sommairement les réponses qui leur sont ou qui peuvent leur être faites. On dit, on objecte : Il n'a pas signé les *Cent Nouvelles nouvelles*. Ce à quoi l'on réplique : L'invention totale n'étant pas sienne, il a considéré le recueil ainsi qu'un bien de communauté ; dès lors, il n'a pas osé se l'attribuer. — On dit encore : il était trop grave et austère, lui le « romancier moraliste » de *Jean de Saintré*, pour relater toutes ces historiettes salées. Ce à quoi l'on répond encore : Un écrivain peut très bien écrire des pages sérieuses et des pages risquées (la littérature française et d'autres sont là pour en témoigner) ; d'ailleurs La Sale est un *homo duplex : Jean de Saintré* lui-même le prouve. — Autre objection : certaines nouvelles ont été rédigées tandis qu'il n'était pas encore installé à Genappe. Réponse à faire : il n'a pas attendu son installation à la cour de Bourgogne pour entrer en rapports avec elle. — Quatrième objection, et qui est très forte : Les habitudes linguistiques de La Sale n'apparaissent pas dans les *Cent Nouvelles*. Lorsque l'on compare celles-ci à des textes incontestablement signés par lui (exemple : *Saintré*), on s'aperçoit qu'elles en diffèrent trop par la forme pour qu'elles puissent continuer à porter son nom (1). Ici que répondre ? On doit évidemment admettre que l'argument est solide, mais peut-être faudrait-il, avant de se prononcer définitivement, attendre qu'on ait donné sur La

---

(1) Voir sur ce débat l'ouvrage de M. Nève, *La Salle*, p. 89-94, qui refuse à La Sale la paternité des *C. N. n.* ; voir les réponses de M. Grojean, p. 178-183. Les objections relatives à la langue viennent de W. P. Shepard, *The Syntax of Antoine de La Sale*, Publications of the Modern Language Association of America, XX, n° 3, 1905, p. 435-501. Voir aussi C. Haag, *Antoine de La Sale und die ihm zugeschriebenen Werke*, Archiv für das Studium der neueren Sprachen und Literaturen, CXIII, 1905, p. 101-135, 315-351. — Il a paru également une dissertation de M. A. Biedermann, *Zur Syntax des Verbums bei Antoine de la Sale, Beitrag zur französischen Syntax des* xv *Jahrhunderts*, Erlangen, 1907, mais elle ne présente pas de conclusion sur le problème dont nous parlons.

Sale une étude large et complète qui aboutirait à des résultats encore plus vigoureusement établis. A tout prendre, jusqu'aujourd'hui nous n'avons encore que des enquêtes fragmentaires sur telle ou telle des œuvres qui lui sont attribuées à tort ou à raison. Il serait requis désormais que ces œuvres soient examinées moins isolément, qu'elles soient mieux mises en relation avec sa vie, qu'elles soient analysées dans tous les traits communs et dans les disparates qu'elles présentent. L'on voudrait que fût entrepris un relevé méthodique de tous les sujets et genres de composition qu'elles renferment, de tous les tours de style plus ou moins caractéristique qui décèlent, à un degré quelconque, le faire spécial d'un homme.

Pour nous d'ailleurs, dans l'exposé que nous avons à tenter, la question de paternité des *Cent Nouvelles* n'est pas capitale. Non, l'important pour nous n'est pas de savoir si elles viennent de la plume de La Sale ou si elles appartiennent à un autre familier de la cour, mais bien d'avoir la certitude qu'elles sont nées dans l'entourage de Philippe. Or, de cela personne ne doute et ne peut douter. De plus, l'important pour nous est de décider si *l'acteur*, quel qu'il soit, n'a été qu'un rédacteur à l'usage d'une société de narrateurs à l'esprit « gaulois », en d'autres termes, si les différents narrateurs, énumérés par le recueil, lui ont débité, pour qu'il les transcrivît, les aventures consignées sous leur nom. Au sentiment de Wright, « nous n'avons aucune raison de supposer que les contes étaient véritablement racontés par ceux dont les noms y sont attachés... Philippe le Bon, par un caprice sans doute, a voulu qu'on mît les diverses nouvelles dans la bouche de ses courtisans, car la forme de la collection, le style uniforme qui y règne partout, les termes dans lesquels l'auteur en parle lui-même dans sa dédicace, rendent très peu vraisemblable l'idée qu'il a voulu nous rapporter une véritable scène de la vie intime de cette brillante cour » (1). M. Nève écrit dans le même sens : « Il faut considérer comme de pure fantaisie les attributions des noms des narrateurs placés en tête de chaque nouvelle. Il règne dans tout le recueil une unité de style qui ne permet pas d'en attribuer la rédaction à des mains différentes ... Tout le monde admet que les noms des conteurs, pour trente-quatre d'entre eux tout au moins, ne sont là que pour augmenter le piquant du récit et qu'ils ne correspondent à aucune réalité » (2).

(1) I, p. XIII, XIX.
(2) P. 91-92.

Nous aussi, nous admettons l'unité de style ou le rédacteur unique, ce qui veut dire que nous admettons très bien que les conteurs ne sont pas des écrivains et que chacun n'a pas rédigé la ou les nouvelles qui lui sont attribuées. Mais pourquoi ne les auraient-ils pas narrées, débitées, à un *acteur* qui, lui, aurait fourni le style ou la composition ? Rappelons-nous l'intitulé du recueil d'après l'inventaire de 1467 : Ung « livre ... contenant *Cent Nouvelles*, tant de Monseigneur que Dieu pardonne, que de pluisieurs autres de son hostel ». Cet intitulé, qui n'est postérieur que de quelques années à l'apparition du livre, n'indique-t-il pas que ce livre est le fruit d'une multiple collaboration ? Serait-il si téméraire d'y voir un recueil de propos de table et autres en circulation à la cour ? On n'éprouve aucune difficulté à s'imaginer un seigneur qui, après boire, entouré d'une joyeuse compagnie, donne sa quote-part. Ou bien aussi ce serait au hasard de la rencontre, pendant un entretien quelconque avec l'*acteur* qu'un habitué de l' « hostel » suggère à celui-ci l'idée d'une narration nouvelle, qu'il lui rapporte un plaisant récit qu'il a lu ou entendu jadis ou à l'instant. Un argument en faveur de cette thèse ne pourait-il pas être tiré de l'introduction de certaines nouvelles ? La 5e, par Philippe de Loan, commence ainsi : « Monseigneur Talebot, à qui Dieu pardoint, capitaine anglois si preux, si vaillant, et aux armes si eureux, comme chacun scet, fist en sa vie deux jugemens dignes d'estre recitez et en audience et memoire perpétuelle amenez ; et, affin que aussi en soit fait d'iceulx jugemens en brefs motz ma première nouvelle, ou renc des aultres la cinquiesme, j'en fourniray et diray ainsi ». Une autre (par Monseigneur de Villiers, 57e) débute par ces mots : « Tantdiz que l'on me preste audience et que ame ne s'avance quand à present de parfournir ceste glorieuse et edifiant euvre des cent nouvelles, je vous compteray ung cas qui puis n'aguères est advenu ou Daulphiné, pour estre mis ou reng et nombre des dictes nouvelles ». La 90e (par Monseigneur de Beaumont) s'annonce comme suit : « Pour accroistre et amplier mon nombre des nouvelles que j'ay promis compter et descripre, j'en monstreray cy une dont la venue est fresche ».

A l'appui de la conjecture que nous venons de risquer, une raison serait peut-être encore à invoquer : c'est que, si le caprice seul de Philippe le Bon était en cause, avait fait de ses courtisans autant de conteurs... qui n'avaient jamais conté, on s'expliquerait difficilement pourquoi la répartition de ces historiettes est si arbitraire. Eh oui, pourquoi tel seigneur en reçoit-il dix, alors que tel autre, de la même société, n'en a qu'une ?

Mais si le recueil s'inspire de Philippe et de son entourage, est-il la peinture, l'expression de son milieu ? Allons-nous tabler sur ces devis plus que risqués pour nous figurer la vie même de ce milieu ? Ou bien dirons-nous simplement avec Petit de Julleville : « Dans ce perpétuel échange de facéties traditionnelles, le fond a bien peu de valeur ; la peinture n'y est pas sérieusement observée ; la licence y est de convention, comme la *courtoisie* avait été, dans d'autres genres. Quoi qu'on en ait dit, la vie du siècle n'est pas là » (1). Non, nous ne parlerons pas tout à fait ainsi. Nous établirons une distinction. D'un côté, nous nous garderons de prétendre que les conteurs ou les héros bourguignons des *Cent Nouvelles* ont réellement vu ou vécu les aventures dont on leur prête la narration ou l'exécution. Evidemment, il y a là des détails historiques. En outre, les mœurs étaient fort libres à la cour de Bourgogne, et nombre des « cas » grivois réunis par le mystérieux *acteur* auraient pu s'y passer ou bien y être imaginés. Mais l'on sait à quel point les *Cent Nouvelles* sont peu nouvelles : que d'emprunts n'y a-t-on pas relevés, emprunts faits à l'étranger et, plus encore, au répertoire de facéties que, deux siècles auparavant, les rimeurs de fabliaux en France exploitaient déjà ! (2) Mais, la chose étant établie, nous remarquons, d'un autre côté, que ces sujets empruntés, que ces récits où la fantaisie et la convention se donnent carrière, on les localise dans les Etats de Philippe le Bon et que, même à l'occasion, on les applique à des personnages de céans. Que conclure de là ? Que de pareilles plaisanteries, du moment qu'elles ont été *repensées* chez le duc, racontées à sa requête, fournissent la caractéristique d'une société, trahissent, sinon les mœurs, au moins l'état d'âme, le tour d'esprit d'un milieu.

<hr>

(1) *Hist. sous sa direction*, ii, p. 395.

(2) Sur les sources, l'influence italienne qu'aurait ou non subie La Sale s'il est l'auteur, voir, outre les ouvrages cités au cours de ce chapitre, P. Toldo, *Contributo allo studio della Novella francese del* xv *e* xvi *secolo*, Roma, 1895 ; G. Paris, *Journ. Sav.*, 1895, p. 289 et suiv. (compte rendu de ce livre) ; W. Küchler, *Die Cent Nouvelles nouvelles, Ein Beitrag zur Geschichte der französischen Novelle*, ZEITSCHRIFT FUR FRANZ. SPRACHE UND LITTERATUR, XXX, 1906, p. 264-331 (*Habilitationsschrift* de Giessen).

Au fait, nous pourrions même abandonner ici notre hypothèse sur le mode d'élaboration du recueil, et notre conclusion resterait : c'est que ces nouvelles (contées ou non par l'entourage du prince) ont circulé à la cour, qu'elles ont dû l'amuser, et qu'elles peuvent être considérées comme un document sur sa mentalité ou son niveau de pensée.

CHAPITRE V

LE THÉATRE

On vient de voir par quels arguments la paternité des *Cent Nou-velles nouvelles* avait été contestée à Antoine de La Sale. Le débat n'est sans doute pas définitivement clos, mais en revanche, il paraît bien l'être pour une autre œuvre dont on a essayé de l'enrichir. Nous voulons dire qu'on semble bien avoir abandonné l'hypothèse qui, le rattachant par une composition de plus à la cour de Bour-gogne, prétendait en faire l'auteur de *Maître Pathelin*, pièce que, ajoutait-on, il aurait imaginée pour l'amusement de Philippe le Bon. Ce n'est pas de là, de ce milieu qu'est sortie la farce célèbre du xve siècle : sa ville natale n'est pas Bruxelles, mais plutôt Paris.

A cet égard, observons que le mécénat des ducs, à première vue du moins, n'est guère orienté vers les jeux et divertissements de la scène ; la chose (si réellement il en allait ainsi) surprendrait d'au-tant plus qu'à l'époque où leur maison atteint le faîte de sa splen-deur, le théâtre français s'épanouit en la luxuriante floraison de productions que l'on sait : les *Mystères*, les *Moralités*, les *Sotties* et les *Farces*. Joignez à cela que le siècle où ils ont vécu commence la grande période des confréries et associations dramatiques et que les chambres de rhétorique sont alors déjà en pleine vitalité. Toutefois de l'absence ou du nombre restreint de textes (nous en rencontrerons qui sont signés du nom de Chastellain), ne concluons pas à l'absence de théâtre. N'oublions pas que nous sommes au xve siècle et qu'il nous faut entendre ce terme de théâtre dans une très large acception. De nos jours, nous ne le considérons guère indépendamment de sa por-tée littéraire, de la valeur qu'il a sur le papier ; nous ne le détachons pas de l'idée de littérature et nous comprenons avant tout par ces mots : le *théâtre français*, une suite, une série plus ou moins étendue d'ouvrages comiques ou tragiques rédigés en vue d'une représenta-tion dans une salle fermée. Mais à l'époque des ducs de Bourgogne, on ne l'envisage pas ainsi. Ayons soin de remarquer qu'alors le métier de dramaturge ne comporte pas les qualités de savante ordonnance et d'*écriture artiste* qu'un public plus lettré et plus raffiné a exigé depuis (et déjà le public de la Renaissance ou de la Pléiade). Il ne s'agit pas encore, comme pour l'âge moderne, de ravir une poignée de délicats par la puissance et l'originalité de l'invention, la vérité des caractères et les détails du style. A l'écrivain du xvᵉ siècle, au *facteur* ou *fatiste*, l'on demande de combiner des pièces qui tireront leux prix, pour la grosse part, de la mise en scène, de la décoration dont elles seront entourées ; on lui demande d'être l'amuseur d'un auditoire sur lequel le côté-spectacle exercera l'action prépondérante. C'est le plaisir des yeux qu'on cherche sur les tréteaux, et tout ce qui est propre à satisfaire ce plaisir, rentre dans l'histoire du théâtre. Dès lors, une production scénique c'est, par exemple, une exhibition dans une rue ou sur une place publique comme il s'en organise aux entrées solennelles des souverains dans leurs villes. Oui certes, le théâtre est dans la rue et sur une place publique ; il y dresse ses « échafauds » et il attend le passage d'un cortège royal ou princier afin de lui faire admirer ses tableaux vivants, ses mystères muets, mimés ou parlés. Ces tableaux et ces mystères, par leurs sujets, par leur machinerie, par leur ornementation scénique et, à l'occasion, par les textes et commentaires que débitent leurs exécutants, s'apparentent si bien au répertoire écrit du xvᵉ siècle qu'ils sont englobés dans l'histoire de la littérature dramatique contemporaine. C'est ainsi qu'un historien tel que Petit de Julleville, lorsqu'il retrace l'évolution de cette littérature, dresse le catalogue des *entrées de villes*, énumère les sociétés et confréries qui les ont jouées, et au besoin il détaille les accessoires qui leur ont servi.

Est également du théâtre tout ce qui, dans les assemblées et les délassements d'une cour de Bourgogne, prend forme de spectacle par la splendeur du décor et les gestes des participants. En somme, le genre d'agrément que nous allons chercher aujourd'hui dans des édifices publics, les seigneurs bourguignons l'ont plutôt trouvé dans leurs banquets, leurs tournois, leurs fêtes diverses qui sont comme autant de jeux dramatiques. Leur littérature théâtrale est là plutôt que dans les inventions dites littéraires d'un Chastellain. Elle est aussi dans les jeux et gestes des amuseurs de tout acabit qui défilent devant eux et qui tiennent, par la nature de leurs exercices et de leurs exhibitions, à la catégorie des acteurs. Parmi ces amuseurs, il en est qui sont établis à demeure chez les ducs, attachés à leur service ; les autres ne font que passer, à la manière d'artistes en tournée. Il arrive aussi que nos princes en rencontrent lorsqu'ils sont en voyage dans leurs provinces ou se transportent au delà de leurs frontières.

§ 1. Amuseurs divers.

Ménestrels, ménétriers, musiciens, chanteurs, bateleurs, faiseurs de grimaces, joueurs d'adresse et de passe-passe, joueurs de bâteaux, de couteaux, de l'englume, d'épée, de corde, entregeteurs, montreurs d'animaux, sots et sottes, fous et folles, nains et géants, combien en avons-nous dont la spécialité, les honoraires ou même les noms nous sont indiqués dans les comptes si pittoresques et, à certains égards, si soigneusement tenus de la maison ducale. Que de pages n'occupent-ils pas dans le précieux répertoire, auquel nous aurons recouru tant de fois, du marquis de Laborde ! Que d'études curieuses l'on pourrait en extraire ! (1) Que de choses à dire, par exemple, sur les musiciens en service ou de passage à la cour. Il en est, parmi eux, qui se sont fait une réputation et souvent l'on a répété les vers consacrés par Martin Le Franc, dans le *Champion des dames*, à ce qu'il appelle « la perfection des ars présentes » chez les ducs. A leurs musiciens, ceux-ci garantissent une situation, et une situation presque officielle. En l'espèce, Charles le Téméraire est surtout intéressant ; nous le savons du reste déjà : il compose et il exécute lui-même.

Beaucoup de nos amuseurs sont désignés d'un terme assez imprécis : ménestrels. Ce sont des musiciens, des instrumentistes, mais pas toujours. On a dit à ce sujet qu'ils « formaient une association dont les développements ou les empiétements n'avaient pas de bornes. Tantôt musiciens, tantôt chanteurs, aujourd'hui acteurs, demain messagers secrets et souvent favoris intimes, ils s'associent à la vie privée et appartiennent à son tableau ». Ainsi s'est exprimé le marquis de Laborde (2). De son côté, Victor Le Clerc remarque que les ménestrels sont « des joueurs d'instruments ou des chanteurs, ou même des faiseurs de tours, des danseurs, des baladins ;

(1) Voir aussi Prost, *Inventaires mobiliers*.
(2) *Ducs de Bourgogne*, III, p. XXXIV.

mais on appelait aussi de ce nom les acteurs de pièces à personnages, les lecteurs ou récitateurs d'ouvrages en rimes, les improvisateurs, les poètes » (1). Petit de Julleville a repris pour compte cette interprétation et il a rapproché des ménestrels les *farceurs* de métier qu'on invite aux noces, aux festins, avec charge de divertir princes et bourgeois par un répertoire qui sans doute n'était pas « vraiment dramatique », mais qui comprenait « surtout des pièces courtes, plaisantes, même bouffonnes, des monologues, des sermons joyeux, des farces très peu chargées d'incidents et de personnages ». C'étaient « essentiellement des joueurs d'intermèdes », qui devaient être capables de « jouer tous les personnages », car « la première qualité du métier semblait consister dans la souplesse et l'universalité des aptitudes » (2).

Le savant historien du théâtre médiéval que nous venons de citer ne croit pas qu'on doive chercher les ancêtres de nos modernes professionnels de la scène dans ces « joueurs de personnages » auxquels s'applique parfois l'appellation vague et très générale de ménestrels, et que l'on voit attachés à la maison des grands seigneurs ou subventionnés par les échevinages des villes. Rappelons avec lui que dans les comptes de Louis d'Orléans, pour les années 1392 et 1393, il est fait mention des gages payés à Gilet Vilain, Hannequin Le Fevre, Jacquemart Le Fevre, Jehannin Esturjon, « joueurs de personnages » du duc. A la cour de Bourgogne, l'on remarque également des amuseurs portant cette désignation, et l'on a quelque peine à déterminer la nature exacte de leurs jeux (3).

Mais ne prolongeons pas davantage cette discussion : parcourons plutôt les archives bourguignonnes, afin d'en extraire quelques renseignements significatifs sur la manière dont on amusait les ducs. Le règne le plus riche en exhibitions typiques est, on le devine, celui de Philippe le Bon lequel apparaît, dans le domaine des divertissements à spectacle comme partout, le grand duc et le grand bienfaiteur. Autour de lui se pressent les ménestrels, les danseurs, les saltimbanques. Ils sont de sa cour, de son entourage, ou

(1) *Hist. litt.*, XXIV, p. 198. Voir aussi Lefebvre, *Théâtre de Lille*, p. 39, 43 et 121 ; Gautier, *Épopées*, II (ce qu'il dit des ménestrels à propos des propagateurs des chansons de geste).

(2) *Les Comédiens en France au moyen âge*, Paris, 1889, p. 330-32.

(3) Voir pourtant ci-dessous p. 352.

bien ils viennent à lui, ils viennent chez lui pour faire montre de leurs talents et recevoir une gratification. S'il traverse ses bonnes villes, ils s'avancent à sa rencontre ; s'il sort de ses Etats, s'il voyage en France, en Allemagne, il en trouve encore qui sollicitent quelque marque de sa haute générosité (1). Voici, pris au hasard dans les documents de sa comptabilité, l'un ou l'autre article qui nous servira d'exemple : « A Estevenin Paresis, danseur de la morisque, pour lui aidier à vivre. x francs (1427-28) (2).—A George, joueur de l'épée à deux mains pour ses nécessités, 4 l. 16 s. — A Antoine de Roche-baron et Philippe de Courcelles, pour la momerie de deux jours faite en l'hostel de la ville, à Brouxelles, 26 l. 12 s. (1431) (3). — A maistre Ambroise de Millan, joueur de la hache, pour don à lui fait par MS après ce qu'il lui a monstré les tours du jeu de la dite hache, xii l. — A ung sot de Brouxelles, pour don à lui fait, par MdS, quand il a sailli devant MdS des fenestres de sa chambre en la court de l'ostel, lxxii s. (1438-39) » (4).

En même temps il a ⎯ autre amusement et autres amuseurs — les fêtes des fous dans des chapelles relevant ou non de sa juridiction. Si nous consultons de nouveau ses comptes, nous y découvrirons que des subsides « pour faire leur feste » sont accordés au pape ou à l'évêque des fous, à l'évêque des innocents ou des ânes, à l'abbé de joyeuse folie de telle ou telle église, d'Amiens, d'Arras, de Bruxelles, de Lille, de Louvain, de Valenciennes. Dans son palais, il a son abbé des sots qui touche pareillement des gratifications (5). Peut-être un souvenir plus spécial reviendrait-il à son intervention en faveur de sa chapelle de Dijon. Les réjouissances de l'espèce prêtaient au scandale et celui-ci n'avait pas attendu le xv⁰ siècle pour se produire, pas plus que l'Eglise n'était jusqu'alors restée muette et sans prononcer des paroles de blâme. Au Concile de Bâle, en 1435, elle avait encore rappelé les clercs au respect du culte et du sanctuaire ; elle avait même lancé l'anathème contre la

(1) Laborde, I, p. 235-40, 355-7, 414-15 ; Quantin, p. 15 ; Pinchart, *Archives*, III, p. 137 ; De La Fons-Mélicocq, *Philippe le Bon et les ménestrels des princes et des villes d'Allemagne*, MESSAGER, 1860, p. 156-160 ; Gachard, *Arch. Lille*, p. 270.

(2) Laborde, I, n⁰ 873.

(3) Gachard, *Arch. Lille*, p. 270.

(4) Laborde, I, n⁰ˢ 1219, 1253.

(5) Laborde I, n⁰ˢ 612, 652 et 1217-18.

Fête des fous. C'est pourquoi Philippe crut devoir couvrir de sa protection la chapelle de Dijon, ou, pour mieux dire, accorder confir-
mation solennelle de leurs privilèges aux Fous qui en dépendaient.
Il le fit par une charte en vers du 27 décembre 1454, charte ornée
de son sceau en cire verte, avec lacs de soie rouge, verte et or. De
là (on le pense) est sortie la fameuse Mère Folle de Dijon (1).

§ 2. Chambres de rhétorique — Joueurs de farces, d'apertise, de personnages, etc. Entrées des ducs dans leurs bonnes villes.

Dans les bonnes villes des ducs, dans les provinces où ils ont
régné, des sociétés d'art dramatique se sont fondées, et il n'est pas
sans intérêt de rechercher ce qu'ils ont fait pour elles. Qu'ont-il
fait, par exemple, pour les *chambres de rhétorique* et flamandes et wallonnes ? Mais plutôt ne devrait-on pas se demander : qu'ont-ils fait
contre elles ? Les historiens de la littérature flamande s'accordent
généralement à rendre les princes bourguignons responsables de la
déchéance du théâtre dans la Flandre au xvᵉ siècle et ils attribuent
à leur intervention le déploiement de luxe criard et tout en façade
auquel elles ont eu la faiblesse de céder. A cette époque, disent-ils,
l'allégorie, monotonement dissertante et raisonneuse, triomphe
sur la scène et ces associations littéraires ne sont plus que des com-
pagnies de haute parade, propres à constituer l'ornement des pro-
cessions, des cortèges et des entrées solennelles de souverains. Il
ne faudrait pas oublier cependant que cette prétention au paraître
avait déjà son germe dans le pays même qui devint, au xvᵉ siècle,
le domaine de Bourgogne. A ce propos, M. Stecher écrit : « L'influence bourguignonne se montre alors dans la bizarrerie des exercices poétiques et principalement dans la splendeur des grandes
fêtes. Le luxe n'était pas inconnu aux anciens Flamands ; mais à la
suite des défaites de Roosebeck et de Gavre, comme pour distraire
et détourner de la vie politique, il prit des proportions fabu-
leuses » (2). En même temps que l'on note ce genre d'influence

---

(1) Petit de Julleville, *Comédiens en France*, p. 194 et suiv.

(2) *Histoire de la littérature néerlandaise*, Bruxelles, 1886, p. 1881-2. Voir
aussi *ibid.*, p. 171, 181 ; Fredericq, *Essai*, p. 76 ; Pirenne, *Hist. Belg.*, ii,
p. 453-54 ; Pr. Van Duyse, *De Rederijkkamers in Nederland, Hun Invloed op
letterkundig, politiek en zedelijk Gebied*. Uitgegeven op last der Academie door
Fr. de Potter en Fl. Van Duyse, I, p. 118 ; Marten Rudelsheim, *Sprokke-
lingen over de Brusselsche Rederijkkamers*, MÉLANGES PAUL FREDERICQ, Bruxelles, 1904, p. 138.

exercé par les ducs, on nous montre Philippe le Bon et Charles le
Téméraire s'intéressant, s'affiliant à l'une ou l'autre de ces chambres de rhétorique. Mais, à tout prendre, elles leur sont plutôt indif-
férentes et parfois même antipathiques. Ne sont-elles pas du reste
l'organe des lettres populaires, des revendications publiques, une
sorte de presse qui juge les puissants ?..

        Il faut qu'enfin l'esprit venge
        L'honnête homme qui n'a rien (1).

C'est une force avec laquelle les gouvernements doivent compter,
et l'on s'expliquerait rien que par là que les princes se fassent membres protecteurs de ces sociétés. Elles ont eu plus d'une fois le verbe
haut et frondeur. Les délassements littéraires des rhétoriciens ne
sont pas toujours des jeux de bons bougeois et de grands enfants.
Il y eut des circonstances où se commirent des excès de plume,
des « délits de presse » contre Philippe le Bon et Charles le Téméraire. Aussi voit-on le premier, en 1455, qui leur défend de débiter
ou de chanter des vers factieux à son adresse (2). Quant à son fils,
il a pareillement à souffrir de la malveillance de ses ennemis. En
étudiant plus loin la poésie lyrique, nous constaterons qu'il ne
jouissait pas des sympathies de la ville de Tournai et que la littérature locale le prit pour plastron. Dès maintenant, nous pouvons
dire que le désastre de Nancy fut pour les rhétoriciens de cette ville
« un sujet à concours ».

Les archives de la maison de Bourgogne parlent à plus d'une
reprise de *jeux de rhétorique* exécutés devant les ducs, mais sans,
naturellement, dire de quelle façon ils se rattachent à la littérature
de théâtre. Elles mentionnent aussi des *jeux ou des joueurs de farces,
d'apertise, de personnages, de parture ou de posture* qui se produisent
à la cour ou dans quelque fête publique à laquelle assistent nos
seigneurs. Donnons-en quelques exemples et rattachons à ces jeux
les exhibitions qui accompagnent les entrées princières, les réceptions faites aux ducs dans leurs cités, ainsi que les réjouissances
d'un caractère dramatique qui s'organisent dans leurs Etats en l'honneur des événements glorieux de la dynastie.

En 1421, des compagnons de Douai offrent à Philippe le Bon,

(1) Béranger, *Les gueux*.
(2) Van Duyse, *ibid.* I, p. 17 ; Reiffenberg, *Du Clercq*, I, p. 124.

dans leur propre ville, le divertissement d'un *jeu de farse*. L'indication est assez vague. Elle ne sera pas souvent plus claire pour d'autres compagnons et d'autres exhibitions que mentionnent des pièces comptables. C'est en qualité de *joueurs de farces, d'apertise, de parture, de personnages* ou de *danseurs de morisque* qu'apparaissent, devant le même duc, Phlot d'Enfer (1428), Bolequarre et Perrin Boisquement (1434, Paris), Maître Mouche et ses compagnons (1434, Bruxelles), Hance Crachre, George et Michel (1434, Arras), Belin, serviteur de Mgr de Fernant (1437), Jacot David, Jehan de Verry, Jehan de Beauvais, Guillaume de Bervillers, Guillaume Guiot, Pierre Michiel ou Miguiel, Nicaise de Cambrai et d'autres de la ville de Douai (ces derniers en 1439-40, Saint-Omer et Bruxelles), sans oublier Michault Taillevent, le littérateur et joueur de farces déjà cité, lequel est la domesticité ducale et touche des gages réguliers (1).

Au cours de ces années, des réceptions officielles ont lieu. En février 1422, Dijon en fait une à son jeune souverain Philippe le Bon et lui montre dans ses rues « plusieurs mystères de plusieurs martires » (2). Dix ans plus tard, le 14 avril 1432, il est père de son second enfant, Josse, et des fêtes s'organisent pour la célébration de l'heureux événement. Gand y contribue par des tableaux vivants, par des jeux d' « esbatements » et en offrant des prix aux plus habiles dans l'art de louer le nouveau-né : c'est Malines qui remporte le premier, tandis qu'Audenarde obtient le second (3).

Avant cela une grande fête à spectacle s'était donnée à Paris, pour l'entrée de Henri VI : le 2 décembre 1431. A cette occasion,

(1) Laborde I, nos 1301, 1303 ; De La Fons-Mélicocq, *Les Rois de la Fève* ; Dehaisnes, *Inv. Arch. Nord*, IV, p. 147 ; Quantin, p. 54, qui dit, au sujet de Philippe, sans désigner la ville où les jeux ont eu lieu : « Voici d'autres baladins qui au nombre de six ont joué *jeux de personnages* et dansé des *danses de morisques* devant le duc » (1440) ; Petit de Julleville, *Répertoire comique*, p. 329-30 ; De Rode, *Histoire de Lille*, p. 266, signale, mais sans indication de source, la présence, à la cour, d'un joueur de farces nommé Mathelin.

(2) Petit de Julleville, *Les Mystères*, II, p. 189-90 : « Il n'est pas douteux, dit-il, qu'il ne soit parlé ici de simples pantomimes. Autrement c'eût été bien assez pour l'*honneur de la ville* de représenter un seul mystère, même à une entrée ducale ».

(3) Van Duyse, *ibid.*, I, p. 14-15, ainsi que le *Grundiss der germanischen Philologie* de Paul, Strasbourg, II, 2, 1901, p. 467.

sur « un haulx escarfaulx près du Chastelet » furent représentés
« par figures » le roi d'Angleterre, Philippe, duc de Bourgogne, et
une vingtaine de nobles personnages (1). C'est un « esbatement »
d'un très spécial intérêt pour nous puisque notre prince y est lui-
même « joué ». On ne le voit pas tel à la réception que lui fait
Bruges en 1440 mais, bien qu'il soit invisible sur les nombreux
échafauds que la ville a dressés devant lui, partout il est présent :
en effet tout y est allusion aux habitants hier révoltés qui aujour-
d'hui s'humilient et au souverain qui pardonne.

Franchissons un espace de quinze ans et nous retrouverons les
réceptions de Louvain, de Mons et d'Arras (1454-1455) que l'étude
de la Toison d'or et de la Croisade turque nous a déjà permis de
signaler. De 1455 (3 janvier) date aussi l'entrée, à Lille, de la jeune
comtesse de Charolais, Isabelle de Bourbon, entrée qui est fêtée
par des *histoires*. Deux années après, elle met au monde Marie de
Bourgogne (qui devint l'épouse, en 1477, de Maximilien d'Autriche) :
de là encore des histoires, des jeux, des chansons à Lille et à
Béthune en l'honneur de la *gésine* (2).

L'année suivante. (23 avril 1458), le grand-père de Marie de
Bourgogne, autrement dit Philippe le Bon, rend une visite à Gand
qu'il a soumis et, sur le parcours du cortège, quantité de remarquables échafauds s'offrent à son admiration : l'un d'eux exhibe
Jules César, entouré de douze sénateurs et ayant devant lui Cicéron
qui le loue d'avoir libéré plusieurs prisonniers après s'être emparé
de Rome ; un autre représente Pompée qui gracie Tigrane ; ailleurs
c'est Mars qu'on aperçoit, et il est habillé de manière à figurer les
trois ordres de l'Etat ; ou bien encore c'est, en un tableau vivant,
le *Rétable de l'agneau mystique*. En outre, le duc voit passer devant lui
un éléphant porteur d'une tour habitée par des nègres armés de
flèches et chantant :

> Vive Bourgogne ! est notre cry.
>
> S'il est venu en sa contrée,
>
> En nous tristesse en est finée (3)...

(1) Laborde I, p. xcII ; Kervyn, I, *Chastellain*, p. 185-194 ; Petit de Julleville, *Mystères*, II, p. 190.

(2) Lefebvre, *Théâtre à Lille*, p. 51-52 ; Petit de Julleville, *Mystères*, II,
p. 195, *Répertoire comique*, p. 336 ; Champollion-Figeac, *Documents historiques inédits tirés des collections manuscrites de la Bibliothèque nationale*, Doc.
INÉD. SUR L'HIST. DE FR., IV, 1848, p. 337.

(3) Frederiq, *Essai*, p. 124 ; Petit de Julleville, *Mystères*. I, p. 194 ; Fris,
Bibl. Hist. Gand, p. 213 ; De Baecker, *Chants historiques*, p. 205-6.

A Tournai, existait la confrérie du *Prince d'amour*. La comtesse de Charolais la mande en 1461 au Quesnoy où elle donne une fête : la la société y « joue de parture ». Dans la nuit du 8 juillet 1462, Philippe le Bon arrive à Lille : des jeux de personnages par signes sont représentés à cette occasion. En 1464 il y est encore, avec le roi de France Louis XI, et c'est une fête de plus à organiser en leur honneur (1). Deux ans plus tard, le comte de Charolais accomplit sa première entrée à Abbeville, et il a le spectacle (déjà signalé) de la vie de Gédéon (2). En 1468, il est inauguré à Mons comte de Hainaut ; d'où réception avec exhibitions diverses dont l'une est ainsi conçue : sur la place du Marché, l'on a disposé le *Jardinet de Haynnau* avec, comme personnages décoratifs, les 12 pairs, 22 seigneurs bannerets, 14 abbés du Hainaut en grandeur naturelle, et portant, les uns, leurs armures et écus armoriés, les autres, leurs crosses et mitres (3).

Même année : Charles est à Lille. Sujet du spectacle : le *Jugement de Páris* exécuté par trois décsses choisies exprès, semble-t-il, pour amuser le populaire. Tandis que Vénus est grande et d'un poids supérieur à deux quintaux, Junon a la même taille mais un volume aussi réduit que possible, et Minerve est bossue par devant et par derrière. Toutes trois sont nues et elles ont le chef décoré d'une riche couronne (4). C'est également en la même année que Bruges reçoit la nouvelle épouse du duc, Marguerite d'York. Sans avoir le mot ou le jeu pour rire, la puissante cité flamande a mieux que Lille. Elle tire toutes ses *histoires*, sauf une, de l'Ancien Testament : il y en a dix et ce ne sont assurément pas les moins brillantes que le XVe siècle ait imaginées (5). On dirait que les sujets bibliques étaient au goût du Téméraire, car bientôt après, le 16 mars 1469, la ville d'Arras lui en offre plusieurs dans la série des mystères qu'elle fait jouer devant lui par les « abbé de liesse, rois des lours, prince de bon volloir, prince d'amours, ceulx de le restée et aultres assemblées faisans communément jus et assemblées joyeuses et honnestes en la ville ». Et ces mystères sont « l'istoire de Manlius Torcatus qui

(1) Lefebvre, *Théâtre de Lille*, p. 52-53.
(2) Voir ci-dessus p. 157.
(3) Devillers, *Les séjours des ducs*, p. 365, 438 et 441 ; *Cat. Départ.*, XXV, Valenciennes, n° 972 ; Brouwers, *Haynm*, II, p. 6-9.
(4) Lefebvre, *Théâtre de Lille*, p. 54-55.
(5) La Marche, *Mémoires*, IV, p. 101-103.

est de non transgresser l'ordonnance de son seigneur, l'istoire de Getro qui donna à mariage se fille Sephora à Moyses et grans dons, l'istoire de saint Georges, l'istoire de Cipion, l'istoire de Jayr qui bouta hors ceulx d'Israel qui se voulrent retraire en le car de Masplar et prirent Jepté à prince, l'istoire de Brutus le Troyen qui commencha à habiter et à peupler le royalme d'Engleterre, l'istoire de Roboan qui mit plus tost les jours que les anchiens, l'istoire d'un senescal qui viola la femme d'un chevalier qu'il tenoit prisonnier, dont il fu pugny par le roi d'Arragon, l'istoire d'Abumelech roi sciothoin qui fu cachiez hors et depuis remis en son pays, l'istoire de Vergille qui assist ung miroir dedens Romme pour ses ennemis perchevoir » (1).

La fête d'Arras avait été précédée de la « Destruction de Liége » par Charles de Bourgogne (27-30 octobre 1468). Ce dernier événement fut l'occasion d'un jeu de théâtre, car « George de Brelles, evesque des folz de Béthune, qui avoit remonstré et joué la *destruction de Liége* » reçut trois lots de vin de l'échevinage de sa ville. Il est probable que sa représentation se bornait à quelque pantomime (2). Les années 1470, 1471 et 1472 sont marquées par des réceptions de Marguerite d'York et de sa belle-fille, Marie de Bourgogne, à Lille et à Mons, réceptions rehaussées d' « esbatements » (3). Enfin, c'est Dijon qui, en 1473, accueille le Téméraire par un spectacle que nous avons déjà fait connaître : on lui donne l'histoire de Gédéon (4).

L'énumération des réjouissances populaires et dramatiques qu'on vient de lire n'épuise pas le sujet, mais au moins elle suffit à montrer ce que fut le théâtre des rues et des places publiques sous les ducs. Toutefois, leur vrai théâtre, le théâtre vraiment bourguignon est plutôt celui qu'ils s'offrent à eux-mêmes dans leurs assemblées de cour, dans leurs banquets et tournois à tableaux, décors et mouvements scéniques. Ici, les Philippe le Bon et les Charles le Téméraire, ainsi que leurs seigneurs et leurs fonctionnaires, jouent

<hr>

(1) J.-M. Richard, *Une ballade sur la reprise de Paris*, REV. DES QUEST. HISTOR., XVIII, 1875. p. 225 ; Petit de Julleville, *Mystères*, II, p. 198.

(2) Petit de Julleville, *Répertoire comique*, p. 339-40.

(3) F. Hachez, *Recherches historiques sur les Rhétoriciens de Mons*, Bruxelles, 1840, p. 10 ; Devillers, *Les séjours des ducs*, p. 369-70, 373, 453, 455 ; Lefebvre, *Théâtre de Lille*, p. 55.

(4) Voir ci-dessus p. 158.

de leur propre personne : ils se hissent, ils évoluent, en quelque
sorte, sur des tréteaux. Créent-ils, à certain moment de l'année, le
roi de la fève ? (1). C'est un divertissement-spectacle. Se réunis-
sent-ils en quelque brillante passe d'armes, en quelque festin
monstre ? C'est une fête-spectacle. Voyons-les donc à l'œuvre en
deux ou trois circonstances de l'espèce.

§ 3. Les fêtes-spectacles de la cour.

Premier exemple : le banquet de Bruges, en 1430, en l'honneur du
mariage de Philippe le Bon avec Isabelle de Portugal. Selon Le
Fèvre de Saint-Remy, un entremets y fut donné dont il expose ainsi
le scénario : « Y eult ung grant entremetz d'un grant pasté où il y
avoit ung mouton tout vif taint en bleu, et les cornes dorées de fin
or. Et icelluy pasté avoit une homme nommé Hansse (2), le plus
appert homme que on sceult, vestu en habit de beste sauvage. Et
quant le pasté fut ouvert, le mouton sailly en bas, et l'homme sur
le bout de la table, et alla au long de l'apuye du bancq luiter et
riber à madame d'Or (3), une moult gracieuse folle et qui bien savoit
estre, qui estoit assize au milieu de deux grans dames, aussi hault
que l'appuye du bancq ; et en luittier et riber firent moult d'esbattemens » (4). Voilà un passage du vieux chroniqueur qu'on se serait
peut-être attendu à rencontrer dans notre étude de la Toison d'or (5).
En effet, ne serait-il pas possible de regarder cet entremets comme
une allusion à la légende du mouton d'or de la Colchide ? Songeons
d'ailleurs que les pantomimes du genre évoquaient assez fréquemment ce qui constituait l'événement du jour, ou bien l'un ou l'autre
projet qui était dans l'air. Quoi qu'il en soit, des évocations de cette
nature se présentent assurément au banquet du Vœu du Faisan (ce
sera notre second exemple) et recommandent aux convives le « saint

(1) Voir de La Fons-Mélicocq, *Les Rois de la Fève* ; Finot, *Inv. Arch.
Nord*, VIII, p. 46, 419-20.

(2) Sur un géant Hance qui joue au banquet du *Vœu du Faisan*, voir
ci-dessous p. 359.

(3) Sur Madame Dor, folle de la cour, voir Laborde, I, nᵒˢ 940, 1158 ;
Gachard, *Arch. Lille*, I, p. 271. Les comptes, où il est parlé d'elle, se rapportent aux années 1421, 1431 à 1434.

(4) Morand, II, p. 168.

(5) Ci-dessus p. 147 et suiv.

voyage de Turquie » qui, en 1454, paraît réalisable (1). De ce banquet, nous avons précédemment retracé l'ordonnance générale. Reprenons-le maintenant pour mieux en accuser le caractère scénique, pour en décrire quelques moments et quelques incidents typiques qu'il nous a bien fallu omettre dans notre première analyse. En faisant celle-ci, nous aurions dû peut-être insister sur ce point qu'il ne s'agissait pas, en l'occurrence, d'un festin commandé par le duc la veille ou l'avant-veille. Loin de là ! Rien ne paraît avoir été laissé aux hasards de l'improvisation, et l'on avait désigné, pour l'organiser, un comité de fêtes dont les membres étaient Messire Jean de Lannoy, chevalier de la Toison d'or, qui avait l'esprit inventif, Jean Boudaut, « homme moult notable et discret » (c'était l'écuyer du comte Jean d'Etampes), et Olivier de La Marche : « Pour ceste matiere, écrit le mémorialiste, se tindrent plusieurs consaulx, où fut appelé le chancellier [Nicolas Rollin] et le premier chambellan [Antoine de Croy, comte de Porcien]. Et furent à ce conseil des plus grans et des plus privés appelez ; et, après deliberacion d'opinions, furent les cerimonies et les mistères concluz telz qu'ilz se devoient faire » (2). Il suit de là qu'on a préparé le banquet, qu'on l'a répété, pour ainsi dire, à la manière d'une composition scénique de l'époque, que les divers mouvements en ont été réglés d'avance. Des vers sont écrits (peut-être par La Marche) qui seront débités à point nommé. Des rôles et des costumes sont assignés et distribués à de hauts et de petits personnages de la cour. Déjà, nos lecteurs ont vu défiler les acteurs qui ont joué les sensationnels entremets du géant turc et de Sainte-Eglise, de Toison d'or et des vœux, de Jason et de Médée. Le programme comporte une série intéressante d'autres numéros, d'autres exhibitions plus courtes et plus rapides, mais qui sont également théâtrales. Ce sont des entremets « vifs, mouvans et allans » : un cheval « richement couvert de soye vermeille », monté par deux trompettes assis « doz contre doz » et sans selle, qui fait le tour de la salle à reculons, tandis que ses cavaliers jouent « une batture de leurs trompettes »; un monstre apocalyptique, moitié griffon, moitié homme, qui chevauche un sanglier et qui, de son côté,

(1) Voir, pour d'autres banquets à spectacle de 1437, 1450, 1466 : Quantin, p. 52 ; La Marche, II, p. 200 ; De La Fons-Mélicocq, *Les Rois de la Fève*, p. 397.

(2) *Mémoires*, II, p. 339-40.

porte un bateleur en posture savante, c'est-à-dire les pieds en l'air ;
un cerf « merveilleusement grant et beau », tout blanc et à longues
cornes d'or, ayant pour cavalier un garçonnet de douze ans qui
débite la chanson : *Je ne veiz oncques la pareille.*

Au cours du festin, on entend également chanter dans le pâté (1) :
« trois doulces voix » en sortent qui récitent la romance de la *Sauve-garde de ma vie* ; de là aussi s'envolent des airs de musique, tandis
que l'église elle-même s'anime et résonne du chant des orgues. Sur
les tables où s'érigent ces entremets vocaux et instrumentaux, il
n'y a pas que des hommes qui s'agitent ou font des gestes de vie :
dans la forêt indienne, des bêtes se meuvent comme si elles étaient
vivantes, affirment nos chroniqueurs. Ailleurs encore, l'on en
remarque qui se mêlent à l'action : un rôle important leur est même
dévolu dans le jeu de Jason et de Médée.

Enfin n'oublions pas le dernier numéro du programme : le bal.
Alors que le « banquet fut assouvy », des porteurs de torches et des
joueurs d'instruments pénètrent dans la salle : ils précèdent une
dame « à guise de religieuse ». C'est Grâce-de-Dieu, suivant l'indi-cation de la banderole qu'on lui a fixée à l'épaule gauche. Douze
chevaliers lui font cortège, accompagnés de douze dames de la cour
qui sont autant de vertus : Foi, Charité, Justice, Raison, Prudence,
Attemprance (Tempérance), Force, Vérité, Largesse, Diligence,
Espérance et Vaillance. Après avoir promis au duc « bonne et vic-torieuse conclusion » de son entreprise, « bonne renommée par
tout le monde et en fin paradis », Grâce-de-Dieu lui présente les
nouvelles venues et lui lit le « brief » que chacune d'elles tient en
mains. Sur ce, elle part abandonnant dans la salle les douze vertus
qui se mettent alors à danser avec leurs seigneurs et « à faire
bonne chière ». Entre deux et trois heures du matin, l'assemblée se
retire et, selon l'expression d'Olivier de La Marche, « se retraït
chascun en sa chascune ».

Ces couplets de Grâce-de-Dieu et de ses compagnes, joints au trio-let, à la complainte, aux huitains de Sainte-Eglise, aux chansons dé-bitées dans l'église et le pâté constituent un véritable texte, presque
un livret rimé qui vient s'appliquer sur le scénario que nous avons
analysé. Tout est drame dans ce banquet. Sur les tables, des entre-

(1) Ci-dessus p. 108.

mets s'animent ; ce sont partout des gestes, des attitudes de vie, des mannequins, des automates et des personnages réels. Autour des tables, c'est la vie même. On se croirait sur une de ces vastes scènes où se représentent à la même époque les *Mystères* et où l'œuvre voyage, évolue à travers un vaste champ d'action, passe d'une *mansion* à l'autre. Grâce-de-Dieu et ses douze dames sont quelque chose comme les entités métaphysiques qui circulent dans les moralités dramatiques du xve siècle : elles remplissent des rôles qui les apparentent aux personnages de cette catégorie de productions littéraires, car elles sont la figuration des qualités requises d'un prince qui songe à reconquérir les Lieux Saints.

A ce spectacle, remarquez-le, des spectateurs sont admis. Par ce dernier terme, nous n'entendons pas désigner seulement les convives, les invités de Philippe le Bon, mais un public qui n'est là que pour voir, pour le plaisir des yeux. En effet, l'on a disposé dans la salle cinq « hours » destinés à ceux qui ne voulaient pas « seoir à table » : ils furent pleins « d'hommes et de femmes, dont la pluspart estoient desguisées, et ... il y avoit des chevaliers et des dames de grant maison, et qui là estoient venuz de loing, les ungs par mer et les aultres par terre pour veoir la feste, dont il estoit grant renommée ».

Ainsi dit Olivier de La Marche (1), l'un des acteurs du drame. Il a fait Sainte-Eglise (lui-même nous l'affirme), tandis que le géant turc était assurément joué par le très réel et très authentique géant que possédait le duc dans son personnel (2). C'était Hance, le même peut-être qui avait « ribé » en 1430 avec la « moult gracieuse folle Madame d'Or ». Le nom de cet étrange employé est inscrit dans un compte de l'année même du banquet : il y reçoit de Monseigneur une « robe et des chausses ». On sait de plus qu'il avait un confrère, un « petit géant » que l'on habillait pareillement aux frais de la maison et qui peut-être a tenu son rôle aux fêtes de Lille. En outre, l'on nous dit (toujours dans les comptes) que, pour la même circonstance, Philippe a gratifié son fou Coquinet d'une robe de soie verte, qu'il a payé « la façon et garniture d'un pourpoint de drap de

(1) *Mémoires*, II, p. 354.

(2) Dans la description du Banquet du Faisan, la *Chronique de l'Abbaye de Floreffe* note, p. 171 : « Le grant jéant de Monseigneur vient habilliet en sarrasinois ».

veloux noir qu'il a fait donner à Hotin, fol de Monseigneur de
Saint-Pol quant il a esté devers lui à Lille ». Intéressante est aussi,
dans les archives ducales, l'énumération des draps, brodures,
franges et robes qu'il procure aux seigneurs, officiers, hommes
d'armes devant prendre part au festin. Ainsi le voit-on acquérir « quatre cens cinquante six aulnes et demie de drap de layne noir et gris
par moitié, pour faire cent douze robes, et d'icelles revestir pluiseurs ses menus officiers, tant ses archiers de corps comme autres,
ausquelz il les a fait donner pour porter le jour de son banquet »...
« cinquante cinq aulnes de drap blanc dont ont esté froncées les
manches desdictes robes » ... « trois cens quinze aulnes demie
d'autre drap blanc employé à doubler la quantité de quarante sept
robes de draps de soye, aussi gris et noir, que icelui S a fait donner
à pluiseurs ses chevaliers et autres gentilz hommes de son hostel
pour porter le jour de son banquet »... « XII paltos de satin noir et
chargiés d'orfaveries qu'il a semblablement fait donner à douze
gentilz hommes de son hostel ». A noter encore la confection, toujours aux frais de Philippe, d'une robe « pour Andrieu de la Plume,
fol de Monseigneur le conte de Charollois » (1).

En rapprochant ce banquet du théâtre de l'époque, nous n'irons
certes pas jusqu'à déclarer avec Reiffenberg, que « ses entremets qui
réunissaient la pompe et la variété des décorations à la pantomime,
à la déclamation, à la danse et à la musique, sont peut-être le premier modèle du grand opéra » (2). Nous n'avons pas prétendu
démontrer (malgré le vocabulaire technique dont nous avons usé)
qu'il constituait une étape d'un genre littéraire quelconque, mais
tout simplement que, ordonné à la manière d'une « pièce », entouré
d'une mise en scène dont l'ingéniosité et la complication ont exigé
le concours des machinistes les plus experts, ce banquet emprunte
ses charmes et ses éléments de succès aux trucs ou, d'après le langage du XVe siècle, aux feintes et aux secrets de l'art dramatique.
Enfin, ce que nous avons voulu dire également, c'est que pareille
fête réalise le divertissement théâtral par excellence de la cour de
Bourgogne. Il n'y a point là, croyons-nous, d'idée qu'on puisse
taxer de paradoxe.

(1) Laborde, I, p. 451-55.
(2) Barante, *Ducs de Bourgogne*, éd. Reiffenberg, VI, p. 9.

Combien théâtrales aussi furent les noces de Charles le Téméraire et de Marguerite d'York à Bruges en 1468 ! Elles furent solen-
nisées par des banquets à décors et à jeux scéniques de la plus singulière et, certains même, de la plus baroque invention. Si ce n'était
assez des exemples de 1430 et de 1454, on ne manquerait pas de documents à consulter pour retracer l'ordonnance de ces fêtes : sur le
sujet est éclose toute une collection de textes en français, en anglais,
en flamand, signés ou anonymes, et l'on pourrait la compléter au
moyen des archives ducales. Elle servirait aussi pour décrire le
fastueux *Pas de l'Arbre d'or* qui se tint à Bruges du 3 au 11 juillet et
qui fut, lui aussi, le plus brillant des spectacles.

§ 4. De vraies pièces, de vrais textes de théâtre.

Jusqu'à présent, nous n'avons pas encore cité de vrais textes, de
la vraie littérature dramatique. N'oublions pourtant pas que des
appellations comme celles qui précèdent : « jeux de farces et de personnages », désignent peut-être de vraies pièces. Mais les renseignements nous font défaut pour être plus précis à cet égard. Il est cependant des comptes qui sont plus explicites et qui parleront d'un
« homme lisant balades et autres ditz devant Monseigneur », auquel
on paie XXII sous et VI deniers, ainsi que d'un aveugle et « d'ung autre
homme jouans de rimes » qui perçoivent la même rémunération (1).

Mais indépendamment de cela, il existe une vraie littérature
dramatique se rattachant à la maison de Bourgogne, et c'est tout
d'abord le *Mystère de la Pucelle ou du siège d'Orléans* (2). Ici, Philippe
le Bon intervient même à titre d'acteur, encore que la place qu'on
lui réserve soit restreinte. Parmi les 140 rôles parlants de l'œuvre,
le sien est d'arrière-plan. Ces rôles, l'auteur les a divisés en deux
groupes : français et anglais, et il a rangé le duc dans le second, lui
confiant la tâche que voici. La ville d'Orléans est en danger : elle
décide de recourir à Philippe pour faire lever le siège. Des messagers lui sont dépêchés : il leur promet son aide. En conséquence, il
envoie son héraut dire aux Anglais qu'ils s'éloignent de la cité mena-

(1) De La Fons-Mélicocq, *Messager*, 1860, p. 158.
(2) Voir l'édit. Guessard et de Certain, *Docum. inédits*, 1862, p. 364-78 ;
Lenient, *Poésie patriotique*, p. 389-403 ; Gröber, p. 1236 ; Molinier, n° 4502 ;
A. Meyer, *Das Kulturhistorische in Le Mystère du siège d'Orléans*, Leipzig,
1906.

cée, sinon il publiera l'ordre à tous les Bouguignons de quitter l'armée
assiégeante. Mais les Anglais n'entendent pas abandonner la partie
et ils répondent sur un ton insolent. Mis au courant, Philippe entre
en colère et promet de se venger lorsque son heure viendra. Mais
elle ne vient pas, du moins dans le *Mystère*, et le duc n'y reparaît plus.

La ville d'Orléans, où le drame de *la Pucelle* fut plus d'une fois
joué, a vu naître le *Mystère de Troie* de Jacques Milet. Il importe de
nous rappeler que, de cette œuvre, Philippe le Bon a possédé deux
transcriptions (1). C'est là encore une des productions marquantes
de la littérature théâtrale du xvᵉ siècle. Dans cette même littérature
nous paraît devoir rentrer le *Spectacle de la Passion* qui fut donné
devant le duc et le régent d'Angleterre en juin 1425 à Amiens lors
d'une fête organisée par cette ville (2). La même hypothèse est soute-
nable pour « certain jeu, histoire et moralité sur le fait de la dance
macabre », exécuté en sa présence, dans son hôtel à Bruges, au mois
de septembre 1449, par Nicaise de Cambrai, peintre demeurant à
Douai, et ses compagnons (3). De même pensons-nous des « jeux de
mistère de farsses et autres esbatemens » qui furent donnés en 1454
à Nevers, à l'occasion de l'entrevue de Philippe le Bon avec le duc
d'Orléans. Nous estimons qu'alors une pièce au moins fut représentée, et cette pièce nous croyons la connaître : c'est la *Complainte
d'Hector* par Chastellain. Qu'on remarque en effet que, d'après le
libellé de la comptabilité ducale, « lesdits jeux de mistère estoient
du roy Alexandre, Ector et *Arcilles* » [évidemment Achille]. D'autre
part, cette même comptabilité désigne, comme ayant participé aux
différents jeux de Nevers, Chastellain lui-même, Olivier de La
Marche, Jehannin de la Chappelle et Perrenet Novine. Pourquoi,
dès lors, n'aurait-on point, en cette circonstance, porté à la scène
la *Complainte d'Hector* qui précisément appartient à notre chroni-

(1) Voir ci-dessus p. 171. Petit de Julleville, *Répertoire comique*, p. 316,
signale une moralité perdue *Eur Mondain*, en disant qu'elle faisait partie
de la bibliothèque des ducs de Bourgogne. Il renvoie à Barrois, n° 798,
mais c'est un *petit cayer de saint Augustin* (?).

(2) G. Lecocq, *Le Théâtre en Picardie*, p. 41.

(3) Laborde, I, n° 1399 ; Quantin, p. 54 ; E. Male, *L'art français de la fin
du moyen âge — L'idée de la mort et la danse macabre*, REVUE DES DEUX MONDES,
1 avril 1906, p. 658-59 : ce dernier cite le texte en question pour prouver
qu'au xvᵉ siècle, la danse macabre était déjà sortie de l'église et se jouait
sur les tréteaux comme une simple moralité.

queur et qui traite d'Alexandre, d'Hector et d'Achille ? (1). Le thème
en est le pèlerinage que le roi macédonien accomplit aux tombeaux
des deux illustres guerriers. Hector se plaint d'avoir été mis à mort
traîtreusement par Achille, et ce dernier, sur les instances d'Alexandre, finit par solliciter le pardon de son crime. Sans doute, nous en
convenons volontiers, cette *Complainte* n'a pas l'air d'être écrite
directement pour les tréteaux et elle ne paraît être destinée qu'à la
lecture. Mais elle est jouable, étant toute en dialogue, et l'on pourrait même regarder, comme des indications scéniques, les résumés
qui précèdent certaines tirades. Une autre objection se pose encore
devant nous : c'est que cette œuvre exige seulement le concours de
trois acteurs, alors que les comptes relatifs aux dépenses occasionnées par l'assemblée de Nevers laissent entendre que le nombre des
« joueurs de mistère » était de quatre. Mais peut-être le quatrième,
Chastellain, ne jouait-il pas ; et peut-être n'est-il mentionné dans
ces comptes que parce qu'il était l'auteur de la pièce.

Plus manifestement élaborées en vue des tréteaux sont les deux
autres compositions du même Chastellain : la *Mort du duc Philippe*
et la *Paix de Péronne* (2). Décorées du sous-titre de *mystères*, le terme
vague et si répandu de l'époque, elles méritent plutôt la désignation
de *moralilés historiques* ou *politiques*. Elles remplissent les conditions
du genre ainsi dénommé, et par leurs tendances didactiques et par
l'emploi qu'elles font de l'allégorie. La première, la *Mort du duc
Philippe* ou *Mystère par manière de lamentation*, fut peut-être représentée
à Valenciennes devant Charles le Téméraire en mars 1468. Le poète
y chante l'éclat du règne qui vient de finir et il y montre que la
mort ne respecte ni la grandeur ni la gloire. Arrivent en scène le
Ciel, la Terre, les Anges, les Hommes pour dire ce qu'ils sont et ce
qu'ils pensent à l'égard du prince défunt. Ensuite le personnage,
les Hommes, raconte qu'il a vu descendre des célestes régions une
fiole « garnie de très précieuse pierrie ». Devant ce spectacle, dit-il,
tout s'inclinait, mais le fil qui la soutenait s'est rompu : elle est

(1) Kervyn, *Chastellain.* VI, p. 167-202, et I, p. LIII. Voir aussi Gröber,
p. 1131 et J. Declève, *Les complaintes célèbres*, MÉMOIRES ET PUBLICATIONS
DE LA SOCIÉTÉ DES SCIENCES, DES ARTS ET DES LETTRES DU HAINAUT, 5e s., IX,
1897. Les comptes sont dans Laborde, I, nᵒˢ 1500, 1502 et 1504.

(2) Kervyn, *ibid.*, VII, p. 237-280, 423-52, et I, p. LVIII. Voir aussi Petit de
Julleville, *La Comédie et les Mœurs en France*, p. 139, *Répertoire comique*,
p. 89 et 408.

tombée. — La Terre l'a vue également : Je l'ai, déclare-t-elle, longtemps nourrie de mes mamelles ; de cette fiole, je conserve encore
les morceaux. — Eh bien, réplique les Hommes, vous ne devez pas
être une bien bonne nourrice, puisque

> Ce qu'aujourd'huy nourrissiez,
> A demain vous le trahissiez.

La discussion se prolonge, les Hommes accusant la Terre d'avoir
deux poids et deux mesures, car elle accorde des jours extraordi-
nairement longs à certains arbres et animaux, comme le chêne, le
cygne et le corbeau, tandis qu'il les refuse au genre humain. La
Terre repart : Je ne suis que le ventre de la nature et j'obéis à ses
ordres. Adressez-vous au Ciel. Là-dessus, le Ciel interpellé répond :

> Mon amy, c'est à Dieu tout un
> D'un grant prince et d'un povre page.

Dieu frappe (ainsi dira Malherbe plus tard, mais mieux)

> Le prince en son hautain régner
> Et le povre en son moissonner :
> Tous deux finent soubs une loy.

Alors Hommes, Ciel, Anges, Terre se mettent à clamer les louanges
du défunt, chacun prononçant un vers à tour de rôle. On entend
« un nouvel personnage sans nom et clos dedens le ciel sans estre
vu », qui chante la justice de Dieu, et l'œuvre s'achève par un
hosanna.

Cette *Mort du duc Philippe* pourrait donc bien avoir été jouée. La
chose est moins douteuse en ce qui concerne la *Paix de Péronne* : on
croit qu'elle a été exécutée au château d'Aire, en 1468, devant
Louis XI et Charles le Téméraire réconciliés. C'est un « mistère fait
à cause de ladite paix à bonne intention et pensant icelle estre
observée par les parties ». Cœur et Bouche sont d'abord là qui
redisent le « los » du duc. Tout ce que vous avez lu dans l'antiquité,

> C'est un abus,
> C'est un racontement confus
> Emprès nostre langage...

Chantez, s'écrivent les deux acteurs, chantez en l'honneur de la
duplice franco-bourguignonne,

Chantez, dansez, petits enffans ;
Joingnez vos mains, vous les gens grans ;
Ployez dos et eschine,
Povres laboureux par les champs.
Revivez-vous en ce bon temps
De nouvelle racine.
Soyez chantans et karolans,
Joyeux convives assemblans
A grant feu en cuisine,
Pour ces deux nobles pellicans
Qui pour vous estre nourrissans
Se fièrent en poitrine.

Les deux princes ont ensuite la parole, et c'est pour se lancer tout
d'abord, de l'un à l'autre, des vers invraisemblablement complimen-
teurs et se jurer, après cela, une éternelle amitié. Le dialogue est
ensuite repris par Bouche et Cœur auxquels se joignent Avis et
Sens : à quatre, ils magnifient toutes les belles promesses qui furent
exprimées lors du traité de Péronne.

Un confrère de Chastellain passe pour avoir écrit quelque chose
de semblable. C'est Molinet. On rapporte qu'en 1473, à l'occasion
du douzième chapitre de la Toison d'or tenu à Valenciennes, de
grandes fêtes furent données, qu'il y eut force *histoires* et ballades,
des joutes et des tournois et que « maistres Jehan Molinet fit une
belle comédie, pour laquelle eult x escus » (1).

(1) Devillers, *Séjours des ducs,* p. 373-74, d'après Jehan Cocqueau, *Mémoires de la ville de Valenciennes,* ii, p. 206-7, Archives de l'Etat de Mons.

CHAPITRE VI

LA POÉSIE LYRIQUE

Au XVe siècle, la poésie lyrique moralise volontiers. Elle aime à
employer ses rimes pour donner des conseils ou des leçons et c'est
pourquoi nous avons dû nous occuper d'elle au chapitre de la littérature morale. La même poésie offre cette autre caractéristique de
travailler assez souvent ou sur commande ou par intérêt. Ains .
apparaît-elle en maintes de ses productions écloses à l'ombre tuté- .
laire (le mot s'impose !) de la dynastie de Bourgogne. D'après les
ordres qui lui sont transmis ou les profits qu'on lui fait entrevoir,
elle est gaie ou triste, compose un épithalame ou un éloge funèbre, .
joue un air de triomphe ou décoche un couplet de combat. A ces
diverses besognes, elle s'applique également bien, mais sans être
jamais vraiment grande ou dans le plaisant ou dans le sévère.
Elle n'est guère qu'honnête, que correcte et convenable. En ce
même XVe siècle, la poésie est matière à concours et à palmes d'honneur. Dans les chambres de rhétorique, les membres aiment composer d'après des sujets indiqués. Tel a dû être l'esprit de cette
association littéraire qui s'est constituée dans le haut monde de
France et de Bourgogne et qui s'est appelée la *Cour amoureuse de
Charles* VI.

§ 1. La cour amoureuse de Charles VI (1).

Le 6 janvier 1401, à Nantes, « en salle royale », dans un conseil
présidé par Charles VI qu'assistaient divers grands personnages, fut
octroyée une charte *publiant* une Cour d'amour qui se tiendrait à
Paris, le 14 février suivant, jour de la Saint-Valentin. L'assemblée
paraît bien avoir eu lieu, à la date fixée, dans l'hôtel d'Artois, résidence du duc de Bourgogne, et c'est alors qu'aurait été fondée la

(1) Potvin, *La Charte de la Cour d'amour de l'année 1401*, BULL. ACAD. ROY.
BELG., 3e s., XII, 1886, p. 191-220 ; A. Piaget, *La cour amoureuse dite de
Charles* VI, ROM., XX, p. 417-54, et *Un manuscrit de la Cour amoureuse de
Charles* VI (ms. de Vienne), IBID., XXXI, p. 597-603 ; Gröber, p. 1038.

dite association ayant pour but d'honorer le sexe féminin et de cultiver la poésie. La charte d'institution fait connaître que Philippe le Hardi et Louis, duc de Bourbon, ont prié le roi de France qu' « en ceste desplaisant et contraire pestilence de épidémie présentement courant en ce très crestien royaume, que pour passer partie du tempz plus gracieusement et affin de trouver esveil de nouvelle joye, il ly pleust ordonner et créer en son royal hostel 1 prince de la court d'amours, seigneuris sant sur les subgès de retenue d'icelle amoureuse court ».

Charles VI ayant agréé la proposition, on établit la cour « principaument soubz la conduite, force et seurté d'icelles très loées vertus, c'est assavoir humilité et leauté, à l'onneur, loenge et recommandacion et service de toutes dames et damoiselles » (1). Nombreux, très nombreux en sont les membres, 700 environ qu'on répartit en de multiples sections : Grands Conservateurs, Conservateurs, un Prince d'amour, Ministres, Auditeurs, Chevaliers d'honneur conseillers, Chevaliers trésoriers, Grands Veneurs, Trésoriers des chartes et registres, Ecuyers d'amour, Maîtres des requêtes, Secrétaires, Substituts du procureur général de la Cour et Veneurs. Ces diverses attributions sont confiées à des personnages appartenant à toutes les classes de la société : le roi, des prélats, des ducs, de puissants seigneurs et, à côté d'eux, des petits bourgeois et des membres du bas clergé. Il convient d'observer qu'ici la maison de Bourgogne fait très imposante figure. Elle a fourni à l'association des éléments de valeur et un notable contingent de membres. Philippe le Hardi est l'un des trois Grands Conservateurs, les deux autres étant Charles VI et Louis de Bourbon. Parmi les Conservateurs, l'on remarque Jean sans Peur, son frère Antoine duc de Brabant, et son fils qui s'appellera plus tard Philippe le Bon. Celui-ci, étant devenu duc, aura sous sa dépendance en qualité de conseiller et de maître d'hôtel Pierre de Hauteville (2) qui précisément exerce l'emploi de Prince d'amour dans la brillante compagnie dont nous parlons. Un autre personnage qui s'y trouve inscrit est — nous l'avons vu déjà — Antoine de la Sale (3). « Tous les

(1) Piaget, *Rom.*, XXXI, p. 599 ; Potvin, p. 202-3.
(2) Dit le Mannier, seigneur d'Ars en Beauvaisis ; il fut aussi échanson de Charles VI.
(3) Ci-dessus p. 92.

membres, a-t-on dit, ne firent pas partie en même temps de la *Cour amoureuse* : les uns moururent peu après sa fondation, d'autres furent reçus peu avant sa dissolution. Quoique représentant un espace de quinze ou seize ans, ce chiffre de sept cents membres ne laisse pas d'être énorme ; il prouve éloquemment que la société littéraire et amoureuse fondée à Paris, dans l'hôtel d'Artois, rencontra le plus grand succès » (1). Elle était, ainsi qu'on l'a vu, à « l'onneur et loenge » des dames, mais le respect qu'on leur devait ou, pour nous exprimer autrement, l'art d'aimer est alors comme toujours synonyme de l'art d'écrire. L'assemblée, qui faisait de la glorification des femmes, l'article premier de son programme, paraissait vouloir être un Hôtel de Rambouillet, un salon de belles-lettres, voire une Académie. Mais qu'a produit cette Académie ? La connait-on autrement ? Est-ce qu'outre la nomenclature de ses membres et l'énoncé de ses statuts ou de ses occupations, l'on possède le recueil de ses œuvres ? Hélas non ! Nous savons seulement ce qu'on devait ou pouvait y faire, mais non ce qu'on y a fait. Nous savons, par exemple, le jour et le lieu des réunions, le cérémonial qui les régissait et le genre de littérature qu'on songeait à y pratiquer. Ainsi défense était émise de lancer des rimes qui seraient une atteinte à la réputation du sexe féminin. Des refrains étaient imposés, refrains à traiter « en balades couronnées ou chapelées, en amoureuses chansons de cinq couplets, en sirventois, distiers, complaintes, rondeaux, lais, virelais » ; des débats étaient prévus « en forme d'amoureux procès, pour différentes opinions soustenir ». En même temps, les statuts déterminent les prix qui seront accordés et ils disent que, pour les décerner, l'on devra s'en rapporter au jugement des dames. Un autre point du règlement concerne le rôle des hauts dignitaires de la *Cour*, dignitaires dont certains étaient nos princes de Bourgogne. Ce rôle était celui, non de membres actifs, mais de « membres d'honneur » de la société (2)... A tout prendre, le renseignement le plus net encore que nous possédions est que...

On avait fait des plans fort beaux sur le papier.

Est-ce que peut-être les choses n'allèrent pas beaucoup plus loin ?

(1) Piaget, *Rom.*, XX, p. 415 ; pour le chiffre de 700, voir id., *Rom.*, XXXI, p. 602.

(2) Potvin, p. 217-8.

C'est ce qui expliquerait qu'une institution aussi puissante ait « laissé si peu de traces » (1). M. Piaget s'est demandé si elle existait encore lors des massacres de 1418 dont furent victimes plusieurs de ses membres, et il n'a pu résoudre la question (2).

Selon nous, une Académie de ce genre aurait surtout été intéressante à voir fonctionner en plein règne de Philippe le Bon. C'est alors qu'elle aurait vraiment pris son essor. En effet, à l'époque du père et grand-père, de Jean sans Peur et de Philippe le Hardi, la vie littéraire de Bourgogne en est encore à son stade de formation. L'un et l'autre, au sein de la *Cour amoureuse*, ne sont que des *primi inter pares*. Par contre, cette cour, imaginez-la qui se crée vers 1450 avec un grand duc d'Occident pour Grand Conservateur. Il en eût été le chef suprême, et peut-être même se serait-il passé du concours de la noblesse française.

§ 2. Philippe le Hardi.

Cependant Jean sans Peur a inspiré la *Geste* et le *Pastoralet*. Quant à Philippe le Hardi, il a reçu l'hommage de la *Chronique rimée de Flandre* : il est vrai qu'il n'y figure qu'à titre de personnage épisodique. Un instant, le siège d'Audenarde l'amène à l'avant-plan, et puis il disparaît. Il est encore moins en vue dans un autre poème que voici, mais, à défaut de sa propre personne, il y est question de ses enfants. C'est l'épithalame que Jean de Malines, un rimeur de mince renom dans l'histoire littéraire française, a composé en l'honneur de deux mariages de la famille bourguignonne, l'un entre Jean comte de Nevers et Marguerite de Bavière, l'autre entre Guillaume d'Ostrevant et Marguerite de Bourgogne (12 avril 1385) (3). Son œuvre n'est qu'une sèche énumération des différents numéros qui formaient le programme des fêtes organisées à cette occasion dans la ville de Cambrai, avec, de-ci de-là, un cri de ravissement et le naïf aveu de son inaptitude à rapporter congrûment semblables merveilles. Nous n'aurons pas la cruauté d'insister sur le prosaïsme désarmant de sa poésie. Au reste, il n'est pas le pre-

(1) Piaget, *Rom.*, xx, p. 445.
(2) *Rom.*, xx, p. 446.
(3) Ce poème a été publié par Reiffenberg, *Ann. Bibl. Roy. Belg.*, 1840, p. 53 et suiv., et réimprimé, avec une étude sur le poète, par A. Pinchart, *Bull. Bibl. Belge*, 2e s., iii, 1856, p. 28-37. Sur ce poète, voir aussi Dinaux, *Trouv. brabanç.*, p. 434-8, et F. Loise, *Biogr. Nat.*, x, col. 413-414.

mier ni le dernier écrivain dont la plume ait enfanté des vers dans
ce goût :

> le roy des François
> Lequel est si doux et courtois
>
> .   .   .   .   .   .
>
> La vaillant dame de Brabant
> Qu'on doit aymer tout son vivant.

(Le roi, c'est Charles vi qui assistait aux noces ainsi que la dame
de Brabant, laquelle désigne Jeanne, épouse de Wenceslas,
duchesse de Brabant. A cette même duchesse, Jean de Malines
offrit, en 1380, des stances sur l'*Ave Maria*).

Ce n'est pas la seule lyre qui ait vibré en cette circonstance.
Froissart aussi accorda la sienne. Tandis que, dans sa *Chronique*, il
commémorait l'événement et la « grant fuison de chevalerie » qui y
fut, il l'a chanté dans une ballade :

> A Cambray se sont espousé
> Frère et soer, soer et frère, né
> De Bourgogne et Haynau aussy
> Dont nous sommes tout resjoy.

Un même élan d'admiration pour la Bourgogne lui suggère ce
couplet du *Dit du Florin* à propos de son illustre protecteur Gaston
de Foix :

> J'ai moult esté et hault et bas
> Ou monde, et veü des estas ;
> Mès, excepté le roi de France,
> Et l'autre que je vi d'enfance,
> Edouwart, le roy d'Engleterre,
> Je n'ai veü en nulle terre
> Estat qui se puist ressambler
> A celui dont je puis parler, ·
> Se ce n'est Berry et Bourgongne.
> Mès bien croi, sans point de mençongne,
> Que ces deus ducs, cascuns par soi,
> Qui sont oncle dou noble roy
> Charles de France, que Diex gart,
> Ont estat de plus grant regart
> Que ne soit li estas dou conte
> De Fois (1).

(1) Scheler, *Froissart*, ii, p. 229.

Le *Dit du Florin* lui fut inspiré par un incident de voyage dont le souvenir est consigné dans sa *Chronique*. Ici, comme nous venons de le rappeler, il écrit également sur l' « estat » de Bourgogne, et il le fait, non seulement à propos des deux grands mariages de Cambrai, mais encore au sujet d'autres incidents relatifs au nouveau duché, incidents dont l'un des plus notables est la « desconfiture de Nicopolis ». Enorme a été le retentissement provoqué par la défaite infligée en 1396 aux chevaliers français et bourguignons. La littérature nous en a gardé plus d'un écho. Eustache Deschamps, on s'en souvient, poussa des clameurs dans ses ballades, et il formula les regrets qui étaient au fond de tant d'âmes :

> Je ne voy que tristesce et plour
> Et obsèques soir et matin....
>
> .   .   .   .
>
> Plourons ceste meschance !
> Vengeons leur mort ! aions en Dieu fiance (1).

Mais avant de rimer ces vers, il avait composé sa *Complainte de l'Eglise moult désolée* où s'exprimaient déjà ses sentiments de crainte à l'égard des ennemis de la chrétienté. L'œuvre remonte à 1393, mais les relations de l'écrivain avec la famille de Philippe le Hardi sont encore antérieures à cette date : en 1375, si pas même en 1369, il est à Bruges, pour remplir la mission que lui a confiée son maître Guillaume de Machaut et qui consistait à présenter à Louis de Male, comte de Flandre, le livre du *Voir Dit*, accompagné d'une lettre. Il s'en acquitta très convenablement et il lut même, devant un auditoire de grands seigneurs, un passage du poème. Ce poème (qui est entremêlé de pièces lyriques et de lettres en prose, et où Guillaume de Machaut raconte la liaison qu'il ébaucha, déjà vieux, avec l'une de ses admiratrices, jeune et distinguée) est catalogué dans l'inventaire de 1420 et peut-être figurait-il déjà dans la librairie de Philippe le Hardi, gendre de Louis de Male (2).

(1) Edit. de Queux de Saint-Hilaire et Raynaud, I, p. 138-9, 165-66, VII, p. 77-8. Sur Deschamps et Nicopolis, voir aussi Kervyn, *Froissart*, XV, p. 425.

(2) Inv. 1405 : *Livre de Machaut*, Peignot, p. 67 ; Dehaisnes, p. 880. — Inv. 1420 : Doutrepont, n° 243, *Le livre de Maistre Guillaume de Maschaut*, qui, d'après les mots de repère, doit être le *Voir Dit*. Ce n° 243 de 1420 reparaît en 1467 et 1487 : Barrois, n°s 1309-1748. Il faut noter toutefois que le *Livre de Machaut* de 1405 pourrait aussi bien avoir pour correspondant le n° 212 de 1420, c'est-à-dire le *Dit du Verger* qu'on retrouve en 1467 et

Par la suite, les relations s'accentuent et voici toute une série de compositions littéraires où Deschamps en a consigné le souvenir : une pièce (qu'il faut placer entre le 1ᵉʳ septembre 1375 et le 6 février 1378) où, énumérant les huit seigneurs auxquels il doit le service, il cite Phillippe le Hardi, le comte de Nevers (c'est-à-dire Jean sans Peur) et peut-être Marguerite de Flandre ; — une autre (1381) où lui, dont la maison est incendiée (le pauvre *Brûlé des Champs*), adresse une supplique au duc de Bourgogne ainsi qu'au duc d'Anjou pour les prier de le tirer de la misère à laquelle les Anglais l'ont réduit ; — une troisième sur la bataille de Rosebecque (novembre 1382) où le poète était présent ; — une quatrième avec mention des deux mariages de Cambrai (avril 1385) qu'il a pareillement vus ; — d'autres encore où il s'occupe d'autres événements d'intérêt divers et où, par exemple, il se permet de nommer Philippe le Hardi *Bel Oncle*, tandis qu'il réserve à Marguerite de Flandre l'appellation de *Belle Tante* ou de *Grillequine*, ce qui est le diminutif familier de Marguerite.

A l'usage et sur la demande d'un grand seigneur, il a composé son *Art de dictier et de fere chançons* (novembre 1392) : on a émis la conjecture que le seigneur serait le duc de Bourgogne qui résidait alors à Paris (1).

De son côté, Christine de Pisan louange. Elle est une protégée de la cour et sa reconnaissance se manifeste par des vers flatteurs sur ce beau séjour de « gentillece ». On s'aperçoit bien, dit-elle, qu'un maître habile préside à ses destinées, car

Selon seigneur voit on maignée duite (2).

Elle est également là pour les instants de deuil, et concurremment avec les Eustache Deschamps et les Froissart, elle a déploré les revers de la chevalerie bourguignonne et française à Nicopolis

---

1487 : Barrois, nᵒˢ 1307-1888. Sur ces deux ouvrages, voir Gröber, p. 1043 et suiv. ; G. Hans, *Ueber G. de Machauts Voir Dit*, ZEITSCHRIFT F. ROM. PHIL., XXII. 1898 ; Molinier, nᵒ 3554 ; et sur la présentation du *Voir Dit* à Louis de Male, lire l'édit. Raynaud, XI, p. 22 et 224. M. G. Raynaud pense qu'elle a eu lieu en 1375, mais M. Hoepfner, *Deschamps*, p. 26 et 39, voudrait la reporter à 1369. Ces auteurs que je cite (voir aussi Molinier, nᵒ 3346) sont à consulter pour l'histoire des rapports de Deschamps avec la cour de Bourgogne.

(1) Sur toutes ces pièces, voir Raynaud, XI, p. 30, 33, 37-38, 47, 67-68, 260-63 ; Hoepfner, p. 43, 64-65, 79-80.

(2) *Œuvr. poét.*, I, p. 351-2.

(dans le *Dit de Poissy* qui est de 1400) (1). Quatre ans après, le chef de
la « maignée », Philippe le Hardi, disparaissait emporté par une
courte maladie, et la poétesse reprenait sa lyre et demandait des
regrets et des larmes, pour la mort de son bienfaiteur, au roi et à la
reine de France, aux ducs de Berry, d'Orléans et de Bretagne, aux
Flamands et à d'autres encore...

> Plourez bon Roi,
>
> Plourez la mort de cil que, par desserte,
>
> Aimer devez et par droit de lignaige,
>
> Vostre loyal noble oncle, le très saige,
>
> Des Bourgongnons prince et duc excellent.

C'est la pièce, c'est la ballade qui a servi de thème à certaines variations oratoires de maître Jean Petit et de son contradicteur après
l'assassinat de Louis d'Orléans (2).

L'inventaire qui a suivi la mort de Marguerite de Flandre contient
des rubriques qu'il sied de noter ici : deux livres d'*Amours*, un livre
de Guillaume de Machaut, et deux livres de *Cent Ballades*. Sous la
première, livres d'*Amours*, est peut-être compris le *Trésor amoureux*
faussement attribué à Froissart (3). La seconde désigne le *Voir Dit*
ou le *Dit du Verger* (4). La troisième (5) indique deux recueils lyriques, les *Cent Ballades*, que les renseignements des catalogues ultérieurs permettent d'identifier avec plus ou moins de certitude. Il y
a dans l'un, et peut-être même dans les deux, l'ouvrage composé à
la fin du XIVe siècle par Jean le Seneschal avec la collaboration de
Philippe d'Artois, comte d'Eu, de Boucicaut le Jeune et de Jean de
Crésecque. C'est, comme on l'a défini, « le code du parfait chevalier
et du parfait amant, sachant résister aux séductions de l'amour
volage et désireux de se donner uniquement à sa dame » (6).
Jean le Seneschal demande aux trois autres leur avis sur la question

(1) *Œuv. poét.*, II, p. 198.

(2) Voir ci-dessus, p. 287.

(3) Voir ci-dessus, p. 279.

(4) Voir ci-dessus, p. 371.

(5) Inv. 1405 : « Le livre des *Cent balades* et 1 aultre livre des *Cent balades* »,
Peignot, p. 66 et 68 ; Dehaisnes, p. 880. — A remarquer qu'il y a aussi un
« livre de *Balades et Virelays* » : Peignot p. 61 ; Dehaisnes, p. 880.

(6) Raynaud, p. 1, dans la nouvelle édition que je suis ici : *Les Cent Ballades*, Soc. Anc. Textes Franç, 1905. Voir aussi Gröber, p. 1076, et l'édition antérieure des *Cent Ballades* par le marquis de Queux de Saint-
Hilaire. Paris, 1868.

de la *précellence* de l'amour loyal ou de l'amour volage ; finalement, les quatre s'adressent à tous les amoureux. N'omettons pas de rappeler que les treize réponses qui terminent les *Cent Ballades* sont dues à des personnages de plus ou moins grand renom, dont quelques-uns ont été membres de la *Cour amoureuse* et ont eu des rapports avec la famille de Bourgogne : le duc de Berry, le duc de Touraine (plus tard duc d'Orléans), Renaud de Trie, Guillaume de Tignonville, Guy vi de la Trémoille, premier chambellan de Philippe le Hardi, etc... Le fruit de ce concours poétique, soit donc les *Cent Ballades,* se retrouve en double exemplaire dans l'inventaire de 1420, et il est représenté par trois ou quatre nouvelles copies encore dans ceux de 1467 et 1487 (1).

§ 3. Jean sans Peur.

Le second duc gouvernait ses Etats depuis quatre ans lorsqu'il fut mandé au secours de son beau-frère, l'évêque Jean de Bavière, que les Liégeois révoltés assiégeaient dans Maestricht. La campagne fut heureuse, et l'on prétend qu'il en rapporta le surnom de Jean sans Peur. Elle a été relatée par Monstrelet, Pierre de Fenin et le Religieux anonyme de Saint-Denis, mais on pourrait presque compléter leurs indications en puisant dans l'Album poétique de la famille de Bourgogne : on y découvrirait trois pièces qui ont trait à cette même campagne, une complainte où Jean de Bavière solli-

---

(1) Inv. 1420 : Doutrepont, n° 192. — Inv. 1467 et 1487 : Barrois, n° 1333-2085. — Bruxelles, n° 11218-9, parch., qui a dû appartenir au chevalier Gervaise du Fresnay, ou à un membre de sa famille, avant d'arriver aux ducs.

Inv. 1420 : Doutrepont, n° 172. — Inv. 1467 : Barrois, n° 1332.

Voir pour l'identification ma *Librairie de 1420.* Outre ces deux exemplaires, l'inventaire de 1467 en renferme encore deux autres : Barrois, n° 1331, parch. ; Barrois, n°s 1371-2084, parch., qui attribue les ballades à Alain Chartier, mais qui renferme bien nos *Cent Ballades*, dit M. G. Raynaud, p. xxi-xxii. Cet érudit signale également le n° 2083 (Inv. 1487) comme étant les *Cent Ballades.*

De mon côté, j'attire l'attention sur le n° 1334 : Livre en papier qui « *contient les Ballades, l'art d'Amours et l'Exposicion des Songes*, escript partie en prose et partie en rime, par coulombes et autrement, quemenchant ou second feuillet, *Des biens qu'amours pevent merir*, et au dernier *et pilleur y verra* ». Pour les mots du second feuillet, voyez-les dans Raynaud, p. 7, ball. iv.

cite l'assistance des siens, une cantate qui chante victoire et tout un poème qui en dit autant, la *Bataille du Liége* (1).

Victorieux au pays de Liége, le duc se rend également redoutable au pays de France : pour ses exploits de Paris, il trouve aussi une bonne presse... Mais tous ne sont pas d'accord pour l'acclamer : au dire du *Journal d'un bourgeois de Paris*, sa cause est devenue si mauvaise dans la capitale en 1413 que « personne, tant fust grant, n'osoit de lui parler que on le sceust, qu'il ne fust tantost prins et mis en diverses prinsons ou mis à grant finance ou banny. Et mesmes les petiz enfans qui chantoient aucunes foiz une chançon qu'on avoit faicte de lui, où on disoit :

> Duc de Bourgongne,
>
> Dieu te remaint à joye,

estoient foullez en la boue et navrez villaynement... » (2)

Le tragique événement qui s'accomplit le 10 septembre 1419 au pont de Montereau nous est également rapporté par les chroniqueurs du xvᵉ siècle : on n'apprendrait rien à ce sujet en consultant les onze couplets d'une peu remarquable chanson rimée par on ne sait qui sur l'impression que cette mort a causée dans la « maisniée » de Bourgogne (3). Le même thème est repris, mais traité en notes plus poétiques, dans une œuvre d'une tout autre envergure, le *Pastoralet*, cette espèce de roman lyrique dont nous n'avons plus à refaire l'analyse. C'est également après son trépas qu'une plume anonyme a produit le *Dit de Marguerite de Bourgogne* : l'auteur y déplore la perte du duc assassiné, mais le *Dit* est essentiellement destiné à chanter les vertus de sa sœur Marguerite qui fut unie à Guillaume de Bavière (Cambrai, 1385) et qui fut mère de la fameuse Jacqueline (4).

§ 4. Philippe le Bon.

Ce *Dit* est inventorié en 1467 avec différents volumes de poésies

(1) Voir ce poème ci-dessus, p. 72. La complainte et la cantate sont dans Le Roux de Lincy, *Chants de Charles* vii *et Louis* xi, p. 1-15.

(2) A. Tuetey, *Journal d'un bourgeois de Paris*, 1405-1449, Paris, 1881, p. 46 (Société de l'histoire de Paris et de l'Ile de France).

(3) Le Roux de Lincy, *Ibid.*, p. 16-22.

(4) Inv. 1467 et 1487 : Barrois, nᵒˢ 1471-2160. — Bruxelles, ii, 1043. Publié par Louis Parys, Bruxelles, X. Havermans (*A. M. Jules Jaumotte ... le jour de son mariage avec* Mˡˡᵉ *Jeanne Du Mortier*, 1891). Voir aussi Kervyn, *Bull. Acad. Roy. Belg.*, 2ᵉ s., xxi, 1866, p. 169-70, et *Froissart*, xii, 1871, p. 354-5.

que voici : les exemplaires prémentionnés des *Cent Ballades* de Jean
le Seneschal et de ses collaborateurs, — le *Livre du temps passetour et
pluiseurs balades et lays* (là doit se trouver le *Temps Pascour* ou *Jugement du roi de Bohême* de Guillaume de Machaut) (1). — la *Cour de
Mai*, attribuée à Froissart (2), — les *Cent Ballades d'amant et de dame*
de Christine de Pisan (3), — la *Belle Dame sans merci*, tant admirée
au XVᵉ siècle, d'Alain Chartier (4), — le *Livre de Ballades, le Passe-
Temps maistre Alain* (5), — des *Ballades en rimes, le Psautier des vilains et
autres ballades* (où sans doute il faut voir le *Psautier des vilains* de
Michault Taillevent) (6), — et des œuvres de Charles d'Orléans et
de poètes divers, qui seront examinées plus loin.

Des manuscrits les accompagnent, qui portent des intitulés
énigmatiques, mais dont les uns sont assurément et dont les autres
sont peut-être de la poésie lyrique : *Ballades* (7), — XXX *ballades amoureuses* (8), — *Plusieurs ballades et rondeaux* (9), — *Plusieurs ballades* (10), —
Plusieurs ballades (11), — *Livre d'amours* (en rime) (12), — *Aux amans
pour exemplaire* (13), — *Débat des dangiers* (ou *dons) d'amours* (14), —
Escrips d'amours avec le dittier du Cours de may (en rime) (15), — *Débat*

(1) Barrois, nᵒˢ 1354-1793, parch. Gröber, p. 1043-44.

(2) Barrois, nᵒ 1391. — Bruxelles, nᵒ 10492, pap. Voir Scheler, *Froissart*,
III, p. I, LV, 2, vers 47.

(3) Voir le ms. cité ci-dessus p. 292. M. Roy, *Œuvres poétiques*, III, p. XVII,
voit un autre exemplaire dans les *Cent Balades d'amant et de dame* de 1477 :
Peignot, p. 87 ; Barrois, nᵒ 679. Je me demande si ce libellé ne reproduit
pas l'un des volumes de Jean le Seneschal, *Cent Ballades*, notés plus haut
p. 374.

(4) Barrois, nᵒ 1385. Voir Gröber, p. 1102 et A. Piaget, *La Belle Dame
sans merci et ses imitations* (extrait de la ROMANIA, XXX, XXXI, XXXIII, XXXIV).
Paris, 1905.

(5) Barrois, nᵒ 1084, pap.

(6) Barrois, nᵒ 1374, pap. Pour le *Psautier*, voir Langlois, *Mss. Rome*,
p. 121.

(7) Barrois, nᵒ 1372, parch.

(8) Barrois, nᵒ 1373, pap.

(9) Barrois, nᵒ 1383, pap.

(10) Barrois, nᵒ 1384, pap.

(11) Barrois, nᵒ 1407, parch.

(12) Barrois, nᵒ 1378, parch.

(13) Barrois nᵒ 1379, pap. Ce n'est pas le *Debat des deux amants* de
Christine de Pisan.

(14) Barrois, nᵒ 1380, pap. Voir aussi Viglius, nᵒ 648.

(15) Barrois, nᵒ 1389, pap. — Ne faudrait-il pas citer aussi le nᵒ 1095.
Une Parabole de deux vrays amoureux en thiois, papier ?

au Séneschal de Haytin (lire : *de Haynnaut)* (1), — *Complainte que les pays, etc., contenant les noms des seigneurs, etc.* (2), — *Complainte de l'Eglise* (en rime ; peut-être le poème, ainsi intitulé, de Jean Petit, l'apologiste du tyrannicide) (3), — et « un livre escript en rime, parlant *De Oste Gransson* » (4).

Ce livre parlant *De Oste Gransson* ou, pour être plus correct, d'Othon de Granson est classé parmi les récits de gestes. Serait-ce une œuvre rédigée par lui ? Vraisemblablement. Serait-ce une œuvre de nature épique ? Probablement non, et le début du second feuillet : *Souvent esbatre m'en aloye* (que donne le catalogue de 1467) fait penser à de la poésie lyrique (5).

Othon de Granson est l'auteur d'un virelai que, au dire de certains critiques, il aurait adressé à Isabelle de Portugal, femme de Philippe le Bon. Le renseignement est inexact, en ce sens que le virelai n'a pas été rimé pour la duchesse (6). M. Piaget observe au sujet de notre poète : « Othon de Granson semble avoir beaucoup écrit... Alors tout seigneur, grand ou petit, savait aligner des vers et composer à l'occasion de gracieux rondels ou des complaintes d'amour. Voyez le *Livre des Cent Ballades* et les treize réponses de Regnault de Trie, de Chambrillac, du duc de Berry, du sire d'Ivry, de la Trémoille, du duc de Touraine, de Jaquet d'Orléans, etc. Granson n'est que l'un de ces grands seigneurs, rimeurs parfois habiles, parfois maladroits. Il est comme eux un grand personnage, dont toute la vie, passée dans les cours de France, d'Angleterre, de Bourgogne et de Savoie, a été absorbée par des soins publics d'ordres divers ; comme eux, il a pris une part active aux luttes de son époque, et n'a pu par conséquent consacrer à la poésie tout son temps et tout son cœur » (7). Une remarque analogue a été émise par Gaston Paris

(1) Barrois, nᵒ 1398, pap. La correction que j'indique m'a été fournie par M. Bayot (d'après l'original des inventaires) qui m'a également fait observer que nous n'avons pas ici le *Dit des trois jugemens amoureux qui s'adresse au seneschal de Haynau*, de Christine de Pisan. — Cf. G. Paris, *Rom.*, XVI, p, 413.

(2) Barrois, nᵒ 1457, parch.

(3) Barrois, nᵒˢ 1209-1871, parch. Voir Gröber, p. 1070.

(4) Barrois, nᵒ 1304, parch.

(5) M. Piaget, *Othon de Granson et ses poésies*, ROM., XIX, p. 444, dit que c'est vraisemblablement un livre composé par Granson lui-même et perdu pour le moment.

(6) Voir Piaget, *ibid.*, p. 423 et 442. Sur ce poète : Gröber, p. 1075.

(7) *Ibid.*, 446.

concernant les mêmes *Cent Ballades* : « Ce livre, corroboré par les poésies de Wenceslas de Brabant et de Charles d'Orléans, fait voir qu'il était revenu à la mode, parmi les grands seigneurs, de cultiver soi-même cette poésie lyrique, d'ailleurs facile et toute de surface » (1). Au nombre de ces grands seigneurs ne devrait-on pas comprendre Philippe le Bon ? N'a-t-il pas eu ses heures de rêverie poétique, n'a-t-il pas taquiné la Muse ? Sous son nom, deux ballades nous sont parvenues, dont on pourrait hésiter à lui reconnaître la paternité. C'était en 1440. Charles d'Orléans, prisonnier des Anglais, avait sollicité en vers l'intervention de son noble cousin en sa faveur. Le duc (qui, comme on le sait, lui obtint sa délivrance) répondit sur le même ton ou de la même façon. Mais ne le fit-il point par intermédiaire ? Pour correspondre avec le gracieux et frivole seigneur français, n'emprunta-t-il pas l'inspiration d'un de ses poètes ? La question est évidemment à poser en présence de vers d'un tour adroit comme ceux-ci. Reprenant le refrain de Charles, il lui promet :

> S'il en estoit à mon vouloir,
>
> Mon maistre et amy, sans changier,
>
> Je vous asseure, pour tout voir,
>
> Qu'en vos faits n'auroit nul dangier :
>
> Mais pardeça sans attargier
>
> Vous verroye hors de prison,
>
> Quitte de tout, pour abregier,
>
> En ceste présente saison.

Tel est le couplet de début de la première ballade. Voici le premier de la seconde :

> De cœur, de corps et de puissance,
>
> Vous mercie très humblement
>
> De vostre bonne souvenance
>
> Qu'avez de moi soigneusement :
>
> Or povez faire entièrement
>
> De moy, en tout bien et honneur,
>
> Comme vostre cueur le propose,
>
> Et de mon vouloir soyez seur
>
> Quoyque nul dye, ne deppose.

En somme, si l'*acteur* est réellement Philippe, il faut avouer qu'il

(1) *Esquisse*, p. 222-3. Voir aussi *Poésie du moyen âge*, II, p. 200.

n'a pas été inférieur ici à ses chanteurs à gages et que Mécène, en la circonstance, valait Horace (1).

(Soit remarqué en passant : nous avons, dans la librairie, « un petit livret en parchemin, intitulé au dos : *C'est le livre de monsegneur d'Orléans*,... armoyé ou premier feuillet en bas, des armes de monseigneur d'Orléans » (2). Les mots de repère nous permettent d'affirmer que le livret commençait par le *Poème de la Prison* que Charles d'Orléans écrivit pendant la captivité d'Angleterre. Ne serait-ce pas un cadeau du libéré au libérateur ?)

Mais ce n'est que par exception que Mécène compose. Il est le patron des poètes et non leur rival. Il aime à les voir mettre en rimes les pensers les plus badins comme les plus sérieux. C'est ainsi qu'au début de son règne, un poétereau du cru s'applique à versifier le blason burlesque de Colin Boule, le roi des ribauds de son hôtel (3). Un autre décore l'entrée de la Chambre des comptes à Lille d'une poésie rappelant à tous les mortels que, des dons reçus du ciel, ils auront à justifier l'usage fait sur terre : Nous y passerons tous, s'écrie-t-il,

> Pappe, empereur, prélat, roy, duc et conte...

La mort viendra. Tous, nous aurons à comparaître devant Dieu qui

> Lors ouvrira, au son de buysine,
> Sa générale et grant chambre des comptes (4)...

S'agit-il de confirmer les privilèges des Fous de Dijon, c'est en vers que la pièce sera rédigée (5).

Aussi combien nombreux sont les gens de lettres qui adressent au duc le témoignage plus ou moins lyrique de leur admiration. Déjà, des couplets louangeurs ont été signalés dans le *Songe de la Toison d'or*, dans une autre allégorie sur la même Toison d'or, dans le *Champion des dames* où Philippe devient un prince dont

---

(1) Voir les éditions de Champollion-Figeac, Paris, 1842, p. 183-89, et de Charles d'Héricault, Paris, 1896. I, p. 157 et suiv. Voir aussi Beaune et d'Arbaumont, *O. de La Marche*, IV, p. XCIII ; P. Champion, *Le manuscrit autographe des poésies de Charles d'Orléans*, Paris, 1907, p. 4 et 30.

(2) Barrois, nº 1400.

(3) E. Roy, *Le blason d'un roi des Ribauds bourguignon* : voir art. cité p. 80. N'oublions pourtant pas le succès de la prose dans les romans, à la cour de Bourgogne. Nous en reparlerons au chapitre des *Conclusions*.

(4) *Inv. Arch. Nord*, sér. B, 1899, p. XII.

(5) Ci-dessus p. 350.

> Le haut nom passe et excède
> Celui du grand César romain
> Et d'Alexandre le Macède.

César, Alexandre ! Que de fois, ces illustres preux, et d'autres, et d'autres, sont évoqués par la Muse bourguignonne. Elle se complaît aux visions de gloire et de lutte victorieuse. Souvent d'ailleurs l'occasion s'offre pour elle d'emboucher la trompette guerrière. Le règne de Philippe le Bon est à peine ouvert que le siège de Melun (1420) lui permet de l'employer. Il s'agit alors d'un épisode de la campagne entreprise par le duc, d'accord avec le roi d'Angleterre, contre les capitaines français restés au service du dauphin après le meurtre de Jean sans Peur. Vive, dit la chanson rimée en cette circonstance,

> Ly lions nobles et courtois
> Qui héoit les Erminagois [Armagnacs]. (1)

Quinze ans plus tard, notre Muse, docile aux ordres de son prince, s'est détachée des Anglais et rapprochée du roi de France, Charles VII ; elle célèbre la paix d'Arras (1435) :

> Dieu doint bonne vie au bon roi Charlon
> Et veuille garder le noble lyon !
> Esjouissez-vous tous, loyaulx Françoys,
> Et remerciez le haut Roy des Roys,
> Qui a apaisié la division
> De la fleur de lys et du Bourguignon.

Mais, au XVe siècle, en Bourgogne et en France, la paix n'est qu'une paix armée. Voici de nouveaux accents belliqueux, c'est-à-dire voici la campagne de Luxembourg avec, pour Tyrtée, le poète Michault Taillevent (2).

Philippe n'a pas que des démêlés avec le Sud. Il en a aussi avec le Nord. On sait qu'en 1452 la révolte des Gantois met aux prises les Flamands ainsi que les habitants du pays de Waes, partisans de la ville soulevée, avec les Hennuyers qui tiennent pour le duc. Celui-ci, afin de pouvoir distinguer ses bons et fidèles sujets de ses ennemis, leur enjoint de porter, attachée à leurs vêtements, une croix, la croix de Bourgogne. Sur ce, l'on chante :

(1) Le Roux de Lincy, *Chants de Charles* VII *et de Louis* XI, p. 23-30.
(2) La pièce est insérée dans deux mss. (Valenciennes et Lyon) cités plus haut, p. 152-53.

> A la croix bourguignette,
> De Bourgogne croisette,
> On trouvera le droict
> Pour dompter les Gantois.
> On les voyra bientost
> A un gibet supposts,
> Car ils ont mérité
> D'estre de corde définés.
> Ils ont bruslé villages ;
> De plus, villes et bourgages,
> Ruiné les chasteaux,
> Les églises, les portaux.
> Ils ont traîtreusement
> Mis à mort innocents,
> Sans respect à leur prince
> Qui est du tout begnin (1).

Lorsque tout fut rentré dans l'ordre, Philippe eut des loisirs pour penser à sa croisade. Aussi bien du reste la littérature à sa dévotion n'avait-elle pas attendu jusqu'alors pour la lui remettre en mémoire. Avant la rébellion de Gand, en 1447, Jean Wauquelin avait annexé à son *Girard de Roussillon* une ballade dont nous détacherons ce couplet :

> Sa bannière par tous pays
> Est cogneute très grandement,
> Car par elle sont envays
> Et Turs et Sarrasins souvent :
> Sa valeur, plus rade que vent,
> Vole par tout en grant crémeur :
> Renommer se fait vaillamment
> Phelippe de Bourgoingne seigneur (2).

Un confrère de Wauquelin (serait-ce Jean Miélot ?) crut aussi devoir y aller de sa ballade sur le même « propos » : on l'adjoignit à la compilation des *Miracles de Notre-Dame* (3). D'autres encore versifièrent sur le même sujet, au Banquet du Faisan ou ailleurs,

(1) Chanson publiée dans les *Archives historiques et littéraires du Nord de la France*, 3ᵉ s. ii, 1851, p. 550-52. Voir encore la chanson contre le pays de Flandre et la ville de Gand (1453), p.p. Le Roux de Lincy, *Chants*, p. 36-47.

(2) Montille, *Wauquelin*, p. 519-20 : voir ci-dessus p. 26.

(3) Voir ci-dessus p. 216 pour les références bibliographiques.

du temps de Philippe le Bon ou au lendemain de sa mort, et c'est ainsi que se constitua tout un petit cycle lyrique sur le fastueux croisé que l'Europe chrétienne espéra longtemps voir sortir de ses Etats de Bourgogne.

Tandis que dans ses Etats, l'on crie : Vive Bourgogne !, à Paris, dans son hôtel même (1458 ?), l'on découvre un dialogue entre lui Philippe le Bon, Charles roi de France et Henri d'Angleterre, dialogue où le second lance au premier ces vers comminatoires :

> Lyon, les bras n'as pas si au desseure
> Qu'à part toy seul puisses un monde faire.
> Branle où tu veux, mais pense à ton affaire :
> Cent ans as cru, tout se paie en une heure (1).

Le morceau existe, mais incomplet (seulement les premières strophes) (2) dans les *Mémoires* de Jean, sire de Haynin (Hainaut, Belgique) et de Louvignies (arrondissement d'Avesnes, Nord de la France)(3). Chansonnier lui-même, ce chroniqueur nous a conservé, dans ces *Mémoires*, plusieurs autres morceaux lyriques inspirés par les événements militaires dont il fut le témoin sous Philippe le Bon et Charles le Téméraire. Né en 1423, mort en 1495, il a participé aux expéditions qui se firent contre Gand et s'est trouvé dans les rangs de ceux qui combattirent à Rupelmonde en 1452, à Gavre en 1453, à Montlhéry en 1465 et à Brusthem en 1467. Il est de la suite de Philippe le Bon, lors de l'entrée de Louis XI à Paris ; il voit se dérouler le divertissant spectacle des noces de Charles de Bourgogne à Bruges en 1468, et puis il l'accompagne dans sa dernière guerre contre les Liégeois.

(1) Publiés dans les éditions de J. Du Clercq par Buchon, p. xxxviii et 122 (1837-1838) et par Reiffenberg, ii, p. 318-9, ainsi que dans l'édition de Chastellain par Kervyn, vi, p. x, 217-8. On les a dans d'assez nombreux mss. : voir *Nouv. Mém. Acad. Imp. et Roy.*, 1788, p. 222-3 ; Dinaux, *Trouv. brabanç.*, p. 679 ; *Cat. Départ.*, vi (Douai), 1878, p. 464 et 466 ; Kervyn. *Chastellain*, i, p. lv, et viii, p. xx ; Langlois, *Mss. Rome*. p. 165-6 et 273.

(2) Voir les autres strophes dans les publications que je viens de citer.

(3) Voir Molinier, nº 4744, la dernière édition des *Mémoires* par M. Brouwers et l'analyse du ms. original (Bruxelles, ii, 2545), d'après lequel elle a été faite, dans Van den Gheyn, vii, nº 5030. Ce ms. a été étudié par M. Bayot dans la Rev. des Bibl. et Arch. de Belg,, 1908, p. 109-144 : *Notice du ms. original des Mémoires de Jean de Haynin*. Il fournit, sur les chansons reproduites par Haynin, de nombreuses références bibliographiques. Je signale, entre autres, [Ch. Ruelens], *Recueil de chansons, poèmes et pièces en français relatifs aux Pays-Bas*, p.p. la Société des Bibliophiles de Belgique, i, 1870.

Il a commencé ses *Mémoires* le 22 mai 1466 et les a terminés dans la nuit de Pâques de 1477. On peut les « diviser en deux grandes parties inégales en intérêt comme en étendue. Dans la première, de beaucoup la plus attrayante et la plus longue, il raconte l'histoire de la guerre du Bien public, les expéditions de Liége de 1465 à 1468, les guerres de France de 1468 et 1470, ainsi que la mort et l'enterrement de Philippe le Bon en 1467, l'entrée du Téméraire à Mons en 1468 » et les fêtes de son mariage en la même année. « Après 1470, il ne donne plus que des notes assez brèves sur les événements de la fin du règne du Téméraire. Cependant quelques épisodes sont encore très curieux, parce que c'est un témoin qui les décrit : tels, par exemple, l'assemblée de la Toison d'or à Valenciennes, le transfert des cendres de Philippe le Bon et de sa femme à Dijon » (1). Rien n'égale sa précision et sa circonspection en tant que mémorialiste. Il a l'œil et l'oreille à tout, il remarque et recueille les infiniment petits de l'histoire, il s'intéresse aux plus menues choses, il nous offre quantité de précieux renseignements sur l'époque (et aussi sur lui-même) et il ne dédaigne pas d'insérer, dans ses récits, des chansons et des ballades du jour. Nous ouvrirons plus d'une fois son livre pour y chercher les échos plus ou moins poétiques des guerres du xve siècle.

Mais il n'est pas nécessairement requis que la Bourgogne soit militante ou triomphante pour que l'imagination de ses rimeurs se mette en branle. Ils chanteront volontiers en temps de paix — et on le conçoit — pour remercier leur prince des libéralités dont il les couvre. Exemple : Jean Regnier, seigneur de Garchy (aujourd'hui Guerchy), qui fut attaché au service de Philippe le Bon, devint, de par sa grâce, bailli d'Auxerre, obtint encore d'autres fonctions et connut le règne du Téméraire, avec encore d'autres faveurs (2). Pourtant, les infortunes ne lui ont pas manqué : il les a versifiées ; de même, il a versifié ses bonheurs, exprimé poétiquement toute sa reconnaissance au duc. Il a travaillé sur commande pour la cour et l'on sait notamment de lui une ballade « à la requeste

(1) Brouwers, I, p. VII.
(2) Petit de Julleville, *Jean Regnier, bailli d'Auxerre, poète du* xve *siècle*, Rev. d'Hist. litt. de la France, 1895, p. 157-168 ; E. Petit, *Le poète Jean Regnier, bailli d'Auxerre (1393-1469)*, Auxerre, 1904 (Extr. du Bulletin de la Société des Sciences historiques et naturelles de l'Yonne, 2e semestre, 1903).

de Madame de Bourgogne, de toutes les dames et damoiselles », où
se sont glissées « des plaisanteries grossières qui donnent une singulière idée de la délicatesse des grandes dames à qui ces vers
étaient adressés » (1).

Sans qu'il y ait circonstance officielle (du moins nous le pensons),
« ung gentilhomme du pays de France qui avoit esté autrefois page »
de Philippe le Bon répond semblablement aux faveurs qu'il a
reçues de lui par une ballade rimée à Paris :

> Très excellent duc et très redoubté,
>
> Très hault, puissant et très plain de bonté,
>
> Garni d'honneur et de biens à montjoie,
>
> Puisqu'il vous plaist que je soye monté
>
> Et qu'en plus hault estat soye bouté
>
> Par vostre main et que chevalier soye...

... et ainsi de suite (2).

D'un souffle plus large est la poésie de cour du poète dit Georges
Chastellain, et il nous le prouve par son *Epistre au bon duc Philippe
de Bourgogne*, en 69 strophes de 8 vers chacune. On connaît le
genre de l'écrivain ; nous ne citerons que son premier couplet :

> Lyon bandé de riche lyoison
>
> D'or et d'azur, qui de lis reflamboye,
>
> Non seulement en paroles foison,
>
> Mais en splendeur d'extrême luison
>
> Dont l'œil s'esteint, qui regard y employe,
>
> Tymbré au front d'excellente monjoye,
>
> Du noble cry, dont le haut ciel résonne :
>
> Ycy entens à moy qui t'araisonne.

Dans les 68 suivants, il enseigne à son maître l'art de régner, le
compare à l'empereur Auguste, exalte sa magnanimité, sa largesse
et sa clémence, lui parle de sa Toison d'or, lui déclare qu'il n'a pas
d'égal en Europe ni sur le globe terrestre, lui rappelle la bataille
d'Abbeville, ses luttes contre les Français, les Ecossais, les Anglais,

---

(1) Petit de Julleville, *ibid.*, p. 166.

(2) Fait partie d'un ms. de Bruxelles, n° 11020-33, qui contient beaucoup
de ces poésies bourguignonnes dont je parle dans le présent chapitre :
il est analysé par Reiffenberg, *Ann. Bibl. Roy. Belg.*, 1846, p. 88 et suiv.
C'est le n° 2271 de l'*Appendice* de Barrois, mais il renferme plus d'œuvres
que n'en indique Barrois. Voir aussi *Bull. Comm. Roy. Hist. Belg.*, 2e s.,
XI, p. 473.

les Zélandais, les Lorrains, les Allemands, les Liégeois, les Casselois, les Brugeois, les Ardennais, les Luxembourgeois, les Compiégnois, les Gantois, bref, il lui trouve des mérites innombrables et surhumains (1).

Le recueil de ses œuvres poétiques comprend également des *Rhythmes sur le trespas du bon duc de Bourgongne* (2), mais c'est un bien dont la propriété ne lui est pas reconnue, avec raison d'ailleurs. Incontestablement, Chastellain ne perdrait pas grand'chose à en être privé, car ce sont de mauvais *rhythmes*. Mais qu'ils soient de lui ou d'un autre, ils ne sont pas les seuls qu'on ait élaborés sur cette mort. Nombreux en effet sont les hommages lyriques qui furent rendus au prince défunt. Tel admirateur imagine de le portraiturer, dans sa dernière heure, implorant de la Vierge la grâce d'aller au ciel, exprimant ses adieux à sa femme, à son fils, à sa « nièce de Bourgogne », à sa sœur Agnès de Bourbon, à son neveu le duc de Clèves, au seigneur de Ravestein (3), à son grand bâtard, à ses chevaliers, barons et damoiselles. On l'entend, par exemple, qui dit au duc de Clèves et au seigneur de Ravestein, ainsi qu'au bâtard, lesquels ont participé à la croisade manquée de 1464 :

> Adieu, très noble duc puissant
>
> De Clèves, mon très cher neveu,
>
> Et Ravestain, homme vaillant ;
>
> Lesser me fault solas et jeu ;
>
> Mon fils batard, vaillant et preu,
>
> Je te supplie au départir
>
> De tenyr foi, promesse et veu
>
> A ton seigneur, sans foy partir...

A tous, il recommande de vivre en paix et concorde, tandis qu'il prie bourgeois, laboureurs et marchands d'obéir à leur maître :

> Le bon duc, en disant les dis,
>
> Rendit le cuer, dévotement,
>
> Son ame à Dieu au Paradis (4).

(1) Kervyn, *Chastellain*, VI, p. 147-166.

(2) *Ibid.*, VII, p. 281-283. Voir Bayot, *Notice du ms. de J. de Haynin*, p.123-24.

(3) Ci-dessus p. 101 et 105.

(4) De Baecker, *Chants histor.*, p. 207-10; *Ned. Gesch.*, 1, p. 94-96. Le Roux de Lincy, *Chants de Charles VII et Louis XI*, p. 145-50, publie une pièce du même genre et renvoie à celle de De Baecker. Il y a, en effet, beaucoup de ressemblance entre les deux compositions.

Tel autre porte-lyre apostrophe cette

> Mauldicte mort, angoisseuse et obscure

Qui nous a privés

> Du plus parfaict que oncques forma nature.
>
> L'honneur du monde as mis en porriture (1).

Un troisième accomplit, à cette occasion, un de ces tours de force versificatoires qui avaient tant de vogue alors. Il bâtit un acrostiche sur *Philippus*, dont nous reproduirons le couplet final :

> Son bruyant bruit, dont luy vif abondoit,
>
> Sous terre gist, ne reste mie que la fame ;
>
> Ses faits sont fès, il a fait comme on doit.
>
> Sa mort l'amort qui toute riens affame,
>
> Soit l'ame en bruit comme en terre on l'a fame.
>
> Sainte et sain chiès vive et sans vergogne
>
> Suplie à Dieu le comté de Bourgogne.

C'est le Comté de Bourgogne qui prononce cette strophe. Les huit précédentes sont débitées par les divers domaines personnifiés, qui constituent l'apanage du duc (2).

De cet acrostiche, les *Mémoires* du sire de Haynin nous ont gardé pieusement le texte en même temps qu'ils nous transmettaient une autre chanson funéraire sur le glorieux trépassé (3). Ailleurs, l'on nous donnera l'épitaphe de ce prince au « bruyant bruit » (4). Voici même que le latin et le flamand viennent à la rescousse du français : d'une part, l'élégiaque latin sera Jacobus Marchantius avec son court poème dit *Philippus Bonus* (5) ; de l'autre, ce sera le rhétoricien brugeois Anthonis de Roovere qui se lamentera sur la *periculeuse moort ... van den edelen Hertoghe Phelips* (6). Mais plus fort, plus impo-

---

(1) P. p. J. Lavaux, *Complainte inédite sur la mort de Philippe le Bon*, MESSAGER, 1870, p. 114-15.

(2) Ed. dans La Serna Santander, *Mémoire*, p. 127-30 ; Le Roux de Lincy, *Rec. chants hist.*, I, p. 363-7 ; *Ned. Gesch.*, I, p. 96-98. Voir Kervyn, *Chastellain*, I, p. LVI (qui aurait voulu l'attribuer à Chastellain) ainsi que Bayot, *Notice du ms. de J. de Haynin*, p. 121-22.

(3) Ed. *Ned. Gesch.*, I, p. VIII, 94-96.

(4) Ed. Paradin, *Ann. de Bourg.*, p. 919 ; Buchon, *Du Clercq*, p. 122 ; Dupont, *Wavrin*, II, p. 338-39 etc. Voir aussi Kervyn, *Chastellain*, I, p. LVI-VII ; Ruelens, I, p. XV ; Gröber, p. 1143, etc...

(5) Ed. Reiffenberg, *Du Clercq* I, p. 131 2.

(6) Fredericq, *Essai* p. 76 ; Van der Haeghen, *Bibliotheca Belgica*, 1e s., XXII, 69, 2-3 : Antoine de Roovere.

sant que tout cela est le *Throsne d'Honneur* de Jean Molinet. C'est l'*opus majus*, la grande pièce de résistance de la littérature mortuaire consacrée à Philippe le Bon (1). Cette œuvre (prose et vers), dont Charles le Téméraire a reçu l'hommage, débute par une sorte de prologue qui vous transporte dans la saison du renouveau. De belles fleurs sont là, et le poète (qui, naturellement, raconte une vision) en distingue une qui est d'un parfum et d'un coloris sans pareils et qu'une noble dame admire vivement. C'est Dame Noblesse qui ne tarde pas à fondre en larmes lorsqu'elle voit la fleur s'affaisser flétrie et desséchée. Toutes les puissances du ciel et de la terre, dit-il, ont uni leurs efforts pour abattre cette « fleur des fleurs ». Que viennent Eole, Zéphyre, Neptune, les nymphes, les puits, les fontaines, le globe, l'air avec ses habitants, les chardonnerets, les sansonnets, les rossignols, les tambours, les tympanons, les trompettes, les orgues, les harpes, les psaltérions, les clairons, les cloches, les musettes, Jérémie, l'Eglise, le roi de France, la noblesse, la bourgeoisie de Bourgogne, etc., que tout ce qui respire ou non, que tout ce qui résonne se rassemble pour pleurer le trépas du duc ! Mais Dame Vertu paraît : elle descend du ciel, d'abord pour gourmander sa fille Noblesse de ce qu'elle se lamente si fort, et ensuite pour la consoler par le spectacle de l'apothéose réservée au défunt. Elle remonte là-haut, et l'on voit alors Philippe le Bon conduit au trône d'Honneur. Mais pour y parvenir, il « failloit passer par neuf cieulx où estoient neuf dames, neuf preux et neuf lettres d'or lesquelles lettres d'or bien assemblées et cueillies ensemble faisoient Philippus ». C'est l'occasion pour le poète de chanter la Prudence, la Hardiesse, l'Instruction chevaleresque, la Largesse, la Justice, la Pitié débonnaire, la Pauvreté d'esprit (au sens évangélique), la Vérité, la Singularité de son maître. Autant de cieux à traverser, autant de réceptions solennelles. Le duc est harangué par les dames et aussi par des sommités de l'histoire ancienne et moderne, ecclésiastique et laïque, par César, Hector de Troie, Arthur, Alexandre le Grand, Charlemagne, David, Godefroid de Bouillon, Gédéon, Josué … S'étant élevé au-dessus des neuf cieux, le duc

(1) *Faictz et Dictz* de Molinet, éd. goth. Paris, 1531, f. xxxv-xliv. C'est à tort qu'elle est déclarée anonyme dans les Nouv. Mém. Acad. Roy. Belg., I, p. 297-312 : *Extraits d'un poème du xve siècle, mêlé de prose et de vers*, par Lesbroussart. Voir Molinier, n° 4753.

arrive devant Honneur qui, en présence de « tous les bien heurez du celestial ampire », le fait asseoir à sa droite et lui remet sceptre et couronne de laurier. Une immense acclamation retentit : « Vive Philippe triomphant ! » Et l'apothéose s'achève par un discours d'Honneur :

Règne en triumphe et prospère...

Le prince, qui fut ainsi regretté, a eu trois femmes. La seconde, Bonne d'Artois, morte en 1425, fut pleurée par un rimeur modeste, Guillaume de Vaudrey (1), et la troisième, Isabelle de Portugal, qui trépassa en 1471, eut aussi son chant funèbre, mais d'un poète de grande vogue, Jean Meschinot, de la cour de Bretagne. Néanmoins les vers de ce dernier furent peu émus : on y sent le travailleur à gages, car sa *Petite et briefve lamentation et complainte de la mort de Madame de Bourgongne* lui avait été commandée, au nom de Charles le Téméraire par Antoine de Croy (le Grand Croy) qui s'était rendu en Bretagne un an après la disparition de la princesse.

§ 5. Charles le Téméraire.

Philippe le Bon vivait encore, et même il était en pleine maturité de l'âge, lorsque son fils perdit sa première femme, Catherine de France (1446). Michault Taillevent consacra à la princesse un *Lai* en douze strophes (2). Vingt ans plus tard, le Téméraire était veuf pour la seconde fois : c'est Isabelle de Bourbon qu'il fallait pleurer (1465). Michault fils (Pierre Michault) était là pour écrire les rimes que réclamait la circonstance : il chanta la défunte en deux poésies différentes (3). Bientôt après, le comte de Charolais succédait à Philippe le Bon et son avènement au trône était salué par Chastellain dans les *Souhaits au duc Charles de Bourgongne* (4). Le poète y redit en vers ce qu'il a dit ailleurs en prose sur l'art de régner. Il donne

(1) Complainte p.p. Baudot dans les *Mém. de l'Acad. des sciences, arts et belles-lettres de Dijon*, 1827, p. 194-96. Sur Guillaume de Vaudrey, seigneur de Courlaou, voir La Marche, IV, p. 334.

(2) Ms. Arsenal, n° 3521, f. 220ʳ-223ʳ : environ 250 vers. Voir A. Piaget, *Rom.*, XVIII, p. 447.

(3) Ed. dans Lambert Douxfils, *La danse aux aveugles et autres poésies du* XVᵉ *siècle, extraites de la Bibliothèque des ducs de Bourgogne*, Lille, A.-J. Panckoucke, 1748, p. 119-163. Voir aussi Le Roux de Lincy, *Chants de Charles* VII *et de Louis* XI, p. 74 et suiv. ; Grober, p. 1136.

(4) Kervyn, VII, p. 335-40. Voir t. I, p. LVIII.

la parole au Noble, à l'Homme d'Eglise, au Clerc, au Marchand
qui, tour à tour, expriment des vœux afin que le nouveau seigneur
acquière toutes les vertus qu'il lui faut pour sagement gouverner.
Deux années s'écoulent (1469) et Chastellain reparaît pour lui offrir
un poème *Soubs forme de dyalogue* (1) entre Louange et lui-même,
Charles de Bourgogne :

> Au front du thrône où sont tous les meilleurs,
>
> Rois conquérans et régnans empereurs,
>
> Tournez-çà haut vos yeux, tous nobles homs :
>
> Sy regardez le duc des Bourguignons
>
> Comment il siet en extrêmes splendeurs,
>
> Luysant d'or fin et de perles pluseurs
>
> Tout dyaspré de précieuses fleurs,
>
> Tout reffulgent de gloire et divins dons.

C'est le couplet d'attaque. Nous n'irons pas plus loin : on voit le
ton ... de la chanson.

Mais la poésie du xve siècle n'a pas que des vers aimables et louangeurs pour le Téméraire. Beaucoup plus que celles de son père,
ses aventures ont été discutées. Tandis que ses dévots chantaient
ses qualités guerrières, du camp des ennemis partaient des couplets
railleurs à son adresse. La lutte qu'il soutint contre Louis xi fut
menée à la fois à coups d'épée et à coups de plume. Entre France
et Bourgogne une véritable joute poétique éclata. Des strophes
nombreuses prirent l'essor de part et d'autre, comme pour appuyer
les prétentions des deux souverains.

Le cycle de chansons que leur rivalité fit éclore s'ouvre avec la
Guerre du Bien Public. Déjà à la cour de Genappe s'était manifesté
l'antagonisme naturel qui les séparait ; déjà, l'on y avait bien vu
que ces deux hommes étaient nés pour ne pas s'entendre. Dans ce
conflit politique et littéraire, Chastellain était tout désigné pour
intervenir, et c'est ce qu'il fit par la satire du *Prince* qui se classe
au nombre de ses inspirations les plus heureuses (2). Les vingt-cinq
strophes qu'il y dirige contre Louis xi débutent toutes par le mot formant le titre. L'indignation du poète est réelle ; elle n'a rien de joué

---

(1) Id., p. 453-55. On a perdu, de Chastellain, une œuvre que son éditeur
intitule les *Magnificences du duc Charles* et que cite Molinet. Ce serait « un
traité divisé en onze points » : Kervyn, I, p. LVIII.

(2) Kervyn, vii, p. 457-63. Cf. id., I, p. LVIII.

et elle se traduit en des vers vigoureux et ramassés dont il n'est pas
coutumier. Les mêmes idées et les mêmes arguments reviennent
plus d'une fois, sans doute. Mais, si l'on ne change pas de place, si,
en réalité, l'œuvre ne marche pas, l'énergie du trait donne l'impression du mouvement :

> Prince menteur, flatteur en ses paroles,
> Qui blandist gens et endort en frivoles,
> Et rien qu'en dol et fraude n'estudie,
> Ses jours seront de petite durée,
> Son règne obscur, sa mort tost désirée,
> Et fera fin confuse et enlaidie.
>
> Prince inconstant, soullié de divers vices,
> Mescongnoissant loyaux passés services,
> Noté d'oubly, repris d'ingratitude,
> Force est qu'il perde amour et grâce humaine,
> Et que fortune à povre fin le maine,
> Tout nud d'honneur et de béatitude...

En 1865, l'éditeur de Chastellain disait à propos du *Prince* :
« Chastellain, ayant adressé son poème à Jean Meschinot, en reçut
une réponse non moins acerbe dirigée contre Charles le Hardi. Je
reproduirai cette réplique dont chaque strophe a pour refrain le
vers qui termine l'une de celles de Chastellain ». Depuis lors, une
nouvelle interprétation de l'œuvre de Meschinot a surgi, qui contredit absolument celle-là et qui nous parait acceptable. Loin que
le poète ait tourné sa verve contre le duc de Bourgogne, ce serait
au contraire le roi de France, Louis XI, qu'il aurait attaqué. Le
pamphlet de Chastellain lui aurait servi de canevas ; il aurait composé autant de ballades que l'écrivain bourguignon avait fait de
couplets, et chacun de ceux-ci serait rentré dans son œuvre en
guise d' « envoi ». Il aurait, tout simplement, amplifié et renforcé le
thème lyrique que lui fournissait l'auteur du *Prince*. Il aurait accentué la violence et l'aigreur de sa pensée (1).

Mais ce n'est pas seulement la verve des chefs d'emploi qui se

____

(1) A. de la Borderie, *Jean Meschinot, sa vie et ses œuvres, ses satires contre
Louis XI*, Bibl. Ec. Ch., LVI, 1895, p. 99-140, 274-317, 601-638 ; voir surtout
p. 287-303. Voir aussi *Messager*, 1865, p. 156 ; Gröber, p. 1156 ; Molinier,
n° 4673.

trouve excitée par la rivalité du Téméraire et de Louis XI. Des voix
plus humbles, « moins autorisées », doivent avoir dit leur mot sur
la guerre du Bien Public et la bataille de Montlhéry (1). La preuve
en est dans les six chansons que voici, lesquelles constituent de
véritables pages d'histoire, exprimant tantôt ce qu'on pense dans le
camp français, tantôt ce qui se raconte sous les tentes bourguignonnes (2). Les deux premières traitent de la guerre du Bien
Public en général ; les quatre suivantes se rattachent spécialement
à la bataille de Montlhéry. O Roi Loys, dit une ballade (c'est le
numéro un)

> O Roi Loys qui de Franche se nomme
> Voeus tu gaster tout le pays de France ?
> Tu qui le dois garder et sa couronne,
> Et tu le metz en tel obéissance
> Qu'il n'est nulz homs qui puist avoir puissance
> De maintenir honnestement sa vye,
> Tant y as mis gabelle et tricquerye....
>
> .   .   .   .
>
> As-tu sentu la force et la puissance
> De ce seigneur qui Charolloix se nomme,
> Qui s'est bouté ens ès pays de Franche
> Pour acomplir le bien de la couronne ?...

On devine de quel clan elle est sortie. La seconde chanson ne
s'occupe pas du « Roi Loys » et se borne à chanter le courage, la
bonté, la justice, ainsi que les exploits en Picardie du comte de
Charolais :

> C'est ung droit Charlemaine...
> C'est le piller et masse
> Du monde, sans doubter,
> Son renom luyt et passe
> Comme le soleil cler.
> C'est d'honneur l'outrepasse,
> C'est ung seigneur sans per ;

(1) 16 juillet 1465.

(2) Ed. par Le Roux de Lincy dans ses *Chants de Charles* VII *et Louis* XI,
p. 80-105. Voir aussi deux ballades que Charles de Bourgogne reçut
avant Montlhéry, alors qu'il était au pont de Saint-Cloud ; elles n'ont
toutefois rien qui se rapporte particulièrement à lui, et elles parlent
simplement des guerres et des troubles dont souffre le populaire aussi
bien en France qu'en Bourgogne : Reiffenberg, *Du Clercq*, II, p. 157-9.

> Ihesus Christ par sa grasse
> Le nous voeulle garder.

La note est moins laudative, moins exclusivement bourguignonne
dans la troisième qui nous amène sur le champ de bataille de
Montlhéry. Chantons, dit-elle,

> Chantons et se nous esbatons
> De la nouvelle oye :
> C'est du conte de Charolois
> Qui rentre en Picardye.

Mais avouons, dit-elle aussi, que toute la bravoure n'a pas été
concentrée dans les rangs bourguignons et que plus d'un chevalier
français a fièrement défendu son roi. Heureusement que le comte
de Charolais était bien secondé. Avec lui, il avait

> Le bastard Bourguignon
> [Qui] Ce jour les fievres avoit :

Et malgré cela,

> Il demandoit la place
> Où la bataille estoit ;
> En faisant armes il garissoit
> De sa grief maladie,
> Le plus grant maistre demandoit
> Pour lui tolir la vye.

Aussi le résultat a-t-il été que Charles est resté maître du champ de
bataille. Gloire à lui ! Entendez, dit la quatrième chanson...

> Entendés, fleur de noblesse,
> Les haulx victorieux fais,
> Florissant en hardiesse,
> C'un prinche en tous biens parfais
> Perpetra, portans les fais
> De la bataille mortelle
> Où plusieurs furent deffais.

Sans doute, concède le poète, Bourgogne eut ses fuyards, mais le
roi de France était-il en droit de s'attribuer la victoire ? Il a
« montré les tallons » et il a abandonné à Montlhéry sept ser-
pentines (1).

____

(1) Cette chanson est dans Haynin; outre l'édition de Le Roux de
Lincy, l'on a celles de Jubinal, *Lettres à Salvandy* p. 106-7, 245-7, et Brou-
wers, *Haynin*, II, p. 236-7 (qui en fait à tort une pièce en quatrains).
Elle est signée Jaquet Dogez, qui est sans doute l'auteur.

Des deux dernières chansons, la cinquième est d'un ton assez indécis et paraît vouloir tenir la balance égale entre les deux parties ; la sixième est nettement française. Elle répond, par ces vers, à l'ordre qu'avait donné le comte de Charolais de ne pas faire de prisonniers :

> Le très puissant Roy de Franche
>
> Très bien entendit le cry,
>
> Il leva sus sa sallade
>
> S'a reclaimé saint Denys,
>
> Saint Denys et Nostre Dame,
>
> Nostre Dame de Senlys.

Il réclame leur aide

> Encontre celle gent d'armes
>
> Qui gastent la fleur de lys..

Puis s'adressant aux seigneurs de France :

> Tenés guerre, je vous pry,
>
> Je vous jure ma couronne
>
> Qu'aveuc vous je voeul mourir.

Cette lutte de Montlhéry eut pour suite le traité de Conflans signé le 5 octobre 1465. La *Ligue du Bien public* est maintenant dissoute, mais le drame n'est pas fini, et, au vrai, l'on n'en a joué que le premier acte. Il ne tardera pas à être repris, mais la scène sera transportée dans le Nord. En trois ans, comme on sait, les Liégeois se soulèvent trois fois contre la Bourgogne et l'on sait aussi que le roi de France n'est pas étranger à ces événements. Les poètes du Téméraire ne négligeront pas de le crier bien haut, et l'un d'eux (Chastellain ou Molinet ?) sonnera cette bruyante fanfare en l'honneur de son jeune maître (c'est une ballade) (1) :

> Souffle, Triton, en ta bucce argentine ;
>
> Muse, en musant de ta doulce musette,
>
> Donne louange et gloire célestine
>
> Au dieu Phébus à la barbe rousette.

Honte à l'ennemi, à Louis XI, « l'universel araigne » et gloire au « lyon rampant en crouppe de montaigne » (2), au lion qui décore l'écusson de Bourgogne.

(1) Kervyn, *Chastellain*, VII, p. 208-9 (L'auteur s'inspire de la ballade de Chastellain : *Le lyon rampant*, p. 207-8). Pièce publiée aussi par Le Roux de Lincy, *Rec. chants histor.*, I, p. 368-72 ; *Ned. Gesch.*, I, p. 98-100.

(2) Premier vers du *Lion rampant*.

Le cerf vollant qui nous fait ceste actine
Fut recueilli en nostre maisonnette,
Soucf nourri sans poison serpentine,
Par nous porté sa noble couronette,
Et maintenant nous point de sa cornette !

On reconnaît ici le *cerf volant*, le *cerf ailé* des armes de France, le dauphin Louis qui fut « souef nourri » à Genappe. Voyez comment il se conduit maintenant ! Charles, à qui l'écrivain prête ici la parole, ajoute :

Mais Dieu, voyant mes opérations,
M'a fait avoir victoire en la Champaigne.

Après avoir rendu grâce à «dame Pallas» et s'être comparé à Hector, à « un des Scypions » ainsi qu'au roi Arthus, il lance aux Liégeois cette apostrophe sous forme d'envoi de la ballade :

Tremblez, Liégeois ! Tremblez par légions !
Car vous verrez, si je veux ou je daigne,
Comme je suis, ès basses régions,
Lyon rampant en croupe de montaigne.

A cette élucubration passablement emphatique, le poète français Gilles des Ormes répliqua par une ballade conçue dans un ton plus simple et plus juste (1). Il engage son roi à prendre les armes et à réduire au silence ce bravache de Bourguignon, « fier comme est un rat en paille » :

Lors [dit-il] le ferez, au plaisir Nostre-Dame,
Lyon couchant au pied de la montaigne.

Deux autres réponses furent faites à la même ballade bourguignonne. L'une est signée *le petit Darc de Rouen*, la seconde est anonyme (2). On les croirait toutes deux sorties d'une seule plume. Elles renvoient au poète du Téméraire certains de ses propos et parodient son allure guindée et matamoresque, son tour obscur et ronflant : « D'un côté, ainsi qu'on l'a fait remarquer, la pompe, le faste, le pathos d'une rhétorique empanachée ; d'autre part, la simplicité, la précision, la verdeur de l'esprit français, léger et court-vêtu, mais allant droit au but » (3).

(1) Le Roux de Lincy, p, 373-4 ; *Ned. Gesch.*, 100-101 ; Kervyn, p. 210. Voir Gröber, p. 1114 et 1131.
(2) Kervyn, p. 211-12.
(3) Lenient, *La poésie patriotique,* p. 445.

La répression des Liégeois fit éclore bien d'autres tirades lyriques,
Il en alla de même pour la destruction de Dinant. Contre cette
ville, l'on invente des jeux de rimes dont nos lecteurs n'apprécieront
pas la finesse autant que ceux du xve siècle. On lui déclare :

> Dynant ou soupant,
> Le temps est venu
> Que le tant et quant
> Que t'as mis avant
> Souvent et menu
> Te sera rendu,
> Dinant ou soupant.

En une série de sept strophes, on lui prédit force malheurs :

> Si seras Dinant
> Si mal pourvenu [pourveu ?]
> Que ton adhérant
> Dira : qu'est Dinant,
> Ores devenu,
> Qu'ainsi est perdu,
> Dinant ou soupant (1)?

Les malheurs sont arrivés, et une *Complainte de Dinant* surgit. La
ville prise se lamente, elle reconnaît la justesse de son châtiment,
elle s'en prend à Liége, la mauvaise conseillère, et aussi à Tournai.
Mais Tournai réplique, Tournai se défend. De son côté, Liége est
chansonné : dans la *Correction des Liégeois*, les *Sentences du Liége*, la
Complainte de la Cité de Liége, la *Rébellion des Liégeois* et autres dits (2).
En ces œuvres, nous entendons des rimeurs qui annoncent à la
ville son triste sort, ou bien c'est la ville elle-même, qui est censée
rimer, qui déplore ses infortunes et confesse avoir reçu la punition

(1) *Ned. Gesch.* I, p. 88-9.

(2) Ed. De Ram, Documents, p. 335-45 (*Complainte de Dinant*), 345-47
(*Réplique de Tournai*), 291-304 (*Correction des Liégeois*), 320-25 (*Sentences du
Liége*), 325-34 (*Complainte de la Cité de L.*), 347-52 (*Rébellion des Liégeois*). Cette
dernière pièce est également dans Jubinal, *Salvandy*, p. 213-18 ; *Ned.
Gesch.*, I, p. 103-8 ; Van Hasselt, *Mém. Cour. Acad. Roy. Belg.*, XIII (1838),
p. 246-8. Voir aussi *Chanson faite à l'occasion de la prise de Liége en 1467*, éd.
Ned. Gesch., I, p. 101-102 ; Brouwers, *Haynin*, II, p. 237-8 ; ainsi qu'une
Chanson vraie qui gairres ne vault, 1468 (où l'on célèbre la victoire du Téméraire à Liége, Saint-Trond et Brusthem), Brouwers, II, p. 239-41. — A
consulter également Le Roux de Lincy, Chants de Charles VII et
Louis XI, *Chansons sur les guerres du pays de Liége et sur le sac de Dinant
(1465-1468)*, p. 116-45.

due à son esprit de révolte. Par exemple, dans la *Rébellion des Liégeois*, dialogue où l'auteur se met en grands frais de versification pour leur prédire la fin de leur « infernal sabbat » :

> Je pense [dit-il] que tu viens du Liége ;
>
> Galant, conte-moy des nouvelles...

Et Galant de répliquer que

> C'est ung droit infernal sabbat.

A d'autres questions qui lui sont posées sur ce que l'on pense chez les Namurois et en d'autres pays de Bourgogne, il répond qu'ils ont tort de se rebeller et qu'ils seront bientôt frappés.

Plus tard, c'est Amiens qui est en cause et voilà qu'une « ballade fette pour Amiens » (1471) lui reproche de n'avoir pas su rester en repos. On lui dit :

> De Dinant aies souvenance,
>
> De Liege aussi ramenbre toy (1).

Une autre fois, c'est Tournai qui est en jeu et qu'un honnête rimeur de Bourgogne supplie ardemment de se soumettre au Téméraire :

> Tournay, Tournay, veuille cognoistre
>
> Sans mescognoistre,
>
> Ce noble prince de renon.
>
> De luy tous biens te poeuvent croistre
>
> Sans desacroistre,
>
> De quoi pourviras ta maison.
>
> Où as-tu pain, char ne poisson,
>
> Se de lui non,
>
> Ou s'il ne passe en son pays ?
>
> Tu devrois bien faire son bon,
>
> Selon raison,
>
> Car c'est le Dieu de quoy tu vys (2).

Mais, on vient de l'entendre, le Téméraire au cours de ses campagnes fut aussi malmené. Sa mort effroyable sous les murs de Nancy ne désarma point les colères (3). La joute poétique de

---

(1) Brouwers, *Haynin*, II, p. 241-44. — Voir encore Le Roux de Lincy, BID., p. 176-80, *Chanson sur l'expédition dirigée contre les villes de la Somme par Charles, duc de Bourgogne, en 1471*.

(2) Le Roux de Lincy, IBID., p. 181-94 : *Deux ballades contre la ville de Tournai (1472)*.

(3) Une des œuvres curieuses qui parurent après sa mort est le *Songe du Pastourel*, de Jean Du Prier, éd. par Chmelarz dans le JAHRBUCH DER KUNSTHISTOR. SAMMLUNGEN DER ALLERHÖCHSTEN KAISERHAUSES, XIII, 1892, p. 226-66. Voir Gröber, p. 1123.

France et de Bourgogne continua autour de son cadavre. Néanmoins des panégyriques se mêlèrent aux imprécations. La lyre
bourguignonne vibra pour le magnifier :

> Se tous les corps que jamais Dieu fit estre,
> Comme ung grant maistre estoient escripvans,
> Et de tel estre en faisoit autant naistre,
> Bois, champs champestres plains d'iceulz, tous lysans,
> Dedens dix ans ne seroient disans
> Trop souffisans loz pour le bon duc Charles,
> Prince des grans le plus preux, qui qu'en parle...

Ainsi chanta le sire de Trazegnies dans les *Loz, loenges et plainctes
du bon duc Charles de Bourgoingne* (1). Plus tard, Olivier de La Marche
évoquait le même souvenir dans son *Chevalier délibéré* en des strophes
d'une assez pénétrante mélancolie. Ceci se passait en 1483. Puis
vint Molinet, en 1487, avec son *Trespas du duc Charles* (2). Il n'y a
pas dix ans (ainsi s'exprimait-il), au vignoble de Bourgogne poussait
un arbre de « mirable altitude », mais qui, malheureusement, portait *ombrage* à ses voisins, lesquels s'en furent solliciter contre lui le
secours de Mars et de Vénus. Un soir d'hiver, ce dieu et cette
déesse déchaînèrent un formidable orage qui eut aisément raison
de cet arbre. Il n'en resta qu' « ung seul jeune estocq féminin »,
Marie de Bourgogne. Les pastoureaux se rendirent ensuite en
Autriche où ils allèrent prendre une greffe qu'ils s'en revinrent
« enter » sur cet « estocq ».

Molinet a fait également la *Complainte de renommée pour le trespas
du duc Philippes de Bourgoigne et du duc Charle son fils parlant à vertu* (3).
Renommée et vertu ont tour à tour la parole pour s'attendrir sur ce
double deuil.

Plus que le « trespas » de Philippe, celui de Charles était de
nature à remuer l'âme d'un vrai poète. Ce poète ne s'est pas rencontré, et les pleureurs officiels de la maison ont été incapables
de dégager les «grandes et terribles leçons» que renfermait ce trépas.
La haine fut peut-être meilleure conseillère que la douleur. Ainsi

---

(1) Publié dans Ruelens, *Recueil de chansons, poèmes et pièces en vers français
relatifs aux Pays-Bas*, Soc. DES BIBLIOPHILES [DE BELGIQUE, III, 1878, p. 1-6.
Ce morceau a été attribué erronément à La Marche, voir *Mémoires*, IV,
p. cl.

(2) Edit. 1531, XLII^r-XLVI^v

(3) *Ibid.*, LIII^v-LV^v

que nous l'avons dit, la fin tragique de l'ennemi de Louis XI n'apaisa pas les colères qu'il avait excitées contre lui : il fut poursuivi, jusque dans le tombeau, par d'implacables rancunes. Ces rancunes eurent leur expression notamment dans les *Nouvelles portées en enfer par ung hérault de la mort du feu duc de Bourgogne, le jour qu'il fut tué en bataille devant Nancy* (1) :

> Réveillez-vous, Charon, ne dormez plus
> Sur l'obscur bord des infernaux paluz.
> Equipez tost vostre barque ennuyeuse
> Où vous passez mainte âme douloureuse.
> Venez guérir ceste ombre tant cruelle
> Qui a laissé sa charoigne mortelle
> Qui ne fust onques du sang humain saoulée,
> Du propre sang de luy tainte et souillée.

... L'auteur remercie ensuite le duc René de Lorraine et les habitants de Nancy qui lui ont fait

> la fin qu'il avoit desservie,
> Correspondant à sa damnable vie,
> De trahison estoit plain et d'orgueil :
> Or gist en vers, couché soubz ung cercueil
> Qui six piés a tant seulement d'espace.
> Bien doit avoir aux enfers lieu et place,
> Car il n'aima onques paix ne concorde,
> Ne n'eust pité, foy ne miséricorde,
> Mais cruaulté, felonnie et rancune.
> Qui veult le pleure, Dieu j'en loue et fortune.

On ne sent plus ce même souffle brutal de haine et d'indignation dans une autre chanson sur le même sujet (2). Ici, c'est plutôt le sarcasme, l'ironie qui se donne carrière :

> Or est le parc orguilleux destendu ;
> Le fier lyon ne l'a pas bien gardé.
> Il a très mal son latin entendu,
> Et à son cas simplement regardé.
> Il a trouvé avoir ung peu tardé
> Au desloger du pays de Lorraine,
> Car à la fin il y est demouré,
> Et les moutons, la toison et la laine.

(1) Le Roux de Lincy, *Rec. chants histor.*, I, p. 380-82.
(2) Le Roux de Lincy, *Ibid.*, p. 383-84 ; *Ned. Gesch.*, p. I, 110-11.

Dans les quatre couplets suivants, certains vers se lisent qui sont à citer également. D'une part, c'est une allusion à des propos comminatoires que nous avons déjà rapportés :

> Longtemps y a qu'il fut prophétisé.
>
> Cent ans as creu, tout se paye en une heure (1).

De l'autre, c'est une indication sur la patrie de l'écrivain :

> Puisqu'il [Charles] est mort, ayons bonne espérance :
>
> Car celluy seul à qui Dieu a aydé
>
> S'est travaillé de mettre paix en France.

« Celluy » dont il est question, Louis XI, avait, à l'encontre du Téméraire, de bons rapports avec Tournai, ville d'esprit français. Ici, le désastre de Nancy devint un sujet à développements lyriques pour le *Puy d'escole de Rhétorique* qui y existait au XVe siècle. Après la mort de Charles de Bourgogne, le directeur en activité, s'en référant à un article du règlement, imposa, comme thème de la chanson à couronner dans une *congrégation* (réunion) suivante, le refrain :

> Bien commenchier et mieulx conclure.

Une des meilleures lyres de la corporation, Jean Nicolay, fit résonner des couplets où l'allusion à l'infortuné prince est assurément transparente. En voici deux :

> Ung riche filz bien congneü
>
> Après la mort de son *bon* père,
>
> Sans plus de soy descongneü
>
> Fist à maintes gens vitupère ;
>
> Home trop grant ne lui estoit,
>
> Il tuoit l'un, l'autre batoit,
>
> Puis chy, puis là, à l'aventure,
>
> Sans aviser comment l'on doibt
>
> Bien commenchier et mieulx conclure.

> Quant il eult longuement vescu
>
> Et mis plusieurs gens à misère,
>
> Fortune luy tourna l'escu,
>
> Luy donnant povreté amère.
>
> Quant il se trouva en ce ploit,
>
> Il alla emprendre ung esploit,

____

(1) Voir ci-dessus p. 382.

> Dont il moru à grande injure : .
> Trop peu de chose lui sambloit
> Bien commenchier et mieulx conclure... (1)

L'auteur de ces vers est aussi l'auteur d'un *Kalendrier des guerres de Tournay (1477-79)* : il nous y a conservé le texte de deux ballades semblablement dirigées contre le « riche filz du bon père » que l'on traite, à cette occasion, d' « Antechrist et prince des meutins » (2).

L'aventureux guerrier qu'on malmène de la sorte a connu Richard Nevill ii, comte de Warwick (le fils aîné de Richard Nevill ir, comte de Salisbury). Ce seigneur fut, lui aussi, l'objet de chansons et de ballades, dans lesquelles le duc Charles est tour à tour glorifié et honni (3). A propos de son épitaphe, qui est louangeuse pour le Téméraire, Reiffenberg écrit : « Il est évident que cette épitaphe historique a été composée à la cour de Bourgogne, et que c'est une petite flatterie détournée à l'adresse de Marguerite d'York. J'incline fortement, par la nature du style et du sujet, ainsi que par le contenu du volume où elle se trouve, à l'attribuer à Chastellain mort en 1474 » (4). Pour ma part, j'incline plutôt à ne pas l'endosser à Chastellain, à cause du style qui ne me paraît pas être de lui. La pièce figure dans un manuscrit de Bruxelles qui renferme aussi une brève analyse, en quatrains, d'événements qui vont de la prise de Damiette (1249) au second mariage du comte de Charolais (1454) : *Cy comenchent aulcunes croniques et adventures qui ont esté en France et ailleurs depuis 11ᶜ ans passés et depuis la mort et trespas de Monseigneur saint Loys qui en son fu roy de Franche.* De nouveau, l'on a voulu la restituer à Chastellain, mais j'ajoute de nouveau qu'il ne me paraît point capable ou coupable d'une telle élucubration. C'est un semblant de chronique rimée, d'une insigne platitude de style, qui ne mérite d'ailleurs qu'une simple mention, d'autant que l'auteur n'écrit pas un panégyrique de la maison ducale. Il se borne à lui

---

(1) *Ritmes et refrains tournésiens, poésies couronnées par le puy d'escole de rhétorique de Tournay, 1477-1491,* Soc. BIBLIOPH. DE MONS, n° 3, 1837, p. 3-4. La même pièce est éditée par A. Van Hasselt, *Essai sur l'hist. de la poés. franç. en Belg.,* 1838, p. 261-62.

(2) Le *Kalendrier* est publié par F. Hennebert, MÉM. SOC. HIST. ET LITT. DE TOURNAI, ii, 1853.

(3) Le Roux de Lincy, *Chants de Charles* vii *et Louis* xi, p. 151-175.

(4) *Ann. Bibl. Roy. Belg.,* 1847, p. 86.

exprimer ses sympathies (1). Une autre version a dû en exister dans notre librairie, c'est-à-dire une narration, conçue dans le même ton, de certains faits historiques qui se situent entre 1244 et 1409. Le manuscrit, où elle est copiée, renfermait en outre un texte latin, une *Danse Macabrée* (dialogue en vers entre le docteur, la mort, le pape, l'empereur, le cardinal, le roi, le patriarche, le connétable, le chevalier, etc.) et deux poésies intitulées *Division des Orleanois contre les Anglois*, soit des vers sur la mort du comte de Salisbury, tué au siège d'Orléans en 1428 (2).

Les deux chroniques inhabilement versifiées qu'on veut, à tort selon moi, adjoindre au gros bagage littéraire de Chastellain, ont au moins la qualité d'être courtes. Elles narrent l'histoire en style rapide. C'est aussi le procédé suivi dans la *Recollection des merveilles advenues en nostre temps* [au XVe siècle], *commencée par très élégant orateur messire Georges Chastellain et continuée par maistre Jehan Molinet.* Une strophe pour en donner l'idée :

> J'ai vu Gand invaincue
> Subjuguée à mes yeux,
> D'un prince soubs la nue
> Le plus victorieux,
> D'espée et de mortoire
> Vaincre ses habitans ;

(1) P. p. Reiffenberg, *ibid.*, p. 67-81, d'après le ms. de Bruxelles, nᵒ 7254-7263 qui provient de J. B. Verdussen (vente en 1776) et qui est décrit par Gérard, dans son Catalogue reposant à Bruxelles, nᵒ 14998, p. 321-35.

(2) Barrois, nᵒ 1396, « Ung petit livret en papier couvert de parchemin blanc, escript partie en latin en prose, et en franchois en rime, intitulé au dos *Liber continens mirabilia, Abrégié de Croniques, la Dansse macabrée* ; que-menchant ou second feuillet, *Moult grant signiffiance* ». — Je ne vois pas quelle peut être la partie latine dont parle Barrois, puisque le second feuillet a un incipit français, mais je crois pouvoir conjecturer (avec M. Bayot) que nous avons ici le ms. décrit par Godefroid, *Reliq. Burgund.*, II, f. 206-206v (pap., petit in-4ᵒ, environ 40 ff., relié en vélin jaune) et qui contenait les trois textes français que j'indique. Ce ms. est aussi analysé par Gérard, Catal. Bruxelles, nᵒ 14995, p. 17-20, (qui dit qu'il a été enlevé par les Français en 1794) et Barrois le signale encore dans son *Appendice*, nᵒ 2239.

Sur les vers relatifs à Salisbury, voir Molinier, nᵒ 4580. Gérard a exécuté une copie de la *Chronique* : elle est à La Haye, voir Jubinal, *Lettres à Salvandy*, p. 33.

> Dont cas de telle gloire
>
> Ne fut, passé mil ans (1).

On reconnaît l'accent des poètes du cru !... Chastellain a vu bien
d'autres choses encore, et il les a vues en Bourguignon :

> O haut duc plein de gloire,
>
> Et vous son noble fils,
>
> Ceste brefve memoire
>
> Ay fait en vos louanges
>
> D'un cœur non vermoulut :
>
> Il plaise au roi des anges
>
> Qu'il vous tourne à salut !

La continuation par Molinet est beaucoup plus étendue que la contribution de Georges. Elle chante la fin du siècle, le « noble fils »
et aussi la noble fille de ce dernier, Marie de Bourgogne (2).

Enfin toute la famille prend place dans une composition élaborée
en son honneur et qui, sous le titre impropre de *Vie de Philippe le
Hardi*, se trouve rangée parmi les œuvres d'Olivier de La Marche (3).
C'est un récit des principaux faits de l'histoire brillante qu'elle a connue, avec une mention spéciale de la translation des restes de Philippe le Bon et de sa femme, Isabelle de Portugal, à Dijon. Il est
précis et sec comme un programme de cortège. Qu'on en juge par
ce quatrain :

> Ung escuier après hault le ghidon portoit,
>
> Qui des armes susdittes tout armoiet estoit,
>
> Ung chevalier après à pict en la manière
>
> De mon prédict seigneur portoit lors la banière (3).

(1) Guerre de Gand, 1453.

(2) C'est une œuvre à reprises et à rédactions divérses qui demanderait
à être examinée de près. Voir, entre autres éditions, Reiffenberg,
Chronique métrique de Chastellain et de Molinet, Bruxelles, 1836, p. 38-41 (et
aussi dans son édition de Barante, *Ducs de Bourgogne*, 1835-6, X, p. 142-45) ;
Kervyn, *Chastellain*, t. I, p. LXII, t. VII, p. 187-205 ; *Faictz et dictz de Molinet*,
1531, f. CIV-CXIV^r ; A. Wauters, *Biographie Nationale*, XV, p. col. 60-71.

(3) Publiée pour la première fois, d'après un ms. de Turin, par M. H.
Stein, *Olivier de La Marche*, p. 209-18, qui n'a pas su qu'elle était dans les
Mémoires de Haynin.

CHAPITRE VII

HISTORIENS ET CHRONIQUEURS

« Au xvᵉ siècle, comme on l'a dit, presque toujours les chroniqueurs se mettaient aux gages d'un personnage puissant qui devenait
à la fois le patron et le héros de leur œuvre » (1). Cette observation
ne saurait mieux s'appliquer qu'aux quatre personnages puissants
dont nous exposons les préoccupations littéraires. L'on peut ajouter
que, par une inévitable conséquence de cet état de choses, durant cet
âge de rivalités et de guerres, la politique crée, dans le domaine de
l'historiographie, des clans, des écoles. La lutte, commencée sur les
champs de bataille, se continue et s'achève dans le silence des chambres d'étude. A peine est-il nécessaire de remarquer que ce sont les
maisons de France et de Bourgogne qui se partagent le gros des mémorialistes de l'époque. Dès lors aussi, l'histoire que les ducs ont faite
et vécue, sera contée à leur grande gloire par des annalistes qui sont,
les uns plus, les autres moins, à leur dévotion. Parlant de leurs
chroniques, dont certaines « affectent la forme d'histoires générales
de l'Europe et qui dans l'ensemble représentent ce qu'on a appelé
l'école bourguignonne », Auguste Molinier écrit : « Ce sont avant
tout des œuvres tendancieuses, plusieurs même ont les allures de
pamphlets, et tous ces auteurs se proposent uniquement l'apologie
des ducs, et la justification de la politique de ces princes (2)...
De ces innombrables historiens bourguignons [de la première
moitié du xvᵉ siècle], les plus dangereux ne sont pas les pamphlé-
taires avérés », tels les auteurs du *Pastoralet* et du *Livre des trahisons*,
« mais des historiens d'apparence plus grave travaillent bien plus
efficacement à altérer la vérité, Enguerrand de Monstrelet, par
exemple » (3). Et le regretté savant note : « On aurait tort de croire
que seuls des écrivains sujets des ducs de Bourgogne ont été imbus

(1) *Bibl. Ec. Ch.*, 1857, p. 168.
(2) *Sources*, IV, p. 186.
(3) V, p. CXLV.

de ces préjugés et esclaves de ces passions. Si on voulait réunir tous les chroniqueurs d'âme bourguignonne, il faudrait joindre aux grands écrivains indiqués ici [sous la rubrique qu'il intitule : *Chroniques bourguignonnes et flamandes*] une foule d'autres, moins connus sans doute, mais presque aussi importants, les uns de Paris, les autres de Rouen ; tel le prêtre parisien auteur du *Journal* [*d'un bourgeois de Paris*], le normand Pierre Cochon, l'anonyme auquel on doit la chronique dite des Cordeliers, ou encore le Religieux de Saint-Denis, biographe de Charles VI » (1).

Nous prendrons les termes d'*historiographie bourguignonne* dans une très large acception, mais si loin que nous pensions devoir étendre notre enquête, nous ne la pousserons pas jusqu'à inventorier des actes et documents d'archives (2) : du reste il n'y a rien là qui relève de notre sujet, qui rentre dans la littérature. Nous nous attacherons surtout aux chroniqueurs qui sont des auteurs, mais il va sans dire que ce ne sera pas pour nous livrer à un examen critique de leurs mémoires, pour reviser l'opinion qu'ils ont établie dans le monde de la science, opinion qui est toute favorable aux ducs. En effet, ils ont constitué « une école qui a exercé en histoire une influence extraordinaire ; la plupart des écrivains modernes ont puisé là leurs opinions, et, comme on l'a dit souvent, *l'histoire s'est faite bourguignonne* » (3). N'oublions pas d'observer que « la fortune surprenante des idées et des légendes bourguignonnes en histoire s'explique par la nature même des chroniques qui les ont propagées. Non seulement ces idées sont partagées par la plupart des chroniqueurs du temps, mais encore certains des écrivains de cette faction ont produit des œuvres d'une valeur littéraire exceptionnelle et d'une lecture autrement attachante que celle des écrits de leurs adversaires » (4).

(1) Id., IV, p. 187.
(2) Voir toutefois quelques indications au § 5.
(3) Molinier, IV, p. 186.
(4) Id., V, p. CXLI. Pour tout ce qui se rapporte à l'historiographie bourguignonne, écrits littéraires et documentaires, voir son ouvrage, au t. IV, p. 204-206, 276 jusqu'à la fin du volume, et au t. V, *passim* et surtout p. CXXXIV et suiv., 117-127, ; Pirenne, *Bibliographie de l'histoire de Belgique*, 2e éd., Bruxelles et Gand, 1902 ; Fris, *Bibl. Hist. Gand.* — Pour la plupart des éditions de chroniqueurs que j'ai suivies, voir mon Introduction : *Bibliographie*. Etant donné qu'il s'agit, dans le présent chapitre, d'auteurs généralement plus connus que ceux des chapitres précédents, j'ai restreint, autant que possible, le nombre des notes.

Le point de vue auquel nous nous plaçons implique donc seulement pour nous le devoir de montrer dans quelle mesure ils sont gagnés et conduits par l'esprit bourguignon. Mais une autre question sollicite, en même temps, l'examen ; c'est celle de l'intérêt que les ducs ont porté à l'histoire qui s'est accomplie et narrée avant eux. Nous constaterons que les chroniques du passé abondent dans leur bibliothèque, et l'on n'aurait déjà, pour s'en convaincre, qu'à parcourir l'index alphabétique des inventaires de Barrois (s. v. *chroniques* et *histoires*). Des ouvrages de l'espèce, nous en avons eu d'ailleurs dans les chapitres précédents puisque nous y avons rencontré le *Romuléon*, le *Recueil des Histoires de Troie*, la *Toison d'or* (Guillaume Fillastre), des recueils hagiographiques, les récits de Villehardouin, de Henri de Valenciennes, de Joinville et autres. Ce que nous avons également eu, ce sont des poèmes rimés comme la *Chronique de Flandre*, la *Bataille du Liége*, la *Prise d'Alexandrie*, la *Geste*, le *Pastoralet*, les *Aventures depuis deux cents ans*, la *Recollection des merveilles*, des biographies en prose comme celles de Jacques de Lalaing ou de Sainte Colette, autrement dit des compositions qui sont, pour une certaine part, de l'historiographie contemporaine.

§ 1. Philippe le Hardi.

En 1382, il paie 62 ou 72 francs à Henriot Garnier Breton pour les *Croniques des Roys de France* (1) et, le 1ᵉʳ janvier 1396, il reçoit de Gilles Malet, le garde-libraire du Louvre, « en bonne estreinne, une *belle chronique de France* ». En retour, il fait présent « de 200 francs de vaisselle d'argent » au bibliothécaire français (2). Nous conjecturons que les deux volumes sont des *Chroniques de Saint-Denis*.

En 1401, le duc accorde 9 écus d'or à Jehan Creston pour « ung livre faisant mention de *la prinse du Roy Richar* » (3). De quoi s'agit-il ? Il n'est pas possible de répondre sans déjà parler du règne de Philippe le Bon, c'est-à-dire sans énumérer les livres sur le roi Richard qui furent en sa possession. Ainsi qu'on le sait, la « prinse » et la mort de ce roi constituent un événement sensationnel de la fin

(1) Peignot, p. 25 ; (72 fr.) ; Vernier, *Philippe le Hardi*, p. 21 (62 fr.).
(2) Prost, *Archives*, p. 337-8. Pour les *Chroniques de Saint-Denis*, voir ci-dessous p. 409.
(3) Peignot, p. 32.

du xive siècle, et elles ont donné lieu à deux ou trois récits (l'un en
vers mêlés de prose, attribué à Creton, lequel doit avoir été en relations avec la maison de Bourgogne ; un autre en prose indûment
placé sous le nom du fils du chanoine Jean le Bel de Liége, maître
de Froissart ; cet autre se divisant en deux rédactions), récits qui se
lisent en de nombreuses copies dans les librairies de l'époque (1).
D'après le libellé du compte de 1401, ce serait l'auteur lui-même qui
aurait vendu sa narration à Philippe le Hardi. Chose surprenante,
il n'existe, dans les inventaires de 1404, 1405 et 1420, aucun article
qui semble la désigner. Mais si nous consultons le répertoire suivant, diverses mentions s'offrent à nous qui sont à considérer.
Citons en première place « ung petit traict intitulé *La Destruction du
roy Richart* » (2). Après cela, nous avons *La Mort du Roy*, titre à
compléter, selon toute vraisemblance, par *Richard* (3). Un troisième
livre, digne aussi de retenir notre attention, est l'*Histoire traictant la
mort du roy Richart d'Angleterre* (4). Vient ensuite un quatrième volume
qui est un recueil précédemment analysé : *Chronique du Pseudo-
Turpin, Mort du roi Richard, Voyage de Mandeville* et *Corps de Politie* (5).
Enfin — cinquième numéro (6) — un manuscrit qui, d'après l'inventaire, *parle de ma dame Marguerite de Flandre, et d'aultres choses,*
et qui, en réalité, contient quatre parties : 1º *Abrégé des Chroniques*
de Baudouin d'Avesnes, avec une continuation jusqu'en 1399 dans
laquelle est insérée (f. 130-197) la *Chronique normande abrégée* (1296-1371)
et qui se termine par la *Chronique de Richard* ii (f. 242-280) ; 2º *Les
lignies des rois de France*, jusqu'à Charles v, 1364 ; 3º *Les croniques
d'Engleterre abregies jusques à l'an mill* ccciiii^{xx}vi ; 4º une *Liste chronologique ecclésiastique, depuis le pontificat de saint Pierre jusqu'à saint
Louis* (7).

(1) Molinier, nᵒˢ 3987 et 3988 ; Fris, *Bull. Comm. Roy. Hist. Belg.*, 5ᵉ s..
X, 1900, p. 68-71.
(2) Barrois, nº 1456.
(3) Barrois, nº 1462.
(4) Barrois, nº 1466.
(5) Voir ci-dessus p. 19, n. 5.
(6) Tous les cinq sont en papier.
(7) Barrois, nᵒˢ 1563-1931. — Bruxelles, nº 10233-36, Van den Gheyn, v,
nº 3088, qui ne donne pas. sur la première partie du ms., les renseignements
que j'ai fournis et qui se rapportent à *Richard* ii. Sur ce texte de *Richard* ii,
voir Kervyn, *Bull. Acad. Roy. Belg.*, 2ᵉ s., ii, 1857, p. 447. — Pour Baudouin d'Avesnes, la *Chronique normande* et les *Chroniques d'Angleterre*, voir
ci-dessous.

De ces cinq manuscrits, les deux derniers, qui nous sont parvenus, renferment la version en prose. Nous pensons qu'elle devait se trouver également dans les deux premiers, mais nous n'arrivons pas à discerner ce que contenait le troisième. Si le texte acquis par Philippe le Hardi a passé dans les mains de Philippe le Bon (nous en doutons pourtant, puisqu'il n'est pas catalogué en 1420), il faudrait, semble-t-il, le chercher dans l'un des trois premiers articles de Barrois. Mais alors serait-ce vraiment la rédaction de Creton ? La question est plus difficile à résoudre qu'à poser.

Vers 1405 a été exécuté pour un duc de Bourgogne (Jean sans Peur ou bien Philippe le Hardi qui l'aurait commandé et n'en aurait pas vu l'achèvement) un très beau volume qui repose actuellement à l'Arsenal : c'est le *Trésor des hystoires des plus notables et mémorables hystoires qui ont esté depuis le commencement de la créacion du monde jusques au temps du pape Jean* XXII. Les remarquables miniatures dont il est décoré l'apparentent étroitement au superbe codice de la Nationale, dit *Livre des Merveilles,* qui aurait eu, croit-on, parmi ses enlumineurs, Jacques Coene. De très plausibles conjectures désignent ce même artiste comme ayant travaillé au *Trésor des histoires* de l'Arsenal, et l'on a de plus supposé que les frères de Limbourg y avaient collaboré (1).

Acheteur de Chroniques, Philippe le Hardi est en même temps un acteur, un héros de Chroniques. Il tient un rôle dans la *Chronique rimée des troubles de Flandres,* dans le grand ouvrage de Froissart et et dans le *Livre des faits et bonnes mœurs du sage roi Charles* V. L'illustre mémorialiste du XIVe siècle a subi l'emprise de bien des cours en sa vie, et l'une d'elles est la cour de Bourgogne. A partir de son quatrième livre, il se montre séduit par la dynastie qui va remplir le XVe siècle du bruit de ses guerres et l'éblouir de son faste. Tandis qu'il le rédige, il a pour patrons Aubert de Bavière et son fils Guillaume d'Ostrevant ; sous leur influence, il devient l'homme de Philippe le Hardi, et l'on est en droit, nous semble-t-il, d'affirmer qu'à ce titre il ouvre la lignée des chroniqueurs bourguignons pro-

(1) Ars., n° 5077 : voir De Champeaux et Gauchery, *Travaux d'art,* p. 103 ; Durrieu, *Jacques Coene,* p. 17. Ce ms. ne serait-il pas le n° 1435 de Barrois, inv. 1467, et ne contiendrait-il pas *Baudouin d'Avesnes* ou la *Chronique normande abrégée, avec continuation ?*

prement dits (1). Il l'ouvre, peut-on ajouter, par ses sympathies
pour la politique du duc Philippe et ses antipathies pour ses ennemis ; il l'ouvre par sa complaisance à retracer le pouvoir naissant
de la maison de Bourgogne, en attendant que d'autres, ses disciples,
la dépeignent à son apogée. Nous disons : ses disciples, et par là
encore il appartient à cette maison, car si le puissant imagier de
la société chevaleresque du XIVe siècle a fait école au XVe siècle, c'est
surtout parmi les mémorialistes de Bourgogne qu'il a rencontré ses
imitateurs ou ses continuateurs : Enguerrand de Monstrelet, Jean de
Wavrin, Georges Chastellain, Olivier de La Marche relèvent de lui.

Mais de Froissart, nous ne retrouvons pas la marque dans la
Vie de Charles v par Christine de Pisan. Ayant assumé ce labeur dans
des circonstances qui nous sont connues (2), la distinguée femme
de lettres a pu recourir à des documents inédits, prendre des *inter-
views* aux familiers du roi défunt et, par conséquent, elle aurait pu
tirer de là une biographie vivante... à la Froissart. La sienne n'est
pas tout à fait cela : néanmoins, malgré ses lenteurs, ses frais d'érudition, son accent assez sermonneur, son allure de panégyrique et
son artifice de composition *(Noblesse de courage, Noblesse de chevalerie,
Noblesse de sagesse)*, cet ouvrage a son prix; il ne force pas outre mesure
la note de l'éloge. Le portrait du souverain n'est certes pas sans
valeur, et de plus, il est entouré de portraits de famille (ainsi
celui de Philippe le Hardi) qui offrent leur intérêt.

Mis sur le métier en janvier 1404 et terminé en novembre, son
Charles v n'était qu'au tiers composé lorsque mourut le duc qui
l'avait commandé (le 27 avril de cette année). Elle perdit en lui un
patron généreux, mais Jean sans Peur tint loyalement les engagements de son père. Le 20 février 1406, il fit don à Christine de 100
écus pour deux livres dont l'un contenait la biographie du sage roi.
Ce dernier texte n'est pas noté dans la librairie bourguignonne
avant 1467 (3).

Mais dès le décès de Philippe le Hardi, dès l'inventaire de 1404,
cette librairie présente un volume des *Chroniques de France* (peut-être
un *Saint-Denis* provenant de Henriot Garnier Breton, ainsi que nous

---

(1) M. Darmesteter, *Froissart* (GRANDS ECRIVAINS FRANÇAIS), 1894, p. 123,
128-131, 143 et 166-7 ; Gröber, p. 1053; Molinier, n° 3094.

(2) Voir ci-dessus p. 275.

(3) Barrois, n°s 984-1459, parch.,

l'avons supposé), un autre des *Ystoires et Croniques des Contes de Flandre* (1) et un troisième des *Croniques de Flandres*, avec l'indication complémentaire de : « et sont à l'abbé de Saint-Bertin de Saint-Omer » (2). Quant au récolement de 1405, il porte, tout d'abord, les trois rubriques : les *Cronicques de Flandres* (3), un livre de *Cronicques de France* et *Unes Cronicques de France* (4). Ensuite, il signale le *Livre de Salhadin et de la prinse de Constantinoble* (gros recueil dont le contenu a été déterminé antérieurement), le *Livre des Ghuerres de Constantinoble* (ou récit de Villehardouin avec la continuation de Henri de Valenciennes, ce que nous avons pareillement démontré) et le *Roumant du Roy Baudouin de Jherusalem* (qui, suivant une observation précédente, parait désigner la *Chronique d'Ernoul et de Bernard le Trésorier*) (5).

§ 2. **Jean sans Peur**.

Les trois derniers manuscrits *(Saladin, Guerres de Constantinople, Baudouin de Jérusalem)* reviennent en 1420, et ils sont accompagnés de cinq volumes intitulés *Chroniques de France*, d'un autre dénommé *Histoire de Flandres* et d'un autre encore appelé simplement *Chroniques* (6). De ces huit *Chroniques*, plusieurs ont déjà passé sous nos yeux dans les inventaires antérieurs. Nous n'arrivons pas à les identifier toutes, mais au moins nous y reconnaissons quatre *Chroniques de Saint-Denis* (sur parchemin) (7) et peut-être un texte

(1) Peignot, p. 48 ; Barrois, n° 615 ; Dehaisnes, p. 852.
(2) Peignot, p. 52 ; Barrois, n° 622 ; Dehaisnes, p. 852.
(3) Peignot, p. 73 ; Dehaisnes, p. 880.
(4) Peignot, p. 73 et 75 ; Dehaisnes, p. 881.
(5) Voir ci-dessus p. 10, 242-43.
(6) Doutrepont : n⁰ˢ 75, 78, 148, 153, 154, 156, 218 et 239.
(7) Doutrepont : n° 75.
Doutrepont : n° 78. — Inv. 1467 et 1487 : Barrois, n⁰ˢ 1416-1764. Voir ma *Librairie de 1420*, p. 173.
Doutrepont : n° 153. — Inv. 1467 et 1487 : Barrois, n⁰ˢ 1420-1649. — Bruxelles, n° 4. Voir Delisle, *Mél. Pal. et Bibl.*, p. 218-9.
Doutrepont : n° 239. — Inv. 1467 et 1487 : Barrois, n⁰ˢ 1421-1713. — Paris, Ars., n° 5223. Voir H. Martin, *Catalogue*, v, p. 165 et viii, p. 126.
Pour d'autres renseignements relatifs à l'identification de ces mss., voir ma *Librairie de 1420*, et pour leur contenu, voir Gröber, p. 1014 ; Molinier, n⁰ˢ 2530-1.

analogue à celui qu'on a publié sous le nom d'*Istore et Croniques de Flandres* (1).

Sont aussi dans le fonds de 1420 : un volume de Froissart (2) ; — un « tiers volume du *Mirouer historial* » de Vincent de Beauvais (3) ; — un exemplaire complet du même ouvrage lequel a été traduit par Jean de Vignai (c'est un exemplaire dont un ou peut-être les trois tomes ont été donnés en 1413 au duc de Bourgogne par le duc de Berry) (4) ; — un « livre en pappier, faisant mencion de *Messire Bertran du Guesclin* (est-ce le poème de Cuvelier ou la rédaction en prose écrite à la requête de Jean d'Estouteville en 1387-1388 ? nous ne savons ; à noter que Philippe le Hardi a connu intimement le héros de l'œuvre) (5), — « ung autre livre, couvert de cuir vert, sanz aix, et y a dedans *Deux autres petiz livres, tout de l'Extrait des Croniques et du Fait des Anglois* ».

(1) Doutrepont, n° 218, pap. Voir les *Chroniques de Flandres* de 1404 et 1405 citées plus haut p. 408-9. Je retrouve les mots du second feuillet de ce n° 218 dans Kervyn de Lettenhove, *Istore et Croniques de Flandres* (CHRON. BELGES INÉDITES, 1879-1880), I, p. 4. Sur ce dernier ouvrage, voir H. Pirenne, *Les sources de la Chronique de Flandre jusqu'en 1342*, p. 361-71 ; Gröber, p. 1015 ; Molinier, n°ˢ 2891, 3100 et 3103.

(2) Doutrepont, n° 84, parch., avec fermoirs aux armes du « grand maistre ». Les mots du second feuillet sont dans le prologue de la *Seconde Rédaction*, p.p. Kervyn, *Froissart*, II (1867), p. 6.

(3) Doutrepont, n° 92. — Inv. 1467 et 1487 : Barrois, n°ˢ 888-1738, parch. Cf. Inv. 1477 : Peignot, p. 88.

(4) Doutrepont, n°ˢ 149, 150 et 151. Ces trois volumes sur parchemin se retrouvent en 1467 : Le n° 149 = Barrois, n° 886 ; le n° 150 = n° 887 ; le n° 151 = n° 885. D'autre part, l'inventaire de 1423-24 signale : « Le livre de Vincent, appellé *Specule ystorial*, dont il y a deux volumes couverts de vert, dont le premier contient treze livres et le deuxiesme huit livres, et pour avoir le dit *Specule* tout entier, il y fault ung volume qui doit contenir unze livres ». (Peignot, p. 77 ; Barrois, n° 664). Voir, pour l'identification avec les données de l'inventaire de Jean de Berry, ma *Librairie de 1420*. Je dois ajouter que M. Delisle (*Recherches*, II, p. 306-7) a fait remarquer que l'accord entre les deux inventaires de Bourgogne et de Berry n'existe que pour le premier volume. Ce premier volume et aussi le second sont aujourd'hui dans la collection de M. Henry Yates Thompson.

(5) Doutrepont, n° 235. Je ne vois dans les inventaires ultérieurs qu'un *Bertrand du Glaiequin* ou *Glaquin*, mais *en parchemin* (1467 et 1487 : Barrois, n°ˢ 1481-1864, cité à tort dans l'*Appendice*, n° 2228) et qui est le n° 10230 de Bruxelles, soit la version de Jean d'Estouteville : voir Potthast, *Bibliotheca historica medii aevi*, Berlin, 2ᵉ éd., 1896, I, p. 360 et 385 ; Gröber, p. 1079-80, 1114 ; Molinier, n° 3347. E. Charrière (*Documents inédits : Chronique de Bertrand du Guesclin par Cuvelier*, 1839, I, p. 1) se trompe lorsqu'il identifie Barrois, n° 1864, avec le poème en vers.

Ce dernier article réclame un examen spécial. Il désigne un volume qui existe encore à Bruxelles (1) et qui comprend trois parties : 1) D'abord l'auteur promet de « recorder aux bons le bien et la vaillance.., la prouesce et chevalerie.» des Français de jadis, mais son résumé historique est très court et il n'a d'autre but que d'exalter les rois de France et d'attaquer les Anglais ; sur ce, il entre dans son véritable sujet qui est la discussion des prétentions des rois d'Angleterre à la couronne de France, prétentions qu'il combat violemment ; 2) Exposé méthodique de la question des prétentions d'Edouard d'Angleterre à la couronne de France, exposé conçu dans un sens français ; 3) « Responses faites l'an mil ccciii^{xx} et ix à ce que maintient le roy d'Angleterre ». Ces dernières pages (f. 54^v-56) sont postérieures aux deux traités précédents, lesquels sont de la même main et doivent se placer au début du xve siècle.

Le texte de ces traités n'a pas encore été publié. On pourrait croire le contraire à lire la préface de l'ouvrage paru à Londres en 1847 sous la signature de Robert Anstruther : *La vraie cronique d'Escoce. Prétensions des Anglois à la couronne de France. Diplôme de Jacques* vi, *roi de la Grande Bretagne* (2). L'éditeur y mentionne les deux manuscrits 10307 et 9470 de Bruxelles, mais le texte qu'il reproduit est uniquement pris dans le second : 9469-70. Ajoutons que ce manuscrit 9469-70 a passé par la bibliothèque de Philippe le Bon (3). Il contient un *Traité contre les prétentions des Anglais à la couronne de France*, ainsi que *la Vraie cronicque d'Escoce et dont ilz vindrent premierement en procedent en brief jusquez à l'an mil quatre cens soixante et quatre.* Le *Traité contre les Anglais* que nous avons ici est différent de celui que l'on trouve dans le volume de 1420 (Bruxelles, 10306-7). Il se divise en trois parties qui ont pour objet : 1) les droits que les Anglais prétendent avoir à la couronne de France et à la totalité

(1) Doutrepont, n° 245. — Inv. 1467 et 1487 : n°s 1464-2178. Bruxelles, n° 10306-7, Van den Gheyn, vii, n° 4634, parch. Le dernier feuillet, dont les inventaires nous fournissent les mots de repère, ne se voit plus dans le volume actuel. Les renseignements que j'ai sur ce volume me viennent de M. Bayot.

(2) Drawn from the burgundian library by Major Rob. Anstruther. Printed for the Roxburghe Club. Voir préface, p. xviii.

(3) Barrois, n°s 1438 1929 (mentionné par erreur dans l'*Appendice*, n° 2226), Van den Gheyn, vii, n° 4633, parch.

du royaume ; 2) les droits d'héritage qu'ils font valoir sur certains territoires et des seigneuries particulières ; 3) la question des trèves rompues en 1449 par le roi de France, ce qui, disent-ils, leur a fait perdre par surprise la Guyenne et la Normandie. Cette date de 1449 indique déjà de combien le *Traité* de Philippe le Bon est postérieur à celui de Jean sans Peur. Mais il y a plus : La *Chronique d'Ecosse* mentionne comme dernier fait la mort de la mère de Jacques III en 1463, ce qui permet de reporter la composition du manuscrit aux environs de 1464. Outre ce manuscrit, nous en remarquons, dans la librairie de Philippe le Bon, un autre intitulé : *Ce traictié dist que les Angloiz n'ont nul droit, etc.* ; vraisemblablement, il discutait le même objet (1).

Revenons à Jean sans Peur sur lequel il nous reste encore quelques mots à dire. C'est de son règne que datent les *Mémoires* du mystérieux personnage Pierre le Fruitier, dit Salmon, *Mémoires* par lesquels l'historiographie bourguignonne effectue vraiment ses débuts, en ce sens qu'elle s'y manifeste avec des tendances séparatistes vis-à-vis de la France. Mystérieux personnage ? En effet, l'obscurité plane sur son existence et sur son œuvre (2). On a même dit qu'il faudrait distinguer un Pierre le Fruitier qui aurait été chroniqueur et un Pierre Salmon, cordelier, qui a représenté Jean sans Peur au concile de Constance. D'un autre côté, l'on a prétendu pouvoir identifier ce Pierre le Fruitier chroniqueur avec le Religieux de Saint-Denis. Quoi qu'il en soit, des Mémoires nous sont parvenus que l'on place communément sous le nom indiqué. Leur auteur doit avoir rempli diverses missions diplomatiques et avoir été un agent secret de la Bourgogne à la cour de France. Ce qu'il a fait, il l'a conté dans un récit qu'il a offert en 1409 à Charles VI. Il a repris son travail un peu plus tard pour le remanier et le compléter. La première rédaction nous est conservée dans l'exemplaire de dédicace au roi, lequel est un monument artistique ; la seconde n'est qu'un manuscrit sur papier sans ornement et postérieur de

____

(1) Barrois, n° 1463, parch. M. Bayot (qui m'a procuré l'analyse du n° 9469-70 de Bruxelles), m'écrit que les mots de repère de Barrois n° 1463 ne sont pourtant pas dans les textes de Bruxelles, n°s 9469-70 et 10306.

Le n° 9469-70 a un contenu identique à celui du ms. Nouv. Acq. Fr. 6214 : voir Delisle, *Catal. Libri et Barrois*, p. 241-44 et 243.

(2) Molinier, n°s 3575, 3577.

quelques années. Dans le chef-d'œuvre de calligraphie on a voulu reconnaître le faire de l'habile miniaturiste Jacques Coene : il est décoré de vingt-sept peintures dont la première montre le roi recevant le travail sous les yeux de Jean sans Peur et dont la dernière donne un autre portrait du duc de Bourgogne. Les deux rédactions, dissemblables par le style et l'étendue (la première est moins développée que la seconde), ne le sont pas moins par l'esprit (la première contient le honteux récit des manœuvres perfides de l'écrivain avec le seigneur bourguignon, et la seconde les voile prudemment) (1).

Nous pouvons maintenant passer au règne de Philippe le Bon, mais non sans avoir noté que l'inventaire de 1420 accuse le prêt, à Marguerite de Bavière, de deux ouvrages d'histoire, le *Miroir historial* en trois volumes ainsi qu'un manuscrit de *Chroniques de France* (2).

§ 3. Philippe le Bon.

Chroniques de France, *Chroniques de Flandre*, *Chroniques de Hollande* et d'ailleurs s'accumulent autour de lui. C'est un des fonds les mieux approvisionnés qu'il ait eus, surtout qu'on est en droit d'y comprendre quantité de livres antérieurement dénombrés dans nos chapitres des *Epopées et romans*, de l'*Antiquité*, voire même de la *Littérature morale* et de la *Poésie lyrique*. Plus d'une fois, l'étude des acquisitions directement réalisées par ce prince ramènera sous nos yeux l'âge de Jean sans Peur et celui de Philippe le Hardi. En effet, plus d'un des Mémoires éclos à partir de 1420 remonte, par les événements qu'il rapporte, au delà de cette date, et il en est même parmi eux dont le préambule va se perdre dans les siècles antérieurs ou dans la nuit des temps, par exemple, les compositions d'Edouard De Dynter et de Jean de Wavrin.

Ainsi, Jean de Wavrin a mis en tête de ses *Anchiennes cronicques d'Engleterre* une traduction de la célèbre *Historia regum Britanniae* de Gaufrei de Monmouth, traduction due on ne sait à qui, mais assurément à un auteur du milieu du xvᵉ siècle (3). De cette époque l'on

(1) Ms. de Charles vi — Paris, Nat., nᵒ 23279, fac-similés dans l'édition Crapelet. — Cf. Barrois, nᵒˢ 937-1675 (cité à tort dans l'*Appendice*, nᵒ 2240) ?
Ms. sur papier = Paris, Nat., nᵒ 5032. — Cf. Barrois, nᵒ 1485 ?
(2) Doutrepont, nᵒˢ 149-151 et 154.
(3) Mˡˡᵉ Dupont, *Wavrin*, I, p. 15 en signale plusieurs mss. Cette traduction doit différer de celle de Wauquelin : voir *ibid.*, p. 17.

possède aussi une version française du même récit latin exécutée
par Jean Wauquelin pour Antoine de Croy, dit le Grand Croy : elle
est datée de 1444 ; Philippe le Bon en a eu une transcription (1).

Mais, dans la librairie de Bourgogne, il n'y a pas que cela qui ait
trait à l'*Historia* de Gaufrei. On connaît le nom que l'œuvre a souvent porté dans des translations antérieures à celles de Wauquelin,
le nom de *Brut*. Par suite, plusieurs des compilations historiques
où cette *Historia* a été utilisée, ont reçu le même titre. Tel est notamment le *Brut* de Wace (2). De ces compilations, il en est arrivé trois
à la cour ducale (3).

Wauquelin a terminé son *Gaufrei* en 1444. Dans les années qui
suivent, il transmue pareillement, mais incomplètement, les *Annales
historiae illustrium principum Hannoniae* de Jacques de Guyse, le domi-
nicain-chroniqueur de Valenciennes qui fut confesseur de Guillaume d'Ostrevant et qui, poussé par un amour ardent de son pays
natal, avait commencé vers 1390 la rédaction de cette œuvre (il l'a
conduite jusqu'au milieu du xiiie siècle ; il est mort en 1398 ou
1399) (4). L'idée de franciser son récit fut suggérée à l'écrivain
picard par un fonctionnaire bourguignon : « De laquelle translacion
ou exposicion, dit-il dans son prologue, a esté mouvement et cause

----

(1) M. P. Meyer, *Girart de Roussillon*, p. cxlii, dit : « M. de Ram (*De
Dynter-Wauquelin*, p. cxv) considère cette traduction comme perdue. Il ne
la connaît que par un ancien catalogue de la bibliothèque de Philippe
le Bon, pour qui, sans doute, elle fut exécutée. Mais il y en a, au Musée
britannique, dans le ms. Landshouze 214, une copie à la fin de laquelle
on lit : « Et fut translatée par un bourgeois de Mons en Haynau només
Jehan Wauquelin, en l'an de N. S. mille. iiii. cens xlv., le xxve jour de
juillet ». Mlle Dupont, *ibid.*, p. 17, signale le même ms. avec l'explicit où,
d'après elle, les mots : *Et fut translatée* sont précédés de : « Chi fine le
le Hystore des Bretons, extraite du latin en rouman à la requeste de mon
très redoubté seigneur Mgr de Croy et de Jacotin le Contois, son receveur general ». Voir aussi Ward, *Catal. of rom.*, I, p. 251 ; *Bull. Soc. Anc.
Textes Franç.*, 1895, p. 90. La traduction n'a donc pas été commandée pour
Philippe le Bon, mais il en a eu un exemplaire : Barrois, nos 1289-1927.
— Bruxelles, no 10415-16, Van den Gheyn, vii, no 4630, où il est dit que
cette traduction s'est faite par ordre d'Antoine de Croy.—Gröber, p.1144.
(2) P. Meyer, *Bull. Soc. Anc. Textes Franç.*, 1878, p. 105.
(3) Il y en a une dans le ms. décrit p. 406 (Bruxelles, no 10233-36, 3e
morceau). Voici les deux autres : Barrois, nos 1436-1892. — Paris, Nat..
no 12155, parch., et Barrois, nos 1437-1762. Voir P. Meyer, *Bull. Soc. Anc.
Textes Franç.*, 1878, p. 108 et p. 126.
(4) Gröber, p. 1148-9 ; Molinier, no 1825.

honnorable et saige homme Symon Nockart, à son tampz clerc du bailliuwaige de Haynnau (1) et conseillier de mon dit très redoubté signeur, pour et au commandement duquel ainchois cestuy présent commandement de mon dit très redoubté seigneur, j'en avoie fait aulcune chose imparfaitement ». C'est peut-être à ce « saige homme » qu'il doit d'avoir été introduit à la cour. Dans ce même prologue, il précise par ces termes l'objet de son œuvre : Pour Monseigneur Philippe, « me suis déterminés et disposés de mettre, exposer et translater, de latin en nostre commun langage maternel, le commenchement et venue des nobles princes du dit pays de Haynnau, la généalogie et percréation d'iceulx, aucuns de leurs nobles fais et et emprises, avoec la venue, accroissement ou descroissement d'iceluy pays et d'aulcuns pays adiacens et voisins à iceluy ... Par laquelle exposition et translacion au plaisir de Dieu polra à tous oans et lisans plainement apparoir la noble procréation et lignie, et comment est descendus mon dit très redoubté et très puissant seigneur du hault noble et excellent sang des Troyens. Et conséquamment du très glorieux et précieux sang et engenrement par les lignies subséquentes madame sainte Wauldrut, noble princesse, à son tampz ducesse de Lorraine ; laquelle Lorraine se estendoit, comme il appert ou contenut de son histore [de Jacques de Guyse], despuis le rivière de l'Escault, selonc le rivière de le Hayne, parmy le devant nommé pays de Haynnau, de Braibant, de Hazebaing, de Namur, de Liège, de Ardenne et de Moselanne que seulement on dist Lorraine jusques à le rivière du Rin inclusement et de Meuse. Ouquel pays de Haynnau est à présent régnant, qui est l'an de l'Incarnacion Nostre-Signeur Jhésu-Crist mille iiij^e quarante six, princes mon dit très redoubté segneur, de par ma très redoubtée dame madame Margherite de Bavière, jadis fille au très puissant duc Aubert de Baivière, sa très chière mère, que Dieux absoille » (2).

L'œuvre s'arrête à la mort de Jeanne de Constantinople (1244), parce que le traducteur a sans doute craint d'y faire entrer le règne

---

(1) De 1410 à 1449, date de sa mort. Voir Matthieu, *Jean Wauquelin*, p. 339, pour les services d'ordre littéraire qu'il a rendus à Philippe le Bon. De même, Pinchart, *Archives*, 1, p. 105-6.

(2) D'après Matthieu, p. 342-43. Ce prologue a fait dire à Marchal, *Catal.*, 1, p. xc, que la traduction avait été faite pour Marguerite de Bavière, femme de Jean sans Peur, qui est morte en 1424 (!)

de sa sœur Marguerite, règne incomplet dans l'original. Il a plutôt
produit une *belle infidèle* et ne s'est pas interdit les coupures quand
bon lui semblait. Néanmoins, le duc se trouvait par là très suffisamment renseigné sur le passé d'un pays qui était devenu sien par la
cession de Jacqueline de Bavière en 1433. Il a dû s'intéresser à ce
travail. Nous ignorons s'il s'agit de la présente traduction ou de la
mise en français de la *Chronique* de De Dynter dans un mandat de
paiement en vertu duquel une somme de douze livres est allouée
à « Jehan Wacquelin, demourant à Mons, en Haynault, pour don
à luy fait, quant yl est venu devers MS à Lille, pour aucunes
affaires touchant *la translacion de pluseurs histoires des pais de MdS* pour
lui aidier à desfrayer de ladicte ville de Lille » (1). En revanche,
nous savons pertinemment que Monseigneur, au mois de février
1447, se fait apporter de Mons à Bruges, par le nommé Josse
Hanottiau (2), les *Annales de Jacques de Guyse* traduites, ou encore sur
le métier, pour en prendre connaissance : « Se avoit mandet, dit
l'ordonnance de paiement, que on lui portast. A esté payet audit
Josse pour x jours qu'il mist oudit voyage, parmy v jours que mondit seigneur le duc le fist targier audit Bruges, avant qu'il eust viseté
lesdis livres pour les faire grosser : à viii sols par jour ; sont iiii
livres » (3). Le 5 octobre 1453, c'est un autre Josse, Josse le Venier,
qui part de Mons à cheval et se rend à Lille avec « le tierche partie
des *Cronicques des Belges* et le quarte partie des *Cronicques de Frouis-
sart* [Froissart], que Monseigneur avoit fait faire à Mons par feu
maistre Jean Wauquelin. Se avoit mandé que lesdits livres on l'y
menaist et lesquels contenoient iiii^{xx} xi quayers qui pesoient fort »(3).
Dont coût pour les trois jours que le voyage a duré : lx sols. Quant
à Wauquelin, un autre compte du 3o octobre de la même année
nous en parle en disant qu'il lui avait été versé « la somme de
iiii^{xx} x ridres et demy, l gros, monnoie de Flandres, pour chacun
ridre, et ce pour le fachon, escripture et parchemin de deux volumes
de livres que ledit Waucquelin avoit fait pour mondit seigneur, l'un

(1) De la Fons-Mélicocq, *Messager*, 1858, p. 223 et Matthieu, p. 339-40.
Montille (*Girard de Roussillon*, p. xxxviii) reproduit le compte précédent
et il émet l'avis, erroné selon nous, qu'il y est question de *Girard de
Roussillon*.

(2) Voir ci-dessus p. 28.

(3) Matthieu, p. 345.

(4) Laborde, ii, p. lvi ; Montille, *Girard de Roussillon*, p. xxxviii.

d'iceux volumes traictant la thierche partie des *Cronicques de Bavo*, contenant xxxiii quayers, et l'aultre volume traictant le quarte partie des livres maistre *Jehan Froissart*, contenant lvii quayers demy. Sont ensamble pour lesdits deux livres : iiii^{xx} x quayers demy. Pour lesquelx a esté payet ung ridre de chacun quayer, qui, audit pris de l gros le piece, vallent : iie xxvi livres v sols » (1).

Laissons de côté le *Froissart*, auquel d'ailleurs nous reviendrons, pour n'examiner que les *Cronicques des Belges* ou de *Bavo* lesquelles sont donc les *Annales du Hainaut* de Jacques de Guyse. Une luxueuse calligraphie et une splendide enluminure leur furent octroyées. Le manuscrit de Bruxelles en trois volumes (2), où elles nous sont conservées, passe à juste titre pour l'un des trésors artistiques du xve siècle. Il a été transcrit par trois scribes différents dont l'un nous est connu et s'appelle Jacques du Bois. Le travail complet, copie et décoration, était commencé dès 1446 (3), mais il ne fut achevé que longtemps après la mort du traducteur. Le garde-joyaux Jacques de Brégilles ne reçut le second volume, pour le mettre dans la librairie, que le 20 janvier 1455 (la calligraphie par du Bois était terminée le 8 décembre 1449). Mais ce volume n'était point « parfait » et il devait encore avoir son enluminure : Guillaume Vrelant la lui donna, beaucoup plus tard toutefois, car le salaire qu'il perçut ne se trouve spécifié que dans un compte de juillet 1468 (4). C'est en tête du premier volume qu'apparaît la fameuse miniature qui représente Wauquelin offrant ses *Annales* à Philippe le Bon (5). On a supposé qu'elle était l'œuvre de Memling ou de Roger van der Weyden, mais la démonstration reste encore à faire. Enfin, il y a le troisième volume qui a eu pour historieur Loyset Liédet (6).

(1) *Souv. Fl. Wall.*, xix, p. 149. Voir également ci-dessus p. 23, 28-29 et 144.

(2) N°s 9242-44. L'ouvrage est divisé en trois parties qui occupent, chacune, un volume.

(3) Date du prologue dans le tome i. Voir ci-dessus p. 414-15.

(4) Pinchart, *Miniaturistes*, p. 477. L'artiste a touché 72 livres pour l'enluminure. Les frais de reliure se sont élevés à 4 livres et 6 sous. Voir aussi *ibid.*, p. 489-90 et Durrieu, *Le Roi Alexandre*, p. 51 et 55.

(5) Pinchart, *ibid.*, p. 486-90. Voir aussi Reinach, *Un ms. de Philippe le Bon*, p. 22. Ce merveilleux frontispice a été souvent reproduit.

(6) Dehaisnes, *Jean le Tavernier et Louis Liédet*. L'enluminure a été payée 19 liv. et 16 sous à Liédet. Pour les frais de reliure et de dorure : 5 liv. et 10 sous. — Les trois volumes 9242-44 correspondent à Barrois : 1) Inv.

Pour ce qui est de la monumentale transcription de Bruxelles, les historiens modernes seraient en droit de juger que Philippe le Bon a trop bien fait les choses, c'est-à-dire qu'il a concédé aux *Annales* de Jacques de Guyse une faveur qu'elles ne méritaient pas. La fantaisie, comme on sait, se mêle à la vérité dans les récits du vieux chroniqueur, et il lui arrive même, si pas de prendre le Pirée pour un homme, au moins de prendre le héros d'un roman pour l'auteur de ce roman. Ainsi procède-t-il à l'égard de Bucalio ou Bustalus qui est non pas un écrivain, mais un des acteurs d'une œuvre littéraire à laquelle son nom sert de titre (1). Cette œuvre, nous la découvrons dans l'inventaire de 1467 avec la désignation : *Bustalus, lequel fut segneur de Tournay et de Tournesis.* Il faut y voir un roman historique relatif à Turnus et à la fondation de Tournai (2).

Le codice, qui lui est consacré, n'est pas de ceux qui ont établi la renommée artistique du xvᵉ siècle. Il en va bien autrement du

1467 et 1504 : Barrois, nᵒˢ 1433-2182. — Bruxelles, nᵒ 9243 ; 11) Inv. 1504 : Barrois, nᵒ 2181. — Bruxelles, nᵒ 9242 ; 111) Inv. 1504 : Barrois, nᵒ 2183. — Bruxelles, nᵒ 9244. Nous avons également dans Barrois un volume en papier, nᵒˢ 1432-1832 (inv. 1467 et 1487) qui se retrouve dans le nᵒ 10213-14 de Bruxelles, lequel contient la seconde partie de l'ouvrage.

Je n'examine pas les autres mss. connus de Wauquelin : Mons, Boulogne-sur-Mer (de Jean de Créquy), Paris, Nationale, etc… : voir *Souv. Fl. Wall.*, xix, p. 142; *Bull. Comm. Roy. Hist. Belg.*, 2ᵉ s., v, 1853, p. 195; Mangeart, *Catal. Valenciennes*, p. 571 ; Liebermann, *Neues Archiv der Gesellschaft für alte deutsche Geschichtskunde*, xv, p. 444-5 ; Devillers. *Séjours des ducs*, p. 450.

(1) Reiffenberg, *Philippe Mouskès*, i, p. ccxliv, note 2, et ccxlvi ; Joly, *Benoît de Sainte-More et le Roman de Troie, ou les Métamorphoses d'Homère et de l'épopée gréco-latine au moyen âge*, Paris, 1870-71, i, p. 535; Dinaux, *Trouv. Fl. et Tourn.*, p. 129.

(2) Barrois, nᵒ 1240, papier, qui doit être reproduit dans l'*Appendice*, nᵒ 2234 : « *Chronique de Tournay, ou Histoire de Bustalus, Achifer, Blanchandin, Gloriand, Philipis, Nervus et Turnus*, 2 vol. in-fᵒ en ancienne grosse bâtarde, de 456 ff., sur papier, ornés des armes de Bourgogne et de figures grotesques ». On croit le retrouver, coupé en deux, dans les nᵒˢ 9343-44 de la Nationale de Paris, ainsi décrits par le *Catalogue : « Compilation d'histoire romaine suivie de l'histoire de Turnus et de la fondation de Tournay*, faite par l'ordre de Philippe le Bon. Exemplaire enluminé aux armes de Bourgogne, avec de grossières miniatures. Le 1ᵉʳ feuillet est lacéré ; incomplet de la fin ; xvᵉ s., pap. ». Voir aussi *Nouv. Mém. Acad. Imp. et Roy.*, 1788, i, p. 213 ; d'Herbomez, *Bull. Soc. hist. et litt. de Tournai*, xxiv, p. 248-9, *Ann. Soc. hist. et arch. de Tournai*, 1898, iii, p. 55-56 ; Arnauldet, *Librairie de Blois*, p. 168. — Rappelons ici un ms. précité p. 204-05 : la *Chronique de Tournai* ou *Les vrates cronikes de la fundation de la noble ville et cité de Tornay.*

manuscrit de Vienne où David Aubert a calligraphié, en vertu d'un ordre émanant de son maître, l'*Histoire du royaume de Jérusalem jusqu'en 1210*. Ici, le « texte est secondaire et il ne forme, en quelque sorte que l'explication des miniatures » qui, elles, sont l'essentiel, c'est-à-dire qu'elles sont un des chefs-d'œuvre de l'époque. On a essayé d'en rapporter la composition à un Van Eyck ou à Roger van der Weyden, mais une opinion mieux fondée et plus récente désigne, comme auteur, Philippe de Mazerolles (1).

De l'officine de David Aubert sont en outre sorties (Bruxelles, 1462) les *Croniques abregies commençans au temps de Herode Antipas, persecuteur de la chrestienté, et finissant l'an de grace mil IIe et LXXVI* ou *Livre traittant en brief des empereurs*, ou encore, pour parler en style moderne, la *Chronique dite de Baudouin d'Avesnes*. C'est dans ce manuscrit (un beau manuscrit en deux volumes) qu'on lit le prologue connu sur Philippe le Bon « le prince de la chrestienté, sans réservation aulcune, qui est le mieux garni de autentique et riche librairie » (2). Baudouin d'Avesnes se rencontre dans d'autres copies de la même librairie. Nous en avons déjà signalé une plus haut (3). En voici une seconde qui contient à la fois l'*Histoire ancienne* de Gilles le Bel, les *Cronikes estraites et abregies des livres monseigneur Bauduin d'Avesnes* [jusqu'en 1248] et les *Récits d'un ménestrel de Reims* (4).

David Aubert est également intervenu dans la transcription de l'une ou l'autre version de l'œuvre que l'on a désignée *Chronique normande du* XIVe *siècle* (5). Sur la genèse de cette œuvre et les remaniements qu'elle a subis, des discussions se sont élevées : il n'est pas

(1) Schestag, *Chronik von Jerusalem* ; Durrieu, *Le Roi Alexandre*, p. 110, 166-8 ; Fierens-Gevaert, *La Renaissance*, p. 107 : Bougenot, *Bull. hist. et phil.*, 1892, p. 10. L'ouvrage n'a que 18 feuillets. Ce doit être Barrois n° 2180 (inv. 1487). Voir aussi le n° 1452 ?

(2) Barrois, n°s 896-1684. — Paris, Ars., n° 5080, et Barrois, n°s 1415-1696. — Paris, Ars., n° 5090. A remarquer que Barrois les indique à tort dans son *Appendice*, n° 2212. Sur ces mss., voir Labarte, *Hist. des arts*, III, p. 186, ainsi que Bayot, *Baudouin d'Avesnes*, p. 427, qui ne cite que le second volume de Barrois et ne fait pas l'identification avec l'Arsenal. — Pour le prologue, voir ci-dessus p. 17.

(3) Voir ci-dessus p. 406.

(4) Barrois, n°s 1465-1848 (cf. *Appendice*, n° 2306). — Bruxelles, n° 10478-79, Van den Gheyn, V, n° 3091, pap.

(5) Editée par A. et E. Molinier, *Soc. Hist. Fr.*, 1882 ; voir A. Molinier, *Sources*, n°s 3100 et suiv. ; Fris, *Bull. Comm. Roy. Hist. Belg.*, 5e s., X, 1900, p. 66-68.

requis que nous les exposions et il nous suffira de constater que, remaniée, elle est devenue, au temps de Philippe le Bon, une chronique officielle de la Flandre et de la maison de Bourgogne. Mais toutefois nous avons à la rechercher dans la librairie ducale et, pour ce faire, nous distinguerons avec les éditeurs trois catégories de manuscrits : 1º ceux qui s'arrêtent à 1371 ; 2º ceux qui contiennent l'abrégé tout entier avec une continuation plus ou moins étendue ; 3º et ceux dans lesquels l'abrégé suit ce qu'on appelle les *Chroniques abrégées de Baudouin d'Avesnes*.

La première catégorie est représentée par : I) Les *Croniques de France, d'Angleterre, de Flandres et d'autres contrées, commençans l'an de nostre seigneur Jhesu Crist mil deux cens quatre vingts et seze et fenissans l'an mil trois cens soixante dix, mises au net par David Aubert, clerc, l'an de grace mil quatre cens cinquante noeuf* ; c'est un beau manuscrit reposant à l'Arsenal, avec un prologue du copiste (1). II) Un volume en quatre parties, également dû à David Aubert et que déjà nous avons cité : le *Grand Codicille* de Jean Chapuis — la *Chronique abrégée en français commençant en 1095 au concile de Clermont, et finissant en 1328 au règne de Philippe de Valois, auquel Robert de Béthune et ses frères demandent grâce* — le *Vœu du Héron* — la *Chronique normande abrégée, dite de Jean le Tartier, commençant au règne de Philippe le Bel et finissant à l'année 1370* (2). Il est à remarquer que l'on a attribué ce remaniement à Jean le Tartier, prieur de Cantimpré, ami de Froissart. En réalité, ce qu'on peut lui devoir (et probablement on ne lui en doit même que la copie) (3), c'est « une mauvaise compilation historique sans valeur et infiniment plus courte » qui a pour titre : *Icy commence la genealogie de plusieurs mariages et alliances d'iceulx et plusieurs choses et incidents, qui sont advenues depuis, et commence au roy S. Loys de France.* Nous allons la rencontrer dans un de nos volumes bourguignons (4). III) Un autre codice dont les quatre parties nous sont aussi connues :

(1) Barrois, nos 1423-1933. — Paris, Ars., nº 6328, parch. Décrit par Gachard, *Bull. Comm. Roy. Hist. Belg.*, 1ᵉ s., VI, 1843, p. 165-170. Voir aussi de Paulmy, *Mél. tirés*, 1780, VI, p. 142-154.

(2) Voir ci-dessus p. 54. Barrois, nos 783-1763. — Paris, Nat., nº 9222, parch. Ce texte est dans Kervyn, *Istore et Croniques*, I, p. 238-53, 283-90, 320-27, 355-59, 411-19 ; II, p. 1-27, 46-56, 72-107. L'édition Molinier donne en note les parties de cette rédaction, qui diffèrent du texte primitif, d'après le ms. fr. 5610 de la Nationale. Voir aussi Delisle, *Inventaire général et méthodique*, I, p. 105.

(3) A. et E. Molinier, *Chron. norm.*, p. XLVIII.

(4) Bruxelles, nº 11138-9 : voir ci-dessous p. 421.

*Chronique de France et de Flandre, 1095 à 1305 — Vœu du Héron —
Chronique de France et de Flandre, 1296 à 1370 — Grand Codicille* (1).
IV) Trois textes juxtaposés qui sont : *Chronique de Flandre — Comme la
Royne Marie, femme du roi Charles* v, *fut couronnée à Paris — Cédule
du roi d'Angleterre envoyée au roi de France en 1369* (2). V) La *Chronique*
isolée et s'étendant seulement jusqu'en 1356 (3). VI) Comme dernier
numéro de la première catégorie, nous mentionnerons le très remarquable exemplaire des *Grandes Chroniques de Saint-Denis* aujourd'hui
conservé à la Bibliothèque impériale de Saint-Pétersbourg et qui
fut offert à Philippe le Bon par l'abbé de Saint-Bertin, Guillaume
Fillastre, alors qu'il était évêque de Toul (1448 1460). Il importe
d'ajouter qu'à partir du règne de saint Louis, le manuscrit s'éloigne
du texte traditionnel des *Grandes Chroniques*, pour suivre d'autres
sources, notamment Guillaume de Nangis. Nous sommes, comme
on l'a dit, en présence d'une édition revue et augmentée de ces
fameuses *Chroniques*, et le remaniement doit être imputé à Fillastre.
Mais il y a plus : l'auteur utilise, à la fin, la *Chronique normande
abrégée* (4).

La deuxième catégorie tient en un seul volume à trois textes, qui,
lui aussi, a déjà reçu sa mention : *Vœu du Héron — Généalogie de plusieurs rois de France* (de Jean le Tartier) *— Chronique de Flandre et de
France, de 1296 à 1408* (5).

(1) Voir ci-dessus p. 54. Barrois, nᵒˢ 832-1924. — Bruxelles, nᵒ 10432-35,
papier. Consulter Marchal, ii, p. 300 et 387. De manifestes liens de
parenté unissent ces trois premiers mss. de la première catégorie.

(2) Barrois, nᵒˢ 1441-1969. — Bruxelles, nᵒ 14910-12. Pour l'incipit du
second feuillet, voir A. et E. Molinier, p. 2.

(3) Barrois, nᵒˢ 1442-1934. — Bruxelles, nᵒ 10232, parch. Voir Gachard,
Bull. Comm. Roy. Hist. Belg., 1ᵉ s.. vi, 1843, p. 272.

(4) Barrois, nᵒˢ 1414-1638, parch. Voir S. Reinach, *Un manuscrit de Philippe le Bon à la Bibliothèque de Saint-Pétersbourg*, dans la GAZETTE DES BEAUX-
ARTS, xxix (1903), p. 265-78, xxx (1903), p. 53-63, 371-80. Le travail a reparu,
amplifié et accompagné de la reproduction complète des miniatures,
sous le titre : *Un manuscrit de la Bibliothèque de Philippe le Bon à Saint-Pétersbourg*, dans les MONUMENTS ET MÉMOIRES P.P. L'ACADÉMIE DES INSCRIPTIONS
ET BELLES-LETTRES (Fondation E. Piot), xi, Paris, 1904. M. Reinach
voudrait reconnaitre, dans certaines miniatures, l'œuvre de Simon
Marmion et de ses élèves. Voir aussi A. Bayot, *Sur l'exemplaire des Grandes
Chroniques offert par G. F. à Philippe le Bon*, MÉL. KURTH, ii, p. 183-90.

(5) Voir ci-dessus p. 54. Barrois, nᵒˢ 1470-1923. — Bruxelles, nᵒ 11138-9,
parch. La *Chronique* a été p.p. Kervyn, *Istore*, ii, p. 108-110, 128 et suiv.,
134 et suiv., 143 et suiv., 158-59, 384-87, 396-402, 417-36. Pour Jean le Tartier
voir ci-dessus p. 420.

Troisième catégorie : *Abrégé suivant les Chroniques abrégées de Baudouin d'Avesnes*. Pour cette catégorie, nos citations sont en partie faites (1). Nous n'avons plus qu'à les compléter par l'indication d'une œuvre ayant pour titre : *Croniques de Franche, d'Engleterre, de Flandres, de Lille et espécialment de Tournay*. Le récit commence à l'année 1001 et finit en 1431 (2).

Cette année 1431 nous conduit loin déjà dans le siècle des ducs de Bourgogne. Nous irons plus loin encore avec le *Livre des trahisons de France* lequel se rattache à la *Chronique normande*, mais dont l'examen est à réserver : ce livre doit se ranger parmi les mémoires bourguignons proprement dits, à côté des écrits de Monstrelet, Le Fèvre de Saint-Remy, Olivier de La Marche et Chastellain. Dès maintenant toutefois, constatons l'accueil particulièrement favorable dont a été honorée la *Chronique normande* chez Philippe le Bon (3). Il n'a rien d'ailleurs qui puisse surprendre : « Pour les Flamands (écrit à ce sujet A. Molinier), et c'était à leur intention que l'abrégé de notre chronique avait été rédigé, la lutte séculaire entre la France et l'Angleterre n'était pas l'événement le plus important du xive siècle ; les démêlés entre la Flandre et les rois Capétiens et Valois leur paraissaient naturellement plus intéressants. Au lieu de faire commencer les guerres qui signalèrent cette triste époque à l'hommage d'Edouard iii à Amiens, en 1329, ou aux premières hostilités, en 1337, ils remontaient à l'année 1294, date des premières querelles entre Gui de Dampierre et son suzerain Philippe le Bel, date également du premier traité d'alliance entre les comtes de Flandre et les rois anglais. Les ducs de la maison de Valois se trouvaient dans la même situation que les derniers comtes

(1) Voir ci-dessus p. 406.

(2) Barrois, n°s 1422-1858 (avec l'explicit : *Arnoul Peau de viel et Pierre Wyart*). — Bruxelles, n° 7383, pap. Voir Marchal, ii, p. 296 ; De Rode *Histoire de Lille*, i, p. 344 ; Molinier, n° 2849 ; ainsi que *Chronique artésienne (1295-1304) nouvelle édition, et Chronique tournaisienne (1296-1314) publiée pour la première fois d'après le ms. de Bruxelles* par Fr. Funck-Brentano, Paris, 1899 (COLLECTION DE TEXTES POUR SERVIR A L'ÉTUDE ET A L'ENSEIGNEMENT DE L'HISTOIRE). Ici nous est donnée une partie de notre chronique d'après le ms. de Bruxelles.

(3) Je cite en note une étude sur *Jean de Magnicourt, écuyer, seigneur de Verchin en Ternois, chroniqueur* (SOUV. FL. WALL., xix, p. 156-198), mais j'ignore si le ms. dont il est ici question présente un rapport avec la littérature de Bourgogne.

indépendants, et la couleur effacée de la chronique, respectueuse pour les rois de France, sans pourtant être hostile aux prétentions des comtes flamands, convenait parfaitement à leur politique » (1).

Sur les Flamands, Philippe le Bon possède d'autres compositions qui sont une *Histoire des comtes de Flandre (792-1152)*, dont le contenu a été publié (2), une *Chronique de Flandre* dont l'objet est encore à définir (3), ainsi qu'un volume d'*Annales* rédigées dans des conditions assez particulières pour que nous les rappelions en cet endroit : « De courtes *Annales*, dont nous ne connaissons pas le type primitif, mais qui ont eu une certaine vogue en Normandie au XIIe et au XIIIe siècle, nous sont parvenues sous la forme d'éditions arrangées et continuées suivant les intérêts de différentes églises. Elles ont pour point de départ la naissance du Christ ; mais elles débutent par la supputation des années écoulées depuis la création du premier homme. C'est un résumé de l'histoire ecclésiastique, de la succession des empereurs romains, et des principaux événements arrivés en France ». Ces *Annales*, qui étaient latines, furent abrégées et traduites en français probablement au XIIIe siècle. Il en existe une copie exécutée vers l'année 1275 qui provient de la librairie bourguignonne : « On y reconnaît la main d'un Flamand, qui a supprimé une partie des mentions qui n'intéressaient pas son pays, en gardant cependant plusieurs articles relatifs au monastère de la Charité et aux comtes de Nevers ; il y a ajouté un assez grand nombre de notes nouvelles, qui se rapportent plus particulièrement à la Flandre. Primitivement le travail n'avait pas été poussé au delà de l'année 1275. Les événements des trente années suivantes, jusqu'aux batailles

_(1) *Chron. normande,* p. XLII.
_(2) Un exemplaire est inséré dans le ms. n° 12203 de la Nationale de Paris, bibliographié ci-dessus p. 10 et 242. Un second apparaît dans l'inv. de 1487 : Barrois, n° 1936, et correspond au n° 9568-9 de Bruxelles (*Li generacion et li hgniée des contes de Flandres — Relation de la mort du comte Charles le Bon*). Le texte de Paris est édité dans le RECUEIL DES CHRONIQUES, CHARTES ET AUTRES DOCUMENTS CONCERNANT L'HISTOIRE ET LES ANTIQUITÉS DE LA FLANDRE OCCIDENTALE P.P. LA SOCIÉTÉ D'EMULATION DE BRUGES : *Les Chronikes des Contes de Flandres*, p.p. Kervyn de Lettenhove, Bruges, 1849. Le texte de Bruxelles, un peu différent, a été donné par De Smedt, *Corpus chronicorum Flandriae*, II, 1841, p. 31-92.

(3) Barrois, n° 1440, pap. Les mots de repère ne nous disent rien de de précis. — A rappeler l'achat d'une *Chronique de Flandre* par le duc : voir ci-dessus p. 125.

de Courtrai et de Mons-en-Pevelle et jusqu'à la mort de Jean, comte de Hainaut, ont été enregistrés après coup et à diverses reprises » (1).

A la suite des *Chronique normande* et *Chroniques de Flandre*, nous placerons les *Chroniques de Saint-Denis*. Philippe le Bon en avait hérité au moins quatre de son père. Il s'en est procuré plusieurs autres, dont l'une achetée du Gouverneur de Lille (2).

L'histoire de France est représentée autrement encore dans sa librairie : par des Villehardouin, des Henri de Valenciennes, des Joinville, par les *Récits d'un ménestrel de Reims* (3), et par l'*Histoire des ducs de Normandie et des rois d'Angleterre* (4).

D'un intérêt plus direct pour Philippe le Bon était sans doute le *Chronicon continens res gestas episcoporum sedis Ultrajectanae et comitum Hollandiae* de Jean de Beka, puisqu'une traduction lui en fut offerte (5). L'auteur du texte latin, Jean de Beka, qui appartenait au diocèse d'Utrecht et qui doit avoir travaillé à l'abbaye d'Egmont, re-

(1) Je ne sais de ces *Annales* que ce qu'en dit M. Delisle dans l'HIST. LITT., XXXII, 1898, p. 205-211, *Annales rédigées ou continuées dans une maison de l'ordre de Cluni, puis à Fécamp, à Valmont, à Saint-Taurin d'Evreux, à Braine et à Caen.* Je reproduis ici ses propres paroles, p. 205 et 210-1. Le ms. de Bourgogne est le n° 6447 de la Nationale et correspond, d'après M. Delisle, à Barrois, n° 1728 (inv. 1487) : je crois le retrouver, dans l'inventaire de 1467, sous le n° 723, parch., que répète le n° 1508.

(2) Les nouvelles sont : 1) Barrois. nos 1410-1721. — Bruxelles, n° 5 (contenu : Delisle, *Mél. Pal. et Bibl.*, p. 219-20) ; II) Barrois, n° 1411 (incipit du 2d f. : P. Paris, *Grandes chroniques*, I, p. 8) ; III) Barrois, nos 1412-1859. — Bruxelles, n° 2 (achetée chez le Gouverneur de Lille ; ce ms. a un frontispice formé de quatre médaillons quadrilobés bordés aux couleurs de France ; Marchal, II, p. 295) ; IV) Barrois, nos 1419-1710. — Bruxelles, n° 3 (Delisle, *ibid.*, p. 217). Les quatre sur parchemin.

Peut-être avons-nous le même texte dans Barrois, nos 1430-1938, pap. et Barrois, n° 1605 « en parchemin non lyé ne historié » qui me paraît avoir pour correspondant le n° 1722.

(3) Voir ci-dessus p. 242-3, 263-4, 409 et 419.

(4) Un exemplaire est dans le n° 12203 de la Nationale de Paris analysé plus haut p. 242. En voici un second — Barrois, nos 1276-1926. — Bruxelles, n° 10231, parch. Nous en avons un troisième, mais dans l'inv. de 1487 : n° 1852, pap. (cité à tort dans l'*Appendice*, n° 2223). Voir F. Michel, *Histoire des ducs de Normandie et des rois d'Angleterre*, Soc. HIST. FR., Paris, 1840 ; O. Holder-Egger, *Monumenta Germaniae historica*, XXVI, p. 699-717 (extraits) ; Molinier, n° 2217.

(5) Piaget, *Martin Le Franc*, p. 20-23 (qui démontre que c'est par une erreur manifeste qu'on a attribué cette traduction au poète du *Champion des Dames*) ; Molinier, n° 2895 ; Van Praet, *Louis de Bruges*, p. 259 ; Gachard, *Bibl de Madrid et de l'Escurial*, p. 559.

late ici l'histoire des évêques d'Utrecht et des comtes de Hollande de 690 à 1346 ; son œuvre fut continuée jusqu'en 1393 par un écrivain qui ne s'est pas fait connaître. Au siècle suivant, un autre lettré, qui ne nous a pas non plus livré son nom, découvrit ce *Chronicon* dans la librairie de son « très honnouré seigneur » le comte de Bochem, au château de la Vère en Zélande, le mit en français et dédia sa translation à Philippe de Bourgogne en disant : J'ai constaté que l'ouvrage mentionnait « pluisieurs vailans et vertueux princes, contes des contés et pays de Hollande, Zeellande et Frise, desquelz je scay estre venu et descendu mon dit très redoubté seigneur le duc et son très chier et unique filz Charles, conte de Charrolois, qui en noblez et vertueux fais de ce costé ne fourlingnent pas. Ains l'un de long temps et l'aultre de nouvel esprouvés ont si grandement acreut leurs vertueusez vaillances que par toutes terres et royaumez la renommée d'eulx est portée et divulguée à leur glore et loenge ». Dans cette même dédicace, il annonce que, sujet de Philippe le Bon, il s'est mis à la besogne par ordre de son maître le comte de Bochem. La chronique, qu'il a de la sorte francisée, se termine par « le récit des discussions qui s'élèvent entre le duc Aubert de Bavière et Guillaume, comte d'Ostrevant, son fils, à l'occasion du bannissement de plusieurs barons et chevaliers de Hollande par le duc, à la suite du meurtre d'Alix de Poelgeest » (1).

Au duc Aubert de Bavière et à Guillaume d'Ostrevant la maison de Bourgogne était unie par des liens de parenté qui ont été exposés et même chantés par des écrivains du temps. Froissart est du nombre ; il en a parlé dans ses vers et dans sa *Chronique*. Celle-ci devait naturellement prendre place dans les collections ducales. Nous avons observé qu'en 1420 un *Livre Froissart* avait passé en héritage à Philippe le Bon et que, dix ans plus tard, un volume portant le même titre était confié à un relieur du nom de Jean de la Rue (2). Le succès du brillant mémorialiste n'en est pas resté là. Le duc a commandé une copie de sa chronique à son laborieux scribe Jean Wauquelin et, de plus, il s'est procuré ou bien il a reçu (par des voies ignorées jusqu'à présent) d'autres manuscrits du

____

(1) Gachard, *ibid.*, L'œuvre est dans Barrois, nos 1443-1776. — Paris, Nat., no 9002, parch., exempl. de dédicace de Philippe le Bon, avec miniatures.

(2) Voir ci-desus p. 128.

même texte (1). Son grand bâtard Antoine a fait mieux encore, car c'est à son initiative qu'est dû le *Froissart de Breslau* en quatre tomes, autrement dit une des productions les plus artistiques du siècle (au moins les trois derniers tomes) : elle fut élaborée sous la direction de David Aubert (2).

Dans sa vaste et glorieuse narration, Froissart est parti de l'année 1325 et il est arrivé au seuil du xvᵉ siècle. La *Fleur des Histoires* de Jean Mansel ne pénètre pas aussi loin dans l'âge moderne, mais elle remonte à l'origine des temps, en ce sens qu'elle embrasse l'histoire ou des histoires du monde depuis la création jusqu'à Charles vi. C'est une longue compilation qui « renferme une somme variable de morceaux détachés dont l'agencement est loin de présenter rien de fixe dans les multiples manuscrits qui nous l'ont conservée » (3). De ces manuscrits, un classement provisoire a été donné, en 1900, par M. Léopold Delisle qui les a ramenés à deux groupes ou familles d'après la disposition différente des matières, la divergence des prologues et le nombre des parties. D'après lui, il y aurait eu une première rédaction en trois parties ou livres ; ensuite, une seconde aurait été exécutée qui en contiendrait quatre. Nous ne croyons pourtant pas que l'on ait là le mot définitif, la vérité dernière sur la question, c'est-à-dire sur la genèse de l'œuvre ainsi que ses versions. Mais occupons-nous seulement de Philippe le Bon et voyons les textes qu'il a eus par devers lui. C'est d'abord

(1) Barrois, nᵒˢ 1425, 1426, 1427, 1428, parch., (inv. 1467) dont les trois premiers sont répétés par les nᵒˢ 1650, 1698, 1699 (inv. 1487). Je ne trouve pas de correspondant au nᵒ 1428 dans l'inv. de 1487. — Serait-ce le Wauquelin ? Voir la rémunération accordée à ce dernier p. 416-17. L'inv. de 1487 contient, en outre, les nᵒˢ 1893, 1700, 1651 et 1894 qui existent encore à l'Arsenal, nᵒˢ 5187-5190. Sur ces mss., voir Kervyn, *Froissart*, i, p. 428-9, dont les indications demanderaient à être discutées en détail.

(2) Reinach, *Froissart de Breslau* ; Durrieu, *Le Roi Alexandre*, p. 115.

(3) Bayot, *Bull. Bruges*, 1906, p. 166. Sur cette œuvre qu'on a parfois confondue avec la *Fleur des histoires de la terre d'Orient* (ci-dessus p. 241), voir Reiffenberg, *Nouv. Arch. histor. des Pays-Bas*, vi, 1832, p. 1-15; Dinaux, *Arch. histor. et litt. du Nord de la France et du Midi de la Belgique*, nouv. série, ii, 1838, p. 542-50; Abrahams, *Bibl. Copenhague*, p. 87 : P. Paris, *Mss. franç.*, i, p. 59-63, ii, p. 314-17, v, p. 314-5 ; de Saint-Genois, *Catal. Gand*, p. 46 ; Pinchart, *Archives*, ii, p. 114-23 ; P. Meyer, *Bibl. Ec. Ch.*, 1867, iii, p. 305 et *Girart de Roussillon*, p. clv ; L. Gautier, *Épopées*, ii, p. 548-56 ; iii, p. 295-7, 460, iv, p. 173-80 ; Devillers, *Biogr. Nat.*, xiii, col. 359-60, Delisle, *Journ. Sav.*, 1900, p. 16-26, 106-107, *La Bibliofilia*, déc. 1903 et janv. 1904 ; Gröber, p. 1147 ; Molinier, nᵒ 3932 ; Van den Gheyn, v, *passim*.

un très bel exemplaire sur parchemin en deux volumes et en trois
livres (1). De ces livres, le premier s'étend de la création au règne
d'Auguste et le second traite les sujets suivants : « Vie de Notre
Seigneur — Actes des Apôtres — De la glorieuse assumpcion en
corps et ame de la benoite Vierge Marie — Plusieurs notables
miracles de la glorieuse Vierge Marie — Hystore des angeles —
Des Rommains [depuis la mort d'Auguste jusqu'à l'avènement de
Domitien] — De toutes les provinces du monde [suivant l'ordre
alphabétique] — De la noblesse des edefices de Romme — L'ystore
de la grant cité de Belges, que maintenant l'en nomme Bavay, en
Haynau ». Le troisième livre a pour objet : « Vies de saints, par
ordre alphabétique — L'istoire en brief prinse sur le dyalogue saint
Grégoire — L'histoire des Romains et des Français depuis Domi-
tien jusqu'au règne de Charles VI — L'histoire des papes de Rome
jusqu'à Clément V — La légende d'Antide — Grisélidis — Une
briefve recollection d'examples des vertueux faiz des anciens princes
paiens concernans les quatre vertus cardinales — De l'âme humaine
— Epilogue en vers où l'auteur se fait connaître ».

M. Delisle, comme il vient d'être dit, a démontré l'existence
d'une seconde rédaction en quatre parties. Peut-être même l'ouvrage
a-t-il encore été refait autrement. Quoi qu'il en soit, nous ne découvrons chez Philippe le Bon (en dehors du luxueux exemplaire précité) qu'un manuscrit sur papier en quatre volumes ; de ces quatre
volumes, un seul, le dernier, est aujourd'hui signalé (2) : il contient les provinces du monde rangées suivant l'ordre de l'alphabet,
la noblesse des édifices de Rome, l'histoire générale depuis Constantin jusqu'à la bataille de Courtrai en 1302 et l'épilogue en vers (3).
Un manuscrit identique (sauf pourtant que l'histoire générale y est
conduite jusqu'à l'avènement de Charles VI, en 1380) a figuré dans
la librairie de Marguerite d'York : il porte sa signature (4).

---

(1) En deux volumes — Barrois nos 715-1500-1652 — Bruxelles, no 9231
(livres I et II) et Barrois nos 714-1499-1681. — Bruxelles, no 9232. Van den
Gheyn, V, no 3576, parch., miniatures superbes.

(2) Inv. 1467 : Barrois, nos 716, 717, 718, 719 (I-IV), répétés, dans le même
inventaire de 1467, par les nos 1501, 1502, 1503, 1504. Le quatrième volume
est celui de Bruxelles : no 9260, Van den Gheyn, V, no 3082.

(3) Pour le contenu des trois premiers volumes, voir les indications de
M. Delisle et du R. P. Van den Gheyn.

(4) Bruxelles, 9233, Van den Gheyn, V, 3081, que M. Delisle identifie à
tort avec Barrois, nos 719-1504.

Dans les *histoires* de Mansel, la légende s'étale à l'aise en regard de la vérité. C'est au quatrième volume qu'arrive l'abrégé du *Girard de Roussillon* de Wauquelin : il est rattaché au règne de Charles le Chauve (1). Dans l'ensemble, l'œuvre manque d'originalité, et c'est ce qui apparaîtra mieux, croyons-nous, lorsqu'on l'aura étudiée de près. Plus d'un point obscur reste à élucider. Ainsi, une enquête s'impose sur ses rapports avec les *Faits des Romains* et les *Histoires romaines* de Mansel lui-même (2). Il y a, de plus, à déterminer exactement les dates de composition et la part qu'aurait eue le duc de Bourgogne dans la mise au jour de ce travail.

Seule une des productions qui viennent d'être passées en revue atteint son règne par les événements qu'elle relate : c'est la *Chronique de France, d'Angleterre, de Flandre, de Lille et spécialement de Tournai*. Le moment est arrivé d'examiner les autres œuvres qui nous font pénétrer dans ce règne, qui portent vraiment et pleinement sur le xve siècle, étant presque toutes des journaux et mémoires de l'époque, étant, sauf l'une ou l'autre exception et à quelques réserves près, de l'historiographie bourguignonne. Ouvrons la série par les *Mémoires* de Pierre de Fenin (1407-1427) (3). Toutefois, si nous les citons, nous ne prétendons pas dire qu'ils émanent d'une plume vénale, loin de là. Leur auteur a beau être un disciple de Monstrelet et, par l'importance qu'il accorde à la maison de Bourgogne, trahir des sympathies pour elle. A tout prendre, il reste impartial. Son éditeur, Mlle Dupont (4), le juge même indifférent et froid ; elle s'appuie là-dessus pour en faire un personnage des dernières années du xve siècle et des premières du xvie. D'après elle, un contemporain (et certains érudits veulent qu'il ait été panetier de Charles vi et qu'il soit mort en 1433) n'aurait pas contemplé d'un œil aussi calme, rapporté dans un ton aussi retenu les démêlés des familles d'Orléans et de Bourgogne.

Dans un sens plus favorable à celle-ci, l'histoire contemporaine est narrée par Pierre Cochon de Fontaine-le-Dun, notaire apostolique à Rouen, dont la *Chronique* s'étend des environs de 1181 au

(1) Ci-dessus p. 30.
(2) Ci-dessus p. 138.
(3) Ed. par Mlle Dupont, *Soc. Hist. Fr.*, 1837. Molinier, n° 3928.
(4) Voir aussi R. de Maulde, *Revue de l'art français*, 1886, ainsi que Molinier, iv, p. 189, v, p. cxlvi.

mois d'août 1430 (1). Ce qui précède l'année 1406 est une compilation
de livres antérieurs. A partir de là, il devient mémorialiste, mais en
s'aidant encore des autres. par exemple de Monstrelet. « Il se
montre un bourguignon ardent et décidé, écrit Vallet de Viriville,
ou plutôt ses opinions politiques affectent une nuance particulière
dont je vais essayer de rendre compte. Il hait la cause Armagnac
et les hommes de ce parti. Il traîne Louis, duc d'Orléans, aux
gémonies et lui attribue tous les malheurs publics dont la France
fut alors le théâtre. Il parle avec une faveur, une sympathie évidente, de Jean sans Peur... (mais seulement) jusqu'au meurtre de
Louis d'Orléans » (2). Il a reproduit en partie le discours sur le
tyrannicide de Jean Petit (la mineure), mais dans un texte quelque
peu différent de celui de Monstrelet.

Nous n'avançons guère dans le xve siècle, mais nous remontons
beaucoup plus haut dans le passé, avec une chronique anonyme
appelée souvent *Chronique des Cordeliers* (à cause de la provenance du
manuscrit unique), qui, à l'instar de la *Fleur des Histoires* de Mansel,
s'en va prendre son point de départ à l'extrême origine des temps,
à la création du monde et traverse les âges, mais rapidement, pour
ne s'arrêter qu'au 25 juillet 1431. Elle est, par l'esprit, franchement
bourguignonne : ainsi, elle évitera d'appuyer aux endroits où la
consigne est de glisser et nous y aurons à peine une narration de la
mort de Louis d'Orléans (3).

La *Chronique des ducs de Brabant* d'Edmond de Dynter, tout en
plongeant elle aussi dans la nuit des temps. arrive jusqu'en 1442.
C'est maintenant de l'historiographie bourguignonne officielle, car
l'auteur est un annaliste porteur d'un mandat officiel. Il écrit en
latin, mais son œuvre, *Chronica nobilissimorum ducum Lotharingiae et*

(1) Molinier, n° 4144. Ed. par Ch. de Beaurepaire, *Société de l'histoire de
Normandie*, Rouen, 1870.

(2) *Chronique de la Pucelle ou Chronique de Cousinot suivie de la Chronique
normande de P. Cochon*, Paris, 1892 (édit. partielle).

(3) Molinier, n° 4147. Parue, en partie (1400-1422), dans Douët d'Arcq,
Monstrelet, vi, p. 191-327. Ms. à Paris, Nat. 23018 (anc. Cordeliers de Paris).
L'éditeur dit, p. 191 : « Les récits de cette chronique se développent à
partir de Philippe de Valois ; elle donne alors, principalement pour ce
qui regarde la Flandre et le Hainaut, des détails qu'on ne trouve pas
ailleurs ». Voir encore F. B[rassart], *La mission de Jeanne d'Arc résumée
par un chroniqueur wallon comtemporain (1429-1431)*, Souv. Fl. WALL., I, 1881,
p. 143-167.

Brabantiae ac regum Francorum, a passé en français par les soins de
Jean Wauquelin et par le commandement de Philippe le Bon (1).
De naissance noble, Edmond De Dynter se trouve, dès 1406, au
service d'Antoine, duc de Brabant, et il devient secrétaire ducal
sous ce prince et ses successeurs. Mêlé à toutes les affaires diplomatiques du Brabant pendant le premier tiers du siècle, il est chez
Philippe le Bon (qui hérite du duché en 1430) un personnage en
vue et que l'on écoute. Il est mort en 1448, ayant présenté l'année
précédente à son maître la *Chronique* qu'il avait reçu mission de
composer. Elle est en six livres, dont le dernier, le plus développé,
s'étend de 1355 à 1442. Il a beaucoup emprunté, voire même pour
la partie de l'histoire qu'il a lui-même vécue, mais il a inséré dans
cette partie des documents d'archives que la cour mettait à sa disposition (2). Il aime Philippe et les siens ; son récit s'entremêle
d'éloges à leur adresse, mais il manifeste le souci d'être exact.

Il a eu des confrères en historiographie qui pareillement ont usé
du latin. Nous pouvons les ignorer et passer à Jean d'Enghien,
seigneur de Kestergat, qui s'inspire de lui pour son *Livre de Cronic-*
ques de Brabant rédigé en français. Ce *Livre* ne rentre pourtant pas
dans le cadre du présent exposé puisqu'il s'arrête, sous la forme où
nous le possédons, à l'année 1288. Mais c'est une œuvre qui, partie
de l'âge de Noé, devait probablement aller jusqu'au Téméraire
et qui ne serait pas née sans les encouragements de Philippe le
Bon. Entré au service de ce prince en 1420, Jean d'Enghien devient,
par la suite, son conseiller et chambellan, s'élève à la dignité
d'amman de la ville de Bruxelles (1430), prend place parmi les
maîtres d'hôtel du duc (1444) et reste jusqu'à sa mort presque
(1478) le gardien fidèle des intérêts de la maison de Bourgogne.
Charles le Téméraire le maintient dans sa charge, et il fait de même
pour son fils Louis qui remplace son père dans les fonctions
d'amman.

(1) Edit. du texte latin par De Ram, *Chroniques belges inédites,* 1856-57,
3 vol., avec la traduction de Wauquelin. Voir aussi Bayot et Cauchie,
Chroniques brabançonnes, p. LXX-LXXIII ; Molinier, n⁰ 3944 ; H. Nélis, *La*
Chronique d'Edmond de Dynter et la continuation des Brabantsche Yeesten, BULL.
COMM. ROY. HIST. BELG., 1907, LXXVI, p. 568-596.

(2) Voir le travail de M. Nélis qui montre tout ce qu'il doit au continuateur des *Brabantsche Yeesten* de Jean Boendale, lequel continuateur fut
secrétaire du duc de Brabant Jean IV (1415-1427) et de ses successeurs.

C'est à Charles que Jean d'Enghien a dédié sa narration qui n'avait pu être achevée du vivant de Philippe (vers 1470). Il a, dans sa préface, glorifié les mérites du nouveau duc en même temps qu'il lui exposait la genèse de ses *Chroniques* : « A cause, dit-il, du multitude et prolixité » de divers volumes « en langaige thioiz » sur les ducs de Brabant, volumes que j'ai « veu et successivement discouru, j'emprins en moy mesmes faire tous leurs contenuz coeiller et assembler en ung seul volume en translation de langaige françois, faisant comme ces jeusnes pucellettes qui, pour faire ung chappelet bien odorant et plaisant à veoir des fleurettes d'ung gardin bien garny de telles besoingnettes, ne coeillent que la haulteur des violiers et fleurs qui aornent icelluy gardyn... ». Mon histoire, ajoute-t-il, est rédigée « à l'exaltation et gloire de vostre nom et de vostre dit maison de Brabant ». Elle devait être en cinq livres, mais le dernier, perdu ou pas composé, nous manque. Elle s'arrête, comme nous l'avons dit, à 1288, à la bataille de Woeringen, donc bien loin encore de la période bourguignonne (1). Mais, qu'il ait ou non atteint le siècle de Charles le Téméraire, il n'a pu que lui être agréable par le récit qu'il lui faisait des siècles antérieurs. Incontestablement, il flattait l'orgueil familial en rapportant ce qu'il promet au duc dans sa préface : « Vous y trouverez aussi la descendue de très nobles et reluisans Troiens et Rommains et espécialement du du très noble et reluisant Priant le grant roy de Troyes, car Brabon, duquel Brabant print premièrement son nom, estoit Troyen et print à femme la nièpce de Jullius César qui estoit romain ».

L'un de ses inspirateurs, Edouard de Dynter, nous a fait parvenir à l'année 1442. Avec Le Fèvre de Saint-Remy (1408-1435), Enguerrand de Monstrelet (1400-1444), l'écrivain du *Journal d'un bourgeois de Paris* (1405-1449), ainsi que le mystérieux rédacteur du *Livre des trahisons de France*, nous sommes dans les règnes de Jean sans Peur et de Philippe le Bon, et surtout nous sommes entièrement dans l'historiographie bourguignonne. Pour avoir complète la liste des principaux mémorialistes qui vont « illustrer » la vie de Philippe et celle de son fils Charles, il resterait à citer Mathieu d'Escouchy,

---

(1) Inédite. Un fragment en a été publié dans les *Bull. Comm. Roy. Hist. Belg.*, 1e s., XIII, 1847, p. 290-2. Analyse et extraits, *ibid.*, 2e s., VIII, 1856, p. 360-87, par Borgnet. Voir aussi A. Wauters, *Biogr. Nat.*, VI, col. 602-4 ; Bayot et Cauchie, *Chroniques brabançonnes*, p. LXXXI-II.

Jacques Du Clercq, Jean de Haynin, Jean de Wavrin, Georges
Chastellain, Olivier de La Marche et Jean Molinet. Presque tous
sont nés en terre bourguignonne. De plusieurs d'entre eux, l'on
attendrait maints renseignements sur l'existence économique,
sociale et même morale du peuple. Mais ils n'en ont guère donné,
parce qu'ils ignoraient ou connaissaient peu cette existence. Ce
qu'ils ont également trop négligé (sauf peut-être Chastellain), c'est
l'organisation administrative des communes de l'ancienne Flandre
et, par suite, les motifs de la résistance qu'elles ont opposée aux tendances centralisatrices de leurs maîtres (1). Mais en revanche, ils
sont d'un incontestable intérêt lorsqu'ils consignent, dans leurs
écrits, leurs abondantes et précieuses informations sur la maison de
Bourgogne envisagée, si l'on peut dire, dans son mouvement extérieur, sur ses ressources militaires, sur les passions politiques qui
l'agitent, sur ses démêlés avec une puissance telle que la France.

A ce dernier point de vue, il est des épisodes historiques qui sont
des plus curieux à considérer, ceux qui prêtent à discussion et aux
explications retorses comme le meurtre de Louis d'Orléans à Paris
et l'assassinat de Jean sans Peur à Montereau. Voyez, par exemple,
le confrère anonyme des Monstrelet et des Chastellain qui a rédigé
le *Livre des trahisons de France envers la maison de Bourgogne* (2), et
admirez combien adroitement il pratique l'art d'arranger l'histoire :
« Ainsy que le duc Loys retournoit de l'ostel de Saint-Pol, il fut
rencontrés en la rue Saint-Anthoine d'un mauvais vent auprès de
la porte Baudet, dont il fut rués jus du cheval, et luy vola ung
poing en la chaussie au premier cop qu'on luy donna, dont il y ot
grant effroy, et crièrent ses gens : Orléans ! Orléans ! ; mais riens
n'y valu, car de ce rude vent moru prestement en la place, dont la
ville fut fort estourmie par le guet quy fist effroy, dont le provost
de Paris monta à cheval à puissance de gens d'armes, mais ils
n'alèrent guaires loing, car ils trouvèrent la chaussie toute semée
de chaudes treppes, dont le cheval du prouvost mesmes fut enferrés

---

(1) Voir sur ce point V. Fris, BULL. SOC. HIST. ET ARCH. GAND, 1900,
p. 212-43, *Onderzoek naar de Bronnen van den Opstand der Gentenaars tegen
Philips den Goede, 1449-1453*, et 1905, p. 190-91, *Analyse de Chroniques bourguignonnes*. Voir aussi De Smet, *Bull. Comm. Roy. Hist. Belg.*, 1e s., XI
1846, p. 7.

(2) Cet ouvrage est analysé plus loin.

tellement qu'il se rua par terre » (1). Lorsque Cochon arrive à ce
même événement, « une sorte de pudeur étrange le force à voiler
son récit, et c'est dans les mots équivoques d'une espèce d'argot
qu'il nous reproduit cette scène de ténèbres. Il hésite davantage
encore losqu'il s'agit de suivre Jean sans Peur conspirant avec
Henri v contre la France : il recule avec un dégoût et une antipa·
thie marqués » (2). Nous avons aussi la *Chronique des Cordeliers* qui,
elle, (comme déjà nous l'avons indiqué), parle de la même scène,
mais en s'efforçant de ne pas trop en dire.

Prenons l'autre événement et prenons-le dans une relation anonyme d'un manuscrit de Leyde, laquelle a été publiée, en 1866, par
Kervyn de Lettenhove qui notait à ce sujet : « L'opinion qui a pré-
valu jusqu'à nos jours fait retomber sur le Dauphin et ses conseillers
le poids d'une odieuse préméditation, et j'ai vu dans la bibliothèque
de sir Thomas Philipps (n⁰ 10396) un livre écrit par un roi d'armes
français vers 1442, c'est-à-dire sous le règne même de Charles vii,
où l'on rapporte que vingt-trois années auparavant le duc Jean de
Bourgogne fut *tué traistreusement*.. La relation que j'emprunte à un
manuscrit de Leyde offre quelques détails nouveaux ; mais il ne
faut pas perdre de vue que l'esprit bourguignon y domine avec
toute sa chaleur et vraisemblablement avec toutes ses haines et toute
sa partialité ». Cette relation, qui n'est donc pas signée, a pour titre :
La manière de la traïson faite par le dolphin de Vyenne de la mort par lui
perpétrée en la personne de monseigneur le duc Jehan de Bourgongne, que Dieu
absoille (3), un titre expressif, comme on voit, et qui annonce que
l'auteur met tous les torts du côté de « Charles soy disant daulphin
de Viennois et ses complices ». A l'érudit belge que nous venons de
citer, l'on doit une « autre relation » du même attentat empruntée à
un manuscrit de Lyon : « Dictée par les mêmes inspirations,
observe-t-il, puisée probablement aux mêmes sources, elle offre des
variantes et des détails nouveaux qu'il est intéressant de reproduire
et de comparer » (4). Ici encore, le titre dit tout l'esprit de l'œuvre :
Chy après s'ensieut la manière de la faulse trayson et mauldict murdre fait

(1) Kervyn, *Chron. de Bourg.*, iii, p. 21.
(2) Voir Vallet de Viriville, *ibid.*, p. 350-1 et 381.
(3) *Bull. Comm. Roy, Hist. Belg.*, 3ᵉ s., viii, 1866, p. 91-96.
(4) *Bull. Comm. Roy. Hist. Belg.*, 4ᵉ s., i, 1873, p. 197-202 ; voir aussi Molinier, n⁰ 3795 : c'est un abrégé du texte précédent et un fragment d'une
chronique tournaisienne.

en la personne de feu de bonne mémoire Jehan, duc de Bourgongne..., que Dieu absoille, par Charles, daulphin de Vienne et ses complices, lequel murdre et piteuse mort se fist à Monstereau-où-fault-Yonne le dimenche x^e *jour de septembre environ* v *heures après disner l'an mil* IIII^c XIX. Mais l'on peut se dispenser d'insister davantage sur cette question de Montereau, et il suffit de renvoyer à l'étude du savant français Du Fresne de Beaucourt, lequel a démontré la partialité de Monstrelet et des auteurs qui, en l'occurrence, ont puisé leurs renseignements chez lui. Il le rend, et non sans de bonnes raisons, tout spécialement responsable des erreurs qui ont longtemps obscurci ce chapitre de l'histoire politique du XVe siècle (1).

La partialité des mémorialistes bourguignons se manifeste encore lorsqu'on les interroge sur un autre point d'histoire controversé, ou diversement expliqué par les contemporains : le rôle de Jeanne d'Arc. On a réuni et publié toute une série de *témoignages bourguignons* vraiment significatifs, parmi lesquels ceux de Monstrelet, Jean de Wavrin, Le Fèvre de Saint-Remy, Chastellain et du rédacteur du *Journal d'un bourgeois de Paris* (2). L'attitude de Philippe le Bon en face de la pucelle d'Orléans n'est assurément pas de nature à justifier le titre de *Bon* que ses admirateurs lui ont décerné. Aussi Monstrelet s'applique-t-il à la faire aussi peu blâmable que possible. Il a été le témoin de l'entrevue du puissant seigneur avec Jeanne d'Arc qui, étant prise devant Compiègne, reprochait à ce dernier son alliance « avec les ennemis des fleurs de lys ». A cet incident, à cette entrevue dont il aurait pu nous rapporter tous les propos, le chroniqueur n'accorde que deux mots, et encore est-ce pour dire qu'il ne s'en souvient plus. Même réserve ou même silence chez ses continuateurs et imitateurs, Le Fèvre, Wavrin et Chastellain. Dans la liste des *témoignages bourguignons* sur la pucelle que nous indiquions à l'instant, on pourrait faire rentrer un texte qui ne s'y trouve pas : c'est un passage du *Livre des trahisons* où il est dit qu'au siège d'Orléans, « orent les gens du dauphin aveucques eulx une femme, quy estoit fille à ung homme de Vaucoulour en Lorraine ... Le dauphin

____

(1) *Revue des Questions historiques*, 1868, v, p. 189-237. Il aurait encore accru la valeur de son étude s'il avait pu connaître et citer le *Livre des trahisons*.

(2) Quicherat, *Procès de condamnation et de réhabilitation de Jeanne d'Arc*, Paris, 1847, IV, p. 360 et suiv.

fit pronunchier par ung carme nommé frère Rigault, en touttes places où il estoit obéis, que celle femme estoit une pucelle que Dieu avoit envoyée et tramise du ciel pour le remettre en son royaume, et que tousjours aroit la victoire tant qu'elle seroit aveucques son armée, et l'appeloient parmy France les folles et simples gens l'angélique, et d'elle faisoient chansons, fables et bourdes mervilleuses et plaines d'erreur, tant que en cel an, par les bourdes et faintes parolles de celluy frère Rigault proposées en ses sermons, lequel représentoit le personnage Faulx-Semblant au romant de la Rose, ils cuidèrent estre chose angélique celle quy avoit le déable au ventre » (1).

Une enquête de ce genre sur quelques incidents fameux du xvᵉ siècle et sur les récits bourguignons afférents pourrait être longuement poursuivie si l'on n'avait assez déjà de montrer, d'une façon générale, les rapports de nos chroniqueurs avec leurs princes et la mesure dans laquelle ils se sont mis à leur dévotion. Pour en revenir à Monstrelet (2), il sied d'abord de noter qu'après avoir été bailli du chapitre de Cambrai depuis 1436 jusqu'en 1440, il devint prévôt de cette ville pour le duc de Bourgogne. Il est mort en 1453, laissant une chronique qui s'étendait de 1400 à 1444. Malgré certains efforts pour tenir la balance égale entre les Français et son seigneur et maître, il penche plutôt du côté de ce dernier. Il est attaché à la maison de Luxembourg et tandis qu'il la loue, ses éloges atteignent indirectement la maison ducale (3). Charles vi et les Armagnacs ne lui sont pas sympathiques. Toutefois il semble vouloir être juste ; il est d'ailleurs bien documenté et dans telle affaire controversée, il laisse entendre les deux cloches : s'il rapporte le discours de Jean Petit sur le tyrannicide, il donne ensuite la parole à la partie adverse (4). Une autre preuve que l'on a invoquée de son désir d'être vrai, c'est qu'il raconte, avec un grand luxe de détails, un des actes les moins honorables pour la mémoire de Jean sans Peur, le « monstrueux complot formé en 1415 par les émissaires que ce prince avait

(1) Kervyn, *Chron. de Bourg.*, iii, p. 197. Voir encore, pour le même sujet, *Chronique des Cordeliers* et l'article précité (p. 429) des *Souvenirs de la Flandre Wallonne.*

(2) Gröber, p. 1149 ; Molinier, nᵒ 3946 ; A. Wauters, *Biogr. Nat.*, xv, col. 137 et suiv.

(3) Du Fresne de Beaucourt, *Histoire de Charles* vii, Paris, 1881, i, p. LIV-LV.

(4) Voir ci-dessus p. 287.

envoyés à Paris ». Du moins, telle est l'idée de J. B. Dacier qui veut défendre Monstrelet du reproche de partialité (1). Mais si vraiment notre chroniqueur échappe à pareil reproche, dit Quicherat, ce n'est pas en parlant de Jeanne d'Arc (2), et il cite le passage que nous avons mentionné plus haut. Là aussi, nous avons noté que Monstrelet n'avait pas rapporté l'assassinat de Montereau avec assez d'austère indifférence pour être qualifié d'historien absolument véridique.

De bonne heure, sa *Chronique* obtint une grande vogue. Elle reçut des *suites*, des continuations et elle fut reproduite en un nombre assez considérable de manuscrits : on en retrouve dans la bibliothèque de Philippe le Bon (3).

Jean Le Fèvre, seigneur de Saint-Remy (né en 1395 ou 1396, mort à Bruges en 1468) dépendait, plus étroitement que Monstrelet, de la maison de Bourgogne. Il supprimait volontiers son nom de famille pour se parer du titre décoratif de roi d'armes de la Toison d'or ou plus simplement Toison d'or (4). On a conjecturé (5) que dès 1415 il était au service de cette maison, c'est-à-dire de Jean sans Peur. On tient de lui-même le renseignement que c'est en 1430 qu'il remplit sa première mission pour Philippe le Bon. Héraut d'armes de ce prince, il le servit assez intelligemment pour être appelé aux fonctions d'abord de conseiller, ensuite de premier roi d'armes de la Toison d'or. Qu'on lise, dans les statuts de l'ordre, l'énoncé de ses attributions et l'on verra s'il fallait pour ce poste un homme de tact et de confiance. Aussi plus d'une fois le duc en fit son ambassadeur et, dans les diverses négociations dont il le chargea, Le Fèvre se révéla diplomate de valeur. En outre, ce fut un héraldiste et un juge estimé dans les controverses des pas d'armes : ses avis faisaient loi. Il exerça son emploi de roi d'armes jusqu'après la mort de Philippe le Bon, et il eut l'honneur d'être élevé par Charles le Téméraire au rang de chevalier de l'ordre.

Il était âgé déjà lorsqu'il entreprit sa *Chronique* (1408-1435). Les

---

(1) *Mémoire sur la vie et les chroniques d'E. de Monstrelet*, MÉM. DE L'ACAD., XLIII, p. 535-62.

(2) Quicherat, *Procès*, etc., p. 360.

(3) Barrois, nᵒˢ 705-1151, pap. Voir aussi les nᵒˢ 1413-1753 et le nᵒ 1785.

(4) Voir ci-dessus p. 147 et suiv. ; P. Bergmans, *Biogr. Nat.*, XI, col. 666 et suiv. ; Gröber, p. 1148 ; Molinier, nᵒ 3941.

(5) F. Morand, *Chronique*, I, p. IX-LXIII.

missions diplomatiques qui lui furent confiées le mettaient à même
de livrer à la postérité un piquant exposé des dessous de la politique
contemporaine et de porter la lumière dans certains recoins obscurs
de la vie des cours. Malheureusement chez lui le chroniqueur ne
vaut pas l'ambassadeur. C'est son guide Monstrelet qu'il faut inter-
roger pour obtenir des informations sur des événements auxquels
Le Fèvre avait pris une part de spectateur ou d'acteur, car il n'a
souvent fait, principalement au début, que le suivre pas à pas en
l'écourtant (1). Néanmoins il a des pages intéressantes à plus d'un
titre sur l'histoire militaire, diplomatique, nobiliaire de l'époque,
et l'on ne doit pas oublier tout ce qu'en sa qualité d'officier de la
Toison d'or il a rassemblé d'indications précieuses sur la création,
les statuts, les chapitres et les membres de cet ordre. En même
temps, il produit des détails intimes sur son prince que, par exemple,
il représente en 1425, dans son parc de Hesdin, s'entraînant, sous
la conduite de maîtres expérimentés, à une lutte contre le duc de
Glocester, lutte qui n'eut pas lieu. Il est donc bien de la maison, il
en a l'esprit (2). Cet esprit, il le manifeste encore dans son *Epître
sur les faits d'armes de Jacques de Lalaing* qui constitue une des sources
de la biographie du vaillant chevalier (3).

La biographie même de Jean Le Fèvre n'est pas de celles qui
posent, devant l'histoire, de gros problèmes à résoudre. Il n'en va pas
ainsi pour l'auteur du *Journal d'un bourgeois de Paris sous les règnes de
Charles* vi *et de Charles* vii *(1405-1449)* (4). Il n'est guère plus facile
d'élucider la question de son anonymat que celle du Religieux de
Saint-Denis. L'on cite l'un ou l'autre nom qui pourrait avoir été le
sien, et l'on possède les preuves qu'il était membre du clergé. Ce
que l'on sait aussi, ou plutôt ce que l'on discerne nettement dans
son intéressant *Journal*, c'est qu'il a été, pendant un certain temps,
le partisan décidé de la maison de Bourgogne.

(1) Le compte de ces emprunts est établi par Morand, ii, p. 385-437,
appendice : *Le Fèvre confronté à Monstrelet.*
  (2) Voir Morand, i, p. 126-36, ii, p. 107, 151-58 et 417.
  (3) Ci-dessus p. 101.
  (4) Ed. par Tuetey, *Société de l'histoire de Paris et de l'Ile-de-France,* 1881 ;
il dit p. xliii : « L'auteur du *Journal*, sympathique d'abord à la cause
anglo-bourguignonne, abandonne cette cause et embrasse le parti de
Charles vii après 1436 ». Voir aussi Gröber, p. 1167 ; Molinier, iv, nº 4149,
v, p. cxliii-iv.

Cette maison compte également parmi ses amis Mathieu d'Escouchy (né vers 1420, mort après 1482). Il a pourtant eu des relations avec la cour de France. Aussi s'efforce-t-il de n'être pas plus bourguignon que français dans sa *Chronique* composée vers 1465 et s'étendant de 1444 à 1461 (1). Mais, quoi qu'il fasse, il annonce déjà ces mémorialistes qui sont des chantres, des poètes de la dynastie de Bourgogne. Le récit des fêtes où elle déploie ses splendeurs est pour lui d'un attrait spécial. On se souvient qu'il a donné une description particulièrement circonstanciée du Banquet du Faisan : seul (si l'on ne tient pas compte des versions encore inédites), il reproduit tous les vœux émis par les courtisans de Philippe le Bon. Mais il n'a pas dû pourtant assister à la solennelle réunion de Lille et probablement ne fait-il, en l'occurrence, que publier un texte officiel.

En revanche, Jacques Du Clercq est sobre de renseignements à ce sujet, et le motif de sa discrétion est, dit-il, que les vœux n'ont pas été tenus. Au surplus faut-il observer que d'une façon générale il ne s'en laisse pas imposer par la chevalerie dans ses *Mémoires*. Ceux-ci embrassent à peu près le même espace de temps que la narration de Mathieu d'Escouchy : 1448 à 1467 (2). Le père de Jacques avait été aux gages de la maison de Bourgogne : il avait exercé à Lille les fonctions de conseiller et d'avocat de Philippe le Bon pour la châtellenie de Lille, Douai et Orchies. C'est dans la première de ces villes qu'est né notre historien (1420) (3). Seigneur de Beauvoir-en-Ternois, il fut lui-même officier du duc : il avait atteint l'âge de vingt-huit ans lorsqu'il entreprit de recueillir les notes d'où devaient sortir ses *Mémoires*. Ici, il se pique de franchise et d'indépendance. Il redit, avec une probité qui l'honore, toute l'étendue de la misère publique sous le règne du « grand duc d'Occident ». Il met de l'émotion et comme une plainte du « povre » peuple dans le récit du sac de Dinant par le comte de Charolais. Bref, il a le parler d'un homme qu'on ne trompe pas et, au fait, ce n'est pas un véritable chroniqueur bourguignon. Néanmoins, nous n'oublierons pas qu'il insère dans son œuvre des détails intimes sur Philippe et son fils, que, de plus, il a des mots sympathiques pour

---

(1) Gröber, p. 1150 ; Molinier, n° 4154.
(2) Gröber, p. 1150 ; Molinier, n° 4741.
(3) Il est mort en 1501.

le premier, lorsqu'il le dépeint à l'heure de la mort : « Ses sujets, écrit-il, perdoient ce jour ung prince, le plus renommé qui fust sur la terre des chrestiens, plein de largesse, plein d'honneur, plein de hardiesse et valliance, et brief remply de moult nobles vertus, lequel avoit touts ses pays gardé en paix, à la poincte de l'espée, envers touts et contre touts, sans en rien espargner son corps ; ains le avoit toujours mis devant pour deffendre ses subjets, et garder ses pays ; touts nobles hommes qui venoient à lui à saulfveté, euissent esté ses ennemys ou non, recepvoit il humblement, les retenoit de sa cour, et leur faisoit ce qu'il pooit de bien » (1). ⸗

Il y a chez Du Clercq un effort d'impartialité que ne s'est assurément pas imposé l'auteur du *Livre des trahisons de France envers la maison de Bourgogne*, véritable pamphlet historique qui s'étend jusqu'au sac de Dinant. En l'éditant, Kervyn de Lettenhove ne s'est guère soucié d'en indiquer les rapports avec la littérature environnante (2). Il l'a publié d'après un volume de La Haye, d'une écriture du xve siècle et dont les marges portent des notes qu'il reproduit (3). De ce même *Livre des trahisons*, dit-il, une autre copie existe à la Laurentienne de Florence. Il aurait pu en signaler une troisième (qui sera citée à l'instant) et il aurait dû prévenir ses lecteurs que son édition n'était qu'un extrait. En effet, qu'on en lise le début et l'on n'aura pas de peine à reconnaître que ce début est une continuation, que d'autres détails le précèdent : « *Commenchement des traysons de France, dont la noble maison de Bourgogne a soustenu moult d'affaires :* Vérité est que, après la revenue des grans voiages fais en Flandres, dont cy-devant a esté largement parlé, le duc Philippe de Bourgongne. oncle du roy. [c'est-à-dire Philippe le Hardi] avoit du tout le gouvernement du royaume... ». Du reste, il résulte d'informations émanant de deux autres érudits que le manuscrit de La Haye a pour premiers mots : « Au temps du roi Philippe le Bel avoit un conte en Flandre nommé Guy de Dampierre ; che Guy fut fils de la comtesse Margueritte... ». Il faut y voir la *Chronique normande*, mais continuée jusqu'aux environs de 1465 (4). Le même

(1) Reiffenberg, IV, p. 306.

(2) Voir ci-dessus p. 72, n. 2 ; Molinier, n°s 3937. 3953 (que je rectifie sur certains points) et 4497.

(3) La Haye, n° 936.

(4) Lire Chev. Florent Van Ertborn, *Bull. Comm. Roy. Hist. Belg.*, 1e s., IV, 1840, p. 338-39 et Gachet, *ibid.*, 2e s., II, 1851, p. 6 et suiv. A noter que

récit, à de menues divergences près, se trouve inséré dans un codice de Lille (1). Quant à la rédaction de Florence, nous ignorons jusqu'où elle remonte, mais, suivant les déclarations de Kervyn, elle s'identifierait, pour les événements du xve siècle, avec la version de La Haye.

Cela dit, examinons la partie imprimée par cet éditeur et consacrée à Philippe le Hardi, Jean sans Peur et Philippe le Bon. L'esprit en est clairement défini par l'avertissement initial : *Ce livre est comme ung livre de cronicques ouquel sont contenus plusieurs merveilleux cas advenus tant en France comme en Engleterre, en Bretaigne, en Espaigne, en Ytalie et en plusieurs autres pays, entre lesquels cas sont traittiés plus au long que les autres les mervilleuses traïsons dont la très puissant, très noble et illustre maison de Bourgongne a tant eult d'affaires.* Voilà qui est net et sans ambages. De certains « merveilleux cas » ici relatés, nous savons déjà quelque chose, car déjà l'occasion s'est présentée de constater que l'auteur était entièrement dévoué à la politique bourguignonne. Kervyn associe l'œuvre à la *Geste des ducs* et au *Pastoralet,* et il réunit le tout en une même et seule publication. Mais il a négligé de marquer avec précision les points de contact qui rattachent la chronique en prose aux deux poèmes. Il n'en parle guère que pour commettre une erreur à propos de la *Geste* : « Quant au fond, écrit-il, il est incontestable qu'il est tiré en grande partie de la chronique » (2) ou *Livre des trahisons,* lequel va jusqu'en 1466. L'erreur est d'autant plus surprenante qu'il place la composition de la *Geste* sous le pontificat de Jean xxiii (1410-1419). D'ailleurs, des arguments péremptoires en faveur de l'antériorité de celle-ci nous sont fournis par l'examen attentif des deux textes. Le *Livre des trahisons* suit la *Geste* et n'a de proverbes et de discours directs qu'aussi longtemps qu'il la suit ; en outre, il ne fait d'ordinaire que la résumer dans les récits qui leur sont communs ; de plus, il se sert

que Kervyn ne doit pas avoir connu ces travaux (car il ne les signale pas) d'après lesquels je crois pouvoir dire que nous avons affaire à la *Chronique normande.*

(1) Lille, n° 538. Voir Gachet, *Bull. Comm. Roy. Hist. Belg.,* 1e s., xiii, 1847, p. 273-4, 2e s. ii, 1851, p. 9 ; *Catal. Dép.,* xxvi, Lille, n° 538 ; Vallet de Viriville, *Chronique de la Pucelle,* p. 381 ; De La Fons-Mélicocq, *Dons et courtoisies,* p. 221-22 ; *Bull. Soc. Hist. France,* 2e s., 1857-58, I, p. 102-104, 180-90 ; A. et E. Molinier, *Chronique normande,* p. xlix. Ici la chronique commence en 1295 et finit en 1464.

(2) *Chron. de Bourg.,* p. ii.

d'expressions et de tournures de phrases devant lesquelles l'on est obligé de se dire qu'un prosateur n'aurait pas employé un style aussi peu exact s'il n'avait eu sous les yeux un modèle versifié (1). Quoi qu'il en soit, vers et prose se valent pour l'esprit qui les anime. Le *Livre des trahisons* est bourguigon comme la *Geste*. Il s'affirme tel déjà dans l'intitulé qu'on vient de lire ; après une pareille entrée en matière, on ne s'étonne pas d'y rencontrer les passages relatifs à Louis d'Orléans et Jeanne d'Arc que nous avons également transcrits, et l'on estime assez naturel que le roi de France, Louis XI, soit comparé à Jugurtha, roi de Numidie, parce que leurs perfidies se ressemblent et parce que « les princes de France en ont tant usé que à ceste heure trayson est en ce païs plus commune que jamais ne fut en Lombardie » (2). Par ces lignes, qu'on juge des autres.

Le *Livre des trahisons* atteint presque l'année de la mort de Philippe le Bon. Cette année est le point d'arrêt de l'*Abrégé d'une histoire chronologique* composé par un serviteur du duc et prenant son point de départ en 1400. L'écrivain est un bourguignon modéré (3).

§ 4. Chroniqueurs de Philippe le Bon et de Charles le Téméraire.

Le plus brillant, l'étoile du groupe est Georges Chastellain (4). Né vers 1405, mort en 1475, c'est en 1434 qu'il apparaît la première fois en relations avec la maison de Bourgogne : Philippe le Bon le récompense des « bons et agréables services qu'il lui a faiz en ses armées et autres manières ». Une dizaine d'années plus tard, nous le revoyons qui s'attache définitivement, semble-t-il, à la cour ducale. Il prend place parmi les écuyers-panetiers du prince et il est jugé apte à remplir des missions diplomatiques. Par la suite, on lui confère les titres d'écuyer tranchant, d'échanson et de conseiller ; on lui accorde de multiples gratifications ; on lui confie des tâches diverses et on l'appelle aux fonctions d'historiographe de la famille. De ce dernier chef, il touche une pension de trente-six sous de Flandre par jour ou 657 livres par an : sa besogne consiste à

(1) C'est ce que prouvera M. Jadin dans l'étude annoncée ci-dessus p. 73.

(2) Kervyn, *Chron. de Bourg.*, p. 147-48.

(3) Molinier, n°s 3954 et 4740.

(4) Outre l'édition Kervyn, voir Pinchart, *Archives*, II, p. 264-84 ; Gröber, p. 1130 ; Molinier, IV, n° 3957, V, p. CXLVI.

« mettre par escript choses nouvelles et morales, en quoy il [est] expert et cognoissant, aussi mettre en fourme par manière de cronicque fais notables dignes de mémoire advenus par chi-devant et qui adviennent et peuvent souvente fois advenir ». Ainsi s'exprime un compte de 1455 ; d'autres comptes de la même année et des années postérieures se rapportent encore à ces fonctions et le désignent par le titre de « chroniqueur de Monseigneur » (1).

Le prologue de sa chronique fut écrit peu après la prise de Constantinople. Le second livre est de 1461 ou des environs ; Chastellain l'a remanié après 1465. Il continuait à édifier sa grande œuvre lorsque la mort lui enleva son glorieux protecteur Philippe le Bon. Il fut maintenu en situation par le Téméraire qui le nomma chevalier de la Toison d'or au chapitre de Valenciennes (2 mai 1473) et de plus lui conféra le titre d'indiciaire de l'ordre. Sa *Chronique* ou *Livre de tous les haulz et grans faits de la chrestienté, souverainement de ce noble royaulme de France et de ses dépendances depuis l'an vingt jusqu'à maintenant* (1474) formait six volumes dont on ne possède plus que des fragments. Il est très bien documenté, grâce aux renseignements qu'il extrait d'œuvres contemporaines (notamment de celle de Le Fèvre de Saint-Remy) et grâce aux instructions qu'il reçoit de certains acteurs du vaste drame qu'il évoque. Il a connu de près Philippe et Charles ; il les a entendus « parler » leur histoire, mais il l'a racontée avec une impartialité qui, pour n'être pas absolue, ne laisse cependant pas d'aller très loin. Ce n'est pas un thuriféraire et un flagorneur, et l'examen de ses dits moraux nous a déjà prouvé qu'il méritait sa réputation d'esprit franc et sincère, probe et indépendant. Il a situé très haut l'idéal qu'il rêve pour l'historien. J'ai, dit-il, « escript leurs œuvres et contentions [des princes du temps] et les graces et les gloires que Dieu leur a envoyées. Qui mieux les a employées, c'est celui qui en attend le plus grand fruit, et qui plus les aura converties à vanité, plus en tirera reproches. Rois meurent, et nations s'esvanouissent ; mais seule vertu suit l'homme en sa bière et luy baille gloire éternelle ». Tel chapitre s'intitulera : « Comment George s'arreste en ceste matière pour la difficulté d'icelle, sans note d'aucune partialité » (2). Ailleurs encore il fera observer : « Et ne dis point, et ne dis oncques, soit bien entendu

(1) Pinchart, *ibid.*, et Laborde, I, n° 1844.
(2) Kervyn, *Chastellain*, v, p. 201.

que cœurs des Bourgongnons soient meilleurs, ne plus amis que
François, ne qu'en eux n'ait des taches mauvaises et felles, et des
haynes et des envies si bien qu'en autres » (1). Donc, s'il aime la
Bourgogne, il n'est pas pour cela l'ennemi de la France, et l'on a
même pu prétendre qu'il « a deux patries, le duché de Bourgogne
et la France ; mais que la première est la petite, la seconde la
grande » (2). Il compatit aux douleurs du roi Charles vi, aux souffrances de son pays, se montre excellemment informé en ce qui concerne Charles vii, mais au besoin il adresse à la France quelque bon
dit de vérité, quelque *exposition sur vérité mal prise* où il stigmatise les
menées machiavéliques de Louis xi. Attaché comme il l'est aux
intérêts de cette monarchie et à ceux de Bourgogne, il n'éprouve
naturellement que de l'antipathie pour l'Angleterre (3). En revanche,
s'occupe-t-il des ducs et de leur duché, il s'efforce aussi (on l'a vu)
de ne pas faire violence à sa conscience et à l'histoire. Néanmoins,
il ne s'interdit pas d'avoir des mots laudatifs pour eux, chaque fois
qu'une occasion propice se présente et le permet. Vous lirez, par
exemple, chez lui, en tête d'un chapitre ce sommaire indiscutable-
ment significatif : « Comment à partir de celle année (1430) les faits
du duc Philippe de Bourgogne montèrent en gloire, comme d'un
véritable Auguste » (4). Des observations de même teneur se rencontrent sous la plume d'Olivier de La Marche. Ils sont du reste
les deux *expositeurs* par excellence de la vie chevaleresque et mondaine de la cour. Par là, leurs chroniques, plus que toutes les
autres, touchent à la littérature. Pompeux dans ses discours, pâteux
dans ses digressions morales, Chastellain trouve une phrase imagée
et pittoresque lorsqu'il « démontre par escripture authentique les
admirables gestes des chevaliers et confrères de l'ordre de la Toison
d'or » (5). Alors naturellement, son impartialité à l'endroit de la
famille régnante consiste à en dire le moins de mal et le plus de
bien possible (6). D'après Kervyn, « plus tard, il se reprocha d'avoir

(1) Kervyn, iv, p. 394.

(2) Nisard, *Histoire de la littérature française*, Paris, 1874, i, p. 108, Voir
aussi Fredericq, *Essai*, p. 34-35.

(3) Kervyn, i, p. 198, 202, 207, 306 ; ii, p. 108 ; Fredericq, *Essai*, p. 34.

(4) Kervyn, ii, p. 148.

(5) Ainsi se serait exprimé Charles de Bourgogne en lui confiant le
poste d'indiciaire : voir le second prologue des *Chroniques* de Jean Molinet.

(6) De même lorsqu'il raconte la mort de Philippe et porte un jugement
final sur lui : Kervyn, v, p. 229-48.

pu quelquefois se laisser éblouir par l'éclat de la puissance »
d'Auguste (1).

C'est aussi de l'histoire, dans une certaine mesure, que sa *Déclaration de tous les hauts faits et glorieuses adventures du duc Philippe de
Bourgongne celuy qui se nomme le grand duc et le grand lyon* (2). Sans
doute, l'œuvre relève des genres dits éloge funèbre et panégyrique,
mais la vérité y tient sa place. Si même le portrait physique et
moral du « grand lyon » est d'un pinceau complaisant, le peintre
n'oublie pas que son modèle avait des vices. De même procède-t-il
lorsque, dans ces mêmes pages, il décrit le Téméraire « du hault
jusques en bas ».

Sans avoir reçu comme Chastellain le titre d'indiciaire, Jean,
bâtard de Wavrin, seigneur du Forestel (3), fut pourtant une espèce
d'historiographe officiel, car Charles le Téméraire lui ouvrit ses-
archives avec autorisation d'en user à son bon vouloir. Ce chroniqueur était déjà de service à la cour sous le règne de Philippe le
Bon. Il avait accompagné en Hollande ce prince qui allait y guerroyer contre Jacqueline de Bavière (1425). La campagne achevée,
il s'était rangé du côté des Anglais ; après la paix d'Arras, il les
avait quittés, et dès lors il avait renoncé à la carrière des armes.
On le voit ensuite reparaître chez Philippe le Bon dont il obtient,
à diverses reprises, des gratifications et qui le nomme conseiller et
chambellan. C'est, ainsi que l'établissent nos précédents chapitres,
un amateur de livres et peut-être même un fournisseur de livres de la
bibliothèque bourguignonne. C'est de plus l'auteur d'un livre (il a bien
pu en écrire d'autres) par lequel il s'est assuré un rang notable dans
l'historiographie du xvᵉ siècle : le *Recueil des cronicques et anchienues
histoires de la Grant Bretaigne, à présent nommée Engleterre,* autrement
dit le tableau de son époque mis en rapport avec les faits les plus
anciens d'Angleterre, de Normandie et de France. Il l'a entrepris
en 1445 sur les conseils de son neveu, Walerand de Wavrin, « capitaine, gouverneur et conducteur général des quatre galées » que
Philippe le Bon avait envoyées de Venise contre les Infidèles en
1444. Ce même Walerand doit avoir transmis à son oncle Jean
presque toute la matière de la narration consacrée par le *Recueil* aux

(1) Kervyn, I, p. xxxix.
(2) Kervyn, VII, p. 213-236.
(3) Gröber, p. 1171 ; Molinier, n° 3955 ; et ci-dessus p. 413.

affaires d'Orient et à la campagne de Varna. L'ouvrage de notre chroniqueur, étant sur le métier, fut d'une fois interrompu. En 1471, il l'offrit à Edouard IV ; le tout formait alors six *volumes*, et Wavrin en annonçait un septième. Dans les dernières années où il y travaillait, nous savons qu'il était hébergé à la cour de Bourgogne. Charles lui procure les matériaux qui sont de nature à lui être utiles, tels les procès-verbaux où les hérauts d'armes, anglais et bourguignons, ont inséré la description de batailles ou de fêtes bourguignonnes. Il l'autorise même à consulter ses lettres privées. D'un autre côté, Wavrin met à profit ses devanciers, Froissart, Le Fèvre de Saint-Remy, Monstrelet, Du Clercq (sans compter le vieux Gaufrei de Monmouth). On devine l'intérêt particulier qu'offre le récit de l'expédition qui lui vient de son neveu. Elles sont également attachantes, parce qu'elles sont de son cru, les pages sur la guerre contre les Liégeois (1467) et sur le mariage du Téméraire avec Marguerite d'York (1468).

Sur cette guerre et ce mariage, de copieux renseignements sont entrés dans les *Mémoires* de Jean de Haynin, le seigneur-écrivain dont il faudrait ici louer l'exactitude et partant la valeur si son œuvre n'avait été déjà présentée au chapitre de la POÉSIE LYRIQUE.

Dans ce même chapitre et dans plusieurs autres, les *Mémoires* d'Olivier de La Marche (né vers 1425, mort en 1502) (1) ont été semblablement présentés, et cela surtout parce que leur auteur est l'illustrateur de la chevalerie et l'un des plus curieux exemplaires de cette lignée d'écrivains qui ont grandi sous l'égide de nos princes. Lointaines et solides sont les attaches qui l'unissent à la cour. Olivier a des ancêtres qui, au XIIIe siècle, appartiennent à la domesticité de la première maison de Bourgogne. Au siècle suivant, un seigneur de La Marche, Guillaume second du nom, reçoit de Philippe le Hardi, en retour de services rendus, diverses faveurs et distinctions. Sa fille est femme de chambre de la duchesse Marguerite, mère de Jean sans Peur, et ses deux fils deviennent, l'un, écuyer et échanson de ce même duc, l'autre, conseiller et chambellan de Philippe le Bon. « C'est de son aïeul, a-t-on observé, de Guillaume II qu'Olivier tient la loyauté, le dévouement à toute épreuve, le culte de l'honneur et de la personne de ses maîtres ;

(1) Gröber, p. 1137 et suiv. ; Molinier, IV, n° 3961, V, p. CXLVII.

c'est de lui, et sans doute aussi de sa grand'mère, ce rejeton indirect d'une souche princière, qu'il a hérité sa vénération pour la
très haute, puissante, doubtée et renommée maison de Bourgogne, dont il
dirait volontiers si la branche royale n'existait pas : c'est la plus
grande du monde » (1). Aux environs de la douzième année, il
devient page de Philippe le Bon. Que de charges ne va-t-il pas
exercer après cela, sous son règne et celui de son fils : page,
écuyer d'écurie, panetier, tranchant, premier panetier, maître
d'hôtel, ambassadeur, guerrier, poète, mémorialiste, prêcheur de
croisade, directeur de fêtes, il appartient, corps, âme et esprit, à
ses ducs. Il est comme la quintessence de ce factotum officiel qui
s'applique, chez eux, aux tâches les plus variées et qui, tour à tour,
est homme d'armes, homme d'affaires, homme de lettres. Olivier,
homme d'affaires, s'emploie à réconcilier le comte de Charolais
avec son père ; il le sert en des négociations difficiles et l'accompagne partout. Homme d'armes, il fait le coup de main à ses côtés,
sur le champ de bataille et, à Montlhéry, il gagne ses éperons de
chevalier. Maître de plaisirs, il organise les fêtes-spectacles du
Banquet du Faisan et des Noces de Charles. A Lille, en 1454, non
seulement il est du comité organisateur, mais il joue l'un des premiers rôles et peut-être même a-t-il été le librettiste de cette féerie
où son prince Philippe trône en une majesté toute royale. Témoin
de la grandeur de la maison de Bourgogne, il le fut aussi de sa
décadence. Ses *Mémoires* s'étendent, comme on sait, au delà du
règne du Téméraire (1435-1488), et ils ont été dédiés, en guise de
traité d'éducation, au petit-fils de l'infortuné duc, à Philippe le
Beau. Dans son Introduction, Olivier se plaint de n'être que *lai* et
de n'avoir pas le titre de clerc. Il envie à Chastellain son « subtil
parler » et à Molinet son « influence de rethoricque si prompte et
tant experte ». Il a tort, car c'est assez déjà qu'il soit lui-même. Sans
doute, il ne fait pas grande figure dans l'ensemble de la littérature
française et, en tant que poète, il est à placer parmi les médiocres.
Mais, partageant en cela l'heureuse destinée de son confrère Chastellain, il mérite d'être rangé parmi les mémorialistes qui comptent
vraiment dans son siècle. Il n'est pas un précurseur de Commynes,
mais il est un descendant de Froissart : il porte en lui une parcelle
de l'âme du puissant « imagier » du xive siècle. Il se trouve dans la

(1) Beaune et d'Arbaumont, IV, p. XII.

meilleure situation qui soit pour bien observer ce qui se passe chez
les ducs. Ainsi que pour Marot, la cour est sa « maistresse d'escole ».
Il y entre à un âge où les impressions sont fortes ; sa vie durant, il
y assiste, en spectateur toujours amusé et curieux, à une longue
suite d'assemblées luxueuses, à un défilé continu de seigneurs
opulents et « magnifiques ». Ce qui le frappe, c'est le côté extérieur
et pittoresque des choses. « Festes et esbatemens, emprinses »,
tournois, réceptions mondaines, détails de mœurs et d'habillements,
voilà ce dont il est soucieux d' « escripre ». L'on a constaté, par
exemple, que le récit du mariage de Charles le Téméraire lui prend
« plus d'un tiers des chroniques de ce règne » (1), sans compter qu'il
en donne une seconde rédaction, moins longue, dans son *Traictié des
Nopces de Monseigneur le Duc de Bourgoingne et de Brabant* (2). Ce
Traictié et d'autres morceaux d'apparat qui lui sont dus constituent
de véritables chapitres de ses *Memoires : Estat de la maison du duc
Charles de Bourgoingne, dit le Hardy* (qui lui avait été demandé par
Edouard iv d'Angleterre, préoccupé d'avoir chez lui un train de
maison à la bourguignonne), *Petit mémorial compris sur la feste de la
Thoison d'or solempnisée au Bois le Duc*, en 1481, *Advis des grands officiers
que doit avoir ung roy et de leur pouvoir et entreprise* (adressé à Maximilien
d'Autriche), *Espitre pour tenir et celebrer la noble feste du thoison d'or,
Livre de l'avis de gaige de bataille* (3). On devine ce que devient sous
sa plume l'histoire de la « maison ». Olivier aura de ces jugements
à propos de ses princes : « Ce bon duc Phelippe fist deux choses à
l'extrémité, car il regna le plus large et le plus liberal duc des
crestiens, et si morut le plus riche de son temps, et ne vous saroit
on assez de biens de luy ramentevoir » (4). Il connaît l'art de louan-
ger et il le pratique à l'égard du « bon duc » et de son fils. Il n'ignore
pas leurs fautes, mais il les atténue en les résumant. A sa décharge,
il pourrait invoquer le fait qu'il écrit pour leur descendant, le jeune
Philippe le Beau, dont l'éducation lui est confiée. Il ne croit donc
pas devoir insister sur leurs erreurs non plus que sur leurs défaites.
On lui a reproché son indulgence excessive dans la relation de la
guerre des Gantois contre Philippe le Bon, et l'on a même voulu

(1) *Mémoires*, iii, p. 101-201.
(2) iv, p. 95-144.
(3) Voir ci-dessus p. 148 et le t. iv de Beaune et d'Arbaumont.
(4) i, p. 105.

voir dans ses *Mémoires* un pamphlet antifrançais. Pamphlet, c'est beaucoup dire, mais assurément Olivier est très bourguignon ; il est très sensible, par exemple, à tout ce qui est « advenu » au Téméraire ; il déplore amèrement la « destruction de la maison de Bourgogne ». Toutefois, l'on a remarqué que « certaines réticences de ce fidèle serviteur de Charles de Bourgogne sont plus terribles que les injures de ses pires ennemis » (1). Il ne faudrait évidemment pas le considérer comme un guide très sûr pour l'histoire du temps : plus d'une fois il s'est trompé dans les questions de chronologie ; en outre, il a manqué des informations nécessaires pour rapporter en toute exactitude certains événements de l'époque.

Ce n'est pas un historiographe à mandat officiel comme Chastellain. Le successeur de ce dernier en cette qualité est Jean Molinet (1433-1507) qui, à sa mort (1475), recueille la charge d'indiciaire de de la famille ducale (2). Depuis longtemps, Chastellain l'avait pris à son service, c'est-à-dire employé à ses travaux. Aussi, lorsqu'il disparut, l'aide et disciple sollicita et obtint le poste vacant : Je « me tiray, dit-il, vers la sérénité de nostre très redoublé prince invaincu, étant en son siège de Nusse [Neuss], et luy dépriay en toute humilité qu'il lui pleust moy donner licence de parachever ce que mon très honoré seigneur et maistre, que Dieu pardoint ! avoit encommancé ; et icelui, de sa bénigne gré, et en faveur de haults et puissants seigneurs mes médiateurs intercessoirs, le m'accorda libéralement » (3). La défaite et le trépas de son prince « vaincu » à Nancy ne l'ont point privé de ces honorables fonctions. Il continue de rassembler les matériaux de sa *Chronique*, laquelle a fini par embrasser les années 1474-1506. Seules les quatre premières (1474-1477) nous intéressent directement. Mémorialiste officiel et très dévoué, Molinet commence par deux prologues d'un style amphigourique où il utilise toutes les richesses et hyperboles de son planureux et pédantesque vocabulaire pour magnifier « la très illustre et réfulgente maison de Bourgongne ». Après cela, tandis qu'il donne son long récit du siège de Neuss et qu'il rapporte, avec

(1) Molinier, iv, p. 202.

(2) A. Wauters, *Biogr. Nat.*, xv, 1899, col. 60-71 ; Gröber, p. 1142 ; Pirenne, *Bull. Acad. Roy. Belg.*, 1904, p. 21-24 ; Molinier, n° 4753 ; Hauser, *Sources*, n° 190.

(3) Ed. Buchon, 1827-28, I, p. 24-25.

moins de détails, les « desconfitures » de Granson et de Morat ainsi que la « journée » terrifiante de Nancy, vous l'entendez qui célèbre encore la glorieuse famille dont il dépend et surtout l' « incomparable » duc Charles. Il fait plus : il interrompt même son exposé pour exprimer toute son admiration à ce dernier prince alors entré dans l'immortalité et pour lancer l'anathème aux ennemis de la dynastie. Mais pourtant on voit qu'il essaie de ne pas trop arranger ou déranger l'histoire pour la plus grande satisfaction de l'amour-propre bourguignon. Sur les sujets qu'il traite, il émet son avis personnel et il ne cache pas telles vérités qui étaient bonnes à dire. D'un autre côté, l'on observe que c'est un narrateur bien informé : il prête à sa narration une réelle valeur par l'emploi qu'il fait de textes diplomatiques qui ont été mis à sa disposition.

On peut regarder cette narration comme « la dernière production notable de la vieille école historique bourguignonne » (1). Force nous est toutefois de pousser nos recherches un peu plus loin encore. Il y a, entre autres, un nom que nous ne saurions omettre, bien qu'il soit celui d'un transfuge de la maison ducale : Philippe de Commynes (mort en 1511) (2). Fils de l'un des meilleurs serviteurs de Philippe le Bon, filleul de ce même prince, il paraît de bonne heure à la cour et, dès 1464, il est écuyer du comte de Charolais. Après la campagne de Liége (1467) où il a suivi le Téméraire, il devient son conseiller, son chambellan et son favori. Pour lui, il achète des consciences en attendant qu'il vende la sienne au roi de France Louis XI et qu'il devienne son homme de confiance (1472).

Ses *Mémoires* nous intéressent au moins par ce qu'il est convenu d'appeler la première partie : 1464-1483. Peut-être est-il bon de rappeler qu'ils sont dédiés à Angelo Cato, un napolitain émigré en France qui, après avoir été médecin du duc de Calabre, était passé au service de Charles de Bourgogne, puis en 1476 à celui de Louis XI. Commynes avait la tête trop peu romanesque et le cœur trop positif pour se laisser prendre aux séductions du décor luxueux et voyant où s'est jouée la vie de faste et d'aventures de notre dernier duc. Tandis que jusqu'à ce moment la Bourgogne et la France n'ont eu que des mémorialistes ou des chroniqueurs, il sera, lui,

(1) Molinier, v, p. 48.
(2) Molinier, iv, n° 4663; v, p. CLVII; Hauser, n° 15.

« l'historien » proprement dit, l'analyste des hommes et des choses. Il
a considéré d'un œil perspicace Charles le Téméraire, il a vu clair
dans son âme, il a discerné ses côtés faibles, il lui a reproché ses
défauts, mais non sans rendre hommage à ses incontestables qualités. Il est après tout l'auteur de la page la plus sincèrement émue
qu'ait inspirée sa mort mélodramatique à Nancy. Dans un choix
qu'on ferait de l'historiographie bourguignonne, elle aurait sa place
marquée et elle serait le vrai mot de la fin.

Dans ce choix, il serait loisible d'insérer quelques passages extraits
du *Recueil des Antiquités de Flandre* par Philippe Wielant (composé
entre le 28 juin 1519 et le 2 mars 1520) (1). Nous voilà sans doute
loin des règnes de Philippe le Bon et du Téméraire, mais ce chroniqueur et ses souvenirs remontent jusqu'au milieu du xve siècle.
En effet Wielant (né en 1439, chevalier, seigneur de Landeghem,
d'Ayshove et d'Everbeck, membre du grand conseil de Malines
en 1473, président du conseil de Flandre, puis président à Malines,
mort en 1520) a connu Charles de Bourgogne et aussi (mais moins)
son père. On a fait le relevé de ses sources et l'on a constaté que,
s'il avait utilisé des chroniques antérieures et des pièces d'archives,
il avait pourtant trouvé en lui-même le meilleur de son bien. C'est
ainsi qu'il est sa propre source pour les détails intimes, pour les
petites indiscrétions qu'il fournit sur les deux princes en les comparant, indiscrétions et détails comme on aime tant d'en recueillir
aujourd'hui sur les grands hommes. C'est lui-même également qu'il
interroge lorsqu'il se met à raconter les troubles de la Flandre sous
le Téméraire (2).

Au groupe des chroniqueurs précédents, on a voulu rattacher un
certain Hugues Tolins ou de Tolins qui aurait, avant Chastellain
et Molinet, porté le titre d'indiciaire. Sa tâche est tout d'abord défi-
nie comme suit dans un compte de 1460 : « Le duc paye à Hugues
de Tolins, son chroniqueur, lequel estoit venu ez pays de pardeça,

---

(1) Molinier, n° 5449.

(2) Voir Fris, *Bull. Comm. Roy. Hist. Belg.*, 5e s., xi, 1901, p. 393-407. Ne
faudrait-il pas mentionner également ici Guillaume Fillastre qui, dans
sa *Toison d'or,* a des renseignements d'ordre privé sur les quatre ducs,
ainsi qu'Aliénor de Poitiers qui, dans les *Honneurs de la cour,* donne de
précieuses indications sur l'étiquette et les cérémonies des cours de
France et de Bourgogne (Molinier. n° 4174).

où il avoit esté envoyé par le duc, pour enquerir et sçavoir, tant par les fondations des esglises comme aultrement, les noms des Rois et Ducs, qui ont esté en Bourgogne le temps passé, et les fondations et choses par eux faictes durant leurs vies, afin d'icelles rédiger et faire chronique, 8 f. 3 gros ». Un autre compte de 1460-1461 dit : « A maistre Hugues Tolins, croniqueur de Monseigneur, la somme de XII livres, pour lui aidier à avoir ung cheval, en considéracion des services qu'il lui a par ci-devant fais » (1). Troisième compte des mêmes années : « A maistre Hugues de Tolins, prestre, maistre es ars, pour lui aidier à supporter ses nécessités pour le temps passé, et soy entretenir en vaquant et besongnant en certain martirologe et abrégié du commencement des batailles qu'il a entreprins de faire pour icelui S[eigneur] L fr. de XL g. » (2). Quel est ce Martyrologe ? qu'est-ce que l'ouvrage sur les églises de Bourgogne ? Nous ne savons. En fait de Martyrologe rentrant dans notre littérature, nous n'avons rencontré que la traduction de Jean Miélot. Quant à la désignation de chroniqueur, on se demande s'il y a lieu de l'assimiler à celle d'indiciaire ou d'historiographe officiel (3).

L'étude des œuvres de Chastellain, de Jean de Wavrin, d'Olivier de La Marche ainsi que de Wielant, nous a promenés dans les deux règnes de Philippe et de Charles. La littérature historique du premier duc se confond presque avec celle du second. Ces mémorialistes n'appartiennent guère plus à l'un qu'à l'autre. Disons au surplus que chez les deux princes, c'est même goût pour les « histoires ». Voilà ce qui vaut au Téméraire la dédicace des *Anciennes croniques de Pise en Ytalie* (4), que lui présente un inconnu. Il

(1) Peignot, p. 37 ; Pinchart, *Archives*, II, p. 280.

(2) Laborde I, n° 1842. A noter que dans Gachard (*Inventaire des registres des chambres des comptes*, publié sous la direction de —, Bruxelles, 1838, I, p. 205) un renseignement analogue est donné d'après un *mémoire de 1462* renfermant des pièces de différentes années : une pension annuelle de 40 livres est payée à « maistre Hughe de Tolins en recompensation du martirologe et autres abregiez touchant faits de guerre qu'il a encommenchié faire et mettre par escript pour Monseigneur ».

(3) C'est Pinchart qui dit, *ib·d.*, p. 280 : « George Chastellain ne fut pas, croyons-nous, le premier écrivain qui obtint le titre de chroniqueur ou d'indiciaire, dont se qualifièrent plus tard Molinet, Jean Lemaire », etc... A remarquer peut-être que Chastellain appartient à une famille de Tolin (voir l'article cité de Pinchart).

(4) Inv. 1487 : Barrois, n° 1662. — Bruxelles, n° 9029.

s'agit d'une traduction de « bon ytalien vulgar en cler françois ».
L'admirateur anonyme de Charles lui déclare n'avoir voulu « riens
adjouster ne retranchier au sens litteral venant du vray compilla-
teur de ceste euvre », laquelle, remontant à « la premiere naissance
des Pisains », expose « leurs fais du commencement jusques en la
fin de temps en temps, qui furent de merveilleuses adventures plains
jusques à leur dernière et totale destruction ». L'histoire, ajoute-t-il,
n'est pas répandue en France, et pourtant elle mérite de l'être. C'est
ce qui l'incite à la révéler à ceux qui l'ignorent (1).

Cette histoire fut également révélée au frère adultérin de Charles,
au grand bâtard Antoine de Bourgogne : elle lui fut copiée dans
un manuscrit que l'on possède encore (2).

§ 5. Documents divers des règnes de Philippe le Bon et de Charles le Téméraire.

A côté de la section des grandes chroniques, un petit coin devrait
être réservé pour le menu fretin des pages détachées qui errent ça
et là dans des volumes disparates, pour les pièces d'archives, les
généalogies, les *mémoires aux puissances*, les papiers diplomatiques, etc. A qui voudrait constituer ce compartiment spécial,
l'obligation s'imposerait, par exemple, d'ouvrir certain manuscrit
de Paris contenant trente-six choses différentes et d'en détacher
une *Chronique de Bourgogne, de l'an* XIV *après la résurrection jusqu'à la
mort de Charles le Téméraire* en trois feuillets, et une *Dispute du droit
du duché de Bourgogne* en deux (3). Tel autre dépôt de livres donnerait
une relation d'abord de l'ambassade envoyée en Portugal pour
demander Isabelle en mariage, ensuite de l'arrivée de l'infante à
Bruges (relation qui, par le tour du style, est un véritable chapitre
de nos mémorialistes) (4). Seraient à prendre aussi des « Cayers en
papier contenant *Plusieurs procès, ambassades et diligence, touchant la
duchié de Brabant, d'entre monseigneur le duc et la douagière de Haynault* » (5) ; le mémoire politique adressé par un inconnu, vers 1436,
à Philippe le Bon, où l'on trouve quelques renseignements sur la

(1) Prologue du ms. de Bruxelles.
(2) Paris, Nat., n° 9041, miniat. Delisle, *Cab.*, III, p. 341.
(3) Nat., n° 4907.
(4) Gachard, *Collection de documents inédits*, II. p. 62.
(5) Barrois, n° 1045.

guerre avec l'Angleterre et sur les rapports entre le duc et le roi de France Charles VII (1) ; l'histoire de la fondation des hôpitaux du Saint-Esprit de Rome et de Dijon (2) ; ainsi que divers documents sur lesquels des explications détaillées sont nécessaires :

D'abord des *Généalogies*. En 1461, une *Chronique historiée de la généalogie des rois de France* est donnée à Philippe le Bon par Jacques Marchant de Boulogne (3). Existe-t-elle encore ? Il ne nous est pas possible de le dire. — Par contre, voici un manuscrit que Bruxelles possède, un manuscrit enluminé mais inachevé, où sont juxtaposées la *Chronique et Généalogie des rois de France*, la *Chronique et Généalogie des comtes de Bruxelles et des ducs de Lothier*, et les *Preuves des droits du duc Philippe le Bon sur l'Aquitaine* (4). Il doit avoir été commencé sous Philippe le Bon et continué sous le Téméraire. — De 1477 est daté un compte disant : « Payé à Prevost, scribe de la cour du bailliage de Dijon, 2 f., pour ses peines et salaire d'avoir doublé les *Généalogie des Rois de France et Ducs de Bourgongne* qu'il avait par devers luy ; et à messire Jehan Raoul, prebstre demourant à Dijon, 6 f. 8 gros pour ses peines d'avoir par deux fois doublé et son parchemin reglé et enluminé de lettres d'or les dictes *Généalogies*, dont l'une des copies a esté envoyée avec les aultres escriptures au Roi (5), et l'autre demeure en la chambre des comptes » (6). — Quelques années après, l'on exécutait un superbe album de quinze feuillets ayant pour titre *S'ensievent aulcunes chroniques extraittes d'aulcuns anciens registres et aultres enseignemens d'anciens rois, princes et pluseurs saintes personnes issus de la très noble et anchienne maison de Bourgogne* (7). Il renferme onze très grandes miniatures accompagnées d'une très courte

---

(1) Publié par Kervyn de Lettenhove sous le titre de *Programme d'un gouvernement constitutionnel en Belgique au XVe siècle*, BULL. ACAD. ROY. BELG., 2e s., XVI, 1862, p. 218-5o. Voir Molinier, no 4289. L'auteur est peut-être Hugues de Lannoy.

(2) Peignot, *Histoire de la fondation des hôpitaux du Saint-Esprit de Rome et de Dijon, représentée en vingt-deux sujets. gravés d'après les miniatures d'un ms. de la bibliothèque de la Charité à Dijon.*, MÉM. COMMISS. ANTIQ. DE LA CÔTE-D'OR, I, Dijon, 1841.

(3) De la Fons-Mélicocq, *Dons et Courtoisies*, p. 224.

(4) Nos 9949-51.

(5) Louis XI.

(6) Peignot, p. 37-38.

(7) P. Meyer, *Girart*, p. CXVII-CXIX; *Bibl. A. F. Didot, Catalogue illustré des livres rares et précieux, manuscrits et imprimés*, Juin 1878, p. 48-51, no 65.

légende explicative et chacune d'elles figure une scène de l'histoire de Bourgogne. On y voit, par exemple, sainte Marie-Madeleine assister à Aix en Provence au baptême de Trophime, premier roi de Bourgogne, par saint Maximin, ou bien sainte Clotilde présente à celui de Clovis. « Le bon patriote bourguignon qui a rédigé le texte ne manque pas, à cette occasion, de décocher à ses ennemis d'alors ce trait malin qui caractérise l'époque : *Et estoient christiens les rois de Bourgongne longtemps avant qu'il y eust roy crestien en France* » (1). Plus loin arrive Girard de Roussillon ; plus loin encore Philippe le Bon avec ses barons et chevaliers de la Toison d'or ; après lui, vient son fils Charles. Ce manuscrit qu'on a défini « un panégyrique de la maison de Bourgogne et une protestation contre l'annexion de ce duché qui était anciennement un royaume » doit avoir été fait pour Maximilien, époux de Marie de Bourgogne. Il est probablement antérieur au 16 février 1486. Nous croyons le découvrir dans l'*Appendice* de Barrois, n° 2241 : « Enseignements des Princes de Bourgogne. Petit in 4° en vélin, vieille reliure, ornée de fleurs de lys et du chiffre de la maison de Bourgogne, fermoirs d'argent. Entremêlé de miniatures au nombre de 11, et de feuilles écrites, qui contiennent la généalogie des anciens et nouveaux ducs de Bourgogne, jusqu'en 1478 ».

Les inventaires et les comptes de « ces nouveaux ducs de Bourgogne » ont encore d'autres articles qui appellent l'attention. Ainsi « le livre de papier couvert de parchemin, escript en longue ligne *que fist fé Edouard roy de Portugal* », catalogué en 1467 (2) ; ainsi ce mandat de paiement qui se rapporte aux années 1434-1435 : « A Josset, escripvain, demourant audit Dijon, pour son salaire d'avoir escript pour MS un petit livret en papier des lettres envoyées dès longtemps a, par le roy Edouart d'Angleterre au roy Jehan de France touchant la prinse du roy Jehan — pour ce ... 1 franc IV gros et demi » (3). Assez longtemps après (1448), la somme de 36 livres est accordée à Mᶜ Anthoine Asterainz [c'est-à-dire Antoine Astesan ou Antonius Astesanus] secrétaire de Charles d'Orléans « pour don que MdS [de Bourgogne] luy a fait, pour ce qu'yl luy a donné ou mois de décembre, en la ville d'Amiens, ung livre qu'il escript

(1) *Catal. Didot.*
(2) Barrois, n° 1228.
(3) Laborde, I, n° 1163.

touchant plusieurs moralitez et ystoires, et aussi pour luy deffrayer d'icelle ville » (1). Serait-ce le Mémoire destiné à établir les droits du seigneur d'Orléans au duché de Milan par le dit secrétaire, et adressé à Charles VII ainsi qu'au dauphin, le futur roi Louis XI (2)? Nous avons un libellé plus énigmatique encore dans le compte indiquant que, le 24 juin 1462, Philippe le Bon octroie « 28 l. 16 s. à Anthoine de Campbon, escuier du pais d'Auvergne, qui, naguères, estoit venu lui apporter, à Bruxelles, des lettres closes du duc d'Orléans et de Me Arnoul de la Palu, astrologien du roy, par lesquelles ylz lui escripvoient aucunes choses *touchant matières et affaires secretz* » (3).

Le Mémoire sur le duché de Milan est en latin. Ce n'est pas le seul texte politique ou historique écrit en cette langue qu'aient recueilli les ducs. De ce côté l'attention pourrait également se porter, si le sujet du présent travail n'était la *Littérature française à la cour de Bourgogne.* Il serait oiseux de noter que, lorsque les familiers de la maison usent de la période cicéronienne pour conter ou glorifier son existence, ils ont, eux aussi, des mots bienveillants à l'adresse des maîtres. Voyez plutôt le *Liber de virtutibus ducis Philippi* de Jean Germain (4).

(1) De la Fons-Mélicocq, *Ducs et courtoisies,* p. 223. Sur Astesan, voir Molinier, nos 4394, 4463 et 4487.

(2) Conjecture de Kervyn de Lettenhove, *Bull. Comm. Roy. Hist. Belg.,* 2e s., XI, 1853, p. 470-2, à propos du no 10884 de Bruxelles (Marchal, *Antonii Astesani. De civitate Mediolanensi).* Cf. Barrois, nos 1022-2065 et no 1067?

(3) De La Fons-Mélicocq, *Ibid.,* p. 224.

(4) Ci-dessus, p. 251.

On pourrait signaler en cet endroit le compte de février 1470, d'après lequel Liédet est payé pour l'enluminure et la reliure d'un « livre des *Chroniques de France* » : Pinchart, *Miniaturistes.* p. 479.

CHAPITRE VIII

LA SITUATION FAITE AUX ÉCRIVAINS ET AUX LIVRES CHEZ LES DUCS DE BOURGOGNE

§ 1. L'organisation du travail.

Pour dire en quelle estime on tient les livres à la cour de Bourgogne, il nous faut savoir de quels soins on les entoure et, pour le savoir, il nous faut chercher avec quelle sollicitude l'on en suit la composition. Nous commencerons donc par l'organisation du travail. Certes, il peut paraître étrange que nous ayons examiné le contenu des manuscrits avant d'exposer comment ils sont faits. Mais nous avons réservé jusqu'à maintenant cette dernière question parce qu'il était nécessaire de connaître les auteurs pour bien saisir le genre de travail qu'on a exigé d'eux.

Et d'abord *organisation*, n'est-ce pas un trop grand mot en la circonstance, un mot beaucoup plus grand que la chose ? L'emploi en est-il légitime pour désigner des commandes et des confections de livres qui s'accomplissent sans un plan général tracé d'avance ? Évidemment, il ne faut prêter à ce terme qu'une valeur toute relative, car l'on ne veut point affirmer par là que Philippe le Bon a présidé à l'enrichissement progressif de sa librairie avec le sens avisé d'un bibliophile de la Renaissance ou de notre siècle, mais au moins s'en est-il occupé directement. Les témoignages existent qui nous le montrent plus d'une fois suivant d'un regard curieux la mise au point d'un manuscrit ; par eux, nous apprenons que plus d'un écrivain a « labouré » conformément à ses instructions personnelles, et ce sont après tout des détails de mœurs qui ont leur prix. Ainsi pour ne revenir que sur un exemple précité : de lui, Jean Wauquelin reçoit un « livret rimé », avec mission d'en extraire un nouveau *Girard de Roussillon*. Et remarquez que le duc ne s'en tient pas là et que, l'ouvrage étant sur le métier, il y prend intérêt, il y jette le coup d'œil du maître. Divers comptes, dont nous avons reproduit le texte, ont fait assister nos lecteurs à ces pérégrinations des volumes en voie d'exécution. Le duc réside à Bruges, à Gand, à Bruxelles ou à Hesdin, et voici qu'un homme arrive de quelque autre ville, apportant des cahiers qui doivent être examinés avant de passer chez l'enlumineur. Sans doute, tous les codices en préparation de par ses ordres n'ont pas eu besoin de son visa, de son *bon à tirer*, pour arriver au stade de la transcription sur parchemin ou de la décoration artistique, mais il y en a eu, et assurément plus que les comptes ne disent. Nous sommes loin de posséder la copie de tous les mandats de paiement émis au profit des gens de lettres de la cour. En outre, Philippe le Bon n'agit pas à l'aveuglette lorsqu'il donne de vieux livres à retoucher ou moderniser. Il a ses raisons que parfois le retoucheur ou le moderniseur révèle au seuil de son œuvre. Wauquelin, par exemple, écrira dans le prologue de sa traduction du *Gouvernement des Princes* de Gilles de Rome : « Et combien que aultrefois ceste matère ait esté translatée, nientmoins mondit très redoubté seigneur, considérans que à cause que laditte translation (1) est jà enviellie, si poet par aventure estre muée du sens littéral tant par les escripvains comme par mauvais entendeurs, et ossy li fèvres œvrent bien tout d'une matère, a volu et volt que ensy par moy indigne en soit fait comme dit est, ce que faire à son bon et gracieux plaisir je désire ». Dès lors, si le duc spécifie à ses écrivains la tâche à remplir et s'il leur remet tel « livret » à remanier, nous supposons qu'il leur ouvre libéralement sa bibliothèque pour d'autres « livrets » et livres dont ils pourraient tirer profit dans leurs travaux, qu'il les autorise à se servir des trésors variés qu'elle renferme pour la documentation de leurs vastes compilations : ainsi Wauquelin, David Aubert, Miélot, Raoul Lefèvre, Guillaume Fillastre qui ont dû consulter de nombreuses sources.

Mais quelque soin qu'il apporte à l'agrandissement de sa librairie, il n'a pas (comme d'aucuns l'ont pensé) un atelier de calligraphie, un *scriptorium* installé chez lui, un service de traductions établi dans sa demeure. Conséquemment, l'on n'est pas en droit d'accoler au nom de David Aubert le titre de directeur de l'école des beaux-arts à la cour de Bourgogne. ni d'écrire qu'il a, sous sa dépen-

(1) Voir ci-dessus p. 310.

dance, « l'une des branches les plus importantes du service de son souverain, puisqu'il organise la formation de la Bibliothèque de Bourgogne » (1). Au vrai, il n'y a pas eu de réelle organisation, de fonctionnement régulier à la manière dont on l'entendrait aujourd'hui. Les commandes partent de la cour et sont remises à des ateliers divers et particuliers. C'est ainsi que les manuscrits désirés par un duc comme Philippe le Bon naissent dans les villes les plus différentes ; les copistes et les enlumineurs les transcrivent et les décorent en leurs résidences, et ces résidences sont tour à tour Paris, Dijon, Mons, Grammont. Lille, Bruxelles, Gand, Bruges, Audenarde, La Haye et ainsi de suite. On l'a vu du reste par les exposés précédents. En même temps, l'on a pu y constater que les volumes confiés d'abord aux écrivains qui doivent les rédiger, ensuite aux calligraphes. miniaturistes et relieurs, ont accompli parfois, durant leur exécution, d'assez nombreux voyages. Sortant du scriptorum des auteurs qui les ont conçus, ils sont transférés en d'autres cités, pour y être reproduits sur vélin, enrichis d' « histoires », dotés d'une couverture et, le cas échéant, soumis à l'examen et à l'approbation du prince. La série des opérations qu'ils ont à subir, avant leur entrée définitive dans la bibliothèque, les promène de Mons à Bruges, de Bruges à Gand, à Hesdin, à La Haye, de Hesdin à Bruxelles, de Lille à Courtrai... (2). De la sorte, ils sont tenus quelquefois sur le métier pendant dix, quinze, vingt ans. Il est vrai que ces lenteurs résultent aussi de ce que le maître ne se décide pas immédiatement à faire enluminer un livre qu'il vient de faire transcrire.

En disant : le maître, c'est surtout Philippe le Bon que nous avons en vue. Néanmoins son fils et son grand-père, plus rarement son père, ont, eux aussi, pris des mesures pour que le travail de leurs artistes fût soigné.

A côté des volumes commandés expressément pour la librairie familiale, il en est d'autres qui arrivent à la cour parce que leurs auteurs savent que les productions de l'esprit y sont bien accueillies : « Vray est que ung sien citoyen estant certain qu'il [Philippe le Bon], sur toutes choses, prenoit plaisir de veoir par escript et

(1) Marchal, I, p. LXXXII.
(2) Sur ce transfert des mss., voir ci-dessus p. 28. 51, 416, et en outre Pinchart, *Miniaturistes*, p. 475-81.

oyr racompter les fais des anciens, et par espécial choses traians à dévotion ... se advança de luy présenter ceste légende et miracles du benoit confès saint Hubert ».. On se souvient de ces lignes du préambule de Hubert le Prévost de Bruges, et l'on se souvient également du sort qui échut à son livre : il fut « grossé » par un artiste aux gages de la maison (1). C'est le sort qui advint à d'autres œuvres offertes dans d'analogues circonstances. Nous n'avons plus à les faire connaître, et il n'est pas non plus requis de reparler ici des autres modes d'accroissement de la librairie : héritages, achats, etc.

§ 2. La toilette et la valeur des manuscrits.

« Musée et bibliothèque à la fois, a-t-on dit, collection artistique et littéraire, le dépôt de Bourgogne est un véritable guide dans l'histoire de la peinture et des arts » de l'époque (2). Ce n'est pas à nous qu'incombe la tâche de le décrire, de le glorifier en tant que « Musée ». Depuis longtemps du reste, sa valeur à ce point de vue est établie ; il jouit d'un renom qui certes ne faiblira pas et que ne feront qu'augmenter les études qui lui seront consacrées. Déjà les inventaires du xve siècle, qui en dénombrent les richesses, le présentent comme une collection artistique de haut prix, sans pourtant indiquer tout ce qui pouvait être donné à ce sujet. D'ailleurs, ces inventaires ne constituent encore, ainsi que nous l'avons rappelé dans notre *Introduction*, qu'un outil bibliographique peu perfectionné. Les titres d'ouvrages y apparaissent assez souvent déformés, et les éléments d'identification (incipit et explicit des premiers, seconds et derniers feuillets) n'y sont pas toujours reproduits. Cependant, la toilette des manuscrits est, à l'ordinaire, assez soigneusement exposée. Grâce à ces détails, nous parvenons à nous imaginer une partie importante de cette toilette de jadis, partie que presque tous les manuscrits ont perdue au cours des âges : nous voulons dire la reliure. En effet celle-ci non seulement a été remplacée lorsque les volumes ont passé en France, soit donc assez tardivement (3), mais déjà dès le xve siècle elle a subi des transfor-

(1) Voir ci-dessus p. 220.
(2) Laborde, I, p. XLV.
(3) Ceux qui ont été enlevés en 1748 ont été revêtus à Paris de maro·

mations : à cette époque, nous voyons parfois l'état des *ais* se modifier d'un catalogue à l'autre. Il se peut aussi qu'on retrouve encore
une reliure telle qu'elle est décrite dans ces catalogues. Tel est, par
exemple, le cas pour le *Champion des dames* de Martin Le Franc,
conservé à Bruxelles, qui possède sa primitive couverture en velours
bleu frappé (1). Mais l'exception confirme la règle, et presque toujours nous n'avons plus que les inventaires du xvᵉ siècle pour nous
renseigner sur la manière dont sont reliés les manuscrits bourguignons. Or, ces inventaires nous disent que beaucoup de ces manuscrits sont revêtus d'*ais* somptueux avec de riches fermoirs. Rares,
très rares sont les livres auxquels ils adjoignent la note : « non
couvert ». C'est la chapelle qui offre le plus de luxe à cet égard :
c'est elle qui renferme les volumes les plus distingués par leur décoration extérieure (pierres, perles, émeraudes, saphirs plats, etc.)

Luxueux au dehors, nombre de manuscrits le sont également
dans le texte qu'ils contiennent, c'est-à-dire par leur calligraphie.
Ceux que les ducs ont eux-mêmes commandés se reconnaissent à
un genre de lettre qui est devenu une sorte de spécialité ou de
caractéristique de la maison : la *grosse lettre de forme*. Bien des fois
aussi, cette calligraphie se rehausse de miniatures dont certaines
sont aujourd'hui classées parmi les productions artistiques les plus
glorieuses du xvᵉ siècle. A propos d'elles, l'on a cité les noms des
plus habiles enlumineurs de l'époque. Evidemment, il ne manque
pas d'attributions qui sont discutables, mais, comme nous l'avons
déjà remarqué, un point reste hors de discussion : c'est le talent
dépensé pour créer la merveilleuse collection de nos ducs. Elle
constitue le plus pur joyau de l'actuelle Bibliothèque de Bruxelles,
en même temps qu'elle honore, par les richesses qu'elle leur a fournies, d'autres grands dépôts de l'Europe (France, Angleterre,
Allemagne, Hollande, Autriche, Russie, Italie, Espagne) (2). L'admiration ne se lasse pas devant les splendides tableaux de présentation par lesquels s'ouvrent ses manuscrits, devant les brillants

---

quin rouge à fils d'or, avec les armes aux fleurs de lis sur les plats, et,
sous l'Empire, il en est qui ont été reliés en veau raciné, orné d'or.
De ces livres, une série considérable est rentrée en Belgique.

(1) Barrois, nᵒˢ 965-1983. — Bruxelles, nᵒ 9466 : voir ci-dessus p. 305.
(Communication de M. Bayot).

(2) Voir notre *Introduction*.

épisodes d'histoire et les ingénieuses interprétations allégoriques qui arrivent ensuite pour commenter le texte, devant la délicate ornementation des lettrines et des encadrements qui sont dispersés çà et là, n'ayant généralement pas de but précis, si ce n'est celui de réjouir les yeux des « lisans ». Quel que ce soit ce texte (un texte dont quatre ou cinq siècles écoulés ont trop souvent affaibli la vie et dissipé l'intérêt), les beaux volumes de Bourgogne proclament encore à l'heure présente le souverain prestige, font encore l'apo-théose de la dynastie ducale.

Il en est d'autres, et certes plus nombreux, qui ne sont pas au même titre les témoins d'un fastueux passé, mais pourtant, dans la librairie dont l'histoire vient d'être retracée, les manuscrits privés d'enluminures composent la petite portion. Ce qu'il importe aussi de remarquer, c'est que les vélins y formaient la grosse majorité. On a pu d'ailleurs se rendre compte de la chose par les indications qui ont accompagné l'examen de la plupart des œuvres citées dans nos précédents exposés. Presque toujours en effet, nous avons dit si elles étaient sur parchemin ou sur papier. De la sorte, le lecteur aura pu prendre une idée assez exacte de la valeur matérielle de la bibliothèque ducale. Il aura sans doute observé que, dans des cas fréquents, un ouvrage avait été « couché » à la fois sur papier et sur vélin. Assurément, en plus d'une circonstance, le papier doit avoir été la source, le modèle du parchemin.

§ 3. L'entretien et la conservation des manuscrits.

Un « Musée », comme l'était la librairie bourguignonne, repré-sentait naturellement un avoir considérable. Aussi demandait-il à être entretenu et conservé avec soin. Des informations que l'on possède à cet égard et dont certaines ont été produites au cours de notre travail permettent d'affirmer qu'on inscrivait les livres dans les inventaires lorsqu'ils entraient et qu'on tenait bonne note de ceux qui sortaient en prêt (1). Le garde-bibliothécaire (c'était, comme on le verra, le garde-joyaux de la maison) se faisait donner décharge, quelle que fût la personne qui empruntât. C'est grâce à ces précautions qu'aux jours où s'opéraient les récolements, l'on savait que tels ouvrages étaient prêtés ou donnés.

(1) Voir ci-dessus p. 18, 22, 125, 133, 202, 290, 332, 413 et Peignot, p. 53; Barrois, nº 1253.

Mais a-t-on des renseignements sur l'installation même des manuscrits ? Existait-il pour eux des « bibliothèques » ? On rapporte que le palais ducal à Dijon comprenait une *Tour de la Librairie*. Nous avons trois inventaires datés de cette ville, ceux de Jean sans Peur (ou de Philippe le Bon) en 1420, de Marguerite de Bavière en 1423 (1424) et de Charles le Téméraire en 1477. Est-ce à cause de la Tour ? Nous l'ignorons, mais nous pouvons faire observer au sujet des deux premiers, qui déterminent les biens délaissés par Jean sans Peur et par sa femme, que Dijon servait de résidence habituelle à la duchesse. Pour le troisième, qui est peu important, on a émis l'avis qu'il énumérait des volumes de 1420 qui n'avaient pas quitté cette ville jusqu'en 1477 (1).

En ce qui regarde Philippe le Bon, Frocheur a cru pouvoir dire que, vers 1430, il possédait trois dépôts en Belgique, à Bruges, à Gand et à Bruxelles, dépôts qu'il aurait par la suite centralisés au palais de Bruxelles. Mais l'érudit belge ajoute que « les dates postérieures de la rédaction des inventaires (Bruges 1467, Gand 1485, Bruxelles 1487) font présumer que ces diverses librairies, après leur jonction à Bruxelles, ne cessèrent pas de former des collections séparées et sous les noms de leur séjour primitif » (2). L'hypothèse nous paraît assez risquée. De ce que des inventaires ont été rédigés dans ces trois villes en 1467, 1485 et 1487, il ne ressort pas que, vers 1430, le duc y ait eu trois bibliothèques. Tout ce que nous nous permettrions de conjecturer, c'est que ses richesses bibliographiques ont, dans les dernières années de sa vie, afflué vers le Nord, vers Bruges où il aimait à séjourner et où tout un groupe d'écrivains locaux a travaillé pour lui. Mais ce qui nous semble mieux assuré, c'est qu'en général les manuscrits de Bourgogne ont dû subir des déplacements assez nombreux, partager plus ou moins les vicissitudes de l'existence mouvementée de leurs maîtres. Quant aux installations spéciales qui auraient été faites pour ces manuscrits dans leurs résidences diverses, nous devons déclarer n'en avoir aperçu aucune trace dans les documents d'histoire que nous avons consultés. A notre connaissance du moins, l'on ne signale aucune bibliothèque proprement dite, sauf peut-être la *Tour de la Librairie* de

(1) Durrieu, *Le manuscrit*, p. 145-6.
(2) *Notice*, p. 320-1.

Dijon. Encore faudrait-il savoir si l'on y disposait d'un ameublement approprié comme à la cour de France, chez Charles v, où l'on avait au Louvre la *Tour de la Fauconnerie* avec ses trois étages et un confort, à l'usage des lecteurs, si remarquable pour l'époque. A propos de cette *Tour*, observons avec M. Delisle que tous les livres de la couronne n'étaient pas là ; il y en avait, et en bon nombre, dans les châteaux des environs de Paris où le roi séjournait de temps en temps ; l'on en trouvait aussi dans les coffres qu'on portait à sa suite et le « Trésor des Chartes renfermait des volumes dont la place eut été plutôt dans une bibliothèque que dans les archives. Mais la tour du Louvre était la véritable librairie du roi » (1).

On vient de voir que les volumes de Bourgogne forment assez souvent aussi une librairie itinérante, et nous avons noté, dès notre premier chapitre, que quelques-uns d'entre eux ont une étrange résidence comme la Trésorerie des Chartes (2). Nous savons de plus qu'ils entrent également dans des coffres soit pour voyager, soit pour reposer en une ville (3). Mais encore une fois, a-t-on d'autres renseignements sur leur installation même, par exemple dans des armoires ou sur des pupitres ? Reiffenberg, parlant du palais de Bruxelles où Philippe le Bon fit en 1452 de grandes réparations et de nombreux embellissements, écrit : « Dans une des salles, des armoires en ogives, chargées d'ornements gothiques, renferment quelques centaines de volumes magnifiquement reliés et enrichis de lourds fermoirs et de clous d'argent. Ils sont couchés sur le plat, la tranche en dehors … D'énormes pupitres, quelques fauteuils semblables aux sièges des chanoines dans les églises, sont les principaux meubles qui décorent cet appartement » (4). En dépeignant ainsi la salle de Bruxelles, l'auteur n'aurait-il pas quelque peu suppléé au silence de l'histoire par un généreux effort d'imagination ? Nous ne le dirons pas, mais si vraiment telle était la disposition de la librairie au palais du duc de Brabant, nous avouons ne pas connaître les documents qui le prouvent (5).

(1) *Inventaire général et méthodique*, I, p. xv-xvi. Voir en outre, sur la Tour de la Fauconnerie, *Recherches*, I, p. 2, 7-8, 367-68.

(2) Voir ci-dessus p. 18.

(3) Peignot, p. 57, 61, 69, 73 ; Laborde, I, n° 1202.

(4) Edit. J. Du Clercq. I, p. 111.

(5) Reiffenberg renvoie au *Supplément aux Trophées du Brabant*, I, p. 3, où il est dit qu'en 1452 Philippe le Bon « fit faire dans son palais de grandes réparations et qu'il l'embellit beaucoup ».

Encore une fois, c'est possible. On incline facilement à croire qu'une salle luxueuse était là destinée à recevoir des livres qui étaient bien autre chose que les produits courants de notre typographie contemporaine. C'étaient des joyaux, des bijoux. Aux manuscrits de dévotion qui étaient souvent des manuscrits de prix, avec reliure somptueuse, l'on réservait assez communément une faveur spéciale : on les enfermait dans des bourses ou des étuis (chemise de soie, de satin noir, de drap d'or vermeil, bourse vermeille, sachet bleu de toile, disent les inventaires). Au surplus, l'emploi fréquent que l'on en faisait, justifiait cette mesure. Quelquefois même, on les dépose dans des coffrets d'argent (1).

A qui la garde des livres, remarquables ou non, était-elle confiée ? Au fonctionnaire qui avait la garde des joyaux. Pourtant sous Philippe le Hardi, la charge était exercée par maître Richard le Comte, qui cumulait les fonctions de premier barbier, de conservateur de la bibliothèque et de valet de chambre de Monseigneur (2). Son nom est inscrit en tête de la liste des volumes catalogués en 1404, mais l'inventaire de 1405 ne le mentionne pas. Le premier inventaire, tout en le citant, indique que les biens ont été baillés en garde à Franchequin de Blandeke (3). Enfin, l'on voit qu'en 1404 un Antoine Forest est aussi désigné comme garde-joyaux et valet de chambre de Philippe le Hardi (4).

Au temps de Jean sans Peur, le garde-joyaux s'appelle Philippe Jossequin. (Il a été membre la *Cour amoureuse*) (5). Lors du récolement de 1420 à Dijon, le titre est porté par Jean de la Chesnel ou l'Eschenal dit Boulogne (6). Par lui sont pris en charge les objets inventoriés. Désormais, nous le voyons recevoir et inscrire diverses acquisitions de la bibliothèque. Il délivre des accusés de réception, il commande des ouvrages aux écrivains et de plus il prend soin de la chapelle. A son nom s'adjoignent les appellations de secrétaire et de valet de chambre jusqu'à l'année 1437 (7). A

(1) Peignot, p. 51 à 61, 78-80 ; Vernier, *Philippe le Hardi*, p. 22. Voir ci-dessus p. 122.

(2) Peignot, p. 41 ; Prost, *Archives*, p. 341-2.

(3) Peignot, p. 41 ; Dehaisnes, p. 826 et 854.

(4) Petit, *Itinéraires*, p. 577.

(5) Piaget. *Rom.*, xx, p. 111. Voir aussi ma *Librairie de 1420*, p. 172.

(6) Voir ma *Librairie de 1420*, p. xix, 1, 5 et 29. et ci-dessus p. 18, 22, 125.

(7) Ann. Soc. Émulat. Bruges, 4ᵉ s., t. 1, *Droits et gages des dignitaires et employés à la cour de Philippe le Bon (1437)*, p. 15.

partir de là, les archives bourguignonnes ne parlent plus de lui, ce qui n'implique pas évidemment qu'il ait quitté le service de la maison ducale ou qu'il soit mort. On signale, après lui, Jacques de Brégilles ou Brézilles qui sans doute aura été son successeur et peut-être même, pendant quelque temps, son assistant, car en 1438, il est qualifié de valet de chambre et d'aide des joyaux de Monseigneur (1). En 1450, il arrive à la dignité de garde-joyaux et vingt ans plus tard des pièces comptables font encore mention de lui et de ses attributions (2).

Marchal veut que David Aubert ait rempli les fonctions de bibliothécaire et qu'il ait eu pour remplaçant Charles Soillot (3). C'est, à notre avis, une affirmation gratuite. Du moins, ignorons-nous l'existence des documents où l'auteur des *Conquêtes de Charlemagne* serait dénommé conservateur des manuscrits de la bibliothèque de Bourgogne. Il n'y que l'acte de réception de l'inventaire de Philippe le Bon où il est stipulé que l'habile copiste a « escript, grossé et mis au net » cet inventaire à Lille avec ses compagnons (4) : mais David Aubert n'y reçoit pas la qualification de garde-joyaux, et nulle part ailleurs il n'en porte d'autre que celle d' « escripvain de livres ». Quant à Charles Soillot, c'est le secrétaire et l'un des littérateurs du Téméraire ; nous ne lui connaissons pas d'autre situation, et, sous le règne de ce prince, le garde-joyaux est Charles de Visen (5).

§ 4. Lisait-on à la cour de Bourgogne ?

Mécènes « larges » et zélés, promoteurs fastueux des lettres françaises, les ducs de Bourgogne étaient-ils de vrais amateurs de livres ? Lisaient-ils leurs merveilleux in-folio, et quelle place ont prise dans leur vie les œuvres qu'ils ont eux-mêmes voulues ou qu'ils ont eues en cadeaux ? C'est une question que déjà nous avons abordée en traitant de leur éducation et de leur enfance. A cette occasion, nous avons constaté qu'il n'était point dans les habitudes

(1) « A Jaquot de Bresilles, varlet de chambre et ayde des joyaux de MS — LIIII livres », Laborde, I. nº 1211, a. 1438-9. Voir aussi Ann. Soc. Emulat. Bruges, *ibid.*, p. 15.

(2) Pinchart, *Miniaturistes*, p. 478-80, *Archives*, II, p. 206 ; Barrois, p. 332.

(3) *Catalogue*, I, p. LXXXI.

(4) Pinchart, *Minaturistes*, p. 491-2 ; voir notre *Introduction*.

(5) Quel est ce Jehan le Tourneur qui, d'après un compte de juillet 1468, « avoit quatre livres en sa garde » ? Voir ci-dessus p. 180.

des mémorialistes du temps de prodiguer les renseignements sur le côté intime et les premières années des hommes d'Etat. S'ils nous relatent toute leur existence au grand jour, toutes leurs guerres et tous leurs traités de paix, tous leurs succès et leurs déboires politiques, tous leurs voyages et toutes leurs fêtes, ils sont assez avares de ces divulgations, de ces indiscrétions qui vous introduisent dans le traintrain familier et journalier de leur maison. Sur le point qui nous occupe, il nous manque également les révélations qu'apportent certains manuscrits de collectionneurs bien moins connus que les princes de Bourgogne. Voyez, par exemple, la librairie de Jean d'Orléans, comte d'Angoulême, en 148 volumes (1). On dirait d'un Montaigne avant la lettre. Souvent il est lui-même son copiste, miniaturiste et rubricateur. Ses livres conservent en marge ses impressions de lecture : ils racontent les mémoires de son esprit et de son humeur ; ils sont un document de psychologie individuelle où, à la manière du moraliste du XVIᵉ siècle, il tente « l'essay de ses facultés naturelles ». Voyez aussi René d'Anjou dont la bibliothèque, forte seulement d'un peu plus de 200 volumes, offre à celui qui l'étudie un attrait spécial à cause de l'usage que ce duc en fait. Il semble donc que les seigneurs de Bourgogne n'ont pas le tempérament de ces bibliophiles lettrés, pour qui leurs livres sont une partie d'eux-mêmes. En matière d'annotations marginales les concernant, on ne découvre que celles des inventaires et qui sont relatives à des prêts. Grâce à elles, nous apprenons, entre autres, que Marguerite de Bavière a des lettres, qu'elle emprunte des manuscrits : le récolement de 1420 la révèle en possession de 17 numéros de la librairie familiale. Mais c'est surtout l'inventaire de 1467 qui devrait contenir des notes de l'espèce et, en réalité, il n'en a qu'une et encore elle concerne un habitué de la cour et pas un duc. En regard d'un article décrivant le 6ᵉ volume de *Perceforest*, on lit : « Monsieur de Saint-Pol l'a devers lui, quie dit Jacques de Bregille » (2).

Pourtant n'exagérons rien : si même les chroniqueurs de Bourgogne n'ont pas, sur leurs princes, autant de détails intimes que nous le voudrions, ils en ont. Ils ne nous ont pas laissé tout ignorer des habitudes d'esprit de leurs maîtres. Guillaume Fillastre écrit

(1) Dupont-Ferrier, *Jean d'Orléans, comte d'Angoulême, d'après sa bibliothèque (1467)*, BIBL. DE LA FACULTÉ DES LETTRES. UNIVERSITÉ DE PARIS, 1897.

(2) Barrois, nº 1253.

dans sa *Toison d'or* au sujet de Philippe le Bon : « Je l'ay souvent veu (sy ont plusieurs) coucher à deux heures apres mynuit et estre levé à six heures au matin et jamais n'estoit oyseulx qu'il ne s'occupast ou en estudes de livres ou de tirer de l'arc ou pour exerciter en quelque esbatement honneste ou au conseil de haultes choses, quant le cas le requeroit » (1). Il y a aussi les paroles connues de David Aubert affirmant en tête de sa *Chronique des empereurs* (1462) que son maître « a dès longtemps accoutumé de journellement faire devant lui lire les anciennes histoires ». La même année, l' « acteur » des *Cent Nouvelles nouvelles* déclare de son côté que le duc est « très haultement doé du très gracieux exercice de lecture et d'estude » (2). Implicitement du reste, d'autres « acteurs » disent la même chose, rien qu'en montrant à quelles fins leur ont été commandés les livres qu'ils exécutent : la manière dont ils s'expriment à ce sujet implique naturellement le fait que le prince a lu ces livres lorsqu'ils ont été composés. D'ailleurs, à défaut de nombreux témoignages positifs de la littérature contemporaine, l'on a celui que constituent les nombreux volumes réunis par ses soins. Qui donc prétendra que Philippe le Bon a rassemblé tant de manuscrits pour ne pas s'enquérir de ce qu'ils contenaient ? Le long exposé qu'on vient d'avoir sous les yeux, toutes ces pages que nous avons écrites sur lui sont une preuve qu'il a lu. De ces pages, il résulte aussi que son attention est allée aux lettres surtout à partir des années 1445-1450. La majorité de ses commandes se place entre ces années et la fin du règne. L'âge mûr et la vieillesse auront donc été pour lui vraisemblablement l'époque des « estudes de livres ». Ces « estudes » n'ont pas occupé au même point son père Jean sans Peur, mais son grand-père a dû les aimer également. De même son fils : Olivier de La Marche, ainsi qu'on sait, le dépeint dans son bas âge comme un petit écolier très studieux qui se complait au récit et à la lecture des histoires d'anciens preux : de plus, il représente l'homme fait comme répondant aux espérances qu'on avait fondées sur l'enfant : « Jamais, déclare-t-il, [Charles] ne se couchoit qu'il ne fist lire deux heures devant luy, et lisoit souvent devant luy le seigneur de Humbercourt, qui moult bien lisoit et retenoit » (3). Des propos analogues éma-

(1) Livre I.
(2) Ci-dessus p. 339.
(3) *Mémoires,* II, p. 334.

nent d'autres écrivains. Ainsi le traducteur anonyme des *Anciennes Chroniques de Pise* affirme que Charles « moult voulentiers preste temps à oyr lire pour retenir les fais des anciens dignes de recommendacion » (1).

Après les ducs, les duchesses. Des preuves existent en faveur de « l'intellectualité » de Marguerite de Bavière : ce sont les emprunts antérieurement signalés. Le même goût des livres chez Marguerite d'York est attesté par les commandes qu'elle remet aux écrivains : c'était incontestablement un esprit très cultivé. Un souvenir revient en outre à Marguerite de Flandre, femme de Philippe le Hardi. De la famille de Bourgogne sont également, répétons-le, Agnès de Bourbon ainsi que le grand bâtard Antoine. Contre « l'intellectualité » de cette famille, des objections ont été formulées, et ces objections, on les a tirées du fait que beaucoup de livres exécutés pour elle étaient des livres de luxe. De là, on en vient à dire qu'ils n'étaient que des objets de luxe, uniquement estimés par les ducs pour la calligraphie distinguée en laquelle ils sont transcrits, pour les fines miniatures dont ils sont rehaussés et pour les reliures soignées qui les enferment. Mais on dit plus : on dit encore (autre reproche) que ces livres figurent, dans les inventaires, en qualité de réels objets de luxe, avec les joyaux, tableaux, vêtements et ameublements. C'est vrai, mais qu'on n'oublie pourtant pas qu'un inventaire ... est un inventaire et que, dans le mobilier d'un pur lettré de l'époque moderne, les livres ont aussi le même sort. À propos de ce vieux lettré René d'Anjou, dont nous avons rappelé les aptitudes littéraires, Lecoy de la Marche écrivait : « Tout ce luxe, toute cette sollicitude attestent que le possesseur de tant de chefs-d'œuvre n'était pas seulement un savant, mais un bibliophile, et qu'il traitait les livres comme ces objets aimés qu'on récompense, par une place d'honneur ou par une somptueuse enveloppe, du bonheur dont ils ont procuré la jouissance » (2). Nous n'oserions pas reprendre pour compte ces lignes telles quelles et les appliquer, sans restriction, aux ducs de Bourgogne, mais d'autre part nous pensons que le caractère artistique de leurs manuscrits ne doit pas être invoqué comme argument pour établir qu'ils sont restés indifférents au contenu même des œuvres.

Ayant vu comment on traitait les livres, voyons

(1) Prologue du n° 9029 de Bruxelles : voir ci-dessus p. 451.
(2) *Le Roi René*, II, p. 196.

§ 5. Comment sont traités les écrivains.

Les extraits de la comptabilité ducale que nous avons de-ci de-là reproduits dans notre travail répondent déjà en partie à cette question. Pour avoir la réponse complète, il faudrait non seulement donner en entier toute cette comptabilité (1), mais posséder toutes les certifications des dépenses faites par les ducs pour leurs auteurs. Or, on ne les a pas ; il est manifeste que nos seigneurs ont protégé plus d'un homme de lettres, acheté plus d'un manuscrit qui n'est pas cité dans leurs registres. Le marquis de Laborde en a déjà formulé la remarque : « Les comptes de Lille, disait-il, m'ont fourni quelques renseignements fort curieux, mais en petit nombre, sur les écrivains à la cour de Bourgogne. J'espère mieux des archives de Dijon. Le vide des registres de la recette générale me ferait croire que ce genre de dépense était porté ailleurs » (2). N'avons-nous pas constaté du reste que, dans les documents qu'il édite, David Aubert n'est pas mentionné ? En revanche, nous y rencontrons Wauquelin et Miélot, avec d'assez copieuses informations sur des scribes bourguignons d'activité moindre. D'autres érudits que le marquis de Laborde ont pu puiser à d'autres sources que les siennes (3). Si l'on réunit le tout, on obtient un ensemble d'indications déjà très significatif et qui permet de prendre une assez juste idée de la manière dont la production intellectuelle était rémunérée à la cour de Bourgogne. Après les avoir considérées, on ne saurait s'empêcher de proclamer que le protectorat des lettres y fut sérieux · et généreux, que les ducs se sont imposé pour elles des dépenses qui les honorent. Souvenons-nous qu'ils ont eu, pendant bien des années, à leur service certains de leurs écrivains. En somme, leur librairie leur a coûté cher.

Mais il n'y a pas que l'argent dépensé dont on doive s'enquérir. Il est légitime aussi de se demander en quelle estime morale sont tenus nos littérateurs. Un assez bon nombre d'entre eux exercent

---

(1) Ainsi que je le dis, je n'ai reproduit que certains extraits des documents publiés par Laborde, Peignot, Pinchart, De La Fons-Mélicocq, Prost et autres chercheurs. J'ai bien dû me limiter aux renseignements typiques, n'ayant déjà que trop de détails à présenter sur l'objet même des livres.

(2) I, p. cx, note.

(3) Voir la fin de notre *Introduction*.

des fonctions à la cour ou dans les Etats de Bourgogne. Mais ce n'est pas, dirait-on, la littérature qui les a élevés à cette dignité (quand c'en est une) ou qui leur a fait obtenir tel emploi qui serait, en l'occurrence, une sinécure. *Deus nobis haec otia fecit!* Le temps n'est pas encore où le roi confère à l'un de ses habiles rimeurs un poste de bibliothécaire pour lui permettre de taquiner la Muse tout à son aise. Plusieurs de nos écrivains bourguignons sont écuyers, hérauts d'armes, prévôts, baillis, panetiers, échansons, chevaliers ou chanceliers de la Toison d'or, conseillers de leurs maîtres, mais pour des raisons qui n'ont rien de commun, semble-t-il, avec leur valeur littéraire. Nous ne voyons guère que Chastellain qui paraisse avoir reçu les insignes de la Toison d'or, avoir été *décoré* pour avoir fait office d'écrivain : « Sire George Chastellain, écrit Molinet dans le second prologue de sa *Chronique*, homme très éloquent, cler d'esprit, très aigu d'engin, prompt en trois langages, très expert orateur et le non pareil en son temps ... Pourquoi très illustre prince Charles de Bourgogne, regardant la fermosité de ses mœurs, la melliflue éloquence distillante de sa bouche et la subtilité de son art, le veut anoblir en ses jours ; et à la célébration et solennité de la Thoison d'or en Valenciennes, lui donna ordre de chevalerie, avec tiltre de indiciaire, comme celui qui démonstroit par escripture authentique les admirables gestes des chevaliers et confreres de l'ordre ».

L'on a aussi Miélot qui est *secrétaire aux honneurs*. Mais est-ce une distinction accordée pour services rendus à la littérature ? D'autres écrivains sont *valets de chambre*. Mais, devant pareil titre, ne faut-il pas se récrier sur l'erreur du xve siècle qui impose pareil emploi à celui que le xixe siècle, par la voix de Victor Hugo, appellera le *rêveur sacré* :

> Peuples ! écoutez le poète !
> Ecoutez le rêveur sacré !

Des critiques se sont récriés, et l'un d'eux, Ernest Renan, a dit : « Nos opinions ne peuvent être que blessées en voyant l'artiste décoré du titre de *valet de chambre* remplir les fonctions d'une véritable domesticité » (1). On pourrait répondre qu'au xviie siècle un poète nommé Molière sera décoré du même titre par son roi, mais

(1) *Hist. litt.*, XXIV, p. 661-2.

il vaut mieux encore faire observer que la qualification de valet de chambre (laquelle fut donnée au xve siècle à des artistes très distingués) (1) n'impliquait pas nécessairement des occupations subalternes, qu'il est presque permis de la traduire par le mot un peu vague de *chambellan* (2) et qu'en tout cas elle fut conférée à des hommes que les ducs voulaient honorer (3).

Il n'en reste pas moins que le xve siècle est le xve siècle : la Pléiade n'a pas encore paru avec ses Ronsard et ses Du Bellay, avec ses poètes qui se présentent comme des envoyés d'en haut et qui

> Pour allonger leur gloire, accourcissent leurs ans.

Être homme de lettres à l'époque de Philippe le Bon, ce n'est pas encore exercer le plus noble des métiers, le plus divin des arts, ainsi qu'on le clamera cent ans après ; c'est amuser ou moraliser les autres, en même temps qu'on s'amuse ou qu'on se moralise soi-même. Aussi nous apparaissent-elles comme une étrange rareté les protestations de Martin Le Franc, dans sa *Complainte du Livre du Champion des dames*, contre l'arrêt injuste de quelques beaux seigneurs et qui sera cassé sans doute par la postérité, protestations d'un poète fier de l'être et auquel il suffit d'avoir manié la plume pour qu'il juge son existence utile et bien remplie.

Quoi qu'il en soit, c'est un progrès du xive et du xve siècle d'avoir élevé jusqu'aux marches du trône le jongleur errant de jadis, de l'avoir mêlé au monde des grands. A la cour de Bourgogne, l'écrivain est honoré de l'amitié des princes (4). Souvent d'ailleurs (il y a là un détail de mœurs littéraires qu'il importe de mettre en relief) cet écrivain est un clerc ; il appartient à la catégorie des hommes d'études, des esprits cultivés du temps ; il a pris des grades universitaires ou parfois il occupe une situation assez notable dans l'Eglise.

(1) Voir, entre autres, Pinchart, *Archives*, passim.

(2) Durrieu, *Peinture en France*, p. 103 : « Les artistes sont élevés au rang, alors [fin xive siècle] hautement prisé et très recherché, de *valets ds chambre*, ce qu'il faut entendre à peu près dans le sens actuel de *chambellans* ».

(3) Ainsi sera-t-elle octroyée plus tard à un Clément Marot : L. Batiffol, *Le Siècle de la Renaissance*, Paris, 1909, p. 92 (L'histoire de France racontée à tous, publiée sous la direction de F. Funck-Brentano).

(4) Voir ce que nous avons déjà dit à ce sujet dans notre *Introduction*.

CHAPITRE IX

COUP D'ŒIL RÉTROSPECTIF

A bien des reprises, nous venons de parcourir le même chemin, de traverser, d'un bout à l'autre, le siècle littéraire des ducs
de Bourgogne, mais chaque fois une intention différente nous gui-
dait. C'était, chaque fois, un domaine de lettres spécial à reconnaître. Il y aurait encore, après ces diverses enquêtes, à explorer le
domaine de l'inconnu ou bien des « inconnues » de la bibliothèque :
déjà nous en avons parlé, puisque nous avons indiqué plus d'un
problème obscur qui se posait et dont l'avenir fournirait sans doute
la solution (1). Mais ce ne sont pas les seules inconnues de la littérature de Bourgogne ; les inventaires contiennent encore des rubriques qui n'ont pas été mentionnées dans les chapitres précédents
et qui nous sont restées impénétrables : *Conqueste à Han, Guiérot le
Guidon, Dit de la Perdrix, Destinées, D'un roy de Grèce qui eust trente
filles*, etc. (2). De plus, les comptes signalent des dépenses pour des
travaux de librairie sans donner le titre des ouvrages commandés :
ainsi l'on apprend par un document de 1375, que 72 fr. 7 s. 6 d. t.
ont été payés « pour 12 tasses d'argent, pesans 12 mars demie once,
que Mgr [Philippe le Hardi] a fait acheter ... et ycelles donner à
Gilles Malet, qui li avoit presentez certains livres, de par le roy » (3).

---

(1) Voir, par exemple, ci-dessus p. 16 : *Ysambert.*

(2) Voir Barrois, nᵒˢ 1198-2159, 1274-1734, 1382, 1392, 1856. Je ne reviens
plus sur les livres d'oratoire (*Missels, Psautiers*, etc.) dont beaucoup sont
énigmatiques en ce sens que le titre qui les désigne et leurs mots de repère
ne suffisent pas pour qu'on arrive à les identifier. — Parmi les *Varia* cités
plus haut, p. 231, n. 4, il en est aussi dont l'objet demanderait à être pré-
cisé. Enfin des recherches devraient encore être faites pour les mss.
français ou latins, numérotés dans Barrois 708, 793, 812-2165, 830, 842-2207,
847-2177, 988-2157, 1042, 1047, 1061, 1089, 1091, 1213, 1215 et 1395.

Qu'y avait-il dans le nᵒ 1096, « livre en parchemin, intitulé au dehors :
Te Mester of Gau, comançant au second feuillet, *Hankes to*, et au dernier,
a gier boor » ?

(3) Prost, *Inventaires*, I, nᵒ 2235.

— Autre exemple de 1384-1385 : « A Jehan Lavenant, escrivain, demourant à Paris, à cause de certains livres qu'il a faiz pour mon dit seigneur ... XL frans. A maistre Jehan Lavenant, escrivain du roy nostre seigneur, pour cause de certains livres qu'il a faiz pour monseigneur ... c frans » (1). Autre exemple encore, mais du règne de Philippe le Bon : 1445, « XII L. à frère Antoine Bombardet, religieux de l'ordre de saint Benoît, quand yl a apporté à MS certains volumes d'aulcuns livres qu'il escript pour lui en la ville de Chaalons sur la Soone » (2). Mais à ces inconnues près, nous avons assez de données certaines pour « connaître » la vie littéraire de Bourgogne. Le moment est arrivé de nous replacer rapidement ces données sous les yeux et de délimiter (à grands traits, cela va sans dire) l'action intellectuelle propre à chacun des quatre ducs. Par là, nous corrigerons quelque peu l'inconvénient de nos exposés par genres littéraires, inconvénient que nous avons déjà discuté en commençant (3).

§ 1. Le règne de Philippe le Hardi.

Fils et frère de lettrés, Philippe le Hardi avait pris, dès le bas âge à la cour de France, le goût des livres. N'apportait-il que cela en Bourgogne, et son père Jean II ne l'avait-il pas muni de nombreux manuscrits lorsqu'il l'envoya régner dans ce duché ? On est assez en peine de le dire (4). Il n'est pas plus aisé de déterminer avec précision le fonds de manuscrits qu'il trouva, en 1363, dans ce même duché, et, en 1369, chez sa femme Marguerite, fille de Louis de Male et veuve du dernier seigneur de Bourgogne de la première race, Philippe de Rouvre, mort huit années auparavant. L'ouvrage,

(1) Dehaisnes, *Documents*, p. 608. Voir *ibid.*, p. 632, et *Histoire*, p. 493-4, d'autres comptes relatifs à Lavenant, Raoul Gueroust, copiste, Jean de Hulst, enlumineur et valet de chambre de Philippe le Hardi.

(2) De La Fons-Mélicocq, *Dons et courtoisies*, p. 223. Voir *ibid.*, p. 221, 223, et Laborde, I, nos 1234 et 1260 pour d'autres travaux de librairie inexactement désignés.

(3) Dans les récapitulations qui suivent, je ne puis naturellement pas indiquer les différentes pages des chapitres précédents où figurent les œuvres et groupes d'œuvres que je vais rappeler. Cela m'obligerait à faire des citations et des renvois absolument trop nombreux. D'ailleurs, si le lecteur désire retrouver les endroits du travail où j'ai analysé ces œuvres, il n'aura qu'à recourir à mon *Index alphabétique* de la fin.

(4) Voir ci-dessus p. 194.

si souvent cité de Peignot, reproduit une série de cinq paiements effectués par la première dynastie de 1347 à 1359, en même temps qu'il donne le nom de l'enlumineur Belin de Dijon dont les services ont été utilisés par cette même dynastie (1). Or, nous avons précédemment constaté que l'enlumineur en question avait été employé par Philippe le Hardi, et d'autre part nous remarquons que ce prince a possédé les *œuvres* qui font l'objet des paiements précités : mais il n'en résulte pas que ce sont les *manuscrits* mêmes de la première race qui sont consignés dans son inventaire. Quant à l'apport de la duchesse Marguerite, on peut certes affirmer qu'elle a reçu des livres en dot. Mais quels sont-ils ? Il est permis de supposer que sa corbeille de noces renfermait plus de volumes de chapelle que de romans et de poèmes. De plus, il paraît évident qu'elle a hérité de textes flamands, à la mort de son père (1384), mais il est probable aussi qu'antérieurement elle en avait fait entrer au foyer qu'elle a fondé en 1369 avec Philippe le Hardi (2).

Epoux de Marguerite de Male et fils de Jean II, le premier duc de Bourgogne est en outre le frère et l'oncle de bibliophiles qui s'appellent Charles V, Jean de Berry, Louis d'Anjou et Charles VI. Que lui est-il venu de ce côté ? Un nombre assez considérable de manuscrits, dont plusieurs sont de luxe (3). En même temps. d'autres personnages de marque, des seigneurs amis, ainsi que des familiers, sont là pour lui procurer ou lui offrir des livres : Charles de Poitiers, le comte Gaston de Foix, Dine Raponde, Martin Porée, etc. Mais les mots « offrir ou recevoir des œuvres » ont un sens qu'il nous a fallu interpréter. Le prince paie souvent ... ce qu'on lui donne. D'autres fois, il achète parce que vraiment il veut acheter. Par ces deux voies (achats déguisés ou non), la bibliothèque s'accroît d'une catégorie importante de manuscrits, surtout des ouvrages de dévotion et d'éducation, des traités didactiques et historiques. Cette même bibliothèque s'améliore d'une autre façon encore : par des réparations ; rappelons-nous ici que nous avons vu s'en aller chez le relieur les romans de *Marques*, de *Merlin*, de *Lan-*

---

(1) P. 23-24.
(2) Voir ci-dessus p. 193.
(3) Il doit y avoir eu, dans la librairie de Philippe le Hardi, plus de volumes parisiens que ne l'indiquent les documents que l'on possède sur les relations de ce prince avec la cour française.

celot, des Aristote, un Tite-Live, les *Chroniques de France*, les *Propriétés des choses*, le *Livre de Troie*, des *Bibles*, des *Heures* et le *Cy nous
dit* (1).

Mais tout cela n'est que de la littérature du passé. Le règne de
Philippe le Hardi en connaît une qui lui appartient spécialement,
une littérature qui est rédigée à l'intention, à la sollicitation ou bien
à la glorification de ce prince et de sa famille : elle renferme la
Complainte de l'Eglise moult désolée d'Eustache Deschamps, l'*Epître sur
la desconfiture de Hongrie* de Philippe de Mézières, le *Déduit des chiens
et des oiseaux* de Gace de la Bigne, l'*Epithalame* de Jean de Malines,
diverses poésies de Froissart, de Deschamps et de Christine de
Pisan, le *Charles* v de cette même femme de lettres et la *Chronique
rimée de Flandre* qui n'est pas signée. Avec son fils Jean sans
Peur, notre premier duc Philippe le Hardi partage les honneurs de la *Geste de Bourgogne*, et c'est de son vivant que s'établit,
création peut-être plus bourguignonne que française, la *Cour amoureuse de Charles* vi. Sans doute, la productivité intellectuelle qui se
rattache à ce règne n'est pas énorme, surtout si l'on songe que la
Geste lui est assez bien postérieure. Nous sommes encore loin de
la variété et de l'abondance d'œuvres qui marqueront l'âge de
Philippe le Bon. De plus, il faut se souvenir que presque tous les
achats de Philippe le Hardi ont trait à des livres de piété. Aussi
bien du reste la chapelle entre-t-elle pour une bonne part dans la
constitution de sa librairie. Mais, en définitive, les efforts tentés par
ce prince, ses préoccupations d'amateur de beaux manuscrits, le
commencement de vie littéraire qu'il entretient à sa cour, n'est-ce
pas beaucoup déjà pour son temps ? Peut-être même ne lui a-t-on
pas rendu l'hommage d'admiration auquel il a droit comme bibliophile. Après tout, il est le fondateur de la *Bibliothèque de Bourgogne*
et pareil titre suffirait à sa gloire. La collection qu'il forme est déjà
l'une des belles du xv⁰ siècle, et c'est justice de faire observer, avec
l'un de nos savants critiques d'art, qu' « à sa mort, indépendamment
d'une série importante de superbes livres d'église, il possédait dans
sa librairie jusqu'à seize volumes munis dans leur reliure de fermoirs d'argent doré, ce qui n'était ordinairement usité que pour les
livres de grand luxe » (2). C'est justice d'ajouter qu'il a commandé

(1) Aux achats de parchemin déjà mentionnés, l'on pourrait joindre
ceux que donne Peignot, p. 27.

(2) Durrieu, *Le manuscrit*, p. 163.

aux frères de Limbourg leur splendide *Bible* et peut-être aussi le *Livre des merveilles du monde* qu'on retrouve à la Nationale de Paris. L'inventaire rédigé après son décès (1404) s'élève à environ 70 manuscrits. L'année suivante, sa femme meurt, et l'énumération des biens délaissés par elle donne, pour la librairie, un total d'à peu près 135 articles. A ces deux listes, dressées en 1404 et 1405, il faudrait annexer les ouvrages que Philippe le Hardi a demandés ou reçus et que, pourtant, elles ne comprennent pas : la *Chronique rimée de Flandre*, l'*Eglise moult désolée*, la *Desconfiture de Hongrie*, *Charles* v et *Richard* ii. Cette addition étant opérée, peut-être n'avons-nous pas encore la somme des textes littéraires qui ont été la propriété du duc et de la duchesse. C'est une question à reprendre lorsque nous arriverons au règne de Jean sans Peur.

Ne considérons maintenant que les richesses bibliographiques qui, sans nul doute, ont appartenu à ses parents, mais considérons-les à un nouveau point de vue ; divisons-les en catégories d'après les matières traitées, et nous obtiendrons : environ trente-cinq récits de geste et narrations romanesques, médiévales ou antiques (le tout distribué en une bonne vingtaine de manuscrits)(1), deux classiques anciens (Tite-Live, Aristote), ainsi que les *Distiques* du Pseudo-Caton, un *Hector de Troie* et une *Histoire de Troie* (?) ; deux *Roman de la Rose* ; un *Roman de Renard* ; deux recueils de *Fabliaux* ; deux autres recueils dits *Ballades et Virelais*, *Cent Ballades* ; une douzaine de *Chroniques* (France, Flandre, Normandie, Angleterre, Villehardouin, Henri de Valenciennes) ; et le reste est de la littérature religieuse et didactique (nous comptons 42 livres de chapelle dans l'inventaire de 1404 et 36 dans celui de 1405). Une autre récapitulation de non moindre intérêt est celle des groupes d'écrivains et de fournisseurs de livres. Voici d'abord seize marchands-libraires (2) et relieurs : Robert Lescuyer, Dine et Jacques Raponde, le curé de Saumoise, Martin Lhuillier, Guillaume, Jean de Chartres, Colette l' «estofferesse», Jean Petit, Jacques Richier, Laurent Desbordes, Henri

(1) Dans cette catégorie d'œuvres, nous avons deux exemplaires de *Robert le Diable*, de *Cléomadès* et des *Vœux du Paon* : voir ci-dessus p. 9, 10 et 134. A remarquer qu'en plus il y a des « inconnues » comme celles que devait renfermer le ms. de *Guillaume des Barres* mentionné p. 132.

(2) Nous entendons par là, avec le comte Durrieu, les « libraires de profession, ou marchands jouant le rôle de courtiers en librairie », *Le manuscrit*, p. 163.

des Grés, Jean de Baugy, Jacote de Rouvre, Henriet le brodeur et Lambert de Fleurey. Ensuite, c'est une douzaine de copistes et enlumineurs : Belin, Pol et Jannequin de Limbourg, Carnien, Gillet Daunai, Pierre Donnedieu, Jean Lavenant, Jean de Hulst, Raoul Gueroust, Jacques Coene, Imbert Stainier, Haincelin de Haguenau et peut-être Jean Flamel. Enfin les écrivains proprement dits : Eustache Deschamps, Froissart, Christine de Pisan, Philippe de Mézières, et l'un ou l'autre anonyme comme l'auteur de la *Chronique rimée de Flandre* (1).

§ 2. Le règne de Jean sans Peur.

L'inventaire qui nous renseigne sur les transformations de la « librairie » en son temps est celui de 1420. Ici, nous avons devant nous un amas de 248 volumes. Que s'est-il passé depuis 1405 ? Nous ne pouvons donner de réponse à la question que pour les œuvres profanes, car, pour les manuscrits de chapelle, il est trop difficile d'arriver à des résultats précis, parce que les titres qui les désignent ne permettent pas de les identifier. D'abord, en ce qui regarde les premières, nous constatons que des pertes se produisent, mais peu nombreuses. En revanche, nous observons qu'elles sont largement compensées par des acquisitions nouvelles. Seulement, est-on en droit d'affirmer qu'elles sont toutes dues à Jean sans Peur lui-même ? Il n'a pas le renom d'un « intellectuel » et, au surplus, nous avons examiné d'assez près son rôle de protecteur des lettres pour être en mesure d'affirmer qu'il ne semble pas avoir vécu dans des relations constantes avec les calligraphes et les libraires. Dès lors, c'est à supposer que sa mère Marguerite de Flandre lui a légué plus de manuscrits que ne le disent les inventaires de 1404 et 1405, ou bien c'est à croire que son fils « collectionnait » avant 1420.

L'inventaire de 1420 (auquel manquent pourtant l'*Apologie du tyrannicide* de Jean Petit et la *Bataille du Liége* où Jean sans Peur est mis directement en cause, plus quelques manuscrits de Philippe le Hardi et de sa femme) apparaît brillant surtout quand on le rapproche de celui de 1423 (1424) qui représente l'avoir de Marguerite de Bavière : mais évidemment là, il ne s'agit que de quel-

(1) Pour les chroniques qui s'inspirent de son règne, voir ci-dessous p. 479.

ques volumes qui étaient déposés à Dijon et dans les environs, au moment où la duchesse mourut. C'est un inventaire qui ne peut entrer en ligne de compte pour l'estimation de la bibliothèque bourguignonne. Il ne révèle pas même tout l'intérêt que Marguerite portait aux lettres. Ce devait être une femme cultivée, on le sait, et des preuves existent pour attester qu'elle empruntait des livres à la librairie de la famille. Mais son mari, répétons-le, ne passe point pour avoir eu les mêmes préoccupations ni celles d'un Philippe le Hardi et d'un Philippe le Bon. On a dit souvent que les agitations politiques de son règne l'avaient privé des loisirs que réclame une vie de bibliophile. Vraisemblablement, le manque de temps s'est compliqué d'un manque de goût pour les choses de l'esprit. Phénomène curieux nonobstant, il a un bilan littéraire qui n'a rien à envier à celui de Philippe le Hardi, en ce sens qu'il a été plus chanté que son père, puisqu'il détient le premier rang dans les longs poèmes de la *Geste* et du *Pastoralet*. D'autre part, nous remarquons que les travaux de librairie, commandés avant son avènement, sont continués lorsqu'il règne et payés par lui. Ainsi, lors du décès de Philippe le Hardi, la *Bible* des frères Limbourg et *Charles* v étaient sur le métier. Jean sans Peur récompense les artistes et la biographe, en même temps qu'il règle, également pour son père, un compte relatif à la réparation de *Guiron le Courtois* et peut-être celui qui concerne l'acquisition du grand roman de *Lancelot, du Saint-Graal et du Roi Artus*. A la prolixe autoresse, il accorde en outre une gratification pour des *Epitres et dictiés* qu'elle avait présentés au feu duc. De son côté, il reçoit d'elle plusieurs « hommages », et il les paie. On devrait peut-être ici se demander s'il a réellement désiré entrer en possession des livres que Christine apportait à la cour, mais le libellé des mandats émis au profit de la femme de lettres ne permet pas de se prononcer sur ce point. Quoi qu'il en soit, elle était « l'écrivain » le mieux représenté dans la collection de 1420 : elle y avait sept numéros.

Cette collection s'est formée également de cadeaux dus aux parents de Jean sans Peur : Charles vi et Jean de Berry. Toutefois nous n'y retrouvons pas le *Dialogue du pape Grégoire* offert par ce dernier. Dans cette collection, nous ne reconnaissons pas non plus certains des achats que nous savons pourtant avoir été effectués sous le règne du même duc de Bourgogne : ce sont principalement des

manuels de dévotion ou d'éducation pour lui, pour sa femme ou
ses enfants ; il y a de plus un *Valère Maxime* et le très réputé *Livre
des merveilles du monde* (peut-être demandé cependant par Philippe le
Hardi). Pour lui Jean sans Peur sont exécutées et par lui sont
payées des « escriptures touchant le propos de maistre Jehan Petit,
pour la justification du cas advenu en la personne de feu le duc
d'Orléans ». Cette *Justification* est peut-être la seule œuvre originale
ou contemporaine que le second duc de Bourgogne ait expressément voulue ou directement commandée. Pour les autres productions littéraires qui se sont inspirées de lui, le fougueux prince n'a
guère fait qu'en être l'objet. Et ces productions sont la *Bataille du
Liége*, la *Geste*, le *Pastoralet*, quelques poésies rentrant dans les genres
dits « épithalame, cantate et complainte », la *Pronostication* de maître
Alofresin et les *Mémoires* de Pierre Salmon. Il est bon de se rappeler
ici que plusieurs d'entre elles sont postérieures à sa mort. Nous
devons également nous souvenir de certaines chroniques bourguignonnes qui ont été rédigées après 1419, mais qui s'étoffent d'événements auxquels il a été mêlé. La même remarque doit être faite
pour le règne précédent qui, lui aussi, apparaît dans des récits
composés au temps de Philippe le Bon.

Un tableau récapitulatif des hommes de lettres (écrivains,
copistes, enlumineurs) se rattachant à Jean sans Peur comprendrait : Christine de Pisan, Jean Petit, Pierre Salmon, les poètes de
la *Bataille du Liége* et de quelques pièces rimées de circonstance, les
calligraphes Guillemin Angot, Guillaume de la Charité (1) et (ceux-
ci après 1419) maître Alofresin, les auteurs de la *Geste* et du *Pastoralet*, ainsi que les mémorialistes dont nous venons de parler. Il sied de
noter que la littérature qui le chante est sensiblement plus bourguignonne (ou pour mieux dire : antifrançaise) que celle de Philippe
le Hardi. Enfin, si de ses hommes de lettres nous passons à ses nouveautés en fait de livres, nous observons que la collection bourguignonne, de 1405 à 1420, s'est augmentée des articles suivants : cinq
ou six narrations épiques et romanesques, six manuscrits de classiques anciens, un *Décaméron*, un *Roman de Renard*, un *Roman de la
Rose*, quelques chroniques et recueils lyriques, et une série notable

(1) Il faudrait sans doute mentionner également ici les artistes du *Livre
des merveilles du monde*.

de livres religieux et didactiques. N'omettons pas d'ajouter que cette collection renfermait plusieurs beaux volumes qui avaient été acquis à l'époque même de Jean sans Peur (1).

§ 3. Le règne de Philippe le Bon.

C'est l'âge d'or de la littérature bourguignonne. Avec Philippe le Bon, elle prend largement son essor, étend au loin son domaine, s'enrichit de sections nouvelles, découvre ou se crée des sources toujours plus abondantes d'inspiration. Romans épiques et chevaleresques, récits de France, de Bretagne, de Rome, de Grèce et de quantité d'autres pays, traductions des anciens, traités d'ascétisme, vies de saints, voyages, descriptions géographiques, manuels didactiques de toute nature et de toute dimension, devis joyeux et nouvelles récréatives, chants poétiques sous forme de lourdes compositions ou de piécettes fugitives, mémoires et chroniques, il n'est pas de genre, il n'est pas de matière littéraire où ne s'emploie l'activité de ses écrivains, remanieurs, translateurs, copistes et enlumineurs. Le haut rang qu'il s'assure dans les affaires de la politique, on dirait qu'il veut aussi l'occuper dans les choses de l'esprit. Grand duc d'Occident, il rassemble sous son sceptre de multiples provinces, il réalise l'unification des Pays-Bas, et en même temps il fait, de la bibliothèque de sa maison, l'une des plus riches du xve siècle. C'est ainsi qu'étant « garni » en 1420 d'une librairie de 248 volumes, il en laisse, à sa mort, presque 900. Assurément l'on n'a point que des livres commandés par lui dans ceux qui lui appartiennent en propre et qui datent de son règne. Il a, comme nous l'avons vu, possédé des manuscrits qui lui ont été donnés. Mais on ne peut pas déterminer avec exactitude le nombre de ses acquisitions personnelles et celui des ouvrages qu'il n'a fait que recevoir. Nous avons également vu qu'entre les modes d'accroissement de sa collection (legs, cadeaux, hommages d'auteur, commandes) le plus difficile à reconnaître était d'ordinaire, de même que d'ailleurs pour les autres ducs, celui des legs et des cadeaux. Par là, il faut entendre aussi les volumes qui lui sont arrivés à la suite de ses mariages ou de l'agrandissement de ses Etats. En effet, pour ce qui regarde ceux-ci, autrement dit la politique et son contre-

(1) Voir pour son *Bréviaire*, p. 202.

coup en littérature, Philippe le Bon ne doit pas avoir opéré la réunion de ses diverses provinces sans faire une cueillette de manuscrits, mais on a quelque peine à produire à cet égard des détails
précis. D'un autre côté, il y a la question des mariages. Après
Charles v (dont maints textes sont entrés dans la bibliothèque de
Bourgogne), la France a, pour la gouverner, Charles vi qui peut
très bien avoir offert directement des livres à Philippe le Bon, mais
qui peut aussi en avoir remis à sa fille Michelle de France lorsqu'elle est devenue, en 1409, l'épouse du futur duc. Michelle est
morte en 1422. Deux ans plus tard, Philippe le Bon prend pour
femme Bonne d'Artois, veuve du comte Philippe de Nevers. Peut-
être ce mariage occasionne-t-il un enrichissement de la librairie
bourguignonne. Dans cette librairie, nous découvrons deux manuscrits portugais qui semblent bien y avoir pénétré lors de la troisième
union du duc, celle qu'il contracte en 1430 avec Isabelle de
Portugal (1).

Mais le procédé d'agrandissement qu'il importe surtout de discerner, c'est le *proprio motu*, c'est l'acquisition faite par Philippe le Bon
dans un dessein spécial, et heureusement, sur ce point, nous dispo-
sons de renseignements variés, encore qu'il reste des questions à
éclaircir. A ce genre d'enrichissement, l'on peut rattacher la catégorie des manuscrits offerts par les amis, les courtisans, les serviteurs ou sujets, étant donné que le cadeau qui est adressé à quelqu'un révèle toujous plus ou moins ses préférences et ses tendances.
C'est pourquoi nous aurions grand intérêt à savoir bien exactement
si Charles d'Orléans, Jean de Créquy et le bâtard de Wavrin ont
fait parvenir au duc, pour lui plaire, le *Livre de monseigneur d'Orléans*,
les romans de *Mélusine*, du *Châtelain de Couci*, des *Sires de Gavre* et
autres. Mais ces provenances ne sont pas assurées (2). Par contre, il
en est — et d'assez nombreuses — qui sont établies par les comptes
de la maison et le texte même des inventaires ou des manuscrits.
Exemples : Un *livre de chapelle* donné par messire Guy, un *livre blasmant tous vices et étas* qui vient de Jean Vignier (3). Après les dons, il
y aurait à reprendre les achats avec, aussi, les noms des acheteurs.
Mais c'est une récapitulation qui demanderait trop de place, et l'on

(1) Ci-dessus p. 230.
(2) Ci-dessus ch. i, part. ii, § 3 et p. 379.
(3) Ci-dessus p. 208 et 293.

nous permettra sans doute de noter simplement que nous avons là une classe de livres particulièrement abondante. Elle se confond, ainsi qu'on sait, avec la classe des manuscrits expressément rédigés ou transcrits pour le duc. On sait aussi combien est nombreux le groupe d'auteurs, de calligraphes, d'enlumineurs et de relieurs qui travaillent à sa solde (1). Tel de ces hommes de lettres attachés à la cour est, en même temps, auteur et calligraphe ou enlumineur : ainsi Wauquelin, David Aubert, Jean Miélot. C'est par eux et quantité d'autres « escripvains » que sera constituée la littérature proprement dite de Philippe le Bon, littérature composée d'ouvrages anciens, mais copiés ou rajeunis à sa requête, et d'ouvrages nouveaux qui voient le jour également en vertu d'un désir qu'il a formulé.

Redisons, aussi sommairement que possible, quel est l'objet de cette littérature de Philippe le Bon.

Antérieurement à son règne, le genre épique et chevaleresque n'a connu que la *Chronique rimée de Flandre* et la *Bataille du Liége*. Avec lui se produisent *Girard de Roussillon, Charles Martel*, la *Belle Hélène de Constantinople*, les *Conquêtes de Charlemagne, Gilles de Trazegnies*, les *Trois Fils de Rois ou Chronique de Naples*, compilations et remaniements qui sont ce que nous avons appelé des « nouveautés », mais évidemment des « nouveautés » dans un sens tout relatif. Avec lui surgissent aussi les transcriptions de *Perceforest*, de *Renaud de Montauban* (peut-être la rédaction même se place-t-elle en son temps et dans son entourage) et du *Vœu du Héron*. Dans sa bibliothèque apparaissent également d'autres récits romanesques dont plusieurs sont nés sous l'impulsion de seigneurs de la cour : *Gilles de Chin, Châtelain de Couci, Olivier de Castille, Gérard de Nevers*, les *Sires de Gavre*, le *Comte d'Artois, Othovien, Beuve* ou *Bovon de Hanstone, Ciperis de Vignevaux, Huon de Bordeaux, Cléomadès, Pierre de Provence et Maguelonne, Ogier le Danois, Jean d'Avesnes, Erec, Cligès, Cleriadus et Meliadice, Gui de Warwick* (inutile de faire observer que, pour ces œuvres dont certaines ont d'abord existé sous la forme versifiée, c'est la forme en prose que nous en vue). L'époque de Philippe le Bon est, en outre, marquée par la composition de la *Geste des ducs de Bourgogne*,

____

(1) Peut-être, dans les achats précités, avons-nous déjà des volumes spécialement exécutés à la demande de Philippe le Bon.

du *Pastoralet*, de la *Chronique de Floreffe* et de *Jean de Saintré* ; de plus,
elle inspire *Jacques de Lalaing* qui a paru fort peu de temps après la
mort du duc. Au roman épique et chevaleresque est étroitement
apparenté le roman antique, mais celui-ci ne comprend, en fait de
nouveautés, que l'*Alexandre* de Wauquelin et le *Jason et Médée* de
Raoul Lefèvre.

Il n'y a pas que les récits antiques et médiévaux, élaborés sous
Philippe le Bon, dont nous ayons à nous souvenir en ce moment.
Il y a de plus tous les manuscrits parvenus en sa possession, par
héritage, donation ou bien acquisition personnelle, et qui renferment aussi des gestes et romans d'inspiration antique et médiévale. En raison de l'intérêt spécial qui s'attache à pareille question, nous pensons bien faire en rassemblant maintenant le tout
— versions primitives ou rédactions nouvelles — dans un tableau
synoptique ou, pour le dire autrement, nous croyons devoir donner
ici une vue d'ensemble de toute la littérature romanesque, vieille
ou rajeunie ou bien originale, qui, entre les années 1420 et 1467,
s'est trouvée réunie dans la bibliothèque de Bourgogne (1). Nous
adopterons le classement traditionnel par matières et *cycles*, mais
sans nous soucier de ranger les œuvres dans leur ordre chronologique. En outre, nous ne nous préoccuperons pas de la forme
adoptée pour la rédaction, prose ou vers. Mais une seconde énumération suivra où seront reprises les proses qui datent du xve siècle.
EPOPÉE NATIONALE. Geste du Roi : *Berte aux grands pieds, Chevalerie
Ogier de Danemarck* (probablement), *Ogier* d'Adenet le Roi, *Renaud de
Montauban* (Renaud lui-même, Maugis d'Aigremont et Mabrian),
Huon de Bordeaux, les *Conquêtes de Charlemagne* (où sont mis à profit
Aspremont, l'*Entrée en Espagne, Fierabras, Girard de Vienne, Garin le
Lorrain*, la *Prise de Pampelune, Roland*, la *Chanson des Saisnes*, le *Voyage
de Charlemagne à Jérusalem et à Constantinople*, etc.), *Charles Martel*.
Cycle de la Croisade : *Chevalier au Cygne et Godefroid de Bouillon*.
Geste de Guillaume d'Orange : *Garin de Montglane, Aimeri de Nar-
bonne, Guillaume d'Orange, Vivien, Rainouard au Tinel*. Gestes provin-
ciales et diverses : *Garin le Lorrain, Girard de Roussillon, Auberi le
Bourgoing, Aiol, Élie de Saint-Gilles, Beuve* ou *Bovon de Hanstone, Orson*

____

(1) Voir pourtant ci-dessous p. 484 les notes relatives à *Gilles de Trase-
gnies* et *Jacques de Lalaing* qui ne s'y rencontrent pas.

de Beauvais, Ciperis de Vignevaux, Othovien. ROMANS BRETONS, COURTOIS, D'AVENTURES ainsi que les ROMANS GRECS, BYZANTINS, DE L'ANTIQUITÉ (la ligne de démarcation n'est pas absolument nette entre les deux groupes) : *Tristan, Lancelot du Lac, Erec, Chevalier au lion, Conte de la Charrette, Cligès, Méraugis de Portlesguez, Merlin, Quête du Saint Graal, Grand Saint Graal, Isaïe le Triste, Palamède (Méliadus, Guiron le Courtois), Perceforest, Gilles de Trazegnies* (1)*, Gilles de Chin, Châtelain de Couci, Comte d'Artois, Blancandin, Gui de Warwick, Mélusine* (2)*, Robert le Diable, Comte de Ponthieu, Roman de la Violette, Dame à la licorne, Floire et Blanchefleur, Chronique de Naples, Olivier de Castille, Sires de Gavre, Jean d'Avesnes, Vœu du Héron, Jean de Saintré, Jacques de Lalaing* (3)*,* les *Sept Sages de Rome* et suites *(Marques de Rome, Laurin, assidore, CPeliarmenus,* etc.*) Cléomadès, Apollonius de Tyr, Florimond* (4)*, Athis et Porphirias, Guillaume de Palerne, Escoufle, Berinus, Pierre de Provence, Belle Hélène de Constantinople, Troie* (prose d'après Benoît de Sainte-Maure), *Alexandre* d'Alexandre de Bernai ou de Paris, *Vengeance d'Alexandre* de Jean le Venelais, *Vœux du Paon, Restor du Paon, Parfait du Paon, Alexandre* de Wauquelin, *Jason et Médée* de Raoul Lefèvre. Enfin nous avons aussi des Chroniques rimées qu'il est permis de citer : *Prise d'Alexandrie, Richard* II (mêlé de prose)*, Chronique rimée de Flandre, Bataille du Liége, Geste de Bourgogne, Pastoralet, Chronique de Floreffe,* plus la chronique en prose de *Du Guesclin.* (A noter toutefois, en ce qui regarde cette dernière catégorie, que les inventaires n'ont pas la *Chronique de Flandre,* la *Bataille,* la *Geste* et la *Chronique de Floreffe*).

Additionnons (en donnant la valeur d'une unité à des compilations telles que les *Conquêtes de Charlemagne* et *Charles Martel,* et sans tenir compte du fait que certains textes existent en plusieurs exemplaires ou manuscrits) et nous obtiendrons un nombre d'environ 85 récits, mais dont presque la moitié provient de Philippe le Hardi et de Jean sans Peur. Détail important, toutes les proses écrites au XVᵉ siècle, que nous discernons dans cet amas de narrations, sont la propriété exclusive de Philippe le Bon. Les voici (c'est la seconde nomenclature annoncée; elle comprend donc des proses

(1) N'est pas dans la bibliothèque de Philippe le Bon.
(2) Ecrit au temps de Philippe le Hardi.
(3) Postérieur à Philippe le Bon.
(4) Voir ci-dessus p. 146.

qui ont été directement conçues sous cette forme ou qui dérivent
d'œuvres rimées antérieures ; assez souvent le poème versifié se
rencontre à côté de la prose) : *Ogier, Renaud de Montauban, Huon de
Bordeaux, Conquêtes de Charlemagne, Charles Martel, Girard de Roussillon, Bovon de Haustone, Ciperis, Othovien, Erec, Cligès, Gilles de Trazegnies, Gilles de Chin, Châtelain de Couci, Comte d'Artois, Blancandin,
Gui de Warwick, Gérard de Nevers (Roman de la Violette), Chronique
de Naples, Olivier Cde astille, Sires de Gavre, Jean d'Avesnes, Jean de
Saintré, Jacques de Lalaing, Cléomadès, Apollonius de Tyr, Florimond,
Pierre de Provence, Belle Hélène, Alexandre* de Wauquelin. La liste
est longue, on le voit.

De cette constatation, une conclusion très intéressante se dégage :
c'est que, si le xve siècle a dérimé des poèmes antérieurs et rédigé
directement en prose des romans plus ou moins originaux, la littérature nouvelle qu'il a produite de la sorte se retrouve en bonne
partie dans les bibliothèques de Philippe le Bon et de son entourage.
Cela revient à dire que c'est chez lui, et autour de lui, que le travail
de modernisation ou de rajeunissement des épopées et romans ainsi
que la confection des derniers récits médiévaux en prose ont été
surtout intenses. Observons de plus que cette littérature nouvelle
est à tirage restreint : les manuscrits qui la contiennent, n'abondent
pas, et généralement une œuvre dérimée n'est consignée qu'en un
ou deux exemplaires, rarement quatre ou cinq. Or, détail non
moins notable, ces exemplaires aujourd'hui connus arrivent presque
tous du même centre intellectuel, la cour de Bourgogne : c'est
Philippe le Bon, c'est un de ses familiers, c'est un de ses parents
qui en a été le détenteur. Peut-être devrions-nous également observer que les proses du xve siècle sont accompagnées, dans la librairie
ducale, d'une classe assez riche de proses plus anciennes : *Lancelot,
Perceforest, Isaïe le Triste, Mélusine, Comte de Ponthieu*, etc.

Le coup d'œil que nous venons de jeter sur les narrations épiques
et romanesques a ramené devant nous diverses fictions suggérées
au moyen âge par l'Antiquité. Mais celle-ci est représentée d'autre
façon encore : par ses écrivains mêmes, en original ou bien en
traduction, et par les livres compilés de ces écrivains. Philippe le
Bon avait reçu de son père une dizaine de textes ou manuscrits
classiques ; il en a transmis une quarantaine à son fils. Chez lui,
les légendes troyennes sont particulièrement goûtées, et c'est ce

dont témoigne la présence de dix-sept volumes destinés à les répandre : le *Troie* de Benoît de Sainte-Maure en prose, le *Mystère de Troie* de Jacques Milet, les traductions de l'*Historia destructionis Troiae* de Gui de Colonne, le *Jason* et le *Recueil de Troie* de Raoul Lefèvre, ainsi que trois manuscrits français et germaniques qu'il reste à identifier. De plus, nous rencontrons des compilations et remaniements dont Rome surtout a fait les frais : *Histoire ancienne jusqu'à César, Faits des Romains, Histoires romaines, Romuléon*, etc. Mais l'Antiquité sert à d'autres usages encore chez le duc : elle lui donne ses deux patrons de la Toison d'or, l'un profane, Jason, l'autre sacré, Gédéon. De là des œuvres comme le *Songe de la Toison d'or* de Michault Taillevent, le *Jason et Médée* de Raoul Lefèvre et la *Toison d'or* de Guillaume Fillastre. De là aussi des allusions littéraires dans les poésies de Molinet et de plusieurs de ses confrères. De là également des exhibitions de l'un et l'autre patron dans des tapisseries, dans des banquets organisés par la cour, dans des tableaux-spectacles imaginés par les bonnes villes qui reçoivent Philippe le Bon et Charles le Téméraire.

La *Toison* de Fillastre et le *Songe* de Michault sont des compositions à portée éducative. Après avoir figuré sous la rubrique : *Antiquité*, elles auraient pu se replacer dans le chapitre que nous avons intitulé : *La littérature religieuse et didactique*. C'est notre plus gros chapitre, et de nouveau la plus grosse part en revient à Philippe le Bon. Nombreuses, on le sait, sont les voies qui lui amènent des livres de dévotion et d'enseignement. Les bibliothèques de France, d'Angleterre et des Pays-Bas, bibliothèques de communautés religieuses et de particuliers, s'ouvrent pour céder à la sienne des manuscrits d'ascétisme et d'hagiographie. En même temps, il a, dans ses Etats, quantité de fournisseurs et de « fabricateurs » d'ouvrages de piété ; il a ses proches, ses fonctionnaires qui reçoivent la mission ou qui spontanément s'imposent la tâche de lui en acheter, tandis que des copistes et des enlumineurs s'appliquent à lui en faire, défaire et refaire. En l'espèce, des travaux hautement artistiques sont exécutés ; des Bibles, des Psautiers, des Livres d'Heures et Oraisons, des Bréviaires, des Missels de grand prix sont transcrits et décorés par des calligraphes et des miniaturistes dont quelques-uns se rangent parmi les plus « recommandés » du siècle. Non seulement c'est une section luxueuse de la librairie, mais c'est aussi une section où les manuscrits abondent. Evidemment, ainsi que d'ailleurs la remarque en a été faite (1), nous avons là ce que cette librairie a de moins littéraire. Il n'était pas strictement requis peut-être que nous nous en occupions. Notre travail aurait pu ne pas connaître les livres d'oratoire où les ducs ont lu leurs prières et fait leurs méditations, puisque ces livres sont, après tout, de véritables objets ou pièces d'ameublement comme le seraient un lutrin et un prie-Dieu. D'autre part, il y a encore les *Vies des Saints*, la *Composition de la Sainte Ecriture* et ouvrages du même genre qui ne sont pas non plus — nous l'avons dit aussi — l'expression ni le résultat de préoccupations esthétiques. Mais gardons-nous toutefois d'établir une séparation trop radicale entre l'oratoire d'un prince du xvᵉ siècle et sa bibliothèque d'agrément. Il est deux points dont il faut tenir compte pour juger à cet égard l'époque que nous étudions. C'est d'abord qu'assez souvent l'on a peine à discerner dans les manifestations intellectuelles du moyen âge ce qui est littéraire et ce qui ne l'est pas. C'est ensuite que les lectures pieuses d'un seigneur tel que Philippe le Hardi ou Philippe le Bon se lient parfois si intimement à certaines lectures profanes que, dans l'étude de leur vie, les unes ne vont pas sans les autres. D'ailleurs un Livre d'Heures n'est pas nécessairement, de la première page à la dernière, un recueil d'oraisons et de méditations. Il arrive qu'avec les prières et les chants alternent des morceaux de littérature. Quoi qu'il en soit, c'est une préoccupation bien intéressante à constater chez un Philippe le Bon que celle qui le détermine à retenir pendant tant d'années à son service un Jean Miélot, véritable spécialiste en matière de transcriptions et translations d'écrits ascétiques et hagiographiques (2). Rappelons aussi que le chanoine de Lille a des confrères qui méritent de ne pas être oubliés : Jean Aubert, David Aubert, Jean Germain, et l'un ou l'autre de ces *minores* à qui l'on doit, par exemple, la mise en français du *Cur Deus homo* de saint Anselme.

L'histoire politique (on dirait peut-être mieux : ecclésiastique) de leur siècle montre que Philippe le Bon a vécu d'assez longues années ayant l'esprit hanté d'un projet de croisade contre les Turcs.

(1) Ci-dessus p. 189.
(2) Voir ci-dessous p.492-93 la liste de ses œuvres et de celles qu'on doit à Jean Wauquelin et David Aubert.

Mais en montrant la chose, elle n'y insiste peut-être pas autant qu'il le faudrait. Du moins, c'est ce que nous croyons pouvoir affirmer après avoir observé que ce projet a fait éclore, entre autres, les *Voyages* de Ghillebert de Lannoy et de Bertrandon de La Broquière, les *Rapports et Mémoires justificatifs* signés par ce dernier, Jean Torzelo et le bâtard de Wavrin, le *Débat du Chrétien et du Sarrasin*, et peut-être les *Deux pans de la tapisserie chrétienne*, de Jean Germain, les traductions de l'*Avis directif* et de la *Description de la Terre Sainte* par Miélot, l'*Épître faite en la contemplation du saint voyage* par un « orateur », bourguignon de cœur et sans doute de nationalité, qui a voulu taire son nom, de menues poésies et de multiples allusions disséminées dans des écrits romanesques, didactiques, lyriques et dramatiques dont l'objet principal n'est point la lutte contre l'Islam.

La littérature didactique n'est pas simplement un traité d'ascétisme ou bien un avis sur l'expédition d'outre-mer. Elle est tout livre qui enseigne. Sous cet aspect, elle s'est offerte à nous en une catégorie remarquablement riche d'œuvres, lesquelles existent tantôt uniquement par la volonté de Philippe le Bon, tantôt en dehors de son influence. Nous les avons réparties en cinq groupes. Nous ne reprendrons ici que les productions les plus notoires du dernier, lequel est le plus important : le *Lai de la paix* d'Alain Chartier, la *Description de Paris* de Guillebert de Metz, le *Commencement des seigneuries et la diversité des états* de Laurent Pignon, le *Champion*, le *Livre du Champion* et l'*Estrif* de Martin Le Franc, la *Controversie de noblesse*, le *Débat d'honneur*, l'*Othéa*, les *Proverbes* de Miélot, le *Gouvernement des princes* (traduction de Wauquelin), le *Triomphe des dames* (traduction de Vasque de Lucène), le *Gage de bataille* de Jean de Villiers, les *Anciens tournois*, la *Salade*, le *Réconfort* et la *Salle* d'Antoine de la Sale, l'*Instruction d'un jeune prince*, les *Enseignements paternels*, l'*Enseignement de vraie noblesse* (dont les deux premiers sont attribués à Ghillebert de Lannoy) et l'*Exposition sur vérité mal prise* de Chastellain.

En passant du chapitre de la didactique au chapitre des *Fabliaux et Nouvelles*, nous avons attiré l'attention sur l'exiguïté de celui-ci. C'est pourtant là que nous avons rencontré l'un des morceaux de résistance de la littérature du xve siècle : les *Cent Nouvelles nouvelles*. Philippe le Bon les a possédées (peut-être même contées en partie), concurremment avec divers recueils joyeux de l'époque antérieure : le *Roman de Renard*, le *Décaméron*, etc.

Avant son avènement, avant 1419, le théâtre bourguignon (au sens où nous l'avons défini) a déjà manifesté son existence : il consiste alors en une assemblée mondaine, en un divertissement de cour d'une allure, d'une ordonnance dramatique, ainsi qu'en une exhibition « mimoscénique » de quelque bateleur attaché à la famille ducale ou qui s'y trouve de passage. A son tour, Philippe le Bon encourage d'un regard bienveillant, d'une gratification ou d'une spéciale protection, tout ce qui émane du monde des gens qui amusent et qui s'amusent, du monde des professionnels ou des amateurs du tréteau. Jeux des jongleurs, musiques de ménestrels, fêtes des fous, chambres de rhétorique, il s'intéresse et prend plaisir à tout, sauf pourtant lorsque l'on censure son gouvernement. Sans doute, ce n'est pas habituellement d'un vrai théâtre qu'il s'agit ici. Mais, quand même il n'y a pas œuvre littéraire, au moins l'on a de ces réjouissances en plein air ou à huis clos, de ces récitations musicales et littéraires, de ces tours d'adresse et de passe-passe qui relèvent plus ou moins de la scène par le fait que tout ce qui est mis et débité en spectacle tend au drame, à l'action dramatique. Sous son règne de faste éclatant, ce qu'on « donne », ce qu'on « joue » encore, ce sont des fêtes, des banquets, des tournois, des entrées de villes où les *secrets* et *feintes* de l'art théâtral prêtent le large concours que l'on sait. En réalité, banquets et tournois sont les jeux scéniques par excellence de la cour de Bourgogne. Toutefois, Philippe le Bon a dû assister à des pièces proprement dites. En outre, il a été lui-même « joué » dans le *Mystère de la Pucelle d'Orléans*, et sa librairie a contenu deux textes du *Mystère de Troie* de Jacques Milet. Enfin sa mort a suggéré à Chastellain l'idée d'une allégorie dramatique qui pourrait bien avoir été représentée devant un public où s'apercevait, au premier rang, Charles le Téméraire.

Dans les Etats de Charles et de son père, des sociétés dramatiques et littéraires, des chambres de rhétorique sont instituées qui parfois leur manquent de respect. Mais ils trouvent des compensations dans l'album poétique que des admirateurs subsidiés ou bénévoles se chargent de leur rimer. A l'époque de Philippe, la lyrique bourguignonne, officielle ou non, est en plein épanouissement. Elle lui compose des couplets burlesques, louangeurs, joyeux, funèbres, quelquefois grondeurs ; elle chante des chants de guerre, de victoire, de paix et de deuil. Successivement elle signe Pierre Michault,

Wauquelin, Miélot, Jean Regnier, Chastellain, Jean de Haynin, Molinet, à moins qu'elle n'estime plus sage de jeter sur ses productions le voile de l'anonymat.

Mais, bien plus que par sa lyrique, l'âge de Philippe le Bon s'affirme brillant par son historiographie. C'est d'abord une historiographie de composition antérieure à son avènement et qui est formée d'une abondante collection de chroniques sur la France, la Bourgogne, la Flandre et autres provinces de Belgique ou pays d'Europe. Y figurent des *Gaufrei de Monmouth*, des *Villehardouin*, des *Joinville*, des *Saint-Denis*, des *Jacques de Guyse*, des *Chronique normande*, des *Froissart*, ainsi que des compilations dites antiques, les *Faits des Romains* ou les *Histoires romaines* de Mansel. Ce dernier a produit aussi la luxuriante *Fleur des Histoires* qui touche au XVe siècle. Elle peut se placer en tête de la seconde forme de l'historiographie, l'historiographie contemporaine ou les *Mémoires bourguignons* dont certains prennent leur point de départ dans des temps reculés, mais qui tous atteignent et racontent l'époque même de Philippe le Bon. La plupart ne sont pas des travaux exécutés sur commande à la façon des romans, poèmes et traités qui viennent d'être mentionnés. D'un autre côté, comme on l'a vu, ils ont tous un champ d'enquêtes plus vaste que la biographie et la politique de Philippe et des siens. Mais c'est lui qui en est le grand personnage (parfois c'est son fils), et si même la généralité des chroniqueurs auxquels nous pensons, n'écrivent point par ses ordres, nous observons que plusieurs d'entre eux ont été attachés à son service : ajoutons que l'un ou l'autre remplit même à sa cour les fonctions d'historiographe officiel. En somme, dans notre chapitre septième, nous avons constaté qu'il s'est formé, sans ou bien avec l'intervention de Philippe, une vraie bibliothèque de récits historiques à la gloire de la maison de Bourgogne par les soins des auteurs qui sont Pierre de Fenin, Pierre Cochon, De Dynter, Jean d'Enghien, Monstrelet, Le Fèvre de Saint-Remy, l'écrivain dit le Bourgeois de Paris, d'Escouchy, Du Clercq, Chastellain, Wavrin, Haynin, La Marche, Molinet, Wielant, plus l'anonyme du *Livre des trahisons*, d'autres inconnus, divers généalogistes et peut-être Hugues de Tolins.

Avec les chroniqueurs et les historiens s'achève notre tableau récapitulatif des diverses catégories d'écrivains qui ont illustré l'âge de Philippe le Bon. Parmi ces écrivains, il en est un assez bon nombre dont les noms sont connus : ce sont, outre les mémorialistes qui viennent d'être cités, Wauquelin, David Aubert, Miélot, Raoul Lefèvre, Michault Taillevent, Pierre Michault, Fillastre, Jean Aubert, Jean Germain, Jean Mansel, Hubert le Prévost, Bertrandon de la Broquière, Ghillebert de Lannoy, Guillebert de Metz, Alain Chartier, Laurent Pignon, Martin Le Franc, Vasque de Lucène, Vasco Mada de Villalobos, Jean de Villiers, Antoine de LaSale, ainsi que Jean Regnier. Et après cela, nous avons les anonymes qui furent assez nombreux. C'est à ces anonymes que l'on doit, entre autres, plusieurs chroniques que nous rappelions à l'instant (*Livre des trahisons*, Bourgeois de Paris), *Charles Martel, Gilles de Trazegnies, Gilles de Chin* (prose), *Jacques de Lalaing*, la *Chronique de Naples*, l'*Epître sur le voyage de Turquie* et la traduction du *Chronicon* de Jean de Beka.

Dans la revue que nous avons faite de ces œuvres, signées ou non, notre attention s'est reportée sur les calligraphes et miniaturistes qui, eux aussi, coopèrent à l'enrichissement de la bibliothèque ducale et qui, à leur tour, nous paraissent avoir droit à une nomenclature. Les voici, accompagnés des relieurs (nécessairement nous reprenons, dans cette nouvelle liste, des hommes de lettres comme Wauquelin et David Aubert qui sont à la fois copistes et compositeurs) : Alexandre Benning (?), David Aubert, Frère Eustache, Gilles de Bins, dit Binchois, Guillaume Ruby, Regnault Gossuin, Guillebert de Metz, Guillaume Vrelant, Guyot d'Angerans, Jacques du Bois, Jacquemine Lapostole, Jean Aubert, Jean de Bruges, Jean de Lannoy, Jean de la Rue, Jean de Pestinien, Jean de Lozières, Jean Dreux, Jean le Tavernier, Jean Miélot, Jean Trachel, Maurice de Haac, Paule de Nesle, Loyset Liédet, Memling (?), Nicole Sturgon, Philippe de Mazerolles, Pol Fruit, Richard Lefèvre, Simon Marmion, Toussaint de Chenemont et Yvonnet le Jeune. Devraient être encore cités à nouveau les écrivains qui ont pris la plume pour Philippe le Bon, mais dont nous ne saurions dire s'ils l'ont prise pour rédiger des textes littéraires ou pour copier des documents étrangers à la littérature : tel Antoine Bombardet.

Sous les règnes de Philippe le Hardi et de Jean sans Peur, rares sont les écrivains contemporains qui fournissent plus d'une œuvre à la bibliothèque. Chez Philippe le Bon, les calligraphes et rédacteurs ne manquent pas qui n'ont aussi qu'un numéro à faire inscrire dans l'inventaire. D'autres ne vont pas au delà de deux ou trois compositions : Ghillebert de Lannoy, La Broquière, Martin Le Franc, Raoul Lefèvre, Vasque de Lucène, etc., mais en même temps nous avons les écrivains qui signent Jean Wauquelin, Miélot, David Aubert. Ces trois derniers ont déployé une activité littéraire dont les diverses manifestations, se trouvant quelque peu disséminées dans les chapitres précédents, nous paraissent devoir utilement groupées dans le présent tableau récapitulatif. JEAN WAUQUELIN : *Gaufrei de Monmouth* (1444, traduction pour le grand Croy ; une copie pour Philippe le Bon) ; *Jacques de Guyse* (1446 et suiv., trad.) ; *Alexandre le Grand* (1448, remaniement pour Jean d'Etampes ; copies pour le duc) ; *Girard de Roussillon* (1447, reman., une ballade) ; *Belle Hélène* (1448, reman.) ; *Gilles de Rome* (1450, trad.) ; *Froissart* (date indéterminée ; copie) ; *Chronique de Brabant*, par Edmond de Dynter (date indéterminée ; trad.). A noter que, de certaines de ces œuvres, il existe des manuscrits dus à sa propre plume. — JEAN MIÉLOT : *Miroir de la Salvation humaine* (1448, trad.) ; *Saint Josse* (oct. 1449 ; partie trad., partie origin.) ; *Controversie de noblesse* (1449, trad.) ; *Débat d'honneur* (1450, trad.) ; *Rapport sur saint Thomas* (1450, trad.) ; *Miroir de l'âme pécheresse* (1451, trad.) ; Recueil ascétique (divers, 1451, trad.) ; *Quatre dernières choses* (1455, trad.) ; *Avis directif* (1455, trad.) ; *Description de la Terre Sainte* (1456, trad.) ; *Voyage* de Bertrandon de La Broquière (vers 1455, copie et peut-être retouche) ; *Rapports* de Bertrandon et de Torzelo (date ? ; copie) ; *Moralités*, *Proverbes* et divers traités ascétiques (1456 ; trad. et orig.) (1) ; *Miracles de Notre-Dame* (1456 et suiv. ; compilation) ; *Oraison dominicale* (1456 ; trad.) ; *Sainte Catherine d'Alexandrie* (1457 ; compilation) ; *Saint Adrien* et *Traité des louanges de la Vierge* (1458, trad.) ; *Othéa* (1460 ; œuvre de Christine de Pisan qu'il glose) ; *Sainte Aldegonde, Histoires scolastiques* et *Martyrologe* (1462-63, trad.) ; *Romuléon* (1465 ; trad.) ; *Lettre de Cicéron à son frère Quintus* (1468, trad.). Observez qu'il a travaillé pour d'autres que les ducs de Bourgogne et qu'il est, comme Wauquelin, un copiste. On lui attribue la mise en français de *l'Epître de saint Bernard*. DAVID AUBERT : *Arbre des Batailles* d'Honoré Bonet (1456, copie) ; *Conquêtes de Charlemagne* (1458, compilation) ; *Chronique normande* (1459, copie) ; *Grand Codicille, Chronique française, Vœu*

----

(1) Voir ci-dessus p. 215.

du Héron, *Chronique normande* (dates indéterminées, copies) ; *Perceforest* (1459-60, copie) ; *Louanges de la Vierge* (1461, copie : voir Miélot) ; *Vita Christi* (1461, copie) ; *Histoire abrégée des empereurs* ou *Chronique de Baudouin d'Avesnes*, *Renaud de Montauban*, *Composition de la Sainte Ecriture* (1462, copies) ; *Saint Hubert*, *Sermons sur la passion*, *Imitation de Jésus-Christ* (1463, copies) ; *Chronique de Naples* (1463, origin. ou copie) ; *Charles Martel* (1463 et suiv., copie) ; *Histoire du royaume de Jérusalem*, *Olivier de Castille* (dates inconnues, copies) ; *Inventaire de la librairie de Philippe le Bon* (1469, copie) ; *Abbaye du Saint Esprit* (1), *Miroir des Pécheurs*, *Somme le Roi*, etc. (1475, copies) ; *Boèce* (1476, copie) ; *Vita Christi* (1479, copie) et peut-être la *Vision de l'âme* et la *Vision de Tondale* (1475). Il faut se rappeler qu'il a, de plus, écrit pour Antoine de Bourgogne (*Gilles de Trazegnies*, *Froissart*, *Romuléon*) et d'autres encore.

Ces trois listes nous font penser aux beaux manuscrits de Bourgogne. L'époque de Philippe le Bon est intéressante aussi par là, on sait combien vivement. Presque toutes les formes de sa littérature ont, qui plus qui moins, de magnifiques travaux d'art pour les représenter. C'est d'abord le groupe des récits épiques, soit donc : le *Girard de Roussillon* de Vienne, le *Charles Martel*, les *Conquêtes de Charlemagne*, la *Belle Hélène de Constantinople* de Bruxelles, le *Gérard de Nevers*, la *Chronique de Naples*, l'*Olivier de Castille* (nous voulons dire la *Chronique* et l'*Olivier* de David Aubert) de la Nationale de Paris, ainsi que le *Renaud de Montauban* de l'Arsenal (Paris) et de Munich. A propos du *Montauban* de Paris, Léon Gautier observe : « Le talent des enlumineurs ne s'est pas, avant le xve siècle, révélé, avec un grand éclat, dans les manuscrits de nos chansons de geste ... Il faut arriver à l'époque brillante où s'est exercée l'influence des ducs de Bourgogne pour avoir à admirer sans réserve une illustration vraiment artistique, mais dont on a trop souvent réservé la parure délicate à nos plus détestables traductions en prose » (2). Cette « illustration vraiment artistique », on peut l'admirer également dans les *Alexandre* (rajeunissement de Wauquelin) de la Nationale et de la collection Dutuit. Une section très remarquable aussi par la richesse de ses textes est celle de la littérature

(1) A partir d'ici, ce sont des œuvres pour Marguerite d'York.
(2) *Hist. sous la dir. de P. de Julleville*, I, p. 109.

religieuse et didactique : elle comprend de luxueux volumes d'oratoire (Bruxelles, La Haye, etc...), plus les *Miracles de Notre-Dame* d'Oxford et de Paris (Nationale), la *Sainte Catherine d'Alexandrie*, le *Champion des dames*, le *Songe du Vieux Pèlerin* également de la Nationale, la *Sainte Écriture*, l'*Arbre des Batailles*, le *Gouvernement des Princes* de Bruxelles. Moins abondant que le chapitre des œuvres morales, celui des *Fabliaux et Nouvelles* ne nous a donné que le *Décaméron* de l'Arsenal. Sous la rubrique *Historiens et Chroniqueurs* a paru le fastueux *Jacques de Guyse* de Bruxelles : nous y avons également rangé le *Froissart* et le *Livre des Empereurs* de l'Arsenal, l'*Histoire du royaume de Jérusalem* de Vienne, les *Grandes Chroniques* de Saint-Pétersbourg. Une mention revient peut-être encore au *Valère-Maxime* (1) de la Nationale et aux *Histoires romaines* (Mansel) de l'Arsenal.

§ 4. Le règne de Charles le Téméraire.

Le Téméraire n'a régné que dix ans, alors que Philippe le Bon avait eu presque un demi-siècle pour réaliser ses éminents desseins. De son père, Charles reçut un superbe héritage territorial et l'on peut dire une Belgique sur le point d'être autonome. On sait ce qu'il en a fait et comment les résultats de la politique paternelle ont sombré dans la terrifiante aventure de Lorraine. Il avait également reçu en héritage une merveilleuse bibliothèque dont sans doute maints volumes avaient servi à son éducation. Il ne se révèle pas, autant que son père, curieux des choses de l'esprit, et il ne manifeste pas sa diversité de goûts. Mais on ne doit pas perdre de vue que son gouvernement fut aussi peu calme et recueilli que possible. Toutefois, il a trouvé des loisirs à consacrer aux livres et notamment à ceux dont les grands conquérants étaient les acteurs. Du vivant de Philippe le Bon d'ailleurs, il a déjà tel manuscrit à ses armes (2). Au surplus, ne remarque-t-on pas sans intérêt qu'il figure, dans des miniatures de manuscrits, comme un associé au trône : Philippe accepte des hommages d'auteurs, et Charles assiste à la scène de présentation. En outre, lorsque le premier n'est plus,

(1) Beau ms. au sujet duquel voir ci-dessus p. 126 et Delisle, *Cab.*, 1, p. 70.

(2) Voir ci-dessus p. 176 : sans doute en a-t-il eu d'autres.

son fils garde à son service David Aubert (mais uniquement, dirait-on, pour la confection de volumes destinés à Marguerite d'York), et il paie leur dû aux enlumineurs et copistes Yvonnet, Liédet, Vrelant, Jean Dreux, Simon Marmion, Philippe de Mazerolles, lesquels avaient sur le métier des travaux commandés avant la mort de Philippe le Bon. C'est dans ces conditions que s'achèvent les manuscrits de *Charles Martel*, de la *Belle Hélène*, de la *Vengeance de Notre-Seigneur*, du *Songe du Vieux Pèlerin* et des *Annales du Hainaut* (1).

Mais il n'est pas seulement l'exécuteur testamentaire de Philippe le Bon. Epris des anciens, il fait traduire et transcrire divers classiques (*Quinte-Curce* complété, *Xénophon*, *César*) par Vasque de Lucène, Charles Soillot et Jean Du Chesne. Après sa mort, Olivier de La Marche le situe au rang des grands héros dans le *Chevalier délibéré*. Pour écrire l'*Epître de la Toison d'or* qui est également postérieure au règne du Téméraire, le même auteur s'inspire encore des mœurs et coutumes de sa cour, mais il se souvient aussi de ce qu'il a vu à la cour de son père. C'est pareillement à l'un et à l'autre que pense Guillaume Fillastre lorsqu'il met sur pied sa lourde *Toison d'or*, à la demande expresse de Charles. Cette dernière œuvre, nous l'avons observé déjà, pourrait prendre place dans la si riche bibliothèque didactique qu'a laissée Philippe le Bon. Le jeune duc n'avait guère à se soucier d'agrandir cette bibliothèque. Aussi ne semble-t-il pas y avoir fait pénétrer beaucoup de numéros inédits. Et pourtant, les moralistes de la maison ne l'ont pas oublié : peut-être même est-il le duc qu'on a le plus copieusement chapitré. Dès le règne de son père, ils écrivent pour lui ou sur lui : tels sont Ghillebert de Lannoy et Pierre Michault. Quand le jeune prince Charles arrive au trône, Chastellain est là qui lui offre l'*Advertissement au duc Charles*. A la même époque, l'écrivain anonyme du *Lion couronné* lui présente quelques sages conseils et Soillot lui révèle l'art d'être heureux par son *Débat de félicité*.

Le duc Charles avait l'esprit plus orienté vers les pensers austères que le duc Philippe. Amateur de gaudrioles et joyeux convive, ce dernier n'était pas fait pour s'offusquer d'un propos grivois. On l'a bien vu lorsqu'à sa cour, l'idée a surgi (peut-être a-t-elle surgi dans

(1) Voir Pinchart, *Miniaturistes*, et ci-dessus p. 30, 39, 213, 222 et 295.

sa tête) d'édifier un recueil de contes qui aurait pour titre les *Cent Nouvelles nouvelles*. En revanche, son fils reste complètement étranger à la publication. Ce par quoi il rappelle plutôt son père, c'est par l'amour du faste, la recherche de la mise en scène. Les banquets et les entrées de villes à décorations et exhibitions théâtrales devaient lui plaire. Il n'est pas impossible que des représentations avec de vrais rôles débités aient eu lieu devant lui.

Ses exploits sont portés à la scène ou simplement mimés sur des tréteaux. Mais on a dû le « jouer » d'autre façon encore, c'est-à-dire le ridiculiser en public. De plus, on a tiré de sa mort un sujet de poésie. C'est ce qui s'est produit à Tournai où le *Puy d'escole de Rhétorique* l'a pris pour thème d'une chanson à couronner : le Téméraire fut malmené. Là se trouve d'ailleurs le caractère peut-être le plus distinctif de la lyrique sous son règne. Elle dispute, elle bataille, elle soutient une lutte ardente contre la France et son roi Louis XI qui, lui aussi, a des hommes de plume, tels Gilles des Ormes et le petit Darc de Rouen, qui s'entendent à tourner le couplet railleur contre la Bourgogne. Tandis que l'avènement de Charles est salué par les *Souhaits* et le poème *sous forme de louange* de Chastellain, une joute littéraire s'ouvre entre rimeurs de la Seine et de la Senne qui se continue jusqu'à sa mort. La déconfiture de Nancy n'éteint pas l'ardeur belliqueuse de ses ennemis et, alors que le sire de Trazegnies l'élève au septième ciel, d'autres le plongent au plus profond des enfers. Les jours de deuil et de rancune seront oubliés lorsqu'Olivier de La Marche ravivera son souvenir dans le *Chevalier délibéré* (1483) et que Molinet fera de même dans le *Trépas du duc Charles* (1487).

Molinet n'est pas seulement un poète du duc Charles : il se range aussi dans la catégorie de ses chroniqueurs. Il part en effet, dans ses récits historiques, de l'année 1474. Mais la plupart de ses confrères bourguignons, qui nous entretiennent des faits et gestes de l'aventureux prince, remontent au règne de son père. Ainsi, comme nous l'avons remarqué, la littérature historiographique de Philippe se confond-elle, pour un certain nombre de ses productions, avec celle de Charles. N'omettons point de dire pourtant que les campagnes et les exploits de ce dernier absorbent presque toute l'attention de Jean de Haynin. Rappelons en outre que, tandis que de la sorte il fournissait abondante besogne au scrupuleux mémorialiste, le Téméraire facilitait le travail de Chastellain et de Jean de Wavrin, en maintenant l'un dans sa charge d'*indiciaire* et en ouvrant à l'autre les archives de la maison. Cette charge a passé, sous son règne, à Molinet. De son règne sont aussi quelques documents divers qu'il serait superflu d'énumérer à nouveau.

Sa troisième femme, Marguerite d'York, a laissé le renom d'une princesse d'esprit distingué. Elle a commandé des manuscrits qui certes ne sont pas les moins riches de la collection de Bourgogne. Il n'en va pas de même (d'après ce qu'on peut conjecturer) pour la première et la seconde femme du Téméraire, Catherine, fille de Charles vii, roi de France et Isabelle, fille de Charles i, duc de Bourbon : elles n'ont guère enrichi la littérature familiale que des deux complaintes suggérées par leur trépas à Pierre Michault. Cette duchesse Isabelle ainsi que Catherine venaient de France ; Marguerite arrivait d'Angleterre. C'est peut-être par leur intermédiaire que sont entrés dans la librairie certains manuscrits de France et d'Angleterre signalés par les catalogues de 1467 et des années ultérieures. Il importe toutefois d'observer que les livres anglais découverts à la mort de Philippe le Bon ont pu pénétrer chez lui de par la munificence de son beau-frère, le duc de Bedford.

Si, procédant pour la période de Charles le Hardi comme nous l'avons fait pour les âges antérieurs, nous essayons de « chiffrer » l'activité intellectuelle qui s'exerce alors, nous obtiendrons les résultats suivants : il a eu sous ses ordres une quinzaine de copistes ou littérateurs qui déjà travaillaient pour son père, Yvonnet, Liédet, Vrelant, Fruit, Jean Dreux, Simon Marmion, David Aubert, Philippe de Mazerolles, Vasque de Lucène, Pierre Michault, Chastellain, Olivier de La Marche, Fillastre, Jean de Haynin et Jean de Wavrin. Peut-être faut-il ajouter à cette liste le nom de Claes Spierinck. Il y a de plus Molinet qui a célébré Philippe le Bon, mais qui ne paraît avoir écrit pour la famille ducale que sous le règne du Téméraire. Enfin c'est exclusivement à ce règne que semblent devoir être rattachés les travaux, précédemment signalés, des copistes Jean Du Chesne et Prévost, de l'enlumineur Jean Raoul et de l'écrivain Charles Soillot.

§ 5. Les conseillers de lettres.

Que le lecteur ne cherche pas dans l'*État des officiers et domestiques de la cour* l'emploi que nous désignons ainsi : il ne l'y découvrira pas.

Nous avons en vue, lorsque nous parlons de *conseillers de lettres*, tels des familiers de nos ducs, qui, le cas échéant, les ont aidés de leurs avis, leur ont révélé un auteur à protéger, un manuscrit dont l'acquisition s'imposait et qui, aussi le cas échéant, leur ont fait cadeau de quelque ouvrage intéressant ou bien encore qui, d'une façon quelconque, ont encouragé le mouvement intellectuel bourguignon. David Aubert nous dit que ses *Conquêtes de Charlemagne* doivent le jour à Philippe le Bon et au seigneur Jean de Créquy : or, cela signifie vraisemblablement que le seigneur a été le premier patron de la publication ; nous avons même conjecturé qu'il avait été l'introducteur du scribe de Hesdin à la cour. Mais un point qui semble bien établi, c'est qu'il avait ici la réputation d'un lettré : des livres venant de lui et de sa femme apparaissent inscrits dans les inventaires bourguignons. C'est également de lui, l'on s'en souvient, que Vasque de Lucène a reçu le conseil de mettre sur le métier sa translation ou son adaptation de Quinte-Curce. L'on se souvient aussi que, précédemment, l'écrivain portugais avait traduit le *Triunfo de las donas*, pour être agréable à son compatriote Vasco Mada de Villalobos lequel, dans une missive que nous avons analysée, produit un renseignement des plus significatifs sur la vie littéraire de la cour : c'est que la traduction n'a été favorisée des honneurs de la mise au net et de l'enluminure qu'après avoir passé par le contrôle de Philippe Pot, seigneur de la Roche-Nolay, du grand bâtard Antoine de Bourgogne, du bailli du Hainaut et du bâtard de Comminges. Parmi eux, le grand bâtard a retenu assez souvent notre attention. Il ne nous a cependant pas été possible de donner la nomenclature de ses divers manuscrits, mais les indications présentées suffisent à prouver qu'il était un « intellectuel ». Le seigneur de La Roche en était un également : à ses heures, il a taquiné la Muse. L' « acteur » des *Cent Nouvelles nouvelles* fait de lui son plus abondant conteur. On sait la part qu'il réserve à d'autres personnages de la cour (plus de trente). Ce n'est peut-être qu'un simple artifice littéraire ou l'effet d'un caprice de Philippe le Bon, mais il nous paraît utile de constater que, de ces conteurs vrais ou purement imaginaires, plusieurs sont des écrivains ou des amateurs de lettres : Philippe de Loan, Jean d'Enghien, Jean de Lannoy, Jean de Créquy, Philippe de Croy, Louis de Luxembourg, Antoine de La Sale, Jean de Wavrin. L'un des personnages les plus

curieux du groupe, et qui probablement prendra encore du relief
dans l'avenir par les découvertes qui restent à faire dans les bibliothèques, est le dernier, Jean de Wavrin. Il s'est occupé de livres
dans une mesure dont nos exposés précédents ne donnent pas,
selon toute appparence, l'idée complète. Après lui et ses confrères
des *Cent Nouvelles nouvelles*, nous pouvons ranger, pour l'intérêt qu'ils
portent aux lettres ou pour les œuvres qu'ils provoquent et dont la
bibliothèque bourguignonne renferme des exemplaires, le seigneur
de Humbercourt, Jean d'Etampes, Jean de Calabre (le second
parrain du *Quinte-Curce* de Vasque de Lucène), Charles de Rochefort, Rodolphe de Hochberg, Hues de Longueval, Philippe de
Clèves, Philippe seigneur de Beures, fils du grand bâtard, Antoine
de Croy dit le Grand Croy, son frère Jean de Croy (ainsi que Philippe
de Croy, fils de Jean, déjà cité parmi les conteurs des *Cent Nouvelles*),
Louis de la Gruthuyse, Philippe de Hornes, Pierre Ruotte, Simon
Nokart (à l'instigation duquel fut entreprise la traduction des *Annales
du Hainaut* par Jean Wauquelin et qui peut-être a présenté ce dernier
à la cour) et Le Jaul. Les investigations, auxquelles il a fallu nous
livrer pour discerner le contenu des manuscrits bourguignons, nous
ont fait ouvrir des catalogues comme ceux du renommé bibliophile
Louis de la Gruthuyse et du lettré moins connu Philippe de
Hornes. Nous aurions dû les ouvrir plus souvent si notre attention n'avait été requise par l'examen de la littérature ducale proprement dite. De même aurions-nous dû, s'il eût été possible, considérer avec quelque soin la bibliothèque de Raphaël de Mercatel (1)
et celles d'autres amateurs du temps pour y découvrir certains
ouvrages qui figuraient également dans les répertoires de Bourgogne. Il y a aussi le fils de Philippe de Croy, c'est-à-dire Charles
de Croy, comte, puis prince de Chimay de 1482 à 1527 qui est
célèbre dans les annales de la bibliophilie de jadis, mais qui
reste en dehors de notre domaine d'études. Toutefois, ce serait une
enquête féconde en résultats que celle qui mettrait en parallèle sa
collection et la librairie de nos ducs.

§ 6. Le nombre des manuscrits de la bibliothèque des ducs de Bourgogne et leur contenu.

Le nombre ? On a vu, dans notre *Introduction*, combien il est

(1) BIBLIOPHILE BELGE, 1872, A. Pinchart, *La bibliothèque manuscrite de
R. de Mercatel*, p. 21-34.

difficile de le déterminer, même approximativement (1). C'est donc un point sur lequel nous n'avons plus à revenir. Quant au contenu, les exposés précédents ont indiqué suffisamment quelle était l'importance respective des diverses « littératures » qui constituent la librairie bourguignonne. Ajoutons seulement ici que nos manuscrits vont de la plaquette courte et légère à l'énorme in-folio en quatre ou six volumes. Disons également que les œuvres, qui les composent, vont à leur tour de la simple ballade, de la menue poésie de circonstance, du couplet en quelques vers au poème en 24000 octosyllabes, au roman en prose de plus de deux mille feuillets : ainsi *Charles Martel*. Celui-ci est un monument d'art, mais à côté de lui, on aperçoit des « livrets et coyers de petite value, loyez ensamble d'une cordelette » (2). C'est dire qu'il y a de tout dans la bibliothèque. La majorité des œuvres est naturellement en français. Une partie, notable cependant, appartient au latin (la proportion dans laquelle cette langue est représentée nous paraît devoir être estimée à un cinquième ou un sixième pour l'inventaire de 1467 : surtout des traités d'ascétisme et des livres d'oratoire). De plus, il existe des livres en « flameng, thyois et haut-allemand » : ainsi, nous distinguons, dans l'inventaire de 1420, cinq manuscrits de chapelle où le flamand est mêlé au latin (3) ; celui de 1467 contient quinze ouvrages désignés comme étant en flamand et haut-allemand, ouvrages dont plusieurs reparaissent dans des inventaires postérieurs ; en 1487, nous en avons un ou deux qui ne sont pas signalés antérieurement (4). Le reste de la bibliothèque est en anglais (5), en portugais (deux) (6) et en italien (un) (7). Il ne s'y rencontre aucun livre grec.

(1) Voir ci-dessus p. XLV. On voudra bien ne pas oublier que notre littérature bourguignonne comprend aussi des œuvres qui ne sont pas dans les inventaires, p. ex. des poésies de circonstance et la plupart des récits des chroniqueurs du XVᵉ siècle.

(2) Barrois, nᵒ 1594.

(3) Doutrepont : nᵒˢ 14, 18, 27, 31 et 34.

(4) Voir ci-dessus p. 146, 176, 216, 230 et 376. Outre ces ouvrages accompagnés de pareille désignation dans l'inventaire de 1467, il y avait évidemment encore des mss. de chapelle qui renfermaient du flamand.

(5) Voir les Barrois nᵒˢ 1088 et 1090, cités plus haut p. 130 et 209, ainsi que le nᵒ 790 (== 1964) intitulé *Liber Tiriq Cirserd*, ouvrage rimé, et le nᵒ 1091, livre anglais.

(6) Ci-dessus p. 230.

(7) Ci-dessus p. 332.

CHAPITRE X

CONCLUSIONS

§ 1. La littérature dite bourguignonne.

Née sous l'œil de princes qui n'attendent d'elle à l'ordinaire que des compliments, la littérature de Bourgogne s'incline et s'agenouille habituellement devant eux en l'attitude la plus respectueuse. Évidemment, tous les livres dont elle se compose ne sont pas bourguignons de la même manière. Ils le sont soit uniquement par un mot élogieux glissé dans l'incipit ou l'explicit, soit par des allusions, des applications à la vie des ducs, soit par l'esprit qui les anime. Dans ce dernier cas, ils s'offrent comme la directe apothéose de la dynastie, ils considèrent et chantent ces ducs comme l'incarnation des plus hautes vertus ; ils les élèvent au rang des parangons les plus authentiques de la bravoure chevaleresque, les proclament les égaux des Alexandre, des César, des Charlemagne, des Roland, des Arthur, de tous les héros de la légende et de l'histoire ; ils peignent, en une peinture naturellement flatteuse, l'existence qu'ils mènent et les fêtes qu'ils donnent. Pourtant, il n'y a pas que des louanges dans les œuvres que l'on rédige spécialement à leur intention. Nous avons, au chapitre des moralistes, signalé des pages grondeuses et satiriques que renfermaient certains écrits qui leur ont assurément passé sous les yeux. Inutile d'ajouter que des pages, également peu faites pour leur plaire, devaient se rencontrer dans des livres antérieurs à leur époque et recopiés pour eux : ainsi le *Gouvernement des Princes* de Gilles de Rome (traduit et transcrit par Jean Wauquelin) et l'*Arbre des Batailles* d'Honoré Bonet (calligraphié par David Aubert) contenaient des observations qui pouvaient provoquer chez Philippe le Bon un assez pénible examen de conscience. Mais, pour en revenir à la littérature nouvelle qu'on élabore afin de lui être agréable ainsi qu'aux siens, nous constatons que l'éloge y prédomine. Aussi qu'en est-il résulté ? Ce que Reiffenberg note par ces mots : « En accordant aux lettres cette protection qui porte le protecteur à l'immortalité, Philippe le Bon a étouffé les plaintes contemporaines; la voix des écrivains a triomphé de celle des peuples qui, d'ailleurs, trouvaient dans leur maître des vertus relatives que les autres princes leur rendaient précieuses » (1). Il fut proclamé « le Bon », titre qui témoigne plutôt des sympathies de son entourage que de l'amour de ses sujets.

C'est une remarque d'ailleurs que nous avons eu déjà l'occasion de faire en parlant des chroniqueurs qui furent à sa solde et qui ont aussi défendu les intérêts politiques de son père et de son fils. Si la maison de Bourgogne n'a pas ménagé ses faveurs à ses thuriféraires, elle s'en est bien trouvée. Mais une littérature, qui s'institue l'humble servante de ses maîtres, ne peut pas monter très haut sur l'échelle de l'art. Les encouragements dont elle est gratifiée n'ont éveillé aucune vocation poétique que l'histoire doive enregistrer, et ce n'est pas à la cour de Bourgogne qu'on a vu « un Auguste faire naître des Virgile ». Les ducs ont eu cependant, à leur service, quelques étoiles du temps : Eustache Deschamps, Christine de Pisan, Martin Le Franc, Antoine de La Sale, mais ce que leurs œuvres « bourguignonnes » renferment de plus ou moins bon, elles ne le doivent pas ou elles ne le doivent guère à l'influence du milieu. Eustache Deschamps et Christine de Pisan passent par la cour à une époque où cette cour ne pouvait encore les marquer de son empreinte intellectuelle. Martin Le Franc est un auteur qui, ayant fait un vaste poème, lui cherche un patron. C'est une œuvre supérieure, mais qui ne l'est point de par le patronage que l'écrivain sollicite pour elle. Aussi bien du reste n'a-t-elle pas recueilli dans l'entourage de Philippe le Bon les applaudissements qu'elle méritait. Quant à La Sale, le grand coureur d'aventures, ce n'est pas à la maison de Bourgogne qu'il est redevable de son style. Pourtant, l'action du milieu est peut-être reconnaissable dans son *Jean de Saintré* et, assurément, elle l'est dans les *Cent Nouvelles nouvelles*, quel que soit l'artiste (La Sale ou un autre) qui les a contées. Tel est au surplus le genre d'influence d'une cour de Bourgogne. Elle n'enfante pas des génies ; elle n'infuse pas à ses hommes des dons littéraires, mais elle agit sur leurs aspirations intellectuelles. Et c'est pourquoi nous ferons bien de rappeler ici les historiens qui ont

(1) Reiffenberg, *Du Clercq*, I, p. 126.

travaillé pour elle. En effet, sans elle, sans les subsides qu'elle accorde aux écrivains pour les « aidier à vivre », nous n'aurions pas eu les Olivier de La Marche et les Georges Chastellain.

Mais d'habitude, lorsqu'on évoque l'influence que cette cour a pu exercer, c'est plutôt pour la rendre responsable de tous les graves défauts qui entachent la littérature d'alors. On dit : *école bourguignonne, groupe de grands rhétoriqueurs*, et l'on veut généralement désigner par là une école, un groupe d'écrivains qui auraient tenu leurs séances dans les antichambres de Philippe le Bon et de Charles le Téméraire sous la présidence de Jean Molinet. La spécialité de la maison serait un style horriblement prétentieux, farci de réminiscences mythologiques, bourré de citations d'anciens, agrémenté de tous les artifices possibles de rhétorique ; elle serait l'emphase et l'enflure, le pédantisme et la recherche, le goût des allusions historiques et des allégories, l'accent flamand, une versification indiciblement laborieuse. Est-ce bien vrai ? Molinet (l'on s'en souvient) n'a guère paru dans notre travail que pour sa chronique en prose, sa chronique métrique dite *Recollection* (en collaboration avec Chastellain) et trois de ses poèmes. Or, ce sont là des œuvres (sauf le poème du *Trône d'honneur*) qui n'arrivent qu'après la mort du Téméraire. En réalité, il n'exerce sa pleine activité littéraire qu'après le règne de Charles de Bourgogne, lorsque la cour, dont nous avons décrit les goûts, a cessé d'exister. C'est alors seulement que sera constituée la véritable école des grands rhétoriqueurs. Car si cette école peut réclamer, comme étant les siens, Chastellain, Olivier de La Marche ainsi que Molinet, elle comprend en outre et surtout Meschinot, Guillaume Crétin, Jean Bouchet et, si l'on veut aussi, Octavien de Saint-Gelais, Jean Marot et Jean Lemaire, de Belges, autant d'écrivains dont les écrits ne paraissent (sauf l'une ou l'autre exception) (1) qu'après 1477, après la disparition du dernier duc de Bourgogne. Au fait, les inepties métriques, les laborieux et puérils exercices de versification, où va se complaire surtout la poésie du xve siècle finissant et du xvie commençant, ne se manifestent que dans un nombre assez restreint de compositions lyriques dues à nos auteurs bourguignons du présent travail (ainsi dans le *Trône d'honneur*).

(1) Voir pour Meschinot ci-dessus p. 388 et 390.

Cela ne veut pas dire toutefois qu'en la maison d'un Philippe le Bon ou d'un Charles le Téméraire le style pâteux et diffus n'ait pas fleuri plus souvent qu'il n'aurait fallu. Mais ce style, et aussi l'allusion pédantesque, la réminiscence historique et mythologique, c'est le *mal du siècle* et de tout le siècle. Ce n'est point le monopole des lettres qui ont eu vogue et protection dans les palais de nos ducs. Néanmoins, nous devons ajouter que les défauts que nous citons là trouvent déjà chez eux un terreau particulièrement favorable à leur éclosion, et l'on conçoit sans peine qu'après eux ils se soient épanouis en pleine liberté dans les Etats de Maximilien Ier et de Marguerite d'Autriche. En résumé, il existe au xve siècle de ces erreurs de goût, de ces fautes d'esthétique littéraire dont le champ de culture est moins limité que l'enceinte d'une cour, qui poussent partout alors et qui, en tout cas, ne sont pas aussi imputables qu'on l'a dit aux encouragements des Jean sans Peur, des Philippe le Bon et des Charles le Téméraire. On a, de plus, accusé ces princes d'avoir retardé la Renaissance ; mais la Renaissance était-elle possible sans le concours d'un événement politique et intellectuel qu'ils ne pouvaient ni empêcher ni provoquer : le contact de la France avec l'Italie ?

§ 2. Ce que valent, au point de vue littéraire, les œuvres écrites pour les ducs de Bourgogne.

On s'accorde généralement à reconnaître que leur siècle est un siècle de grand mouvement artistique et qu'en matière de politique et d'administration ils ont plutôt édifié que détruit. Sous leur dépendance, l'art dans les provinces belgiques, se constitue une originalité de terroir, une nationalité qui n'appartient pas (nous venons de le déclarer) à leur littérature. Mais cette littérature, en dépit de son évidente faiblesse, n'est pas sans mérites, et le premier de ces mérites est qu'elle ait existé ou voulu exister, qu'elle ait appelé au jour des œuvres qui, réunies, forment une masse imposante dans la production intellectuelle contemporaine. Il y a trente ans, faisant allusion aux études dont certaines de ses œuvres avaient été l'objet, Potvin écrivait : « Désormais l'histoire des lettres françaises inscrit dans sa chronologie, entre le xive siècle, plus riche qu'on ne le croyait généralement, et les gloires du siècle de François Ier, une époque abondante et pleine d'intérêt qui ne peut guères se nommer

autrement que le siècle littéraire des ducs de Bourgogne » (1).
Siècle littéraire ? Oui certes, on peut le dire, mais à condition de ne
pas exagérer la portée de l'expression et de la considérer comme
désignant un ensemble, vraiment remarquable, de compositions
littéraires qui s'échelonnent sur un espace de plus de cent années.
Oui certes, on peut répéter avec un autre historien belge, que « les
lettres françaises prirent, sous les ducs de Bourgogne, un développement qui leur était inconnu jusqu'alors dans nos contrées « (2).

Le genre roman apparaît, dans cet ensemble, marqué d'une faveur
très spéciale, mais il s'agit surtout du roman en prose. Charles
d'Héricault a prétendu que le succès des mises en prose de l'épopée
tenait à « l'influence victorieuse de la bourgeoisie », alors que la
noblesse et particulièrement la maison de Bourgogne encoura-
geaient plutôt le récit en vers. Léon Gautier veut bien reconnaître
quelque justesse à cette opinion, mais il se refuse à y souscrire sans
réserve et il cite des refontes commandées par les ducs (3). Il a raison
évidemment. Nous n'oublions pourtant pas la *Chronique rimée de
Flandre*, la *Geste*, le *Pastoralet* et la *Chronique de Floreffe*, mais, après
les avoir cités, n'oublions pas non plus le triomphe de la prose dans
tous ces romans dont la liste a été dressée au chapitre précédent.
A ce témoignage du nombre s'ajoutent les déclarations mêmes des
auteurs. Par exemple, celle du prologue de *Charles Martel* : Je
« m'esforcheray, dit l'anonyme qui l'a écrit, d'ensieuvir la matiere,
laquelle j'ay prinse et translatée d'anchiennes histoires rymées jadiz
et réduitte en ceste prose, pour ce que au jour d'huy les grans
princes et autres seigneurs appetent plus la prose que la ryme, pour
le langaige quy est plus entier et n'est mie tant constraint ». En
même temps que lui, Wauquelin révèle que, dans sa *Belle Hélène*, il
s'est préoccupé de « retranchier et sincoper les prolongacions et
mots inutiles qui souvent sont mis et boutez en telles rimes ». Pareille
constatation étant faite, on se demande si, à recevoir ce lot d'épopées
remaniées, la littérature française a beaucoup gagné. La réponse ne
peut être douteuse : au point de vue artistique, non ! Il eût fallu
des « acteurs » d'une autre taille que les Wauquelin et les David
Aubert pour engager le genre épique dans des voies nouvelles et le

(1) *Ghillebert de Lannoy*, p. VIII.
(2) Fredericq, *Essai*, p. 69.
(3) *Epopées*, I, p. 456.

relancer à la conquête de ses lauriers de jadis. Toutefois. à ces Wauquelin et à ces David Aubert, l'on ne peut dénier un mérite, mérite relatif et même inconscient : c'est d'avoir, dans leurs remaniements, sauvé, pour l'édification de nos modernes érudits, quelques éléments assez précieux (qui sans eux allaient se perdre) des matières de France, de Bretagne et de Rome la Grant. Néanmoins ajoutons que la plus sincère épopée produite par le xv⁰ siècle n'est pas dans ses livres, si ce n'est dans ses livres d'histoire. Au fait, la véritable épopée d'alors court les rues et les champs de bataille, et nous en retrouvons une analyse, une description, mais non l'écho poétique et puissant, dans le récit des chroniqueurs. A ce siècle, rien n'a manqué qui pût faire vibrer, faire éclater en un beau cri épique, l'âme d'un écrivain marqué pour les grandes choses ; il ne lui a manqué que cet écrivain. Il a Villon, le pénétrant poète des pensées de mélancolie et de mort, il a Charles d'Orléans que ses années de jeunesse et de maturité semblaient préparer pour les genres sombres et qui n'a su découvrir en lui et déployé au jour qu'un très délicat et très agréable talent d'écrivain de société. Mais chez ces poètes, non plus que chez un Alain Chartier ou un Martin Le la Franc, la poésie ne s'élève et ne se maintient jamais aussi haut que les faits. En conséquence, nous ne réclamerons pas à d'obscurs rapsodes de la cour de Bourgogne ce que n'ont pu nous donner les maîtres de l'époque. C'est déjà beaucoup pour cette cour qu'elle ait produit d'abondantes refontes et un poème comme le *Pastoralet*.

Elle a produit autre chose encore : des traductions. Sans doute, à celles-ci les préoccupations d'art sont étrangères. Vasque de Lucène, par exemple, ne translate pas pour faire passer les beautés d'un auteur ancien en français, mais bien plutôt pour instruire et moraliser son maître. Son cas du reste n'est pas extraordinaire, et tous nos traducteurs du xiv⁰ et du xv⁰ siècle en sont là. Pour eux, l'antiquité continue d'être le répertoire ou l'arsenal *d'autorités*, le magasin d'enseignements et de renseignements qu'elle a été pour le haut moyen âge. La Renaissance n'a pas encore apporté ce sens inédit qui fera qu'on aime Ovide et Virgile pour la beauté littéraire de leurs œuvres. Mais pourtant ces deux siècles ont francisé déjà de nombreux anciens : or, la tentative n'est pas quelconque : le premier mouvement d'humanisme qui s'opère alors n'a pas été inutile pour l'éclosion du second après 1600. Si la Renaissance est un bien au point de vue littéraire, il faut en louer tous ceux qui l'ont préparée ; il faut louer les rois de France, Jean le Bon et Charles V, et naturellement aussi les ducs de Bourgogne qui les ont imités, Philippe le Bon et Charles le Téméraire.

Mais tandis que l'histoire de l'humanisme doit un souvenir aux traductions antérieures à 1600, aux bourguignonnes comme aux françaises, elle n'est pas non plus en droit d'ignorer d'autres œuvres bourguignonnes où les écrivains latinisent avec délices; et non seulement ils latinisent, mais ils font de la poésie à grand renfort de citations et d'allusions antiques et mythologiques. Assurément nos poètes et prosateurs ne sont pas, de ce chef, des Renaissants. Ils citent pour prouver et leur érudition est trop souvent encore en surface et de seconde main. Mais leurs réminiscences de l'antiquité contribuent à rendre celle-ci familière aux esprits et préparent sa triomphante influence du xvie siècle. Enfin, pourquoi ne dirions-nous pas aussi que l'on aurait tort d'oublier, à propos de cette même antiquité, le succès qu'elle remporte, elle, ses légendes et ses héros, à la cour de Bourgogne ?

Les traducteurs ont pris pour organe la prose. Ainsi font également les rajeunisseurs d'épopées. Il en va de même pour d'autres domaines littéraires. D'ailleurs, c'est une tendance générale du siècle. A cet égard, Charles V joue un rôle d'initiateur qu'il est légitime de mettre en lumière. A partir de lui, comme on l'a dit, « la prose devient l'instrument. le véhicule préféré de la pensée, comme le vers l'était autrefois. Charles avec ses légistes, ses savants, ses traducteurs, ses commentateurs, Raoul de Presles, Philippe de Maizières, Nicolas Oresme, est un roi de la prose. C'est en prose que sont écrits le *Songe du Verger*, le *Songe du Vieux Pèlerin* et ces vastes encyclopédies philosophiques, sociales, politiques ou religieuses, composées sous la direction du souverain. Le livre, cet auxiliaire nouveau dont Charles V a compris la puissance, s'exprime de préférence en prose » (1). La cour de Bourgogne suit le mouvement et elle peut, avec ses romanciers, ses traducteurs, ses compilateurs, ses chroniqueurs, revendiquer une part dans l'extension que le xve siècle confère à cette forme de la pensée. Mais c'est rarement la belle prose française qu'elle livre à notre admiration, la prose serrée et vive, telle « sur le papier qu'à la bouche » pour employer l'expres-

____

(1) Lenient, *Poés. patriot.*, p. 320.

sion de Montaigne. Généralement, la sienne est longuette, redondante, usant de deux ou trois substantifs, adjectifs, verbes ou adverbes, quand un seul aurait suffi. C'est pourtant chez elle qu'est née un chef-d'œuvre en ce genre, les *Cent Nouvelles nouvelles*.

Un résultat moins indirect, un résultat moins contestable du patronat littéraire exercé par les ducs est leur bibliothèque même. Ici, de nouvelles considérations seraient superflues. Ayant dit qu'ils ont fondé la *Bibliothèque de Bourgogne*, nous avons tout dit. Vouloir développer cette idée, ce serait répéter notre travail lui-même. Lorsque la librairie du Louvre fut dispersée, celle de Philippe le Bon devint la « mieux garnie de la chrétienté ». Ce prince et les siens, en réunissant leur si riche collection de livres, ont travaillé pour les âges suivants. Ils ont fait recopier une partie de la littérature antérieure ; ils l'ont conservée en prêtant à maintes de ses productions un éclat extérieur de premier ordre, car ils l'ont consignée dans de merveilleux manuscrits. D'autres manuscrits, non moins remarquables, ont été réservés aux œuvres nouvelles qui ont surgi par leur ordre. C'est ainsi que s'est constituée une bibliothèque qui garde encore le renom d'un des plus splendides musées d'art de l'Europe.

On voit donc que la littérature bourguignonne, malgré ses défauts, a ses mérites et sa valeur. Elle vaut, ainsi que nous venons de le montrer, parce qu'elle est un mouvement intellectuel notable à l'époque où elle se manifeste ; parce qu'elle a provoqué des refontes romanesques qui présentent un intérêt documentaire ; parce qu'elle a déterminé l'une ou l'autre inspiration poétique digne d'attention ; parce qu'elle a contribué à ce qu'on pourrait appeler les préparatifs de la Renaissance ; parce qu'elle compte tout un ensemble de prosateurs dont l'histoire ne peut ignorer l'existence ; et parce qu'elle aboutit à une « librairie » admirablement « estoffée » d'après le mot d'Olivier de La Marche. Mais elle vaut de diverses autres manières encore, car elle nous dit des choses diverses sur la psychologie des ducs. C'est ce que nous voudrions indiquer dans les exposés généraux qui suivent.

§ 3. La littérature de Bourgogne et ce qu'elle dit sur la psychologie des ducs. Comment, dans cette littérature, se marquent les tendances de leur politique.

On prête à Philippe le Bon cette maxime de vie : « L'éducation

du souverain est la source du bonheur d'une nation » (1) et l'on
a jugé ses préoccupations littéraires par les mots que voici : Chez
lui, « le goût des livres n'était pas un simple objet de curiosité
d'amateur. Il savait mieux que tout autre que les livres sont le
plus utile instrument dont on doit se servir pour améliorer l'état
social des peuples, parce que les bibliothèques renferment, outre
les annales des nations, les documents qui leur font connaître l'origine et les progrès des lois, des coutumes et des mœurs, la religion
des peuples, les causes de la prospérité publique, et parce qu'elles
donnent aussi des renseignements sur toutes les autres branches
des connaissances humaines » (2). N'est-ce pas trop dire ? Nous
voudrions certes, pour l'honneur même de notre travail, qu'il en eût
eût été ainsi, mais nous n'arrivons pas à nous convaincre que
Philippe le Bon se soit si grandement soucié « d'améliorer l'état
social des peuples » par ses commandes, pourtant très fréquentes,
de manuscrits. La littérature qu'on lui fait est avant tout une littérature qui doit lui plaire et qui n'a droit à la vie et à des encouragements que sous condition d'être à son service. Parfois et peut-être
même plus souvent qu'on ne croit, elle a des accents grondeurs et
des passages désobligeants pour lui, mais en règle générale, elle
est officielle. On le conçoit du reste : peut-on reprocher à Philippe
et aux siens de n'avoir guère toléré et favorisé que des lettres qui
leur fussent soumises et dévouées, de leur avoir imposé, comme à
leurs officiers subalternes, le cérémonial et la livrée de la maison ?
Les voit-on se comporter autrement à leur endroit et combler de
gratifications l'écrivain qui les insulte ? S'imagine-t-on Napoléon le
Grand qui remercie Chateaubriand de son fameux article du *Mer-
cure de France* : « C'est en vain que Néron prospère ; déjà Tacite
est né dans l'empire » ? S'imagine-t-on davantage « Napoléon le
Petit » honorant d'une souscription les *Châtiments* de Victor Hugo ?
Prenons donc cette littérature de Bourgogne comme elle est :
officielle et destinée à glorifier une dynastie. Envisagée à ce point
de vue, elle nous apparaîtra révélatrice et instructive : à mesure
que cette dynastie prend de l'âge, elle prend une physionomie plus
particulariste ou plus distinctement personnelle. Sous ce rapport,
la littérature marche de front avec la politique. A la fin du xiv^e

(1) Frocheur, *Notice*, p. 318.
(2) Marchal, 1, p. xiv.

siècle, elle n'a pas encore de couleur locale ; elle s'habille à la mode
française, au goût de Paris. C'est en France que Philippe le Hardi
trouve la plupart de ses écrivains de livres et de ses fournisseurs.
D'ailleurs lui-même vit essentiellement de la vie de France et il n'a
presque rien de commun avec les pays du Nord dont il est le souverain. A son époque, l'esprit bourguignon n'a pas encore conscience de lui-même. On ne sent pas dans les lettres que protège
ce duc les tendances d'un milieu spécial. Mais voici cependant, dès
son régne, un écrivain du Nord, l'auteur de la *Chronique rimée de
Flandre* qui semble originaire de Bruges. Déjà Philippe le Hardi
s'est assuré, pour l'instruction de son fils, le concours d'un précepteur flamand. Ce fils, Jean sans Peur, a le même souci en ce qui
regarde Philippe le Bon. Il veille à ce que ce dernier possède la langue de ses futurs sujets. Au surplus, lui, Jean sans Peur apparaît
avec une âme et une cour assurément moins françaises que celles de
son père. Sans doute, il continue à subsidier Christine de Pisan, il
échange des livres avec Charles vi et le duc de Berry, il en achète
à des vendeurs parisiens, il en fait faire par des Français, mais
combien un Jean Petit et un Pierre Salmon sont bourguignons
d'esprit, et combien le même esprit anime les deux grandes compositions qui poétisent son règne : la *Geste* et le *Pastoralet*. Assassiné à
Montereau, il laisse un fils de 23 ans, « léal François de courage »
qui, suivant des termes, déjà rappelés, de Chastellain, « avoit, en
son enfantin âge esté nourry avec le roy ». Ce jeune prince qu'on
nommera Philippe le Bon, tenait beaucoup à « la gloire et conservation de la royale majesté françoise » ; il y était attaché par les
liens du sang et du mariage. Aussi le coup fut-il rude pour lui lorsqu'il apprit la mort de son père. Néanmoins par la suite, et bien
qu'il n'ait pas omis de venger Jean sans Peur, il se montrait encore
fier d'être issu de la maison de France. C'est ce dont ses chroniqueurs se portent garants. Mais, quels que soient les sentiments
qu'il affiche, « le meurtre de Montereau marque le point de départ
d'une époque nouvelle. Désormais ce n'est plus en France ni par
la France, c'est hors de France et contre la France, que la maison de
Bourgogne poursuivra l'accomplissement de ses desseins » (1).
Philippe le Bon est, Philippe le Bon reste duc de Bourgogne ou
mieux le grand duc d'Occident qui « deviendrait roi s'il le voulait ».

(1) Pirenne, *Hist. Belg.* ii, p. 234.

Les mêmes chroniqueurs qui nous disent son attachement à la France, nous disent aussi son orgueil d'être le puissant seigneur des importantes contrées du Nord. A pleine voix, ils chantent sa gloire et, en même temps, son autonomie vis-à-vis du monarque qui habite Paris. Leur littérature et celle de leurs confrères (romanciers, compilateurs, moralistes, poètes) ont semblablement, non par la forme, mais par le fond, une sorte d'autonomie en regard des lettres françaises proprement dites. Le phénomène est significatif et nous en avons un autre qui ne l'est pas moins : c'est que Philippe le Bon a pris ou rencontré la grosse majorité de ses hommes de lettres dans les contrées soumises à son sceptre. Disons en outre ou plutôt redisons qu'à la fin de sa vie il s'est souvent adressé pour la transcription et l'ornementation de ses manuscrits à des artistes de Bruges, la ville alors si renommée pour la fabrication des livres de luxe. Vienne le Téméraire et c'est une réelle indépendance qui éclate bruyante et hautaine. La voix du sang ne parle plus ; il n'est plus question de sympathie de famille ni de convenances diplomatiques. Le nouveau duc est pleinement bourguignon, il est « belge », il arbore un sentiment nouveau, un sentiment national, dont ses écrivains prennent à cœur de développer et d'entretenir le culte en lui. Sa patrie, c'est bien la Flandre. Elle était déjà celle de son père et même, dans une certaine mesure, celle de son grand-père. Ainsi, dans le choix des résidences de la dynastie, se remarque un mouvement d'orientation toujours plus accusé vers le Nord. C'est là que petit à petit elle cherche et trouve son *chez soi*. Sous le Téméraire, la Bourgogne ne veut plus rien avoir à faire avec la France, et la littérature agit de même. Les auteurs et copistes du dernier duc sont ceux de son père et plusieurs sont des indigènes ; lorsqu'ils lui appartiennent en propre, ce sont également ses sujets. En résumé donc, la littérature de Bourgogne, considérée dans ses grandes lignes, dessine une courbe analogue à celle de la politique. Plus elle progresse, plus elle se donne une physionomie spéciale. De française et de parisienne qu'elle est à ses débuts, elle tend à devenir régionale et particulariste. Commencée par les Christine de Pisan et les Eustache Deschamps qui sont de France, elle s'achève dans l'œuvre des Olivier de La Marche et des Georges Chastellain qui sont de Belgique.

§ 4. Le projet de croisade turque.

La politique bourguignonne, dont on vient de voir les tendances se refléter dans la littérature, avait mis au rang de ses préoccupations importantes le projet d'une croisade contre les Turcs. C'est ce qui ressort de l'examen des documents diplomatiques de l'époque, et pareillement de l'étude des œuvres littéraires nées à la cour des quatre ducs. Nous avons énuméré ces œuvres et nous pensons qu'elles sont assez variées et assez expressives pour qu'on puisse en tirer un argument en faveur de la thèse qui prête, en l'occurrence, des intentions sérieuses à Philippe le Bon et aux siens. On jugera peut-être que notre énumération a été poussée trop loin et que, si nous étions en droit d'y faire entrer des écrits comme la *Complainte* de Deschamps, les *Voyages* de Ghillebert de Lannoy et de Bertrandon de la Broquière, l'*Avis directif* de Miélot, l'*Epître* de 1464 qui ont un but nettement formulé, nous avons eu tort de citer de vieux romans et de vieux traités géographiques sur l'Orient. Mais n'était-il pas utile et légitime de montrer que la librairie de Bourgogne était riche de manuscrits relatifs aux pays d'outremer ? N'était-ce pas prouver que ces pays étaient connus chez les ducs et qu'ils y sollicitaient l'attention ? D'autre part, remarquons-le bien, les exploits des grands prédécesseurs de Philippe le Bon, les exploits des Godefroid de Bouillon, des Baudouin de Constantinople, des Saint Louis sont consignés dans ces manuscrits ; ils y sont détaillés et chantés. Or, que de fois ne remettra-t-on pas de pareils exemples sous les yeux du duc ! Peu de temps après le théâtral banquet de Lille, maître Louis du Chesne, étant à La Haye et parlant au nom de son prince, évoque le souvenir de Baudouin et rappelle que ce héros d' « immortelle mémoire » est un ancêtre de Philippe et que, sur ce dernier, la prise de Constantinople retombe à la manière d'une injure personnelle (1). Mais l'on jugera peut-être aussi que nous avons trop insisté sur ce banquet de Lille. Pourtant, nous n'avons pas négligé de faire des réserves sur l'enthousiasme que l'on y vit paraître. La présence de Philippe le Bon, l' « œil du maître » suffirait à l'expliquer chez certains assistants, les petits, par exemple, car à mesure qu'on descend, c'est, dans les vœux prononcés, presque un crescendo d'extravagance et l'on observe que précisément

(1) Kervyn, *Chastellain*, III, p. 69 et suiv.

les promesses des officiers les moins hauts en grade sont les plus
outrancières. Il y eut là une force d'entraînement, dont nous trouvons l'écho dans cette réflexion d'un contemporain : « Après ce
vœu [émis par Philippe le Bon], plusieurs furent moult esbays et
esmerveillez, et creez que une personne eust eu le cœur bien deur
s'il ne se fust à ceste heure endoulcy et atandry » (1). N'oublions pas
non plus que c'est en face de tables plantureusement garnies, à
l'heure des toasts en quelque sorte, que l'on pousse le cri de : « Dieu
le veut ! ». Pensons également à ces paroles piquantes d'un chroniqueur du xvie siècle, au sujet de l'assemblée du Faisan : « Aucuns
païs ont ceste coustume plus inveterée et receue que louable que,
quand ils se treuvent en banquets avec leurs amis, et qu'ils ont la
teste et l'esprit un peu eschauffé de bonne chère, ils entrent en dévotion, et par compagnie et à l'envy font des vœux d'aller en Hiérusalem, à Rome, Nostre Dame de Lorette ou à Saint Jaques en
Galice : et ne font guères souvent tels vœux le matin. J'ay ouï dire
que les Flamens et aucuns Allemans qui vont chantans par les rues
en ce Royaume en leur liffreloffre [baragouin] sont coustumiers de
faire telles entreprises » (2). Mais il y a plus : ce n'est pas seulement
un chroniqueur froid et positif qui raille ce beau courage que donne
un bon repas. C'est l'auteur même d'un roman où l'on « voue »,
c'est l'auteur du *Vœu du Héron*. Un seigneur, Jean de Biaumont est
sur le point de jurer, mais il dit d'abord à Robert d'Artois :

> De tant de paroles me vois esmervillant :
>
> Vantise ne vault nient qui n'a aquiefvement.
>
> Quant sommes ès tavernes, de ces fors vins buvant,
>
> Et ces dames delès qui nous vont regardant,
>
> A ces gorgues polies, ces coliés tirant,
>
> Chil oeil vair resplendissent de biauté souriant,
>
> Nature nous semont d'avoir cœur désirant,
>
> .   .   .   .
>
> Adonc conquerons-nous Yaumont et Agoulant (3)
>
> Et li autre conquierrent Olivier et Rollant.
>
> Mais, quant sommes as camps sus nos destriers courans,

(1) Lettre de Jehan de Molesme : voir ci-dessus p. 106.
(2) Guillaume Paradin, *Annales de Bourgogne*, Lyon, 1566, l. iii, p. 835.
(3) Un roi païen (Agolant) et son fils (Eaumont) dans la chanson de
geste d'*Aspremont*.

> Nos escus à no col et nos lansses baisans,
> Et le froidure grande nous va tout engelant,
> Li membres nous effondrent, et derrière et devant,
> Et nos ennemis sont envers nous approchant,
> Adonc, vorrièmes estre en un chélier si grant
> Que jamais ne fussions veu tant ne quant.
> De si faite vantise ne donroie un besant (1).

« Toutefois, ajoute-t-il, qu'à cela ne tienne. Je n'entends point par là me soustraire à l'obligation de faire mon vœu »... et il s'exécute.

A Lille, il y avait aussi de beaux yeux. La femme est à table, elle est parmi les spectateurs ; elle préside à la présentation du Faisan et Toison d'or parle en son nom ; elle est partout encourageant le chevalier à prononcer son vœu, comme, dans la vie d'alors, elle inspire aux coureurs d'aventures et de joutes leurs plus téméraires engagements. La bravoure s'est particulièrement mise au service de la galanterie ; dans les tournois, on figure en esclave d'une belle inhumaine dont on porte les couleurs. Mais de tout cela, conclurons-nous que le brillant banquet fut pure mascarade et pure comédie ? Non, ce serait aller trop loin. Pour en comprendre le caractère, l'on doit faire la part aux circonstances. Le duc, avons-nous dit, voulait « lancer » sa croisade avec tout l'éclat et le faste propres à séduire et à entraîner ses courtisans. Il aimait la pompe, comme son siècle et son entourage réclamaient l'apparat et le cérémonial pour toute idée à mettre en valeur et en action. Philippe était donc ici l'homme ou plutôt le prince de son temps, et c'est ce que remarque l'historien Michaud en disant : « Lorsqu'on se rappelle le concile de Clermont, les prédications de Pierre l'Ermite et de saint Bernard, l'enthousiasme grave, la dévotion austère, qui présidaient aux serments des premiers croisés, lorsqu'on voit ensuite les solennités brillantes de la chevalerie, les promesses moitié profanes, moitié religieuses des chevaliers, enfin tous les spectacles mondains au milieu desquels était proclamée la guerre sainte, on se sent tout à coup transporté dans un autre siècle et dans une société nouvelle. La religion, qui avait précipité l'Europe sur l'Asie, n'a plus d'empire si les dames ne sont ses interprètes et si les prédications de

___

(1) Voir ci-dessus p. 114, éd. Mons, vers 354-371. Des réflexions de l'espèce se lisent ailleurs encore dans l'épopée et le roman chevaleresque du moyen âge.

l'Eglise ne se mêlent aux fêtes et aux usages de la chevalerie » (1).

Mais (indiquons-le de notre côté) il n'y a pas que la mondanité des spectacles qui frappe ici. Observez que ces « prédications de l'Eglise » s'accompagnent de représentations et de décorations dont le paganisme a fait les frais. La salle où l'on jure de mourir pour Dieu et la croix est ornée d'une tapisserie dont le sujet est la vie d'Hercule, et la proclamation de la guerre sainte est précédée d'un jeu dramatique mettant en scène les aventures de Jason et de Médée. Eh bien, de nouveau, comme nous l'avons déjà montré, ce bizarre assemblage s'explique par l'état d'âme de cette époque et de ce milieu, époque et milieu où le christianisme ne répugne pas à voisiner avec le paganisme. En conséquence, nous ne serons pas surpris si, non loin de la tapisserie d'Hercule et de l'entremets de Jason, se dressent une église et saint André avec sa croix. C'est précisément pour la même raison, soit donc parce que nous tenons compte de l'esprit du temps, que nous n'éprouvons aucune difficulté à penser que Philippe le Bon était plus qu'un croisé de théâtre ou de banquet. Il suffirait déjà, pour le prouver, des nombreuses allusions littéraires qui sont faites, pendant dix ans, aux vœux de Lille. Mais nous avons encore les autres vœux d'Arras, de Bruges, de Hollande et de Mons qui prouvent peut-être davantage. Aussi, malgré toutes les restrictions qui sont à formuler en pareille circonstance (et nous avons essayé de les formuler), nous estimons qu'on ne peut pas lui refuser certaine bonne volonté ou même un désir réel d'aboutir. Nous osons même ajouter, en présence de sa littérature de croisade, qu'il faut lui prêter, avec cette bonne volonté et ce désir de faire quelque chose, plus de sincérité et de zèle religieux qu'on ne lui suppose communément.

§ 5. Ce que la littérature de Bourgogne nous dit relativement à l'ordre de la Toison d'or.

La part qui revient aux livres dans le choix de l'emblème de la « Toison d'or » ne peut se déterminer avec une entière exactitude, mais il est manifeste qu'il leur en revient une. Après que l'ordre fut institué, il devient lui-même l'occasion d'une littérature nouvelle, et, en examinant cette littérature, nous avons observé un singulier

(1) *Histoire des Croisades*, 1849, IV, p. 4-5.

conflit entre deux personnages, l'un païen, l'autre biblique, adoptés comme patrons symboliques de la brillante création de 1430. Ici encore, de même qu'au banquet de 1454, l'élément profane et l'élément sacré se posent l'un à côté de l'autre : c'est également un signe des temps. Le paganisme et le christianisme ne faisaient pas mauvais ménage dans les esprits. Il est vrai que des écrivains interviennent pour concilier les deux éléments. Mais au fait, en 1430 c'est uniquement à Jason qu'on avait pensé, sans trop se préoccuper du caractère païen de ses aventures ; des scrupules à son endroit se sont ensuite manifestés et, tout en le gardant pour la nature chevaleresque de ses exploits, l'on a recouru à Gédéon dans le but d'accentuer l'esprit chrétien de l'institution. Lorsqu'on a eu les deux héros en présence, il a bien fallu les expliquer, et des explications bizarrement allégoriques, à la mode du temps, se sont produites. Mais quelles qu'elles soient, la situation faite à Jason et à Gédéon dans les livres de la cour de Bourgogne nous paraît autoriser cette conclusion que nous avons exprimée déjà : c'est que le duc peut et même doit avoir eu un dessein politique en fondant un ordre de chevalerie, mais il s'y mêlait l'intention d'entretenir autour de lui les traditions d'honneur et de bravoure.

§ 6. Ce que cette même littérature de Bourgogne nous révèle sur la politique aventureuse de Charles le Téméraire.

Les projets guerriers du prince exalté que fut Charles le Téméraire ne sont certes pas exclusivement imputables aux livres, mais il nous semble que ceux-ci ne sont pas étrangers à l'échauffement d'imagination dont on le voit atteint dans les courtes années de son règne. Que l'on se reporte aux pages précédentes sur les traductions élaborées à son ordre, que l'on pense aux modèles antiques qui lui sont mis sous les yeux, aux Alexandre, aux Cyrus, aux Annibal, aux César, et l'on se dira peut-être que, si Charles de Bourgogne n'est pas un pur Don Quichotte avant la lettre, son cas offre pourtant de l'analogie avec celui du Chevalier à la Triste Figure, que les narrations, même exemptes de romanesque, qu'on lui dédie, ont comme une part de responsabilité à réclamer dans le romanesque dénouement de sa vie. Les Vasque de Lucène et les Charles Soillot ne sont pas, sans doute, des conseillers écervelés, mais encore laissent-ils, dans leurs prologues, tomber de leur plume assez de paroles flatteuses et fascinatrices pour inciter à l'action, et à l'action périlleuse.

§ 7. Les livres et l'esprit chevaleresque à la cour.

Vie chevaleresque, esprit chevaleresque, l'on sait déjà que ce sont des expressions qui ne peuvent pas être employées pour la cour de Bourgogne sans être accompagnées de certaines réserves. Cet esprit qui s'affirme dans une institution comme celle de la Toison d'or, dans les fêtes à spectacles, dans le goût qu'on manifeste pour les récits et les jeux de chevalerie, dans l'amour des aventureuses prouesses, dans la pratique des joutes et tournois, a plus d'éclat extérieur que de solidité et d'intensité. Il est l'esprit chevaleresque que le xve siècle pouvait avoir. Mais quelle qu'en soit la qualité, il présente pour nous d'intéressants points de contact avec les livres qui ont été rassemblés ou même commandés par la maison ducale. C'est un fait qu'il nous suffira d'avoir rappelé et sur lequel nous n'avons plus à insister. Mais peut-être devons-nous ici mettre en relief cet autre fait que, par ses réunions fastueuses dont nous venons d'évoquer le souvenir, la cour de Bourgogne semble annoncer les brillantes assemblées de la cour de France au xvie siècle. Chez un roi tel que François i ou Henri ii, tournois et joutes se multiplient, et la littérature y trouve son compte : elle les inspire ou bien elle leur fournit des couplets, des commentaires rimés. En même temps s'organisent des mascarades et des travestissements mythologiques auxquels les poètes apportent le concours de leurs rondeaux et cartels. On se reprend à lire les romans du passé en la prose du jour, et l'on s'enthousiasme au récit des beaux exploits de bravoure (1). Or, de tout cela, n'avons-nous pas une sorte d'avant-goût, de premier essai chez les princes Philippe et Charles de Bourgogne ? Certes, ils ne paradent pas dans leurs fêtes avec la grâce distinguée et l'élégance mondaine que l'on admire plus tard en France. Leurs pas d'armes n'auront pas l'éclat raffiné de ceux du xvie siècle. Les vers débités au Banquet du Faisan et aux noces de Charles le Téméraire ne valent pas ceux des Clément Marot et des Mellin de Saint-Gelais. Ils apparaissent bien lourds quand on les compare aux rimes légères et pimpantes d'un Voiture chez Madame de Rambouillet, d'un Benserade chez Louis xiv. Ils sentent le porte-lyre qui a pour spécialité de calculer les profits et pertes de la mai-

(1) E. Bourciez, *Les mœurs polies et la littérature de cour sous Henri ii*, Paris, 1886.

son de Bourgogne sur les champs de bataille. Mais néanmoins le divertissement de cour à fantaisies poétiques dans les hôtels des ducs annonce le ballet et la mascarade à la façon du XVIe et du XVIIe siècle.

§ 8. Tendances divergentes qui s'observent dans la littérature de Bourgogne. Comment les expliquer ?

Il n'a certes pas dépendu des écrivains de Bourgogne que les ducs ne fussent gens très instruits. Ce qui s'est rédigé ou recopié à leur usage particulier était assurément de nature à meubler plus que richement un cerveau du XVe siècle. On rencontre là des sommes, des encyclopédies traitant de *omni re scibili* : les *Conquêtes de Charlemagne* élaborées par David Aubert, la *Composition de la Sainte Ecriture* qu'il a grossée, les *Miracles de Notre-Dame* de Miélot, la *Toison d'or* de Fillastre, la *Fleur des histoires* de Mansel, pour nous en tenir à ces exemples, suffisaient à leur constituer un immense cours d'histoire ancienne et moderne. Cependant l'intention des auteurs (à les entendre, du moins) n'était pas de faire, de leurs princes, autant de puits de science, c'est-à-dire des hommes qui n'auraient été que des érudits. Ils voulaient plutôt les rendre bons gouvernants, nobles et valeureux souverains. L'un dira (Wauquelin au début de la *Belle Hélène*) que son objectif est d' « esmouvoir et inciter les cuers des endormis à aucune bonne incitation et promovement ». Ailleurs, le même remanieur (il s'agit de son *Girard de Roussillon*) prétend écrire « affin que, par le record des nobles emprises et conquestes d'armes achevéez et menées à fin par les vaillans hommes saiges et prudens, les cuers de jeunes hommes someillans et endormis en aucunes oysivetés s'en esveillassent et eslevassent en acquisition de proesce » (1). Un autre commence (c'est David Aubert dans son prologue de *Charles Martel*) par une déclaration que nous avons rapportée : « Les haulz, nobles et vertueux fais des anciens doit l'en volentiers oyr lyre et très dilligamment retenir pour le bien et prouffit que l'en y poeult acquérir, tant en proesse et chevallerie comme autrement ». Ce sont là des paroles de romanciers ; ce ne sont pas les seules dans le même ton qu'ils aient proférées ; on le sait de reste et l'on n'ignore

---

(1) Mathieu, *Wauquelin*, p. 348, (étude citée plus haut p. 22) · Gautier, *Epopées*, II, p. 585.

pas non plus combien souvent leurs confrères s'expriment d'une manière analogue. Après les préfaces des récits de fictions, lisez les « proèmes » des traductions et des chroniques : c'est même évangile. Il n'y a d'ailleurs rien, dans ces couplets d'attaque, qui soit propre à la littérature de Bourgogne. C'est en général toute la littérature du XVe siècle qui s'offre ainsi à ses lecteurs comme étant la plus bienfaisante éducatrice. D'autre part, avant elle, que de propos du même goût ont été tenus par les écrivains de langue française ! Considérez, entre autres, les historiens : que de fois n'ont-ils pas dit que l'histoire était l'école des grands hommes et que chez elle l'on faisait l'apprentissage de la vie !

De ces livres (romans, chroniques, traductions) qui débutent par des *avis* si prometteurs et qui relatent les exploits accomplis par des héros authentiques ou légendaires, la collection bourguignonne est largement fournie. Elle l'est plus encore de livres où il est question de Dieu, de la Vierge, des saints, des saintes, des « parangons » de la sagesse et de la vertu, livres qui mettent sous les yeux le passé et le présent dans ce qu'ils ont de plus louable et de plus digne d'imitation. La présence de ces diverses catégories d'œuvres semble donc témoigner, chez les ducs, de tendances élevées. Mais en regard de la riche « bibliothèque des bons livres », il y en a de mauvais : il y a surtout les *Cent Nouvelles nouvelles*. Bizarre assemblage, dira-t-on, étrange contradiction ! Mais ce n'est pas tout ! L'un de ces ducs, aux tendances d'apparence élevée et qui pourtant patronne les *Cent Nouvelles*, est Philippe le Bon. Or, on le croirait le meilleur des princes chrétiens à le voir (et tel nous l'avons vu) (1) qui possède ou fait écrire quantité d'ouvrages de dévotion, qui sert et craint Dieu, a le culte de la Vierge, observe les jeûnes, donne d'abondantes aumônes, protège les fidèles d'Occident et d'Orient, prépare une croisade contre les Turcs. Mais en remémorant ses qualités, nous avons eu soin de dire qu'il avait le « vice de la chair » suivant l'expression de Chastellain, et que ses mœurs privées étaient plus que blâmables. Ainsi donc sa vie, comme sa bibliothèque, a sa contradiction. De part et d'autre, il est le *homo duplex*. Il a ses heures de piété, mais il en a d'autres où le lecteur de gaillardises qu'il est, met en pratique et vit tout simplement la littérature gaillarde

(1) Ci-dessus p. 189-91.

de l'époque. C'est (nouvelle contradiction) sa façon à lui d'être le *Champion des dames*. C'est aussi la façon qui se remarque chez plus d'un de ses contemporains. Voyez le train des choses d'alors !... On est marié, mais l'on a des maîtresses ; on est chevalier, mais, en matière de galanterie chevaleresque, on n'a pas plus de souci de la foi jurée que Jason ; on est membre de la *Cour amoureuse*, mais l'on s'appelle Regnault d'Azincourt, Louis de Chalon, comte de Tonnerre, Jean de Montreuil, prévôt de Lille, Gontier et Pierre Col, c'est-à-dire qu'on a la conscience souillée d'un rapt ou bien que l'on fait vigoureusement campagne contre Christine de Pisan lorsqu'elle s'avise de prendre la défense des femmes. Vraiment, ce sont là de singuliers *Champions des dames* ! (1).

Mais après cela que penser des contradictions que nous relevons dans la conduite d'un Philippe le Bon et dans ses choix de livres ? D'abord, il ne faut pas perdre de vue que le meilleur monde du moyen âge se permettait d'étranges libertés de langage et que c'étaient pour lui des erreurs vénielles ou, en tout cas, des erreurs moins graves que pour nous. La tolérance, en l'espèce, allait aussi loin que possible et des hommes, à qui leur haute situation imposait d'être des modèles de bon ton, se délectaient aux plaisanteries de la plus crue indécence. Ensuite, nous devons nous souvenir que, pendant le siècle des ducs de Bourgogne, la femme n'est pas encore parvenue à jouer, à tenir dans la société son vrai rôle d'éducatrice. Sans doute, à l'époque de ces ducs et dès avant cette époque, elle a sa place dans les réunions mondaines. Nul n'ignore ce qui s'est passé dans le Midi, chez les Provençaux du xiᵉ et du xiiᵉ siècle, dans le Nord, chez les grands seigneurs et les grandes dames qui du xiiᵉ au xvᵉ siècle ont suivi les exemples donnés par la Provence. Mais l'influence réellement active et efficace de la femme date de la Renaissance. Sans doute encore au xviᵉ siècle, l'on continue à ne pas se surveiller devant elle lorsqu'on a sur la langue quelque propos risqué. Mais cependant il y a progrès et puis surtout c'est le siècle où des poètes idéalistes la célèbrent en une poésie qui est digne d'elle. On a constaté que les *Cent Nouvelles nouvelles* se racontent ou sont au moins censées se raconter dans un milieu d'hommes, tandis que le recueil de contes le plus important qui les suit, l'*Heptaméron* de Marguerite de Navarre, est présenté comme

(1) Piaget, *Rom.*, xx, p. 447.

ayant été pensé par un groupe de Messieurs et de Dames. Oh! certes, nous ne voulons pas oublier que les récits de la savante princesse ne sont pas des contes dévots et qu'il s'y glisse plus d'une aventure scabreuse, mais elle apporte une sorte de palliatif à la licence de ses peintures par les entretiens qu'elle imagine en guise de conclusion, par les discussions de morale mondaine et de métaphysique amoureuse où elle engage ses narrateurs après que chaque nouvelle a été débitée. Idée étrange assurément et qui n'empêche pas que l'histoire plus ou moins risquée n'ait été dite et n'ait produit son effet sur l'esprit de celui qui la lit avant que n'arrive le correctif, mais l'intention néanmoins s'affirme d'écrire de la littérature pour femmes.

Une troisième remarque pourrait être faite au sujet de ce désaccord qui se manifeste entre certaines productions bourguignonnes, de même qu'il se manifeste entre les gestes pieux et les mœurs relâchées de Philippe le Bon : c'est que deux hommes, deux lecteurs sont en lui. Le phénomène de dualité intellectuelle est ici analogue à celui qui s'observe dans une société. Rappelons-nous le xiiie siècle où coexistent les romans courtois qui veulent être d'inspiration distinguée et les fabliaux qui descendent si bas dans l'indécence. Pour s'expliquer la chose, on a cru devoir supposer deux publics distincts qui auraient, chacun de son côté, fourni la clientèle de ces deux genres distincts. Mais il n'est pas interdit d'admettre que le même public, que la même société a procuré des lecteurs à l'un et à l'autre (1). Dès lors, pourquoi l'esprit d'un duc de Bourgogne n'aurait-il pas pu s'ouvrir à deux ou plusieurs séries de tendances et de sentiments divers ou même contradictoires? Pourquoi, lecteur de contes drôlatiques et grivois, n'aurait-il pas su, à d'autres heures, et sérieusement et sincèrement, se complaire à des lectures qui élèvent l'âme et la portent aux méditations graves? Pareillement, le prince des campagnes sanglantes et des conquêtes ambitieuses a bien pu avoir ses instants de retour sur lui-même où le regret du sang versé et des folles équipées lui aura rendu acceptables les reproches que les moralistes, les Chastellain et les Ghillebert de Lannoy, et, avant eux, les Honoré Bonet, les Gilles de Rome et les Philippe de Mézières adressaient aux violateurs du droit des gens et aux ennemis du bonheur des peuples. Quoi qu'il en soit, le

(1) J. Bédier, *Les Fabliaux*, 1895, 2ᵉ édit., p. 371 et suiv.

contraste que peuvent offrir certaines sections de la librairie bourguignonne n'a rien de particulièrement surprenant : en effet, qui
donc n'a, sur les rayons de sa bibliothèque, que des livres répondant à ses goûts ? Il en résulte que la meilleure des conclusions à
donner à notre travail réside peut-être dans ces lignes du maître
toujours regretté dont nous avons si souvent invoqué le témoignage
scientifique et littéraire, de Gaston Paris. Elles sont relatives à l'une
de nos œuvres, au *Champion des dames*, mais elles sont applicables
à l'ensemble du monument intellectuel bourguignon : Le *Champion*
« est bien l'image de son siècle, intermédiaire entre le moyen âge
et la Renaissance, à moitié pieux, à moitié émancipé, mêlant l'érudition au mysticisme et interrompant de graves considérations
morales, de dévotes inclinations, d'amoureuses génuflexions ou de
solennelles révérences par un propos salé, une culbute ou une
grimace » (1).

(1) *Rom,*, XVI, p. 387-88.

ADDITIONS ET CORRECTIONS.

P. 2, n. 3. Lire P. Meyer, *Alexandre le Grand*, t. ii.

P. 8, 13, 150, 197, 329, 473, 476-77 : Sur *Merlin*, la famille des Raponde, Pierre de Beaumetz, Robert Lescuyer, Jean Lavenant, voir l'ouvrage de M. Henri Prost, *Inventaires mobiliers*, p. 19, 35, 49, 64, 136-37, 152, ouvrage qui a paru alors que le mien était presque entièrement imprimé (ci-dessus p. lxv).

P. 9. Lire *Châtelain de* (et non *du Couci*).

P. 10, lignes 3 et 4. Lire : Un recueil composé d'*Aimeri de Narbonne, Guillaume d'Orange, Vivien et Rainouart au Tinel*.

P. 18, ligne 7. Supprimer *Quête du Saint Graal*.

P. 105. Le Pas de l'Arbre Charlemagne a été tenu à Marsannay-la-Côte, près Dijon.

P. 123, n. 1. Corriger : ch. iii, part. iii, § 1.

P. 156, n. 3. Olivier de La Marche, dans son autre récit des Noces du Téméraire (voir ci-dessus, p. 447), donne : *Tapisserie de Gédéon*, édit. Beaune et d'Arbaumont, iv, p. 107.

P. 196, n. 1. Sur le livre « baillé » par frère Martin et sur celui du *Schisme de l'Église*, voir A. Bayot, *Un traité inconnu sur le Grand Schisme dans la bibliothèque des ducs de Bourgogne*, Revue d'histoire ecclésiastique, Louvain, 1908, p. 728-35.

P. 197. Dans la liste des copistes employés par Philippe le Hardi, pourrait figurer Mathe Torel, que mentionne H. Prost, *Inventaires*, p. 121.

P. 197 et 476. Curé de Sauroise ou Saumoise. M. H. Prost, *Inventaires*, p. 134-35, donne (année 1383) le compte : « 6 fr. au curé de Samoise, derrier jour du mois d'aoust, pour 2 livres qui devisent le *gouvernement du monde*, que lors il présenta à Mme, pour don à lui fait pour celle cause » par la duchesse.

M. Prost identifie *Samoise* avec Salmaise, canton de Flavigny, Côte-d'Or. Quant au texte, que j'ai cité d'après Vernier, *Philippe le Hardi*, p. 21, sous le titre de *Commencement du monde*, ne serait-ce pas le *Gouvernement du monde* que j'ai signalé p. 273?

P. 198, n. 3. Sur la belle *Bible* commandée par Philippe le Hardi et le n° 166 de la Nationale, voir G. Hulin, *La Bible de Philippe le Hardi, historiée par les frères de Limbourc : manuscrit français n° 166 de la Bibliothèque nationale de Paris*, Bull. Soc. Hist. et Arch. Gand, 1908, p. 183-88.

P. 204. Lire *Jean Ferron*, au lieu de *Jacques de Cessoles*.

P. 233. J'aurais pu citer aussi la *Bible moralisée* dont il est fait mention dans Pinchart, *Miniaturistes*, p. 476.

P. 244. Sur Gadifer de La Salle, voir *Rom.*, XXXVII, p. 613.

P. 405, n. 1. M. H. Prost, p. 127, publie le compte : Payé, le 4 avril 1383, 72 fr. « à Henriot Garnier, breton, qui deuz lui estoient pour ung livre appellé les *Croniques des roys de France* que Mgr a eu et fait acheter de lui ».

P. 407, n. 1. Supprimer *Chronique normande*.

P. 485, l. 8. Lire *Olivier de Castille*.

INDEX ALPHABETIQUE (1)

(1) Les noms d'ouvrages sont en *italiques*, les autres noms (personnages, lieux, etc.) en romaines. Pour les récits épiques et chevaleresques qui ont été dérimés, il n'est pas fait ici de distinction entre la forme versifiée et la rédaction en prose. Parmi les noms de personnages, on ne trouvera pas ceux des quatre ducs Philippe le Hardi, Jean sans Peur, Philippe le Bon et Charles le Téméraire (sauf pour l'un ou l'autre ouvrage où ils figurent) : renvoyer aux pages qui leur sont consacrées, c'eût été donner des proportions démesurées à notre *Index* ; d'ailleurs, notre *Table des Matières* suffira sans nul doute à guider le lecteur dans ses recherches relatives à ces princes. — Les villes que nous citons avec l'abréviation *Ms.*, *Mss.*, sont celles dont les bibliothèques renferment des manuscrits provenant de la maison de Bourgogne (voir ci-dessus p. L).

TABLE DES MATIÈRES

INTRODUCTION.

CHAPITRE I.

Épopées et romans d'inspiration médiévale.   1

CHAPITRE II.

L'Antiquité.

CHAPITRE III.

La littérature religieuse et didactique. 187

CHAPITRE IV.

Fabliaux et Nouvelles. 330

CHAPITRE V.

Le Théâtre. 345

CHAPITRE VI.

La Poésie lyrique. 366

CHAPITRE VII.

Historiens et Chroniqueurs. 403

CHAPITRE VIII.

La situation faite aux écrivains et aux livres
chez les ducs de Bourgogne. 456

CHAPITRE IX.

Coup d'œil rétrospectif. 472

CHAPITRE X.

Conclusions. 501